LA CATHÉDRALE
DE LA MER

ILDEFONSO FALCONES

LA CATHÉDRALE
DE LA MER

traduit de l'espagnol par Anne Plantagenet

ROBERT LAFFONT

Titre original :

LA CATEDRAL DEL MAR

Publié par Grijalbo/Grupo Editorial Random House
Mondadori, S.L., Barcelone

© Ildefonso Falcones de Sierra, 2006
Traduction française : Éditions Robert Laffont, S.A., Paris, 2008
ISBN 978-2-266-18657-5

À Carmen

Illustration : © Sergi Parreño

PORTAL
DELS
ORBS

PORTAL
DE JONQUERAS

PORTAL
NOU

SANTA
CATERINA

SANT
AGUSTI

CATEDRAL

PORTAL
SANT DANIEL

SANT JAVME

11

PLA S
BLAT

11   BORIA   10

SANTS PERE I PASTOR

9

LA MAR

MONCADA

6

7

PLA D'EN
LLULL

5

8

SANTA
CLARA

4

ILLA
DE MAIANS

Première partie

SERFS DE LA TERRE

1.

Au moment où personne ne semblait lui prêter attention, Bernat leva les yeux vers le ciel bleu limpide. Le soleil ténu de la fin septembre caressait le visage de ses invités. Il avait consacré tant d'heures et d'efforts à préparer la fête que seul un temps inclément aurait pu la gâcher. Bernat sourit au ciel d'automne. Son sourire s'accentua quand, baissant le regard, il vit l'allégresse qui régnait sur l'esplanade pavée devant la porte de la basse-cour, au rez-de-chaussée de la ferme.

La trentaine d'invités exultait : cette année, les vendanges avaient été splendides. Tous, hommes, femmes et enfants, avaient travaillé du lever au coucher du soleil, cueillant le raisin, puis le foulant aux pieds, sans s'autoriser une seule journée de repos.

Une fois seulement le vin prêt à bouillir dans les barriques et les peaux de raisin stockées pour en distiller le marc lors des journées maussades d'hiver, les paysans célébraient les fêtes de septembre. Et c'était ce moment-là que Bernat Estanyol avait choisi pour se marier.

Bernat observa ses invités. Ils avaient dû se lever

13

à l'aube pour parcourir à pied la distance, pour certains très importante, qui séparait leurs fermes de celle des Estanyol. Ils bavardaient avec animation. De la noce ou de la récolte ? Peut-être de l'une et de l'autre. Un groupe au sein duquel se trouvaient ses cousins Estanyol et la famille Puig – parents du mari de sa sœur – le regarda d'un œil grivois et éclata de rire. Bernat sentit qu'il rougissait et il préféra ignorer l'insinuation ; il ne voulut même pas en imaginer la teneur. Dispersés sur l'esplanade de la ferme, il distingua les Fontaníes, les Vila, les Joaniquet et, bien entendu, la famille de la mariée : les Esteve.

Bernat jeta un coup d'œil à son beau-père, Pere Esteve, qui promenait avec satisfaction son énorme bedaine, souriant aux uns et interpellant sans manière les autres. Comme il tournait vers lui son visage jovial, Bernat fut obligé de le saluer pour la énième fois. Il chercha ensuite du regard ses beaux-frères au milieu des convives. Malgré les efforts de Bernat pour se les mettre dans la poche, ils l'avaient d'emblée traité avec une certaine méfiance.

Bernat leva à nouveau les yeux vers le ciel. Le beau temps avait décidé d'être de la partie. Il regarda sa ferme, puis encore une fois ses invités, et pinça légèrement les lèvres. Soudain, en dépit du brouhaha qui l'entourait, il se sentit seul. Il y avait à peine un an que son père était mort ; quant à Guiamona, sa sœur, qui s'était installée à Barcelone après son mariage, elle n'avait pas répondu aux messages qu'il lui avait envoyés. Il aurait tant aimé la revoir... Elle était la seule parente directe qui lui restait désormais.

À la mort du vieil Estanyol, la ferme de Bernat était devenue le centre d'intérêt de toute la région et l'on avait vu défiler sans relâche marieuses et parents de filles nubiles. Avant, personne ne venait leur rendre visite, mais la disparition d'« Estanyol le fou » – surnom que lui avaient valu ses accès de rébellion – avait redonné espoir à tous ceux qui désiraient marier leur fille avec le plus riche paysan du coin.

— Tu es largement en âge de te marier, disait-on à Bernat. Combien as-tu déjà ?

— Vingt-sept ans, je crois, répondait-il.

— À cet âge, tu devrais quasiment avoir des petits-enfants, lui reprochait-on. Que vas-tu faire, seul dans cette ferme ? Tu as besoin d'une femme.

Bernat écoutait ces conseils avec patience, sachant qu'ils étaient immanquablement suivis par l'évocation d'une candidate aux vertus incomparables.

Le sujet n'était pas nouveau pour lui. Son père, qui s'était retrouvé veuf après la naissance de Guiamona, avait tenté de le marier, mais à l'époque tous les parents des prétendantes étaient ressortis de la ferme en criant à l'insensé : personne ne pouvait faire face aux exigences d'Estanyol le fou sur la dot que devait apporter sa future bru. De sorte que l'intérêt pour Bernat avait décliné. Avec l'âge, l'état du vieillard avait empiré et ses divagations rebelles tourné au délire. Bernat s'était alors employé à veiller sur ses terres et sur son père. Brutalement, à vingt-sept ans, il s'était retrouvé seul et assiégé de toutes parts.

Le premier à rendre visite à Bernat alors qu'il n'avait pas encore enterré le défunt fut l'*alguazil* du seigneur de Navarcles, son seigneur féodal. « Comme tu avais raison, père ! » pensa Bernat quand il le vit arriver, flanqué de plusieurs soldats à cheval.

— Quand je mourrai, lui avait répété le vieux à

satiété dans ses moments de lucidité, ils viendront. Alors, tu leur montreras le testament.

Et il désignait d'un geste la pierre sous laquelle, enveloppé de cuir, se trouvait le document qui recueillait ses dernières volontés.

— Pourquoi, père ? l'avait interrogé Bernat, la première fois qu'il lui avait fait cette recommandation.

— Comme tu le sais, nous possédons ces terres en emphytéose, mais je suis veuf, et si je n'avais pas fait de testament, à ma mort, le seigneur aurait le droit de garder la moitié de tous nos biens et de nos animaux. C'est ce qu'on appelle le droit d'intestat. Il y en a beaucoup d'autres en faveur des seigneurs et il faut que tu les connaisses. Car ils viendront, Bernat, ils viendront emporter ce qui est à nous, et tu ne te débarrasseras d'eux que si tu leur montres le testament.

— Et s'ils me le prennent ? avait demandé Bernat. Tu sais bien comment ils sont...

— Quand bien même ils le feraient, il est consigné dans les livres.

La colère de l'*alguazil* et du seigneur se répandit dans la région et attira davantage encore l'attention sur la situation de l'orphelin, héritier de tous les biens du fou.

Bernat se rappelait fort bien la visite que lui avait faite celui qui allait être désormais son beau-père. C'était avant le début des vendanges. Cinq sous, un matelas et une chemise blanche en lin : telle était la dot qu'il proposait pour sa fille Francesca.

— Et que voulez-vous que je fasse, moi, d'une chemise blanche en lin ? avait lancé Bernat, qui retournait la paille au rez-de-chaussée de la ferme.

— Regarde, avait répondu Pere Esteve.

Bernat s'était appuyé sur sa fourche et avait

16

tourné les yeux vers l'entrée de l'étable que lui désignait le gros homme. L'outil était tombé sur la paille. À contre-jour, Francesca était apparue, vêtue de la chemise blanche en lin... Au travers, son corps tout entier semblait s'offrir à lui !

Un frisson avait parcouru l'échine de Bernat. Pere Esteve avait souri.

Bernat avait aussitôt accepté la proposition, là, dans le pailler, sans même s'approcher de la jeune fille, mais les yeux rivés sur elle.

La décision avait été précipitée, Bernat en était conscient, mais il ne pouvait pas dire qu'il regrettait : Francesca était jeune, belle, forte. Sa respiration s'accéléra. Aujourd'hui même... À quoi pouvait penser la jeune fille ? Éprouvait-elle la même peur que lui ? Francesca ne se mêlait pas à la conversation joyeuse des femmes ; elle demeurait silencieuse au côté de sa mère, sérieuse, ponctuant les plaisanteries et les éclats de rire des autres de sourires forcés. Leurs regards se croisèrent un instant. Elle rougit et baissa les yeux, mais Bernat remarqua que sa poitrine reflétait sa nervosité. La chemise blanche en lin réveilla de nouveau ses fantasmes.

— Félicitations ! entendit-il tandis qu'on lui tapait fortement dans le dos.

C'était son beau-père.

— Veille bien sur elle, ajouta ce dernier en montrant la jeune fille qui ne savait plus où se cacher. Si la vie que tu lui proposes était comme cette fête... C'est le plus beau banquet que j'aie jamais vu. Même le seigneur de Navarcles ne peut certainement pas s'en offrir un pareil !

Bernat avait voulu gâter ses invités et il avait confectionné quarante-sept miches de pain blond de froment, blanc comme la chemise de son épouse. Il avait évité l'orge, le seigle ou l'épeautre, communs à l'alimentation des paysans. Chargé des miches, il s'était présenté au château de Navarcles pour les faire cuire dans le four du seigneur croyant que, comme toujours, deux miches suffiraient à payer le boulanger. Mais devant le bon pain de froment, les yeux du fournier s'étaient ouverts comme des soucoupes, puis refermés en d'insondables fentes. Pour l'occasion, la taxe grimpa à sept miches et Bernat quitta le château en pestant contre la loi qui interdisait aux paysans d'avoir un four à cuire le pain... ainsi qu'une forge, une sellerie...

— Certainement, répondit-il à son beau-père, chassant de son esprit ce mauvais souvenir.

Tous deux observèrent l'esplanade de la ferme. On lui avait peut-être volé une partie de son pain, pensa Bernat, mais pas le vin que ses invités buvaient à présent – le meilleur, celui que son père avait décuvé et qu'ils avaient laissé vieillir pendant des années –, ni la viande de porc salée, ni les deux poules au pot, ni, bien entendu, les quatre agneaux qui, ouverts de haut en bas et attachés à des bâtons, rôtissaient lentement sur les braises, en crépitant avec un fumet irrésistible.

Soudain, les femmes passèrent à l'action. Les poules étaient prêtes et les écuelles que les invités avaient apportées commencèrent à s'emplir. Pere et Bernat prirent place à la seule table dressée sur l'esplanade et les femmes s'empressèrent de les servir ; personne ne s'assit sur les quatre chaises restantes.

Les gens, debout, sur des madriers ou par terre, firent honneur aux agapes, sans quitter du regard les agneaux que surveillaient en permanence quelques femmes. Le vin coulait à flots, on parlait, on criait, on riait.

— Une grande fête, oui monsieur, jugea Pere Esteve entre deux cuillerées.

Quelqu'un porta un toast aux fiancés. Aussitôt, toute l'assistance fit de même.

— Francesca ! cria son père, le verre levé en direction de la mariée qui se dissimulait parmi les femmes, à côté des agneaux.

Bernat regarda la jeune fille. À nouveau, elle cacha son visage.

— Elle est nerveuse, l'excusa Pere avec un clin d'œil. Francesca, ma fille ! cria-t-il encore une fois. Trinque avec nous ! Profites-en maintenant, car d'ici peu tout le monde partira... enfin, presque tout le monde.

Les éclats de rire effrayèrent davantage Francesca. La jeune fille leva à mi-hauteur le verre qu'on lui avait mis dans la main, sans en boire. Puis elle tourna le dos aux invités et concentra à nouveau toute son attention sur les agneaux.

Pere Esteve heurta son verre contre celui de Bernat, dont le vin faillit déborder. Les invités les imitèrent.

— Tu te chargeras, toi, de lui faire passer sa timidité, lança le gros homme d'une voix puissante afin que tout le monde l'entende.

Les rires reprirent de plus belle, pimentés cette fois de commentaires grivois auxquels Bernat fit mine de ne pas accorder d'importance.

Dans la joie et la bonne humeur, on fit honneur au vin, au porc et aux poules au pot. Au moment où les femmes commençaient à retirer les agneaux des braises, un groupe d'invités se tut soudain, les yeux rivés vers l'orée du bois des terres de Bernat, situé au-delà des champs, au bout d'une douce inclinaison de terrain dont les Estanyol avaient profité pour planter une partie des ceps qui leur fournissaient un si bon vin.

En quelques secondes, le silence envahit les convives.

Trois cavaliers étaient apparus entre les arbres, suivis par plusieurs hommes à pied, en uniforme.

— Que vient-il faire ici ? chuchota Pere Esteve.

Bernat suivit du regard la petite escorte qui s'approchait en contournant les champs. Les invités murmuraient entre eux.

— Je ne comprends pas, finit par dire Bernat, en chuchotant lui aussi, il n'est jamais passé par là. Ce n'est pas le chemin du château.

— Je n'aime pas du tout cette visite, ajouta Pere Esteve.

Le cortège avançait lentement. À mesure que les silhouettes approchaient, les rires et les commentaires des cavaliers, de plus en plus audibles, remplaçaient ceux qui avaient jusque-là régné sur l'esplanade. Bernat considéra ses invités ; certains d'entre eux avaient baissé la tête. Il chercha Francesca, qui se trouvait parmi les femmes. La grosse voix du seigneur de Navarcles parvint jusqu'à eux. Bernat sentit la colère l'envahir.

— Bernat ! Bernat ! s'exclama Pere Esteve en lui secouant le bras. Que fais-tu ici ? Va le recevoir.

Bernat se leva d'un bond et courut accueillir son seigneur.

— Soyez le bienvenu dans votre maison, le salua-t-il, haletant, quand il fut devant lui.

Llhorenç de Bellera, seigneur de Navarcles, tira sur les rênes de son cheval et s'arrêta à quelques centimètres de Bernat.

— C'est toi Estanyol, le fils du fou ? interrogea-t-il sèchement.

— Oui, seigneur.

— Nous revenions de la chasse quand nous avons été surpris par cette fête. Peut-on savoir en quel honneur ?

Entre les chevaux, Bernat distingua les soldats, chargés de différentes pièces : lapins, lièvres et poulets sauvages. « C'est votre visite qui mériterait une explication, aurait-il aimé lui répondre. Le fournier ne vous aurait-il pas mis au courant pour le pain de froment ? »

Même les chevaux, tranquilles, leurs grands yeux ronds tournés vers lui, semblaient attendre sa réponse.

— Mon mariage, seigneur.

— Qui as-tu épousé ?

— La fille de Pere Esteve, seigneur.

Llhorenç de Bellera garda le silence, fixant Bernat au-dessus de la tête de son cheval. Les animaux piaffèrent bruyamment.

— Et ? aboya Llhorenç de Bellera.

— Mon épouse et moi-même, marmonna Bernat en tâchant de dissimuler sa contrariété, serions très honorés si sa seigneurie et sa suite voulaient bien se joindre à nous.

— Nous avons soif, Estanyol, lança le seigneur de Bellera en guise de réponse.

Les chevaux se remirent en mouvement sans que les chevaliers aient besoin de les éperonner. Tête basse, Bernat se dirigea vers la ferme au côté de son seigneur. Au bout du chemin, tous les invités s'étaient rassemblés pour le recevoir, les femmes les yeux à terre, les hommes découverts. Un murmure inintelligible s'éleva quand Llhorenç de Bellera s'arrêta devant eux.

— Allez, allez, leur ordonna-t-il tandis qu'il mettait pied à terre. Que la fête continue !

Les gens obéirent et firent demi-tour en silence.

Des soldats se chargèrent des chevaux. Bernat accompagna ses nouveaux invités jusqu'à la table où Pere et lui s'étaient assis. Leurs écuelles comme leurs verres avaient disparu.

Le seigneur de Bellera et ses deux compagnons prirent place et commencèrent à discuter. Bernat recula de quelques pas. Les femmes accoururent avec des cruches de vin, des verres, des miches de pain, des écuelles emplies de poule au pot, des assiettes de porc salé et l'agneau juste à point. Bernat chercha en vain Francesca du regard. Elle n'était pas parmi les femmes. Son regard croisa celui de son beau-père, désormais près des autres invités, à qui il désigna du menton le groupe de femmes. D'un geste quasi imperceptible, Pere Esteve hocha négativement la tête et lui tourna le dos.

— Continuez votre fête ! cria Llhorenç de Bellera, un cuissot d'agneau à la main. Allez, amusez-vous !

En silence, les invités se dirigèrent vers les braises où avaient rôti les agneaux. Seul un groupe restait immobile, à l'abri des regards du seigneur et de ses amis : Pere Esteve, ses fils et d'autres convives. Bernat aperçut parmi eux la chemise en lin et s'avança.

— Va-t'en d'ici, imbécile, menaça son beau-père.

Avant qu'il ait pu dire quoi que ce soit, la mère de Francesca lui mit une assiette d'agneau dans les mains et chuchota :

— Occupe-toi du seigneur et ne t'approche pas de ma fille.

Sans un bruit, les paysans goûtèrent à l'agneau, tout en jetant des coups d'œil furtifs en direction de la table. Sur l'esplanade, on n'entendait plus que les éclats de rire du seigneur de Navarcles et de ses deux amis. Les soldats se reposaient à l'écart de la fête.

— Avant, on vous entendait rire, cria Llhorenç de

Bellera. Vous avez même perturbé la chasse. Riez, maudits soyez-vous !

Un silence pesant lui répondit.

— Bêtes rustiques, commenta-t-il à l'attention de ses compagnons qui se remirent à rire.

Les trois hommes s'empiffrèrent d'agneau et de pain de froment. Ils ne touchèrent ni au porc salé ni aux écuelles de poule. Bernat mangea debout, un peu à l'écart, regardant à la dérobée le groupe de femmes où se cachait Francesca.

— Encore du vin ! exigea le seigneur de Bellera en levant son verre. Estanyol ! cria-t-il soudain en le cherchant parmi les invités, la prochaine fois que tu paies le cens de mes terres, tu m'apporteras ce vin-là, pas l'infâme breuvage de ton père.

La mère de Francesca s'approcha avec la cruche.

— Estanyol, où es-tu ?

Au moment où la pauvre femme avançait la cruche pour remplir son verre, le chevalier frappa la table. Quelques gouttes de vin éclaboussèrent ses vêtements.

Bernat se tenait désormais à ses côtés. Les amis du seigneur riaient de la situation. Pere Esteve porta les mains à son visage.

— Vieille idiote ! Comment oses-tu renverser du vin ?

La femme baissa la tête en signe de soumission. Quand le seigneur fit mine de la gifler, elle s'écarta, tomba au sol et s'éloigna à quatre pattes. Llhorenç de Bellera se tourna vers ses amis et éclata de rire. Puis, retrouvant son sérieux, il s'adressa à Bernat :

— Enfin, te voilà, Estanyol ! Regarde ce que m'a fait cette vieille maladroite. Prétendrais-tu offenser ton seigneur ? Es-tu ignare au point de ne pas savoir que les invités doivent être servis par la maîtresse de maison ? Où est la mariée ? demanda-t-il, balayant du regard l'esplanade. Où est la mariée ? répéta-t-il devant le silence de Bernat.

Pere Esteve prit Francesca par le bras et la força à avancer jusqu'à Bernat. La jeune fille était terrifiée.

— Seigneur, dit Bernat, je vous présente ma femme, Francesca.

— Voilà qui est mieux, commenta Llhorenç en examinant la jeune mariée sous toutes les coutures, sans aucune pudeur. Beaucoup mieux. À partir de maintenant, c'est toi qui nous serviras le vin.

Le seigneur de Navarcles reprit place à table et leva son verre en direction de la jeune fille. Francesca s'empressa d'aller chercher une cruche pour le servir. Sa main tremblait. Llhorenç de Bellera lui attrapa le poignet et le maintint fermement pendant que le vin coulait dans son verre. Puis il tira sur son bras et l'obligea à servir ses compagnons. Les seins de la jeune fille effleurèrent son visage.

— Voilà comment on sert le vin ! proclama le seigneur de Navarcles tandis que Bernat, à ses côtés, serrait les poings et les dents.

Llhorenç de Bellera et ses amis ne cessaient de boire et d'exiger en beuglant la présence de Francesca afin de répéter la scène.

Chaque fois que la jeune fille était obligée de se pencher sur la table pour servir le vin, les soldats joignaient leurs rires à ceux de leur seigneur et de ses amis. Francesca essayait de retenir ses larmes et Bernat remarqua que le sang commençait à perler des paumes de ses mains, blessées par ses propres ongles. Les invités, toujours muets, détournaient le regard dès que la jeune fille était contrainte de verser le vin.

— Estanyol ! annonça soudain Llhorenç de Bellera en se levant, sans lâcher le poignet de Francesca. En tant que seigneur, et en application du droit qui me revient, j'ai décidé de coucher avec ta femme.

Les compagnons du seigneur de Bellera applaudirent bruyamment les paroles de leur ami. Bernat bondit vers la table mais, avant qu'il l'atteigne, les deux acolytes du châtelain, passablement ivres, s'étaient levés et avaient porté la main à leurs épées. Bernat s'immobilisa sur-le-champ. Llhorenç de Bellera le regarda, sourit, puis ricana. La jeune fille cloua son regard sur son mari, implorant son aide.

Bernat fit un pas en avant mais il se retrouva avec l'épée d'un des compagnons du noble pointée sur le ventre. Impuissant, il dut s'arrêter d'avancer. Alors qu'elle était entraînée vers l'escalier extérieur de la ferme, Francesca fixa Bernat intensément. Quand le seigneur la saisit par la taille et l'emporta sur l'une de ses épaules, la jeune fille se mit à crier.

Les amis du seigneur de Navarcles reprirent place à table et se mirent à boire et à rire de plus belle tandis que les soldats se postaient au pied de l'escalier pour en interdire l'accès à Bernat.

Les ricanements des amis du seigneur de Bellera, les sanglots des femmes, les gestes moqueurs des soldats... tout s'estompa. Devant l'escalier, face aux soldats, Bernat ne vit plus rien, n'entendit plus rien, sauf les cris de douleur qui jaillissaient de la fenêtre du premier étage.

Le bleu du ciel étincelait toujours.

Au bout d'un moment interminable, Llhorenç de Bellera apparut en sueur dans l'escalier, rattachant sa cotte de chasse.

— Estanyol ! cria-t-il de sa voix tonitruante en passant à côté de Bernat pour retourner à table, c'est ton tour à présent. Doña Caterina en a assez de voir surgir de mes bâtards, ajouta-t-il à l'attention de ses compagnons en faisant référence à sa jeune et récente épouse, et je ne supporte plus ses reproches. Remplis ton devoir de bon mari chrétien ! le pressat-il en se retournant vers lui.

Bernat baissa la tête et, sous le regard attentif de toute l'assistance, commença à monter l'escalier latéral. Au premier étage, il pénétra dans une vaste pièce qui faisait office de cuisine et de salle à manger, avec un grand âtre creusé dans un des murs, sur lequel reposait une impressionnante structure en fer forgé en guise de cheminée. Tandis qu'il se dirigeait vers l'échelle conduisant au deuxième étage – qui servait de chambre et de grenier –, ses pas lui semblaient faire un bruit démesuré sur le plancher. Sa tête dépassait du trou, à l'étage supérieur, il scruta la pièce mais n'osa pas monter. On n'entendait pas un bruit.

Le menton au ras du sol, il distingua les vêtements de Francesca éparpillés dans la pièce ; sa blanche chemise en lin, orgueil de sa famille, était déchirée et souillée. Il monta enfin.

Il trouva Francesca recroquevillée en position fœtale, le regard perdu, entièrement nue sur la paillasse neuve, tachée de sang. Son corps, en sueur, griffé et roué de coups, était absolument immobile.

— Estanyol ! cria Llhorenç de Bellera du bas, ton seigneur attend.

Pris de nausée, Bernat vomit tripes et boyaux sur le grain emmagasiné. Francesca demeurait immobile. Bernat s'enfuit en courant. Quand il arriva en bas, pâle, sa tête était un tourbillon de sensations plus répugnantes les unes que les autres. Aveuglé, il heurta de plein fouet l'immense Llhorenç de Bellera, debout sous l'escalier.

— Il semblerait que le nouveau mari n'ait pas

consommé son mariage, dit Llhorenç de Bellera à ses compagnons.

Bernat fut obligé de lever la tête pour faire face au seigneur de Navarcles.

— Je... n'ai pas pu, seigneur, balbutia-t-il.

Llhorenç de Bellera garda le silence quelques instants.

— Alors si tu ne peux pas, je suis sûr qu'un de mes amis... ou de mes soldats... Je t'ai dit déjà que je ne veux plus de bâtards.

— Vous n'avez pas le droit !...

Les paysans qui observaient la scène frissonnèrent d'effroi. Quelles seraient les conséquences d'une telle insolence ? Le seigneur de Navarcles saisit d'une main Bernat par le cou et serra le plus fort possible. Bernat ouvrit la bouche en quête d'air.

— Comment oses-tu ?... Prétendrais-tu profiter du droit légitime de ton seigneur de coucher avec la mariée pour venir ensuite, un bâtard sous le bras, réclamer un dédommagement ? tempêta Llhorenç. Il souleva Bernat et le secoua, avant de le reposer au sol. C'est cela que tu prétends ? Les droits de la vassalité, c'est moi qui les détermine, seulement moi, tu entends ? Oublies-tu que je peux te châtier quand et comme je veux ?

Llhorenç de Bellera gifla violemment Bernat et le jeta à terre.

— Mon fouet ! s'écria-t-il, irrité.

Le fouet ! Bernat n'était qu'un enfant quand, comme tant d'autres, il avait été obligé d'assister au côté de ses parents au châtiment public infligé par le seigneur de Bellera à un pauvre malheureux dont personne n'avait jamais très bien su quel crime il avait commis. Le souvenir du claquement du cuir sur le dos du pauvre homme retentit à ses oreilles de la même façon qu'il l'avait fait ce jour-là et de nombreuses nuits durant pendant une bonne partie de son enfance. Personne alors n'avait osé intervenir, comme c'était également le cas à cet instant. Bernat se mit à ramper et leva les yeux vers son seigneur ; il était debout, gigantesque bloc rocheux, la main tendue dans l'attente qu'un serviteur lui apporte son fouet. Il se rappela la chair à vif du malheureux : une grande masse sanguinolente à laquelle même la haine du seigneur ne parvenait plus à arracher un morceau. Bernat se traîna à quatre pattes vers l'escalier, les yeux exorbités, tremblant comme cela lui arrivait, enfant, quand les cauchemars l'assaillaient. Personne ne bougea. Personne ne parla. Le soleil brillait toujours.

— Je suis désolé, Francesca, bredouilla-t-il une fois près d'elle, après avoir péniblement monté l'escalier suivi par un soldat.

Il desserra ses chausses et s'agenouilla à côté de son épouse. La jeune fille n'avait pas bougé. Bernat observa son pénis mou et se demanda comment il pourrait accomplir les ordres de son seigneur. Du bout des doigts, il caressa doucement le flanc nu de Francesca.

Francesca ne réagit pas.

— Je dois... nous devons le faire, insista Bernat, en lui prenant le poignet pour la retourner vers lui.

— Ne me touche pas ! cria brusquement Francesca, sortant de son mutisme.

— Il m'écorchera vif ! répondit Bernat, qui retourna brusquement son épouse et découvrit son corps nu.

— Laisse-moi !

Ils luttèrent, jusqu'au moment où Bernat parvint à la saisir par les poignets et à la redresser. Cependant, Francesca résistait toujours.

— C'est un autre qui viendra ! murmura-t-il. Ce sera un autre qui te... violera !

Les yeux de la jeune fille revinrent au monde et s'ouvrirent, accusateurs.

— Il m'écorchera, il m'écorchera vif..., s'excusa-t-il.

Francesca continuait de résister, et Bernat se jeta sur elle avec violence. Les larmes de la jeune fille ne suffirent pas à refroidir le désir qu'il avait senti naître en lui au contact de son corps et il la pénétra tandis que Francesca hurlait de douleur.

Le soldat qui avait suivi Bernat et, sans aucune pudeur, contemplé la scène redescendit.

Francesca cessa de lutter. Peu à peu, ses cris laissèrent place à des sanglots. Et ce furent les pleurs de sa femme qui accompagnèrent Bernat dans sa jouissance.

Llhorenç de Bellera avait entendu les plaintes désespérées qui sortaient par la fenêtre du deuxième étage et, quand son espion lui confirma que le mariage avait été consommé, il demanda ses chevaux et quitta les lieux avec son sinistre cortège. La plupart des invités, abattus, firent de même.

Le calme envahit la pièce. Bernat, toujours allongé sur sa femme, ne savait pas quoi faire. Il se rendit compte alors qu'il la tenait fortement par les épaules ; il la lâcha pour poser les mains sur la paillasse, près de sa tête, mais son corps retomba sur le sien, demeuré inerte. Instinctivement il se redressa et s'appuya sur ses bras. Il rencontra les yeux de Francesca qui le regardaient sans le voir. Dans cette position, n'importe quel geste le ferait frôler de nouveau le corps de sa femme, ce que Bernat voulait éviter afin de ne blesser davantage la jeune fille. Il aurait voulu léviter pour se séparer d'elle sans la toucher.

Enfin, après d'interminables instants d'indécision, il finit par s'écarter de Francesca et s'agenouilla à ses côtés ; à présent non plus il ne savait que faire : se lever, s'étendre près d'elle, quitter la pièce ou tenter de se justifier... Il détourna le regard du corps de sa jeune épouse, allongée sur le dos, crûment offerte. Il chercha en vain son regard, si près du sien. Baissant les yeux, la vision de son membre nu, soudain, lui fit honte.

— Je suis déso...

Un mouvement inattendu de Francesca le surprit. La jeune fille avait tourné la tête vers lui. Bernat tenta de trouver de la compréhension dans ses yeux vides.

— Je suis désolé, insista-t-il.

Francesca le regardait sans réagir.

— Je suis désolé, désolé. Il... il m'aurait écorché vif, répéta-t-il.

Bernat se souvint du seigneur de Navarcles, debout, la main tendue dans l'attente du fouet. Il chercha une nouvelle fois le regard vide de Francesca. Soudain, devant les yeux de sa femme qui criaient en silence, il se sentit envahir par la peur.

Inconsciemment, comme s'il avait voulu lui faire entendre qu'il la comprenait, comme il l'aurait fait avec une enfant, Bernat avança la main vers la joue de Francesca.

— Je..., tenta-t-il de dire.

Mais il s'arrêta aussitôt. Tous les muscles de Francesca s'étaient tendus. Bernat prit finalement son propre visage entre ses mains et pleura.

Francesca demeurait immobile, le regard perdu.

Au bout d'un moment, Bernat se leva, remit ses chausses et disparut par le trou de l'escalier. Quand il n'y eut plus un bruit autour d'elle, Francesca se leva à son tour et s'avança vers le coffre, qui constituait tout le mobilier de la chambre, pour prendre ses vêtements. Une fois habillée, elle ramassa délicatement les lambeaux de sa précieuse chemise blanche en lin, qu'elle plia avec soin en s'efforçant d'en assembler les haillons et rangea dans le coffre.

2.

Francesca errait dans la ferme comme une âme en peine. Elle remplissait ses obligations domestiques dans le silence le plus absolu, et il émanait d'elle une tristesse qui ne tarda pas à s'emparer du moindre recoin de leur foyer.

À plusieurs reprises, Bernat avait tenté de se disculper. Le jour de leurs noces n'était plus qu'un affreux souvenir, et Bernat parvenait désormais à se trouver davantage d'excuses : la peur de la cruauté du seigneur, les conséquences qu'aurait entraînées son refus d'obéir, pour lui comme pour elle. « Je suis désolé », avait-il répété des milliers de fois face à une Francesca qui le regardait et accueillait sans un mot ses paroles, comme si elle attendait l'instant où la plaidoirie de Bernat, immanquablement, arriverait à la même conclusion : « Un autre serait venu. Si je ne l'avais pas fait, moi... » À ce stade, Bernat se taisait à son tour ; toute son argumentation s'écroulait et le viol s'interposait de nouveau entre eux comme une barrière infranchissable. À force de demander pardon et de se heurter au silence de Francesca, la blessure que Bernat prétendait guérir chez son épouse se referma chez lui. Bernat se résigna à

32

l'indifférence de sa femme, et ses remords se diluèrent peu à peu dans les besognes quotidiennes.

Tous les matins, à l'aube, quand il se levait pour accomplir ses rudes tâches de paysan, Bernat se penchait à la fenêtre de la chambre, comme il l'avait toujours fait avec son père, même à la fin de sa vie. Tous deux s'appuyaient sur le gros rebord en pierre. Ils observaient le ciel et prédisaient le temps qui les attendait. Ils regardaient leurs terres, fertiles, clairement délimitées par les cultures, et qui s'étendaient dans l'immense vallée s'étalant au pied de la ferme. Ils contemplaient les oiseaux et écoutaient attentivement le bruit des animaux de la basse-cour du rez-de-chaussée. C'étaient des instants de communion entre père et fils, et de tous deux avec leurs terres, les rares minutes où le vieil Estanyol semblait retrouver la raison. Bernat avait rêvé de partager ces moments avec son épouse au lieu de les vivre seul, tandis qu'il l'entendait aller et venir à l'étage du dessous, et pouvoir lui raconter tout ce qu'il avait lui-même entendu de la bouche de son père, et celui-ci du sien, et ainsi de suite depuis des générations.

Il avait rêvé de pouvoir lui raconter que ces bonnes terres avaient été un jour allodiales, propriétés des Estanyol, et que ses ancêtres les avaient travaillées avec joie et amour, jouissant de leurs récoltes, sans avoir à payer des cens ou des impôts, ni à rendre hommage à des seigneurs arrogants et injustes. Il avait rêvé de ressentir avec elle, son épouse, la future mère des héritiers de ces champs, la tristesse que son père et lui avaient éprouvée quand il lui aurait révélé les raisons pour lesquelles les enfants qu'elle mettrait au monde naîtraient serfs. Car trois siècles plus tôt, les Estanyol, et de nombreux hommes libres comme eux, possédaient leurs propres armes dans leurs foyers, ils étaient venus, sous les ordres du comte Ramon Borrell et de son frère Ermengol d'Urgell, défendre la *Catalunya Vella* face aux razzias des Sarrasins ; et plusieurs Estanyol avaient fait partie de la victorieuse armée qui avait battu les Sarrasins du califat de Cordoue à Albesa, au-delà de Ballaguer, dans la plaine d'Urgell. Son père le lui racontait, bouleversé, dès qu'ils avaient un moment, mais son émotion se changeait en mélancolie quand il en arrivait à évoquer la mort du comte Ramon Borrell en 1017. Selon lui, c'était de cette époque que datait leur asservissement : en effet, quand le fils du comte Ramon Borrell, âgé de quinze ans, succéda à son père, sa mère, Ermessenda de Carcassonne, devint régente, et les barons de Catalogne – ceux-là mêmes qui avaient lutté au côté des paysans –, une fois les frontières de la principauté assurées, profitèrent de la vacance de pouvoir pour extorquer ces derniers, tuer ceux qui résistaient et obtenir la propriété des terres en obligeant leurs anciens propriétaires à les cultiver et à leur payer une partie de leurs récoltes. Les Estanyol avaient cédé, comme tant d'autres, et de nombreuses familles de paysans avaient été sauvagement et cruellement assassinées.

— Quand nous étions des hommes libres, lui disait son père, nous, les paysans, nous avons combattu avec les chevaliers, à pied bien entendu, contre les Maures, mais jamais nous n'avons pu lutter contre les nobles, et quand les comtes de Barcelone ont voulu reprendre les rênes de la principauté catalane, ils se sont heurtés à une noblesse riche et puissante, avec laquelle ils ont été obligés de pactiser, toujours à nos dépens. D'abord nos terres, celles de la *Catalunya Vella*, puis notre liberté, notre propre vie... notre honneur. Ce sont tes grands-parents, poursuivait-il d'une voix tremblante, le regard accroché à ses terres, qui ont perdu leur liberté. On leur a interdit d'abandonner leurs champs, on en a fait des serfs, des hommes liés à leurs propriétés, auxquelles resteraient également liés leurs enfants, comme moi, et leurs petits-enfants, comme toi. Notre vie... ta vie est entre les mains du seigneur, qui accorde la justice et possède le droit de nous maltraiter et de nous offenser. Nous ne pouvons même pas nous défendre ! Si quelqu'un te fait du mal, il faut que tu ailles voir ton seigneur pour obtenir une réparation dont il gardera la moitié.

Ensuite, infailliblement, Estanyol le fou récitait les multiples droits du seigneur, gravés pour toujours dans la mémoire de Bernat qui n'avait jamais osé interrompre son monologue courroucé. Le seigneur pouvait exiger le serment d'un serf à tout moment. Il avait le droit de toucher une partie des biens du serf si celui-ci mourait intestat ou quand héritait son fils ; s'il était stérile ; si sa femme commettait l'adultère ; si sa ferme était incendiée ; s'il l'hypothéquait ; s'il épousait la vassale d'un autre seigneur et, bien sûr, s'il tentait de s'enfuir. Le seigneur pouvait coucher avec la mariée lors de sa nuit de noces ; il pouvait demander aux femmes d'allaiter ses propres enfants, et à leurs filles de servir au château. Les serfs étaient contraints de travailler gratuitement les terres du seigneur ; de contribuer à la défense du château ; de payer une partie des récoltes de leurs fermes ; de loger le seigneur ou ses émissaires chez eux et de les nourrir pendant leur séjour ; de payer pour utiliser les bois ou les terres de pâturage ; d'utiliser, moyennant finances, la forge, le four ou le moulin du seigneur, et de lui envoyer des cadeaux à Noël et à d'autres occasions.

Quant à l'Église... Quand son père évoquait le sujet, sa voix s'irritait davantage.

— Moines, frères, prêtres, diacres, archidiacres, chanoines, abbés, évêques, énumérait-il, ils ne valent guère mieux que les seigneurs féodaux qui nous oppriment ! Ils nous ont même interdit de prendre l'habit pour être bien sûrs que nous ne nous échapperons pas, et perpétuer ainsi notre servitude ! Bernat, l'avertissait-il sérieusement quand l'Église devenait la cible de sa colère, ne te fie jamais à ceux qui prétendent servir Dieu. Ils te parleront doucement, avec de jolis mots, si savants que tu ne les comprendras pas. Ils essayeront de te convaincre avec des arguments qu'eux seuls savent manier jusqu'à s'emparer de ta raison et de ta conscience. Ils se présenteront à toi comme des hommes bons qui veulent, diront-ils, nous sauver du mal et de la tentation, mais en réalité leur opinion à notre sujet est déjà faite et, en tant que « soldats du Christ », comme ils se nomment, ils suivent avec fidélité ce qui est écrit dans les livres. Leurs paroles ne sont que des prétextes et ne valent pas grand-chose.

— Père, se rappelait avoir demandé une fois Bernat, que disent leurs livres de nous, les paysans ?

Estanyol le fou avait regardé les champs, jusqu'à ce point précis où ils se confondent avec le ciel, au nom duquel parlaient habits et soutanes, là exactement et pas plus haut.

— Ils disent que nous sommes des bêtes, des brutes, et que nous sommes incapables de comprendre ce qu'est la courtoisie. Ils disent que nous sommes horribles, vilains et abominables, dévergondés et ignorants. Ils disent que nous sommes cruels et têtus, que nous ne méritons aucun honneur car nous ne sommes pas en mesure de l'apprécier et que nous entendons seulement la force*. Ils disent que...

— Père, est-ce vraiment ce que nous sommes ?

— C'est ce en quoi ils veulent nous transformer, mon fils.

— Mais vous priez tous les jours, et quand ma mère est morte...

— La Vierge, mon fils, la Vierge. Notre Dame n'a rien à voir avec les frères et les prêtres. Nous pouvons continuer à croire en elle.

Bernat Estanyol aurait aimé s'appuyer à nouveau le matin sur le rebord de la fenêtre et parler à sa jeune épouse ; lui raconter toutes ces choses et contempler, à ses côtés, les champs.

Les derniers jours de septembre et tout le mois d'octobre, Bernat attela les bœufs et laboura les champs, cassant et retournant la dure croûte qui les recouvrait pour que le soleil, l'air et l'engrais renouvellent la terre. Avec l'aide de Francesca, il sema ensuite les céréales ; elle lançait les graines d'un grand cabas, lui, avec l'attelage des bœufs, labourait puis aplatissait la terre déjà ensemencée au moyen d'une lourde plaque de fer. Ils travaillaient en silence, un silence rompu seulement par les cris que Bernat lançait aux bœufs et qui résonnaient dans toute la vallée. Bernat croyait que travailler ensemble les rapprocherait un peu. Mais Francesca demeurait indifférente : elle prenait son cabas et jetait les graines sans même le regarder.

Novembre arriva et Bernat se consacra aux tâches propres à cette période : faire paître le cochon en vue de l'abattage, rentrer du bois pour la ferme et, pour bonifier la terre, préparer le potager et les

---

* *Lo crestià*, de Francesc Eiximenis. *(N.d.A.)*

champs qui seraient ensemencés au printemps, tailler et greffer les vignes. Quand il rentrait le soir, Francesca s'était occupée des travaux domestiques, du verger, des poules et des lapins. Elle lui servait son dîner en silence et se retirait pour dormir ; le matin, elle se levait avant lui et, quand Bernat descendait, il trouvait sur la table le petit déjeuner et sa gibecière avec le déjeuner. Pendant qu'il mangeait, il l'entendait prendre soin des animaux dans l'étable.

Noël passa à toute vitesse et en janvier s'acheva la cueillette des olives. Bernat ne possédait pas tellement d'oliviers, juste ce qu'il fallait pour couvrir les besoins de la ferme et payer les rentes au seigneur.

Ensuite, il fallut tuer le cochon. Du vivant de son père, les voisins, qui fréquentaient peu la ferme des Estanyol, ne manquaient jamais ce jour-là. Bernat s'en souvenait comme d'une véritable fête ; on saignait l'animal, puis on mangeait et on buvait pendant que les femmes préparaient la viande.

Les Esteve, le père, la mère et deux des fils, se présentèrent un matin. Bernat les accueillit sur l'esplanade de la ferme ; Francesca attendait derrière lui.

— Comment vas-tu, ma fille ? demanda la mère.

Francesca ne répondit pas, mais elle se laissa embrasser. Bernat observa la scène : la mère, anxieuse, étreignait sa fille entre ses bras, attendant en vain que celle-ci l'entoure des siens. Bernat se tourna vers son beau-père.

— Francesca, se contenta de murmurer Pere Esteve, sans regarder la jeune fille.

Ses frères la saluèrent d'un geste de la main.

Francesca alla chercher le cochon dans la porcherie, tandis que les autres demeuraient sans un mot sur l'esplanade. Seul un sanglot étouffé de la mère rompit le silence. Bernat faillit la consoler, mais finalement, quand il vit que ni son mari ni ses fils ne bougeaient, il n'en fit rien.

Francesca revint avec le cochon qui refusait de la suivre, comme s'il devinait son destin, et le confia à son mari sans mot dire. Bernat et les deux frères de Francesca couchèrent la bête et s'assirent dessus. Ses glapissements aigus se répercutaient dans toute la vallée des Estanyol. Pere Esteve l'égorgea d'un coup sûr, et tous attendirent en silence tandis que le sang de l'animal coulait dans les casseroles que les femmes changeaient à mesure qu'elles s'emplissaient. Personne ne regardait personne.

Pendant que mère et fille travaillaient sur le cochon dépecé, les hommes ne partagèrent même pas un verre de vin.

À la nuit tombée, le travail terminé, la mère tenta à nouveau d'étreindre sa fille. Bernat espéra en vain une réaction de la part de son épouse. Son père et ses frères prirent congé d'elle le regard rivé au sol. La mère s'approcha de Bernat.

— Quand tu penses que l'enfant va arriver, lui dit-elle, à l'écart des autres, fais-moi appeler. Elle, elle ne le fera pas.

Les Esteve prirent le chemin du retour. Cette nuit-là, au moment où Francesca montait l'escalier pour aller dans la chambre, Bernat ne put s'empêcher de regarder son ventre.

À la fin du mois de mai, le premier jour de la moisson, Bernat contempla ses champs, la faucille sur l'épaule. Comment allait-il ramasser, seul, toutes les céréales ? Depuis quinze jours, il avait interdit à Francesca de faire le moindre effort, car elle avait eu deux malaises. Elle avait écouté ses ordres en silence et obéi. Pourquoi le lui avait-il interdit ? Bernat regarda à nouveau les champs immenses qui l'attendaient. Au bout du compte, se demandait-il, si l'enfant n'était pas le sien ? Les femmes accouchaient aux champs, pendant qu'elles travaillaient ! Mais après l'avoir vue tomber à deux reprises, il n'avait pu manquer de s'inquiéter.

Bernat saisit la faucille et commença à faucher avec force. Les épis sautaient dans les airs. Le soleil atteignit midi. Bernat ne s'arrêta même pas pour manger. Le champ était immense. Il avait toujours fauché en compagnie de son père, même quand celui-ci était déjà mal en point. Les céréales semblaient le faire revivre. « Allez, mon fils ! l'encourageait-il. N'attendons pas qu'un orage ou que la grêle nous détruise tout. » Et ils fauchaient. Quand l'un était fatigué, il prenait appui sur l'autre. Ils mangeaient à l'ombre et buvaient du bon vin, celui de son père, le vieux, et discutaient et riaient et... À présent, il entendait seulement le sifflement de la faucille quand elle fendait le vent et frappait l'épi ; rien de plus, la faucille, la faucille, la faucille, qui paraissait lancer dans l'air des interrogations au sujet de la paternité de ce futur enfant.

Au cours des journées suivantes, Bernat faucha jusqu'au coucher du soleil ; un jour, il travailla même à la lumière de la lune. Quand il rentrait à la ferme, il trouvait le dîner sur la table. Il se lavait à la cuvette et mangeait sans appétit. Jusqu'à une nuit où le berceau qu'il avait fabriqué pendant l'hiver, quand la grossesse de Francesca était devenue évidente, bougea. Bernat le remarqua du coin de l'œil, mais continua à avaler sa soupe. Francesca dormait à l'étage. Il regarda à nouveau en direction du berceau. Une cuillerée, deux, trois. Le petit lit bougea une nouvelle fois. La quatrième cuillerée de soupe resta en suspens. Bernat, immobile, observait le berceau en bois. Il scruta le reste de la pièce en quête d'un signe de la présence de sa belle-mère... Mais non. Francesca l'avait mis au monde toute seule... Et elle était allée se coucher.

Il posa la cuiller et se leva, mais avant d'arriver au berceau il s'arrêta, fit demi-tour et retourna s'asseoir. Les doutes qu'il avait au sujet de cet enfant l'assaillirent avec plus de force que jamais. « Tous les Estanyol ont un grain de beauté à côté de l'œil droit », lui avait dit son père. Il en avait un, en effet, et son père aussi. « Ton grand-père en avait un également, lui avait assuré Estanyol le fou, ainsi que le père de ton grand-père... »

Bernat était épuisé : il avait travaillé du lever au coucher du soleil. Depuis des jours. Il regarda à nouveau en direction du berceau.

Il se releva et s'avança vers le bébé. Il dormait tranquillement, ses petites mains ouvertes, recouvert par un drap fait avec les lambeaux d'une chemise blanche en lin. Bernat retourna le bébé pour voir son visage.

3.

Francesca ne le regardait pas. Elle passait le bébé, qu'ils avaient prénommé Arnau, d'un sein à l'autre sans le regarder. Quand les paysannes – de la plus riche à la plus pauvre – nourrissaient leurs petits, Bernat les avait vues, elles leur souriaient, leur faisaient des mimiques ou les caressaient. Pas Francesca. Elle lavait et allaitait son enfant, mais au cours des deux premiers mois de sa vie, pas une fois Bernat ne l'entendit lui parler avec tendresse, jouer avec lui, chatouiller ses petites mains, le mordiller, l'embrasser ni, simplement, le câliner. « De quoi est-il coupable, Francesca ? » pensait Bernat en prenant Arnau dans ses bras. Alors il l'emmenait loin de sa mère, afin de lui parler et de le caresser à l'abri de la froideur de Francesca.

Car c'était bien son fils. « Tous les Estanyol ont un grain de beauté », songeait Bernat en embrassant celui qu'Arnau arborait près de l'œil droit. « Tous les Estanyol, père », répétait-il après avoir levé l'enfant au ciel.

Mais cet ostensible grain de beauté devint rapidement un problème. En effet, lorsque Francesca venait au château enfourner le pain, les femmes soulevaient la couverture d'Arnau pour le voir. Ensuite, elles souriaient entre elles devant le fournier et les soldats. Et quand Bernat allait travailler les terres de son seigneur, les paysans lui tapaient dans le dos et le félicitaient devant l'*alguazil* qui surveillait leurs travaux.

Nombreux étaient les bâtards de Llhorenç de Bellera, mais aucune réclamation n'avait jamais eu de suite : bien qu'ensuite, parmi les siens, il ne cessât de vanter sa virilité, sa parole s'imposait sur celle d'une paysanne ignorante. Cette fois, cependant, c'était différent : il était flagrant qu'Arnau Estanyol n'était pas son fils, et le seigneur de Navarcles remarqua les sourires mordants des paysannes qui venaient au château. De ses habitations, il les voyait chuchoter entre elles, même avec ses soldats, quand elles croisaient la femme d'Estanyol. La rumeur s'étendit au-delà du cercle des paysans, et Llhorenç de Bellera devint l'objet des plaisanteries de ses pairs.

— Mange, Bellera, lui avait dit avec un sourire un baron en visite au château. On raconte que tu as besoin de forces.

Tous ceux qui étaient présents à la table du seigneur de Navarcles avaient éclaté de rire.

— Sur mes terres, avait commenté un autre, je ne permets à aucun paysan de remettre en cause ma virilité.

— Tu interdis les grains de beauté, peut-être ? avait répliqué le premier, déjà sous l'effet du vin.

Les autres s'étaient esclaffés de plus belle, et Llhorenç de Bellera avait affiché un sourire forcé.

C'était le début du mois d'août. Arnau dormait dans son berceau à l'ombre d'un figuier, dans le patio d'entrée de la ferme ; sa mère allait et venait du potager à la basse-cour, et son père, un œil sur le berceau en bois, obligeait les bœufs à fouler les céréales qu'il avait étalées dans le patio afin d'en libérer les précieux grains qui les nourriraient toute l'année.

Ils ne les entendirent pas arriver. Trois cavaliers firent soudain irruption au galop dans la ferme : l'*alguazil* de Llhorenç de Bellera, flanqué de deux hommes armés et montés sur d'imposantes bêtes spécialement dressées pour la guerre. Bernat remarqua que les chevaux n'étaient pas caparaçonnés comme lors des cavalcades données par le seigneur. On avait probablement jugé que ce n'était pas nécessaire pour intimider un simple paysan. L'*alguazil* resta un peu à l'écart, mais les deux autres, à présent au pas, éperonnèrent leurs montures en direction de Bernat. Les chevaux se ruèrent sur lui sans hésiter. Bernat recula et finit par tomber à terre, tout près de leurs sabots. Alors seulement les cavaliers leur ordonnèrent de s'arrêter.

— Ton seigneur, Llhorenç de Bellera, a besoin de ta femme pour allaiter don Jaume, le fils de son épouse, doña Caterina, cria l'*alguazil*.

Bernat essaya de se relever mais un des cavaliers piqua à nouveau sa monture. L'*alguazil* se tourna vers Francesca.

— Prends ton fils et viens avec nous ! l'adjura-t-il.

Francesca sortit Arnau de son berceau et suivit le cheval de l'*alguazil*, tête basse. Bernat cria. Il voulut de nouveau se relever, mais un des cavaliers lança son cheval sur lui et le refit tomber. Il réessaya plusieurs fois, en vain. Hilares, les deux cavaliers s'amusaient à le poursuivre et à le renverser. À la fin, haletant et meurtri, il resta étendu au sol, au pied des animaux qui rongeaient leur frein. Une fois que l'*alguazil* fut loin, les soldats firent demi-tour et partirent au galop.

Le silence retomba sur la ferme. Bernat contempla le sillage de poussière laissé par les cavaliers puis s'aperçut que les deux bœufs broutaient les épis qu'ils avaient écrasés.

Depuis ce jour, Bernat s'occupait mécaniquement des animaux et des champs, l'esprit obsédé par son fils. La nuit, il errait dans la ferme, tout au souvenir de ce babil infantile qui parlait de vie et d'avenir, du crissement du berceau quand Arnau remuait, des pleurs aigus par lesquels il réclamait sa nourriture. Sur les murs de la ferme, dans chaque recoin, il tentait de sentir l'odeur d'innocence de son fils. Où dormait-il à présent ? Son berceau était là, qu'il avait fabriqué de ses propres mains. Quand il parvenait à trouver le sommeil, le silence le réveillait. Alors Bernat se recroquevillait sur la paillasse et écoutait passer les heures avec le bruit des animaux du rez-de-chaussée pour toute compagnie.

Il se rendait régulièrement au château de Llhorenç de Bellera pour enfourner le pain à la place de Francesca, enfermée à la disposition de doña Caterina et du capricieux appétit de son fils. Le château – comme le lui répétait son père quand tous deux étaient obligés de s'y présenter – n'était au départ qu'une tour de garde au sommet d'un petit promontoire. Les ancêtres de Llhorenç de Bellera avaient profité de la vacance de pouvoir après la mort du comte Ramon Borrell pour la fortifier, étendant chaque jour un peu plus leurs terres aux dépens des paysans. Autour du donjon, on avait ainsi construit au petit bonheur le four, la forge, de nouvelles et plus grandes écuries, des greniers, des cuisines et des chambres.

Le château de Llhorenç de Bellera était à plus d'une lieue de la ferme des Estanyol. Depuis qu'ils étaient partis, Bernat était sans nouvelles de sa femme et de son fils. Quelle que fût la personne qu'il interrogeait, la réponse était toujours la même : ils se trouvaient dans les habitations privées de doña Caterina. Mais à sa question, certains riaient cyniquement tandis que d'autres baissaient les yeux, comme s'ils ne voulaient pas affronter le père du bébé. Bernat attendit un long mois, jusqu'au jour où, en sortant du four avec deux miches de pain de farine de fèves, il tomba sur un des squelettiques apprentis de la forge, qu'il interrogea.

— Que sais-tu de mon Arnau ? lui demanda-t-il.

Il n'y avait personne alentour. Le garçon fit mine de ne pas avoir entendu et essaya de s'esquiver, mais Bernat lui saisit le bras.

— Je t'ai demandé ce que tu sais de mon Arnau.

— Ta femme et ton fils..., commença à réciter le garçon, le regard à terre.

— Je sais où ils sont, l'interrompit Bernat. Ce que je te demande, c'est si mon Arnau va bien.

Le garçon, les yeux toujours baissés, jouait du pied avec le sable. Bernat le bouscula.

— Il va bien ?

L'apprenti ne répondit pas, et Bernat le secoua violemment.

— Non ! s'écria le garçon. Non, répéta-t-il devant les yeux interrogateurs de Bernat.

— Que se passe-t-il ?

— Je ne peux pas... Nous avons l'ordre de ne pas te le dire...

La voix du garçon se brisa.

Bernat le secoua de nouveau fortement et leva la voix sans craindre d'attirer l'attention de la garde.

— Qu'arrive-t-il à mon fils ? Que lui arrive-t-il ? Réponds !

— Je ne peux pas. Nous ne pouvons pas...

— Et avec ça ? demanda-t-il en lui tendant une miche de pain.

Les yeux de l'apprenti s'ouvrirent comme des soucoupes. Sans un mot, il arracha le pain des mains de Bernat et mordit dedans comme s'il n'avait pas mangé depuis plusieurs jours. Bernat l'entraîna à l'abri des regards.

— Où est mon Arnau ? Que se passe-t-il ? demanda-t-il une nouvelle fois avec anxiété.

La bouche pleine, le garçon lui fit signe de le suivre. Ils marchèrent discrètement, longeant les murs jusqu'à la forge où ils entrèrent. Ils allèrent tout au fond. Le garçon ouvrit la petite porte d'un cagibi annexe, où l'on gardait des matériaux et des outils, et pénétra là, suivi par Bernat. Aussitôt, il s'assit par terre et se jeta sur le pain. Bernat scruta l'intérieur de la pièce. Il faisait une chaleur suffocante. Pourquoi l'apprenti l'avait-il conduit jusqu'à cet endroit où il n'y avait que des outils et de la ferraille ? Bernat ne comprenait pas.

Il interrogea le garçon du regard. Ce dernier, qui mâchait avec délectation, lui fit signe d'aller voir dans un coin.

Le bébé était posé sur un grossier cabas déchiré, à même des madriers, abandonné et sous-alimenté, dans l'attente de la mort. La blanche chemise en lin était noire de crasse et déchirée. Bernat ne put réprimer le cri qui monta en lui. Un cri sourd, un sanglot à peine humain. Il prit Arnau et le serra contre lui. Le bébé répondit faiblement.

— Le seigneur a donné l'ordre que ton fils reste ici, dit l'apprenti à Bernat. Au début, ta femme venait plusieurs fois par jour pour lui donner le sein.

Les larmes aux yeux, Bernat pressait le petit corps contre sa poitrine en tentant de lui insuffler de la vie.

— Et puis l'*alguazil*..., poursuivit le garçon. Ta

femme a résisté et crié... Je l'ai vu, j'étais dans la forge.

Il pointa une ouverture entre les grosses planches en bois du mur.

— Mais l'*alguazil* est très fort... Après, le seigneur est entré avec quelques soldats. Ta femme était par terre et le seigneur s'est moqué d'elle. Les autres ont fait pareil. À partir de là, chaque fois que ta femme venait nourrir ton fils, les soldats l'attendaient près de la porte. Elle ne pouvait pas lutter. Depuis quelques jours elle ne vient presque plus. Les soldats... n'importe lequel, l'attrapent dès qu'elle quitte les habitations de doña Caterina. Et elle n'a plus le temps d'arriver jusqu'ici. Parfois le seigneur les voit, mais il ne dit rien. Ça l'amuse.

Sans y réfléchir à deux fois, Bernat souleva sa chemise et glissa dessous le petit corps de son fils ; puis il le dissimula avec la miche de pain qui lui restait. Le bébé ne bougea même pas. Bernat s'avança vers la porte. L'apprenti se leva brusquement.

— Le seigneur l'a interdit. Tu ne peux pas... !

— Laisse-moi !

Le garçon tenta de le devancer. Bernat n'hésita pas une seconde. Tenant d'une main la miche et le petit Arnau, il saisit avec l'autre une barre en fer qui était suspendue au mur et se retourna en un mouvement désespéré. La barre atteignit le garçon à la tête au moment où il s'apprêtait à sortir du cagibi. Il tomba au sol sans avoir eu le temps de prononcer un mot. Bernat n'eut pas un regard pour lui. Il sortit et referma la porte.

Il quitta sans problème le château de Llhorenç de Bellera. Personne n'aurait pu imaginer que, sous la miche de pain, Bernat portait le pauvre petit corps de son fils. C'est seulement après avoir franchi la porte du château qu'il eut une pensée pour Francesca, violée par des soldats pendant qu'Arnau attendait la mort sur d'infâmes madriers. Indigné, il lui en voulut de ne pas avoir tenté de le prévenir du danger que courait leur fils, de ne pas avoir lutté pour Arnau... Bernat serra le corps du bébé.

Dans combien de temps découvrirait-on le garçon qu'il avait frappé ? Était-il mort ? Avait-il bien refermé la porte du cagibi ? Les questions assaillaient Bernat qui se hâtait sur le chemin.

Dès qu'il eut passé le premier virage du sentier qui serpentait jusqu'au château et que celui-ci ne fut plus momentanément en vue, Bernat découvrit son fils ; ses yeux, éteints, semblaient vides. Il pesait moins que la miche ! Ses petits bras et ses jambes... Il en eut l'estomac retourné et un nœud se forma dans sa gorge. Les larmes commencèrent à jaillir. « Ce n'est pas le moment de pleurer », se dit-il. Il savait qu'on les poursuivrait, qu'on leur lâcherait les chiens, mais... À quoi bon fuir si l'enfant ne survivait pas ? Bernat s'écarta du chemin et se cacha derrière des buissons. Il s'agenouilla, posa la miche et souleva Arnau. L'enfant était inerte, sa petite tête inclinée.

— Arnau ! murmura Bernat.

Il le secoua doucement, à plusieurs reprises. Ses petits yeux bougèrent. Le visage plein de larmes, Bernat se rendit compte que son bébé n'avait même plus la force de pleurer. Il l'allongea sur un de ses bras, émietta un peu de pain, le mouilla de salive et l'approcha des lèvres du petit. Arnau ne réagit pas mais Bernat insista jusqu'à ce qu'il ouvre la bouche. Il attendit.

— Avale, mon fils, le supplia-t-il.

Quand il vit la gorge du bébé se contracter, Bernat trembla d'émotion. Il émietta encore du pain et répéta l'opération avec anxiété. Arnau avala sept bouchées supplémentaires.

— Nous nous en sortirons, dit Bernat à son fils. Je te le promets.

Il reprit la route. Tout était toujours calme. À l'évidence, on n'avait pas encore découvert le garçon ; sinon, il y aurait eu un sacré remue-ménage. Un moment, il songea à Llhorenç de Bellera : cruel, vil, implacable. Quelle satisfaction ce serait pour lui de prendre en chasse un Estanyol !

— Nous nous en sortirons, Arnau, répéta-t-il en se mettant à courir en direction de la ferme.

Il parcourut le reste du chemin sans regarder derrière lui. Arrivé à la ferme, il ne s'autorisa pas un instant de repos : il posa Arnau dans son berceau, prit un sac qu'il remplit de blé moulu et de légumes secs, une outre d'eau et une autre de lait, de la viande salée, une écuelle, une cuiller et des vêtements, un peu d'argent qu'il gardait caché, un couteau de chasse et son arbalète... « Comme mon père était fier de cette arbalète ! » pensa-t-il en la soupesant. « Elle a combattu au côté du comte Ramon Borrell à l'époque où les Estanyol étaient libres », lui répétait-il quand il lui apprenait à s'en servir. Libres ! Bernat attacha son fils à sa poitrine avec le reste de ses affaires. Il serait toujours un serf, sauf si...

— Pour le moment, nous serons des fugitifs, dit-il au bébé avant de s'élancer vers la montagne. Personne ne connaît ces monts mieux que les Estanyol, lui assura-t-il, déjà à couvert des arbres. Nous avons toujours chassé sur ces terres, tu sais ?

Bernat coupa à travers le bois jusqu'à un ruisseau. Arrivé là, de l'eau jusqu'aux genoux, il entreprit de remonter son cours. Arnau avait fermé les yeux et dormait, mais Bernat continuait de lui parler.

— Les chiens du seigneur ne sont pas malins, ils ont été trop maltraités. Nous irons jusqu'en haut, où la forêt s'épaissit et où il est difficile de poursuivre à cheval. Les seigneurs chassent seulement à cheval, ils ne viennent jamais dans cette zone. Ils abîmeraient leurs habits. Quant aux soldats... pourquoi viendraient-ils chasser par ici ? Nous prendre notre nourriture leur suffit. Nous nous cacherons, Arnau. Personne ne pourra nous trouver, je te le jure.

Tandis qu'il remontait le courant, Bernat caressait la tête de son fils.

En milieu d'après-midi, ils firent une halte. Le bois était devenu si touffu que les arbres envahissaient les rives du ruisseau et masquaient complètement le ciel. Bernat s'assit sur un rocher et regarda ses jambes blanches, fripées par l'eau. Seulement alors il sentit la douleur, mais n'en tint pas compte. Il se libéra de son équipement et détacha Arnau. L'enfant avait ouvert les yeux. Il dilua du lait dans de l'eau et ajouta du blé moulu, remua le mélange et approcha une cuiller des lèvres du petit. Arnau la refusa d'une moue. Bernat se lava un doigt dans le ruisseau, le trempa dans la nourriture et essaya à nouveau. Après plusieurs tentatives, Arnau permit à son père de l'alimenter avec le doigt ; puis il ferma les yeux et se rendormit. Bernat mangea juste un peu de viande de salaison. Il aurait aimé se reposer, mais il lui restait une bonne distance à accomplir.

Il arriva à la nuit tombée à la « grotte des Estanyol », comme l'appelait son père, après avoir fait un autre arrêt pour nourrir Arnau. On y accédait par une étroite ouverture dans les rochers, que Bernat, son père et aussi son grand-père obstruaient de l'intérieur avec des troncs, pour dormir à l'abri du mauvais temps et des bêtes quand ils sortaient chasser.

Il alluma un feu à l'entrée de la caverne et y pénétra avec une torche pour vérifier qu'aucun animal ne l'occupait ; puis il installa Arnau sur une paillasse improvisée avec le sac et des branches sèches, et lui donna à nouveau à manger. Le petit accepta les aliments et tomba dans un profond sommeil, comme Bernat. Là, ils seraient à l'abri du seigneur, pensa-t-il avant de fermer les yeux et d'accorder sa respiration à celle de son fils.

Quand le maître forgeron découvrit l'apprenti, mort au milieu d'une flaque de sang, Llhorenç de Bellera sortit au triple galop au côté de ses hommes. Arnau avait disparu et on avait vu son père traîner dans les parages : tout accusait Bernat. Le seigneur de Navarcles, qui attendait sur son cheval devant la porte de la ferme des Estanyol, eut un mauvais sourire quand ses hommes lui dirent que l'intérieur était sens dessus dessous et que, visiblement, Bernat s'était enfui avec son fils.

— Après la mort de ton père tu t'es affranchi, murmura-t-il, mais maintenant tout est à moi. Cherchez-le ! intima-t-il à ses hommes.

Puis il se tourna vers l'*alguazil*.

— Fais un inventaire de tous les biens, outils et animaux de cette propriété et veille à ce qu'il ne manque pas une livre de grain. Ensuite, cherche Bernat.

Plusieurs jours après, l'*alguazil* comparut devant son seigneur, dans le donjon du château.

— Nous avons fouillé les autres fermes, les forêts, les champs. Aucune trace d'Estanyol. Il aura fui vers une ville, peut-être à Manresa ou à...

Llhorenç de Bellera le fit taire d'un geste.

— On le trouvera. Préviens les autres seigneurs et

nos agents dans les villes. Dis-leur qu'un serf s'est échappé de mes terres et qu'il faut l'arrêter.

C'est alors qu'entra Francesca, avec le petit Jaume dans les bras, au côté de doña Caterina. Llhorenç de Bellera grimaça ; il n'avait plus besoin d'elle.

— Madame, dit-il à son épouse, je ne comprends pas comment vous permettez qu'une telle garce allaite mon fils.

Doña Caterina sursauta.

— Ignorez-vous que votre nourrice est la putain de toute la soldatesque ?

Doña Caterina arracha son fils des mains de Francesca.

Les terres et propriétés des Estanyol appartenaient désormais au seigneur de Bellera. Elle n'avait nulle part où aller. Pendant ce temps, les soldats continuaient à abuser d'elle. Un morceau de pain dur, un légume pourri, parfois un os à ronger : tel était le prix de son corps.

Aucun des paysans qui venaient au château ne daignait désormais la regarder. Francesca tenta d'en approcher certains, mais ils la repoussèrent. Elle n'osa pas retourner à la maison de ses parents car sa mère l'avait répudiée publiquement, devant le four à pain, et elle n'eut d'autre choix que de traîner aux alentours du château, parmi les nombreux mendiants qui venaient fouiller dans les déchets, près des remparts. Son unique destin semblait être de passer d'un soldat à un autre, en échange des restes de soupe de celui qui l'avait choisie ce jour-là.

Septembre arriva. Arnau souriait et crapahutait à quatre pattes dans la grotte et ses environs. Cependant, les provisions commençaient à manquer et l'hiver approchait. Il était temps de partir.

4.

La ville s'étendait à leurs pieds.

— Regarde, Arnau, dit Bernat à son petit qui dormait paisiblement contre sa poitrine. Barcelone. Ici, nous serons libres.

Depuis leur fuite, Bernat n'avait cessé de penser à la capitale catalane, espérance de tous les serfs. Quand ils étaient obligés de travailler les terres du seigneur, de réparer les remparts du château ou d'accomplir n'importe quelle tâche pour Llhorenç de Bellera, les paysans ne parlaient que de cela, en prenant garde de ne pas être entendus par l'*alguazil* ou les soldats. Mais leurs conciliabules n'éveillaient chez Bernat qu'une simple curiosité. Il était heureux sur ses terres et n'aurait jamais abandonné son père. Et comme il n'aurait pas pu fuir avec lui... Cependant, depuis qu'il avait tout perdu, les paroles qu'il avait souvent écoutées distraitement lui étaient revenues puissamment en mémoire quand, la nuit, à l'intérieur de la grotte des Estanyol, il regardait dormir son fils.

« Si l'on réussit à vivre à Barcelone un an et un jour sans être arrêté, se souvenait-il d'avoir entendu une fois, on acquiert un certificat de résidence et on obtient la liberté. » Tous les serfs avaient gardé le silence. Certains avaient les yeux fermés et les lèvres pincées, ou bien hochaient la tête, d'autres encore souriaient en regardant le ciel.

« Et tout ce qu'il faut faire, c'est vivre dans la ville ? avait interrogé un garçon qui rêvait sans doute de briser ses chaînes. Pourquoi ? » Le plus ancien de tous avait répondu lentement : « Oui, cela suffit. Vivre pendant un an et un jour à Barcelone. » Le garçon, les yeux brillants, l'avait pressé de continuer.

« Barcelone est très riche. Durant de nombreuses années, de Jacques Ier le Conquérant à Pierre III le Grand, les rois ont demandé de l'argent à la ville pour financer leurs guerres ou leurs cours en échange de privilèges spéciaux. Jusqu'au moment où Pierre III le Grand, alors qu'il était en guerre contre la Sicile, les a institués dans un code... (le vieil homme avait hésité) *Recognoverunt proceres*, je crois que c'est son nom. C'est là qu'il est écrit que nous pouvons nous affranchir. Barcelone a besoin de travailleurs, de travailleurs libres. »

Le lendemain, ce garçon ne s'était pas présenté au château. Pas plus que le jour suivant. Son père, en revanche, continuait de travailler en silence. Au bout de trois mois, on l'avait ramené enchaîné, avançant à coups de fouet, mais tous crurent voir une lueur d'orgueil briller dans ses yeux.

Du haut de la montagne de Collserola, sur l'ancienne voie romaine qui reliait Ampurias à Tarragone, Bernat contempla la liberté et... la mer infinie ! Il ne l'avait jamais vue, pas même imaginée. Il savait qu'au-delà existaient des terres catalanes, c'est ce que disaient les marchands, mais... c'était la première fois qu'il se trouvait face à quelque chose dont il ne pouvait pas distinguer les limites. « Derrière cette montagne... après avoir franchi cette rivière... » Il avait toujours pu montrer l'endroit, indiquer ce point à l'étranger qui le questionnait... Il scruta l'horizon qui se confondait avec le bleu de la mer et demeura quelques instants ainsi, les yeux fixés vers le lointain, tout en caressant la tête d'Arnau, dont les cheveux rebelles avaient poussé lors de leur séjour dans la forêt.

Puis il contempla la rive. Cinq navires mouillaient près de l'îlot de Maians. Jusqu'à ce jour, Bernat avait seulement vu des dessins de bateaux. À sa droite s'élevait la montagne de Montjuïc, que la mer léchait et au pied de laquelle s'étendaient des champs et des plaines. Plus loin : Barcelone. Au centre de la ville s'élevait le *mons* Taber, un petit promontoire, avec tout autour des centaines de constructions ; certaines basses, englouties par leurs voisines, d'autres majestueuses : palais, églises, monastères... « Combien de personnes peuvent bien vivre là ? » se demanda Bernat. Car soudain Barcelone s'arrêtait. Une fourmilière entourée de remparts, sauf du côté de la mer, et au-delà juste des champs. Quarante mille, avait-il entendu dire.

— Comment nous retrouveraient-ils parmi quarante mille personnes ? murmura-t-il en regardant Arnau. Tu seras libre, mon fils.

Ils pourraient se cacher. Il chercherait sa sœur. Mais Bernat savait qu'auparavant il leur fallait franchir les portes. Et si le seigneur de Bellera avait donné sa description ? Ce grain de beauté... Au cours des trois nuits où il avait marché depuis la montagne, il n'avait cessé d'y songer. Il s'assit par terre et sortit de son sac un lièvre qu'il avait chassé avec son arbalète. Il l'égorgea et mélangea son sang avec du sable. Puis il attendit que la mixture commence à sécher et l'étala sur son œil droit. Il remit ensuite le lièvre dans sa besace.

Quand il sentit que la pâte était sèche et qu'il ne

pouvait plus ouvrir l'œil, il amorça sa descente en direction de la porte de Santa Anna, dans la partie la plus septentrionale des remparts occidentaux. Les gens faisaient la queue pour entrer dans la ville. Bernat se joignit à eux en traînant des pieds, discrètement, sans cesser de caresser la tête d'Arnau, à présent réveillé. Un paysan nu-pieds, qui portait un énorme sac de navets, tourna la tête vers lui. Bernat lui sourit.

— La lèpre ! cria le paysan qui laissa tomber son sac et bondit hors du chemin.

En un instant, toute la file d'attente déguerpit, les uns se réfugiant sur la droite de la route, les autres sur la gauche, laissant derrière eux un monceau d'objets et d'aliments, plusieurs charrettes et quelques mules. Les aveugles qui mendiaient près de la porte de Santa Anna se mirent à gesticuler en criant.

Arnau commença à pleurer, et Bernat vit les soldats dégainer leurs épées et fermer les portes.

— Va à la léproserie ! lui intima quelqu'un de loin.

— Ce n'est pas la lèpre ! se défendit Bernat. Je me suis enfoncé une branche dans l'œil. Regardez !

Il montra ses mains. Puis il posa Arnau par terre et entreprit de se déshabiller.

— Regardez ! répéta-t-il en exhibant son corps, fort, robuste et immaculé, sans une plaie. Regardez ! Je ne suis qu'un paysan, mais j'ai besoin d'un médecin pour soigner mon œil ; sinon, je ne pourrai plus travailler.

Un soldat, que l'officier avait poussé dans le dos, s'avança vers lui. Il s'arrêta à quelques pas de Bernat et l'examina.

— Tourne-toi, lui ordonna-t-il avec un geste du doigt.

Bernat obéit. Le soldat se tourna vers l'officier et hocha négativement la tête. Depuis la porte, avec son épée, ce dernier pointa le paquet qui se trouvait aux pieds de Bernat.

— Et l'enfant ?

Bernat se baissa pour se saisir d'Arnau. Il le déshabilla en collant la partie droite de son visage contre lui et, quand il le leur montra, il prit garde de dissimuler son grain de beauté avec un doigt.

Le soldat fit à nouveau un signe négatif en direction de la porte.

— Cache cette blessure, paysan, lui conseilla-t-il, sinon tu ne réussiras pas à faire un pas dans la ville.

Les gens regagnèrent le chemin. Les portes de Santa Anna s'ouvrirent à nouveau et le paysan aux navets reprit son sac sans un regard pour Bernat qui franchit la porte, l'œil droit recouvert d'une chemise d'Arnau.

Les soldats le suivirent du regard. Comment allait-il faire maintenant pour ne pas attirer l'attention avec une chemise qui lui recouvrait la moitié du visage ? Il passa à droite de l'église Santa Anna et continua à marcher derrière les gens qui entraient dans la ville. Il arriva, tête baissée, place Santa Anna. Les paysans se dispersèrent ; pieds nus, sandales et espadrilles disparurent peu à peu et Bernat se retrouva entouré de bas de soie rouge feu, dans des chaussures vertes en toile fine, sans semelle, ajustées aux pieds et pointues, une pointe si longue qu'elle était reliée à la cheville par une petite chaîne en or.

Sans réfléchir, il leva les yeux et heurta un homme avec un chapeau, qui portait un habit noir surchargé de fils d'or et d'argent, une ceinture également brodée d'or, ornée de perles et de pierres précieuses. Bernat le contempla bouche bée. L'homme se tourna vers lui mais son regard le traversa comme s'il n'existait pas.

Bernat vacilla sur ses jambes, baissa de nouveau les yeux et soupira de soulagement quand il vit que l'homme ne lui avait pas du tout prêté attention. Il remonta la rue jusqu'à la cathédrale, alors en construction. Lentement, il commença à relever la tête. Personne ne semblait le remarquer. Pendant un bon moment il regarda travailler les ouvriers : ils taillaient des pierres, se déplaçaient sur de hauts échafaudages, soulevaient d'énormes blocs avec des poulies... Une crise de larmes d'Arnau le détourna de sa contemplation.

— Brave homme, demanda Bernat à un ouvrier qui passait près de lui, comment puis-je trouver le *barrio* des potiers ?

— Suis cette rue, récita l'homme à toute vitesse, jusqu'à la place Sant Jaume. À la fontaine, tourne à droite et continue jusqu'aux nouveaux remparts, à la porte de la Bocaría. Ne sors pas au Raval. Longe les remparts en direction de la mer jusqu'à la porte de Trentaclaus. Là se trouve le *barrio* des potiers.

Bernat tenta en vain de tout retenir, mais l'homme avait déjà disparu.

— Suis cette rue jusqu'à la place Sant Jaume, répéta-t-il à Arnau. Je me souviens de cela. Et après, nous tournerons à droite, pas vrai, mon fils ?

Dès qu'il entendait la voix de son père, Arnau arrêtait toujours de pleurer.

— Et maintenant ? s'interrogea Bernat à voix haute – il se trouvait place Sant Miquel. Cet homme a parlé d'une seule place. Comment aurions-nous pu nous tromper ?

Deux personnes passèrent à côté de lui sans s'arrêter.

— Ils sont tous si pressés, dit-il à Arnau, quand il

remarqua un homme, de dos, immobile devant l'entrée d'un... château ? Celui-ci a l'air différent des autres. Peut-être... Brave homme..., l'interrogea-t-il en touchant sa cape noire.

L'homme se retourna. Bernat recula si brusquement que même Arnau, pourtant bien attaché à sa poitrine, sursauta.

Le vieux juif le dévisagea d'un air fatigué. Tel était le résultat des sermons enflammés des prêtres chrétiens, pensa-t-il.

— Que veux-tu ?

Bernat ne put s'empêcher de fixer le cercle rouge et jaune cousu sur la poitrine du vieil homme. Puis il regarda à l'intérieur de ce qu'il avait pris pour un château fortifié. Tous ceux qui entraient et sortaient étaient juifs ! Ils portaient tous le même signe distinctif. Était-il permis de parler avec eux ?

— Tu voulais quelque chose ? insista l'ancien.

— Pour... aller au *barrio* des potiers ?

— Suis cette rue tout droit, lui indiqua le vieil homme de la main, et tu arriveras à la porte de la Boquería. Continue par les remparts jusqu'à la mer. À la porte suivante, tu seras arrivé au *barrio* que tu cherches.

Les curés le répétaient : les relations charnelles avec eux étaient interdites. C'est pourquoi l'Église les obligeait à porter un symbole spécial. Les prêtres parlaient toujours d'eux avec exaltation, pourtant ce vieillard...

— Merci, brave homme, répondit Bernat avec un demi-sourire.

— Merci à toi, mais à l'avenir fais en sorte qu'on ne te voie pas nous parler... et encore moins nous sourire, conclut le vieux avec une moue de tristesse.

À la porte de la Boquería, Bernat tomba sur un groupe de femmes qui achetaient de la viande.

Pendant quelques instants, il observa comment elles vérifiaient la marchandise et débattaient avec les commerçants. « Voici la viande qui pose tant de problèmes à notre seigneur », murmura-t-il à Arnau. Penser à Llhorenç de Bellera le fit rire. Combien de fois l'avait-il vu tenter d'intimider, avec ses chevaux et ses soldats, les bergers et les éleveurs qui approvisionnaient Barcelone ! Il ne pouvait pas faire davantage. Ceux qui transportaient du bétail à Barcelone – où seuls des animaux vivants pouvaient entrer – avaient droit de pâture dans toute la principauté.

Bernat contourna le marché et descendit vers Trentaclaus. Les rues étaient plus larges et, à mesure qu'il approchait de la porte, il observa que devant les maisons des douzaines d'objets en céramique séchaient au soleil : assiettes, écuelles, marmites, jarres ou carreaux.

— Je cherche la maison de Grau Puig, annonça-t-il à un soldat posté à la porte.

Les Puig avaient été les voisins pauvres des Estanyol. Grau était le quatrième de huit frères faméliques. La mère de Bernat les estimait beaucoup, car la mère des Puig l'avait aidée à accoucher. Grau était le plus malin et le plus travailleur des huit ; c'est pourquoi, quand un des parents de Josep Puig avait offert à l'un de ses fils de devenir apprenti potier à Barcelone, c'est lui, âgé alors de dix ans, qui avait été choisi.

Mais comme Josep Puig avait déjà bien du mal à nourrir sa famille, il allait difficilement pouvoir payer les deux quarts de blé blanc et les dix sous que demandait son parent pour prendre en charge Grau pendant ses cinq années d'apprentissage. À quoi il fallait ajouter les deux sous exigés par Llhorenç de

Bellera pour libérer un de ses serfs, ainsi que les vêtements que porterait Grau les deux premières années – car, dans le contrat d'apprentissage, le maître s'engageait à fournir ses habits les trois dernières années seulement.

C'est pourquoi, un jour, le père Puig s'était présenté à la ferme des Estanyol en compagnie de son fils Grau, un peu plus âgé que Bernat et sa sœur. Estanyol le fou avait écouté avec attention la proposition de Josep Puig :

— Si tu dotes ta fille de la somme dont j'ai besoin maintenant pour mon fils, et que tu me l'avances, Grau épousera Guiamona à dix-huit ans, quand il sera devenu ouvrier potier.

Estanyol le fou avait regardé Grau ; quelquefois, quand sa famille n'avait plus d'autre recours, il était venu les aider aux champs. Il n'avait jamais rien demandé, mais le vieil Estanyol lui avait toujours donné un légume ou un peu de blé. Il avait confiance en lui. Il avait accepté.

Après cinq dures années d'apprentissage, Grau acquit le statut d'ouvrier. Satisfait de ses qualités, son maître commença à lui payer un salaire. À dix-huit ans, il tint sa promesse et se maria avec Guiamona.

— Mon fils, dit le père Estanyol à Bernat, j'ai décidé de doter à nouveau ta sœur. Nous ne sommes que deux et nous possédons les terres les meilleures, les plus vastes et les plus fertiles de la région. Alors que Grau et Guiamona peuvent avoir besoin de cet argent.

— Père, l'interrompit Bernat, pourquoi vous justifier ?

— Parce que ta sœur a déjà eu sa dot et que tu es mon héritier. Cet argent t'appartient.

— Faites comme bon vous semble.

Quatre ans plus tard, à l'âge de vingt-deux ans,

Grau s'était présenté à l'examen public devant les quatre consuls de la confrérie des potiers. À cette occasion, il lui fallut réaliser ses premières œuvres : une jarre, deux assiettes et une écuelle, sous le regard attentif des quatre hommes qui lui conférèrent le titre de maître, lui permettant ainsi d'ouvrir son propre atelier à Barcelone et, bien entendu, d'utiliser un poinçon distinctif à apposer, en prévision d'éventuelles réclamations, sur toutes les pièces de céramique qui sortiraient de son atelier. En l'honneur de son nom, Grau Puig choisit le dessin d'une montagne.

Grau et Guiamona, qui était enceinte, s'installèrent dans une petite maison à un étage dans le *barrio* des potiers qui, par ordonnance royale, se trouvait à l'extrême ouest de Barcelone, entre les remparts construits par le roi Jacques Ier et les anciennes limites fortifiées de la ville. Ils achetèrent la maison grâce à la dot de Guiamona qu'ils avaient conservée, pleins d'espoir, dans l'attente d'un jour comme celui-là.

C'est là, dans cette pièce unique servant à la fois d'atelier et d'habitation, de four et de chambre, que Grau débuta son travail de maître à un moment où l'expansion commerciale catalane était en train de modifier l'activité des potiers et exigeait d'eux une spécialisation que beaucoup d'entre eux, ancrés dans la tradition, refusaient.

— Nous nous consacrerons aux pots et aux jarres, décida Grau, seulement aux pots et aux jarres.

Guiamona posa les yeux sur les quatre œuvres réalisées par son mari.

— J'ai vu de nombreux commerçants qui pleuraient pour avoir des jarres afin de vendre de l'huile, du miel ou du vin, et les maîtres céramistes les renvoyaient sans ménagement parce que leurs fours étaient occupés à cuire la faïence compliquée d'une nouvelle maison, les assiettes polychromées d'un noble, ou les pots d'un apothicaire.

Guiamona caressa du bout des doigts les œuvres de son mari. Elles étaient si douces au toucher ! Quand Grau, exultant, les lui avait offertes après avoir réussi son examen, Guiamona avait imaginé que son foyer serait toujours plein de pièces comme celles-là. Les consuls de la confrérie avaient félicité son époux. Dans ces quatre poteries, Grau avait démontré à tous les maîtres sa connaissance du métier ; la jarre, les deux assiettes et l'écuelle, décorées par des lignes en zigzag, des feuilles de palmier, des rosettes et des fleurs de lys, combinaient, sur une couche blanche d'étain appliquée au préalable, toutes les couleurs : le vert cuivre de Barcelone, obligatoire dans l'œuvre de tout maître de la ville, le pourpre ou le violet du manganèse, le noir du fer, le bleu du cobalt ou le jaune de l'antimoine. Chaque ligne et chaque dessin était d'une teinte différente. Tandis que les pièces cuisaient, Guiamona rongeait son frein d'impatience, craignant qu'elles ne se brisent. À la fin, Grau avait appliqué dessus une couche transparente de vernis de plomb vitrifié qui les imperméabilisait complètement. Guiamona se souvenait encore de la douceur des pièces au bout de ses doigts. Et maintenant... son mari avait décidé de se consacrer seulement aux jarres.

Grau s'approcha de son épouse.

— Ne t'inquiète pas ; pour toi je continuerai à fabriquer des œuvres comme celles-ci.

Grau Puig avait deviné juste. Il emplit le séchoir de son modeste atelier de pots et de jarres, et rapidement les commerçants surent qu'ils pourraient trouver chez lui, immédiatement, tout ce qu'il leur fallait. Ils n'auraient plus jamais à supplier des maîtres arrogants.

La demeure devant laquelle s'arrêtèrent Bernat et le petit Arnau, qui était réveillé et réclamait à manger, n'avait plus rien à voir avec cette première maison atelier. Ce que vit Bernat de son œil gauche était un grand bâtiment de trois étages. Au rez-de-chaussée, ouvert sur la rue, était sis l'atelier, et aux deux étages supérieurs vivaient le maître et sa famille. D'un côté de la maison se trouvaient un verger et un jardin ; de l'autre des constructions auxiliaires qui donnaient sur les fours à cuisson et une grande terrasse où étaient stockés au soleil une infinité de pots et de jarres de différents modèles, tailles et couleurs. Derrière la maison, comme l'exigeaient les ordonnances municipales, s'ouvrait un espace destiné au déchargement et à l'emmagasinage de l'argile et autres matériaux de travail. On gardait là aussi les cendres et autres résidus de cuisson qu'il était interdit aux potiers de jeter dans les rues de la ville.

Dix personnes travaillaient frénétiquement à l'atelier. D'après leur silhouette, aucune d'elles ne semblait être Grau. Bernat vit que, près de la porte d'entrée, à côté d'une voiture chargée de jarres neuves et tirée par des bœufs, deux hommes se disaient au revoir. Le premier grimpa sur la voiture et partit. Bernat interpella le second, qui était richement vêtu, avant qu'il ne rentre dans l'atelier.

— Attendez !

L'homme regarda Bernat avancer vers lui.

— Je cherche Grau Puig.

L'autre l'examina de la tête aux pieds.

— Nous n'avons besoin de personne. Le maître

n'a pas de temps à perdre, aboya-t-il méchamment, et moi non plus, ajouta-t-il en tournant les talons.

— Je suis de sa famille.

L'homme s'arrêta d'un coup et fit brusquement volte-face.

— Le maître ne t'a pas déjà donné assez d'argent sans doute ? Pourquoi insistes-tu ? marmonna-t-il entre ses dents en bousculant Bernat, tandis qu'Arnau se mettait à pleurer. On t'a déjà dit que si tu revenais par ici nous porterions plainte contre toi. Grau Puig est un homme important, tu sais ?

Plus l'autre le poussait, plus Bernat reculait, bien qu'il ne comprît rien à ses allusions.

— Écoutez-moi, se défendit-il, je...

Arnau se mit à hurler.

— Tu ne m'as pas entendu ? s'époumona l'homme de l'atelier plus fort que les braillements d'Arnau.

C'est alors que des cris encore plus stridents sortirent d'une fenêtre à l'étage supérieur.

— Bernat ! Bernat !

Le buste penché à la fenêtre, une femme agitait vigoureusement les bras.

— Guiamona ! cria Bernat en lui faisant signe à son tour.

La femme disparut. Bernat cloua sur l'homme de petits yeux perçants.

— La dame Guiamona te connaît ? demanda celui-ci.

— C'est ma sœur, répondit sèchement Bernat, et sache que, moi, on ne m'a jamais donné d'argent.

— Je suis désolé, s'excusa l'homme, à présent embarrassé. Je faisais référence aux frères du maître qui se présentent tous ici les uns après les autres.

Quand il vit sa sœur sortir de la maison, Bernat

ne voulut pas en entendre davantage et courut l'embrasser.

— Et Grau ? demanda Bernat à sa sœur une fois qu'ils eurent nettoyé le sang de son œil, confié Arnau à l'esclave maure qui s'occupait des enfants en bas âge de Guiamona, et qu'ils l'eurent regardé engloutir une pleine écuelle de lait et de céréales. J'aimerais le saluer.

Guiamona fit la grimace.

— Quoi ?

— Grau a beaucoup changé. Maintenant il est riche et important.

Guiamona montra les nombreux coffres près des murs, une armoire-meuble que Bernat n'avait jamais vue – garnie de livres et de pièces de céramique –, les tapis au sol, ainsi que les tapisseries et les rideaux qui pendaient des fenêtres et des plafonds.

— Désormais, il ne s'occupe quasiment plus de l'atelier et du poinçon. C'est Jaume, son premier ouvrier, que tu as rencontré dans la rue, qui le remplace. Grau se consacre au commerce : bateaux, vin, huile. Il est à présent consul de la confrérie, ce qui signifie, selon les *usatges*, qu'il est devenu un dirigeant et un gentilhomme. Il espère être nommé membre du conseil des Cent de la ville.

Guiamona laissa son regard errer dans la pièce.

— Ce n'est plus le même homme, Bernat.

— Toi aussi, tu as beaucoup changé, fit remarquer Bernat.

Guiamona regarda son corps de matrone et approuva en souriant.

— Ce Jaume a évoqué la famille de Grau. De quoi parlait-il ?

Guiamona hocha négativement la tête avant de répondre.

— Il faisait référence au fait que, lorsqu'ils ont appris que Grau était devenu riche, ses frères, ses cousins ou ses neveux sont tous venus frapper à la porte de l'atelier. Ils ont fui leurs terres pour venir implorer l'aide de Grau.

L'expression qu'eut Bernat à ce moment-là n'échappa pas à Guiamona.

— Toi... aussi ?

Bernat acquiesça.

— Mais... tu avais pourtant des terres splendides !...

Bernat raconta alors toute son histoire à sa sœur, qui ne put réprimer ses larmes. Quand il en arriva à évoquer le garçon de la forge, Guiamona se leva et s'agenouilla près de la chaise où son frère était assis.

— Cela, ne le raconte à personne, lui conseilla-t-elle.

Puis elle le pressa de continuer, la tête appuyée contre sa jambe.

— Ne t'en fais pas, sanglota-t-elle quand Bernat eut terminé, nous t'aiderons.

— Ma sœur, conclut Bernat en lui caressant la tête, comment pourriez-vous me venir en aide si Grau rejette sa propre famille ?

Quand Grau Puig rentra à la maison, il faisait nuit. Mince et petit, véritable paquet de nerfs, il monta l'escalier en grommelant des injures. Guiamona l'avait entendu arriver ; elle l'attendait. Jaume avait informé Grau de la nouvelle situation : « Votre beau-frère dort dans le pailler à côté des apprentis, et l'enfant... avec vos enfants. »

À peine fut-il devant elle que Grau s'en prit à son épouse.

— Comment as-tu osé ? hurla-t-il après avoir écouté ses premières explications. C'est un serf fugitif ! Tu sais ce que signifierait trouver un fugitif dans notre maison ? Ma ruine ! Ce serait ma ruine !

Guiamona l'écouta sans intervenir, tandis qu'il gesticulait en tous sens autour d'elle qui le dépassait d'une tête.

— Tu es folle ! J'ai envoyé mes propres frères dans des bateaux à l'étranger ! J'ai doté les femmes de ma famille pour qu'elles se marient avec des gens d'ailleurs ! J'ai tout fait pour que personne ne puisse rien nous reprocher... Pourquoi devrais-je agir différemment avec ton frère ?

— Parce que mon frère est différent ! déclara soudain Guiamona, à la surprise de son époux.

Grau tituba.

— Que... Que veux-tu dire ?

— Tu le sais très bien. Je ne crois pas avoir à te le rappeler.

Grau baissa la tête.

— Aujourd'hui précisément, murmura-t-il, j'ai vu un des conseillers de la ville au sujet de mon élection au conseil des Cent. Il semblerait que j'aie désormais réussi à en rallier trois sur cinq à ma cause. Il reste encore le bailli et le viguier. Imagines-tu ce que diraient mes ennemis s'ils apprenaient que j'ai abrité un serf fugitif ?

Guiamona s'adressa doucement à son époux :

— Nous lui devons tout.

— Je ne suis qu'un artisan, Guiamona. Riche, mais artisan. Les nobles me méprisent et les commerçants ont beau s'associer avec moi, ils me haïssent. S'ils savaient que nous avons donné refuge à un fugitif... Veux-tu que je te dise comment réagiraient les nobles qui possèdent des terres ?

— Nous lui devons tout, répéta Guiamona.

— Alors remboursons-le, et qu'il s'en aille.

— Il lui faut la liberté. Un an et un jour.

Grau se remit à arpenter nerveusement la pièce.

— Nous ne pouvons pas ! gémit-il en portant les mains à son visage. Nous ne pouvons pas, Guiamona. Tu te rends compte ?...

— Tu te rends compte ! Tu te rends compte ! le coupa-t-elle en élevant la voix à nouveau. Tu te rends compte de ce qui se passerait si nous le renvoyons d'ici, qu'il est arrêté par les agents de Llhorenç de Bellera ou par tes propres ennemis, et qu'ils apprennent que nous devons tout à un serf fugitif qui nous a accordé une dot qui ne nous revenait pas ?

— C'est une menace ?

— Non, Grau, non. Mais c'est écrit. Tout est écrit. Si tu ne veux pas le faire par gratitude, fais-le par calcul. Il vaut mieux que tu le tiennes à l'œil. Bernat ne quittera pas Barcelone, il veut la liberté. Si tu ne lui viens pas en aide, il y aura dans la ville un fugitif et un enfant, tous deux avec un grain de beauté à l'œil droit, à la merci de ces ennemis que tu redoutes tant.

Grau Puig regarda fixement son épouse. En guise de réponse, il fit un simple geste de la main et quitta la pièce.

Guiamona l'entendit monter l'escalier en direction de la chambre.

5.

— Ton fils sera élevé dans la maison des maîtres. Doña Guiamona s'occupera de lui. Quand il sera plus grand, il entrera à l'atelier comme apprenti.

Bernat n'écoutait plus. Jaume avait débarqué à l'aube dans la chambre. Esclaves et apprentis sautèrent de leurs paillasses comme s'ils avaient vu le diable et sortirent en se bousculant les uns les autres. « Arnau sera bien traité, se disait Bernat, et il deviendra un apprenti, un homme libre avec un métier. »

— Tu as entendu ? demanda l'ouvrier.

Comme Bernat ne répondait pas, Jaume s'emporta :

— Maudits paysans !

Le sourire qui apparut sur le visage de Jaume retint Bernat de réagir violemment.

— Essaie, le provoqua-t-il. Et ta sœur ne pourra plus rien pour toi. Je vais te répéter tout ce que tu dois savoir, paysan : tu travailleras du lever au coucher du soleil, comme tous les autres, en échange d'un lit, de nourriture et de vêtements... Doña Guiamona s'occupera de ton fils. Il est interdit pour toi d'entrer dans la maison, sous aucun prétexte. Il est également interdit pour toi de sortir de l'atelier pendant un an et un jour, et chaque fois qu'un étranger viendra à l'atelier, tu iras te cacher. Tu ne dois révéler à personne qui tu es, pas même ici, bien qu'avec ce grain de beauté..., précisa Jaume en hochant la tête. Voilà l'accord auquel est arrivé le maître avec doña Guiamona. Ça te paraît bien ?

— Quand pourrai-je voir mon fils ? demanda Bernat.

— Cela n'est pas de mon ressort.

Bernat ferma les yeux. Quand ils avaient contemplé ensemble Barcelone pour la première fois, il avait promis à Arnau la liberté. Son fils ne dépendrait d'aucun seigneur.

— Que dois-je faire ? demanda-t-il finalement.

Le travail de Bernat consistait à rentrer du bois. Rentrer des bûches par centaines, par milliers, toutes les bûches indispensables aux fours qui devaient fonctionner en permanence, transporter l'argile et laver, nettoyer la terre glaise, la poussière de l'argile et les cendres des fours, sans relâche, en transpirant, transporter les cendres et la poussière à l'arrière de la maison. Quand il rentrait, couvert de poussière et de cendres, l'atelier était à nouveau sale et il fallait tout recommencer. Il devait également porter les pièces au soleil, aidé par d'autres esclaves et sous le regard vigilant de Jaume qui contrôlait l'atelier à tout moment, passait parmi eux, criait, giflait les jeunes apprentis et maltraitait les esclaves contre lesquels il n'hésitait pas à utiliser le fouet quand quelque chose n'était pas à son goût.

Un jour, au moment où ils la transportaient au soleil, une grande poterie leur glissa des mains et roula au sol. Jaume s'en prit aux coupables à coups de fouet. La poterie ne s'était même pas cassée, mais l'ouvrier, hurlant comme un possédé, se mit à flageller sans pitié les trois esclaves qui, avec Bernat, avaient été maladroits ; puis il leva son fouet vers Bernat.

— Fais-le et je te tuerai, dit calmement ce dernier.

Jaume hésita un court instant, puis rougit et fit claquer le fouet en direction des autres qui avaient déjà pris garde de se mettre à bonne distance. Il se mit à courir derrière eux. Bernat respira profondément.

Sans que personne n'ait besoin de le commander, Bernat continuait à travailler durement. Il mangeait ce qu'on déposait devant lui. Il faillit dire à la grosse femme qui les servait que ses chiens étaient mieux nourris, mais quand il vit que les apprentis et les esclaves se jetaient avidement sur les écuelles, il préféra se taire. Il dormait dans la chambre commune sur une paillasse, sous laquelle il rangeait ses maigres affaires et l'argent qu'il avait réussi à mettre de côté. Son affrontement avec Jaume semblait lui avoir gagné le respect des esclaves et des apprentis, ainsi que celui des autres ouvriers. C'est pourquoi Bernat dormait tranquillement, malgré les puces, l'odeur de transpiration et les ronflements.

En réalité, il supportait tout cela pour les deux fois par semaine où l'esclave maure lui descendait Arnau, généralement endormi, à un moment où Guiamona n'avait plus besoin d'elle. Bernat le prenait dans ses bras et respirait ses vêtements propres qui sentaient les produits de toilette pour enfants. Ensuite, prenant garde de ne pas le réveiller, il écartait ses habits pour admirer ses jambes et ses bras, son ventre repu. Arnau grandissait et grossissait. Bernat berçait son fils et suppliait du regard Habiba, la jeune Maure, de lui accorder un peu plus de temps. Parfois il essayait de le caresser, mais ses mains rugueuses abîmaient la peau du petit et Habiba le lui enlevait sans ménagement. Peu à peu, il parvint avec la Maure à un accord tacite – car elle ne lui adressait jamais la parole : Bernat caressait les joues roses d'Arnau de l'envers de ses doigts, toucher sa peau douce le faisait trembler ; quand, finalement, la fille lui faisait signe de lui rendre l'enfant, Bernat l'embrassait sur le front avant de le quitter.

Au fil des mois, Jaume se rendit compte que Bernat pouvait réaliser un travail plus avantageux pour l'atelier. Tous deux avaient appris à se respecter.

— Il n'y a rien à faire avec les esclaves, commenta un jour l'ouvrier à Grau Puig. Ils travaillent seulement par peur du fouet, ne font attention à rien. Alors que votre beau-frère...

— Ne dis pas que c'est mon beau-frère ! coupa Grau.

C'était une licence que Jaume aimait s'autoriser vis-à-vis de son maître.

— Le paysan..., se corrigea l'ouvrier qui feignit d'être embarrassé, le paysan est différent. Il montre de l'intérêt pour tout, même pour les tâches les moins importantes. Il nettoie les fours avec un soin que jamais auparavant...

— Et que proposes-tu ? l'interrompit à nouveau Grau sans lever les yeux des papiers qu'il était en train d'examiner.

— Vous pourriez lui confier d'autres tâches, plus de responsabilités, et pour le peu qu'il nous coûte...

À ces mots, Grau regarda son premier ouvrier.

— Ne t'y trompe pas. Il a beau ne pas avoir de contrat d'apprentissage et ne pas être payé comme les autres ouvriers, c'est le travailleur le plus cher que je possède.

— Je faisais référence...

— Je sais à quoi tu faisais référence.

Grau retourna à ses papiers.

— Fais comme bon te semble, mais je te préviens : le paysan ne doit jamais oublier quelle est sa place dans cet atelier. Sinon, c'est toi que je renverrai d'ici et tu ne deviendras jamais maître. Compris ?

Jaume acquiesça. À partir de ce jour, Bernat travailla directement avec les ouvriers ; il passa même au-dessus des jeunes apprentis, incapables de manier les moules d'argile réfractaire, grands et lourds, qui supportaient la température nécessaire pour cuire la faïence ou la céramique, et au moyen desquels on fabriquait de grandes jarres rondes, à bec étroit, goulot très court et petite base plate, capables de contenir jusqu'à deux cent quatre-vingts litres*, et destinées à transporter du grain et du vin. Jusqu'alors, Jaume avait dû confier ces tâches à deux de ses ouvriers, au moins ; avec Bernat, un seul suffisait pour mener à bien tout le processus : faire le moule, le cuire, appliquer sur la jarre une couche d'oxyde d'étain et d'oxyde de plomb, et la faire cuire dans un second four, à plus basse température, afin que l'étain et le plomb fondent et se mélangent, offrant à la pièce un revêtement imperméable vernissé de couleur blanche.

Jaume supervisa de près les premiers pas de Bernat, jusqu'au jour où il s'estima satisfait : il avait considérablement augmenté la production de l'atelier et Bernat continuait à apporter le même soin à ses tâches. « Davantage même que certains ouvriers ! » se vit-il obligé de reconnaître.

Le premier ouvrier aurait bien voulu lire les pensées du paysan. Il n'y avait pas de haine dans ses yeux, pas plus que de rancœur. Qu'avait-il bien pu

---

* Pour une meilleure compréhension, on utilise ici les mesures du système métrique décimal qui n'existaient évidemment pas à l'époque. (N.d.A.)

faire pour finir ici ? se demandait-il. Il n'était pas comme les autres parents du maître qui s'étaient présentés à l'atelier et avaient cédé à l'argent. Alors que Bernat... La façon qu'il avait de caresser son fils... Il voulait la liberté et il travaillait pour cela, durement, plus que quiconque.

L'entente entre les deux hommes permit bien plus que d'accroître la production. Un jour où Jaume s'apprêtait à apposer le cachet du maître sur une jarre, Bernat jeta un regard éloquent vers la base de la pièce.

« Tu ne seras jamais maître ! » l'avait menacé Grau. Ces mots lui revenaient en mémoire chaque fois qu'il était sur le point de se montrer plus amical avec Bernat.

Jaume feignit une brutale quinte de toux. Il reposa la jarre sans l'avoir marquée et regarda à l'endroit que lui avait signalé le paysan : il découvrit alors une minuscule fissure, suffisante toutefois pour que la pièce se brise dans le four. Jaume se mit alors en colère contre l'ouvrier... et contre Bernat.

Un an et un jour passèrent. Bernat et Arnau Estanyol étaient désormais libres. De son côté, Grau obtint la place qu'il espérait tant au conseil des Cent de la ville. À sa surprise, Jaume n'observa aucune réaction particulière chez le paysan. Tout autre aurait immédiatement exigé son certificat de résidence et se serait jeté dans les rues de Barcelone en quête de plaisirs et de femmes. Pas Bernat. Qu'avait donc ce paysan ?

En réalité, Bernat vivait avec le souvenir omniprésent du garçon de la forge. Il ne se sentait pas coupable : ce malheureux s'était interposé sur le chemin de son fils, il n'avait pas eu le choix. Mais s'il était mort... Il avait beau être libre, il ne s'affranchirait jamais d'une condamnation pour assassinat. Guiamona lui avait recommandé de n'en parler à personne, et il lui avait obéi. Il ne pouvait pas prendre de risques ; Llhorenç de Bellera n'avait peut-être pas seulement donné l'ordre de le capturer en tant que fugitif, mais aussi en tant qu'assassin. Qu'adviendrait-il d'Arnau si on l'arrêtait ? Le meurtre était puni de mort.

Son fils grandissait toujours, sain et robuste. Il ne parlait pas encore, même s'il lançait des gazouillis qui donnaient à Bernat la chair de poule. Bien que Jaume persistât à ne pas lui adresser la parole, son nouveau statut à l'atelier – que Grau, tout à ses affaires, ignorait – avait conduit les autres à le respecter davantage s'il était possible, et la Maure lui amenait l'enfant plus souvent, désormais réveillé la plupart du temps, avec le consentement tacite de Guiamona, elle aussi plus occupée à cause de la nomination de son époux.

Mais Bernat ne devait pas se montrer dans Barcelone. L'avenir de son fils était en jeu.

Deuxième partie

SERFS DE LA NOBLESSE

6.

Arnau avait désormais huit ans. C'était un garçon tranquille et intelligent. Ses cheveux, bruns, longs et bouclés, lui tombaient sur les épaules, encadrant un visage attirant dont se détachaient des yeux couleur miel, grands et limpides.

La maison de Grau Puig était décorée pour célébrer les fêtes de Noël. Le garçon qui, à dix ans, avait pu quitter les terres de son père grâce à la générosité de son voisin, avait triomphé à Barcelone. À présent, il attendait au côté de son épouse l'arrivée de ses invités.

— Ils viennent me rendre hommage, dit-il à Guiamona. A-t-on déjà vu des nobles et des marchands fréquenter la maison d'un artisan ?

Sa femme resta silencieuse.

— Le roi en personne me soutient. Tu entends ? Le roi en personne ! Le roi Alphonse.

On ne travaillait pas ce jour-là à l'atelier. Bernat et Arnau, assis par terre malgré le froid, observaient depuis la terrasse aux jarres les esclaves, les ouvriers et les apprentis qui ne cessaient d'entrer et sortir de la maison. Au cours de ces huit années, Bernat n'avait pas remis une seule fois les pieds dans le foyer

81

des Puig, « mais ça m'est égal, pensa-t-il en ébouriffant les cheveux d'Arnau, j'ai mon fils, serré contre moi ». Que pouvait-il demander de plus ? Le garçon mangeait et vivait avec Guiamona, et il étudiait avec le précepteur des enfants de Grau : il avait appris à lire, à écrire et à compter en même temps que ses cousins. Cependant, il savait que Bernat était son père, car Guiamona avait fait en sorte qu'il ne l'oublie pas. Quant à Grau, il traitait son neveu avec une indifférence absolue.

Comme son père le lui recommandait à la moindre occasion, Arnau avait un comportement irréprochable. Quand il entrait avec son grand sourire dans l'atelier, le visage de Bernat s'illuminait. Esclaves et ouvriers, Jaume compris, ne pouvaient s'empêcher de regarder l'enfant avec affection, tandis qu'il courait s'asseoir sur la terrasse en attendant que Bernat finisse son travail et vienne le prendre dans ses bras. Puis il s'asseyait de nouveau, à l'écart, les yeux rivés sur son père, et souriait à quiconque s'adressait à lui. Certains soirs, à la fermeture de l'atelier, Habiba le laissait s'échapper. Alors père et fils se retrouvaient pour bavarder et rire ensemble.

Même si Jaume, à cause des menaces de son patron, continuait de tenir son rôle, les choses avaient changé. Grau ne se souciait plus des rentrées d'argent de l'atelier, et encore moins de tout ce qui lui était lié. Malgré tout, il ne pouvait s'en passer, puisque c'était grâce à son travail qu'il cumulait les titres de consul de la confrérie, dirigeant de Barcelone et membre du conseil des Cent. Dès qu'il avait accédé à ce nouveau statut, Grau Puig était entré pleinement en politique et s'était consacré aux finances de haut niveau, ce qui allait de soi pour un dirigeant de la ville.

Depuis le début de son règne, en 1291, Jacques II avait tenté de s'imposer à l'oligarchie féodale catalane. Pour ce faire, il avait cherché le soutien des villes libres et de leurs habitants, à commencer par Barcelone. La Sicile appartenait à la Couronne depuis l'époque de Pierre III le Grand ; c'est pourquoi, quand le pape avait accordé à Jacques II le droit de conquérir la Sardaigne, Barcelone et ses habitants avaient financé l'entreprise.

L'annexion des deux îles méditerranéennes à la Couronne favorisait les intérêts de tout le monde : elle garantissait l'approvisionnement de céréales à la Catalogne ainsi que la domination catalane en Méditerranée occidentale et, avec elle, le contrôle des routes maritimes commerciales ; de son côté, la Couronne se réservait l'exploitation des mines d'argent et des salines de l'île.

Grau Puig n'avait pas vécu ces événements. Sa chance arriva avec la mort de Jacques II et le couronnement d'Alphonse IV en 1327. Deux ans plus tard, en effet, les Corses se soulevèrent dans la ville de Sassari. Au même moment, les Génois, redoutant le pouvoir commercial de la Catalogne, lui déclarèrent la guerre et attaquèrent les bateaux qui arboraient le drapeau de la principauté. Ni le roi ni les commerçants n'hésitèrent un instant : il fallait que la campagne pour étouffer la révolte de Sardaigne et la guerre contre Gênes soit financée par la bourgeoisie de Barcelone. Et c'est ce qui arriva, principalement sous l'impulsion d'un des dirigeants de la ville : Grau Puig, qui contribua généreusement aux dépenses de guerre et convainquit, par des discours enflammés, les plus réticents de participer. Le roi en personne le remercia publiquement de son aide.

Pendant que Grau ne cessait de s'approcher des fenêtres pour guetter l'arrivée de ses invités, Bernat prit congé de son fils en l'embrassant sur la joue.

— Il fait très froid, Arnau. Il vaut mieux que tu rentres.

Le garçon fit mine de se plaindre.

— Aujourd'hui vous aurez un dîner spécial, n'est-ce pas ?

— Poulet, nougat et gaufres, répondit le garçon d'une traite.

Bernat lui tapota affectueusement les fesses.

— Cours à la maison. Nous nous verrons plus tard.

Arnau arriva juste à temps pour s'asseoir à table ; il avait été convenu que les deux enfants cadets de Grau, Guiamon, qui avait son âge, Margarida, d'un an et demi plus âgée, et lui souperaient dans la cuisine ; les deux aînés, Josep et Genís, devaient dîner en haut avec les grands.

L'arrivée des premiers invités accrut la nervosité de Grau.

— Je veillerai à tout, avait-il dit à Guiamona alors qu'elle s'attelait aux préparatifs de la fête. Contente-toi de t'occuper des femmes.

— Mais comment vas-tu… ? avait tenté en vain de protester Guiamona.

Grau donnait déjà des instructions à Estranya, la cuisinière, une esclave mulâtresse, corpulente et effrontée, qui écoutait les paroles de son maître en toisant sa maîtresse.

« Qu'est-ce que je suis censée faire ? pensa Guiamona. Tu n'es pas en train de parler à ton secrétaire, ni à la confrérie, ni au conseil des Cent. Tu ne me considères pas capable de m'occuper de tes invités, c'est ça ? Je ne suis pas à la hauteur, n'est-ce pas ? »

À l'insu de son mari, Guiamona tenta de diriger les domestiques et de se démener pour que la célébration de Noël fût un succès, mais le jour de la fête, avec Grau qui se chargeait de tout, même des luxueuses capes de ses invités, elle dut se tenir à l'écart, ainsi que le souhaitait son époux, et se borner à sourire aux femmes qui la regardaient de haut. Pendant ce temps, Grau semblait être le général d'une armée en pleine bataille ; il bavardait avec les uns et les autres tout en indiquant aux esclaves ce qu'ils avaient à faire et qui ils devaient servir ; néanmoins, plus il gesticulait, plus il les rendait nerveux. Finalement, tous les esclaves – sauf Estranya, qui était dans la cuisine à préparer le dîner – décidèrent de n'obéir qu'à Grau, attentifs à ses ordres péremptoires.

Libres de toute surveillance – puisque Estranya et ses aides, le dos tourné, s'affairaient aux marmites –, Margarida, Guiamon et Arnau mélangèrent le poulet avec le nougat et les gaufres, et s'échangèrent des morceaux sans cesser de chahuter. À un moment donné, Margarida but une bonne gorgée de vin. Immédiatement, son visage se congestionna et ses joues s'empourprèrent. Malgré tout, la fillette réussit à passer l'épreuve sans recracher. Elle poussa alors son frère et son cousin à l'imiter. Arnau et Guiamon firent comme elle, tâchant d'adopter la même attitude, mais ils finirent par tousser et taper sur la table en quête d'eau, les yeux emplis de larmes. Puis les trois enfants recommencèrent à se taquiner et à se moquer du cul d'Estranya.

— Fichez-moi le camp d'ici ! cria l'esclave au bout d'un moment.

Les trois gamins sortirent de la cuisine en courant. Ils criaient et riaient.

— Chut ! les réprimanda un esclave, près de l'escalier. Le maître ne veut pas d'enfants ici.

— Mais..., commença à dire Margarida.

— Il n'y a pas de « mais » qui tienne, insista l'esclave.

À ce moment-là, Habiba descendit chercher du vin. Le maître l'avait regardée, les yeux enflammés de colère, car l'un de ses invités, en se servant, n'avait obtenu que quelques misérables gouttes.

— Surveille les enfants, ordonna Habiba à l'esclave de l'escalier au moment où elle passait près de lui. Du vin ! cria-t-elle à Estranya en entrant dans la cuisine.

Grau, qui ne faisait pas confiance à la Maure, surgit à cet instant en courant derrière elle.

Les enfants ne riaient plus. Au pied de l'escalier, ils observaient l'agitation des uns et des autres, à son comble depuis que Grau s'y était joint.

— Que faites-vous ici ? les sermonna-t-il quand il les vit près de l'esclave. Et toi ? À rester là immobile ? Va dire à Habiba qu'elle prenne le vin des vieilles jarres. Souviens-toi bien, car si tu te trompes, je t'écorcherai vif. Les enfants, au lit.

L'esclave partit comme une flèche vers la cuisine. Les trois enfants se regardèrent en souriant, les yeux pétillants à cause du vin. Quand Grau remonta en courant les escaliers, ils éclatèrent de rire. Au lit ? Margarida tourna la tête en direction de la porte, grande ouverte, pinça les lèvres et fronça les sourcils.

— Et les gosses ? demanda Habiba quand elle vit apparaître l'esclave.

— Du vin des vieilles jarres..., se mit à réciter celui-ci.

— Et les gosses ?

— Vieilles. Des vieilles.

— Et les gosses ? insista de nouveau Habiba.

— Au lit. Le maître leur a dit d'aller au lit. Ils sont avec lui. Des vieilles jarres, hein ? Il nous écorcherait vifs...

C'était Noël et Barcelone demeurerait vide jusqu'au moment où les gens se rendraient à la messe de minuit offrir un poulet sacrifié. La lune se reflétait sur la mer comme si la rue où ils se trouvaient se poursuivait jusqu'à l'horizon. Les trois enfants contemplèrent son sillage argenté sur l'eau.

— Aujourd'hui il n'y aura personne à la plage, susurra Margarida.

— Personne ne sort en mer à Noël, ajouta Guiamon.

Tous deux se tournèrent vers Arnau, qui fit non de la tête.

— Personne ne s'en rendra compte, insista Margarida. Nous reviendrons aussitôt. Ce n'est pas loin.

— Trouillard, lança Guiamon.

Ils coururent jusqu'à Framenors, le couvent franciscain qui s'élevait à l'extrémité orientale des remparts, près de la mer. Là, ils scrutèrent la plage, qui s'étendait jusqu'au couvent de Santa Clara, limite occidentale de Barcelone.

— Ouah ! s'exclama Guiamon. La flotte de la ville !

— Je n'avais jamais vu la plage comme ça, ajouta Margarida.

Arnau, les yeux grands ouverts, approuvait de la tête.

De Framenors à Santa Clara, la rive était pleine de bateaux de toutes tailles. Aucune édification n'obstruait cette vue magnifique. « Il y a presque cent ans que le roi Jacques Ier le Conquérant a interdit de construire sur la plage de Barcelone », avait commenté Grau à ses enfants un jour où, au côté de leur précepteur, il les avait accompagnés au port voir charger un navire dont il était en partie propriétaire. Il fallait laisser la plage libre pour que les marins puissent ancrer leurs bateaux. Mais aucun des enfants n'avait accordé la moindre importance à l'explication de Grau. N'était-il pas normal que les bateaux soient sur la plage ? Ils avaient toujours été là, pas vrai ? Grau avait échangé un regard complice avec le précepteur.

— Dans les ports de nos ennemis ou de nos concurrents commerciaux, avait expliqué le précepteur, les bateaux ne mouillent pas près de la plage.

Les quatre enfants de Grau s'étaient tournés d'un seul mouvement vers leur maître. Des ennemis ? Ça oui, ça les intéressait.

— Exact, avait renchéri Grau, qui cherchait à attirer l'attention des enfants.

Le précepteur avait souri.

— Gênes, notre ennemie, possède un port naturel superbe protégé par la mer, grâce auquel les bateaux n'ont pas besoin de venir jusqu'à la plage. Venise, notre alliée, compte sur une grande lagune à laquelle on accède par d'étroits canaux. Les tempêtes ne l'affectent pas et les bateaux sont en sécurité. Le port de Pise communique avec la mer à travers la rivière Arno, et même Marseille possède un port naturel à l'abri des intempéries de la mer.

— Les Phocéens utilisaient déjà le port de Marseille, avait ajouté le précepteur.

— Nos ennemis ont de meilleurs ports que nous ? avait questionné Josep, l'aîné. Mais nous les avons vaincus, nous sommes les maîtres de la Méditerranée ! s'était-il exclamé en répétant les paroles qu'il avait tant de fois entendues de la bouche de son père ; les autres avaient approuvé. Comment est-ce possible ?

Grau avait attendu l'explication du précepteur.

— Parce que Barcelone a toujours eu de meilleurs marins. Mais pour l'heure nous n'avons pas de port, et pourtant...

— Comment cela, nous n'avons pas de port ? s'était écrié Genís. Et ça ? avait-il ajouté en montrant la plage.

— Ce n'est pas un port. Un port est un endroit abrité, protégé, et ça...

Le précepteur avait fait un geste de la main en direction de la mer ouverte qui baignait la plage.

— Écoutez, leur avait-il expliqué, Barcelone a toujours été une ville de marins. Avant, il y a long-temps, nous possédions un port, comme toutes ces villes qu'a mentionnées votre père. À l'époque des Romains, les bateaux se réfugiaient derrière le *mons* Taber, plus ou moins par là, avait-il dit en désignant de l'index l'intérieur de la ville, mais la terre a gagné peu à peu du terrain sur la mer, et ce port a disparu. Ensuite nous avons eu le port comtal, qui a éga-lement disparu, et enfin le port de Jacques Ier, abrité par un autre petit refuge naturel, le puy des Falsies. Savez-vous où se trouve maintenant le puy des Falsies ?

Les quatre enfants s'étaient regardés, puis avaient interrogé du regard Grau qui, d'un geste malicieux, comme s'il ne voulait pas que le précepteur en fût informé, avait pointé le sol du doigt.

— Ici ? s'étaient étonnés les enfants à l'unisson.

— Oui, avait répondu le précepteur, nous sommes dessus. Disparu, lui aussi... et Barcelone est restée sans port, mais nous étions déjà des marins, alors les meilleurs, et nous sommes toujours les meilleurs... sans port.

— Alors, était intervenue Margarida, à quoi ça sert ?

— Cela, ton père pourra te l'expliquer mieux que moi, avait répondu le précepteur tandis que Grau acquiesçait.

— C'est très important, Margarida. Tu vois ce navire ? lui avait-il demandé en montrant une galère entourée de petits bateaux. Si nous avions un port, il pourrait décharger sur les quais sans avoir besoin de tous ces bateliers qui recueillent sa marchandise. Par ailleurs, si une tempête se levait maintenant, il serait en grand danger, car il est très près de la plage. Il faudrait qu'il quitte au plus vite Barcelone.

— Pourquoi ? avait insisté la fillette.

— Parce qu'ici il ne résisterait pas à la tempête et coulerait. C'est si vrai que même la loi, les ordonnances de la Mer du rivage de Barcelone, dit qu'en cas d'orage une galère doit aller se réfugier dans le port de Salou ou de Tarragone.

— Nous n'avons pas de port, s'était lamenté Guiamon comme s'il venait de perdre quelque chose de la plus haute importance.

— Non, avait confirmé Grau en riant et en le prenant dans ses bras, mais nous sommes toujours les meilleurs marins, Guiamon. Nous sommes les maîtres de la Méditerranée ! Et nous avons la plage. C'est là que nous ancrons nos bateaux à la fin de la saison de navigation, c'est là que nous les réparons et les construisons. Vois-tu les arsenaux ? Là, sur la plage, face à ces arcades.

— Pouvons-nous monter sur les bateaux ? avait demandé Guiamon.

— Non, avait conclu Grau sérieusement. Les bateaux sont sacrés, mon fils.

Arnau ne sortait jamais avec Grau et ses enfants, pas plus qu'avec Guiamona. Il restait à la maison avec Habiba, mais ensuite ses cousins lui racontaient tout ce qu'ils avaient vu ou entendu. Ils lui avaient tout expliqué sur les bateaux.

Et, cette nuit de Noël, ils étaient tous là. Tous ! Les petits : felouques, esquifs et gondoles ; les moyens : chaloupes, barques, barques castillanes, *tafureas, calaveras, saetías*, galiotes et *barquants**, et même quelques grandes embarcations : nefs, *navetes*, coques et galères, qui malgré leur taille devaient arrêter de naviguer, par interdiction royale, entre les mois d'octobre et d'avril.

— Ouah ! s'exclama de nouveau Guiamon.

Dans les arsenaux, en face de Regomir, brûlaient quelques feux de joie, autour desquels des gardes étaient postés. De Regomir à Framenors, les bateaux se dressaient, silencieux, illuminés par la lune, regroupés sur la plage.

— Suivez-moi, marins ! ordonna Margarida en levant le bras droit.

Et bravant tempêtes et corsaires, abordages et batailles, capitaine Margarida mena ses hommes d'un bateau à un autre, sautant de bord en bord, vainquit les Génois ainsi que les Maures, et reconquit la Sardaigne à grands cris au nom du roi Alphonse.

— Qui va là ?

Les trois enfants s'immobilisèrent soudain sur une felouque.

— Qui va là ?

Margarida risqua la moitié de la tête par-dessus bord. Trois torches tanguaient entre les navires.

---

* Noms de bateaux spécifiquement catalans. *(N.d.T.)*

— Allons-nous-en, murmura Guiamon qui, allongé dans l'embarcation, tirait le vêtement de sa sœur.

— Impossible, dit Margarida, ils nous barrent le passage...

— Et vers les arsenaux ? proposa Arnau.

Margarida regarda en direction de Regomir. Deux autres torches s'étaient mises en mouvement.

— Pareil, susurra-t-elle.

« Les bateaux sont sacrés ! » Les mots de Grau revinrent à la mémoire des enfants. Guiamon commença à sangloter. Margarida le fit taire. Un nuage cacha la lune.

— À la mer ! ordonna capitaine Margarida.

Sautant par-dessus bord, ils entrèrent dans l'eau, Margarida et Arnau jusqu'à la moitié du corps, Guiamon tout entier. Les trois enfants ne quittaient pas des yeux les torches qui bougeaient entre les navires. Quand elles s'approchèrent des bateaux de la rive, ils s'enfoncèrent un peu plus dans l'eau. Margarida leva les yeux vers la lune, priant en silence qu'elle reste cachée.

L'inspection dura une éternité, mais personne ne regarda vers la mer. Et si quelqu'un l'avait fait ?... C'était Noël et, au bout du compte, il ne s'agissait que de trois enfants effrayés... et trempés. Il faisait très froid.

Guiamon n'arrivait plus à marcher. Ses dents claquaient, ses genoux tremblaient. Il était pris de convulsions. Margarida et Arnau le saisirent sous les bras pour parcourir le court trajet jusqu'à la maison.

Quand ils arrivèrent, les invités étaient déjà partis. Grau et les esclaves, qui venaient de découvrir l'escapade des enfants, étaient sur le point de courir à leur recherche.

— C'est Arnau, accusa Margarida tandis que Guiamona et l'esclave maure plongeaient le petit dans un bain chaud. Il nous a poussés à aller à la plage. Je ne voulais pas...

La fillette scella son mensonge de ces larmes devant lesquelles son père cédait généralement.

Mais ni le bain, ni les couvertures, ni une soupe brûlante ne parvinrent à réchauffer Guiamon. La fièvre monta. Grau fit appeler son médecin, qui n'obtint pas plus de résultats : la fièvre persistait. Guiamon se mit à tousser et sa respiration devint un sifflement plaintif.

— Je ne peux rien faire de plus, reconnut, résigné, le docteur Sebastià Font, la troisième nuit où il leur rendit visite.

Guiamona porta les mains à son visage, pâle et amaigri. Elle éclata en sanglots.

— Ce n'est pas possible ! tempêta Grau. Il doit bien y avoir un moyen !

— Peut-être, mais...

Le médecin connaissait Grau et ses aversions... Toutefois... Aux grands maux les grands remèdes.

— Vous devriez faire appeler Jafuda Bonsenyor.

Grau garda le silence.

— Appelle-le, le pressa Guiamona entre deux sanglots.

« Un juif ! » pensa Grau. « Qui touche un juif touche le diable », lui avait-on appris dans sa jeunesse. Enfant, avec les autres apprentis, Grau courait derrière les femmes juives pour casser leurs cruches quand elles venaient chercher l'eau aux fontaines publiques. Et il avait continué jusqu'à ce que le roi, à la demande du *barrio* juif de Barcelone, interdise ce genre de vexations. Il détestait les juifs. Toute sa vie il avait persécuté ceux qui portaient le cercle jaune ou leur avait craché dessus. C'étaient des hérétiques ; ils avaient tué Jésus-Christ... Comment pourrait-il faire entrer l'un d'eux dans son foyer ?

— Appelle-le ! hurla Guiamona.

Son cri résonna dans tout le *barrio*. Bernat et les employés se redressèrent sur leurs paillasses. Depuis trois jours, Bernat n'avait pas réussi à voir ni Arnau ni Habiba, mais Jaume le tenait informé de ce qui se passait. « Ton fils va bien », lui avait-il dit quand personne ne les observait.

Jafuda Bonsenyor se présenta aussitôt qu'on le fit appeler. Il était vêtu d'une simple cape noire avec une capuche et portait le cercle jaune. Grau l'observa de loin, depuis la salle à manger, avec sa longue barbe chenue, tassé. Au côté de Guiamona, il écoutait les explications de Sebastià. « Guéris-le, juif ! » l'implora-t-il en silence quand leurs regards se croisèrent. Jafuda Bonsenyor inclina la tête dans sa direction. C'était un érudit qui avait consacré sa vie à l'étude de la philosophie et des textes sacrés. Sur commande du roi Jacques II, il avait écrit le *Llibre de paraules de savis y filosofs**, mais il était également le médecin le plus réputé de la communauté juive. Toutefois, quand il vit Guiamon, Jafuda Bonsenyor hocha négativement la tête.

Grau entendit sa femme crier. Il courut vers l'escalier. Guiamona redescendait des chambres accrochée au bras de Sebastià. Jafuda était derrière eux.

— Juif ! s'écria Grau en crachant sur son passage.

Guiamon mourut deux jours plus tard.

Ils venaient d'enterrer l'enfant et la maison entra en période de grand deuil. Grau fit signe à Jaume d'approcher.

— Je veux que tu emmènes Arnau sur-le-champ

---

* « Livre de paroles de sages et de philosophes ». *(N.d.A.)*

et que tu veilles à ce qu'il ne remette jamais les pieds dans cette maison.

Guiamona garda le silence.

Grau lui avait répété ce que lui avait dit Margarida : c'était Arnau le coupable. Son fils ou sa fille n'auraient pu avoir eu l'idée d'une telle escapade. Guiamona avait écouté ces paroles qui l'accusaient implicitement d'avoir abrité son frère et son neveu. Et même si, dans le fond de son cœur, elle savait qu'il ne s'agissait que d'une espièglerie aux conséquences fatales, la mort de son fils cadet lui ôta le courage d'affronter son mari. Coupable, Arnau devenait infréquentable. C'était le fils de son frère, elle ne lui voulait aucun mal, mais elle ne devait plus le revoir.

— Attache la Maure à l'une des poutres de l'atelier, ordonna Grau à Jaume avant que ce dernier file chercher Arnau, et réunis tout le personnel, y compris le garçon.

Grau y avait pensé pendant tout le service funéraire : l'esclave était responsable, elle aurait dû les surveiller. Ensuite, tandis que Guiamona pleurait et que le prêtre continuait de réciter des prières, il avait entrouvert les yeux et s'était demandé quel châtiment il devait lui imposer. La loi lui interdisait de la tuer ou de la mutiler, mais personne ne pouvait lui reprocher quoi que ce soit si elle mourait des suites d'une correction infligée. Grau ne s'était jamais trouvé confronté à un délit aussi grave. Il songea aux tortures dont il avait entendu parler : lui enduire le corps de graisse animale bouillante – Estranya aurait-elle assez de graisse dans la cuisine ? –, l'enchaîner ou l'enfermer dans un cachot – châtiment trop léger –, la battre, lui mettre des fers aux pieds... ou la flageller.

« Fais très attention quand tu t'en sers, l'avait

prévenu le capitaine d'un de ses navires qui le lui avait offert, d'un seul coup tu pourrais écorcher vif quelqu'un. » C'était un beau fouet oriental en cuir tressé, gros mais léger, facile à manier, et qui se terminait par une série de queues, chacune d'elles incrustée de métal coupant. Grau l'avait bien sagement rangé depuis lors.

Au moment où le prêtre se tut, plusieurs garçons agitèrent les encensoirs autour du cercueil. Guiamona toussa. Grau expira profondément.

La Maure était attachée par les mains à une poutre.

— Je ne veux pas que mon fils voie ça.

— Ce n'est pas le moment, Bernat, lui conseilla Jaume. Ne cherche pas d'ennuis...

Bernat fit de nouveau non de la tête.

— Tu as travaillé très dur, Bernat, ne cherche pas d'ennuis à ton fils.

Grau, en deuil, pénétra à l'intérieur du cercle que formaient les esclaves, les apprentis et les ouvriers autour d'Habiba.

— Déshabille-la, ordonna-t-il à Jaume.

Quand elle sentit ce dernier lui arracher sa chemise, la Maure essaya en vain de bouger. Son corps, nu, sombre, brillant de sueur, resta exposé à la vue des spectateurs, contraints d'assister à la scène. Grau avait déjà déplié son fouet sur le sol. Bernat serrait avec force les épaules d'Arnau, qui se mit à pleurer.

Grau arma son bras et lança le fouet contre le torse nu ; le cuir claqua sur le dos de l'esclave et les queues métalliques, après avoir ceinturé son corps, se clouèrent sur sa poitrine. Une mince ligne de sang se dessina sur la peau sombre de la Maure, tandis que la chair de ses seins apparut à vif. La douleur pénétrait tout son corps. Habiba leva le visage au ciel et hurla. Arnau se mit à trembler sans retenue et supplia Grau d'arrêter.

Grau arma de nouveau le bras.

— Tu aurais dû surveiller mes enfants !

Le claquement du cuir obligea Bernat à détourner le regard de son fils et à enfouir sa tête contre son ventre. La jeune fille hurla une nouvelle fois. Arnau étouffa ses cris contre le corps de son père. Grau fouetta l'esclave jusqu'à ce que son dos et ses épaules, ses seins, ses fesses et ses jambes ne soient plus qu'une masse de chair sanguinolente.

— Va dire à ton maître que je m'en vais.

Jaume pinça les lèvres. Un instant, il fut tenté d'étreindre Bernat, mais certains apprentis les observaient.

Bernat regarda l'ouvrier se diriger vers la maison. Il avait essayé de parler à Guiamona, mais sa sœur n'avait répondu à aucune de ses requêtes. Depuis plusieurs jours, Arnau ne quittait pas la paillasse où dormait son père et qu'ils devaient désormais partager ; il restait assis là toute la journée et, quand son père venait le voir, il le trouvait toujours dans la même position, le regard fixé sur l'endroit où ils avaient essayé de soigner la Maure.

Ils l'avaient décrochée tant bien que mal dès que Grau avait quitté l'atelier, sans savoir par où saisir son corps. Estranya était accourue aussitôt avec de l'huile et des onguents, mais quand elle s'était trouvée devant cette masse de chair vive, elle avait simplement fait non de la tête. Arnau avait assisté à tout de loin, calme, les larmes aux yeux ; Bernat avait voulu qu'il s'en aille, mais le garçon s'y était opposé. Habiba était morte la nuit même. Soudain, le gémissement constant que la Maure n'avait cessé de pousser, semblable aux pleurs d'un nouveau-né, et qui les avait poursuivis pendant toute la journée, s'était tu.

Grau écouta Jaume lui transmettre le message de son beau-frère. C'était la dernière chose dont il avait besoin : les deux Estanyol, avec leurs grains de beauté sur l'œil, errant dans Barcelone en quête de travail, parlant de lui à toutes les personnes qui voudraient bien leur prêter attention... et nombreuses seraient-elles à présent qu'il était en train d'atteindre le sommet ! Il sentit qu'il avait mal au ventre et la bouche pâteuse : Grau Puig, dirigeant de Barcelone, consul de la confrérie des céramistes, membre du conseil des Cent, avait protégé des paysans fugitifs ! Les nobles étaient contre lui. Plus Barcelone aidait le roi Alphonse, moins ce dernier dépendait des seigneurs féodaux. Les privilèges que les nobles pouvaient obtenir du monarque se réduisaient. Et qui avait le plus encouragé l'aide au roi ? Lui. Qui souffrait de la fuite des serfs de la campagne ? Les nobles, propriétaires terriens. Grau hocha la tête et soupira. Maudite l'heure où il avait permis à ce paysan de loger chez lui ! « Amène-le-moi », avait-il ordonné à Jaume.

— Jaume vient de m'apprendre que tu prétends nous quitter, déclara Grau à son beau-frère, dès que celui-ci se présenta devant lui.

Bernat acquiesça.

— Et que penses-tu faire ?

— Je vais chercher du travail pour élever mon fils.

— Tu n'as aucun métier. Barcelone est pleine de gens comme toi, de paysans qui n'ont pas pu vivre de leurs terres, qui ne trouvent pas de travail et finissent par mourir de faim. De plus, ajouta-t-il, tu ne possèdes même pas encore le certificat de résidence auquel tu peux pourtant prétendre.

— Qu'est-ce que c'est ? demanda Bernat.

— C'est le document qui prouve que tu as résidé un an et un jour à Barcelone et que, par conséquent, tu es un citoyen libre, non soumis à une seigneurie.

— Où s'obtient ce document ?

— Ce sont les dirigeants de la ville qui l'accordent.

— Je vais le demander.

Grau considéra Bernat. Il était sale, vêtu d'une simple chemise râpée et d'espadrilles. Il l'imagina devant ses confrères, une fois qu'il aurait raconté son histoire à des dizaines d'employés aux écritures : le beau-frère et le neveu de Grau Puig, cachés dans son atelier pendant des années. La nouvelle courrait de bouche en bouche. Lui-même avait usé de pratiques similaires pour attaquer ses ennemis.

— Assieds-toi, l'invita-t-il. Quand Jaume m'a fait part de tes intentions, j'ai parlé avec ta sœur Guiamona qui m'a supplié d'avoir pitié de toi, mentit-il pour justifier son changement d'attitude.

— Peu m'importe ta pitié, l'interrompit Bernat en pensant à Arnau assis sur la paillasse, le regard perdu. J'ai travaillé durement pendant des années en échange de...

— C'était le marché, coupa Grau, et tu l'avais accepté. À l'époque, tu étais d'accord.

— C'est possible, reconnut Bernat, mais je ne me suis pas vendu comme esclave et, de toute façon, aujourd'hui, ça ne m'intéresse plus.

— Oublions cela. Je ne crois pas que tu trouveras de travail dans toute la ville, et encore moins si tu ne peux pas prouver que tu es un citoyen libre. Sans ce document, tu te feras exploiter. Sais-tu combien de serfs de la terre errent par ici, loin des leurs, et acceptent de travailler pour rien, uniquement et exclusivement pour pouvoir résider un an et un jour à Barcelone ? Tu ne peux pas lutter avec eux. Avant qu'on t'accorde ton certificat de résidence, tu seras mort de faim, toi... ou ton fils et, malgré ce qui s'est passé, nous ne pouvons pas laisser le petit Arnau subir le même sort que notre Guiamon. Un suffit. Ta sœur n'y résisterait pas.

Bernat garda le silence en attendant que son beau-frère poursuive.

— Si cela t'intéresse, proposa Grau sur un ton emphatique, tu peux continuer à travailler ici, dans les mêmes conditions... et avec le salaire d'un ouvrier non qualifié, duquel seront déduits le lit et la nourriture pour ton fils et toi.

— Et Arnau ?

— Quoi ?

— Tu avais promis de le prendre comme apprenti.

— Je le ferai... quand il aura l'âge.

— Je veux un papier écrit et signé.

— Tu l'auras, assura Grau.

— Et le certificat de résidence ?

Grau acquiesça. Il n'aurait aucun mal à l'obtenir... discrètement.

7.

— Nous déclarons citoyens libres de Barcelone Bernat Estanyol et son fils, Arnau...

Enfin ! En entendant les paroles hésitantes de l'homme qui lui lisait ses papiers, Bernat frissonna. Après avoir cherché où il pouvait trouver quelqu'un qui sût lire, il avait déniché son bonhomme dans les arsenaux et lui avait offert une petite écuelle en échange du service. Avec la rumeur du chantier en fond sonore, l'odeur de brai et la brise marine qui lui caressait le visage, Bernat écouta la lecture du second document : Grau prendrait Arnau comme apprenti quand celui-ci aurait dix ans et s'engageait à lui apprendre le métier de potier. Son fils était libre et, un jour, il pourrait gagner sa vie et se débrouiller dans cette ville.

Bernat donna en souriant à son lecteur la pitance qu'il lui avait promise et s'en retourna à l'atelier. Qu'on leur ait accordé le certificat de résidence signifiait que Llhorenç de Bellera ne les avait pas dénoncés aux autorités, qu'aucun procès criminel ne s'était ouvert à leur encontre. Le garçon de la forge aurait-il survécu ? se demanda-t-il. Quand bien même... « Garde nos terres, seigneur de Bellera, nous avons notre liberté », murmura Bernat avec défi. Quand ils le virent arriver, radieux, les esclaves de Grau, et même Jaume, interrompirent leurs activités. Le sol était encore couvert du sang de Habiba. Grau avait ordonné qu'on ne le lave pas. Bernat changea de visage et prit garde de ne pas marcher dessus.

— Arnau, chuchota-t-il à son fils cette nuit-là, alors qu'ils étaient allongés côte à côte sur leur unique paillasse.

— Dites-moi, père.

— Nous sommes désormais citoyens libres de Barcelone.

Arnau ne répondit pas. Bernat lui caressa la tête ; il savait que cette nouvelle signifiait peu pour son enfant qui avait perdu toute sa joie de vivre. Bernat écouta la respiration des esclaves et continua à caresser la tête de son fils, en proie au doute : son garçon accepterait-il de travailler pour Grau un jour ? Cette nuit-là, Bernat mit du temps à trouver le sommeil.

Tous les matins, quand le jour se levait et que les hommes commençaient leur travail, Arnau quittait l'atelier de Grau. Tous les matins, Bernat tentait de parler avec lui et de l'animer. « Il faut que tu te cherches des amis », voulut-il lui dire une fois, mais Arnau lui tourna le dos et se dirigea d'un pas lourd vers la rue. « Savoure ta liberté, mon fils », eut-il envie de lui dire à un autre moment, alors que le garçon restait à le regarder sans rien dire. Mais une larme courut sur sa joue. Bernat s'agenouilla et l'embrassa. Puis il le vit traverser la cour, traînant les pieds. Quand, une fois de plus, Arnau passa à côté des taches de sang de Habiba, le fouet de Grau claqua de nouveau dans la mémoire de Bernat. Il se promit que plus jamais il ne céderait devant le fouet.

Il courut après son fils, qui se retourna en

entendant ses pas. Quand il fut à sa hauteur, il se mit à frotter avec le pied la terre endurcie où demeurait exposé le sang de la Maure. Le visage d'Arnau s'illumina. Bernat racla le sol plus vigoureusement.

— Que fais-tu ? cria Jaume, de l'autre côté de la cour.

Bernat se figea. Il entendit le bruit du fouet.

— Père !

De la pointe de son espadrille, Arnau étalait lentement la terre noircie que Bernat venait de gratter.

— Que fais-tu, Bernat ? répéta Jaume.

Il ne répondit pas. Quelques secondes passèrent. Jaume se retourna et vit tous les esclaves, calmes... le regard fixé sur lui.

— Apporte-moi de l'eau, mon fils, l'enjoignit Bernat, profitant de l'hésitation de Jaume.

Arnau partit comme une flèche. Ce fut la première fois depuis des mois qu'on le revit courir. Jaume approuva.

Père et fils, agenouillés, en silence, grattèrent la terre jusqu'au moment où les traces de l'injustice eurent complètement disparu.

— Va jouer, mon fils, proposa Bernat à Arnau quand ils estimèrent leur travail terminé.

L'enfant baissa le regard. « Avec qui ? » aurait-il aimé lui demander. Bernat lui ébouriffa les cheveux et le poussa vers la porte. Quand Arnau se retrouva dans la rue, il contourna comme tous les jours la maison de Grau et grimpa dans un arbre feuillu qui s'élevait au-dessus du mur d'enceinte du jardin. Là, caché, il attendit que sortent ses cousins et Guiamona.

— Pourquoi tu ne m'aimes plus ? murmura-t-il. Ce n'était pas ma faute.

Ses cousins avaient l'air content. Le souvenir de la mort de Guiamon s'estompait peu à peu, et seul le visage de leur mère reflétait encore la douleur. Josep et Genís faisaient semblant de se battre, tandis que Margarida les observait, assise près de sa mère qui la serrait contre elle. Au souvenir de ces étreintes, Arnau, dans son arbre, se sentait envahir par la nostalgie.

Chaque matin, Arnau grimpait dans son arbre.

— Alors, on ne t'aime plus ? dit une voix un jour.

Il sursauta si fort qu'il faillit en perdre l'équilibre.

Arnau regarda autour de lui. Qui avait parlé ? Il ne voyait personne.

— Ici, entendit-il.

Il scruta le feuillage de l'arbre, d'où venait la voix, mais ne parvint pas davantage à distinguer quelque chose. Au bout d'un moment, des branches bougèrent et le visage d'un enfant apparut. Il lui faisait signe de la main, très sérieux, assis à califourchon sur l'un des nœuds.

— Que fais-tu ici... dans mon arbre ? demanda sèchement Arnau.

L'autre, sale et crasseux, ne se troubla pas.

— La même chose que toi, répondit-il. Je regarde.

— Tu n'as pas le droit, affirma Arnau.

— Pourquoi ? Ça fait longtemps que je le fais. Avant, je te regardais, toi aussi.

L'enfant sale garda le silence pendant quelques instants.

— Ils ne t'aiment plus ? Pourquoi pleures-tu ?

Arnau sentit une larme couler sur sa joue et ça le mit en colère.

— Descends d'ici, ordonna-t-il à l'inconnu une fois au sol.

L'enfant sale se laissa glisser agilement et vint se planter devant lui. Arnau avait beau le dépasser d'une tête, il ne semblait pas effrayé.

104

— Tu m'as espionné ! l'accusa Arnau.

— Toi aussi, tu espionnais, se défendit le petit.

— Peut-être, mais ce sont mes cousins et, moi, j'ai le droit.

— Alors, pourquoi tu ne joues plus avec eux comme avant ?

Arnau ne put résister davantage et soupira. Quand il voulut répondre, sa voix trembla.

— Ne t'en fais pas, dit le petit, moi aussi, je pleure souvent.

— Pourquoi ? demanda Arnau en balbutiant.

— Je ne sais pas... Parfois je pleure quand je pense à ma mère.

— Tu as une mère ?

— Oui, mais...

— Que fais-tu ici si tu as une mère ? Pourquoi tu n'es pas avec elle ?

— Je ne peux pas être avec elle.

— Pourquoi ? Elle n'est pas dans ta maison ?

— Non..., répondit l'enfant, hésitant. Enfin, si.

— Alors, pourquoi n'es-tu pas avec elle ?

Le petit garçon sale et crasseux resta silencieux.

— Elle est malade ? continua Arnau.

L'autre fit non de la tête.

— Elle va bien, affirma-t-il.

— Alors ? insista encore Arnau.

L'enfant le regarda avec une expression éplorée. Il se mordit plusieurs fois la lèvre et finit par se décider.

— Viens, dit-il en tirant Arnau par la manche de sa chemise. Suis-moi.

Le petit inconnu partit en courant à une vitesse surprenante pour un enfant de son âge. Arnau le suivit en s'efforçant de ne pas le perdre de vue, chose facile dans le *barrio* ouvert et étendu des céramistes, mais plus compliquée à mesure qu'ils pénétraient à l'intérieur de Barcelone ; les étroites ruelles de la ville, emplies de gens et d'échoppes d'artisans, devenaient de véritables entonnoirs où il s'avérait presque impossible de passer.

Arnau ne savait plus où il était, mais il s'en moquait ; son seul but était de ne pas quitter des yeux la silhouette agile et rapide de son compagnon, qui courait entre gens et les tables des artisans, causant l'indignation générale. Moins à l'aise pour éviter les passants, Arnau récoltait cris et injures. Quelqu'un lui flanqua un coup sur la tête ; un autre essaya de l'arrêter en l'attrapant par la chemise, mais Arnau parvint à se dégager. Tant et si bien qu'il finit par perdre la trace de son guide et se retrouva soudain seul, à l'entrée d'une grande place pleine de monde.

Il connaissait cet endroit. Il était venu là une fois avec son père. « Voici la plaza del Blat, avait dit celui-ci, le centre de Barcelone. Tu vois cette pierre au centre ? » Arnau avait regardé dans la direction que lui indiquait son père. « Elle signifie qu'à partir d'ici la ville se divise en quatre parties : la Mer, Framenors, Pi, et la Salada ou Sant Pere. » Il était arrivé à la place par la rue des soyeux. Sous la porte du palais du viguier, Arnau tenta de repérer la silhouette de l'enfant sale. La foule massée là l'en empêcha. Près de lui, d'un côté de la porte, se trouvait l'abattoir principal de la ville ; de l'autre, on vendait du pain cuit sur des tables. Arnau regarda en direction des bancs en pierre de part et d'autre de la place, devant lesquels les citoyens déambulaient. « C'est le marché au blé, lui avait expliqué Bernat. Ici, sur ces bancs, les revendeurs et les commerçants de la ville vendent du blé ; là, sur ces autres bancs, ce sont les paysans qui viennent en ville proposer leur récolte. » Mais nulle trace de l'enfant sale au milieu de cette foule qui marchandait les prix ou achetait du blé.

Toujours sous la porte principale, Arnau se sentit poussé par la multitude qui essayait d'accéder à la place. Il s'écarta vers les tables des boulangers, mais dès que son dos en toucha une, il reçut un gros coup sur la nuque.

— Bas les pattes, morveux ! cria le boulanger.

Arnau se vit de nouveau entouré de gens, dans le tumulte et les cris du marché, sans savoir où se diriger, et poussé de toutes parts par des personnes plus grandes que lui qui, chargées de sacs de céréales, ne le remarquaient pas.

Il commençait à être étourdi quand, surgissant de nulle part, apparut devant lui le petit visage fripon et sale qu'il avait suivi à travers la moitié de Barcelone.

— Pourquoi t'es-tu arrêté là ? demanda-t-il en élevant la voix pour se faire entendre.

Arnau ne répondit pas mais choisit cette fois d'agripper fermement la chemise du gamin et se laissa entraîner à travers la place jusqu'à la calle Bòria. Au bout de la rue, ils arrivèrent au *barrio* des chaudronniers, dont les petites ruelles résonnaient des coups de marteau assénés sur le cuivre et le fer. Ils cessèrent de courir. Arnau, épuisé, sans lâcher la chemise de son guide distrait et impatient, obligea celui-ci à ralentir le pas.

— C'est ma maison, annonça finalement l'enfant en montrant une petite construction à un étage.

Devant la porte était disposée une table couverte de chaudrons en cuivre de toutes les tailles, où travaillait un homme corpulent qui ne leur adressa même pas un regard.

— Lui, c'était mon père, ajouta-t-il une fois qu'ils eurent dépassé la façade du bâtiment.

— C'était ?...

— Attends, l'interrompit l'enfant sale.

Ils continuèrent à descendre la ruelle et contournèrent de petites maisons. Quand ils arrivèrent derrière celle de l'enfant, Arnau vit celui-ci escalader le mur de clôture du jardin.

— Viens, dit-il à Arnau.

— Pourquoi ?...

— Monte ! commanda le petit, assis à califourchon sur le mur.

Les deux garçons sautèrent à l'intérieur du jardinet. Alors l'enfant s'arrêta net, les yeux rivés sur une petite pièce mitoyenne à la maison, dont un mur donnait sur le jardin, assez haute, avec une ouverture étroite en guise de fenêtre. Arnau attendit quelques secondes, mais l'enfant resta immobile.

— Et maintenant ? finit-il par demander.

L'enfant se tourna vers lui.

— Et maintenant ? On fait quoi ?...

Mais le petit voyou ne lui prêtait plus attention. Arnau le vit prendre une caisse en bois et la placer sous la fenêtre ; ensuite, il se hissa dessus, le regard fixé sur la petite ouverture.

— Maman, murmura-t-il.

Effleurant le bord de la fenêtre, le bras pâle d'une femme apparut alors lentement. Son coude demeura à la hauteur du rebord, tandis que sa main, sans avoir besoin de chercher, se mit à caresser les cheveux de l'enfant.

— Joanet, dit une voix douce, tu es en avance aujourd'hui. Le soleil n'est pas encore au zénith.

Joanet se contenta de hocher la tête.

— Il se passe quelque chose ? insista la voix.

Joanet prit quelques secondes pour répondre. Il renifla et dit :

— Je suis venu avec un ami.

— Je suis heureuse que tu aies un ami. Comment s'appelle-t-il ?

— Arnau.

« Comment sait-il mon nom ? Bien sûr ! Il m'espionnait », pensa Arnau.

— Il est là ?

— Oui, maman.

— Bonjour, Arnau.

Arnau regarda la fenêtre. Joanet se tourna vers lui.

— Bonjour... madame, chuchota-t-il, décontenancé par cette voix qui sortait d'une fenêtre.

— Quel âge as-tu ?

— Huit ans... madame.

— Tu as deux ans de plus que mon Joanet, mais j'espère que vous vous entendrez bien et resterez amis. Il n'y a rien de mieux au monde qu'un ami, ne l'oubliez pas.

La voix se tut. La main de la mère de Joanet continua à caresser les cheveux de l'enfant. Arnau remarqua comment le petit, assis sur le caisson en bois appuyé contre le mur, les jambes dans le vide, demeurait immobile sous ses caresses.

— Allez jouer, déclara soudain la femme tandis que sa main disparaissait. Au revoir, Arnau. Veille bien sur mon enfant, puisque tu es plus âgé que lui.

Arnau esquissa un au revoir qui ne parvint pas à sortir de sa gorge.

— Au revoir, mon fils, ajouta la voix. Tu reviendras me voir ?

— Bien sûr que oui, maman.

— Partez maintenant.

Les deux enfants replongèrent dans les rues bruyantes de Barcelone où ils déambulèrent sans but. Arnau attendit que Joanet lui donne une explication, mais devant son mutisme, il finit par prendre les devants.

— Pourquoi ta mère ne sort-elle pas dans le jardin ?

— Elle est enfermée, répondit Joanet.

— Pourquoi ?

— Je ne sais pas. C'est comme ça.

— Et pourquoi tu n'entres pas, toi, par la fenêtre ?

— Ponç me l'a interdit.

— Qui est Ponç ?

— Mon père.

— Et pourquoi te l'a-t-il interdit ?

— Je ne sais pas.

— Pourquoi l'appelles-tu Ponç, si c'est ton père ?

— Il m'a aussi interdit de l'appeler autrement.

Arnau s'arrêta d'un coup et obligea Joanet à se retourner face à lui.

— Je ne sais pas pourquoi non plus, anticipa le garçonnet.

Ils reprirent leur déambulation. Arnau tentait d'y voir un peu plus clair ; quant à Joanet, il attendait la prochaine question de son nouvel ami.

— Comment elle est, ta mère ? se décida finalement Arnau.

— Elle a toujours été enfermée, répondit Joanet en essayant de sourire. Un jour où Ponç était parti en voyage, j'ai essayé de grimper jusqu'à la fenêtre mais elle m'en a empêché. Elle a dit qu'elle ne voulait pas que je la voie.

— Pourquoi souris-tu ?

Joanet marcha encore quelques mètres avant de répondre :

— Elle dit toujours que je dois sourire.

Arnau passa la matinée à sillonner, tête basse, les rues de Barcelone derrière cet enfant sale qui n'avait jamais vu le visage de sa mère.

— Sa mère lui caresse la tête à travers une petite fenêtre, murmura la nuit même Arnau à son père, allongé près de lui sur la paillasse. Il ne l'a jamais vue. Son père le lui a interdit, et elle aussi.

Bernat caressa la tête de son fils de la même manière qu'Arnau lui avait raconté. Le ronflement des esclaves et des apprentis qui partageaient la pièce brisa le silence surgi entre eux. Quel crime avait bien pu commettre cette femme pour mériter un tel châtiment ? s'interrogeait Bernat.

« Adultère ! » lui aurait répondu sans hésiter Ponç, le chaudronnier. Il l'avait raconté des dizaines de fois à qui voulait l'entendre. « Je l'ai surprise en train de forniquer avec son amant, un jeunet comme elle. Ils profitaient de mes heures de travail à la forge. Bien entendu, je suis allé voir le viguier pour exiger une juste réparation, comme le dictent nos lois. »

Le gros chaudronnier, immédiatement après, se délectait à évoquer le texte qui lui avait permis de se rendre justice lui-même : « Nos princes sont des hommes sages, qui connaissent la fourberie de la femme. Seules les femmes nobles peuvent se libérer de l'accusation d'adultère sous la foi du serment ; les autres, comme Joana, doivent le faire au prix d'un combat, et se soumettre au jugement de Dieu. »

Ceux qui avaient assisté au combat se rappelaient comment Ponç avait réduit en bouillie le jeune amant de Joana ; entre le chaudronnier, aguerri par le travail de la forge, et le délicat jeune homme voué à l'amour, Dieu n'avait pas eu son mot à dire.

La sentence royale fut énoncée conformément aux *usatges* : « Si la femme emporte le combat, elle retrouvera son honneur et restera au côté de son époux qui prendra à sa charge tous les frais de la procédure. En revanche, si elle est vaincue, elle sera à la disposition de son mari avec tout ce qu'elle possède. » Ponç ne savait pas lire mais il récitait de mémoire le verdict inscrit sur un document qu'il exhibait à la moindre occasion : « Nous ordonnons que le dénommé Ponç, s'il veut que lui soit remise ladite Joana, donne une caution convenable et l'assurance qu'il la prendra dans sa propre maison, dans un endroit de douze empans de long, six de large, et vingt-quatre empans de haut. Qu'il lui donne une paillasse pour dormir et une couverture ; qu'il creuse dans l'endroit en question un trou pour que ladite Joana puisse satisfaire ses besoins corporels et ouvre une fenêtre par laquelle on lui passera sa nourriture : dix-huit onces de pain cuit par jour, et autant d'eau qu'elle le désirera ; que le dénommé Ponç ne lui administre rien ni ne lui fasse administrer quoi que ce soit qui précipiterait sa mort ; qu'il ne fasse rien pour faire mourir ladite Joana. Surtout, que Ponç apporte une caution convenable et la garantie de tout ce qui vient d'être énoncé avant qu'on ne lui remette ladite Joana. »

Ponç avait payé la caution qu'avait sollicitée le viguier et celui-ci lui avait livré Joana. Il avait construit dans son jardin une pièce de deux mètres et demi sur un mètre vingt, creusé un trou pour les besoins, ouvert cette fenêtre par laquelle Joanet, venu au monde au terme de neuf mois de procès et jamais reconnu par Ponç, se laissait caresser la tête, et emmuré à vie sa jeune épouse.

— Père, chuchota Arnau, comment elle était, ma mère ? Pourquoi ne me parlez-vous jamais d'elle ?

« Que veux-tu que je te dise ? songea Bernat. Qu'elle a été violée par un noble saoul qui lui a pris sa virginité ? Qu'elle est devenue ensuite la femme publique du château du seigneur de Bellera ? »

112

— Ta mère... n'a pas eu de chance, finit-il par répondre. Elle a été très malheureuse.

Bernat entendit son fils renifler avant de reprendre la parole.

— Elle m'aimait ? insista l'enfant, la voix voilée.

— Elle n'en a pas eu le temps. Elle est morte à ta naissance.

— Habiba m'aimait.

— Moi aussi, je t'aime.

— Mais vous n'êtes pas ma mère. Même Joanet a une mère qui lui caresse la tête.

— Tous les enfants..., commença Bernat avant de s'arrêter.

La mère de tous les chrétiens !... Les paroles des prêtres lui revinrent en mémoire.

— Que disiez-vous, père ?

— Que toi aussi tu as une mère. Évidemment.

Bernat sentit son fils s'apaiser.

— À tous les enfants qui n'ont plus de mère, comme toi, Dieu en donne une autre : la Vierge Marie.

— Où est-elle, cette Marie ?

— La Vierge Marie, corrigea Bernat. Elle est au ciel.

Arnau réfléchit quelques instants avant d'intervenir de nouveau.

— Et ça sert à quoi, une mère au ciel ? Elle ne me caressera pas la tête, ne jouera pas avec moi, ne m'embrassera pas, ni...

— Bien sûr que si.

Bernat se souvenait avec précision des explications que lui avait données son père quand il lui avait posé les mêmes questions.

— Elle envoie des oiseaux pour qu'ils te caressent. Quand tu vois un oiseau, donne-lui un message pour ta mère et tu le verras s'envoler vers le ciel et la

Vierge Marie. Ensuite, ils se transmettent sa réponse les uns aux autres, et l'un d'entre d'eux vient piailler et voltiger joyeusement autour de toi.

— Mais moi, je ne comprends pas les oiseaux.

— Tu apprendras à le faire.

— Je ne pourrai jamais la voir...

— Si... tu pourras la voir. Tu peux la voir dans certaines églises et même lui parler.

— Dans les églises ?

— Oui, mon fils, oui. Elle est dans le ciel et dans certaines églises, et tu peux lui parler par l'intermédiaire des oiseaux ou dans ces églises. Elle te répondra toujours. La nuit, quand tu dors, elle t'aimera et te câlinera plus que n'importe quelle mère.

— Plus que Habiba ?

— Beaucoup plus.

— Même cette nuit ? demanda l'enfant. Je n'ai pas parlé avec elle aujourd'hui.

— Ne t'inquiète pas, je l'ai fait pour toi. Dors et tu verras.

8.

Les deux nouveaux amis se retrouvaient tous les jours et couraient ensemble jusqu'à la plage voir les bateaux, ou jouaient dans les rues de Barcelone. Mais dès qu'ils entendaient les voix de Josep, Genís ou de Margarida dans le jardin des Puig, Joanet voyait Arnau lever les yeux au ciel à la recherche de quelque chose.

— Que regardes-tu ? lui demanda-t-il un jour.

— Rien, répondit Arnau.

Les rires s'intensifièrent et Arnau se tourna à nouveau vers le ciel.

— On monte dans l'arbre ? proposa Joanet, croyant que c'était ce que voulait son ami.

— Non, dit Arnau, qui repéra au même moment un oiseau à qui il pourrait confier un message pour sa mère.

— Pourquoi ? On pourrait voir...

Que pouvait-il dire à la Vierge Marie ? Que disait-on à une mère ? Joanet ne parlait pas vraiment avec la sienne ; il l'écoutait seulement, approuvait ou désapprouvait ce qu'elle lui racontait, mais il pouvait entendre sa voix et sentir ses caresses.

— On monte ?

— Non, cria Arnau, si violemment qu'il réussit à

115

effacer le sourire accroché en permanence aux lèvres de Joanet. Toi, tu as une mère qui t'aime, tu n'as pas besoin d'espionner celle des autres.

— Mais pas toi, rétorqua Joanet. Si on montait...

Il lui dirait qu'il l'aimait ! Comme ses cousins à Guiamona. « Répète-lui ça, petit oiseau (Arnau le regarda s'envoler), que je l'aime. »

— Alors ? On monte ? insista Joanet, la main déjà posée sur les branches basses.

— Non. Je n'en ai plus besoin...

Joanet lâcha l'arbre, l'air interrogateur.

— Moi aussi, j'ai une mère.

— Nouvelle ?

Arnau hésita.

— Je ne sais pas. Elle s'appelle Vierge Marie.

— Vierge Marie ? C'est qui, celle-là ?

— Elle est dans certaines églises. Je sais qu'eux, ajouta-t-il en montrant le mur de la maison, ils vont dans les églises, mais ils ne m'ont jamais emmené.

— Je sais où il y en a.

Arnau ouvrit grand les yeux.

— Si tu veux, on y va. À la plus grande église de Barcelone !

Comme toujours, Joanet partit en courant sans attendre la réponse de son ami, mais Arnau s'était mis au diapason et il le rejoignit en un instant.

Ils prirent la calle de la Boquería et contournèrent le *barrio* juif par la calle del Bisbe jusqu'à la cathédrale.

— Tu crois que, là-dedans, il y aura la Vierge Marie ? demanda Arnau à son ami en signalant une nuée d'échafaudages dressés sur les murs inachevés.

Des hommes tiraient sur une poulie pour hisser une grosse pierre.

— Bien sûr que oui, répondit, convaincu, Joanet. C'est une église.

116

— Ce n'est pas une église ! récusa une voix dans leur dos, celle d'un homme bourru, marteau et ciseaux en main. C'est la cathédrale, proclama-t-il, fier de son travail d'assistant du maître sculpteur. À ne jamais confondre avec une église.

Arnau lança un regard noir à Joanet.

— Où y a-t-il une église ? demanda le petit à l'homme qui s'en allait déjà.

— Ici même, répliqua-t-il à leur grand étonnement.

Et il pointa ses ciseaux en direction de la rue par laquelle ils étaient arrivés.

— Sur la place Sant Jaume.

Ils redescendirent à vive allure la calle del Bisbe. Sur la place Sant Jaume, ils aperçurent une petite construction différente des autres, avec d'innombrables images en relief sculptées sur le tympan de la porte, à laquelle on accédait par un petit perron. Ils n'hésitèrent pas une seconde et s'engouffrèrent à l'intérieur. L'église était sombre et fraîche, mais avant que leurs yeux aient eu le temps de s'habituer à l'obscurité, des mains puissantes les saisirent par les épaules et ils se retrouvèrent au bas du perron aussi rapidement qu'ils étaient montés.

— J'en ai assez de vous dire que je ne veux pas de vous dans l'église Sant Jaume.

Arnau et Joanet se dévisagèrent en silence, faisant peu de cas du prêtre. L'église Sant Jaume ! Ce n'était pas non plus l'église de la Vierge Marie !

Le curé avait déjà disparu. Quand ils se relevèrent, ils se virent entourés par un groupe de six garçons, pieds nus, déguenillés et sales comme Joanet.

— Il est de très mauvais poil, commenta l'un d'eux en pointant le menton vers les portes de l'église.

— Si vous voulez, on peut vous dire par où entrer sans qu'il s'en aperçoive, dit un autre, mais après il faudra vous débrouiller tout seuls. S'il vous coince...

— Non, ça ne fait rien, assura Arnau. Vous savez où il y a une autre église ?

— On ne vous laissera entrer nulle part.

— C'est notre affaire, affirma Joanet.

— Regardez-moi ce freluquet ! se moqua le plus âgé de tous en s'approchant de Joanet.

Il était deux fois plus grand que lui, et Arnau eut peur pour son ami.

— Tout ce qui se passe sur cette place, c'est notre affaire, compris ?

Il commença à le pousser. Alors que Joanet s'apprêtait à se jeter sur le grand gaillard, quelque chose attira l'attention générale, de l'autre côté de la place.

— Un juif ! cria un des garçons.

Aussitôt, le groupe fondit sur un enfant qui arborait le cercle rouge et jaune, et qui prit la poudre d'escampette quand il se rendit compte de ce qui allait lui tomber dessus. Le petit juif réussit à atteindre avant le groupe de garçons la porte de son *barrio*. Les autres durent faire marche arrière. Cependant, un gamin plus petit que Joanet était resté près des deux amis, encore stupéfait par l'attitude bagarreuse de l'enfant sale, prêt à en découdre avec un bien plus grand.

— Par là il y a une autre église, derrière celle de Sant Jaume, leur signala-t-il. Profitez-en pour vous échapper, parce que Pau, ajouta-t-il en montrant de la tête le groupe qui revenait déjà vers eux, va être très énervé et c'est vous qui allez le payer. Il est toujours en colère quand un juif lui échappe.

Arnau tira Joanet qui, décidé à le défier, attendait de pied ferme le dénommé Pau. Finalement, quand il vit tous les voyous commencer à courir dans leur direction, Joanet céda à la pression de son ami.

Ils filèrent dans une rue qui descendait vers la mer, mais quand ils s'aperçurent que Pau et sa bande – probablement détournés de leur projet par l'apparition d'un autre juif sur la place – ne les suivaient plus, ils ralentirent l'allure. Très vite, ils tombèrent sur une autre église. Au pied du perron, ils s'interrogèrent du regard. Devaient-ils ou non entrer ?

— Attendons, proposa Arnau.

À ce moment-là, une vieille femme sortit de l'église et descendit lentement les marches. Arnau n'hésita pas une seconde.

— Ma brave dame, comment s'appelle cette église ?

— L'église Sant Miquel, répondit la femme sans s'arrêter.

Arnau soupira. Sant Miquel.

— Où y a-t-il une autre église ? intervint Joanet face à l'expression de son ami.

— Juste au bout de cette rue.

— Et comment s'appelle-t-elle ? insista-t-il.

Pour la première fois, il réussit à attirer l'attention de la vieille.

— L'église Sant Just i Pastor. Pourquoi ça vous intéresse autant ?

Sans un mot, ils prirent congé de la vieille femme et s'éloignèrent, tête basse.

— Toutes ces églises sont des églises d'hommes ! soupira Arnau.

Joanet marchait, pensif.

— Je connais un endroit..., finit-il par dire. Pour les femmes, je crois. C'est au bout des remparts, près de la mer. On l'appelle... (Joanet tâchait de se souvenir) Santa Clara.

— Ce n'est pas la Vierge Marie.

— Mais c'est une femme. Ta mère est certainement avec elle. Elle ne pourrait pas être avec un autre homme que ton père.

Ils descendirent la calle de la Ciutat jusqu'à la porte de la Mar ouverte dans l'ancien rempart romain, près du château Regomir, et d'où partait le chemin pour le couvent de Santa Clara, limite orientale des anciens remparts bordant la mer. Laissant derrière eux le château Regomir, ils tournèrent à gauche et continuèrent jusqu'à la calle del Mar qui allait de la plaza del Blat à l'église Santa Maria del Mar, d'où partaient de petites ruelles, toutes parallèles, débouchant sur la plage. De là, après avoir traversé la plaza del Born et le Pla d'en Llull, on arrivait calle de Santa Clara jusqu'au couvent du même nom.

Malgré leur impatience à trouver l'église en question, les deux enfants ne purent résister à la tentation de s'arrêter près des tables des orfèvres situées des deux côtés de la calle del Mar. Barcelone était une ville prospère et riche ; les nombreux objets précieux exposés sur les étals en étaient la meilleure preuve : argenterie, jarres et verres en métal précieux avec des incrustations en pierre, colliers, bracelets et bagues, ceintures, une infinité d'œuvres d'art qui étincelaient sous le soleil d'été et qu'Arnau et Joanet voulurent admirer avant que l'artisan les invite fermement à passer leur chemin.

C'est de cette manière, avec l'apprenti d'un orfèvre qui leur courait aux fesses, qu'ils arrivèrent place Santa Maria ; à leur droite, un petit cimetière, le fossar Mayor, et, à leur gauche, l'église.

— Santa Clara est..., commença à dire Joanet, mais il se tut soudain, ébahi.

— Comment ont-ils pu faire cela ? murmura Arnau, bouche bée.

Devant eux se dressait une église, massive et imposante, sérieuse, austère, simple, sans fenêtres, dont les murs étaient d'une épaisseur exceptionnelle. On avait nettoyé et aplani le terrain alentour. D'innombrables pieux cloués dans le sol et unis par des cordes l'entouraient en formant des figures géométriques.

Autour de l'abside de la petite église s'élevaient dix minces colonnes de seize mètres de haut, dont la pierre blanche ressortait malgré les échafaudages qui la recouvraient.

Dressés à l'arrière de l'église, ceux-ci montaient comme d'immenses échelons. Même à la distance où il se trouvait, Arnau dut lever les yeux pour distinguer où ils se terminaient, bien au-delà des colonnes.

— Allons-nous-en, dit Joanet quand il en eut assez de regarder le dangereux va-et-vient des ouvriers sur les plates-formes. C'est sûrement une autre cathédrale.

— Ce n'est pas une cathédrale, entendirent-ils derrière eux.

Arnau et Joanet se regardèrent en souriant. L'homme qui venait de parler était musclé, en sueur, et portait une énorme pierre sur le dos.

« Qu'est-ce que c'est, alors ? » semblaient-ils tous deux lui demander.

— La cathédrale est financée par les nobles et la municipalité, tandis que cette église, qui sera plus importante et plus belle que la cathédrale, c'est le peuple qui la paie et qui la construit.

L'homme ne s'était même pas arrêté. Le poids de la pierre paraissait le pousser en avant ; pourtant, il leur avait souri.

Les deux enfants le suivirent sur le côté de l'église, près d'un autre cimetière, le fossar Menor.

— Voulez-vous qu'on vous aide ? proposa Arnau.

L'homme souffla avant de sourire à nouveau.

— Merci, mon garçon, mais il ne vaut mieux pas.

Il posa la pierre par terre. Joanet essaya vainement de la bouger. L'homme éclata de rire. Joanet sourit aussi.

— Si ce n'est pas une cathédrale, intervint Arnau en montrant les hautes colonnes octogonales, dans ce cas, qu'est-ce que c'est ?

— C'est la nouvelle église qu'est en train d'élever le barrio de la Ribera en remerciement et dévotion à *Nuestra Señora*, la Vierge...

Arnau sursauta.

— La Vierge Marie ? coupa-t-il, les yeux exorbités.

— Bien entendu, mon garçon ! s'exclama l'homme en lui ébouriffant les cheveux. La Vierge Marie, *Nuestra Señora de la Mar*.

— Et... elle est où, la Vierge Marie ? questionna à nouveau Arnau, le regard rivé sur l'église.

— Pour le moment, là-dedans, dans la petite église qui est là. Mais quand nous achèverons celle-là, elle aura le plus grand temple qu'aucune Vierge n'a jamais eu.

Là-dedans ! Arnau n'écoutait plus. Là-dedans, il y avait sa Vierge. Soudain, un bruit les obligea à lever le regard : un banc d'oiseaux s'était envolé du sommet des échafaudages.

9.

Le barrio de la Ribera de la Mar, où l'on construisait l'église en l'honneur de la Vierge Marie, s'était développé comme un faubourg de la Barcelone carolingienne, entourée et fortifiée par les anciens remparts romains. Au départ, il s'agissait d'un simple *barrio* de pêcheurs, portefaix et humbles de tout poil où s'élevait une petite église, Santa Maria de las Arenas, à l'endroit où avait été martyrisée en 303, supposait-on, sainte Eulalie. La petite église Santa Maria de las Arenas devait son nom au sable de la plage de Barcelone sur lequel elle avait été édifiée. Toutefois, la sédimentation, qui avait rendu impraticables les anciens ports de la ville, repoussa les bancs de sable qui formaient la ligne côtière de l'église, jusqu'à lui faire perdre sa dénomination originale. C'est pourquoi elle fut alors rebaptisée Santa Maria del Mar. La côte s'était éloignée d'elle ; pas les hommes qui vivaient de la mer et la vénéraient.

Au fil du temps, Barcelone dut également chercher de nouveaux terrains *extra-muros* où installer sa bourgeoisie naissante qui ne pouvait plus s'établir dans l'enceinte romaine. Des trois frontières de la ville, la bourgeoisie choisit celle de l'est, par où transitait le trafic du port. Les orfèvres s'installèrent calle del Mar. Les autres rues héritèrent de noms d'artisans tels que les cambistes, cotonniers, bouchers et boulangers, négociants en vins, fromagers, chapeliers, armuriers, etc. Au même endroit fut également construite une halle au blé où logeaient les marchands étrangers de passage dans la ville, et on construisit la plaza del Born, derrière Santa Maria, pour célébrer joutes et tournois. Le nouveau barrio de la Ribera n'attira pas que les riches artisans, mais aussi de nombreux nobles, par l'intermédiaire du sénéchal Guillem Ramon de Montcada, à qui le comte de Barcelone, Ramon Berenguer IV, avait cédé les terrains qui débouchaient plaza del Born, à côté de Santa Maria, où se dressaient de grands et luxueux palais.

Le barrio de la Ribera de la Mar de Barcelone devenu désormais riche, l'ancienne église romane, où les pêcheurs et autres gens de la mer venaient vénérer leur patronne, s'avéra vite trop petite et trop pauvre pour ses prospères paroissiens. Mais l'Église barcelonaise et la monarchie consacraient alors tous les efforts économiques à la reconstruction de la cathédrale de la ville.

Unis par leur dévotion à la Vierge, les paroissiens de Santa Maria del Mar, quelle que fût leur condition, ne s'avouèrent pas vaincus devant ce manque de soutien. Par l'intermédiaire de l'archidiacre de la Mer, Bernat Llull, fraîchement nommé, ils sollicitèrent auprès des autorités ecclésiastiques l'autorisation de bâtir ce qu'ils désiraient être le plus grand monument à la Vierge Marie. Avec succès.

Ainsi débuta l'édification de Santa Maria del Mar, par et pour le peuple, comme en témoignait la première pierre de l'ensemble, posée à l'endroit exact où se trouverait le maître-autel et sur laquelle, à la différence des constructions qui comptaient sur l'appui des autorités, fut seulement sculpté le blason de la paroisse : le bâtiment, avec tous ses droits, était la propriété unique et exclusive des paroissiens qui l'avaient bâti – les riches avec leur argent, les pauvres avec leur travail. Dès la pose de cette première pierre, un groupe de paroissiens et de dirigeants de la ville, la *vigesimoquinta*, eut obligation de se réunir tous les ans avec le recteur de la paroisse pour lui remettre, en présence d'un notaire, les clés de l'église pour l'année.

Arnau ne quittait pas des yeux l'homme à la pierre. Encore en sueur, haletant, il souriait en contemplant la construction.

— Je pourrais la voir ? questionna Arnau.

— La Vierge ?

« Et si les enfants ne pouvaient pas entrer seuls dans les églises ? songea Arnau. S'ils ne pouvaient le faire qu'avec leurs parents ? » Que leur avait dit le prêtre de Sant Jaume ?

— Bien sûr. La Vierge sera ravie que des enfants comme vous viennent lui rendre visite.

Arnau rit nerveusement et se tourna vers Joanet.

— On y va ? le pressa-t-il.

— Un instant ! leur dit l'homme, je dois reprendre mon travail.

Il observa les tailleurs de pierre.

— Angel, lança-t-il à un garçon d'une douzaine d'années qui avança vers eux en courant, accompagne ces enfants à l'église. Dis au curé qu'ils veulent voir la Vierge.

L'homme ébouriffa de nouveau les cheveux d'Arnau et disparut en direction de la mer. Quand le dénommé Angel fut devant eux, les enfants baissèrent tous deux les yeux.

— Vous voulez voir la Vierge ?

Sa voix avait l'accent de la sincérité. Arnau acquiesça et l'interrogea :

— Tu... tu la connais ?

— Pour sûr, rit Angel. C'est la Vierge de la Mer, ma Vierge. Mon père est marin ! ajouta-t-il avec fierté. Venez.

Tous deux le suivirent jusqu'à l'entrée de l'église, Joanet les yeux grands ouverts, Arnau la tête basse.

— Tu as une mère ? questionna-t-il soudain.

— Oui, bien sûr, répondit Angel sans cesser de marcher devant eux.

Arnau sourit à Joanet. Ils franchirent les portes de Santa Maria et s'arrêtèrent afin de laisser leurs yeux s'habituer à l'obscurité. L'endroit sentait la cire et l'encens. Si, à l'extérieur, les colonnes de l'église étaient hautes et élancées, à l'intérieur elles étaient petites, larges et carrées. La lumière pénétrait par des fenêtres étroites, allongées et enfoncées dans les gros murs de la construction, qui dessinaient çà et là, sur le sol, des rectangles jaunes. Pendus au plafond, sur les murs, partout, des bateaux : certains méticuleusement travaillés, d'autres plus rudimentaires.

— Allons-y, chuchota Angel.

Tandis qu'ils se dirigeaient vers l'autel, Joanet remarqua des gens agenouillés qu'ils n'avaient pas vus dans un premier temps. Leur murmure étonna les enfants.

— Que font-ils ? demanda Joanet à l'oreille d'Arnau.

— Ils prient, répondit-il.

Sa tante Guiamona, quand elle revenait de l'église avec ses cousins, l'obligeait à prier, agenouillé dans sa chambre, face à une croix.

Devant l'autel, un prêtre plutôt mince s'avança vers eux. Joanet se cacha derrière Arnau.

— Qu'est-ce qui t'amène par ici, Angel ? demanda-t-il à voix basse en regardant les deux enfants.

Angel s'inclina devant la main du curé.

— Eux, mon père, ces deux garçons. Ils veulent voir la Vierge.

Les yeux du prêtre brillèrent dans la pénombre.

— Elle est là, dit-il en désignant l'autel.

Arnau suivit la direction indiquée par le curé et vit une petite statue de femme, très simple, sculptée dans la pierre, avec un enfant sur l'épaule droite et un bateau en bois à ses pieds. Il ferma les yeux à moitié ; les traits de la femme étaient tranquilles. Sa mère !

— Comment vous appelez-vous ? interrogea le prêtre.

— Arnau Estanyol.

— Joan, mais on m'appelle Joanet.

— Et votre nom de famille ?

Le sourire disparut du visage de Joanet. Il ignorait son nom de famille. Sa mère lui avait dit de ne pas utiliser le sien ni celui de Ponç, le chaudronnier, qui se mettrait très en colère s'il l'apprenait. Il n'avait jamais eu à dire à personne son nom de famille. Pourquoi ce prêtre voulait-il le connaître à présent ? L'autre insistait du regard.

— Comme lui, dit-il finalement. Estanyol.

Arnau se retourna avec surprise. Le petit le suppliait des yeux.

— Alors, vous êtes frères.

— Ou... oui, réussit à balbutier Joanet, encouragé par la complicité silencieuse d'Arnau.

— Vous savez prier ?

— Oui, répondit Arnau.

— Moi, non... pas encore, ajouta Joanet.

— Que ton frère t'apprenne, conclut le prêtre.

Vous pouvez prier la Vierge. Viens avec moi, Angel, j'ai un message pour ton maître. Il y a ici des pierres...

La voix du curé se perdit peu à peu tandis qu'ils s'éloignaient ; les deux enfants demeurèrent face à l'autel.

— Il faut prier à genoux ? murmura Joanet à Arnau.

Arnau jeta un œil aux ombres que lui signalait Joanet, mais alors que ce dernier se dirigeait déjà vers les prie-Dieu en soie rouge qui se trouvaient en face du maître-autel, il lui saisit le bras.

— Je crois que oui.

— Et toi ?

— Je ne prie pas. Je parle à ma mère. Tu t'age-nouilles, toi, quand tu parles à ta mère ?

Non, il ne le faisait pas...

— Le curé n'a pas dit que nous pouvions lui parler, mais que nous pouvions prier.

— Garde-toi bien de lui dire quoi que ce soit. Sinon, je lui avouerai que tu lui as menti et que tu n'es pas mon frère.

Joanet resta au côté d'Arnau et s'amusa à contempler les nombreux bateaux qui décoraient l'église. Il aurait aimé en avoir un. Pouvaient-ils flotter ? se demanda-t-il. Certainement ; sinon, pourquoi les avait-on taillés ? Il pourrait mettre un de ces navires au bord de la mer et...

Arnau, lui, fixait la statue. Que pouvait-il lui dire ? Les oiseaux lui avaient-ils apporté son message ? Il leur avait dit qu'il l'aimait, plusieurs fois même.

— Mon père m'a raconté que même si Habiba était maure, elle est avec toi, mais il ne faut pas le répéter, car les gens croient que les Maures ne vont pas au ciel, murmura-t-il. Elle était très gentille. Ce

128

n'était pas du tout sa faute. C'est Margarida, la coupable.

Arnau avait les yeux rivés sur la Vierge qu'entouraient des dizaines de bougies allumées. Autour d'elle, l'air vibrait.

— Habiba est-elle avec toi ? Si tu la vois, dis-lui que je l'aime aussi. Ne sois pas fâchée parce que je l'aime, n'est-ce pas ? Même si elle est maure.

À travers la pénombre, l'air et le scintillement des dizaines de bougies, Arnau vit alors les lèvres de la petite statue de pierre ébaucher un sourire.

— Joanet !

— Quoi ?

Arnau pointa le doigt sur la Vierge, mais à présent ses lèvres... Peut-être ne voulait-elle pas que quelqu'un d'autre la voie sourire ? C'était un secret.

— Quoi ? insista Joanet.

— Rien, rien.

— Vous avez prié ?

Le retour d'Angel et de l'ecclésiastique les surprit.

— Oui, répondit Arnau.

— Moi je ne..., commença à s'excuser Joanet.

— Je sais, je sais, coupa affectueusement le prêtre en lui caressant les cheveux. Et toi, qu'as-tu fait comme prière ?

— L'*Ave Maria*, répondit Arnau.

— Jolie prière. Vous pouvez partir, maintenant.

Le curé les raccompagna à la porte.

— Mon père, demanda Arnau une fois ressorti de l'église, pourrons-nous revenir ?

Le prêtre leur sourit.

— Bien entendu, mais j'espère que, la prochaine fois, tu auras appris à prier à ton frère.

Le prêtre tapota les joues de Joanet, qui demeura tout sérieux.

— Revenez quand vous voulez, vous serez toujours les bienvenus.

Angel se dirigea vers l'endroit où les pierres étaient entassées, Arnau et Joanet sur les talons. Il se retourna.

— Vous ne pouvez pas rester sur le chantier. Si le maître...

— L'homme de tout à l'heure avec la pierre ? coupa Arnau.

— Non, répondit Angel en riant. Lui, c'est Ramon, un *bastaix*.

Les deux enfants lui lancèrent un regard interrogateur.

— Les *bastaixos* sont les muletiers de la mer. Ils transportent les cargaisons de la plage aux entrepôts des marchands, ou le contraire. Ils chargent et déchargent les marchandises que les marins ont apportées jusqu'à la plage.

— Alors, ils ne travaillent pas à Santa Maria ? questionna Arnau.

— Si. Plus que les autres.

Angel sourit devant l'expression des enfants.

— Ce sont des gens pauvres, sans ressources, mais dévoués comme personne à la Vierge de la Mer. Comme ils ne peuvent pas donner d'argent pour sa construction, la confrérie des *bastaixos* s'est engagée à transporter gratuitement les pierres de la carrière royale, à Montjuïc, jusqu'au chantier. Sur leurs épaules. Ils parcourent des milles en portant ces pierres qu'on peut ensuite seulement déplacer à deux.

Arnau se souvint de l'énorme pierre que le *bastaix* avait posée par terre.

— C'est sûr, ils travaillent pour leur Vierge ! insista Angel. Plus que quiconque. Allez jouer maintenant, conclut-il avant de reprendre son chemin.

10.

— Pourquoi installent-ils encore des échafaudages ?

Arnau signala le chevet de Santa Maria. Angel leva les yeux et, la bouche pleine de pain et de fromage, bafouilla une explication inintelligible. Joanet éclata de rire, suivi par Arnau, puis par Angel lui-même, jusqu'au moment où ce dernier finit par s'étrangler et se mit à tousser.

Tous les jours, Arnau et Joanet allaient s'agenouiller dans l'église Santa Maria. Poussé par sa mère, Joanet avait décidé d'apprendre des prières et répétait celles qu'Arnau lui enseignait. Ensuite, dès qu'ils se séparaient, le petit courait jusqu'à la fenêtre et racontait à la prisonnière ce qu'il avait prié ce jour-là. Arnau parlait avec sa mère, sauf en présence du père Albert : alors, il se joignait au murmure de Joanet.

Quand ils sortaient de Santa Maria, Arnau et Joanet s'éloignaient un peu pour évaluer l'avancée des travaux et le va-et-vient des charpentiers, des tailleurs de pierre et autres maçons ; ensuite, ils s'asseyaient par terre, sur la place, et attendaient qu'Angel fasse une pause pour venir manger du pain et du fromage avec eux. Le père Albert les regardait avec affection ; les ouvriers de Santa Maria les saluaient d'un sourire, et même les *bastaixos*, quand ils surgissaient avec leurs pierres sur le dos, lançaient une œillade aux deux enfants assis devant Santa Maria.

— Pourquoi installent-ils encore des échafaudages ? interrogea une nouvelle fois Arnau.

Dix colonnes s'élevaient à l'arrière de l'église : huit en arc de cercle et deux autres à l'écart. Derrière, on avait commencé à construire les contreforts et les murs qui formeraient l'abside. Mais si les colonnes dépassaient la petite église romane, les échafaudages n'en continuaient pas moins de monter, sans raison apparente, car on ne voyait aucune construction à l'intérieur. Les ouvriers étaient-ils devenus fous ? Voulaient-ils bâtir un escalier jusqu'au ciel ?

— Je ne sais pas, répondit Angel.

— Ils ne servent à rien, intervint Joanet.

— Mais ils vont servir.

C'était une voix masculine. Les trois garçons se retournèrent. Ils riaient tant qu'ils ne s'étaient pas rendu compte que plusieurs hommes se tenaient derrière eux, certains richement vêtus, d'autres en tenue ecclésiastique avec des croix en or et des pierres précieuses sur la poitrine, de grands anneaux et des ceintures brodées de fils d'or et d'argent.

Le père Albert apparut sur le seuil de l'église et s'empressa de les accueillir. Angel sauta sur ses jambes et sembla s'étrangler de nouveau. Ce n'était pas la première fois qu'il rencontrait l'homme qui venait de leur répondre, mais il l'avait rarement vu en si grande pompe. Il s'agissait de Berenguer de Montagut, le maître d'œuvre de Santa Maria del Mar.

Arnau et Joanet se levèrent à leur tour. Le père Albert embrassait les anneaux des évêques.

— À quoi vont-ils servir ?

La question de Joanet paralysa brusquement le père Albert. À genoux devant le prélat, il fit les gros yeux à l'enfant : « Ne parle pas si on ne te le demande pas. » Un des prévôts fit mine de continuer d'avancer vers l'église, mais Berenguer de Montagut prit Joanet par l'épaule et s'inclina vers lui.

— Les enfants sont souvent capables de distinguer ce qui est invisible aux adultes, dit-il à voix haute à ceux qui l'accompagnaient. C'est pourquoi je ne serais pas étonné que ceux-là aient remarqué quelque chose qui nous aurait échappé. Tu veux savoir pourquoi nous continuons à dresser des échafaudages ?

Joanet acquiesça, non sans avoir auparavant regardé avec inquiétude le père Albert.

— Tu vois ces colonnes ? Du haut de chacune d'elles sortiront six arcs, et sur l'un d'eux, le plus important, reposera l'abside de la nouvelle église.

— C'est quoi un abside ? demanda Arnau.

Berenguer sourit et jeta un œil derrière lui. La plupart des hommes présents étaient rivés à ses explications, comme les enfants.

— *Une* abside, c'est à peu près cela.

Le maître fit un geste avec ses doigts. Les enfants étaient suspendus à ses mains ; certains hommes derrière lui tendirent le cou, y compris le père Albert.

— Au-dessus, tout en haut, poursuivit-il en montrant le bout de son index, on place une grande pierre qui s'appelle la clé de voûte. Il faut d'abord hisser cette pierre sur l'échafaudage le plus élevé, là-bas, vous voyez ?

L'assistance entière leva les yeux au ciel.

— Ensuite, nous devons monter les nerfs de ces arcs qui s'uniront à la clé de voûte. C'est pourquoi nous avons besoin de ces échafaudages gigantesques.

— Mais pourquoi faire tant d'efforts ? interrogea de nouveau Arnau.

Bien qu'il commençât à s'habituer à ses questions et observations, le prêtre sursauta en entendant l'enfant.

— Personne ne le verra de l'intérieur de l'église puisque ça restera au-dessus du toit.

Berenguer ne put s'empêcher de rire, imité aussitôt par plusieurs de ses compagnons. Le père Albert soupira.

— Si, mon garçon, ça se verra. Le toit de l'église actuelle disparaîtra à mesure que l'on construira l'autre. Comme si cette petite église donnait naissance à une nouvelle, plus grande, plus...

L'air chagrin de Joanet le surprit. L'enfant s'était accoutumé à la petite église, à son odeur, à sa pénombre, à l'intimité qu'il y trouvait quand il priait.

— Tu aimes la Vierge de la Mer ? lui demanda Berenguer.

Joanet jeta un coup d'œil à Arnau. Les deux enfants acquiescèrent vigoureusement.

— Quand nous terminerons sa nouvelle église, cette Vierge que vous aimez tant aura plus de lumière que n'importe quelle Vierge au monde. Elle ne sera plus plongée dans l'obscurité comme maintenant, et elle aura le plus beau temple jamais imaginé ; elle ne sera plus cernée de gros murs bas, mais de hautes et fines parois, avec des colonnes et des absides qui arriveront jusqu'au ciel, où elle se trouve.

Tous levèrent encore une fois les yeux.

— Oui, conclut Berenguer de Montagut, la nouvelle église de la Vierge de la Mer ira jusque-là.

Et, flanqué de sa suite, il se dirigea vers Santa Maria, laissant derrière lui les enfants et le père Albert qui l'observaient.

— Père, questionna Arnau une fois qu'on ne pouvait plus les entendre, qu'adviendra-t-il de la Vierge quand la petite église sera démolie, alors que la grande ne sera pas encore terminée ?

— Tu vois ces contreforts ? répondit le prêtre en montrant deux de ceux qu'on construisait pour fermer le déambulatoire, derrière le maître-autel. Exactement là, entre eux, on bâtira la première chapelle, celle du Santísimo où, provisoirement, à côté du corps du Christ et du tombeau qui contient les reliques de sainte Eulalie, on gardera la Vierge pour qu'elle ne subisse aucun dommage.

— Et qui la surveillera ?

— Ne t'inquiète pas, la Vierge est entre de bonnes mains. La chapelle du Santísimo appartient à la confrérie des *bastaixos* ; ce sont eux qui auront la clé des grilles et se chargeront de veiller sur ta Vierge.

Arnau et Joanet connaissaient désormais tous les *bastaixos*. Angel récitait leurs noms quand ils défilaient à la queue leu leu, chargés de leurs énormes pierres : il y avait Ramon, le premier qu'il avait rencontré ; Guillem, un homme dur comme les blocs qu'il portait sur son dos, hâlé par le soleil et le visage horriblement défiguré par un accident, mais doux et tendre dans ses manières ; un autre Ramon, surnommé « le Petit », plus courtaud que le premier et trapu ; Miquel, un homme fibreux qui paraissait incapable de supporter le poids de sa charge mais qui y parvenait en tendant tous les nerfs et les muscles de son corps, au point qu'à tout moment ceux-ci semblaient près d'éclater ; Sebastià, le plus antipathique et le plus taciturne de tous, avec son fils Bastianet ; Pere, Jaume et d'innombrables noms encore, de ces travailleurs de la Ribera qui avaient choisi de transporter de la carrière royale de La Roca à Santa

Maria del Mar les milliers de pierres nécessaires à la construction de l'église.

Arnau ne cessait de penser à eux, à leur façon de regarder l'église quand, courbés, ils arrivaient devant elle, de sourire après avoir déchargé leurs pierres, à la force de leur dos. Il n'avait aucun doute : ils prendraient bien soin de sa Vierge.

Ce que leur avait annoncé Berenguer de Montagut eut lieu sept jours plus tard.

— Venez demain à l'aube, leur conseilla Angel, nous allons hisser la clé.

Les enfants étaient donc là, tout excités, derrière l'ensemble des ouvriers réunis au pied des échafaudages. Il y avait plus d'une centaine de personnes, parmi lesquels travailleurs, *bastaixos* et même ecclésiastiques ; le père Albert avait ôté ses habits de prêtre et était vêtu comme les autres, avec une grosse pièce de toile rouge enroulée à la taille en guise de ceinture.

Arnau et Joanet saluaient les uns, souriaient aux autres.

— Les enfants, leur dit un maître maçon, quand nous commencerons à hisser la clé, je ne veux pas vous voir par là.

Tous deux approuvèrent de la tête.

— Et la clé ? demanda Joanet.

L'homme leur indiqua un endroit, au pied du premier échafaudage, le plus bas de tous.

— Ouah ! s'exclamèrent-ils à l'unisson une fois près de la grande pierre ronde.

Les hommes la regardaient eux aussi, mais en silence ; ils savaient qu'il s'agissait d'un jour important.

— Elle pèse plus de six tonnes, dit quelqu'un.

Joanet, les yeux grands ouverts, regarda Ramon le *bastaix*.

— Non, réagit ce dernier qui devinait les pensées de l'enfant, celle-là, ce n'est pas nous qui l'avons portée.

Son commentaire fit naître quelques rires nerveux qui moururent immédiatement. Les hommes défilaient, regardaient la pierre, levaient les yeux vers le haut des échafaudages ; ils allaient devoir hisser plus de six tonnes à plus de trente mètres du sol en tirant seulement sur des câbles !

— Si quelque chose lâche..., murmura l'un d'eux en se signant.

— On sera coincés dessous, grimaça un autre.

Personne ne restait immobile ; même le père Albert, dans son étrange tenue, allait et venait avec agitation parmi eux. Il encourageait les uns et les autres, leur tapait dans le dos, parlait à tort et à travers. Beaucoup regardaient la vieille église, perdue entre la foule et les échafaudages. Les citoyens de Barcelone avaient commencé à se regrouper à distance des travaux.

Soudain, Berenguer de Montagut apparut. Sans laisser le temps aux gens de l'arrêter ou de le saluer, il grimpa sur l'échafaudage le plus bas et s'adressa à l'assemblée. Pendant son discours, les maçons qui l'accompagnaient attachèrent une grande poulie à la pierre.

— Comme vous voyez, cria-t-il, on a installé en haut de l'échafaudage plusieurs palans qui vont nous servir à hisser la clé. Les poulies, aussi bien celles d'en haut que celles qui sont attachées à la clé, sont composées de trois ordres de poulies, composés à leur tour de trois poulies chacun. Comme vous le savez, nous n'utiliserons ni treuils ni roues, car il nous faudra à tout moment diriger la clé latéralement. Trois câbles passent par les poulies, montent jusqu'en haut et redescendent au sol.

Le maître, suivi par une centaine de têtes, signala le parcours des câbles.

— Je veux que vous vous divisiez en trois groupes autour de moi.

Les maîtres maçons entreprirent de diviser la foule. Arnau et Joanet reculèrent jusqu'au mur arrière de l'église. De là, le dos collé à la paroi, ils suivirent les préparatifs. Une fois les trois groupes formés, Berenguer reprit son discours.

— Chacun de vous trois halera un des câbles. Vous, dit-il en s'adressant à un groupe, vous serez Santa Maria. Répétez avec moi !

— Santa Maria ! crièrent les hommes.

— Vous Santa Clara. Et vous Santa Eulàlia. Je m'adresserai à vous par ces noms. Quand je dirai « Tous ! », je ferai référence aux trois groupes. Vous devrez tirer en ligne droite, selon où vous êtes placés, sans perdre de vue le dos de votre compagnon de devant et attentifs aux ordres du maître qui dirigera chaque file. Souvenez-vous : vous devez toujours rester droits ! Mettez-vous en file.

Les hommes saisirent les câbles qui étaient déjà prêts. Berenguer de Montagut n'attendit pas une seconde de plus.

— Tous ! Quand je dirai « Allez-y », commencez à tirer, doucement d'abord, jusqu'au moment où vous sentirez la tension des cordes. Allez-y !

Les rangs se mirent en branle. Les câbles commencèrent à se tendre.

— Tous ! Plus fort !

Arnau et Joanet retenaient leur souffle. Les hommes enfoncèrent leurs talons dans la terre et se mirent à tirer. Bras, dos et visages se crispèrent.

Arnau et Joanet examinèrent la grosse pierre. Elle ne bougeait pas d'un pouce.

— Tous ! Plus fort !

L'ordre résonna sur l'esplanade. Le visage des hommes se congestionnait peu à peu. Le bois des échafaudages craqua et la clé s'éleva tout à coup à un pan du sol. Six tonnes !

— Encore ! hurla Berenguer dont toute l'attention était rivée à la clé.

Un autre pan. Les enfants n'osaient plus respirer.

— Santa Maria ! Plus fort ! Plus fort !

Dans le groupe de Santa Maria se trouvait le père Albert qui ferma les yeux et tira sur la corde.

— C'est cela, Santa Maria ! C'est cela. Tous maintenant ! Plus fort !

Le bois craquait toujours. Arnau et Joanet levèrent les yeux vers les échafaudages. Berenguer de Montagut prêtait seulement attention à la pierre qui montait à présent très lentement.

— Encore ! Encore ! Encore ! Tous ensemble ! Plus fort !

Quand la clé atteignit la hauteur du premier échafaudage, Berenguer ordonna aux groupes d'arrêter de tirer et de maintenir la pierre en l'air.

— Santa Maria et Santa Eulàlia, tenez bon ! Santa Clara, halez !

La clé se déplaça latéralement jusqu'à l'échafaudage d'où Berenguer donnait les ordres.

— Tous à présent ! Lâchez petit à petit.

Quand la clé se posa sur l'échafaudage aux pieds de Berenguer, tous, y compris ceux qui tiraient sur les câbles, retinrent leur souffle.

— Doucement ! cria le maître d'œuvre.

La plate-forme se courba sous le poids de la clé.

— Et si elle cède ? chuchota Arnau à Joanet.

Si elle avait cédé, Berenguer...

En dépit du poids de la clé et d'une structure qui, somme toute, n'était pas faite pour le supporter longtemps, la plateforme résista. Il fallait arriver en haut où, selon les calculs de Berenguer, les échafaudages seraient plus résistants. Les maçons changèrent les poulies jusqu'au palan suivant et les hommes se remirent à tirer sur les cordes. D'une plate-forme à la suivante, six tonnes de pierre s'élevaient vers l'endroit où se joindraient les nervures des arcs, au-dessus des gens, dans le ciel.

Les hommes transpiraient. Leurs muscles étaient tendus. De temps à autre, l'un d'eux tombait et le maître de la file courait pour le dégager des pieds des suivants. Des citoyens musclés s'étaient proposés comme volontaires. Quand quelqu'un n'en pouvait plus, l'un d'eux était choisi pour le remplacer.

D'en haut, Berenguer donnait les ordres que transmettait aux hommes un autre maître placé en contrebas. Quand la clé parvint au dernier échafaudage, les visages contractés esquissèrent un sourire. Pourtant, c'était le moment le plus difficile. Berenguer de Montagut avait calculé l'endroit précis où devait être posée la clé afin que les nervures des arcs s'accouplent parfaitement à elle. Des jours durant, il avait pris des mesures avec des cordes et des pieux entre les dix colonnes, vérifié que les murs étaient droits au moyen de plombs jetés depuis l'échafaudage et tendu des dizaines de cordes, des pieux jusqu'au sommet. Des jours durant, il avait griffonné sur des parchemins, les avait raturés, avait réécrit dessus. Si la clé n'était pas posée au bon endroit, les arcs ne résisteraient pas et l'abside pouvait s'écrouler.

À la fin, après des milliers de calculs et de plans, il avait dessiné un beau jour l'emplacement exact sur la plate-forme du dernier échafaudage. C'était là, pas un centimètre à côté. Alors quand, contrairement à ce qui s'était passé sur les autres plates-formes, Berenguer de Montagut ne les laissa pas tout de suite poser la clé, les hommes commencèrent à désespérer.

— Encore un peu, Santa Maria. Santa Clara, tirez, à présent tenez bon. Santa Eulàlia ! Santa Clara ! Santa Maria... ! En bas... ! Allez... ! Maintenant ! cria-t-il soudain. Tenez bon tous ! En bas ! Petit à petit, petit à petit. Doucement !

Subitement, les poulies ne pesèrent plus. En silence, tout le monde regarda le ciel où Berenguer de Montagut s'était accroupi pour vérifier la position de la clé. Il fit le tour de la pierre de deux mètres de diamètre, se redressa et leva les bras en signe de victoire.

Arnau et Joanet eurent l'impression que leur dos, pourtant collé au mur de la vieille église, vibrait du rugissement jaillissant des gorges des hommes qui avaient tiré sur les cordes pendant des heures. Beaucoup se laissèrent tomber au sol. D'autres, moins nombreux, s'étreignirent et sautèrent de joie. Les centaines de spectateurs qui avaient suivi l'opération criaient et applaudissaient. Arnau sentit un nœud dans sa gorge. Tout le duvet de son corps se hérissait.

— J'aimerais être plus grand, chuchota-t-il cette nuit-là à son père sur la paillasse, au milieu des toux et des ronflements des esclaves et apprentis.

D'où venait ce désir ? se demanda Bernat. Ce jour-là, Arnau était revenu exalté et leur avait raconté à tous des centaines de fois comment avait été hissée la clé de l'abside de Santa Maria. Même Jaume l'avait écouté avec attention.

— Pourquoi, mon fils ?

— Les grands font tous quelque chose. À Santa

Maria, beaucoup d'enfants aident leur père ou leur maître, mais Joanet et moi...

Bernat passa le bras autour des épaules de son enfant et l'attira vers lui. Sauf quand on lui confiait une tâche ponctuelle, Arnau, il est vrai, passait toutes ses journées là-bas. Qu'aurait-il pu faire d'utile ?

— Tu aimes les *bastaixos*, n'est-ce pas ?

Bernat avait noté l'enthousiasme d'Arnau quand il évoquait les porteurs de pierres. Joanet et lui les suivaient jusqu'aux portes de la ville, les attendaient là et les accompagnaient à leur retour, le long de la plage, de Framenors à Santa Maria.

— Oui, confirma Arnau tandis que son père cherchait quelque chose sous la paillasse.

— Tiens, dit-il en sortant la vieille outre d'eau dont ils s'étaient servis pendant leur fuite.

Arnau la saisit dans l'obscurité.

— Offre-leur de l'eau fraîche. Tu verras qu'ils ne la refuseront pas et te seront drôlement reconnaissants.

Le lendemain, à l'aube, comme toujours, Joanet l'attendait déjà aux portes de l'atelier de Grau. Arnau lui montra l'outre, la suspendit autour de son cou et ils coururent à la plage, près de Los Encantes, à la fontaine del Angel, la seule sur le chemin des *bastaixos*, car la suivante se trouvait déjà à Santa Maria.

Quand les enfants virent s'avancer la file des *bastaixos*, marchant lentement, courbés sous le poids des pierres, ils grimpèrent dans l'une des barques échouées sur la plage. Le premier *bastaix* arriva jusqu'à eux et Arnau lui montra l'outre. L'homme sourit et s'arrêta près de la barque afin qu'Arnau verse directement l'eau dans sa bouche. Les autres attendirent que le premier ait fini de boire ; ce fut alors au tour du suivant. Au retour, quand ils repassaient par là, en direction de la carrière, libres de poids, les *bastaixos* ne manquaient pas de les remercier pour l'eau fraîche.

À partir de ce jour, Arnau et Joanet devinrent les porteurs d'eau des *bastaixos*. Ils les attendaient au même endroit, à côté de la fontaine del Angel. Quand il fallait décharger un navire et que les hommes ne travaillaient pas pour Santa Maria, ils les suivaient dans la ville afin de continuer à leur donner à boire sans qu'ils aient à poser leurs lourds fardeaux.

Les deux enfants venaient toujours admirer l'église. Ils parlaient également avec le père Albert, ou bien s'asseyaient par terre et regardaient Angel engloutir son déjeuner. Devant Santa Maria, leurs yeux brillaient d'un éclat différent. Eux aussi aidaient à sa construction ! C'est ce que leur avaient dit les *bastaixos* et même le père Albert.

La clé désormais installée, de chacune des dix colonnes qui l'entouraient commençaient à naître les nervures des arcs ; les maçons avaient construit des cintres sur lesquels ils enchâssaient les pierres qui, les unes après les autres, s'élevaient en courbe vers la clé. Derrière les colonnes, entourant les huit premières, on avait érigé les murs du déambulatoire, avec les contreforts vers l'intérieur, dans l'église.

— Entre ces contreforts, leur dit le père Albert en leur montrant deux d'entre eux, il y aura la chapelle du Santísimo, celle des *bastaixos,* qui bientôt accueillera la Vierge.

Avec l'apparition des murs du déambulatoire et la construction des neuf voûtes appuyées sur les nervures qui séparaient les colonnes, on avait en effet commencé à démolir la vieille église.

— Au-dessus de l'abside, leur apprit également le

prêtre tandis qu'Angel approuvait ses paroles, on bâtira la toiture. Savez-vous avec quoi ?

Les enfants firent non de la tête.

— Avec tous les pots en céramique défectueux de la ville. On posera quelques pierres de taille et, dessus, tous les pots, les uns à côté des autres, alignés. Enfin, sur eux, la toiture de l'église.

Arnau avait remarqué tous les pots entassés à côté des pierres de Santa Maria. Il avait demandé à son père, qui n'avait pas su lui répondre, ce qu'ils faisaient là.

— Je sais juste, avait expliqué Bernat, que nous, à l'atelier, on met de côté tous les pots défectueux en attendant que quelqu'un vienne les chercher. Je ne savais pas qu'ils étaient destinés à ton église.

C'est ainsi que la nouvelle église prit forme derrière l'abside de l'ancienne, que l'on avait désormais commencé à détruire prudemment pour pouvoir utiliser ses pierres. Comme le barrio de la Ribera de Barcelone ne voulait pas demeurer sans église, pas même pendant que l'on bâtissait ce nouveau temple marial, superbe, les offices religieux ne furent jamais interrompus. Cependant, la sensation était étrange. Comme tout le monde, Arnau entrait dans l'église par le portail de la petite construction romane mais, une fois à l'intérieur, la pénombre où il s'était réfugié naguère pour parler à sa Vierge disparaissait pour laisser place à la lumière qui pénétrait désormais par les grandes fenêtres de la nouvelle abside. L'ancienne église ressemblait à un modeste écrin, entouré de la magnificence d'un plus grand, appelé à disparaître à mesure que grandirait l'autre. Un écrin plus petit, finissant, au bout duquel s'ouvrait la très haute abside déjà couverte.

11.

Malgré tout, la vie d'Arnau ne se réduisait pas à Santa Maria et aux *bastaixos*. Ses obligations, en échange d'un lit et de nourriture, consistaient, entre autres, à accompagner la cuisinière quand elle sortait faire des courses en ville.

Tous les deux ou trois jours, Arnau quittait donc l'atelier de Grau à l'aube avec Estranya, l'énorme esclave mulâtresse dont les grosses jambes tremblaient en marchant. Dès qu'Arnau apparaissait à la porte de la cuisine, l'esclave, sans lui adresser la parole, lui remettait deux paniers avec des miches de pain pour le four de la calle Ollers Blancs : le premier pour Grau et sa famille, à la farine de froment ; le deuxième à la farine d'orge, de mil, de fèves ou même de haricots, qui donnerait un pain sombre, compact et dur.

Estranya et Arnau quittaient ensuite le *barrio* des potiers et franchissaient les murailles en direction du centre de Barcelone. En début de parcours, Arnau suivait sans difficulté l'esclave tout en se moquant du dandinement de sa chair mate.

— De quoi ris-tu ? demandait la mulâtresse.

Arnau soutenait son regard et dissimulait son sourire.

— Tu veux rire ? Ris maintenant, le narguait-elle plaza del Blat en lui donnant un lourd sac de blé à porter. Il est passé où, ton sourire ? insistait-elle dans la descente de la Llet, quand elle ajoutait à ses paquets le lait pour ses cousins.

La même scène se répétait sur la petite place des Cols, où ils achetaient des choux, des primeurs ou des légumes verts ; et encore plaza de l'Oli, avec l'huile, le gibier et la volaille.

Tête basse et chargé comme un mulet, Arnau suivait l'esclave dans tout Barcelone. Durant les cent soixante jours d'abstinence de l'année, l'obèse mulâtresse se trémoussait jusqu'à la plage, près de Santa Maria. Là, dans la nouvelle ou l'ancienne poissonnerie de la ville, Estranya jouait des coudes pour obtenir les meilleurs morceaux de dauphin, thon, esturgeon, *palomide*, *nero*, *reig* ou *corball**.

— Et maintenant, du poisson pour toi, lâchait-elle avec un mauvais sourire à l'attention d'Arnau.

Ils se rendaient à l'arrière de la boutique, où la mulâtresse récupérait les restes. Il y avait également beaucoup de monde, mais là Estranya ne se battait avec personne.

Malgré tout, Arnau préférait les jours d'abstinence à ceux où Estranya devait chercher de la viande, car il fallait alors parcourir la moitié de Barcelone et revenir avec des tas de ballots.

Dans les boucheries annexes aux abattoirs de la ville, ils achetaient pour Grau et sa famille de la viande de première qualité, comme toute celle qui se vendait *intra-muros* ; Barcelone n'autorisait pas l'entrée dans ses murs aux animaux morts. Toute la

---

* Perche, mérou, *reig*, corbeau de mer. En catalan dans le texte. *(N.d.T.)*

viande vendue en ville provenait de bêtes sacrifiées sur place.

C'est pourquoi, pour les abats destinés aux serviteurs et aux esclaves, ils devaient sortir de la ville par Portaferrisa et se rendre au marché où s'amoncelaient des carcasses d'animaux morts et tout type de viande d'origine inconnue. Une fois acquis tous ces mauvais morceaux qu'elle lui faisait porter, Estranya se moquait d'Arnau. Puis ils passaient par le four récupérer les miches et rentraient chez Grau, Estranya avec son balancement lourd, Arnau en traînant des pieds.

Un matin, Estranya et Arnau faisaient leurs courses aux grands abattoirs, près de la plaza del Blat, quand les cloches de l'église Sant Jaume se mirent à sonner. Ce n'était ni dimanche ni fête. Estranya s'arrêta, ses jambes bouffies tout écartées. Quelqu'un cria. Immédiatement, beaucoup d'autres firent de même et les gens commencèrent à courir dans toutes les directions. Arnau ne comprenait rien. Il se tourna vers Estranya sans parvenir à formuler sa question et posa ses paquets. Les marchands de grain pliaient leurs étals à toute vitesse. La foule continuait à courir et à crier, tandis que les cloches de Sant Jaume ne cessaient de carillonner. Arnau fit mine de se diriger vers la plaza Sant Jaume, mais... celles de Santa Clara ne tintaient-elles pas aussi ? Il tendit l'oreille en direction du couvent des religieuses. Au même moment, les cloches de Sant Pere, Framenors et Sant Just se firent entendre elles aussi. Toutes les églises de la ville sonnaient ! Arnau était paralysé, bouche bée, étourdi. Autour de lui, on courait dans tous les sens.

Soudain, Joanet apparut devant lui. Nerveux, il ne tenait pas en place.

147

— *Via fora ! Via fora !* criait-il.

— Quoi ? demanda Arnau.

— *Via fora !* hurla Joanet.

— Qu'est-ce que ça veut dire ?...

Joanet le fit taire et pointa le doigt vers l'ancien portal Mayor, sous le palais du viguier, à l'instant où un *alguazil*, vêtu pour la bataille, avec une cuirasse argentée et une grande épée au ceinturon, le franchissait. Dans sa main droite, suspendue à une hampe dorée, la bannière de Sant Jordi : croix rouge sur fond blanc. Derrière lui, un autre *alguazil*, également prêt au combat, portait l'étendard de la ville. Les deux hommes se dirigèrent au centre de la place, où se trouvait la pierre qui divisait la ville en *barrios*. Là, brandissant les bannières de Sant Jordi et de Barcelone, les *alguazils* crièrent à l'unisson :

— *Via fora ! Via fora !*

Les cloches carillonnaient toujours et, dans toutes les rues de la ville, les citoyens reprirent le « *Via fora !* » en chœur.

Joanet, qui avait observé le spectacle avec un silence révérencieux, se mit à brailler comme un putois.

Estranya finit par réagir et pressa Arnau de partir de là. Les yeux rivés sur les deux *alguazils* dressés au centre de la place, avec leurs cuirasses resplendissantes et leurs épées, hiératiques sous les bannières colorées, le garçon lâcha la main de la mulâtresse.

— Allons-nous-en, Arnau, ordonna Estranya.

— Non, s'opposa celui-ci, encouragé par Joanet.

Estranya lui saisit l'épaule et le secoua.

— Allons-nous-en. Tout ceci ne nous regarde pas.

— Que dis-tu, esclave ?

Au milieu de la foule, éblouie comme eux, une femme qui assistait aux événements avait entendu la discussion entre Arnau et la mulâtresse.

— Ce garçon est-il un esclave ?

Estranya fit non de la tête.

— C'est un citoyen ?

Arnau acquiesça.

— Alors comment oses-tu dire que le « *Via fora !* » ne le regarde pas ?

Estranya chancela et ses pieds bougèrent comme ceux d'un canard qui n'aurait pas voulu avancer.

— Qui es-tu, esclave, ajouta une autre femme, pour interdire à ce petit l'honneur de défendre les droits de Barcelone ?

Estranya baissa la tête. Que dirait son maître s'il l'apprenait ? Lui qui briguait tant les honneurs de la ville. Les cloches carillonnaient à toute volée. Joanet était entré dans le groupe de femmes qui les entouraient et incitait Arnau à le rejoindre.

— Les femmes ne participent pas à l'*host* de la ville, rappela la première à Estranya.

— Les esclaves, encore moins, ajouta la deuxième.

— Qui, selon toi, doit veiller sur nos maris, si ce n'est pas des garçons comme eux ?

Estranya n'osait plus lever les yeux.

— Qui, selon toi, fait pour eux la cuisine ou les courses, leur enlève leurs bottes et nettoie leurs arbalètes ?

— Retourne chez toi, lui intimèrent-elles. Ce n'est pas un endroit pour les esclaves.

Estranya prit les sacs qu'Arnau avait portés jusque-là et remit en branle sa masse de chair adipeuse. Joanet, avec un grand sourire de satisfaction, regarda, admiratif, le groupe de femmes. Arnau n'avait pas bougé.

— Allez-y, les garçons, et veillez sur nos hommes.

— Préviens mon père ! cria Arnau à Estranya qui avait seulement effectué trois ou quatre mètres.

Arnau ne quittait pas des yeux la démarche lente de l'esclave. Joanet s'en aperçut et devina ses doutes.

— Tu n'as pas entendu les femmes ? C'est à nous de veiller sur les soldats de Barcelone. Ton père comprendra.

Arnau acquiesça, d'abord timidement, puis avec plus de vigueur. Bien sûr qu'il comprendrait ! Ne s'était-il pas battu pour qu'ils soient citoyens de Barcelone ?

Sur la place, un troisième étendard avait rejoint les deux premiers : celui des marchands. Le porte-drapeau n'était pas en tenue de guerre, mais il avait une arbalète sur le dos et une épée au ceinturon. Très vite, la bannière des orfèvres arriva, et ainsi, lentement, la place s'emplit d'oriflammes colorées, porteuses de symboles et de figures : fourreurs, chirurgiens ou barbiers, charpentiers, chaudronniers, potiers...

Sous les enseignes se regroupaient, selon leur métier, les citoyens libres de Barcelone ; comme l'exigeait la loi, ils étaient tous armés d'une arbalète, d'un carquois avec cent flèches et d'une épée ou d'une lance. En moins de deux heures, le *sagramental* de Barcelone serait prêt à partir défendre les privilèges de la ville.

Grâce aux explications de Joanet, Arnau comprit peu à peu ce qui se passait.

— Quand il le faut, Barcelone se défend, dit-il, mais elle attaque aussi quiconque lui manque de respect.

Le petit parlait avec véhémence, signalant soldats et bannières, fier de leur attitude.

— C'est formidable ! Tu vas voir. Avec un peu de chance, nous serons quelques jours dehors. Si un citoyen est maltraité, ou si les droits de la ville sont bafoués, une plainte est déposée... je ne sais pas très bien à qui, au viguier ou au conseil des Cent, mais dans le cas où les autorités estiment la dénonciation légitime, elles convoquent l'*host* sous l'étendard de Sant Jordi. Le voilà, tu le vois ? Au centre de la place, au-dessus de tous les autres. Les cloches sonnent, les gens se précipitent dans les rues en criant « *Via fora !* » pour que tout Barcelone soit informée. Les dirigeants des confréries sortent leurs drapeaux et leurs membres se rassemblent dessous pour partir au combat.

Arnau, les yeux écarquillés, observait ce qui se passait autour de lui tout en suivant Joanet à travers les groupes réunis plaza del Blat.

— Et que faut-il faire ? C'est dangereux ? questionna-t-il en voyant toutes les armes étalées sur la place.

— En principe, ce n'est pas dangereux, répondit Joanet avec un sourire. Tu penses bien que si le viguier a donné son accord, c'est au nom de la ville mais aussi au nom du roi, raison pour laquelle il n'y a jamais à batailler contre les troupes royales. Bien sûr, ça dépend toujours de l'agresseur, mais en général, dès qu'un seigneur féodal voit s'approcher l'*host* de Barcelone, il se plie à sa sommation.

— Alors, il n'y a pas de combat ?

— Cela dépend de l'attitude du seigneur et de ce qu'ont décidé les autorités. La dernière fois, on a rasé une forteresse. Il y a eu bataille, des morts et... Regarde ! Ton oncle doit être là-bas, cria Joanet en montrant l'oriflamme des potiers. Allons-y !

Au côté de trois dirigeants de sa confrérie, Grau Puig était bien là, en tenue de combat, avec des bottes, une cotte de cuir qui le recouvrait de la poitrine à mi-mollets, et une épée au ceinturon. Autour des quatre hommes s'étaient regroupés tous les

151

potiers de la ville. Dès que Grau s'aperçut de leur présence, il fit signe à Jaume de s'interposer sur le chemin des deux garçons.

— Où allez-vous ?

Arnau chercha du regard le soutien de Joanet.

— Nous allons offrir notre aide au maître, répondit ce dernier. Nous pourrions lui apporter une gibecière avec de la nourriture... tout ce qu'il désire.

— Je suis désolé, se contenta de dire Jaume avant de leur tourner le dos.

— Et maintenant ? interrogea Arnau.

— Peu importe ! Ne t'inquiète pas, ici c'est plein de gens qui seront ravis qu'on les aide. Grau ne saura même pas que nous sommes avec eux.

Les deux enfants commencèrent à marcher parmi la foule ; ils observaient les épées, les arbalètes et les lances, s'émerveillaient devant les hommes qui portaient des armures, ou tâchaient de capter les conversations animées.

— Alors, et cette eau, ça vient ? entendirent-ils crier derrière eux.

Arnau et Joanet se retournèrent. Le visage des deux garçons s'illumina : c'était Ramon, qui leur souriait. À ses côtés, plus de vingt *macips*, tous imposants et armés, les regardaient.

Par réflexe, Arnau tâta dans son dos en quête de l'outre. Sa déception fut telle que plusieurs *bastaixos*, en riant, lui offrirent la leur.

— Il faut toujours être prêt quand la ville t'appelle, plaisantèrent-ils.

Le *sagramental* quitta Barcelone derrière la croix rouge de la bannière de Sant Jordi, en direction de la ville de Creixell, proche de Tarragone. Les habitants de cette bourgade retenaient un troupeau, propriété des bouchers de Barcelone.

— C'est grave, ça ? demanda Arnau à Ramon, qu'ils avaient décidé d'accompagner.

— Bien sûr que oui. Ce bétail a un droit de passage et de pâturage dans toute la Catalogne. Personne, pas même le roi, ne peut retenir un troupeau destiné à Barcelone. Nos enfants doivent manger la meilleure viande de la principauté. Le seigneur de Creixell exige du berger le paiement des droits de pâturage et de passage sur ses terres. Vous imaginez si, de Tarragone à Barcelone, tous les nobles et les barons demandaient la même chose ? Nous ne pourrions plus manger !

« Si tu savais quelle viande nous donne Estranya... », songea Arnau. Joanet devina les pensées de son ami et fit une moue de dégoût. Il était le seul à qui Arnau l'avait raconté. Un jour, il avait failli révéler à son père l'origine de la viande qui flottait dans le bouillon qu'on leur donnait les jours gras, mais quand il le voyait manger avec délectation, qu'il voyait tous les esclaves et ouvriers de Grau se jeter dessus, il faisait contre mauvaise fortune bon cœur, et mangeait en silence.

— Quelles sont les autres raisons qui font sortir le *sagramental* ? questionna Arnau.

— Toute offense à l'encontre des privilèges de Barcelone ou d'un citoyen. Par exemple, si un habitant ou une habitante de la ville est séquestré, le *sagramental* ira le libérer.

Tout en bavardant à bâtons rompus, Arnau et Joanet parcoururent la côte – Sant Boi, Castelldefels et Garraf –, sous le regard attentif des gens qu'ils croisaient, qui s'écartaient du chemin et gardaient le silence à leur passage. Même la mer semblait respecter l'*host* de Barcelone : sa rumeur s'estompait devant ces centaines d'hommes armés marchant derrière la bannière de Sant Jordi. Le soleil les accompagna pendant toute la journée et, quand la mer commença à se couvrir d'argent, ils s'arrêtèrent passer la nuit dans la ville de Sitges. Le seigneur de Fonollar reçut dans son château les dirigeants de Barcelone. Le reste du *sagramental* campa aux portes de la ville.

— Il va falloir se battre ? demanda Arnau.

Les *bastaixos* se tournèrent vers lui. Seul le crépitement du feu rompit le silence. Joanet, allongé, dormait, la tête appuyée sur une des cuisses de Ramon. Certains *bastaixos* semblèrent hésiter à répondre à la question d'Arnau.

— Non, dit finalement Ramon. Le seigneur de Creixell ne peut pas nous affronter.

Arnau parut déçu.

— Peut-être que si, tenta de le consoler un autre dirigeant de la confrérie, de l'autre côté du feu. Il y a plusieurs années, quand j'étais jeune, plus ou moins comme toi (Arnau fut à deux doigts de se brûler pour l'écouter), le *sagramental* fut appelé à se rendre à Castellbisbal, dont le seigneur avait retenu un troupeau de bétail, tout comme celui de Creixell aujourd'hui. Le seigneur de Castellbisbal résista et tint tête à l'*host*. Il croyait peut-être que nous, citoyens de Barcelone, marchands, artisans ou *bastaixos*, n'étions pas capables de nous battre. Barcelone prit le château, le détruisit totalement et fit prisonniers le seigneur et ses soldats.

Arnau s'imaginait déjà avec une épée, grimpant à une échelle ou criant, victorieux, sur les créneaux du château de Creixell : « Qui ose s'opposer au *sagramental* de Barcelone ? » Tous les *bastaixos* remarquèrent son expression : le garçon, le regard perdu dans les flammes, tendu, les mains crispées sur un bâton avec lequel il avait joué auparavant, attisait le feu fébrilement. « Moi, Arnau Estanyol... » Leurs éclats de rire le ramenèrent à Sitges.

— Va dormir, lui conseilla Ramon, qui se leva avec Joanet sur le dos.

Arnau fit une grimace.

— Tu pourras rêver de combats.

La nuit était fraîche et quelqu'un apporta une couverture pour les deux enfants.

Le jour suivant, à l'aube, ils reprirent leur marche jusqu'à Creixell et passèrent par la Geltru, Vilanova, Cubelles, Segur et Bara, villages tous implantés autour d'un château. De Bara, ils bifurquèrent vers l'intérieur en direction de Creixell, une localité à moins d'un mille de la mer, située sur une colline. Au sommet s'élevait le château du seigneur de Creixell, fortification à onze côtés, construite sur un talus de pierres, avec plusieurs tours défensives. Autour s'entassaient les maisons de la ville.

C'était quelques heures avant la tombée de la nuit. Les conseillers et le viguier appelèrent les différents dirigeants des confréries. L'armée de Barcelone s'aligna en formation de combat, bannières devant. Arnau et Joanet marchaient derrière les lignes, offrant de l'eau aux *bastaixos*. Presque tous refusaient, le regard rivé sur le château. Personne ne parlait. Les enfants n'osaient pas rompre le silence. Bientôt, les dirigeants rejoignirent leurs confréries respectives. Tout l'*host* put voir alors trois ambassadeurs de Barcelone s'avancer vers Creixell ; au même moment, trois autres quittèrent le château. Ils se rencontrèrent à mi-chemin.

Comme tous les citoyens de Barcelone, Arnau et Joanet observèrent sans un mot les négociateurs.

Le seigneur de Creixell avait réussi à fuir grâce à un passage secret qui reliait le château à la plage, dans le dos de l'armée. Devant les habitants de Barcelone en formation de combat, le maire de la petite bourgade donna l'ordre de céder aux exigences de la ville comtale. Le bétail fut rendu, le berger libéré, et ses concitoyens acceptèrent de payer une forte compensation économique, s'engageant dans le même temps à obéir et à respecter à l'avenir les privilèges de la capitale. Deux des leurs, estimés coupables de l'affront, furent immédiatement faits prisonniers.

— Creixell s'est rendu, annoncèrent les conseillers à l'armée.

Dans les rangs des Barcelonais, un murmure gronda. Les soldats de fortune rengainèrent leurs épées, posèrent leurs arbalètes, leurs lances, et se débarrassèrent de leurs tenues de combat. Rires, cris et plaisanteries fusèrent de toutes parts.

— Du vin, les enfants ! les secoua Ramon.

— Que vous arrive-t-il ? demanda-t-il en voyant Arnau et Joanet immobiles. Vous auriez aimé voir un combat, pas vrai ?

L'expression des deux garçons constitua une réponse suffisante.

— N'importe lequel d'entre nous aurait pu être blessé ou même tué. Vous auriez aimé cela ?

Arnau et Joanet s'empressèrent de faire non de la tête.

— Vous devriez voir les choses autrement : vous appartenez à la ville la plus grande et la puissante de la principauté, que tout le monde a peur d'affronter.

Arnau et Joanet étaient tout ouïe.

— Allez chercher du vin, les garçons. Vous aussi, vous trinquerez à cette victoire.

La bannière de Sant Jordi rentra à Barcelone avec les honneurs et, à côté d'elle, les deux enfants, fiers de leur ville, de leurs concitoyens et d'être barcelonais. Les prisonniers de Creixell, enchaînés, furent exhibés dans les rues. Les femmes et tous ceux qui se pressaient pour voir l'armée et l'applaudir leur crachaient dessus. Sérieux et altiers, Arnau et Joanet accompagnèrent le cortège pendant tout le trajet. Une fois les prisonniers incarcérés dans le palais du viguier, ils se présentèrent devant Bernat qui, soulagé de voir son fils sain et sauf, oublia de le punir comme il l'avait prévu et écouta en souriant le récit de sa nouvelle aventure.

12.

Plusieurs mois avaient passé, mais la vie d'Arnau
avait peu changé. En attendant d'avoir dix ans, l'âge
où il entrerait comme apprenti à l'atelier de son
oncle Grau, il continuait à sillonner, au côté de
Joanet, l'attirante et toujours surprenante ville de
Barcelone ; il donnait à boire aux *bastaixos* et,
surtout, profitait de Santa Maria del Mar, qu'il voyait
s'élever jour après jour. Arnau priait la Vierge, à qui
il racontait ses peines, et se ressourçait dans ce
sourire qu'il avait cru percevoir sur les lèvres de la
statue de pierre.

Comme le lui avait dit le père Albert, quand le
maître-autel de l'église romane disparut, on transporta la Vierge dans la petite chapelle du Santísimo,
située dans le déambulatoire, derrière le nouveau
maître-autel de Santa Maria, entre deux contreforts
de la construction, entourée par de hautes et solides
grilles en fer. La chapelle du Santísimo était exclusivement celle des *bastaixos*, chargés de veiller sur elle,
de la protéger, de la nettoyer et de maintenir toujours allumés les cierges qui l'illuminaient. C'était
leur chapelle, la plus importante du temple, destinée
à garder le corps du Christ. Pourtant, la paroisse
l'avait cédée aux humbles portefaix. De nombreux

nobles et de riches marchands paieraient pour obtenir des privilèges sur les trente-trois chapelles restantes qui seraient bâties à Santa Maria, toutes entre les contreforts du déambulatoire ou des nefs latérales. Mais celle-là, celle du Santísimo, appartenait aux *bastaixos*, et le jeune porteur d'eau n'eut jamais de problème pour s'approcher de sa Vierge.

Un matin, Bernat était en train de ranger ses affaires sous la paillasse où il cachait le sac contenant l'argent qu'il avait sauvé lors de sa fuite précipitée de la ferme, il y avait presque neuf ans, et le peu que lui donnait son beau-frère – argent qui serait utile à Arnau une fois qu'il aurait appris le métier –, quand Jaume fit irruption dans la pièce des esclaves. Étonné, Bernat regarda l'ouvrier. Son intrusion était inhabituelle.

— Que... ?

— Ta sœur est morte.

Les jambes de Bernat tremblèrent et il dut s'asseoir sur la paillasse, son sac de pièces dans les mains.

— Co... comment ? Que s'est-il passé ? balbutia-t-il.

— Le maître ne sait pas. En dormant. Elle ne s'est pas réveillée.

Bernat laissa tomber son sac et porta les mains à son visage. Quand il les retira, Jaume avait déjà disparu. Un nœud dans la gorge, Bernat se souvint de la fillette qui travaillait les champs au côté de son père et de lui, de la jeune fille qui chantait sans cesse en s'occupant des animaux. Bernat avait souvent vu son père faire une pause dans son travail et fermer les yeux pour se laisser porter quelques instants par cette voix joyeuse et insouciante. Et maintenant...

À l'heure du déjeuner, quand son père lui annonça la nouvelle, Arnau demeura impassible.

— Tu m'as entendu, mon fils ? insista Bernat.

Arnau fit oui de la tête. Cela faisait plus d'un an qu'il ne voyait plus Guiamona, à l'exception des jours, lointains déjà, où il grimpait dans l'arbre pour regarder jouer ses cousins, les espionner et pleurer en silence. Ils riaient, couraient, et personne... Il eut envie de dire à son père qu'il s'en fichait, que Guiamona ne l'aimait pas, mais l'expression de tristesse qu'il perçut dans les yeux de Bernat l'en empêcha.

— Père, dit Arnau en s'avançant vers lui.

Bernat embrassa son fils.

— Ne pleurez pas, murmura Arnau, la tête collée contre sa poitrine.

Bernat le serra contre lui, et Arnau l'entoura de ses bras.

Ils mangeaient en silence, au côté des esclaves et des apprentis, quand retentit le premier hurlement. Un cri strident qui sembla fendre l'air. Tous regardèrent en direction de la maison.

— Des pleureuses, expliqua l'un des apprentis, ma mère en est une. C'est peut-être elle. C'est la meilleure de toute la ville, ajouta-t-il avec fierté.

Arnau regarda son père ; un autre hurlement retentit. Bernat vit son fils complètement décontenancé.

— Nous n'avons pas fini de les entendre, le prévint-il. Grau a embauché de nombreuses pleureuses, m'a-t-on dit.

Toute la soirée et toute la nuit, tandis que la foule défilait chez les Puig pour présenter ses condoléances, des dizaines de femmes pleurèrent la mort de Guiamona. Ni Bernat ni son fils ne parvinrent à trouver le sommeil à cause de leurs sanglots incessants.

— Tout Barcelone est au courant, commenta Joanet à Arnau quand ce dernier réussit à le trouver, au matin, parmi la multitude massée devant les portes de la maison de Grau.

Arnau haussa les épaules.

— Ils sont tous venus pour l'enterrement, ajouta Joanet en réponse au geste de son ami.

— Pourquoi ?

— Parce que Grau est riche et qu'il offre des vêtements à tous ceux qui viendront accompagner son deuil.

Joanet montra à Arnau une grande chemise noire.

— Comme ceci, continua-t-il en souriant.

En milieu de matinée, le cortège funèbre partit en direction de l'église Nazaret, où se trouvait la chapelle San Hipólito, sous l'invocation de laquelle se trouvait la confrérie des céramistes. Les pleureuses marchaient à côté du cercueil. Elles sanglotaient, hurlaient et s'arrachaient les cheveux.

L'église était remplie de personnalités : dirigeants de diverses confréries, conseillers de la ville, ainsi que la plupart des membres du conseil des Cent. À présent que Guiamona était morte, personne ne se souciait des Estanyol, mais Bernat, tirant son fils, réussit à s'approcher de l'endroit où reposait son cadavre. Les modestes habits offerts par Grau se mêlaient aux soies et aux coûteuses étoffes en lin noir. Mais on ne le laissa pas dire adieu à sa sœur.

Pendant que les prêtres célébraient l'enterrement, Arnau parvint à entrevoir les visages congestionnés de ses cousins : Josep et Genís donnaient le change, Margarida restait digne, sans réussir pour autant à réfréner le tremblement constant de sa lèvre inférieure. Ils avaient perdu leur mère, comme lui. Savaient-ils pour la Vierge ? se demanda Arnau. Son regard se posa sur son oncle, hiératique. Grau Puig ne le raconterait certainement pas à ses enfants. Les riches sont différents, lui avait-on toujours dit ; ils connaissaient sans doute une autre façon de trouver une nouvelle mère.

Un riche veuf à Barcelone, un veuf avec des ambitions... Grau commença à recevoir des propositions de mariage avant même la fin de la période de deuil. Et il n'eut aucune réticence à les négocier. Il porta finalement son choix sur Isabel, une femme jeune et peu gracieuse, mais noble. Grau avait pesé les vertus de toutes les prétendantes, et il se décida pour la seule noble. Sa dot : un titre exempt de bénéfices, de terres ou de richesses, mais qui lui permettrait d'accéder à une classe qui lui avait toujours été interdite jusque-là. Que lui importaient les considérables dots que lui offraient certains marchands, désireux de s'unir à sa fortune ? Les grandes familles nobles de la ville ne se souciaient pas du veuvage d'un simple céramiste, aussi riche fût-il ; seul le père d'Isabel, sans ressources économiques, avait deviné dans le caractère de Grau la possibilité d'une alliance convenable pour les deux parties. Il ne s'était pas trompé.

— Tu comprendras, déclara son futur beau-père, que ma fille ne peut pas vivre dans un atelier de céramique.

Grau acquiesça.

— Et qu'elle ne peut pas non plus épouser un simple potier.

Cette fois, Grau essaya de répondre, mais son beau-père dédaigna sa tentative d'un geste de la main.

— Grau, poursuivit-il, nous, les nobles, nous ne

pouvons pas nous consacrer à l'artisanat, tu comprends ? Nous ne sommes peut-être pas riches, mais nous ne serons jamais artisans.

« Nous, les nobles, nous ne pouvons pas... » Grau dissimula sa satisfaction : il était inclus dans la caste. Son beau-père avait raison : quel noble de la ville possédait un atelier d'artisanat ? Seigneur baron : à partir de maintenant, on le traiterait en seigneur baron, lors de ses négociations commerciales, au conseil des Cent... Seigneur baron ! Comment un baron de Catalogne pouvait-il avoir un atelier ?

Par l'entremise de Grau, encore dirigeant de la confrérie, Jaume n'eut aucun mal à accéder au statut de maître. L'affaire fut négociée sous la pression urgente de Grau, désireux d'épouser Isabel, et qui craignait de ces nobles, toujours capricieux, qu'ils ne changent d'avis. Le futur baron n'avait pas le temps de négocier. Jaume passerait maître. Grau lui vendrait l'atelier et la maison, à crédit. Il y avait juste un problème.

— J'ai quatre enfants, lui dit Jaume. Il m'est impossible de payer... Je ne peux pas assumer tous les engagements que vous avez : esclaves, ouvriers, apprentis... Je ne pourrais même pas les nourrir ! Si je veux m'en sortir, je dois me débrouiller avec mes quatre enfants.

La date de la noce était fixée. Par l'intermédiaire du père d'Isabel, Grau acheta fort cher un petit palais calle Montcada, où vivaient les familles nobles de Barcelone.

— Rappelle-toi, l'avertit son beau-père quand ils sortirent de la propriété récemment acquise, n'entre pas dans l'église avec un atelier sur les bras.

Ils avaient inspecté la nouvelle maison dans ses moindres recoins ; le baron approuvait avec condescendance et Grau calculait mentalement ce qu'il

163

aurait à dépenser pour meubler tout cet espace. Passé le portail qui donnait sur la calle Montcada, on entrait dans un patio pavé ; en face, les écuries, qui occupaient la principale partie du rez-de-chaussée, à côté des cuisines et des chambres des esclaves. À droite, un grand perron extérieur en pierre donnait accès au premier étage noble, où se trouvaient notamment les salons ; au-dessus, au deuxième étage, se trouvaient les chambres. Tout le palais était en pierre ; les deux étages nobles, avec leurs larges fenêtres en ogive, donnaient sur le patio.

— Entendu, dit Grau à celui qui avait été pendant des années son premier ouvrier, tu es libéré de tout engagement.

Ils signèrent le contrat sur-le-champ, et Grau se présenta fièrement devant son beau-père avec le document.

— J'ai vendu l'atelier, annonça-t-il.

— Seigneur baron, répondit l'autre en lui tendant la main.

« Et maintenant ? pensa Grau une fois seul. Les esclaves ne posent pas de problème. Je garderai les meilleurs et les autres... je les vendrai au marché. Quant aux ouvriers et aux apprentis... »

Grâce aux membres de sa confrérie, Grau replaça tout son personnel en échange de modestes sommes. Il ne restait que son beau-frère et son neveu à caser. Bernat ne possédait aucun titre, pas même celui d'ouvrier. Personne ne l'accepterait dans un atelier, c'était d'ailleurs interdit. L'enfant n'avait pas encore commencé son apprentissage, mais il possédait un contrat. De toute façon, comment aurait-il pu demander à quelqu'un de prendre en charge des Estanyol ? Estanyol, comme Guiamona. Tout le monde saurait que ces deux fugitifs étaient de sa famille et qu'il avait caché deux serfs de la terre.

Maintenant qu'il allait être noble... Les nobles n'étaient-ils pas les plus farouches ennemis des serfs fugitifs ? Ne faisaient-ils pas pression sur le roi pour qu'il abroge les dispositions qui permettaient aux serfs de la terre de s'émanciper ? Comment pourrait-il prétendre à cette caste si le nom des Estanyol courait sur toutes les lèvres ? Que dirait son beau-père ?

— Vous viendrez avec moi, déclara-t-il à Bernat qui, depuis quelques jours, était préoccupé par les nouveaux événements.

Désormais nouveau propriétaire de l'atelier, Jaume, qui n'avait plus de comptes à rendre à Grau, s'était assis auprès de Bernat et lui avait parlé en toute franchise : « Il n'osera rien faire contre vous. Je le sais, il me l'a avoué. Il ne veut pas que votre situation s'ébruite. J'ai fait un bon marché, Bernat. Il est pressé, il doit régler au plus vite ses affaires pour se marier avec Isabel. Tu as un contrat signé pour ton fils. Profites-en, Bernat. Anéantis cette ordure. Menace-le d'aller au tribunal. Tu es quelqu'un de bien. Je voudrais que tu comprennes que tout ce qui s'est passé pendant ces années... »

Bernat avait acquiescé. Ainsi, encouragé par les paroles de l'ancien ouvrier, osa-t-il tenir tête à son beau-frère.

— Quoi ? s'emporta Grau, quand Bernat rétorqua avec concision à sa proposition : « Où cela et pour quoi faire ? » Où je veux et pour faire ce que je veux, continua-t-il en criant et en gesticulant nerveusement.

— Nous ne sommes pas tes esclaves, Grau.

— Tu n'as pas le choix.

Bernat se racla la gorge avant de suivre les conseils de Jaume.

— Je peux aller au tribunal.

Crispé, tremblant, le petit Grau se leva de sa chaise. Malgré son envie de partir en courant, Bernat ne cilla pas, et la menace du tribunal fit son chemin dans l'esprit du veuf.

Ils s'occupaient des chevaux que Grau avait été obligé d'acheter en même temps que le palais. « Tu ne peux pas avoir des écuries vides », lui avait dit son beau-père en passant, comme s'il s'adressait à un enfant ignorant. Dans sa tête, Grau ne cessait d'effectuer des additions. « Ma fille Isabel a toujours monté à cheval », avait-il ajouté.

Le plus important pour Bernat, c'était le bon salaire qu'il avait obtenu pour lui ainsi que pour Arnau qui travaillerait à ses côtés. Ils pourraient vivre ailleurs, dans un endroit propre, sans esclaves ni apprentis ; son fils et lui auraient assez d'argent pour s'en sortir.

Grau en personne annula le contrat d'apprentissage d'Arnau et en fit signer un nouveau à Bernat.

Depuis qu'on lui avait accordé la citoyenneté, Bernat quittait rarement l'atelier, et toujours seul ou accompagné d'Arnau. Il ne semblait pas y avoir de plainte déposée contre lui ; son nom figurait dans les registres de citoyenneté. Dans le cas contraire, on serait déjà venu le chercher, pensait-il chaque fois qu'il marchait dans la rue. Il avait l'habitude d'aller jusqu'à la plage. Là, il se mêlait aux dizaines de travailleurs de la mer, le regard toujours posé sur l'horizon, et laissait la brise le caresser, savourant l'ambiance âcre qui enveloppait la plage, les bateaux, le brai...

Cela faisait presque dix ans qu'il avait frappé le garçon de la forge. Il espérait qu'il n'était pas mort. Arnau et Joanet sautaient autour de lui. Ils couraient devant lui, faisaient marche arrière à toute allure et le regardaient les yeux brillants, un sourire aux lèvres.

— Notre propre maison ! se réjouissait Arnau. Vivons dans le barrio de la Ribera, s'il te plaît !

— Il ne s'agira que d'une pièce, je le crains, tentait de lui expliquer Bernat, mais l'enfant continuait de sourire comme s'il était question du plus beau palais de Barcelone.

— Ce n'est pas une mauvaise idée, dit Jaume quand Bernat lui fit part de la suggestion de son fils. Là-bas tu trouveras des chambres.

C'était donc là qu'ils se rendaient tous les trois. Les deux enfants couraient, Bernat portait ses quelques affaires. Presque dix ans avaient passé depuis qu'il était arrivé à Barcelone.

Tout au long du trajet jusqu'à Santa Maria, Arnau et Joanet ne cessèrent de saluer les gens qu'ils croisaient.

— C'est mon père ! cria Arnau à un *bastaix* chargé d'un sac de céréales en désignant Bernat qu'ils venaient de croiser.

Le *bastaix* sourit sans s'arrêter, courbé sous la charge. Arnau se retourna vers Bernat et se remit à courir devant lui, mais il s'arrêta au bout de quelques pas. Joanet ne le suivait pas.

— Viens, insista-t-il en joignant le geste à la parole.

Mais Joanet fit non de la tête.

— Qu'y a-t-il, Joanet ? demanda-t-il en revenant vers lui.

Le petit baissa le regard.

— C'est ton père, murmura-t-il. Que va-t-il se passer pour moi maintenant ?

Il avait raison. Tout le monde les prenait pour des frères. Arnau n'avait pas pensé à cela.

— Viens avec moi, dit-il en le saisissant par le bras.

Bernat les vit s'approcher ; Arnau tirait Joanet, qui rechignait à le suivre. « Je vous félicite pour vos enfants », lui avait dit le *bastaix* au moment où il était passé près de lui. Bernat avait souri. Plus d'un an qu'ils traînaient ensemble tous les deux. Et la mère du petit Joanet ? Bernat l'imagina assis sur sa caisse, se laissant caresser la tête par un bras sans visage. Il sentit sa gorge se serrer.

— Père..., commença Arnau quand ils arrivèrent à sa hauteur.

Joanet se cacha derrière son ami.

— Les enfants, dit Bernat, je crois que...

— Père, ça vous gênerait d'être le père de Joanet ? lâcha d'une traite Arnau.

Bernat vit la tête du petit surgir de derrière Arnau.

— Viens ici, Joanet, dit Bernat. Tu veux être mon fils ? poursuivit-il, une fois que le petit eut quitté son refuge.

Le visage de Joanet s'illumina.

— Cela veut dire oui ? demanda Bernat.

L'enfant étreignit sa jambe. Arnau sourit à son père.

— Allez jouer, leur ordonna Bernat, la voix coupée par l'émotion.

Les enfants décidèrent de présenter Bernat au père Albert.

— Sûr que lui pourra nous aider, affirma Arnau tandis que Joanet approuvait.

— C'est notre père ! lança le petit, qui avait devancé Arnau sans cesser de le clamer tout au long du trajet, y compris à ceux qu'ils connaissaient seulement de vue.

Le père Albert pria les enfants de les laisser seuls et invita Bernat à prendre un verre de vin doux.

— Je sais où vous pourrez vous loger, dit-il pour finir, chez Pere et Mariona. Ce sont de braves gens. Dis-moi, Bernat, tu as obtenu un bon travail pour Arnau ; il touchera un bon salaire et apprendra un métier. On a toujours besoin de palefreniers. Mais qu'en est-il de ton autre fils ? Que penses-tu faire de Joanet ?

Bernat fit la grimace et raconta toute la vérité au prêtre.

Le père Albert les accompagna chez Pere et sa femme, deux vieux sans famille qui vivaient dans une petite bâtisse de deux étages, au pied de la plage, avec un foyer au rez-de-chaussée et trois chambres à l'étage. Il savait qu'ils cherchaient à louer l'une d'entre elles.

Le long du chemin, et ensuite, au cours des présentations et des formalités d'usage, le père Albert ne lâcha pas Joanet. Comment avait-il pu être aussi aveugle ? Comment ne s'était-il pas rendu compte du calvaire que vivait ce petit ? Combien de fois l'avait-il vu songeur, le regard perdu ?

Le père Albert serra plus fort l'enfant contre lui. Joanet se retourna et lui sourit.

La chambre était simple mais propre, avec deux paillasses au sol pour tout mobilier et la rumeur permanente des vagues comme compagnie. Arnau tendit l'oreille pour entendre les ouvriers de Santa Maria, juste dans leur dos. Ils dînèrent d'un pot-au-feu traditionnel, préparé par la femme de Pere. Arnau contempla son assiette, leva les yeux et sourit à son père. Comme les mixtures d'Estranya étaient loin désormais ! Tous trois mangèrent avec délectation, sous l'œil vigilant de la vieille femme, prête à tout moment à remplir de nouveau leurs écuelles.

— Il est l'heure de dormir, annonça Bernat une fois repu. Demain, nous avons du travail.

Joanet hésita. Il regarda Bernat et, quand tous se furent levés de table, se tourna vers la porte de la maison.

— Ce n'est pas l'heure de sortir, mon fils, lança Bernat, les deux vieux à ses côtés.

13.

— C'est le frère de ma mère et son fils, expliqua Margarida à sa belle-mère quand celle-ci s'étonna que Grau ait embauché deux personnes supplémentaires pour seulement sept chevaux.

Grau lui avait dit qu'il ne voulait rien savoir des chevaux. De fait, il ne descendit même pas inspecter les magnifiques écuries du palais. C'est Isabel qui s'occupa de tout, choisit les bêtes et amena avec elle son grand écuyer, Jesús, qui lui conseilla à son tour de prendre à son service un palefrenier d'expérience, Tomás.

Toutefois, quatre personnes pour sept chevaux, c'était excessif, même pour la baronne et ses luxueuses habitudes. C'est pourquoi elle en fit la remarque lors de sa première visite aux écuries après l'arrivée des Estanyol.

Isabel encouragea Margarida à continuer.

— C'étaient des paysans, des serfs de la terre.

Isabel se sentit envahir par le soupçon.

La fillette poursuivit :

— Le fils, Arnau, est coupable de la mort de mon petit frère, Guiamon. Je les hais ! Je ne sais pas pourquoi mon père les a embauchés.

— Nous le saurons, marmonna la baronne, les

171

yeux cloués dans le dos de Bernat, occupé à ce moment-là à brosser un des animaux.

Ce soir-là, cependant, Grau ne fit pas grand cas des paroles de son épouse.

— J'ai considéré que c'était opportun, se contenta-t-il de répondre après lui avoir confirmé qu'il s'agissait bien de deux fugitifs.

— Si mon père l'apprenait...

— Mais il n'y a aucune raison pour qu'il l'apprenne, n'est-ce pas, Isabel ?

Grau observa son épouse, habillée pour le dîner, l'une des nouvelles habitudes qu'elle avait introduites dans la vie de Grau et de sa famille. Elle avait à peine vingt ans. Extrêmement mince, comme Grau, peu gracieuse et sans ces courbes voluptueuses avec lesquelles, à une autre époque, l'accueillait Guiamona ; elle était noble. « Et son caractère l'est forcément aussi », pensa Grau.

— Tu n'aimerais pas que ton père apprenne que tu vis avec deux fugitifs ?

La baronne le fixa de ses yeux enflammés et quitta la pièce.

Malgré l'hostilité de la baronne et de ses beaux-enfants, Bernat démontra très vite ses compétences. Il savait s'occuper des bêtes, les nourrir, nettoyer leurs sabots et leurs fourchettes, les soigner au besoin et se déplacer parmi elles ; le domaine où il manquait d'expérience, c'étaient les soins d'embellissement.

— Ils veulent qu'ils soient brillants, expliqua-t-il un jour à Arnau alors qu'ils rentraient chez eux, sans un grain de poussière. Il faut gratter et gratter pour ôter le sable qui s'introduit dans leur poil, puis les brosser jusqu'à ce qu'ils luisent.

— Et les crinières et les queues ?

— Les couper, les tresser, les harnacher.

— Pourquoi vouloir des chevaux avec autant de petits rubans ?

Arnau n'avait pas le droit de s'approcher des animaux. Il les admirait dans les écuries et regardait son père s'en occuper. Il était heureux quand ils étaient seuls et qu'il lui permettait de les caresser. À deux reprises et à l'abri des regards indiscrets, Bernat le fit même grimper sur l'un d'eux dans l'écurie. Les fonctions qu'on lui avait confiées ne l'autorisaient pas à quitter la sellerie. Là, il passait son temps à nettoyer les harnais, graissait le cuir et le frottait avec un chiffon jusqu'à ce que la graisse soit absorbée et que montures et rênes resplendissent ; il astiquait les mors et les étriers, brossait couvertures et ornements pour en faire disparaître jusqu'au dernier poil de cheval, tâche dont il achevait de s'acquitter avec les doigts et les ongles pour parvenir à extraire les fines aiguilles qui se clouaient dans l'étoffe et se confondaient à elle. Enfin, quand il lui restait du temps, il l'employait à laver sans relâche la nouvelle voiture de Grau.

Au fil des mois, même Jesús dut reconnaître l'excellent travail du paysan. Quand Bernat entrait dans une écurie, les chevaux ne bougeaient pas. Mieux, la plupart du temps, ils le cherchaient. Il les touchait, les caressait, chuchotait pour les tranquilliser. À l'apparition de Tomás, au contraire, les animaux baissaient les oreilles et se réfugiaient près du mur le plus éloigné du palefrenier, ce qui mettait ce dernier dans des rages folles. « Que lui arrive-t-il ? Jusque-là, il a toujours été un palefrenier exemplaire », pensait Jesús chaque fois qu'il l'entendait se mettre en rogne.

Tous les matins, quand Bernat et Arnau partaient au travail, Joanet secondait Mariona, l'épouse de

Pere. Il faisait le ménage, rangeait la maison et accompagnait la vieille femme en courses. Ensuite, quand Mariona se mettait à la cuisine, Joanet courait à la plage à la recherche de Pere. Ce dernier avait consacré sa vie à la pêche et, en dehors des aides ponctuelles qu'il recevait de la confrérie, il gagnait quelques sous en aidant à réparer les gréements. Attentif à ses explications, Joanet lui tenait compagnie et, si le vieux pêcheur avait besoin de quelque chose, courait de droite et de gauche pour lui rendre service.

Dès qu'il le pouvait, il s'échappait pour se rendre auprès de sa mère.

— Ce matin, lui expliqua-t-il un jour, quand Bernat est allé payer Pere, celui-ci lui a rendu une partie de son argent. Il lui a dit que le petit... Le petit, c'est moi, tu sais, maman ? Ils m'appellent « le petit ». Il lui a dit : « Comme le petit aide à la maison et à la plage, tu n'as pas à payer sa part. »

La prisonnière écoutait, la main posée sur la tête de l'enfant. Comme tout avait changé ! Depuis qu'il vivait avec les Estanyol, son garçon ne restait plus assis à sangloter, à quémander ses caresses silencieuses et un mot tendre de sa part, un câlin aveugle. À présent, il parlait, lui racontait sa vie. Il riait même !

— Bernat m'a serré dans ses bras, poursuivit Joanet, et Arnau m'a félicité.

La main s'immobilisa sur la chevelure de l'enfant.

Joanet continuait de parler. Avec précipitation. D'Arnau et Bernat, de Mariona, de Pere, de la plage, des pêcheurs, des gréements qu'ils réparaient, mais la femme ne l'écoutait plus, satisfaite que son fils sût enfin ce qu'était une étreinte, que son petit fût heureux.

— Cours, mon fils, l'interrompit-elle, tâchant de

cacher le tremblement de sa voix. Ils doivent t'attendre.

De l'intérieur de sa prison, Joana entendit l'enfant sauter de la caisse et partir en courant. Elle l'imagina enjamber ce mur qui disparaissait malgré elle, peu à peu, de sa mémoire.

Que ressentait-elle encore ? Elle avait tenu des années au pain et à l'eau, entre ces quatre murs que ses doigts avaient parcourus des centaines de fois dans les moindres recoins. Elle avait lutté contre la solitude et la folie en regardant le ciel par la minuscule fenêtre que lui avait accordée le roi dans sa grande magnanimité ! Elle avait vaincu la fièvre et la maladie. Tout cela pour son petit, pour pouvoir lui caresser la tête, l'encourager, lui faire sentir qu'en dépit de tout, il n'était pas seul au monde.

Et de fait, désormais il ne l'était plus. Bernat le serrait dans ses bras ! C'était comme si elle le connaissait. Elle avait rêvé de lui au fil des heures interminables. « Veille sur lui, Bernat », murmurait-elle pour elle-même. Maintenant Joanet était heureux, il riait, courait, et...

Joana se laissa tomber à terre. Ce jour-là, elle ne toucha ni au pain ni à l'eau ; son corps ne désirait plus rien.

Chaque fois que Joanet revenait, sa mère l'écoutait rire et parler du monde avec enthousiasme. De la fenêtre ne sortaient plus que des sons éteints : « Oui, non, va, cours, cours vivre. »

— Cours profiter de cette vie que, par ma faute, tu n'as pas eue, ajoutait dans un souffle Joana, quand l'enfant avait sauté le mur.

Le pain s'amoncelait à l'intérieur de sa prison.

— Sais-tu ce qui s'est passé, maman ?

Joanet avait calé la caisse contre le mur et s'était

assis dessus ; ses pieds ne touchaient toujours pas le sol. Évidemment non. Comment l'aurait-elle su ? Une fois assis, blotti, il appuya le dos contre la paroi, là où il savait que la main de sa mère toucherait sa tête.

— Je vais te le raconter. C'est très drôle. Il s'avère qu'hier, un des chevaux de Grau...

Mais de la fenêtre ne sortit aucun bras.

— Maman ? Écoute. Je t'ai dit que c'était drôle. Il s'agit d'un des chevaux...

Joanet regarda la fenêtre.

— Maman ?

Il attendit.

— Maman ?

Il tendit l'oreille malgré les coups de marteau des chaudronniers qui résonnaient dans tout le *barrio* : rien.

— Maman ! cria-t-il.

Il s'agenouilla sur la caisse. Que pouvait-il faire ? Elle lui avait toujours interdit de s'approcher de la fenêtre.

— Maman ! cria-t-il de nouveau en se hissant jusqu'à l'ouverture.

Elle lui avait dit de ne pas regarder, de ne jamais essayer de la voir. Mais elle ne répondait pas ! Joanet se pencha à la fenêtre. L'intérieur était trop sombre.

Il grimpa jusqu'à l'ouverture et tenta de passer une jambe. En vain. Il pouvait seulement entrer de côté.

— Maman ? répéta-t-il.

Accroché à la partie supérieure de la fenêtre, il posa les deux pieds sur le rebord et, de côté, sauta à l'intérieur.

— Mère ? chuchota-t-il, tandis que ses yeux s'habituaient à l'obscurité.

Au bout d'un moment, il distingua un trou qui dégageait une odeur insupportable. De l'autre côté, à sa gauche, près du mur, roulé en boule sur une paillasse, il entrevit un corps.

Joanet attendit. Il ne bougeait pas. Le bruit des marteaux sur le cuir ne pénétrait pas à l'intérieur de la pièce.

— Je voulais te raconter quelque chose de drôle, dit-il en s'avançant.

Les larmes commencèrent à couler sur ses joues.

— Tu aurais ri, balbutia-t-il une fois près d'elle.

Joanet s'assit à côté du cadavre de sa mère. Joana avait caché son visage entre ses bras, comme si elle avait deviné que son fils entrerait dans sa cellule et avait voulu éviter qu'il ne la voie ainsi, morte.

— Je peux te toucher ?

Le petit caressa les cheveux de sa mère, sales, emmêlés, secs, rugueux.

— Il a fallu que tu meures pour que nous puissions être ensemble.

Joanet éclata en sanglots.

Bernat n'hésita pas un instant quand, de retour à la maison, sur le pas de la porte, Pere et sa femme, qui ne cessaient de se couper la parole, lui apprirent que Joanet n'était pas rentré. Jamais ils ne lui avaient demandé où il allait lorsqu'il disparaissait ; à Santa Maria, supposaient-ils, mais personne ne l'avait vu par là-bas. Mariona porta la main à sa bouche.

— Et s'il lui était arrivé quelque chose ? sanglota-t-elle.

— Nous le retrouverons, tenta de la tranquilliser Bernat.

Joanet était resté près de sa mère. Il avait d'abord posé sa main sur ses cheveux, puis y avait enfoncé ses doigts. Pas une fois il n'essaya de voir ses traits. À la fin, il se leva et regarda la fenêtre.

Il faisait nuit.

— Joanet ?

Joanet regarda de nouveau la fenêtre.

— Joanet, entendit-il une nouvelle fois de l'autre côté du mur.

— Arnau ?

— Que se passe-t-il ?

— Elle est morte.

— Pourquoi ne... ?

— Je ne peux pas. C'est trop haut.

« Mauvais, tout cela », songea Arnau. Bernat alla frapper à la porte de la maison de Ponç, le chaudronnier. Qu'avait pu faire le petit là-dedans, toute la journée ? Il frappa de nouveau, plus fort. Pourquoi ne répondait-on pas ? Tout à coup, la porte s'ouvrit, et un géant apparut dans presque tout son encadrement. Arnau recula.

— Que voulez-vous ? mugit le chaudronnier, pieds nus, une chemise râpée lui descendant aux genoux pour tout vêtement.

— Je m'appelle Bernat Estanyol, et voici mon fils, dit Bernat en poussant Arnau en avant, qui est un ami de votre fils, Joa...

— Je n'ai pas de fils, coupa Ponç, qui fit mine de fermer la porte.

— Mais vous avez une femme, insista Bernat en appuyant sur la porte avec le bras.

Ponç céda.

— Plus exactement..., précisa-t-il devant le regard du chaudronnier, vous en aviez une. Elle est morte.

Ponç n'eut aucune réaction.

— Et alors ? finit-il par demander avec un imperceptible haussement d'épaules.

— Joanet est à l'intérieur avec elle, répondit Bernat en prenant l'air le plus dur dont il était capable, il ne peut pas sortir.

— C'est là que ce bâtard aurait dû être toute sa vie.

Bernat soutint le regard de Ponç et serra plus fort l'épaule de son fils. Arnau fut à deux doigts de fléchir mais, quand le chaudronnier le regarda, il tint bon lui aussi et se redressa.

— Que pensez-vous faire ? insista Bernat.

— Rien, répondit le chaudronnier. Demain, on démolira la pièce. Il sera libre.

— Vous ne pouvez pas laisser un enfant toute la nuit avec...

— Dans ma maison, je fais ce que je veux.

— Je vais prévenir le viguier, menaça Bernat, conscient de l'inutilité d'une telle démarche.

Ponç plissa les yeux et, sans dire un mot, disparut à l'intérieur de sa maison, laissant la porte ouverte. Bernat et Arnau attendirent quelques instants. Le chaudronnier revint avec une corde qu'il tendit à Arnau.

— Sortez-le de là, et dites-lui que maintenant que sa mère est morte, je ne veux plus le revoir par ici.

— Comment... ? commença à demander Bernat.

— Comme il a fait toutes ces années, anticipa Ponç. En sautant le mur. Par ma maison, vous ne passerez pas.

— Et la mère ? questionna Bernat avant qu'il ne referme la porte.

— La mère, le roi me l'a donnée avec l'ordre de ne pas la tuer. À présent qu'elle est morte, je vais la lui rendre, répondit rapidement Ponç. J'ai dû engager une grosse caution et, par Dieu, je n'ai pas l'intention de la perdre pour une prostituée.

Seul le père Albert, qui connaissait déjà l'histoire de Joanet, ainsi que le vieux Pere et sa femme, à qui Bernat dut la raconter, furent informés du malheur du petit. Cependant, malgré les attentions des uns et des autres, le mutisme de l'enfant persistait et ses mouvements, naguère nerveux et inquiets, étaient désormais plus lents, comme s'il portait sur ses épaules un poids insupportable.

— Le temps soigne tout, dit un matin Bernat à Arnau. Nous devons attendre en l'entourant de notre tendresse et de notre soutien.

Mais, à l'exception des crises de larmes qui le submergeaient toutes les nuits, Joanet demeurait silencieux. Père et fils restaient immobiles, à l'écoute, serrés sur leurs paillasses, jusqu'au moment où les forces du petit semblaient faiblir et le sommeil, jamais tranquille, le soumettre.

— Joanet, appela une nuit Arnau, comme Bernat l'entendit. Joanet.

Il n'y eut pas de réponse.

— Si tu veux, je peux demander à la Vierge d'être aussi ta mère.

« C'est bien, mon fils ! » pensa Bernat. Il n'avait pas voulu le lui proposer. C'était sa Vierge, son secret. Il partageait déjà son père : c'était à lui de prendre cette décision.

Mais Joanet ne répondait pas. La chambre était plongée dans le silence le plus absolu.

— Joanet ? insista Arnau.

— C'est ma mère qui m'appelait comme cela.

C'étaient les premiers mots qu'il prononçait depuis des jours. Bernat ne bougea pas d'un pouce sur sa paillasse.

— À présent, elle n'est plus là. Désormais, je veux qu'on m'appelle Joan.

— D'accord... As-tu entendu ce que je t'ai dit à propos de la Vierge, Joanet... Joan ? se reprit Arnau.

— Ta mère ne te parle pas, alors que la mienne le faisait.

180

— Dis-lui pour les oiseaux ! chuchota Bernat.

— Mais je peux voir la Vierge, alors que tu ne pouvais pas voir ta mère.

L'enfant se tut de nouveau.

— Comment sais-tu qu'elle t'entend ? demanda-t-il enfin. C'est seulement une statue en pierre, et les statues en pierre n'entendent pas.

Bernat retint sa respiration.

— Si elles n'entendent pas, répliqua Arnau, pourquoi tout le monde leur parle ? Même le père Albert. Tu l'as vu. Crois-tu que le père Albert se trompe ?

— Mais ce n'est pas la mère du père Albert, insista le petit. Il en a déjà une, il m'a dit. Comment saurai-je que la Vierge veut bien être ma mère si elle ne me parle pas ?

— Elle te le dira la nuit, quand tu dors, et à travers les oiseaux.

— Les oiseaux ?

— À vrai dire..., hésita Arnau.

En réalité, il n'avait jamais compris pour les oiseaux, mais il n'avait pas osé le dire à son père.

— C'est un peu plus compliqué. Mon... notre père te l'expliquera.

Bernat sentit sa gorge se nouer. Le silence se fit de nouveau dans la pièce avant que Joan reprenne la parole.

— Arnau, pourrions-nous aller maintenant le demander à la Vierge ?

— Maintenant ?

« Oui. Maintenant, mon fils, maintenant. Il en a besoin », songea Bernat.

— S'il te plaît.

— Tu sais qu'il est interdit d'entrer la nuit dans l'église. Le père Albert...

181

— Nous ne ferons pas de bruit. Personne ne le saura. S'il te plaît.

Arnau céda, et les deux enfants quittèrent discrètement la maison de Pere et parcoururent les quelques mètres qui les séparaient de Santa Maria del Mar.

Bernat se rencogna sur sa paillasse. Que pouvait-il leur arriver ? À l'église, tout le monde les aimait.

La lune jouait avec les structures des échafaudages, les murs à moitié construits, les contreforts, les arcs, les absides... Santa Maria était silencieuse et seuls des feux, ci et là, attestaient la présence de gardiens. Arnau et Joanet contournèrent l'église jusqu'à la calle del Born ; l'entrée principale était fermée et la zone du cimetière de las Moreres, où l'on entreposait la plus grande partie des matériaux, était la plus surveillée. Un unique foyer illuminait la façade en travaux. Il n'était pas difficile d'accéder à l'intérieur : les murs et les contreforts descendaient de l'abside à la puerta del Born, où un plancher en bois signalait l'emplacement de l'escalier d'entrée. Les enfants marchèrent sur les dessins du mestre Montagut, qui indiquaient l'endroit exact de la porte et des marches, entrèrent dans Santa Maria et se dirigèrent en silence vers la chapelle du Santísimo, dans le déambulatoire. Derrière de solides grilles en fer forgé, admirablement ouvragées, éclairée en permanence par les cierges que les *bastaixos* veillaient à remplacer constamment, la Vierge les attendait.

Tous deux se signèrent. « Vous devez le faire chaque fois que vous venez à l'église », leur avait dit le père Albert. Puis ils agrippèrent les grilles de la chapelle.

— Il voudrait que tu sois sa mère, annonça doucement Arnau à la Madone. La sienne est morte et, moi, je suis d'accord pour partager.

Joan, les doigts fermés sur les grilles, regarda la Vierge, puis Arnau, plusieurs fois.

— Alors ? finit-il par demander.

— Chut !

— Mon père dit qu'elle a dû beaucoup souffrir. Elle était enfermée, tu sais ? Elle sortait juste un bras par une fenêtre très petite et il n'a pas pu la voir, jusqu'à sa mort et, même alors, il m'a dit qu'il ne l'a pas regardée. Elle le lui avait interdit.

La fumée des cierges en cire d'abeille, qui montait depuis le bougeoir, juste sous l'image, brouilla de nouveau la vue d'Arnau, et les lèvres de pierre sourirent.

— Elle sera ta mère, conclut-il en se tournant vers Joan.

— Comment le sais-tu puisque tu as dit qu'elle te répond à travers les... ?

— Je le sais, et c'est tout, coupa brusquement Arnau.

— Et si, moi, je lui demandais ?...

— Non.

Joan contempla la statue ; il désirait pouvoir parler avec elle comme le faisait Arnau. Pourquoi écoutait-elle son frère et pas lui ? Comment Arnau pouvait-il savoir ?... Joan se promit qu'un jour aussi il serait digne de... Soudain, on entendit un bruit.

— Chut ! murmura Arnau, le regard tourné vers le portal de las Moreres.

— Qui va là ?

Le reflet d'une lampe à huile apparut dans l'ouverture.

Arnau commença à se diriger vers la calle del Born, par où ils étaient entrés, mais Joan restait immobile, les yeux fixés sur la lampe qui s'approchait du déambulatoire.

— Viens ! chuchota Arnau en le tirant par le bras.

Quand ils débouchèrent calle del Born, ils virent que plusieurs lampes avançaient dans leur direction. Arnau jeta un œil derrière lui ; dans Santa Maria, d'autres lumières s'étaient jointes à la première.

Ils n'avaient pas d'échappatoire. Les gardiens parlaient et criaient entre eux. Que pouvaient-ils faire ? Le plancher ! Il projeta Joan à terre ; le petit semblait paralysé. Les planches ne recouvraient qu'une partie du sol. Il secoua Joan, et tous deux se mirent à ramper en direction des fondations de l'église. Les lumières balayèrent le parquet. Les pas des gardiens sur les planches vibrèrent aux oreilles d'Arnau, et leurs voix étouffèrent les battements de son cœur.

Ils attendirent une éternité que les hommes inspectent l'église. Arnau tâchait d'apercevoir ce qui se passait. Chaque fois que la lumière se faufilait à travers les jointures des grosses planches, il se recroquevillait pour se cacher davantage.

Les gardiens finirent par renoncer. Deux d'entre eux éclairèrent encore le parquet pendant quelques instants. Comment était-il possible qu'ils n'entendent pas les battements de son cœur ? Ni ceux de Joan ? Arnau tourna la tête vers l'endroit où s'était réfugié le petit. Un des gardiens suspendit une lampe près du parquet, tandis que l'autre commençait à s'éloigner. Il n'était plus là ! Où s'était-il fourré ? Arnau avança à tâtons et finit par découvrir l'entrée d'un petit tunnel, ouvert sous les fondations.

Poussé par Arnau, Joan avait rampé sous le parquet ; comme il n'avait rencontré aucun obstacle sur son chemin, le petit avait continué à avancer dans le tunnel qui descendait doucement vers le maître-autel. Arnau l'avait poussé. « Silence ! » avait-il exigé de lui à plusieurs reprises. Le frôlement de son propre corps contre le sol l'avait empêché d'entendre quoi que ce soit ; de toute façon, Arnau devait être derrière lui. Il l'avait entendu progresser sous le parquet. C'est seulement quand l'étroit tunnel s'élargit et lui permit de se retourner et même de s'agenouiller que Joan se rendit compte qu'il était seul. Où était-il ? L'obscurité était totale.

— Arnau ? appela-t-il.

Sa voix résonna. C'était... comme une grotte. Sous l'église !

Il appela de nouveau, plusieurs fois. À voix basse d'abord, puis plus fort. Le son de sa propre voix l'effraya. Il pouvait essayer de faire demi-tour, mais où se trouvait l'entrée du tunnel ? Joan étendit les bras. Ses mains ne la retrouvaient pas.

— Arnau ! appela-t-il une nouvelle fois.

Rien. Il se mit à pleurer. Que pouvait-il y avoir ici ? Des monstres ? Et si c'était l'enfer ? Il était sous une église : ne disait-on pas que l'enfer se trouvait en bas ? Et si le démon apparaissait ?

De son côté, Arnau s'était engagé dans le tunnel. C'était le seul endroit où Joan avait pu aller. Il ne serait jamais sorti de sous le parquet. Après avoir parcouru une certaine distance, Arnau appela son ami ; il était impossible qu'on l'entende dans ce tunnel. Rien. Il rampa encore.

— Joanet ! finit-il par crier. Joan ! rectifia-t-il.

— Ici, entendit-il lui répondre.

— Où, ici ?

— Au bout du tunnel.

— Ça va ?

Joan arrêta de trembler.

— Oui.

— Alors, reviens.

— Je ne peux pas.

Arnau soupira.

— C'est comme une grotte, ici... Je ne sais plus où est la sortie.

— Cherche le long des murs jusqu'à ce que... Non ! Ne fais pas cela, tu m'entends, Joan ? Il pourrait y avoir d'autres tunnels. Si j'arrivais jusqu'à toi... On voit quelque chose, Joan ?

— Non, répondit le petit.

Il aurait pu continuer d'avancer pour le retrouver, mais s'il se perdait lui aussi ? Pourquoi y avait-il une grotte là-dessous ? Mais à présent, il savait comment y arriver. Il avait besoin de lumière. Une lampe, et ils étaient sauvés.

— Attends ici ! Tu m'entends, Joan ? Calme-toi et attends-moi ici sans bouger. Tu m'entends ?

— Oui, je t'entends. Que vas-tu faire ?

— Je vais chercher une lanterne et je reviens. Attends-moi ici sans bouger, d'accord ?

— Oui..., hésita Joan.

— Pense que tu es sous la Vierge, ta mère.

Arnau ne perçut aucune réponse.

— Joan, tu m'as entendu ?

« Évidemment », songea le petit. Il avait dit « ta mère ». Lui ne l'entendait pas ; Arnau oui. Mais il ne l'avait pas laissé parler avec elle. Et si, en réalité, Arnau ne voulait pas partager sa mère et l'avait enfermé ici, en enfer ?

— Joan ? insista Arnau.

— Quoi ?

— Attends-moi sans bouger.

À grand-peine, Arnau retourna en rampant à reculons jusqu'au plancher de la calle del Born. Sans hésiter, il s'empara de la lampe que le gardien avait suspendue et retourna dans le tunnel.

Joan vit la lumière arriver. Quand les murs de la galerie s'élargirent, Arnau augmenta la flamme. Le petit était agenouillé à deux pas de la sortie du tunnel. Joan le regarda, l'air paniqué.

— N'aie pas peur, tenta de le rassurer Arnau.

Arnau leva la lampe et augmenta encore la flamme. Qu'était ceci ?... Un cimetière ! Ils étaient dans un cimetière. Une petite grotte qui, pour une raison qu'ils ignoraient, était restée sous Santa Maria, comme une bulle d'air. Le plafond était si bas qu'ils ne pouvaient même pas se mettre debout. Arnau dirigea la lumière vers de grandes amphores, semblables aux poteries qu'il avait vues dans l'atelier de Grau, mais plus grossières. Quelques-unes étaient cassées et laissaient voir les cadavres qu'elles contenaient. Il y avait aussi de grandes amphores éventrées, unies entre elles et scellées.

Joan tremblait ; ses yeux fixaient un cadavre.

— Du calme, insista Arnau en s'approchant de lui.

Mais Joan s'écarta brusquement.

— Qu'est-ce que... ? commença Arnau.

— Allons-nous-en.

Sans attendre sa réponse, il s'engouffra dans le tunnel, Arnau à sa suite. Quand ils parvinrent sous le parquet, ils éteignirent la lampe. Il n'y avait plus personne. Arnau remit la lampe à sa place et ils s'en retournèrent chez Pere.

— Pas un mot de ceci à quiconque, conseilla Arnau en chemin. D'accord ?

Joan ne répondit pas.

14.

Depuis qu'Arnau lui avait assuré que la Vierge était aussi sa mère, Joan courait à l'église dès qu'il le pouvait. Il s'accrochait aux grilles de la chapelle du Santísimo, glissait son visage entre les barreaux et restait à contempler la figure en pierre, l'enfant sur l'épaule et le bateau à ses pieds.

— Un jour, ta tête va rester coincée, plaisanta le père Albert.

Joan se dégagea en souriant. Le prêtre passa sa main dans les cheveux de l'enfant et s'accroupit auprès de lui.

— Tu l'aimes ? lui demanda-t-il en désignant l'intérieur de la chapelle.

Joan hésita.

— Elle est ma mère maintenant, répondit-il finalement, poussé davantage par le désir que par la certitude.

Le père Albert soupira. Il avait tant à lui dire sur Notre Dame ! Il essaya de parler sans y parvenir. Il étreignit le petit en attendant que sa voix revienne.

— Tu la pries ?

— Non. Je lui parle seulement. Je lui parle de moi.

Le prêtre regarda la Vierge.

— Continue, mon fils, continue, ajouta-t-il en le laissant seul.

Le père Albert n'eut aucun mal à obtenir ce qu'il voulait. Il avait pensé à trois ou quatre candidats potentiels et se décida finalement pour un riche orfèvre. Lors de sa dernière confession annuelle, l'artisan s'était montré assez contrit à cause de relations adultères qu'il avait entretenues.

— Si tu es sa mère, murmura le père Albert en levant les yeux au ciel, tu ne verras pas d'inconvénient à ce que j'utilise cette petite ruse pour ton fils, n'est-ce pas, Notre Dame ?

L'orfèvre n'osa pas refuser.

— Il s'agit seulement d'un petit don à l'école de la cathédrale, le persuada le curé. Grâce à cela, tu aideras un enfant et Dieu... Dieu t'en sera reconnaissant.

Il restait à en informer Bernat. Le père Albert partit à sa recherche.

— Joanet est admis à l'école de la cathédrale, lui annonça-t-il tandis qu'ils se promenaient sur la plage, aux alentours de la maison de Pere.

Bernat se tourna vers le prêtre.

— Je n'ai pas assez d'argent, mon père, s'excusa-t-il.

— Ça ne te coûtera rien.

— Je croyais que les écoles...

— Oui, celles de la ville. Pour celle de la cathédrale, il suffit...

À quoi bon lui l'expliquer ?

— Peu importe, c'est fait.

Tous deux se remirent à marcher.

— Il apprendra à lire dans les livres de lettres, de psaumes et de prières, et à écrire.

Pourquoi Bernat ne disait-il rien ?

189

— Quand il aura treize ans, il pourra commencer l'école secondaire, l'étude du latin et des sept arts libéraux : grammaire, rhétorique, dialectique, arithmétique, géométrie, musique et astronomie.

— Mon père, Joanet aide à la maison et, grâce à cela, Pere ne me fait pas payer une bouche supplémentaire. S'il étudie...

— Il mangera à l'école.

Bernat réfléchit et hocha la tête.

— Par ailleurs, ajouta le prêtre, j'en ai déjà parlé à Pere et il est d'accord pour continuer à te compter la même chose.

— Vous avez beaucoup fait pour le petit.

— Oui. Cela t'ennuie ?

Bernat fit non en souriant.

— Songe qu'après, Joanet pourra aller à l'université, à l'*estudio general* de Lérida, ou même à l'étranger, Bologne, Paris...

Bernat éclata de rire.

— Si je refusais, vous seriez déçu, n'est-ce pas ?

Le prêtre acquiesça.

— Ce n'est pas mon fils, père Albert, continua Bernat. Si c'était le cas, je ne permettrais pas que l'un de mes enfants travaille pour l'autre, mais si cela ne me coûte rien, pourquoi pas ? Joan le mérite. Peut-être ira-t-il un jour dans tous ces endroits dont vous parlez...

— Je préférerais m'occuper des chevaux, comme toi, dit Joan à Arnau alors qu'ils déambulaient sur la plage, à l'endroit même où le père Albert et Bernat avaient décidé de son avenir.

— C'est très dur, Joanet... Joan. Je passe tout mon temps à nettoyer et, quand ça brille, un cheval sort et il faut recommencer de zéro. Sans parler de Tomás qui débarque en hurlant avec une bride ou un harnais à réparer. La première fois, il a voulu me frapper, mais notre père était là et... Si tu l'avais vu ! Avec une fourche, il l'a coincé contre le mur, les pointes sur la poitrine, et l'autre s'est mis à bégayer et à demander pardon.

— J'aimerais être avec vous.

— Oh, non ! répliqua Arnau. Depuis il ne me touche plus, c'est vrai, mais il y a toujours quelque chose qui ne va pas. En fait, c'est lui qui sabote notre travail, figure-toi. Je l'ai vu.

— Pourquoi tu ne le dis pas à Jesús ?

— Notre père dit qu'il ne faut pas, qu'il ne me croira pas, que Tomás est l'ami de Jesús, que celui-ci le défendra toujours, et que la baronne profiterait de n'importe quel prétexte pour nous attaquer. Elle nous déteste. Tu vois, toi, tu vas apprendre beaucoup de choses à l'école et, moi, je nettoie ce qu'un autre salit et je dois supporter ses humeurs.

Tous deux se turent pendant un moment et donnèrent des coups de pied dans le sable en regardant la mer.

— Profite, Joan, profite, dit soudain Arnau à son frère en répétant les paroles qu'il avait entendues dans la bouche de Bernat.

Joan ne tarda pas à apprécier les cours. Cela commença le jour où le prêtre qui occupait la fonction de maître le félicita publiquement. Joan sentit en lui un agréable frisson et ses camarades de classe le complimentèrent. Si sa mère était en vie ! Il aurait couru à l'instant même s'asseoir sur la caisse pour le lui raconter : « Le meilleur », avait dit le maître, et tous l'avaient regardé ! Lui qui n'avait jamais été bon à rien !

Ce soir-là, Joan rentra à la maison sur un petit nuage. Souriants et réjouis, Pere et Mariona lui demandèrent de répéter ce qui lui avait valu une telle reconnaissance, mais l'enfant, au comble de l'excitation, s'en montra incapable. Arnau et Bernat arrivèrent bientôt. Au moment où Joan s'apprêtait à courir vers eux, l'expression de son frère l'en dissuada : on voyait qu'il avait pleuré, et Bernat, une main sur son épaule, ne cessait de le serrer contre lui.

— Qu'est-ce que... ? interrogea Mariona en s'avançant vers Arnau pour l'embrasser.

Bernat l'interrompit d'un geste de la main.

— Il faut tenir bon, ajouta-t-il, à part lui.

Joan chercha le regard de son frère, mais Arnau fixait Mariona.

Il fallait tenir bon : comme Tomás le palefrenier n'osait pas embêter Bernat, il s'en prenait à Arnau.

— Il cherche l'affrontement, mon fils, dit Bernat pour consoler Arnau à deux doigts d'exploser de colère. Nous ne devons pas tomber dans son piège.

— Mais nous ne pouvons pas continuer comme ça toute la vie ! se plaignit Arnau.

— Il n'en est pas question. J'ai entendu plusieurs fois Jesús l'avertir. Il ne travaille pas bien, et Jesús le sait. Les chevaux qu'il touche sont difficiles : ils ruent et mordent. Il montrera bientôt son vrai visage, mon fils, bientôt.

Les prédictions de Bernat se révélèrent très vite exactes. La baronne s'obstinait à apprendre aux fils de Grau à monter à cheval. Que Grau ne sût pas, passe encore, mais les deux garçons, c'était inadmissible ! Pour cette raison, plusieurs fois par semaine, après les autres enseignements, Isabel et Margarida – dans la calèche conduite par Jesús –, Genís et Josep Puig, le précepteur et Tomás le palefrenier, à pied – ce dernier tenant un cheval par le licou –, sortaient de la ville jusqu'à un petit terrain à découvert où Jesús dispensait leurs cours aux deux garçons.

Jesús saisissait de la main droite une longue corde qu'il avait attachée au mors du cheval pour faire tourner l'animal autour de lui ; de la main gauche, il empoignait un fouet et les apprentis cavaliers, l'un après l'autre, tourniquaient sans relâche autour du grand écuyer, attentifs à ses ordres et à ses conseils.

Ce jour-là, près de la voiture d'où il observait l'attelage, Tomás ne quittait pas des yeux la bouche du cheval ; il suffisait d'un coup un peu plus fort que la normale, juste un. Il y avait toujours un moment où le cheval prenait peur.

Genís Puig était à califourchon sur l'animal.

Le palefrenier observa son visage paniqué. Le fils cadet de Grau avait une peur bleue des chevaux et se crispait.

Il y a toujours un moment où un cheval prend peur.

Jesús fit claquer le fouet et effraya l'animal pour le faire galoper. La bête donna un violent coup de tête et tira sur la corde.

Tomás réprima le sourire qui lui venait aux lèvres. Le mousqueton se détacha de la corde et le cheval partit à bride abattue. Il n'avait pas été difficile d'entrer en cachette dans la sellerie et d'entailler la corde à l'intérieur du mousqueton.

Isabel et Margarida poussèrent chacune un cri. Jesús laissa tomber son fouet et tenta, en vain, de stopper l'animal.

Quand il vit que la corde avait lâché, Genís se mit à glapir et s'accrocha au cou du cheval. Ses pieds et ses jambes se clouèrent dans les flancs de la bête qui s'élança au triple galop en direction des portes de la ville, le garçon chancelant sur le dos. Au moment où le cheval sauta par-dessus un petit monticule, Genís

Puig fut propulsé en l'air et, après avoir roulé plusieurs fois sur le sol, il s'étala de tout son long dans des buissons.

À l'intérieur des écuries, Bernat entendit d'abord les sabots des chevaux sur les pavés du patio, suivis immédiatement par les cris de la baronne. Au lieu de revenir au pas, tranquillement, comme ils le faisaient toujours, les chevaux frappaient les pierres avec force. Alors que Bernat s'apprêtait à aller voir, Tomás entra avec le cheval. L'animal était comme fou, couvert de sueur, et soufflait par les naseaux.

— Que... ?

— La baronne veut voir ton fils, cria Tomás à Bernat en frappant l'animal.

Les glapissements d'Isabel continuaient de résonner à l'extérieur des écuries. Bernat regarda le pauvre animal, qui donnait des coups de patte sur le sol.

— Madame veut te voir, hurla une nouvelle fois Tomás alors qu'Arnau quittait la sellerie.

Arnau regarda son père, qui haussa les épaules.

Ils sortirent dans le patio. Hystérique, la baronne brandissait la cravache qu'elle portait toujours quand elle sortait à cheval, et s'en prenait à Jesús, au précepteur et à tous les esclaves qui s'étaient approchés. Margarida et Josep demeuraient derrière elle. À ses côtés se tenait Genís, meurtri, en sang, les vêtements déchirés. Dès qu'Arnau et Bernat apparurent, la baronne avança vers l'enfant et lui cingla le visage avec sa cravache. Arnau porta les mains à sa bouche et à sa joue. Bernat voulut réagir, mais Jesús s'interposa.

— Regarde, hurla le grand écuyer qui tendit à Bernat la corde déchirée et le mousqueton. Ça, c'est le travail de ton fils !

Bernat examina les deux objets ; Arnau, les mains

encore sur le visage, fit de même. Il les avait vérifiés la veille. Il leva les yeux vers son père au moment où celui-ci se tournait vers Tomás qui, de la porte des écuries, observait la scène.

— Ils étaient impeccables ! s'exclama Arnau en agitant la corde et le mousqueton devant Jesús.

À son tour, il tourna la tête en direction de la porte des écuries.

— Impeccables, répéta-t-il alors que les premières larmes mouillaient ses paupières.

— Regardez, il pleure, entendit-on soudain.

Margarida avait le doigt pointé sur Arnau.

— C'est à cause de lui que tu as eu un accident, et c'est lui qui pleure, ajouta-t-elle à l'attention de son frère. Toi, tu n'as pas pleuré quand tu es tombé, mentit-elle.

Josep et Genís furent moins prompts à réagir, mais ils finirent également par se moquer d'Arnau.

— Pleure, bébé !

— Oui, pleure, bébé !

C'était plus fort que lui. Les larmes coulaient sur les joues d'Arnau et sa poitrine se comprimait au rythme des sanglots. D'où il se tenait, il montra de nouveau la corde et le mousqueton à toute l'assistance, y compris aux esclaves.

— Au lieu de pleurer, tu ferais mieux de demander pardon pour ta négligence, lança la baronne après avoir adressé un sourire insolent à ses beaux-enfants.

Pardon ? Arnau regarda son père. Pourquoi devrait-il demander pardon ? Bernat avait les yeux rivés sur Isabel. Margarida, chuchotant avec ses frères, montrait toujours Arnau du doigt.

— Non ! Ils étaient impeccables !

Arnau jeta corde et mousqueton par terre.

La baronne se mit à gesticuler comme une folle,

mais s'arrêta net quand elle vit Bernat faire un pas vers elle. Jesús l'attrapa par le bras.

— C'est une noble, lui murmura-t-il à l'oreille.

Arnau sortit du palais en courant.

— Non ! s'emporta Isabel quand Grau, informé des événements, proposa de renvoyer les deux Estanyol. Je veux que le père reste ici, à travailler pour tes enfants. Qu'il se souvienne à tout moment que nous attendons des excuses de son fils. J'exige que ce garçon s'excuse publiquement devant tes enfants ! Et si tu les renvoies... Fais-lui savoir que son fils ne reviendra pas ici tant qu'il n'aura pas demandé pardon... (Isabel ne cessait de crier et de gesticuler.) Il ne touchera plus que la moitié de son salaire, et au cas où il chercherait un autre travail, nous informerons tout Barcelone de ce qui s'est passé ici. Personne ne l'engagera nulle part. Je veux des excuses ! hurla-t-elle, hystérique.

« Nous informerons tout Barcelone... » Grau sentit ses poils se hérisser. Tant d'années à essayer de cacher son beau-frère et maintenant... sa femme prétendait faire connaître son existence à tout Barcelone !

— Je te prie d'être discrète, fut tout ce qu'il parvint à dire.

Isabel le regarda, les yeux injectés de sang.

— J'ordonne qu'ils s'humilient devant nous !

Grau faillit dire quelque chose mais il se tut soudain et pinça les lèvres.

— Discrétion, Isabel, discrétion, conclut-il.

Grau se plia aux exigences de son épouse. En définitive, à présent que Guiamona n'était plus, il n'y avait plus de grain de beauté dans la famille et plus personne ne se souvenait du nom des Estanyol.

Quand Grau quitta les écuries, Bernat, les yeux mi-
clos, écouta le grand écuyer l'informer de ses nouvelles conditions de travail.

— Père, ce licou était impeccable, réaffirma
Arnau le soir même, alors qu'ils se trouvaient avec
Joan dans la petite chambre qu'ils partageaient tous
trois. Je vous le jure ! insista-t-il devant le silence
de Bernat.

— Mais tu ne peux pas le prouver, intervint Joan,
à qui il avait tout raconté.

« Inutile que tu me le jures, pensait Bernat, mais
comment puis-je t'expliquer ?... » Bernat sentit ses
cheveux se dresser au souvenir de la réaction de son
fils dans les écuries de Grau : « Je ne suis pas coupable et je ne m'excuserai pas. »

— Père, répéta Arnau, je vous le jure.

— Mais...

Bernat ordonna à Joan de se taire.

— Je te crois, mon fils. À présent, il faut dormir.

— Mais...

— Il faut dormir !

Arnau et Joan éteignirent la lampe à huile. Bernat
attendit longtemps avant d'être sûr qu'ils s'étaient
endormis. Comment allait-il annoncer à Arnau que
les Puig exigeaient de lui qu'il s'excuse ?

— Arnau...

Quand il vit que son fils s'était arrêté de s'habiller
et le regardait, la voix de Bernat trembla.

— Grau... Grau veut que tu demandes pardon,
sinon... il ne t'autorisera pas à revenir travailler...

Avant même qu'il ait terminé sa phrase, il vit à
son enfant un air sérieux qu'il ne lui connaissait pas.
Bernat se tourna vers Joan, resté lui aussi immobile,

à moitié habillé, bouche bée. Il essaya en vain de reprendre la parole.

— Alors ? finit par dire Joan en rompant le silence.

— Vous croyez que je dois demander pardon ?

— Arnau, j'ai quitté tout ce que j'avais pour tu puisses être libre. J'ai abandonné nos terres, qui ont appartenu aux Estanyol pendant des siècles pour que personne ne puisse te faire ce qu'on m'a fait à moi, à mon père et au père de mon père... Et aujourd'hui, les caprices de ceux qui se disent nobles nous ramènent au même point. À une différence près, cependant : nous pouvons résister. Mon fils, apprends à utiliser cette liberté qui nous a coûté tant d'efforts. C'est à toi seul de décider.

— Que me conseillez-vous, père ?

Bernat resta silencieux un instant.

— À ta place, je ne me soumettrais pas.

Joan tenta d'intervenir dans la conversation.

— Ce ne sont que des barons catalans ! Le pardon... seul le Seigneur l'accorde.

— Et comment vivrons-nous ? demanda Arnau.

— Ne t'en fais pas pour cela, mon fils. J'ai économisé un peu d'argent qui nous permettra de nous en sortir. Nous chercherons un autre endroit pour travailler. Grau Puig n'est pas le seul à posséder des chevaux.

Bernat ne perdit pas de temps. L'après-midi même, une fois sa journée terminée, il se mit en quête d'un travail pour lui et Arnau. Il se présenta dans une maison noble possédant des chevaux, où il fut très bien reçu par le préposé. Nombreux étaient ceux qui, à Barcelone, enviaient les soins prodigués aux chevaux de Grau Puig. Mais le lendemain, quand Bernat se présenta de nouveau pour s'entendre confirmer la nouvelle qu'il avait déjà célébrée avec ses fils, il ne fut même pas reçu. « Il ne payait pas assez », mentit-il ce soir-là à l'heure du souper. Bernat tenta de nouveau sa chance dans d'autres maisons nobles disposant d'écuries mais, dès qu'on semblait prêt à l'embaucher, on se rétractait le jour suivant.

— Tu n'arriveras pas à trouver de travail, finit par lui avouer un écuyer, affecté par le désespoir que reflétait le visage de Bernat, dont le regard avait plongé sur le pavé de la énième écurie qui le rejetait. C'est la baronne, lui expliqua l'écuyer. Après ta visite, mon seigneur a reçu un message d'elle le priant de ne pas t'engager. Je suis désolé.

— Bâtard ! siffla Bernat à l'oreille du palefrenier, à voix basse mais durement, en appuyant sur les voyelles.

Tomás sursauta et tenta de s'échapper, mais Bernat, qui se tenait derrière lui, le saisit par le cou et serra jusqu'à le faire flancher. Alors seulement, il relâcha la pression. « Si les nobles reçoivent des messages dès que je sors de chez eux, avait pensé Bernat, c'est que quelqu'un me suit – laisse-moi sortir par une autre porte », avait-il demandé à l'écuyer. Posté dans un coin face à la porte des écuries, Tomás ne le vit pas sortir ; Bernat s'approcha de lui par-derrière.

— C'est toi qui as entaillé le licou pour qu'il cède, pas vrai ? Et maintenant, que veux-tu de plus ?

Bernat serra à nouveau le cou du palefrenier.

— Que... ? Qu'est-ce que ça change ? râla Tomás.

— Que veux-tu dire ?

Bernat accentua la pression. Le palefrenier agita les bras sans parvenir à se libérer. Au bout de quelques secondes, Bernat sentit que son corps commençait à s'affaisser. Il lâcha Tomás et le retourna face à lui.

— Que veux-tu dire ? l'interrogea-t-il de nouveau.

Tomás aspira plusieurs fois avant de répondre. Quand son visage eut repris des couleurs, un sourire ironique apparut sur ses lèvres.

— Tue-moi si tu veux, le défia-t-il, le souffle encore court, mais tu sais très bien que le licou ou autre chose... La baronne te hait et elle te haïra toujours. Tu n'es qu'un serf fugitif et ton fils le fils d'un serf fugitif. Tu ne trouveras pas de travail à Barcelone. La baronne en a donné l'ordre. Si ce n'est pas moi, un autre sera chargé de t'espionner.

Bernat lui cracha au visage. Non seulement Tomás ne se troubla pas, mais son sourire s'élargit.

— Tu n'as pas le choix, Bernat Estanyol. Ton fils devra s'excuser.

— Je demanderai pardon, concéda Arnau cette nuit-là, les poings serrés et refoulant ses larmes, après avoir entendu les explications de son père. Nous ne pouvons pas lutter contre les nobles et nous devons travailler. Porcs ! Porcs ! Porcs !

Bernat regarda son fils. « Ici, nous serons libres », se souvenait-il lui avoir promis quelques mois après sa naissance, à leur arrivée à Barcelone. Tant d'efforts et de privations pour en arriver là ?

— Non, mon fils. Attends. Nous chercherons un autre...

— Ce sont eux qui commandent, père. Les nobles commandent. Ils commandent à la campagne, ils commandent sur vos terres et commandent à la ville.

Joan les observait en silence. « Il faut obéir et se soumettre aux princes, lui avaient enseigné ses professeurs. L'homme sera libre dans le royaume de Dieu, pas dans celui-ci. »

— Ils ne peuvent commander à tout Barcelone. Seuls les nobles possèdent des chevaux, mais nous pouvons apprendre un autre métier. Nous trouverons, mon fils.

Bernat perçut une lueur d'espoir dans les yeux de son fils, qui s'agrandirent comme s'ils voulaient absorber les promesses contenues dans ces derniers mots. « Je t'ai promis la liberté, Arnau. Je dois te la donner et je le ferai. Ne renonce pas à elle si vite, mon petit. »

Les jours suivants, après son travail dans les écuries de Grau, Bernat se lança dans les rues de Barcelone en quête de cette liberté tant désirée. Au début, Tomás le suivait, désormais effrontément, mais il abandonna quand la baronne comprit qu'elle ne pourrait pas influer sur les artisans, les petits marchands ou les constructeurs.

— Il aura du mal à trouver quelque chose, assura Grau à son épouse, qui gémissait et hurlait à l'évocation du paysan.

— Que veux-tu dire ?

— Qu'il ne trouvera pas de travail. Barcelone subit actuellement les conséquences de son manque de prévision.

La baronne le poussa à continuer ; Grau ne se trompait jamais dans ses appréciations.

— Les récoltes des dernières années ont été désastreuses, poursuivit son mari, les campagnes sont trop peuplées et pratiquement plus rien n'arrive jusqu'en ville. Les paysans mangent tout.

— Mais la Catalogne est grande.

— En effet. Seulement, depuis pas mal d'années, les paysans ne se consacrent plus à la culture de céréales. À présent, ils cultivent du lin, du raisin, des olives ou des fruits secs. Le changement a enrichi les seigneurs et nous a très bien convenu à nous, les marchands, mais la situation devient insoutenable, car la guerre contre Gênes empêche l'acheminement des céréales de Sicile et de Sardaigne sur lesquelles nous nous étions rabattus. Bernat ne trouvera pas de travail, mais tout le monde, y compris nous, va souffrir, et tout cela à cause d'un quarteron de nobles ineptes...

— Comment oses-tu parler ainsi ? l'interrompit la baronne, qui se sentait visée.

— C'est pourtant clair, chérie, répondit Grau avec sérieux. Nous, nous nous consacrons au commerce et nous gagnons beaucoup d'argent. Une partie de ce que nous gagnons est investie dans notre propre négoce. Nous ne naviguons pas aujourd'hui avec les mêmes bateaux qu'il y a dix ans ; c'est pourquoi nous continuons à gagner de l'argent. Mais les nobles propriétaires, eux, n'ont pas investi un sou dans leurs terres, ni fait évoluer leurs méthodes de travail. Ils utilisent toujours le même matériel agricole de labourage et les mêmes techniques qu'employaient jadis les Romains. Les Romains ! Les terres doivent rester en jachère tous les deux ou trois ans, alors que, bien cultivées, elles pourraient produire le double, voire le triple ! Ces nobles propriétaires que tu défends tellement se moquent de l'avenir. Tout ce qu'ils veulent, c'est de l'argent facile. Ils vont conduire la principauté à la ruine.

— Tu exagères.

— Sais-tu à combien est le quart de blé en ce moment ?

Isabel ne répondit pas ; Grau hocha la tête avant de continuer.

— Autour de cent sous. Sais-tu quel est son prix normal ? (Cette fois, il n'attendit même pas sa réponse.)

— Dix sous quand il n'est pas moulu et seize

quand il l'est. Le prix du quart a été multiplié par dix !

— Mais nous, nous pourrons manger ? demanda la baronne, qui ne dissimulait plus sa préoccupation.

— Tu ne veux pas comprendre. Nous pouvons payer le blé... tant qu'il y en a, mais il arrivera un jour où il n'y en aura plus... si ce n'est déjà le cas. Et le problème, c'est que même si le prix du blé a été multiplié par dix, le peuple, pour sa part, continue de gagner la même chose...

— Alors nous ne manquerons pas de blé, affirma Isabel.

— Pas encore...

— Et Bernat ne trouvera pas de travail.

— Je ne crois pas, mais...

— C'est tout ce qui m'importe, conclut-elle avant de tourner les talons, lasse de toutes ces explications.

— ... Mais quelque chose de terrible va arriver ! lâcha Grau, alors que la baronne était déjà loin.

Une mauvaise année. Bernat en avait assez d'entendre sans cesse la même excuse. Une mauvaise année. Où qu'il se présente. « J'ai dû renvoyer la moitié de mes apprentis, comment veux-tu je te donne du travail ? », « C'est une mauvaise année, je ne peux même pas donner à manger à mes enfants », « Tu n'as pas remarqué ? Nous traversons une mauvaise année. À présent, je dépense la moitié de mes économies pour nourrir mes enfants. Avant, vingt pour cent suffisaient ». « Comment n'aurais-je pas remarqué ? » pensa Bernat. Mais il continua à chercher jusqu'à l'arrivée de l'hiver et du froid, y compris dans les endroits les plus reculés de la ville. Les enfants avaient faim, les parents jeûnaient pour les nourrir ; la variole, le typhus et la diphtérie commençaient à faire leur mortifère apparition.

Quand Bernat sortait, Arnau inspectait la bourse de son père. Au début, il le faisait chaque semaine, mais désormais c'était tous les jours, plusieurs fois par jour même, conscient que leur pécule fondait à vue d'œil.

— Quel est le prix de la liberté ? demanda-t-il à Joan, un jour où ils priaient tous deux la Vierge.

— San Gregorio dit qu'au commencement, tous les hommes naquirent égaux et que, par conséquent, ils étaient tous libres.

Joan parlait d'une voix douce, tranquille, comme s'il répétait une leçon.

— Ce furent les hommes nés libres qui, pour leur propre bien, se soumirent à un seigneur afin qu'il veille sur eux. Ils perdirent une partie de leur liberté mais gagnèrent un seigneur pour veiller sur eux.

Arnau écoutait les paroles de son frère en observant la Vierge. « Pourquoi ne me souris-tu plus ? San Gregorio... San Gregorio avait-il une bourse aussi vide que celle de mon père ? »

— Joan.

— Oui.

— Que crois-tu que je doive faire ?

— C'est à toi de prendre la décision.

— Mais toi, que crois-tu ?

— Je te l'ai déjà dit. Ce furent les hommes libres qui décidèrent qu'un seigneur veillerait sur eux.

Le jour même, sans que son père le sache, Arnau se présenta chez Grau Puig. Pour ne pas être vu des écuries, il entra par la cuisine. Là, il tomba sur Estranya, toujours aussi énorme, comme si la faim ne l'affectait pas, plantée tel un canard devant une marmite sur le feu.

— Dis à tes maîtres que je suis venu les voir, annonça-t-il à la cuisinière quand celle-ci remarqua sa présence.

Un sourire stupide se dessina sur les lèvres de l'esclave. Estranya alla prévenir le majordome de Grau qui, à son tour, avertit son seigneur. On le fit attendre debout des heures durant. Pendant ce temps, tout le personnel de la maison défila dans la cuisine pour observer Arnau : certains souriaient ; d'autres, moins nombreux, laissaient entrevoir une certaine tristesse. Arnau soutint leur regard à tous et répondit avec morgue à ceux qui souriaient, mais sans réussir à effacer l'ironie qu'il lisait sur leurs visages.

Seul Bernat, que Tomás le palefrenier n'avait pas hésité à informer de la capitulation de son fils, se fit porter pâle. « Je suis désolé, Arnau, je suis désolé », avait-il murmuré à plusieurs reprises tandis qu'il brossait un des chevaux.

Après cette interminable attente, les jambes endolories – il avait voulu s'asseoir, mais Estranya le lui avait interdit –, Arnau fut conduit au salon principal de la maison de Grau. Il ne prêta pas attention au luxe de la pièce. À peine entré, ses yeux se posèrent sur les cinq membres de la famille qui l'attendaient au fond : les barons, assis, et ses trois cousins à leur côté, les hommes parés de chatoyantes chausses en soie de différentes couleurs et de pourpoints au-dessus du genou, ajustés par des ceinturons dorés ; les femmes dans des tenues ornées de perles et de pierreries.

Le majordome conduisit Arnau jusqu'au centre de la pièce, à quelques pas de la famille. Puis il retourna à la porte, près de laquelle, aux ordres de Grau, il attendit.

— Nous t'écoutons, lança Grau, aussi hiératique qu'à l'accoutumée.

— Je suis venu vous demander pardon.

— Alors fais-le, ordonna Grau.

Au moment où Arnau allait prendre la parole, la baronne l'en empêcha.

— Est-ce ainsi que tu envisages de demander pardon ? Debout ?

Arnau hésita une seconde, puis finit par enfoncer un genou au sol. Le petit rire imbécile de Margarida résonna dans le salon.

— Je vous demande pardon à tous, récita Arnau en fixant directement la baronne.

Elle le transperça du regard.

« C'est seulement pour vous que je le fais, mon père, lui répliqua mentalement Arnau. Sale garce. »

— Les pieds ! glapit la baronne. Baise-nous les pieds !

Arnau fit mine de se lever mais Isabel l'en empêcha de nouveau.

— À genoux ! entendit-on dans tout le salon.

Arnau se traîna à genoux jusqu'à eux. « Pour vous, père. Pour vous, père. Seulement pour vous, père... » La baronne lui présenta ses chaussons de soie. Arnau les baisa, le gauche d'abord, puis le droit. Sans lever la tête, il se déplaça vers Grau, qui chancela quand l'enfant fut devant lui, agenouillé, les yeux fixés sur ses pieds. Sa femme, hors d'elle, le transperça du regard. Alors il leva ses chaussures jusqu'à la bouche du garçon, l'une après l'autre. Les cousins d'Arnau imitèrent leurs parents. Quand Arnau voulut baiser le chausson de soie que lui tendait Margarida, la fillette s'amusa à le retirer au dernier moment, en gloussant. Arnau renouvela sa tentative, et sa cousine refit le même geste. Alors il attendit qu'elle daigne toucher sa bouche avec son chausson... droit... puis gauche.

15.

Bernat compta l'argent que lui avait donné Grau et le jeta dans sa bourse en grommelant. Ça devrait suffire mais... maudits Génois ! Quand s'achèverait enfin le siège auquel ils soumettaient la principauté ? Barcelone avait faim.

Bernat accrocha la bourse à son ceinturon et partit chercher Arnau. Le garçon était sous-alimenté. Bernat le regarda avec préoccupation. Dur hiver. Eux, au moins, avaient résisté. Combien pouvaient dire de même ? Bernat pinça les lèvres et ébouriffa les cheveux de son fils avant de poser la main sur son épaule. Combien étaient morts de froid, de faim, de maladie ? Combien de pères pouvaient poser leur main sur l'épaule de leur fils ? « Au moins, tu es vivant », pensa-t-il.

Ce jour-là, un bateau de céréales, un des rares à avoir réussi à contourner le blocus gênois, accosta dans le port de Barcelone. La ville acheta sa cargaison à un tarif prohibitif pour la revendre aux habitants à un prix plus abordable. Ce vendredi, on trouvait donc du blé plaza del Blat, et la foule, dès les premières heures de la matinée, s'y rassembla pour batailler avec les mesureurs officiels qui préparaient le grain.

Depuis plusieurs mois, et malgré les efforts des conseillers de la ville pour le faire taire, un moine carmélite prêchait contre les puissants, leur attribuait les maux de la famine et les accusait de cacher du blé. Les semonces du moine avaient fait leur chemin dans l'esprit des paroissiens et des rumeurs couraient dans toute ville ; c'est pourquoi, ce vendredi, la foule, chaque fois plus nombreuse, s'agitait plaza del Blat, discutait ferme et jouait des coudes pour s'approcher des tables derrière lesquelles les fonctionnaires municipaux s'affairaient.

Les autorités calculèrent la quantité de blé revenant à chaque Barcelonais et ordonnèrent au marchand de tissus Pere Juyol, voyer officiel de la plaza del Blat, d'en contrôler la répartition. La vente commença.

— Mestre n'a pas de famille ! s'écria immédiatement un homme en haillons accompagné d'un enfant encore plus déguenillé. Ils sont tous morts pendant l'hiver, ajouta-t-il.

Les mesureurs reprirent le blé qu'ils avaient vendu au dénommé Mestre. Les accusations se multiplièrent alors : le fils d'un tel fait aussi la queue à une autre table ; celui-là a déjà acheté ; tel autre n'a pas de famille ; ce n'est pas son fils, il l'a juste amené pour demander plus, etc.

La place se transforma en un vivier de médisances. Les gens sortirent des files et commencèrent à échanger des invectives qui dégénérèrent vite en insultes. Quelqu'un exigea à grands cris que les autorités mettent en vente le blé qu'elles avaient caché et l'ensemble de la population, furieuse, se joignit à la requête. Rapidement, les mesureurs officiels furent débordés par la foule qui se pressait autour des tables de vente ; les *alguazils* du roi se mirent en position pour affronter l'assistance affamée. Seule la

208

décision que prit à cet instant Pere Juyol réussit à sauver la situation : il ordonna qu'on emporte le blé au palais du viguier, de l'autre côté de la place, et suspendit la vente pour la matinée.

Bernat et Arnau retournèrent au palais de Grau reprendre leur travail. Ils étaient extrêmement déçus de ne pas avoir obtenu la précieuse denrée. Dans le patio même de l'entrée, devant les écuries, ils racontèrent au grand écuyer et à qui voulait les entendre ce qui venait de se passer plaza del Blat, en lançant des injures contre les autorités. Ils avaient tellement faim ! se plaignirent-ils.

Depuis l'une des fenêtres qui donnaient sur le patio, attirée par le vacarme, la baronne observait la scène, réjouie par les souffrances du serf fugitif et de son fils insolent. Au souvenir des ordres que lui avait laissés Grau avant de partir en voyage, un sourire apparut sur ses lèvres. Ne désirait-il pas que ses débiteurs aient à manger ?

La baronne prit la bourse contenant l'argent destiné à l'alimentation des prisonniers – détenus à cause des dettes qu'ils avaient contractées auprès de son mari –, appela le majordome et lui ordonna de confier cette tâche à Bernat Estanyol, que son fils Arnau devait accompagner au cas où surgirait un problème.

— Rappelle-leur, lança-t-elle sous le regard complice du serviteur, que cet argent doit servir à acheter du blé pour les prisonniers de mon mari.

Le majordome suivit les instructions de sa maîtresse et se délecta de l'expression d'incrédulité du père et du fils, encore accentuée quand ce dernier se saisit de la bourse et la soupesa.

— Pour les prisonniers ? demanda Arnau à son père, une fois qu'ils eurent quitté le palais des Puig.

— Oui.

— Pourquoi, père ?

— Ils sont prisonniers parce qu'ils doivent de l'argent à Grau qui est obligé de payer leur nourriture.

— Sinon ?

Ils marchaient en direction de la plage.

— Ils seraient libérés, ce que Grau ne veut pas. Il paie les taxes royales, il paie le geôlier et il paie la nourriture des prisonniers. C'est la loi.

— Mais...

— Ne pense plus à cela, mon fils, n'y pense plus.

Tous deux continuèrent leur chemin en silence.

L'après-midi, Arnau et Bernat se dirigèrent vers la prison pour remplir leur étrange mission. Par Joan, qui traversait la place en rentrant de l'école, ils apprirent que les esprits ne s'étaient pas calmés. Dès la calle del Mar, qui débouchait sur la place en venant de Santa Maria, ils entendirent les cris de la foule. Les gens s'étaient rassemblés autour du palais du viguier, où se trouvait stocké le blé qu'on avait retiré le matin et où étaient également détenus les débiteurs de Grau.

Les gens réclamaient du blé et les autorités de Barcelone ne disposaient pas des effectifs nécessaires pour organiser la distribution. Les cinq conseillers, réunis par le viguier, tentaient de trouver une solution.

— Il faudrait qu'ils prêtent serment, proposa un des conseillers. Sans serment, pas de blé. Chaque acheteur devra jurer que la quantité qu'il sollicite est celle dont il a besoin pour la subsistance de sa famille et qu'il ne sollicitera pas plus que ce qui lui revient selon cette répartition.

— Cela suffira ? questionna un autre.

— Le serment est sacré ! Ne jure-t-on pas, dans les contrats, l'innocence ou les devoirs ? Ne vient-on pas à l'autel de San Felix pour jurer les testaments sacramentels ?

Telle fut l'annonce faite depuis un balcon du palais du viguier. Les gens propagèrent la nouvelle jusqu'à ceux qui ne l'avaient pas entendue, et les dévots chrétiens qui se bousculaient pour réclamer des céréales se disposèrent à jurer... une fois de plus dans leur vie.

Le blé refit son apparition sur la place, où la faim n'avait fait que s'aiguiser. Certaines personnes jurèrent. D'autres émirent des soupçons. Accusations, cris et querelles recommencèrent de plus belle. Le peuple s'échauffa à nouveau et réclama le blé que, selon le frère carmélite, les autorités avaient caché.

Arnau et Bernat débouchèrent de la calle del Mar, à l'opposé du palais du viguier, où avait débuté la vente de blé. Autour d'eux, la foule grondait.

— Père, demanda Arnau, croyez-vous qu'il restera assez de blé pour nous ?

— J'ai bon espoir, répondit Bernat en s'efforçant de ne pas regarder son fils.

Comment pourrait-il rester du blé pour eux ? Il y en avait à peine pour un quart des citadins.

— Père, insista Arnau, pourquoi les prisonniers sont-ils sûrs d'avoir du blé et pas nous ?

Au milieu du tumulte, Bernat feignit de ne pas avoir entendu la question ; malgré tout, il ne put s'empêcher de jeter un œil à son fils : il était famélique, ses bras et ses jambes avaient terriblement maigri, et de son visage sec ressortaient des yeux globuleux qui, en d'autres temps, souriaient avec insouciance.

— Père, m'avez-vous entendu ?

« Oui, pensa Bernat, mais que puis-je te

211

répondre ? Que nous, les pauvres, sommes condamnés à la faim ? Que seuls les riches peuvent manger ? Que seuls les riches peuvent se permettre de nourrir leurs débiteurs ? Que nous, les pauvres, ne valons rien pour eux ? Que les enfants des pauvres valent moins qu'un des prisonniers enfermés dans le palais du viguier ? »

— Il y a du blé au palais ! cria-t-il soudain en se joignant à la clameur populaire. Il y a du blé au palais ! répéta-t-il plus fort quand les gens autour de lui se retournèrent pour le regarder.

Très vite, ils furent nombreux à lui prêter attention.

— Comment, sinon, les prisonniers pourraient-ils manger ? affirma-t-il de nouveau, en levant la bourse d'argent de Grau. Les nobles et les riches paient la nourriture des prisonniers ! D'où les geôliers tirent-ils le blé ? L'achètent-ils comme nous ?

La foule s'ouvrit pour laisser passer Bernat. Il était hors de lui. Arnau le suivait tant bien que mal.

— Que faites-vous, père ?

— Les geôliers sont-ils obligés de jurer comme nous ?

— Que vous arrive-t-il, père ?

— D'où tirent-ils le blé pour les prisonniers ? Pourquoi prive-t-on nos enfants mais pas les détenus ?

Les paroles de Bernat frappèrent les esprits. Cette fois, les mesureurs officiels n'eurent pas le temps de mettre le blé à l'abri. Ils furent littéralement assaillis. Pere Juyol et le viguier faillirent être lynchés. Ils ne durent leur salut qu'à l'intervention de quelques *alguazils* qui les défendirent et les escortèrent jusqu'au palais.

Le blé se répandit sur la place ; certains tentaient

vainement de le ramasser avant d'être eux-mêmes piétinés par leurs concitoyens.

Quelqu'un conspua les conseillers, et la foule se lança à la recherche des dirigeants de la ville, terrés dans leurs maisons.

Bernat avait lui aussi sombré dans cette folie collective. Il criait encore plus fort que les autres, porté par le flot de cette foule en colère.

— Père, père !

Bernat regarda son fils.

— Que fais-tu ici ? lui demanda-t-il sans cesser ni de marcher ni de hurler.

— Je... Que vous arrive-t-il, père ?

— Va-t'en d'ici. Ce n'est pas un endroit pour les enfants.

— Mais où voulez-vous que je... ?

— Tiens.

Bernat lui donna les deux bourses d'argent, la sienne et celle qui était destinée aux prisonniers et aux geôliers.

— Que dois-je faire avec ?...

— Va, mon fils. Va.

Arnau vit son père disparaître dans la foule. La dernière chose qu'il distingua, c'était la haine que crachaient ses yeux.

— Où allez-vous, père ? cria-t-il alors qu'il l'avait déjà perdu de vue.

— Chercher la liberté, répondit une femme qui observait elle aussi la foule s'élancer à l'assaut des rues de la ville.

— Nous sommes déjà libres, osa affirmer Arnau.

— Il n'y a pas de liberté quand on a faim, mon garçon.

Le visage en pleurs, Arnau, ballotté, remonta la foule à contre-courant.

Les incursions durèrent deux jours entiers. Les maisons des conseillers et beaucoup d'autres résidences nobles furent saccagées. Le peuple, ivre de colère, divagua, en quête de nourriture... puis de vengeance.

Pendant deux jours entiers, la ville de Barcelone s'enfonça dans le chaos. Les autorités, incompétentes, étaient dépassées. Au bout du compte, un envoyé du roi Alphonse, flanqué de ses troupes, mit fin aux émeutes. Cent hommes furent arrêtés et beaucoup d'autres écopèrent d'une amende. Sur ces cent hommes, dix furent condamnés, après un jugement extrêmement sommaire, à la potence. Parmi les gens appelés à témoigner lors du procès, nombreux furent ceux qui reconnurent en Bernat Estanyol et son grain de beauté près de l'œil droit l'un des principaux instigateurs de la révolte citadine de la plaza del Blat.

16.

Arnau courut le long de la calle del Mar jusqu'à la maison de Pere sans même un regard pour Santa Maria. Le regard de son père restait gravé dans sa mémoire, et ses cris résonnaient à ses oreilles. Il ne l'avait jamais vu ainsi. « Que vous arrive-t-il, père ? Est-il vrai, comme le dit cette femme, que nous ne sommes pas vraiment libres ? » Il entra dans la maison de Pere et courut s'enfermer dans sa chambre. Joan le trouva en train de pleurer à chaudes larmes.

— La ville est devenue folle... Que se passe-t-il ?

Arnau ne répondit pas. Son frère balaya la pièce du regard.

— Et notre père ?

Arnau renifla et fit un geste en direction de la ville.

— Il est avec eux ?

— Oui, parvint à bafouiller Arnau.

Joan songea aux rixes qu'il avait dû éviter depuis le palais de l'évêque jusqu'à la maison. Les soldats avaient fermé les portes du *barrio* juif et s'étaient postés devant pour empêcher la foule de le prendre d'assaut. De dépit, cette même foule s'employait maintenant à saccager les maisons des chrétiens. Comment Bernat pouvait-il se trouver parmi eux ?

Les images de groupes d'exaltés qui démolissaient les portes des foyers des gens fortunés et en ressortaient avec leurs biens revinrent à la mémoire de Joan. Ce n'était pas possible.

— Ce n'est pas possible, répéta-t-il à voix haute.

De la paillasse sur laquelle il était assis, Arnau le fixa sans rien dire.

— Bernat n'est pas comme eux... Comment... ?

— Je ne sais pas... Il y avait beaucoup de gens. Tout le monde criait...

— Mais... Bernat ? Bernat n'est pas capable de cela, peut-être est-il seulement... Je ne sais pas, peut-être cherche-t-il quelqu'un !

Arnau regarda Joan. « Que veux-tu que je te dise ? Que c'est lui qui criait le plus, qui haranguait les gens ? Que veux-tu que je te dise alors que moi-même je n'y crois pas ? »

— Je ne sais pas, Joan. Il y avait beaucoup de monde.

— Ce sont des voleurs, Arnau ! Et ils s'en prennent aux dirigeants de la ville.

Un seul regard d'Arnau suffit à le faire taire.

Cette nuit-là, les deux enfants attendirent en vain le retour de Bernat. Le lendemain, Joan se prépara à aller en classe.

— Tu ne devrais pas y aller, lui conseilla Arnau.

Cette fois, ce fut Joan qui le toisa pour toute réponse.

— Les soldats du roi Alphonse ont étouffé la révolte, se contenta de commenter Joan quand il rentra le soir chez Pere.

Cette nuit-là non plus, Bernat ne réapparut pas.

Au matin, Joan prit une nouvelle fois congé d'Arnau.

216

— Tu devrais sortir, suggéra-t-il à son frère.

— Et s'il revient ? C'est le seul endroit où il peut aller, ajouta Arnau d'une voix blanche.

Les deux frères s'embrassèrent. « Père, père, où êtes-vous ? »

Pere sortit lui aussi en quête de nouvelles, qu'il obtint hélas rapidement. Il rentra chez lui d'un pas traînant.

— Je suis désolé, mon petit. Ton père a été arrêté, annonça-t-il à Arnau.

— Où est-il ?

— Au palais du viguier, mais...

Arnau partit en courant. Pere regarda sa femme et fit un geste d'impuissance ; la vieille femme porta les mains à son visage.

— Ils ont procédé à des jugements expéditifs, expliqua Pere. Des tas de témoins ont reconnu Bernat, à cause de son grain de beauté, comme un des principaux meneurs de la révolte. Pourquoi aurait-il fait cela ? Il semblait...

— Parce qu'il a deux enfants à nourrir, coupa sa femme, les larmes aux yeux.

— Il avait..., rectifia Pere d'une voix lasse. Il a été pendu plaza del Blat avec neuf autres agitateurs.

Mariona porta de nouveau les mains à son visage avant de se ressaisir aussitôt.

— Arnau ! s'écria-t-elle en se dirigeant vers la porte.

— Laisse-le, ma femme. À partir d'aujourd'hui, ce ne sera plus jamais un enfant.

— Il faut aller prévenir le prêtre.

— Je l'ai déjà fait. Il doit être là-bas.

Pere prit Mariona dans ses bras.

Sur ordre exprès du roi, les exécutions avaient eu lieu sur-le-champ. On n'avait même pas pris le temps de construire une estrade. Les prisonniers avaient été suppliciés sur de simples charrettes.

Quand il arriva plaza del Blat, Arnau stoppa brusquement sa course. Il haletait. La place était pleine de gens silencieux. Tous lui tournaient le dos, le regard levé... Au-dessus de la foule, près du palais, se balançaient une dizaine de corps inertes.

— Non !... Père !

Son cri résonna à travers toute la place. Tous les regards se fixèrent sur lui. Arnau s'avança lentement tandis que la foule s'écartait pour le laisser passer. Il cherchait parmi les dix...

À la vue du cadavre de son père, Arnau vomit. Les gens s'éloignèrent de lui. Le visage de Bernat était défiguré, violacé, presque noir, incliné d'un côté. Ses traits étaient contractés, ses yeux ouverts sur un combat à jamais inachevé, comme s'ils avaient voulu sortir de leurs orbites, et sa langue, longue, pendait entre les commissures de ses lèvres. La deuxième et la troisième fois qu'il le regarda, Arnau vomit de la bile.

Il sentit un bras sur son épaule.

— Viens, mon fils, dit le père Albert.

Le prêtre voulut l'emmener vers Santa Maria mais Arnau ne bougea pas. Il contempla encore son père et ferma les yeux. Il n'aurait plus jamais faim. Le jeune garçon fut pris d'une terrible convulsion. Le père Albert fit une nouvelle tentative pour l'éloigner de cette mise en scène macabre.

— Laissez-moi, mon père. S'il vous plaît.

Sous le regard de ce dernier et de la foule présente, Arnau franchit en chancelant les quelques pas qui le séparaient de l'estrade de fortune. Il se tenait l'estomac et tremblait. Quand il fut sous le corps de son père, il s'adressa au soldat de garde près des pendus.

— Je peux le descendre ? demanda-t-il.

Devant le visage de cet enfant, immobile sous le cadavre de son père qu'il lui montrait du doigt, le soldat hésita. Qu'auraient fait ses enfants si ça avait été lui, le pendu ?

— Non, s'obligea-t-il à répondre.

Il aurait aimé ne pas être là. Il aurait préféré être en train de combattre contre une bande de Maures, être avec ses enfants... Quel genre de mort était-ce que celle-là ? Cet homme s'était seulement battu pour ses petits, pour ce petit qui l'interrogeait à présent du regard, comme tous les gens présents sur la place. Où était le viguier ?

— Le viguier a donné l'ordre qu'ils restent exposés pendant trois jours sur la place.

— J'attendrai.

— Après, ils seront transférés aux portes de la ville, comme tout condamné à mort, pour que nul n'ignore, en entrant à Barcelone, la loi du viguier.

Le soldat tourna le dos à Arnau et se lança dans une ronde perpétuelle qui débutait par un pendu et finissait par un autre pendu.

— Faim, entendit-il derrière lui.

Il avait seulement faim.

Quand son absurde ronde le ramena vers Bernat, l'enfant était assis par terre, sous son père, la tête entre les mains. Il pleurait. Le soldat n'osa pas le regarder.

— Allons-nous-en, Arnau, insista de nouveau le curé.

Arnau fit non de la tête. Le père Albert allait parler quand un cri l'en empêcha. Les familles des autres pendus commençaient à arriver. Mères, épouses, enfants, frères et sœurs se rassemblaient au

219

pied des cadavres, unies dans un douloureux silence entrecoupé de gémissements de douleur. Le soldat de garde se concentra sur sa ronde, cherchant dans sa mémoire le cri de guerre des infidèles. Joan, qui passait par la place, s'approcha des morts et s'évanouit devant l'horrible spectacle. Il n'eut même pas le temps de voir Arnau. Assis au même endroit et se balançant à présent d'avant en arrière, ce dernier ne le remarqua pas davantage. Les compagnons de Joan le soulevèrent et le portèrent jusqu'au palais de l'évêque.

Les heures passèrent. Arnau demeurait étranger aux citoyens qui arrivaient plaza del Blat, mus par la compassion, ou une curiosité morbide. Seules les bottes du soldat qui poursuivait sa ronde devant lui interrompaient ses pensées.

« Arnau, j'ai quitté tout ce que j'avais pour que tu puisses être libre, lui avait dit récemment son père. J'ai abandonné nos terres, qui ont appartenu aux Estanyol pendant des siècles, pour que personne ne puisse te faire ce qu'on m'a fait à moi, à mon père et au père de mon père... Et aujourd'hui, les caprices de ceux qui se disent nobles nous ramènent au même point. À une différence près, cependant : nous pouvons résister. Mon fils, apprends à utiliser cette liberté qui nous a coûté tant d'efforts. C'est à toi seul de décider. »

« Pouvons-nous vraiment résister, père ? »

Les bottes du soldat repassèrent sous ses yeux. « Il n'y a pas de liberté quand on a faim. Vous n'avez plus faim, père. Et votre liberté ? »

— Regardez-les bien, les enfants.

Cette voix...

— Ce sont des fauteurs de troubles. Regardez-les bien.

220

Pour la première fois, Arnau redressa la tête et scruta les gens qui s'attroupaient devant les cadavres. La baronne et les trois enfants de Grau Puig contemplaient le visage défiguré de Bernat Estanyol. Arnau remarqua d'abord les pieds de Margarida, puis remonta jusqu'à son visage. Ses cousins avaient pâli, mais la baronne souriait en le regardant droit dans les yeux. Arnau se leva en tremblant.

— Ils ne méritaient pas d'être citoyens de Barcelone, reprit Isabel.

Arnau s'enfonça les ongles dans les paumes de ses mains ; son visage se troubla et sa lèvre inférieure se mit à trembler. La baronne souriait toujours.

— Que pouvait-on attendre d'un serf fugitif ?

Arnau allait se jeter sur elle quand le soldat lui fit barrage.

— Que t'arrive-t-il, mon garçon ?

Le soldat suivit le regard d'Arnau.

— À ta place, je ne ferais pas cela, lui conseilla-t-il.

Arnau tenta de passer outre, mais le soldat lui saisit le bras. Isabel ne souriait plus ; elle restait dressée là, hautaine, provocante.

— Je ne ferais pas cela, elle travaillerait à ta perte, entendit-il lui souffler l'homme.

Arnau leva les yeux.

— Lui, il est mort, insista le soldat, pas toi. Assieds-toi, mon garçon.

Le soldat sentit qu'Arnau commençait à fléchir.

— Assieds-toi, insista-t-il.

Arnau renonça et le soldat demeura, vigilant, à ses côtés.

— Regardez-les bien, les enfants.

La baronne souriait à nouveau.

— Nous reviendrons demain. Les pendus sont

exposés jusqu'à ce qu'ils pourrissent, comme doivent pourrir les fauteurs de troubles fugitifs.

Arnau ne put réprimer le tremblement de sa lèvre inférieure. Il continua à fixer les Puig. Finalement, la baronne se décida à faire demi-tour.

« Un jour... je te verrai morte... Je vous verrai tous morts... », se promit-il. La haine d'Arnau poursuivit la baronne et ses trois cousins à travers toute la plaza del Blat. Elle reviendrait le lendemain, avait-elle dit. Arnau leva les yeux vers son père.

« Je jure devant Dieu qu'ils ne se moqueront pas un jour de plus du cadavre de mon père, mais comment ? »

Les bottes du soldat repassèrent sous ses yeux.

« Père, je ne permettrai pas que vous pourrissiez pendu à cette corde. »

Arnau passa les heures suivantes à chercher une solution pour faire disparaître le cadavre de son père, mais chacune de ses idées se brisait contre les bottes qui passaient et repassaient près de lui. Il ne pouvait pas le décrocher sans qu'on le voie et, la nuit, ils allumeraient des torches... des torches allumées... des torches allumées. C'est à ce moment précis que reparut Joan, le visage si pâle qu'il en était presque blanc, les yeux gonflés et injectés de sang, la démarche fatiguée. Arnau se leva ; Joan se jeta dans ses bras.

— Arnau... je..., bredouilla-t-il.

— Écoute-moi bien, coupa Arnau en le serrant contre lui. Arrête de pleurer.

« Je ne peux pas, Arnau », pensa Joan, surpris par le ton de son frère.

— Je veux que ce soir, à dix heures, tu m'attendes, caché, au coin de la calle del Mar et de la place. Que personne ne te voie. Apporte... apporte une couverture, la plus grande que tu puisses trouver chez Pere. Et maintenant, va-t'en.

— Mais...

— Va-t'en, Joan. Je ne veux pas que les soldats te remarquent.

Arnau dut repousser son frère pour se dégager de son étreinte. Les yeux de Joan s'attardèrent sur le visage d'Arnau avant de remonter à nouveau jusqu'à celui de Bernat. Le garçonnet se mit à trembler.

— Va-t'en, Joan ! chuchota Arnau.

Cette nuit-là, alors que seules les familles des pendus restaient sur la place, sous les cadavres, la garde fut relevée. Au lieu d'entamer une ronde, les nouveaux soldats s'assirent autour d'un feu qu'ils avaient allumé à l'une des extrémités de la file de charrettes. Tout était tranquille et la nuit avait rafraîchi l'atmosphère. Arnau se leva et passa près d'eux en s'efforçant de dissimuler son visage.

— Je vais chercher une couverture, dit-il.

Un des gardes lui jeta un œil distrait.

Il traversa la plaza del Blat jusqu'au coin de la calle del Mar et demeura là quelques instants. « Où peut être Joan ? » se demanda-t-il. C'était l'heure convenue, il aurait dû être là. Arnau ouvrit la bouche. Autour de lui, le silence était absolu.

— Joan ? se risqua-t-il à appeler.

Une ombre surgit du porche d'une maison.

— Arnau ?

— Bien sûr que c'est moi.

On entendit distinctement le soupir de Joan.

— Qui croyais-tu que c'était ? Pourquoi ne disais-tu rien ?

— Il fait très sombre, se contenta de répondre Joan.

— Tu as apporté la couverture ?

L'ombre leva quelque chose.

— Bien. Je leur ai dit que j'allais en chercher une. Tu vas la mettre sur toi et aller prendre ma place. Marche sur la pointe des pieds pour avoir l'air plus grand.

— Que vas-tu faire ?

— Le brûler, dit Arnau quand Joan fut à ses côtés. Tu vas aller t'asseoir à ma place. Les soldats te prendront pour moi. Contente-toi de t'asseoir sous... de t'asseoir où j'étais. Rien de plus. Simplement, cache ton visage. Ne bouge pas. Ne fais rien, quoi qu'il arrive, tu m'as compris ?

Arnau n'attendit pas l'approbation de son frère.

— Quand tout sera fini, tu joueras mon rôle, Arnau Estanyol, et ton père n'avait pas d'autre enfant. Tu as compris ? Si les soldats t'interrogent...

— Arnau.

— Quoi ?

— Je n'ose pas.

— Co... comment ?

— Je n'ose pas. Ils découvriront tout. Quand je verrai notre père...

— Tu préfères qu'il pourrisse ? Tu préfères voir son cadavre pendu aux portes de la ville, dévoré par les corbeaux et les vers ?

Arnau laissa à son frère le temps d'imaginer la scène.

— Tu veux que la baronne continue à se moquer de lui... même mort ?

— Ce n'est pas un péché ? questionna soudain Joan.

Arnau essaya de distinguer son frère dans la nuit, mais il n'entrevit qu'une ombre.

— Il avait faim ! Je ne sais pas si c'est un péché, mais je n'ai pas l'intention de laisser notre père pourrir au bout d'une corde. Moi, je vais le faire. Si tu veux m'aider, contente-toi de mettre cette couverture sur toi. Si tu ne veux pas...

Arnau disparut dans la calle del Mar. Enveloppé dans la couverture, Joan traversa la plaza del Blat, le regard fixé sur Bernat, fantôme parmi les dix pendus au-dessus des charrettes, faiblement éclairé par l'éclat du feu des soldats. Joan ne voulait pas voir son visage, se retrouver face à sa langue violette et pendante, mais ses yeux trahissaient sa volonté et il ne parvenait pas à les détacher de Bernat. Les soldats le regardèrent approcher. Pendant ce temps, Arnau avait couru chez Pere ; là, il saisit son outre qu'il vida de son eau et la remplit avec l'huile des lampes. Pere et sa femme, assis autour du foyer, l'observaient.

— Je n'existe plus, leur dit Arnau d'une voix à peine audible.

Il s'agenouilla devant eux et prit la main de Mariona, qui posa sur lui un regard tendre.

— Joan a pris ma place. Mon père n'avait qu'un seul fils... Prenez soin de lui s'il arrive quelque chose.

— Mais Arnau..., commença à dire Pere.

— Chut, siffla Arnau.

— Que vas-tu faire, mon fils ? insista le vieil homme.

— Ce que je dois faire, conclut Arnau en se relevant.

« Je n'existe pas. Je suis Arnau Estanyol. » Les soldats continuaient de l'observer tandis qu'il avançait. « Brûler un cadavre, c'est sûrement un péché », pensait Joan. Bernat le regardait ! Joan s'arrêta à quelques mètres du pendu. Il le regardait ! « C'est une idée d'Arnau. »

— Que se passe-t-il, petit ?

Un des soldats fit mine de se lever.

— Rien, dit Joan, qui reprit son chemin vers les yeux interrogateurs des morts.

Arnau prit une lampe et partit en courant. Dans la rue, il se barbouilla le visage avec de la boue. Combien de fois son père lui avait raconté leur arrivée dans cette ville qui l'avait à présent assassiné ! Il contourna la plaza del Blat par celle de la Llet et de la Corretgeria jusqu'à la calle Tapineria, juste à côté de la rangée de charrettes de pendus. Joan était assis sous son père et s'efforçait de contrôler le tremblement qui le trahissait.

Arnau cacha la lampe dans la rue, accrocha l'outre à son dos et se mit à ramper vers l'arrière des charrettes, collées aux murs du palais du viguier. Bernat se trouvait sur la quatrième. Les soldats continuaient à discuter autour du feu, à l'autre bout. Il se traîna derrière les premières charrettes. Quand il parvint à la deuxième, une femme le vit ; elle avait les yeux gonflés par les larmes. Arnau s'arrêta, mais la femme détourna le regard et continua de pleurer. Le jeune garçon se hissa sur la charrette de son père. Joan l'entendit et se retourna.

— Ne regarde pas !

Son frère obéit.

— Et débrouille-toi pour ne pas trembler autant, murmura Arnau.

Il se redressa pour atteindre le corps de Bernat, mais un bruit l'obligea à se coucher de nouveau. Il attendit quelques secondes et répéta l'opération ; un autre bruit le fit sursauter. Cette fois, pourtant, il resta debout. Les soldats poursuivaient leur conversation. Arnau leva l'outre et commença à verser de l'huile sur le cadavre de son père. Comme la tête demeurait assez haute, Arnau s'étira le plus possible et appuya fortement sur l'outre pour que l'huile jaillisse comme une flèche sous la pression. Un jet visqueux se mit à mouiller les cheveux de Bernat. Quand il eut vidé l'outre, Arnau repartit calle Tapineria.

Il n'aurait qu'une seule chance. Arnau tenait la lampe dans son dos afin d'en dissimuler la faible flamme. « Je dois réussir du premier coup. » Il jeta un coup d'œil en direction des soldats. À présent, c'était lui qui tremblait. Il respira profondément et, sans hésiter, s'avança sur la place. Bernat et Joan se trouvaient à une dizaine de pas. Il aviva la flamme : il était à découvert. L'éclat de la lampe à huile donna l'impression d'une aube dégagée sur la plaza del Blat. Les soldats le regardèrent. Arnau allait se mettre à courir quand il se rendit compte qu'aucun d'eux ne faisait mine de bouger. « Pourquoi le feraient-ils ? Comment pourraient-ils savoir que je vais brûler mon père ? Brûler mon père ! » La lampe trembla dans sa main. Suivi du regard par les gardes, il arriva à l'endroit où se tenait Joan. Personne ne réagissait. Arnau s'arrêta sous le cadavre de son père et le contempla une dernière fois. Le scintillement de l'huile sur son visage masquait la terreur et la souffrance qui s'y reflétaient auparavant.

Arnau jeta la lampe contre le cadavre. Bernat commença à brûler. Les soldats se levèrent d'un bond et s'élancèrent à la poursuite d'Arnau. Les éclats de la lampe tombèrent sur la charrette, où s'était accumulée l'huile coulant du corps de Bernat, qui s'enflamma également.

— Hé ! s'écrièrent les gardes.

Arnau allait s'enfuir quand il remarqua que Joan restait assis près de la charrette, recouvert de la couverture, paralysé. Les autres affligés observaient les flammes en silence, absorbés par leur propre douleur.

— Halte ! Halte, au nom du roi !

— Va-t'en de là, Joan.

Arnau jeta un œil en direction des soldats qui couraient vers lui.

— Va-t'en ! Tu vas prendre feu !

Il ne pouvait pas abandonner son frère. L'huile répandue sur le sol s'approchait de sa silhouette tremblante. Au moment où il avançait vers lui, la femme qu'Arnau avait déjà vue s'interposa.

— Sauve-toi, lui ordonna-t-elle.

Arnau sentit sur lui la main du premier soldat et s'enfuit. Il courut calle Bòria jusqu'au portal Nou, les soldats à ses trousses. « Plus ils me poursuivront, plus ils tarderont à éteindre les flammes », pensa-t-il en courant. Les soldats, âgés et chargés de leur équipement, ne pourraient jamais rattraper un garçon dont les jambes filaient plus vite que l'éclair.

— Au nom du roi ! entendit-il dans son dos.

Un sifflement frôla son oreille droite. Arnau entendit la lance se briser par terre, devant lui. Il traversa à toute allure la plaza de la Llana, sous une pluie de lances maladroites, courut jusqu'à la chapelle de Bernat Marcús et atteignit la calle Carders. Les cris des soldats se perdaient peu à peu dans le lointain. Il ne pouvait pas continuer jusqu'au portal Nou où, sans nul doute, d'autres gardes seraient postés. En bas, en prenant vers la mer, il arriverait à Santa Maria ; en haut, vers la montagne, il pourrait aller à Sant Pere de les Puelles, mais se retrouverait de nouveau ensuite face aux remparts.

Il opta pour la mer et s'élança dans sa direction. Après le couvent de San Agustín, il se perdit dans le labyrinthe des rues qui s'ouvraient bien au-delà du barrio du Mercadal ; il sautait des murs, traversait des jardins, recherchait toujours l'ombre. Quand il fut certain de n'entendre plus que l'écho de ses propres pas, il ralentit l'allure. Il suivit le cours du Rec Comtal, arriva au Pla d'en Llull, près du couvent de Santa Clara, et de là, sans problème, à la plaza del Born et à la rue du même nom, à son église, son refuge. Cependant, alors qu'il allait se glisser sous l'escalier en bois de la porte, quelque chose attira son attention : une lampe à huile jetée par terre, dont la flamme, exiguë, luttait pour ne pas s'éteindre. Il scruta les alentours et ne tarda pas à distinguer la silhouette de l'*alguazil*, étendu au sol, immobile, un filet de sang coulant de la commissure de ses lèvres.

Son cœur se mit à battre la chamade. Que s'était-il passé ? La tâche de cet *alguazil* était de veiller sur Santa Maria. Pourquoi l'aurait-on... ? La Vierge ! La chapelle du Santísimo ! La caisse des *bastaixos* !

Arnau n'hésita pas. On avait exécuté son père ; il n'était pas question qu'on aille en plus déshonorer sa mère. Il se faufila le plus discrètement possible par le trou ouvert sous la porte et se dirigea vers le déambulatoire. À sa gauche, séparée par l'espace qui restait entre deux contreforts, se trouvait la chapelle du Santísimo. Il traversa l'église et se cacha derrière une des colonnes du maître-autel. De là, il perçut des bruits en provenance de la chapelle du Santísimo. Il se glissa jusqu'à la colonne suivante et, à travers l'entrecolonnement, put voir la chapelle, éclairée comme toujours par de nombreux cierges.

Un homme grimpait à la grille. Arnau observa sa Vierge. Tout semblait en ordre. Alors ? Son regard balaya rapidement les parages de la Madone : la caisse des *bastaixos* avait été forcée. Tandis que le voleur continuait de grimper, Arnau crut entendre tinter les pièces que les *bastaixos* déposaient là pour leurs orphelins et pour leurs veuves.

— Voleur ! cria-t-il en s'élançant contre la grille de la chapelle.

Arnau bondit et frappa l'homme à la poitrine. Surpris, le voleur tomba avec fracas. Puis tout alla très vite. L'homme se releva rapidement et asséna un terrible coup de poing dans la figure du garçon. Arnau s'écroula sur le sol de Santa Maria.

17.

— Il a dû tomber en essayant de s'échapper après avoir volé la caisse des *bastaixos*, conclut un des officiers royaux, debout, à côté d'Arnau toujours inconscient.

Le père Albert fit non de la tête. Comment Arnau aurait-il pu commettre un tel crime ? La caisse des *bastaixos*, dans la chapelle du Santísimo, près de sa Vierge ! Les soldats étaient venus le prévenir deux heures avant le lever du jour.

— Ce n'est pas possible, murmura-t-il.

— Pourtant si, mon père, insista l'officier. Le garçon avait beaucoup d'argent sur lui, ajouta-t-il en montrant la bourse de Grau destinée au geôlier et aux prisonniers. Que faisait-il avec une somme pareille ?

— Et son visage ? intervint un autre garde. Pourquoi se serait-il barbouillé le visage avec de la boue si ses intentions étaient honnêtes ?

Le père Albert hocha de nouveau la tête, le regard rivé sur la bourse que tenait l'officier. Que faisait Arnau dans la chapelle à cette heure de la nuit ? Et cette bourse ? D'où venait-elle ?

— Que faites-vous ? demanda-t-il aux soldats qui se disposaient à soulever Arnau.

— Nous l'emmenons en prison.

— Jamais de la vie, s'opposa le prêtre.

Peut-être que tout pouvait s'expliquer. Il était impossible qu'Arnau ait voulu s'emparer de la caisse des *bastaixos*. Pas Arnau.

— C'est un voleur, mon père.

— Le tribunal en décidera.

— En effet, confirma l'officier tandis que ses soldats saisissaient Arnau sous les bras, mais il attendra le verdict derrière les barreaux.

— S'il doit aller dans une prison, c'est celle de l'évêque, déclara le curé. Le crime a été commis sur un lieu saint, par conséquent il dépend de la juridiction de l'Église, et non de celle du viguier.

L'officier observa les soldats puis Arnau.

— Laissez-le, ordonna-t-il à ses hommes avec un geste d'impuissance.

Ils obéirent à sa demande et lâchèrent le garçon dont la tête heurta violemment le sol. Un sourire cynique se dessina sur les lèvres de l'officier.

Le père Albert leur jeta un regard rageur.

— Réveillez-le, exigea-t-il en sortant les clés de la chapelle. Je veux entendre ce qu'il a à dire.

Il ouvrit la grille et entra. Les trois serrures de la caisse des *bastaixos*, qui était vide comme le constata le père Albert, avaient été forcées. Rien d'autre ne manquait à l'intérieur de la chapelle et aucune dégradation n'avait été commise. « Que s'est-il passé, Notre Mère ? demanda-t-il en silence à la Vierge. Comment avez-vous autorisé Arnau à commettre un tel délit ? » Il entendit les soldats jeter de l'eau sur le visage du garçon et sortit au moment où plusieurs *bastaixos*, avertis du vol de leur caisse, arrivaient.

L'eau glacée fit reprendre conscience à Arnau, qui se vit entouré de soldats. Le bruit de la lance de la calle Bòria lui revint en mémoire. Il courait devant eux. Comment avaient-ils réussi à le rattraper ? Était-il tombé ? Les gardes se penchèrent sur lui. Son père ! Il brûlait ! Il fallait qu'il s'échappe ! Arnau se leva et essaya de pousser les soldats qui l'immobilisèrent sans difficulté.

Affligé, le père Albert vit comme le jeune garçon se démenait pour se libérer des soldats.

— Il vous en faut davantage, mon père ? lança ironiquement l'officier. Cette confession ne vous suffit pas ? insista-t-il en montrant Arnau qui semblait devenu fou.

Le père Albert porta les mains à son visage et soupira. Puis il avança d'un pas fatigué vers Arnau.

— Pourquoi as-tu fait cela ? questionna-t-il quand il fut devant lui. Tu sais que cette caisse est celle des *bastaixos*, tes amis. Qu'elle leur permet de subvenir aux besoins des veuves et des orphelins de leurs confrères, d'enterrer leurs morts, de faire des œuvres de charité, d'entretenir la Vierge, ta mère, et de maintenir en permanence allumées les bougies qui l'éclairent. Pourquoi as-tu fait cela, Arnau ?

La présence du prêtre calma Arnau. Mais que faisait-il là ? La caisse des *bastaixos*, le voleur ! Il l'avait frappé ; que s'était-il passé ensuite ? Les yeux grands ouverts, Arnau regarda autour de lui. Derrière les soldats, de nombreux visages familiers l'observaient, en attente de sa réponse. Il reconnut Ramon et Ramon el Chico, Pere, Jaume, Joan, qui s'efforçait de voir la scène sur la pointe des pieds, Sebastià et son fils, Bastianet, et beaucoup d'autres à qui il avait donné à boire et avec qui il avait partagé d'inoubliables moments lors de la sortie de l'*host* à Creixell. Ils l'accusaient, lui ! C'était cela !

— Je n'ai..., bafouilla-t-il.

L'officier leva devant ses yeux la bourse de Grau. Arnau porta la main à sa ceinture. Il n'avait pas voulu la laisser sous sa paillasse, au cas où la baronne les dénoncerait et que Joan soit accusé, et maintenant... Maudit Grau ! Maudite bourse !

— C'est cela que tu cherches ? lui lança l'officier.

Un murmure s'éleva parmi les *bastaixos*.

— Ce n'est pas moi, mon père, se défendit Arnau.

L'officier éclata de rire, aussitôt imité par les soldats.

— Ramon, ce n'est pas moi. Je vous le jure, répéta Arnau en regardant directement le *bastaix*.

— Alors que faisais-tu ici en pleine nuit ? D'où sort cet argent ? Pourquoi essayais-tu de fuir ? Et ta figure toute barbouillée ?

Arnau se toucha le visage. La boue avait séché.

L'officier n'arrêtait pas d'agiter la bourse sous ses yeux. Pendant ce temps, les *bastaixos* arrivaient, toujours plus nombreux, et se racontaient, les uns aux autres, ce qui s'était passé. Arnau contempla la bourse. Maudite était-elle ! Puis il s'adressa directement au prêtre.

— Il y avait un homme. J'ai essayé de l'arrêter mais je n'ai pas pu. Il était très fort.

Le rire incrédule de l'officier résonna à nouveau dans le déambulatoire.

— Arnau, le pressa le père Albert, réponds aux questions de l'officier.

— Je... je ne peux pas, avoua-t-il, ce qui provoqua chez les officiers et les soldats des gestes moqueurs et un certain tumulte parmi les *bastaixos*.

Le père Albert garda le silence, le regard fixé sur Arnau. Combien de fois avait-il entendu ces mots ? Combien de paroissiens refusaient de lui raconter leurs péchés ? « Je ne peux pas, lui disaient-ils, le visage apeuré ; si quelqu'un l'apprenait... » Pour sûr, pensait alors le prêtre, le vol, l'adultère ou le blasphème étaient punis ; ils pourraient être arrêtés.

Alors il devait insister, jurer le secret éternel pour faire ouvrir leurs consciences à Dieu et au pardon.

— Et à moi, seul à seul, tu pourrais le raconter ? demanda le curé en montrant la chapelle du Santísimo au jeune garçon.

Arnau acquiesça.

— Attendez ici, dit-il aux autres.

— Il s'agit de la caisse des *bastaixos*, entendit-on alors derrière les soldats. Un *bastaix* devrait être présent.

Le père Albert approuva et regarda Arnau.

— Ramon ? lui proposa-t-il.

Le garçon acquiesça de nouveau et tous trois entrèrent dans la chapelle. Là, Arnau confessa tout ce qu'il avait sur le cœur : Tomás le palefrenier, son père, la bourse de Grau, la mission dont les avait chargés la baronne, la révolte, l'exécution, le feu... la poursuite, le voleur de la caisse et leur combat inégal. Il avait peur qu'on ne découvre que cette bourse était celle de Grau et qu'on l'arrête parce qu'il avait brûlé le cadavre de son père.

Les aveux durèrent un moment. Arnau n'arrivait pas à décrire l'homme qui l'avait frappé. « Il faisait noir, s'excusa-t-il, mais ce qui est sûr, c'est qu'il était grand et fort. » Finalement, le curé et le *bastaix* échangèrent un regard ; ils faisaient confiance à Arnau, mais comment prouver aux autres qu'il n'était pas coupable ? Le prêtre regarda la Vierge, puis la caisse forcée, et sortit.

— Je crois que le garçon dit la vérité, annonça-t-il à la petite foule qui attendait dans le déambulatoire. Je crois que ce n'est pas lui qui a volé la caisse. Plus encore, je crois même qu'il a tenté d'arrêter le voleur.

Derrière lui, Ramon approuva.

— Alors, interrogea l'officier, pourquoi ne peut-il répondre à mes questions ?

— Je connais ses raisons.

Ramon approuva une nouvelle fois.

— Et elles sont suffisamment convaincantes. Si quelqu'un met ma parole en doute, qu'il le dise.

Un grand silence lui répondit.

— Et maintenant, où sont les trois dirigeants de la confrérie ?

Trois *bastaixos* s'avancèrent vers le père Albert.

— Chacun d'entre vous possède une des clés qui ouvrent la caisse, n'est-ce pas ?

Les trois hommes acquiescèrent.

— Jurez-vous que cette caisse a seulement été ouverte par vous trois conjointement et en présence de dix confrères comme l'établit le règlement ?

Les dirigeants jurèrent à voix haute, sur le même ton solennel que le curé.

— Jurez-vous que la dernière somme consignée dans le livre de comptes correspond à celle qui devrait se trouver là ?

Les trois hommes jurèrent de nouveau.

— Et vous, officier, jurez-vous que ceci est la bourse que portait le garçon ?

L'officier fit signe que oui.

— Jurez-vous que son contenu est le même que lorsque vous l'avez trouvée ?

— Vous offensez un officier du roi Alphonse !

— Jurez-vous, oui ou non ? réitéra le curé.

Plusieurs *bastaixos* s'avancèrent vers l'officier, exigeant qu'il réponde.

— Je le jure.

— Bien, reprit le père Albert, je vais maintenant aller chercher le livre de comptes. Si ce garçon est le voleur, le contenu de sa bourse devra être égal ou supérieur à la dernière annotation effectuée ; s'il est inférieur, il faudra lui faire confiance.

Un murmure d'assentiment courut parmi les *bastaixos*. La plupart regardèrent Arnau ; tous avaient bu l'eau fraîche de son outre.

Le père Albert demanda à Ramon de fermer la chapelle dont il lui remit les clés, et il se dirigea vers son logement pour prendre le livre de comptes qui, selon le règlement des *bastaixos*, devait demeurer entre les mains d'une tierce personne. D'après ses souvenirs, il était impossible que la somme de la caisse soit identique à celle que Grau remettait à l'*alguazil* de la prison pour nourrir ses prisonniers ; elle devait être bien supérieure. Ce serait une preuve irréfutable, pensa-t-il en souriant.

Pendant ce temps, Ramon se chargeait de fermer à clé les grilles de la chapelle. C'est alors qu'il remarqua quelque chose qui brillait à l'intérieur. Il s'approcha et, sans le toucher, examina l'objet d'où provenait cet éclat. Sans un mot, il ferma les grilles et se dirigea vers le groupe de *bastaixos* qui attendaient le retour du curé autour d'Arnau et des soldats.

Ramon chuchota quelques mots à trois d'entre eux, qui quittèrent ensuite discrètement l'église.

— Selon le livre de comptes, annonça le père Albert en montrant le registre aux trois dirigeants afin qu'ils vérifient, il y avait dans la caisse soixante-quatorze pièces et cinq sous. Comptez ce qu'il y a dans la bourse, ajouta-t-il à l'attention de l'officier.

Avant même d'ouvrir la bourse, l'officier fit non de la tête. Il ne pouvait y avoir soixante-quatorze pièces là-dedans.

— Treize pièces, proclama-t-il. Mais, protesta-t-il, le garçon a peut-être un complice qui a pris le reste !

— Et pourquoi ce complice aurait-il laissé treize

pièces entre les mains d'Arnau ? interrogea un *bastaix*.

Les autres approuvèrent.

L'officier regarda les *bastaixos*. Il faillit répondre « par mégarde, par hâte ou par nervosité », mais qu'est-ce que cela changeait ? Certains d'entre eux s'étaient déjà avancés vers Arnau et lui tapotaient les épaules ou lui passaient la main dans les cheveux.

— Et si ce n'est pas lui, qui est-ce ? demanda-t-il.

— Je crois que je le sais, entendit-on répondre Ramon depuis le maître-autel.

Derrière lui, deux des *bastaixos* avec qui il avait chuchoté précédemment traînaient avec difficulté un homme corpulent.

— Ça ne pouvait être que lui, soupira quelqu'un dans le groupe des *bastaixos*.

— C'est lui ! s'écria Arnau au même moment.

Le Majorquin avait déjà posé problème, mais les dirigeants de la confrérie avaient découvert qu'il avait une concubine. Ils l'avaient exclu. Aucun *bastaix* ne pouvait entretenir de relations en dehors du mariage. Pas plus que son épouse. Le *bastaix* était automatiquement écarté de la confrérie.

— Que dit ce gamin ? hurla le Majorquin en arrivant dans le déambulatoire.

— Il t'accuse d'avoir volé la caisse des *bastaixos*, répondit le père Albert.

— Il ment !

Le prêtre chercha le regard de Ramon, qui acquiesça d'un léger mouvement de tête.

— Moi aussi, je t'accuse ! clama le père Albert en le désignant.

— Vous mentez vous aussi.

— C'est ce qu'on verra dans le chaudron, au monastère de Santes Creus.

Un délit avait été commis dans une église, et les

constitutions de Paz y Tregua établissaient que l'innocence de l'accusé devait être démontrée par l'épreuve de l'eau chaude.

Le Majorquin pâlit. Les deux officiers et les soldats regardèrent le curé avec étonnement, mais celui-ci leur fit signe de rester silencieux. L'épreuve de l'eau chaude n'était plus employée, sauf dans de très rares cas où les ecclésiastiques recouraient encore à la menace de plonger les membres d'un suspect dans un chaudron d'eau brûlante.

Le père Albert plissa les yeux et regarda le Majorquin.

— Si nous sommes des menteurs, tu supporteras sans aucun doute l'eau brûlante sur tes bras et tes jambes.

— Je suis innocent, bredouilla le Majorquin.

— Je te l'ai dit, déjà, tu vas avoir l'occasion de le prouver, répéta le curé.

— Si tu es innocent, intervint Ramon, explique-nous ce que fait ton poignard à l'intérieur de la chapelle.

Le Majorquin se tourna vers Ramon.

— C'est un piège ! Quelqu'un a dû le mettre là pour m'accuser. Le garçon ! Je suis sûr que c'est lui !

Le père Albert rouvrit les grilles de la chapelle du Santísimo et revint avec un poignard.

— C'est le tien ? questionna-t-il en approchant l'arme du visage du Majorquin.

— Non... non.

Les dirigeants de la confrérie et plusieurs *bastaixos* demandèrent à examiner le poignard.

— Oui, c'est le sien, déclara l'un d'eux en l'examinant.

Six ans plus tôt, à cause des nombreuses altercations qui se produisaient près des arsenaux, le roi Alphonse avait interdit le port de machettes ou d'armes semblables aux *bastaixos* et aux autres personnes non prisonnières qui y travaillaient. Les seules armes autorisées étaient les poignards émoussés. Le Majorquin avait refusé de respecter l'ordre royal, fier de son magnifique poignard pointu, qu'il avait souvent exhibé pour justifier sa désobéissance. Seule la menace d'une expulsion de la confrérie l'avait contraint à l'apporter chez le forgeron pour qu'il le lime.

— Menteur ! s'emporta un des *bastaixos*.

— Voleur ! cria un autre.

— Quelqu'un l'a mis là pour me faire accuser ! protesta le Majorquin tout en luttant avec les deux hommes qui l'immobilisaient.

C'est alors qu'apparut le troisième des *bastaixos* qui avait fouillé la maison du suspect en quête de l'argent dérobé.

— La voilà ! annonça-t-il en levant une bourse qu'il remit au curé.

Ce dernier, à son tour, la donna à l'officier, qui entreprit aussitôt d'en décompter le contenu.

— Soixante-quatorze pièces et cinq sous, proclama-t-il.

À mesure que l'officier comptait, les *bastaixos* avaient peu à peu encerclé le Majorquin. Aucun d'entre eux ne pourrait jamais avoir autant d'argent ! À l'annonce de la somme, ils se jetèrent sur le voleur, l'insultèrent, le rouèrent de coups de pied, de poing, lui crachèrent au visage. Les soldats restèrent à l'écart et l'officier haussa les épaules en regardant le père Albert.

— Nous sommes dans la maison de Dieu ! tonna alors le prêtre qui essayait de repousser les *bastaixos*. Nous sommes dans la maison de Dieu ! continua-t-il avant de réussir à s'approcher du Majorquin, roulé en boule par terre. Cet homme est un voleur, c'est vrai, et un lâche aussi, mais il mérite un jugement. Vous ne pouvez pas agir ainsi. Conduisez-le chez l'évêque, ordonna-t-il à l'officier.

Un dernier coup de pied et de nombreux crachats atteignirent encore le Majorquin tandis que les soldats le soulevaient et l'emmenaient.

Une fois les gardes et le vrai coupable partis, les *bastaixos* entourèrent Arnau en souriant et en lui demandant pardon. Ensuite, ils rentrèrent un à un chez eux. À la fin, devant la chapelle du Santísimo, il ne restait plus que le père Albert, Arnau, les trois dirigeants de la confrérie et les dix témoins qu'exigeait le règlement quand il était question de la caisse des *bastaixos*.

Le curé replaça l'argent dans la caisse et nota dans le livre l'incident survenu pendant la nuit. Il faisait jour à présent et on avait prévenu un serrurier ; tous devaient attendre que la caisse soit de nouveau refermée.

Le père Albert posa son bras sur l'épaule d'Arnau. Seulement alors, il le revit assis sous le cadavre de Bernat, pendu au bout d'une corde. Il chassa de son esprit l'idée qu'il l'avait brûlé. Ce n'était qu'un enfant ! Il regarda la Vierge. « Il aurait pourri aux portes de la ville, songea-t-il. Qu'est-ce que ça change ! Ce n'est qu'un enfant et maintenant il n'a plus rien, ni père, ni travail pour se nourrir... »

— Je crois, décida-t-il soudain, que vous devriez admettre Arnau Estanyol dans votre confrérie.

Ramon sourit. Lui aussi, une fois le calme revenu, avait repensé à la confession d'Arnau. Les autres, Arnau compris, regardèrent le curé avec surprise.

— Ce n'est qu'un enfant, dit un des dirigeants.

— Il n'est pas très costaud. Comment pourrait-il porter des ballots ou des pierres ? demanda un autre.

— Il est très jeune, affirma un troisième.

Arnau les observait tous, les yeux grands ouverts.

— Tout ce que vous dites est exact, répondit le curé, mais ni sa taille, ni sa force, ni sa jeunesse ne l'ont empêché de défendre votre argent. Sans lui, la caisse serait vide.

Les *bastaixos* observèrent Arnau pendant un moment.

— Je crois que nous pourrions essayer, déclara finalement Ramon, et si ça ne marche pas...

L'un des membres du groupe approuva.

— Entendu, confirma un des dirigeants de la confrérie avec l'accord tacite de ses deux compagnons, nous le prendrons à l'essai. Si durant les trois prochains mois il prouve sa valeur, nous le nommerons *bastaix*. Il sera payé en fonction de son travail. Tiens, ajouta-t-il en lui offrant le poignard du Majorquin qu'il avait toujours entre les mains, ce sera ton poignard de *bastaix*. Père, notez-le dans le livre pour que le petit n'ait pas de problème.

Arnau sentit la poigne du curé sur son épaule. Sans savoir que dire, souriant, il remercia les *bastaixos*. Lui, un *bastaix* ! Si son père l'avait vu !

18.

— Qui était-ce ? Tu le connais, petit ?

Les cris des soldats qui couraient et poursuivaient Arnau résonnaient encore sur la place, mais Joan ne les entendait pas : seul le crépitement du cadavre de Bernat bourdonnait à ses oreilles.

Resté près du gibet, l'officier de nuit secoua Joan et répéta sa question.

— Tu le connais ?

Joan ne quittait pas des yeux le corps de celui qui avait consenti à être son père, désormais transformé en torche.

L'officier secoua à nouveau l'enfant et le tourna vers lui. Il avait le regard perdu. Ses dents claquaient.

— Qui était-ce ? Pourquoi a-t-il brûlé ton père ?

Joan n'écouta même pas la question. Il se mit à trembler.

— Il ne peut pas parler, intervint la femme qui avait poussé Arnau à fuir et avait réussi à écarter Joan, paralysé, des flammes.

Elle avait reconnu en Arnau le garçon qui avait veillé le pendu tout l'après-midi. « Si j'osais faire de même, pensa-t-elle, le corps de mon mari ne pourrirait pas sur les remparts, dévoré par les oiseaux. » Oui, ce garçon avait fait ce que n'importe lequel d'entre eux aurait voulu faire, et l'officier... C'était l'officier de nuit, de sorte qu'il n'avait pas pu reconnaître Arnau ; pour lui, le fils, c'était l'autre, celui qui était assis là. La femme prit Joan dans ses bras et le berça.

— Je dois savoir qui a mis le feu, allégua l'officier.

La femme et lui regardèrent le cadavre de Bernat.

— Qu'est-ce que ça change ? murmura-t-elle en sentant les convulsions de Joan. Cet enfant est mort de peur et de faim.

Le soldat plissa les yeux et finit par acquiescer lentement. La faim ! Lui-même avait perdu un fils en bas âge : le petit avait commencé à perdre du poids ; une simple fièvre l'avait emporté. Sa femme le serrait dans ses bras comme celle-ci avec cet enfant. Et il les revoyait tous deux, elle qui pleurait, et le petit qui cherchait refuge contre elle, comme...

— Ramène-le chez lui, ordonna l'officier à la femme. La faim, murmura-t-il en observant une nouvelle fois le cadavre en flammes de Bernat. Maudits Génois !

Le jour s'était levé sur Barcelone.

— Joan ! s'écria Arnau dès qu'il eut ouvert la porte.

Assis près du feu, Pere et Mariona lui firent signe de se taire.

— Il dort, l'informa Mariona.

La femme l'avait ramené à la maison et leur avait raconté ce qui s'était passé. Les deux vieux avaient veillé Joan jusqu'au moment où il était parvenu à trouver le sommeil ; puis ils s'étaient assis auprès de l'âtre.

— Que va-t-il advenir d'eux ? avait demandé Mariona à son époux. Sans Bernat, le garçon ne restera pas aux écuries.

« Et nous ne pouvons pas les entretenir », avait

pensé Pere. Impossible de leur laisser la chambre gratuitement ou de leur donner à manger.

Pere s'étonna de l'éclat qui étincelait dans les yeux d'Arnau. On venait d'exécuter son père ! Il l'avait lui-même brûlé ; la femme le leur avait raconté. Que se passait-il encore ?

— Je suis un *bastaix* ! annonça Arnau en se dirigeant vers les restes froids du dîner de la veille dans la marmite.

Les deux vieux se regardèrent, puis considérèrent le garçon qui mangeait directement à la louche, en leur tournant le dos. Il était famélique ! La pénurie de blé l'avait affecté, comme tout Barcelone. Comment cet enfant si maigre allait pouvoir porter quoi que ce soit ?

— Dieu nous le dira, murmura Pere.

— Quoi ? demanda Arnau en faisant volte-face, la bouche pleine.

— Rien, mon fils, rien.

— Je dois y aller, dit Arnau, qui saisit un morceau de pain dur et mordit dedans.

Il mourait d'envie de demander à Joan ce qui s'était passé sur la place, mais il avait aussi une autre perspective : rejoindre ses nouveaux compagnons. Il se décida.

— Quand Joan se réveillera, racontez-lui.

C'est en avril que recommençait la saison de navigation, interrompue depuis octobre. Les jours rallongeaient, de grands bateaux accostaient de nouveau au port ou levaient l'ancre car personne, ni patrons, ni armateurs, ni capitaines, ne souhaitait demeurer plus que le strict nécessaire dans le dangereux port de Barcelone.

De la plage, avant de rejoindre le groupe de

bastaixos qui attendaient déjà, Arnau contempla la mer. Elle avait toujours été là, mais quand il sortait avec son père, il lui tournait le dos au bout de quelques pas. Ce jour-là, il la regarda de manière différente : il allait vivre d'elle. Dans le port, en plus d'innombrables petites embarcations, étaient ancrés deux grands navires qui venaient d'arriver et une escadre formée par six immenses galères de guerre, comptant chacune deux cent soixante canots et vingt-six bancs de rameurs.

Arnau avait entendu parler de cette escadre ; c'était la ville qui l'avait armée pour soutenir le roi dans sa guerre contre Gênes, et elle était sous le commandement du quatrième conseiller de Barcelone, Galcerà Marquet. Seule une victoire sur les Génois rouvrirait les routes du commerce et de l'approvisionnement de la capitale de la principauté ; c'est pourquoi Barcelone avait été généreuse avec le roi Alphonse.

— Tu ne feras pas machine arrière, pas vrai, mon garçon ? déclara quelqu'un dans son dos.

Arnau se retourna et se trouva face à un des dirigeants de la confrérie.

— Allons-y, l'encouragea celui-ci sans interrompre sa marche vers le lieu de rendez-vous des autres *bastaixos*.

Arnau le suivit. Quand il atteignit le groupe, les hommes l'accueillirent avec des sourires.

— Il ne s'agit plus de donner de l'eau, Arnau, fit remarquer l'un d'eux, provoquant le rire des autres.

— Tiens, dit Ramon en lui tendant une *capçana**. C'est la plus petite que nous ayons trouvée.

---

* Ancien mot catalan qui désigne une sorte de tortillon composé d'une courroie en cuir et d'un coussinet qu'on plaçait sur la tête pour porter une charge. *(N.d.T.)*

Arnau la prit avec précaution.

— Elle est incassable ! se moqua un des *bastaixos*.

« Bien sûr ! pensa Arnau en souriant au *bastaix*. Comment pourrait-elle se casser ? » Il plaça le coussinet sur sa nuque, la courroie en cuir qui le fixait sur son front, et sourit de nouveau.

Ramon vérifia que le coussin se trouvait au bon endroit.

— C'est bien, dit-il en lui donnant une petite tape. Il ne te manque plus que les callosités.

« Quelles callosités ? » était en train de demander Arnau, quand l'arrivée des dirigeants capta l'attention générale.

— Ils ne parviennent pas à se mettre d'accord, annonça l'un d'eux.

Tous les *bastaixos*, y compris Arnau, tournèrent alors leur regard plus loin sur la plage où plusieurs personnes richement vêtues discutaient.

— Galcerà Marquet veut qu'on charge d'abord les galères. Les commerçants, en revanche, exigent qu'on décharge les deux bateaux qui viennent d'accoster. Il faut attendre, conclut-il.

Les hommes grommelèrent. La plupart d'entre eux s'assirent sur le sable, Arnau à côté de Ramon, la *capçana* toujours attachée au front.

— Elle ne se cassera pas, Arnau, expliqua Ramon en lui faisant une démonstration. Mais ne laisse pas entrer de sable : cela te gênerait quand tu portes.

Le garçon ôta sa *capçana* qu'il maintint loin du sable.

— Quel est le problème ? demanda-t-il à Ramon. On peut décharger ou charger d'abord les uns puis les autres.

— Personne ne veut rester dans le port de Barcelone plus que nécessaire. Si une tempête se levait, les navires seraient en danger, sans aucune défense.

Arnau balaya le port du regard, du Puig des Falsies à Santa Clara ; ses yeux revinrent au groupe qui discutait toujours.

— C'est le conseiller de la ville qui commande, non ?

Ramon rit et lui ébouriffa les cheveux.

— À Barcelone, ce sont les commerçants qui commandent. Ce sont eux qui ont payé les galères royales.

La discussion se solda finalement par un accord : les *bastaixos* iraient prendre l'équipement des galères en ville et, pendant ce temps, les bateliers commenceraient à décharger les navires marchands. Les *bastaixos* devraient être de retour avant que les bateliers aient accosté sur la plage avec les marchandises, qui resteraient à l'abri dans un endroit approprié au lieu d'être réparties dans les entrepôts de leurs propriétaires. Les bateliers porteraient l'équipement aux galères tandis que les *bastaixos* retourneraient en chercher d'autres et, de là, se dirigeraient vers les navires marchands pour récupérer le reste des marchandises. Ainsi de suite, jusqu'à ce que les galères soient chargées et les navires marchands déchargés. Puis ils répartiraient les marchandises dans les entrepôts correspondants et, si le temps le permettait toujours, chargeraient à nouveau les navires marchands.

Quand les dirigeants furent d'accord, tout le monde se mit en mouvement. Les *bastaixos*, par groupes, entrèrent dans Barcelone en direction des entrepôts municipaux, où se trouvait le matériel des hommes d'équipage des galères, y compris ceux des nombreux rameurs, et les bateliers se rendirent sur les navires marchands qui venaient d'accoster au port pour décharger les marchandises, ce qu'ils étaient les seuls à avoir le droit de faire, faute de quai.

L'équipage de chaque bac, esquif, felouque ou barque, était composé de trois ou quatre hommes : le batelier et des esclaves, ou des hommes libres salariés qui dépendaient de la confrérie. Les bateliers regroupés dans la confrérie de Sant Pere, la plus ancienne et la plus riche de la ville, employaient des esclaves, pas plus de deux par barque, comme l'établissaient les ordonnances ; ceux de la jeune confrérie de Santa Maria, dont les ressources économiques étaient plus modestes, embauchaient des hommes libres moyennant salaire. Dans tous les cas, le chargement et le déchargement des marchandises, une fois que les barques avaient abordé les navires marchands, étaient des opérations lentes et délicates, même par bonace, car les bateliers étaient responsables face au propriétaire de toute perte ou avarie que pourraient subir les marchandises. Ils pouvaient même être emprisonnés dans le cas où ils étaient dans l'incapacité de payer les indemnisations dues aux commerçants.

Quand une tempête ravageait le port de Barcelone, l'affaire se compliquait, pas seulement pour les bateliers mais pour tous ceux qui intervenaient dans le trafic maritime. En premier lieu, parce que les bateliers pouvaient refuser de décharger la marchandise – chose impossible par temps calme –, sauf s'ils s'entendaient volontairement sur un prix spécial avec le propriétaire de celle-ci. Mais surtout, les conséquences les plus importantes de la tempête étaient supportées par les propriétaires, les capitaines et même l'équipage du bateau. Sous peine de sanctions sévères, personne ne pouvait quitter le navire avant que la marchandise soit totalement déchargée, et si le propriétaire ou son greffier, les seuls qui avaient le droit de débarquer, ne se trouvaient pas à bord, les autres étaient tous tenus de revenir.

Pendant que les bateliers commençaient à décharger le premier navire, les *bastaixos*, répartis en groupes par leurs dirigeants, se mirent à rapporter sur la plage, des divers entrepôts de la ville, l'équipement des galères. Arnau fut intégré dans le groupe de Ramon, à qui le dirigeant lança un regard approbatif quand il lui assigna le jeune garçon.

De l'endroit où ils se trouvaient, sans quitter le bord de plage, ils se dirigèrent vers le *pórtico del Forment*, l'entrepôt municipal de blé, fortement protégé par les soldats du roi depuis la révolte populaire. Arrivé à la porte, Arnau se cacha derrière Ramon, mais les soldats remarquèrent sa présence parmi tous ces hommes vigoureux.

— Et celui-là, que va-t-il porter ? demanda l'un d'eux en le montrant du doigt, hilare.

Quand il vit que tous les gardes l'observaient, Arnau sentit son estomac se nouer et fut tenté de se cacher davantage encore, mais Ramon le prit par l'épaule, lui mit la *capçana* sur le front et répondit au soldat sur le même ton.

— Il est temps pour lui de travailler ! s'exclama-t-il. Il a quatorze ans et il doit aider sa famille.

Plusieurs soldats acquiescèrent et les laissèrent passer. Arnau marchait entre eux tête basse, le cuir sur le front. Quand il passa le *pórtico del Forment*, il fut frappé par l'odeur du blé stocké là. Les rayons de lumière qui filtraient par les fenêtres reflétaient la poussière suspendue, une petite poussière qui ne tarda pas à faire tousser Arnau et beaucoup d'autres *bastaixos*.

— Avant la guerre contre Gênes, commenta Ramon en agitant une main comme s'il avait voulu embrasser tout le périmètre de l'entrepôt, c'était plein de céréales, mais maintenant...

Il y avait là, nota Arnau, les grandes jarres de Grau placées les unes près des autres.

— Allez ! commanda un des dirigeants.

Un parchemin entre les mains, le responsable de l'entrepôt commença à désigner les destinataires. « Comment allons-nous transporter des jarres si lourdes ? » s'interrogea Arnau. Il était impossible qu'un homme seul porte un tel poids. Les *bastaixos* se regroupèrent deux par deux, et après avoir incliné les jarres et les avoir attachées avec des cordes, ils se passèrent dans le dos une solide pièce de bois qu'ils avaient au préalable enfilée entre les cordes. De telle manière, unis, ils repartirent à la queue leu leu en direction de la plage. Remuée, la poussière se souleva. Arnau toussa de nouveau et, quand ce fut son tour, il entendit Ramon dire au responsable :

— Donne au gamin une des petites, une avec du sel.

L'autre considéra Arnau et fit non de la tête.

— Le sel est cher, *bastaix*, allégua-t-il en s'adressant à Ramon. S'il tombe...

— Donne-lui une petite avec du sel !

Les jarres de blé mesuraient près d'un mètre de haut ; en revanche, celle d'Arnau ne devait pas dépasser cinquante centimètres. Mais quand, avec l'aide de Ramon, il la chargea sur son dos, le jeune garçon sentit ses genoux trembler.

Le *bastaix* le saisit par les épaules.

— C'est maintenant que tu dois faire tes preuves, lui murmura-t-il à l'oreille.

Arnau commença à marcher, courbé, les mains crispées sur les anses de la jarre. De la tête, il poussait en avant et sentait la lanière en cuir s'enfoncer dans son front.

Ramon le regarda partir de son pas hésitant, un

251

pied après l'autre, prudemment, lentement. Le responsable refit un signe de dénégation de la tête et les soldats gardèrent le silence quand il passa parmi eux.

— Pour vous, père ! marmonna-t-il les dents serrées en sentant la chaleur du soleil sur son visage. (Le poids allait le fendre en deux !) Je ne suis plus un enfant, père, me voyez-vous ?

Ramon et un autre *bastaix*, portant tous deux une jarre de blé suspendue à un bâton, le suivaient, le regard rivé sur ses pieds. Ils les virent se heurter. Arnau chancela. Ramon ferma les yeux. « Êtes-vous encore pendu là-bas ? pensa Arnau à cet instant, l'image du cadavre de Bernat présente à sa mémoire. Personne ne pourra se moquer de vous ! Pas même la sorcière et ses beaux-enfants. » Il s'arc-bouta et se remit à marcher.

Il arriva à la plage ; derrière lui, Ramon souriait. Tous s'étaient tus. Les bateliers vinrent chercher la jarre de sel avant que le garçon atteigne la rive. Arnau mit quelques secondes pour se redresser.

— M'avez-vous vu, père ? murmura-t-il en regardant le ciel.

Une fois libéré du blé qu'il avait porté, Ramon vint lui tapoter le dos.

— Une autre ? demanda sérieusement le jeune garçon.

Deux autres. Une fois qu'Arnau eut déposé la troisième jarre sur la plage, Josep, un des dirigeants, s'approcha de lui.

— C'est bon pour aujourd'hui, mon petit.

— Je peux continuer, affirma Arnau en s'efforçant de dissimuler le mal de dos qu'il ressentait.

— Non. Tu ne peux pas et je ne t'autoriserai pas à parcourir Barcelone comme un animal blessé, lui dit-il paternellement en désignant les fines traînées de sang qui couraient sur ses flancs.

Arnau porta la main à son dos et constata qu'il saignait.

— Nous ne sommes pas des esclaves ; nous sommes des hommes libres, des travailleurs libres, et c'est ainsi que doivent nous voir les gens. Ne t'inquiète pas, insista-t-il quand il remarqua l'expression chagrinée d'Arnau, nous avons tous vécu cela un jour et nous avons tous eu quelqu'un, alors, pour nous empêcher de continuer. La blessure qui est apparue sur ta nuque et sur ton dos va produire des callosités. C'est une question de jours, et sois certain qu'à partir de là, je ne te laisserai pas plus te reposer qu'un autre de tes compagnons.

Josep lui remit alors un petit flacon.

— Lave bien ta blessure et applique cet onguent pour la sécher.

En entendant les paroles du dirigeant, toute la tension qui l'habitait retomba d'un coup. Il n'aurait pas à porter davantage aujourd'hui. À présent, c'était au tour de la douleur, de la fatigue consécutive à sa prochaine nuit blanche de prendre le relais ; Arnau sentit qu'il s'évanouissait. Il murmura quelques mots en guise d'au revoir et se traîna jusqu'à chez lui. Joan l'attendait à la porte de la maison. Depuis combien de temps était-il posté là ?

— T'a-t-on dit que je suis un *bastaix* ? demanda Arnau quand il fut près de lui.

Joan acquiesça. Il le savait. Il l'avait observé lors de ses deux derniers voyages, avait serré les dents et les mains à chaque pas tremblant qu'Arnau accomplissait vers son destin, avait prié pour qu'il ne tombe pas, pleuré devant son visage congestionné. Joan essuya ses larmes et ouvrit les bras pour accueillir son frère. Arnau s'y laissa tomber.

— Il faut que tu m'enduises le dos de cet onguent,

réussit-il à articuler tandis que Joan l'accompagnait jusqu'à la chambre.

Il fut incapable d'en dire plus. Quelques secondes plus tard, affalé de tout son long, les bras ouverts, il s'abandonna à un sommeil réparateur. Tâchant de ne pas le réveiller, Joan nettoya sa blessure et son dos avec l'eau chaude que lui monta Mariona ; la vieille femme connaissait le travail. Elle appliqua l'onguent, à l'odeur forte et aigre, qui dut faire effet immédiatement car Arnau, quoique fort agité, finit par plonger dans le sommeil.

Cette nuit-là, c'est Joan qui fut incapable de dormir. Assis par terre à côté de son frère, il écoutait sa respiration ; quand elle était tranquille, il laissait ses paupières s'abaisser lentement, mais se réveillait en sursaut dès qu'Arnau se mettait à bouger. « Et maintenant, qu'adviendra-t-il de nous ? » se laissait-il aller à penser de temps en temps. Il avait parlé avec Pere et Mariona ; l'argent qu'Arnau pouvait gagner comme *bastaix* ne serait pas suffisant pour tous les deux. Où irait-il, lui ?

— À l'école ! lui ordonna Arnau le lendemain matin, quand il trouva Joan qui s'affairait au côté de Mariona.

Il y avait réfléchi la veille : tout devait continuer de la même façon, comme son père l'aurait voulu.

Penchée sur l'âtre, la vieille femme se tourna vers son mari. Joan voulut répondre à Arnau, mais Pere le devança.

— Obéis à ton frère aîné, l'enjoignit-il.

Le visage de Mariona s'éclaira d'un sourire. Le vieil homme, en revanche, garda l'air sérieux. Comment allaient-ils vivre tous les quatre ? Mais Mariona continua de sourire, jusqu'au moment où

Pere agita la tête comme s'il voulait la débarrasser des problèmes qu'ils avaient ressassés toute la nuit.

Joan partit en trombe de la maison. Arnau essaya de s'étirer. Ces muscles raides refusaient de bouger et de terribles élancements parcouraient son corps, des pieds à la tête. Pourtant, peu à peu, son jeune corps commença à répondre et, après avoir englouti un petit déjeuner frugal, il sortit au soleil, en souriant à la plage, à la mer et aux six galères toujours ancrées dans le port.

Ramon et Josep l'obligèrent à leur montrer son dos.

— Un trajet, décréta le dirigeant avant de rejoindre le groupe, ensuite, à la chapelle.

Arnau se tourna vers Ramon et rabaissa sa chemise.

— Tu as entendu ?

— Mais...

— Écoute-le, Arnau, Josep sait ce qu'il fait.

En effet. À peine avait-il chargé la première jarre sur son dos qu'Arnau se remit à saigner.

— Maintenant que j'ai saigné, objecta Arnau quand Ramon, derrière lui, déchargea sa marchandise sur la plage, qu'importent quelques voyages de plus ?

— Les callosités, Arnau, les callosités. Il n'est pas question que tu t'abîmes le dos, mais seulement que se forment les callosités. À présent, va te laver, passe-toi de l'onguent et... à la chapelle du Santísimo...

Arnau tenta de protester.

— C'est notre chapelle, ta chapelle, Arnau, il faut en prendre soin.

— Mon fils, ajouta le *bastaix* qui se tenait au côté de Ramon, cette chapelle signifie beaucoup pour nous. Nous avons beau n'être que de simples portefaix du port, la Ribera nous a accordé ce qu'aucun noble, aucune riche confrérie, ne possède : la chapelle du Santísimo et les clés de l'église de Notre-Dame de la Mer. Tu comprends ?

Arnau, pensif, approuva.

— Seuls les *bastaixos* peuvent veiller sur cette chapelle. Il n'existe pas de plus grand honneur pour nous. Tu auras bien le temps de charger et de décharger, ne t'en fais pas pour cela.

Mariona le soigna et Arnau se rendit à Santa Maria. Là, il chercha le père Albert afin d'obtenir les clés de la chapelle, mais le prêtre l'obligea à l'accompagner jusqu'au cimetière, situé face au portal de las Moreres.

— Ce matin, j'ai enterré ton père, dit-il en montrant le cimetière.

Arnau l'interrogea du regard.

— Je n'ai pas voulu te prévenir au cas où un soldat aurait surgi. Le viguier a décidé qu'il ne voulait pas que les gens voient le cadavre brûlé de ton père, ni sur la plaza del Blat, ni aux portes de la ville. Il craignait que l'exemple ne fasse école. Il ne m'a pas été difficile d'obtenir l'autorisation de l'enterrer.

Tous deux restèrent silencieux pendant un moment devant le cimetière.

— Veux-tu que je te laisse seul ? demanda finalement le curé.

— Je dois nettoyer la chapelle des *bastaixos*, répondit Arnau en essuyant ses larmes.

Plusieurs jours durant, Arnau ne fit qu'un seul trajet avant de s'en retourner à la chapelle. Les galères étaient parties et la marchandise était celle du trafic commercial habituel : tissus, corail, épices, cuivre, cire... Un jour, son dos ne saigna plus. Josep l'examina de nouveau et Arnau continua de porter de gros ballots de tissu, en souriant à tous les *bastaixos* qu'il croisait.

À la même époque, il reçut sa première rémunération comme *bastaix*. Un peu plus de ce qu'il touchait en travaillant pour Grau ! Il donna tout à Pere, ainsi que quelques-unes des pièces qui restaient encore dans le sac de Bernat. « Ce n'est pas assez », pensait le jeune garçon en les comptant. Bernat le payait bien plus. Il rouvrit le sac. L'argent manquerait bientôt, estima-t-il après avoir vérifié le contenu bien entamé du sac de Bernat. La main dans la bourse, Arnau regarda le vieil homme. Pere pinça les lèvres.

— Quand je pourrai porter plus, dit Arnau, je gagnerai plus.

— Il faudra du temps pour cela, Arnau, tu le sais, et alors la bourse de ton père sera vide. Tu sais que cette maison n'est pas à moi... Non, elle n'est pas à moi, expliqua-t-il devant l'expression de surprise du garçon. La plupart des maisons de la ville appartiennent à l'Église : à l'évêque ou à un ordre religieux quelconque ; nous ne les avons qu'en emphytéose, ce qui nous oblige à payer une taxe annuelle. Tu sais comme je travaille peu. Pour cette raison, ma seule solution, c'est de louer la chambre. Si tu n'as pas cette somme... Tu comprends ?

— À quoi ça sert d'être libre si les citoyens sont liés à leurs maisons comme les paysans à leurs terres ? demanda Arnau en secouant la tête.

— Nous ne sommes pas liés à elles, répondit Pere.

— Mais j'ai entendu dire que toutes ces maisons passaient de père en fils, et même qu'ils les vendaient ! Comment est-ce possible s'ils n'en sont ni propriétaires ni serfs ?

— C'est simple à comprendre, Arnau. L'Église est

très riche en terres et propriétés, mais ses lois lui interdisent de vendre des biens ecclésiastiques.

Arnau voulut intervenir mais Pere, d'un geste de la main, le pria de ne pas l'interrompre.

— Le problème, c'est que c'est le roi qui nomme parmi ses amis les évêques, les abbés et les autres bénéficiaires des postes importants de l'Église. Le pape ne s'y oppose jamais, et tous espèrent obtenir de bonnes rentes de leurs biens. Comme ils ne peuvent pas les vendre, ils ont inventé l'emphytéose.

— Comme s'ils avaient des locataires.

— Non. Les locataires peuvent être mis dehors à tout moment, pas l'emphytéote... tant qu'il paie sa taxe.

— Et toi, tu pourrais vendre ta maison ?

— Oui. Ça s'appelle alors la sous-emphytéose. L'évêque touche une part de la vente, les lods, et le nouveau sous-emphytéote peut faire la même chose que moi. Il existe juste une interdiction.

Arnau l'interrogea du regard.

— On ne peut pas céder sa maison à quelqu'un d'une condition sociale supérieure. Je ne pourrais jamais vendre la mienne à un noble... mais il y a peu de chances que je trouve un noble qui s'intéresse à cette maison, pas vrai ? ajouta-t-il en souriant.

Arnau ne répondit pas à la plaisanterie et Pere retrouva aussitôt son sérieux. Tous deux restèrent silencieux quelques instants.

— Le fait est, reprit le vieil homme, que je dois payer la taxe, et avec ce que je gagne et ce que tu rapportes...

« Qu'allons-nous faire maintenant ? » songea Arnau. Avec les misérables pièces qu'il gagnait, ils n'avaient aucune marge, pas même à manger pour deux personnes, mais Pere ne méritait pas de les avoir à sa charge ; il s'était toujours bien conduit avec eux.

— Ne t'inquiète pas, rassura-t-il le vieil homme en vacillant, nous partirons pour que tu puisses...

— Mariona et moi avons pensé, le coupa Pere, si vous êtes d'accord, que Joan et toi pourriez dormir ici, près du feu.

Les yeux d'Arnau s'ouvrirent en grand.

— Comme cela... nous pourrions louer la chambre à une famille et payer ainsi la taxe de l'Église. Vous auriez juste à vous procurer deux paillasses. Qu'en penses-tu ?

Le visage d'Arnau s'illumina. Ses lèvres tremblèrent.

— Cela veut dire oui ? insista Pere.

Arnau pinça les lèvres et acquiesça énergiquement de la tête.

— Allez, pour la Vierge ! cria un des dirigeants de la confrérie.

Arnau sentit les poils de ses bras et de ses jambes se hérisser.

Ce jour-là, il n'y avait pas de bateaux à charger ou à décharger. Dans le port, seules de petites embarcations de pêche étaient ancrées. Les *bastaixos* s'étaient réunis sur la plage, comme toujours, tandis que pointait un soleil annonciateur d'une journée printanière.

Depuis qu'il les avait rejoints au début de la saison de navigation, Arnau n'avait pas encore travaillé une seule journée pour Santa Maria.

— Allez, pour la Vierge ! entendit-on de nouveau au sein du groupe de *bastaixos*.

Arnau jeta un œil à ses compagnons : leurs visages somnolents s'éclairèrent de larges sourires. Certains s'étirèrent en faisant des mouvements de bras d'avant en arrière pour préparer leurs dos. Arnau se rappela quand il leur donnait de l'eau, quand il les regardait passer devant lui, courbés, serrant les dents, chargés de ces énormes pierres. Serait-il capable ? La peur lui tenaillait les muscles ; il voulut imiter les autres et entreprit de se dégourdir les bras à son tour.

— Ta première fois, le félicita Ramon.

Arnau laissa retomber ses bras sans rien dire. Le jeune *bastaix* plissa les yeux.

— Ne t'en fais pas, mon garçon, ajouta-t-il en lui pressant l'épaule, l'incitant ainsi à suivre le groupe qui s'était déjà mis en mouvement. Songe que lorsque tu transportes des pierres pour la Vierge, elle porte une partie du poids.

Arnau leva les yeux vers Ramon.

— C'est vrai, insista le *bastaix* en souriant, tu t'en rendras compte aujourd'hui.

Ils partirent de l'extrémité orientale de Santa Clara, traversèrent toute la ville, franchirent les remparts et grimpèrent jusqu'à la carrière royale de La Roca, à Montjuïc. Arnau marchait en silence ; de temps en temps, il sentait que l'un d'entre eux l'observait. Ils laissèrent derrière eux le barrio de la Ribera, l'esplanade et le pórtico del Forment. Quand ils passèrent devant la fontaine del Angel, Arnau regarda les femmes qui attendaient pour remplir leurs cruches ; parmi elles, nombreuses étaient celles qui les avaient laissés se faufiler, Joan et lui, quand ils arrivaient avec leur outre. Les gens les saluaient. Des enfants se joignirent au groupe. Ils couraient, sautaient, chuchotaient et montraient Arnau avec respect. Le groupe franchit les portes du chantier naval et atteignit le couvent de Framenors, à la frontière occidentale de la ville, où s'arrêtaient les remparts ; derrière, les nouveaux arsenaux de Barcelone, dont les murs commençaient à s'élever, puis des champs et des vergers – Sant Nicolau, Sant Bertran et Sant Pau del Camp –, d'où partait le chemin qui montait à la carrière.

Mais avant d'y arriver, les *bastaixos* devaient traverser le Cagalell. L'odeur des déchets de la ville les assaillit bien avant qu'ils ne les voient.

— Ils sont en train de l'assécher, affirma quelqu'un.

La majorité des hommes approuva.

— Ça ne sentirait pas autant s'ils n'étaient pas en train de l'assécher, ajouta quelqu'un d'autre.

Le Cagalell était un bassin formé au bout de la *rambla*, près des remparts, où s'amoncelaient les déchets et les eaux putrides de la ville. À cause du terrain accidenté, il débordait sans arrêt sur la plage, et les eaux stagnaient jusqu'à ce qu'un fonctionnaire municipal se décide à faire creuser une dérivation et à pousser les ordures vers la mer. C'était alors que le Cagalell sentait le plus mauvais.

Ils longèrent le bassin pour passer à gué à l'endroit où on pouvait le franchir d'un bond, et continuèrent en traversant les champs jusqu'au flanc de Montjuïc.

— Comment traverse-t-on au retour ? demanda Arnau.

— Je n'ai encore jamais vu personne franchir le gué avec une pierre sur le dos, répondit Ramon.

Tandis qu'ils montaient à la carrière royale, Arnau tourna le regard vers la ville. Elle lui semblait loin, très loin. Comment allait-il pouvoir effectuer un aussi long parcours avec une pierre sur le dos ? Il sentit ses jambes vaciller et courut rejoindre le groupe qui continuait de bavarder et de rire.

Au détour d'un virage, la carrière royale de La Roca surgit devant eux. Arnau laissa échapper une exclamation stupéfaite. C'était comme la plaza del Blat ou n'importe quel autre marché, mais sans femmes ! Sur une grande esplanade, les fonctionnaires du roi traitaient avec des hommes venus chercher des pierres. Chariots et attelages de mules s'entassaient d'un côté de l'esplanade, là où l'on n'avait pas encore commencé à exploiter les flancs de la montagne ; le reste était taillé à pic. La pierre resplendissait. D'innombrables tailleurs de pierre détachaient dangereusement de grands blocs de roche avant de les réduire sur l'esplanade.

Les *bastaixos* furent accueillis chaleureusement par tous les hommes qui venaient chercher des pierres et, pendant que les dirigeants s'adressaient aux fonctionnaires, le reste de la troupe se mêla aux autres ; il y eut des embrassades, des poignées de main, des plaisanteries et des rires, des cruches d'eau ou de vin volèrent de bras en bras.

Arnau ne quittait pas des yeux le travail des tailleurs de pierre ou des manœuvres qui chargeaient les chariots et les mules, suivis en permanence par un fonctionnaire qui prenait note. Comme sur les marchés, les gens débattaient et attendaient leur tour avec impatience.

— Tu n'imaginais pas cela, pas vrai ?

Arnau se retourna, juste à temps pour voir Ramon lui tendre une cruche. Il fit non de la tête.

— C'est pour qui toute cette pierre ?

— Hou ! répondit Ramon. (Il se mit à réciter.) La cathédrale, Santa Maria del Pi, Santa Anna, le monastère de Pedralbes, les arsenaux royaux, Santa Clara, les remparts. Tout se construit et se modifie, sans parler des nouvelles maisons des riches et des nobles. Plus personne ne veut du bois ou des briques d'argile. De la pierre, seulement de la pierre.

— Et le roi donne toute la pierre ?

Ramon éclata de rire.

— Seulement celle de Santa Maria del Mar.

Celle-là, en effet, il la donne gratuitement... Et celle aussi du monastère de Pedralbes, je suppose, qui est construit sur l'ordre de la reine. Pour le reste, il touche une bonne somme.

— Et la pierre des arsenaux royaux ? demanda Arnau. S'ils sont royaux...

Ramon sourit de nouveau.

— Ils ont beau être royaux, le coupa-t-il, ce n'est pas le roi qui les paie.

— La ville ?

— Pas davantage.

— Les marchands ?

— Non plus.

— Alors ? s'enquit Arnau en se tournant vers le *bastaix*.

— Les arsenaux royaux sont payés par...

— Les pêcheurs ! dit l'homme qui lui avait tendu la cruche, un muletier de la cathédrale.

Ramon et lui se mirent à rire devant la mine étonnée d'Arnau.

— Les pêcheurs ?

— Oui, reprit Ramon, les nouveaux arsenaux sont payés par l'argent des marchands pêcheurs. Écoute, c'est très simple : après les croisades... tu sais ce qu'ont été les croisades ?

Arnau acquiesça ; comment aurait-il pu ne pas le savoir ?

— Eh bien, après avoir définitivement perdu la Ville sainte, l'Église a interdit le commerce avec le sultan d'Égypte, mais c'est là, figure-toi, que nos commerçants obtiennent leurs meilleures marchandises. Par conséquent, aucun d'eux n'est disposé à cesser tout commerce avec le sultan ; c'est pourquoi ils paient une amende au consul de la Mer pour ce péché qu'ils vont commettre. Ils sont, en quelque sorte, absous par avance. Le roi Alphonse a ordonné que cet argent serve à construire les nouveaux arsenaux de Barcelone.

Arnau allait intervenir, mais Ramon lui fit signe de la main. Les dirigeants les appelaient.

— Nous passons devant eux ? demanda Arnau en désignant les muletiers qui restaient à l'arrière.

— Bien sûr. Nous n'avons pas besoin d'autant de contrôles qu'eux. La pierre est gratuite et la répartition assez simple : un *bastaix*, une pierre.

« Un *bastaix*, une pierre », répéta Arnau pour lui-même au moment où le premier *bastaix* et la première pierre passèrent à côté de lui. Ils étaient arrivés à l'endroit où les tailleurs de pierre réduisaient les grands blocs de roche. Il observa le visage de l'homme, contracté, tendu. Arnau lui sourit, mais son compagnon de confrérie ne lui répondit pas ; les plaisanteries étaient terminées, plus personne ne riait ou ne bavardait, tous regardaient le tas de pierres au sol, la *capçana* attachée sur le front. La *capçana* ! Arnau attacha la sienne. Les *bastaixos* passaient à côté de lui, les uns après les autres, en file indienne, silencieux, sans s'attendre. Au fur et à mesure, le groupe s'éclaircit. Arnau regarda les pierres ; il sentit sa bouche sèche et son estomac noué. Un *bastaix* présenta son dos et deux ouvriers y déposèrent une pierre. Il le vit ployer. Ses genoux tremblaient ! Il résista quelques secondes, se redressa et passa près d'Arnau, en route pour Santa Maria. Par Dieu, il était trois fois plus corpulent que lui ! Et ses jambes avaient fléchi ! Comment allait-il pouvoir... ?

— Arnau, appelèrent les dirigeants, qui étaient les derniers à partir.

Il restait encore quelques *bastaixos*. Ramon le poussa en avant.

— Courage, lui dit-il.

264

Les trois dirigeants étaient en grande discussion avec un tailleur de pierre qui ne cessait de faire non de la tête. Tous quatre observaient le tas de pierres, en désignaient une, puis une autre, sans parvenir à se mettre d'accord. Près du tas de pierres, Arnau s'efforça d'avaler sa salive, mais sa gorge était sèche. Il tremblait. Il n'avait pas le droit de trembler ! Il agita les mains, les bras, en avant et en arrière. Il ne fallait pas que les autres voient qu'il tremblait !

Josep désigna une pierre. Le tailleur eut un geste indifférent, regarda Arnau, fit de nouveau non de la tête et demanda aux ouvriers de la prendre. « Elles sont toutes pareilles », n'avait-il cessé de répéter.

Arnau s'avança. Il se pencha et banda chacun des muscles de son corps. Tous ceux qui l'entouraient gardèrent le silence. Les ouvriers lâchèrent doucement la pierre et aidèrent Arnau à la maintenir fermement avec ses mains. Sous son poids, Arnau ploya et ses jambes fléchirent. Il serra les dents et ferma les yeux. « En avant ! » crut-il entendre. Personne n'avait rien dit pourtant, mais tous l'avaient crié en silence en voyant les jambes du jeune garçon. En avant ! En avant ! Arnau se redressa. Beaucoup soupirèrent. Pourrait-il marcher ? Arnau demeura immobile, les yeux toujours fermés. Pourrait-il marcher ?

Il avança un pied. Le poids même de la pierre l'obligea à avancer l'autre, puis de nouveau le premier... et le second. S'il s'arrêtait... sa charge le ferait tomber à plat ventre.

Ramon renifla et s'essuya les yeux.

— Courage, mon petit ! l'exhorta un muletier.

— Vas-y, brave garçon !

— Tu peux y arriver !

— Pour Santa Maria !

Les cris résonnèrent contre les flancs de la carrière

et accompagnaient encore Arnau sur le chemin qui le ramenait à la ville.

Il ne resta pas seul longtemps. Les *bastaixos* partis derrière lui le rattrapèrent facilement et tous, du premier au dernier, réglèrent leur pas sur le sien pendant quelques minutes pour l'encourager et le stimuler ; quand l'un d'entre eux parvenait à sa hauteur, le précédent reprenait de l'allure.

Mais Arnau ne les entendait pas. Il ne pensait même pas. Toute son attention était concentrée sur le prochain pas à effectuer. Et quand il voyait son pied avancer sous lui et se planter sur le chemin, il se reconcentrait sur le pas suivant ; un pas après l'autre, surmontant la douleur.

Dans les vergers de Sant Bertran, chaque nouveau pas lui semblait prendre une éternité. Tous les *bastaixos* l'avaient à présent dépassé. Il se rappela comment, avec Joan, ils leur donnaient à boire, comment ils appuyaient leur lourde pierre sur le bord d'une embarcation et chercha un endroit semblable. Très vite, il trouva un olivier. Sur l'une des branches, il réussit à appuyer la pierre ; s'il la posait au sol, il ne pourrait pas la remettre sur son dos. Il avait les jambes raides.

« Si tu t'arrêtes, lui avait conseillé Ramon, ne laisse pas tes jambes s'engourdir totalement, tu ne pourrais plus repartir. »

Libéré d'une partie du poids, Arnau continua de remuer les jambes. Il souffla plusieurs fois. « La Vierge porte une partie du poids », lui avait-il également enseigné. Dieu ! Si c'était vrai, combien pesait cette pierre ? Il ne se risqua pas à bouger son dos. Il lui faisait mal, terriblement mal. Il fit une longue pause. Pourrait-il se remettre en marche ? Arnau regarda autour de lui. Il était seul. Même les autres muletiers n'empruntaient pas ce chemin, puisqu'ils prenaient celui du portal de Trentaclaus.

Y arriverait-il ? Il regarda le ciel, écouta le silence et souleva la pierre de nouveau, d'un coup. Ses pieds se remirent en mouvement. Une, deux, une, deux...

Au Cagalell, il refit une pause en appuyant la pierre sur un grand rocher. Là, il vit revenir les premiers *bastaixos*, de retour vers la carrière. Personne ne parla. Ils se regardèrent simplement. Arnau serra une nouvelle fois les dents et hissa la pierre. Certains *bastaixos* approuvèrent de la tête, mais aucun d'eux ne s'arrêta pour l'aider. « C'est son défi », commenta ensuite l'un eux, quand Arnau ne pouvait plus les entendre, en se retournant pour regarder la lente progression de la pierre. « Il doit l'affronter tout seul », affirma un autre.

Une fois qu'il eut franchi les remparts de l'ouest et laissé derrière lui Framenors, Arnau croisa des citoyens de Barcelone. Son attention était toujours fixée sur ses pieds, mais il était en ville ! Marins, pêcheurs, femmes et enfants, ouvriers des arsenaux, charpentiers de bateaux, tous observèrent en silence le jeune garçon écrasé sous le poids de la pierre, en sueur, congestionné. Tous avaient les yeux rivés sur les pieds du jeune *bastaix*, comme lui, et tous, en silence, poussaient : une, deux, une, deux...

Certains l'escortèrent sans un mot, réglant leur pas sur la progression de la pierre. De cette manière, après plus de deux heures d'efforts, le jeune garçon arriva à Santa Maria, suivi par une petite foule silencieuse. Les travaux s'arrêtèrent. Les maçons surgirent des échafaudages ; les charpentiers et les tailleurs de pierre délaissèrent leurs tâches. Le père Albert, Pere et Mariona l'attendaient. Angel, le fils du batelier, devenu ouvrier, s'avança vers lui.

— Allez ! l'encouragea-t-il. Tu y es ! Tu y es arrivé ! Allez, en avant, allez !

Des hourras, provenant du haut des échafaudages, se firent entendre. Ceux qui avaient suivi Arnau éclatèrent en vivats. Tout Santa Maria se joignit à la liesse générale. Arnau, quant à lui, continuait de regarder ses pieds, une, deux, une, deux... jusqu'à l'endroit où l'on déposait les pierres ; là, apprentis et ouvriers se jetèrent sur celle qu'il avait transportée.

Alors seulement Arnau leva les yeux, encore courbé, tremblant, et sourit. Les gens tourbillonnèrent autour de lui et le félicitèrent. Arnau ne savait pas qui ils étaient ; il reconnut juste le père Albert, dont le regard était tourné vers le cimetière de las Moreres. Arnau fit de même.

— Pour vous, père, murmura-t-il.

Une fois la foule dispersée, alors qu'Arnau s'apprêtait à repartir pour la carrière, imitant ses compagnons, dont certains avaient déjà effectué trois voyages, le curé l'appela ; il avait reçu des instructions de Josep.

— J'ai un travail pour toi, déclara-t-il.

Arnau s'arrêta et le regarda d'un air étonné.

— Il faut nettoyer la chapelle du Santísimo, moucher les cierges et tout remettre en ordre.

— Mais..., protesta Arnau en montrant les pierres.

— Il n'y a pas de « mais » qui tienne.

19.

La journée avait été dure. C'était juste après le solstice d'été. La nuit tombait tard et les *bastaixos* travaillaient du lever au coucher du soleil à charger et à décharger les navires qui accostaient, harcelés en permanence par les marchands et les capitaines qui désiraient rester le moins de temps possible dans le port de Barcelone.

Arnau rentra chez Pere en traînant des pieds, la *capçana* à la main. Huit visages se tournèrent vers lui. Pere et Mariona étaient à table, près d'un homme et d'une femme. Assis par terre, appuyés contre le mur, Joan, un garçon et deux filles le regardaient. Tous avaient déjà mangé.

— Arnau, dit Pere, je te présente nos nouveaux locataires. Gastó Segura, ouvrier tanneur (l'homme se contenta d'effectuer un signe de tête), sa femme, Eulàlia (elle sourit) et leurs trois enfants, Simó, Aledis et Alesta.

Arnau, qui était épuisé, fit un vague geste de la main en direction de Joan et des enfants du tanneur. Il s'apprêtait à prendre l'écuelle que lui tendait Mariona quand quelque chose le força à se tourner de nouveau vers les trois nouveaux venus. Que... ?

Les yeux ! Les yeux des deux filles étaient fixés sur lui. Ils étaient... ils étaient immenses, sombres, vifs. Toutes deux sourirent en même temps.

— Mange, mon garçon !

Leur sourire disparut. Alesta et Aledis baissèrent les yeux vers leurs écuelles et Arnau regarda le tanneur. Celui-ci avait fini de manger et, de la tête, il lui désigna Mariona qui lui tendait son écuelle.

Mariona lui céda sa place à table et Arnau attaqua la soupe ; en face de lui, Gastó Segura buvait et mastiquait la bouche ouverte. Chaque fois qu'Arnau levait les yeux de son écuelle, il rencontrait le regard du tanneur fixé sur lui.

Au bout d'un moment, Simó se leva pour donner à Mariona son écuelle et celles, vides, de ses sœurs.

— Au lit, ordonna Gastó en brisant le silence.

Alors le tanneur cloua ses yeux sur Arnau, ce qui mit ce dernier mal à l'aise et l'obligea à se concentrer sur son écuelle ; il put seulement entendre les filles se lever et dire au revoir timidement. Une fois qu'elles furent parties, Arnau put enfin relever les yeux. L'attention de Gastó semblait s'être relâchée.

— Comment tu les trouves ? demanda Arnau à Joan cette nuit-là, la première qu'ils passaient près du feu, chacun d'un côté de l'âtre, leurs paillasses à même le sol.

— Qui ?

— Les filles du tanneur.

— Comment cela ? Normales, répondit Joan avec un geste embarrassé que son frère ne put voir dans l'obscurité, des filles normales. Je le suppose, hésita-t-il. En fait, je n'en sais rien. On ne m'a pas laissé parler avec elles ; leur frère ne m'a même pas permis de leur serrer la main. Quand je la leur ai tendue, c'est lui qui me l'a prise, et il m'a écarté d'elles.

Mais Arnau ne l'écoutait plus. Comment pouvait-on avoir de tels yeux ? Et elles lui avaient souri, toutes les deux.

Au matin, Pere et Mariona descendirent. Arnau et Joan avaient déjà rangé leurs paillasses. Peu après apparurent le tanneur et son fils. Les femmes ne les accompagnaient pas : Gastó leur avait interdit de descendre avant le départ des garçons. Arnau quitta la maison de Pere avec d'immenses yeux sombres au fond des prunelles.

— Aujourd'hui, tu t'occupes de la chapelle, lui annonça un des dirigeants quand il arriva à la plage.

La veille, il l'avait vu décharger en tremblotant le dernier colis.

Arnau acquiesça. Ça ne le gênait plus qu'on le destine à la chapelle. Plus personne ne doutait de son statut de *bastaix* ; les dirigeants l'avaient confirmé, et s'il ne pouvait pas encore porter la même charge que Ramon ou un autre, il se consacrait comme tout un chacun à un travail qui lui plaisait. Ils l'aimaient tous. De plus, ces yeux sombres... ne lui auraient peut-être pas permis de se concentrer sur sa tâche ; c'est vrai aussi qu'il était fatigué. Il avait mal dormi près du feu. Il entra dans Santa Maria par la porte principale de la vieille église qui résistait toujours. Gastó Segura ne l'avait pas laissé les regarder. Pourquoi ne pouvait-il pas regarder de simples filles ? Et ce matin, il leur avait sûrement interdit de... Il se prit les pieds dans une corde et fut à deux doigts de tomber. Il tituba sur quelques mètres, et trébucha sur d'autres cordes avant que des mains l'empoignent. Il se tordit la cheville et poussa un hurlement de douleur.

— Hé ! entendit-il.

C'était l'homme qui l'avait aidé.

— Il faut faire attention. Regarde ce que tu as fait !

Sa cheville lui faisait mal, mais il observa le sol. Il avait démonté les cordes et les pieux grâce auxquels Berenguer de Montagut montrait... mais... ça ne pouvait pas être lui ! Il se retourna lentement vers l'homme. Ça ne pouvait pas être le maître ! Il rougit. Il était nez à nez avec Berenguer de Montagut ! Les ouvriers qui avaient cessé leur travail les observaient.

— Je..., hésita-t-il. Si vous le désirez..., ajouta-t-il en signalant l'enchevêtrement de cordes à ses pieds, je pourrais vous aider... Je... je suis désolé, maître.

Brusquement, le visage de Berenguer de Montagut se détendit. Il le tenait encore par le bras.

— Tu es le *bastaix*, affirma-t-il en affichant un sourire.

Arnau fit signe que oui.

— Je t'ai vu plusieurs fois.

Le sourire de Berenguer s'élargit. Les ouvriers poussèrent un soupir de soulagement. Arnau regarda à nouveau les cordes emmêlées à ses pieds.

— Je suis désolé, répéta-t-il.

— Qu'est-ce qu'on peut y faire ?

Le maître s'adressa alors aux ouvriers avec force gestes.

— Arrangez-moi cela, leur ordonna-t-il. Viens, asseyons-nous. Tu as mal ?

— Je ne voulais pas vous causer de problèmes, assura Arnau avec une moue de douleur, après s'être accroupi pour se dégager des cordes.

— Attends.

Berenguer de Montagut l'obligea à se redresser et s'agenouilla pour le libérer de ses entraves. Arnau n'osait pas le regarder. Il leva les yeux en direction des ouvriers qui contemplaient la scène avec stupéfaction. Le maître agenouillé devant un simple *bastaix* !

— Nous devons veiller sur ces hommes, proclama Berenguer à l'attention de toute l'assistance une fois qu'il eut dégagé les pieds d'Arnau. Sans eux, nous n'aurions pas de pierres. Viens avec moi. Asseyons-nous. Tu as mal ?

Arnau fit signe que non, mais il boitait, tout en s'efforçant de ne pas prendre appui sur le maître. Berenguer de Montagut lui saisit le bras et l'emmena vers des colonnes qui reposaient à terre, prêtes à être hissées, et sur lesquelles ils s'assirent tous deux.

— Je vais te confier un secret, dit le maître à Arnau une fois qu'ils furent assis.

Arnau se tourna vers Berenguer. Il allait lui confier un secret ! Le maître ! Que pouvait-il lui arriver de plus ce matin ?

— L'autre jour, j'ai tenté de soulever la pierre que tu avais portée et j'ai eu beaucoup de mal à y parvenir. (Berenguer secoua la tête.) J'ai compris que j'étais incapable de faire quelques pas. Ce temple est à vous, affirma-t-il en balayant les travaux du regard.

Arnau frissonna.

— Un jour, quand nos petits-enfants, ou leurs enfants, ou encore les enfants de leurs enfants regarderont cette œuvre, ils ne parleront pas de Berenguer de Montagut, mais de toi, mon garçon.

Arnau sentit sa gorge se nouer. Le maître ! Que disait-il ? Comment un *bastaix* pouvait-il être plus important que le grand Berenguer de Montagut, maître d'œuvre de Santa Maria et de la cathédrale de Manresa ? Lui, il était important.

— Tu as mal ? insista le maître.

— Non... un peu. Ce n'est qu'une entorse.

— Je l'espère.

Berenguer de Montagut lui tapota le dos.

— Nous avons besoin de tes pierres. Il reste encore beaucoup à faire.

Arnau suivit le regard du maître qui s'attardait sur les travaux.

— Ça te plaît ? demanda soudain Berenguer de Montagut.

Si ça lui plaisait ? Il ne s'était jamais posé la question. Il voyait grandir l'église, ses murs, ses absides, ses colonnes élancées et magnifiques, ses contreforts, mais... si ça lui plaisait ?

— On dit que, de tous les temples dédiés à la Vierge dans le monde, celui-ci sera le plus beau, choisit-il de répondre.

Berenguer sourit à Arnau. Comment raconter à un jeune garçon, à un *bastaix*, à quoi allait ressembler ce temple alors que même les évêques ou les nobles n'étaient pas capables d'entrevoir le projet ?

— Comment t'appelles-tu ?

— Arnau.

— Eh bien, Arnau, je ne sais pas si ce sera le plus beau temple du monde.

Arnau avait tout à fait oublié sa douleur et regarda le maître.

— Ce que je peux t'assurer, c'est qu'il sera unique, et ce qui est unique n'est ni beau ni laid, mais simplement cela : unique.

Le regard de Berenguer de Montagut était toujours tourné vers les travaux.

— As-tu entendu parler de la France, ou de la Lombardie, de Gênes, Pise, Florence ?... poursuivit-il.

Arnau acquiesça ; comment n'aurait-il pas entendu parler des ennemis de son pays ?

— Dans tous ces endroits on construit aussi des églises ; de magnifiques cathédrales, grandioses et

274

chargées d'éléments décoratifs. Les princes, là-bas, veulent que leurs églises soient les plus grandes et les plus belles du monde.

— Et pas nous ?

— Oui et non.

Arnau fit la moue. Berenguer de Montagut lui sourit.

— Voyons si tu es capable de me comprendre : nous voulons que ce soit le plus beau temple de l'Histoire, mais nous prétendons réussir en employant des moyens différents de ceux qu'utilisent les autres. Nous voulons que la maison de la patronne de la mer soit la maison de tous les Catalans, comme celles où vivent ses fidèles, inventées et construites dans le même esprit qui nous a conduits à être ce que nous sommes, en tirant profit de ce qui est à nous : la mer, la lumière. Tu comprends ?

Arnau réfléchit pendant quelques secondes, puis il finit par faire non de la tête.

— Au moins tu es sincère, rit le maître. Les princes font les choses pour leur propre gloire, nous les faisons pour nous. J'ai remarqué que, parfois, au lieu de porter la charge sur le dos, vous la transportiez attachée à un bâton, entre deux hommes.

— Oui, quand elle est trop volumineuse pour être chargée sur le dos.

— Que se passerait-il si on rallongeait le bâton ?

— Il se casserait.

— C'est exactement ce qui se passe avec les églises des princes... Je ne veux pas dire qu'elles se brisent, ajouta-t-il devant l'expression étonnée du garçon, mais comme ils veulent qu'elles soient grandes, hautes et longues, on doit les faire très étroites. Hautes, longues et étroites, tu comprends ?

Cette fois, Arnau opina.

— La nôtre sera tout le contraire. Elle ne sera ni longue ni haute, mais elle sera très spacieuse, pour pouvoir contenir tous les Catalans, ensemble, devant leur Vierge. Un jour, quand elle sera finie, tu verras : l'espace, sans distinction, sera commun à tous les fidèles ; et pour unique décoration, elle aura la lumière, la lumière de la Méditerranée. Nous n'avons besoin de nul autre ornement : seuls l'espace et la lumière qui entre par ici.

Berenguer de Montagut pointa l'abside du doigt, puis l'abaissa au sol. Arnau le suivit du regard.

— Cette église sera édifiée pour le peuple, et non pour la gloire d'un prince.

— Maître...

Un des ouvriers s'était avancé vers eux ; les pieux et les cordes avaient été remis en ordre.

— Tu comprends à présent ?

Pour le peuple !

— Oui, maître.

— Tes pierres sont de l'or pour cette église, souviens-t'en, ajouta Montagut en se levant. As-tu encore mal ?

Arnau ne pensait plus du tout à sa cheville et il fit non de la tête.

Ce matin-là, dispensé de travail avec les *bastaixos*, Arnau rentra plus tôt à la maison. Il nettoya rapidement la chapelle, moucha les cierges, remplaça ceux qui étaient consumés et, après une brève prière, prit congé de sa Vierge. Le père Albert le vit sortir en courant de Santa Maria.

— Que se passe-t-il ? lui demanda Mariona quand il débarqua en trombe à cette heure inhabituelle, que fais-tu ici si tôt ?

Arnau parcourut la pièce du regard ; elles étaient

là, mère et filles, à coudre à la table ; toutes trois le regardaient.

— Arnau ! insista Mariona, il se passe quelque chose ?

Il rougit, remarqua-t-elle.

— Non...

Il n'avait songé à aucune excuse ! Comment pouvait-il avoir été si stupide ? Et elles ne le quittaient pas des yeux. Toutes deux avaient cloué leur regard sur lui, immobile près de la porte, haletant.

— Non..., répéta-t-il, c'est qu'aujourd'hui j'ai... j'ai terminé plus tôt.

Mariona sourit et fit un clin d'œil aux filles. Eulàlia, la mère, ne put s'empêcher non plus d'esquisser un sourire.

— Puisque tu as terminé plus tôt, dit Mariona, va donc me chercher de l'eau.

Elle l'avait de nouveau regardé, pensa le garçon tandis qu'il se dirigeait, seau en main, vers la fontaine del Angel. Voulait-elle lui dire quelque chose ? Arnau secoua le seau ; à l'évidence, oui.

Mais il n'eut pas moyen de le vérifier. Quand ce n'était pas Eulàlia, Arnau se heurtait à Gastó et aux quelques dents noires qui lui restaient. Sinon, c'était Simó qui surveillait les deux filles. Des jours durant, Arnau dut se résigner à les regarder du coin de l'œil. Parfois, il pouvait s'attarder quelques secondes sur leurs visages, finement dessinés, au menton marqué, aux pommettes saillantes, au nez italique, droit et sobre, aux dents blanches et bien plantées et à ces impressionnants yeux sombres. D'autres fois, quand le soleil entrait dans la maison de Pere, Arnau pouvait presque toucher le reflet bleuté de leurs longs cheveux, soyeux, noirs comme le jais. Plus encore, quand il se croyait en sécurité, il laissait son regard descendre du cou d'Aledis jusqu'à sa poitrine, qu'il entrevoyait à travers la grossière chemise qu'elle portait. Alors, un étrange frisson parcourait tout son corps et, si personne ne faisait attention à lui, il ne se gênait pas pour se délecter des courbes de la jeune fille.

Gastó Segura avait perdu tout ce qu'il possédait pendant la famine, et son caractère, en soi revêche, s'était endurci à l'extrême. Son fils Simó travaillait avec lui comme apprenti tanneur. Sa grande préoccupation, c'était ces deux filles, qu'il ne pourrait pas doter en vue d'un bon mariage. Toutefois, leur beauté était pleine de promesses, et Gastó gardait l'espoir de leur trouver un bon époux. Il aurait ainsi deux bouches de moins à nourrir.

Pour cela, ses filles devaient rester vierges, et personne à Barcelone ne devait avoir le moindre doute sur leur réputation. Seulement de cette manière, ne cessait-il de répéter à Eulàlia ou à Simó, Alesta et Aledis pourraient dénicher un bon époux. Tous trois, père, mère et frère aîné, avaient cet objectif en tête, mais si Gastó et Eulàlia estimaient pouvoir l'atteindre sans aucun problème, il en alla différemment pour Simó, à partir du moment où la cohabitation avec Arnau et Joan se prolongea.

Joan était devenu le meilleur élève de l'école de la cathédrale. En peu de temps, il domina le latin, et ses professeurs choyaient ce garçon posé, sensé, réfléchi et, par-dessus tout, très pieux ; ses vertus étaient telles que peu d'entre eux doutaient qu'un grand avenir l'attendait au sein de l'Église. Joan parvint à gagner le respect de Gastó et d'Eulàlia, qui partageaient souvent avec Pere et Mariona, attentifs et éblouis, les explications que le petit donnait sur les Écritures. Seuls les prêtres pouvaient lire ces livres écrits en latin, et là, dans une modeste maison près de la mer, tous quatre avaient la chance de profiter des paroles sacrées, des histoires anciennes, des messages du Seigneur qui, jusque-là, leur étaient seulement parvenus depuis les chaires.

Si Joan avait gagné le respect de ceux qui l'entouraient, Arnau n'était pas en reste. Même Simó le regardait avec envie : un *bastaix* ! Peu de gens, dans le barrio de la Ribera, ignoraient les exploits d'Arnau qui transportait des pierres pour la Vierge. « On dit que le grand Berenguer de Montagut s'est agenouillé devant lui pour l'aider », lui avait raconté, avec exaltation, un autre apprenti de l'atelier. Simó imagina le grand maître, respecté par les nobles et par les évêques, aux pieds d'Arnau. Quand parlait le maître, tous, même son père, gardaient le silence, et quand il criait... quand il criait, ils tremblaient. Simó observait Arnau quand celui-ci rentrait à la maison le soir. Il était toujours le dernier à arriver. Il revenait fatigué, en sueur, la *capçana* à la main, et pourtant... il souriait ! Quand avait-il, lui, souri, en revenant du travail ? Une fois, il l'avait croisé alors qu'Arnau transportait des pierres jusqu'à Santa Maria ; ses jambes, ses bras, sa poitrine, son être tout entier semblait de fer. Simó avait regardé la pierre, puis son visage congestionné ; ne l'avait-il pas vu sourire ?

C'est pourquoi, quand Simó devait veiller sur ses sœurs en présence d'Arnau ou de Joan, l'apprenti tanneur, plus âgé pourtant que les deux garçons, se mettait en retrait, et les deux filles jouissaient de la liberté dont elles étaient privées avec leurs parents.

— Allons nous promener sur la plage ! proposa un jour Alesta.

Simó voulut s'opposer. Se promener sur la plage ; si leur père les voyait...

— D'accord, répondit Arnau.

— Ça nous fera du bien, affirma Joan.

Simó se tut. Tous les cinq sortirent au soleil, Aledis au côté d'Arnau, Alesta au côté de Joan, Simó fermant la marche ; les cheveux des filles ondoyaient au vent, qui plaquait capricieusement leurs minces chemises à leurs corps, faisant saillir leurs seins, leur ventre ou leur entrejambe.

Ils se promenèrent en silence, en regardant la mer ou en donnant des coups de pied dans le sable, jusqu'au moment où ils rencontrèrent un groupe de *bastaixos* oisifs. Arnau les salua de la main.

— Veux-tu que je te les présente ? demanda-t-il à Aledis.

La jeune fille regarda les hommes. Ils avaient tous les yeux rivés sur elle. Que fixaient-ils ? Le vent ajustait sa chemise contre ses seins et ses tétons qui semblaient vouloir traverser le tissu. Alors qu'Arnau se dirigeait déjà vers eux, elle rougit, fit non de la tête et rebroussa chemin, laissant Arnau interdit.

— Cours-lui après, Arnau ! entendit-il crier un de ses compagnons.

— Ne la laisse pas s'échapper, conseilla un deuxième.

— Elle est rudement mignonne ! conclut un troisième.

Arnau accéléra le pas pour rejoindre Aledis.

— Que se passe-t-il ?

La jeune fille ne répondit pas. Elle avait caché son visage et croisé ses bras sur sa chemise. Elle ne rebroussa pas chemin vers la maison pour autant. Et ils continuèrent à se promener ainsi, avec le murmure des vagues pour toute compagnie.

20.

Le soir même, alors qu'ils soupaient près du feu, la jeune fille récompensa Arnau d'un regard une seconde plus long que nécessaire.

Une seconde au cours de laquelle Arnau perçut à nouveau le bruit de la mer tandis qu'il marchait sur le sable de la plage. Il jeta un regard furtif autour de lui pour vérifier si quelqu'un s'était aperçu de l'effronterie. Mais Gastó continuait de parler avec Pere et personne d'autre que lui ne semblait entendre les vagues.

Quand Arnau osa à nouveau poser les yeux sur Aledis, elle avait la tête baissée et jouait avec les aliments de son écuelle.

— Mange, ma fille ! aboya le tanneur en la voyant agiter sa cuiller sans la porter à sa bouche. La nourriture n'est pas faite pour jouer.

Les paroles de Gastó ramenèrent Arnau à la réalité. Non seulement Aledis ne regarda plus Arnau de la soirée, mais encore elle l'évita.

Il fallut plusieurs jours avant que la jeune fille s'adresse une nouvelle fois à Arnau de la même manière silencieuse qu'elle l'avait fait cette nuit-là, après la promenade à la plage. Dans les rares occasions où ils se rencontraient, Arnau désirait sentir à nouveau les yeux sombres d'Aledis sur lui, mais la jeune fille se dérobait maladroitement et dissimulait son regard.

— Au revoir, Aledis, lui dit-il distraitement un matin en ouvrant la porte, au moment où il s'apprêtait à partir pour la plage.

Le hasard fit qu'à cet instant précis, ils étaient seuls à la maison. Arnau allait refermer la porte derrière lui quand quelque chose d'indéfinissable le poussa à se retourner. La jeune fille était là, près du feu, fière, belle. Et dans ses grands yeux sombres, une invitation.

Enfin ! Arnau rougit et baissa le regard. Troublé, il essaya de fermer la porte mais, au beau milieu de son geste, il fallut qu'il la contemple encore : Aledis était toujours là, elle l'appelait de ses grands yeux sombres et souriait. Aledis lui souriait.

Sa main glissa sur la poignée, il chancela et faillit tomber. Arnau n'osa plus lever les yeux sur Aledis et s'enfuit d'un pas léger vers la plage en laissant la porte ouverte.

— Il est gêné, murmura Aledis à sa sœur le soir même, avant que leurs parents et leur frère se retirent à leur tour dans la chambre, toutes deux allongées sur la paillasse qu'elles partageaient.

— Pourquoi le serait-il ? demanda cette dernière. C'est un *bastaix*. Il travaille à la plage et porte des pierres pour la Vierge. Tu n'es qu'une enfant. Lui, c'est un homme, ajouta-t-elle avec une pointe d'admiration.

— C'est toi qui n'es qu'une enfant, répliqua Aledis.

— Bien sûr, et toi une femme sans doute ! se moqua Alesta en lui tournant le dos.

C'était l'expression qu'employait leur mère quand

une des deux réclamait quelque chose qui n'était pas de leur âge.

— Ça va, ça va, maugréa Aledis.

« Et toi une femme sans doute. Pourquoi ne le serais-je pas ? » Aledis songea à sa mère, aux amies de sa mère, à son père. Peut-être que sa sœur avait raison. Pourquoi quelqu'un comme Arnau, un *bastaix* qui avait prouvé à Barcelone tout entière sa dévotion pour la Vierge de la Mer, serait-il embarrassé qu'elle, une enfant, le regarde ?

— Il est gêné. Je t'assure qu'il l'est, insista Aledis la nuit suivante.

— Quelle enquiquineuse ! Pourquoi Arnau le serait-il ?

— Je ne sais pas, soupira Aledis, mais c'est vrai. Il est troublé de me regarder. Il est troublé que je le regarde. Il est gêné, il rougit, il me fuit...

— Tu es folle !

— Peut-être, mais...

Aledis savait ce qu'elle disait. Si, la veille, sa sœur avait réussi à semer le doute en elle, à présent elle n'y parviendrait pas. La jeune fille avait la preuve. Elle avait observé Arnau, attendu le moment propice, quand personne ne pouvait les surprendre, et s'était approchée de lui si près qu'elle avait pu sentir l'odeur de son corps. « Bonjour, Arnau. » Un simple bonjour, un salut accompagné d'un regard tendre, proche, le plus proche possible, qui l'avait presque effleuré. Arnau avait à nouveau rougi, il avait évité son regard et pris la poudre d'escampette. Quand elle l'avait vu s'éloigner, Aledis avait souri, fière de ce pouvoir jusqu'alors inconnu d'elle.

— Demain, tu verras, affirma-t-elle à sa sœur.

L'indiscrète présence de sa sœur l'incita à pousser plus loin son petit jeu ; elle ne pouvait pas échouer.

Le matin, au moment où Arnau s'apprêtait à quitter la maison, Aledis s'appuya contre la porte et lui barra le passage. Elle avait repassé la scène mille fois dans sa tête pendant que sa sœur dormait.

— Pourquoi ne veux-tu pas me parler ? dit-elle à Arnau d'une voix mielleuse, en le regardant droit dans les yeux.

Elle s'étonna elle-même de son audace. Elle s'était répété cette simple phrase tant de fois qu'elle avait fini par se demander si elle serait capable de la prononcer sans hésiter. Si Arnau lui répondait, elle se trouverait sans défense, mais, à sa grande satisfaction, ce ne fut pas le cas. Conscient de la présence d'Alesta, Arnau se tourna instinctivement vers Aledis, le rouge aux joues. Il ne pouvait ni sortir ni regarder Alesta.

— Je... si... je...

— Toi, toi, toi, le coupa Aledis, enhardie, tu m'évites. Avant, nous parlions, nous riions, et maintenant, chaque fois que j'essaie de m'adresser à toi...

Elle se cambra le plus possible et sa jeune poitrine ferme pointa à travers sa chemise. Malgré le tissu grossier, ses tétons se dressèrent comme des dards. Arnau les remarqua, bien évidemment ; et pas une des pierres de la carrière royale n'aurait pu le détourner de ce que lui offrait Aledis. Un frisson parcourut son dos.

— Les filles !

La voix d'Eulàlia, qui descendait l'escalier, leur fit retrouver leurs esprits. Aledis ouvrit la porte et sortit avant que sa mère atteigne le rez-de-chaussée. Arnau se tourna vers Alesta, encore bouche bée de la scène dont elle venait d'être témoin, et quitta à son tour la maison. Aledis avait déjà disparu.

Cette nuit-là, les sœurs chuchotèrent longtemps sans trouver de réponse aux questions nées de cette nouvelle expérience, et qu'elles ne pouvaient partager avec personne. Toutefois, ce dont était bien certaine Aledis, même si elle ne savait pas comment l'expliquer à sa sœur, c'était du pouvoir que son corps exerçait sur Arnau. Cette sensation la comblait, l'emplissait complètement. Elle se demandait si tous les hommes réagiraient de la même manière, sans pour autant s'imaginer devant un autre qu'Arnau ; il ne lui serait jamais venu à l'idée d'agir ainsi avec Joan ou avec un des apprentis tanneurs amis de Simó ; rien qu'à l'imaginer... Mais avec Arnau, quelque chose en elle se libérait...

— Qu'arrive-t-il au gamin ? demanda bientôt Josep à Ramon.

— Je ne sais pas, répondit celui-ci avec sincérité.

Les deux hommes regardèrent vers le groupe des bateliers, au milieu duquel Arnau exigeait, à renfort de grands gestes, qu'on lui confie des ballots plus lourds. Josep, Ramon et les autres compagnons le virent partir d'un pas chancelant, les mâchoires crispées et le visage congestionné.

— Il ne tiendra pas longtemps à ce rythme, jugea Josep.

— Il est jeune, tenta de le défendre Ramon.

— Il ne tiendra pas.

Ils l'avaient tous remarqué. Arnau réclamait les charges et les pierres les plus lourdes, qu'il transportait ensuite comme si elles avaient été plus précieuses que sa vie. Puis il revenait quasiment en courant et exigeait des charges toujours plus lourdes. À la fin de la journée, il se traînait, éreinté, jusqu'à la maison de Pere.

— Que t'arrive-t-il, mon garçon ? s'enquit Ramon le lendemain, tandis qu'ils portaient tous deux des ballots jusqu'aux entrepôts municipaux.

Arnau ne répondit pas. « Ne veut-il ou ne peut-il parler ? » s'interrogea Ramon. Arnau avait de nouveau le visage déformé par le poids de la charge qui lui écrasait les épaules.

— Si tu as un problème, je pourrais...

— Non, non, réussit à articuler Arnau.

Comment lui avouer que son corps brûlait de désir pour Aledis ? Qu'il ne retrouvait la paix qu'en portant un fardeau toujours plus pesant afin que son esprit, focalisé sur cette seule tâche, parvienne à oublier ses yeux, son sourire, ses seins, son corps entier ? Que chaque fois qu'Aledis jouait avec lui, il perdait le contrôle de ses pensées et l'imaginait nue, à ses côtés, en train de le caresser ? Il se rappelait alors les paroles du curé sur les relations interdites : « Péché ! Péché ! » tonnait sa voix devant les paroissiens. Comment lui raconter qu'il faisait tout pour rentrer à la maison brisé, pour s'écrouler vaincu sur la paillasse, et trouver ainsi le sommeil malgré la proximité de cette jeune fille ?

— Non, non, répéta-t-il. Merci... Ramon.

— Il va finir par en crever, prédit Josep à la fin de la journée.

Cette fois, Ramon n'osa pas le contredire.

— Tu ne crois pas que tu dépasses les bornes ? lança un soir Alesta à sa sœur.

— Pourquoi ?

— Si notre père savait...

— S'il savait quoi ?

— Que tu aimes Arnau.

— Je n'aime pas Arnau ! Seulement... Je me sens bien, Alesta. Il me plaît. Quand il me regarde...

— Tu l'aimes, insista la petite.

— Non. Comment t'expliquer ? Quand je vois

qu'il me regarde, quand il rougit, ça me chatouille tout le corps.

— Tu l'aimes.

— Non. Dors. Qu'en sais-tu, toi ? Dors.

— Tu l'aimes, tu l'aimes, tu l'aimes.

Aledis préféra se taire. Était-elle amoureuse d'Arnau ? Elle prenait juste du plaisir à se savoir regardée et désirée par lui. Elle aimait que les yeux d'Arnau ne puissent se détourner de son corps ; elle jouissait de son évidente souffrance quand elle feignait soudain de l'ignorer. Était-ce cela, aimer ? Aledis n'avait pas la réponse. En paix avec sa conscience, elle sombra rapidement dans le sommeil.

Un matin, Ramon abandonna la plage quelques minutes en voyant sortir Joan de la maison de Pere.

— Qu'arrive-t-il à ton frère ? lui demanda-t-il avant même de lui dire bonjour.

Joan réfléchit quelques secondes.

— Je crois qu'il est amoureux d'Aledis, la fille de Gastó le tanneur.

Ramon éclata de rire.

— Alors cet amour est en train de le rendre fou, le prévint-il. S'il continue ainsi, il va y laisser sa peau. Personne ne peut travailler à ce rythme. Il n'est pas préparé à un tel effort. Ce ne serait pas le premier *bastaix* à finir brisé... et ton frère est trop jeune pour se détruire ainsi. Fais quelque chose, Joan.

Le soir même, Joan essaya de parler avec son frère.

— Que t'arrive-t-il, Arnau ? l'interrogea-t-il de sa paillasse.

Arnau garda le silence.

— Tu dois me raconter. Je suis ton frère et je veux... je désire t'aider. Tu as toujours fait la même chose pour moi. Parle-moi de tes problèmes.

Arnau réfléchit un moment.

— C'est... c'est à cause d'Aledis, avoua-t-il.

Joan ne chercha pas à l'interrompre.

— Je ne sais pas ce qui m'arrive avec cette fille, Joan. Depuis la promenade sur la plage... quelque chose a changé entre nous. Elle me regarde comme si elle m'aimait... je ne sais pas. Et aussi...

— Aussi quoi ? insista Joan face au silence de son frère.

« Je ne lui raconterai rien, à part les regards », décida sur-le-champ Arnau, obsédé par la poitrine d'Aledis.

— Rien.

— Alors, quel est le problème ?

— J'ai de mauvaises pensées, je l'imagine nue. Enfin, j'aimerais la voir nue. J'aimerais...

Joan avait instamment prié ses maîtres d'approfondir ce sujet précis. Ces derniers, ignorant que son intérêt était lié à la préoccupation que lui causait son frère, et de crainte que le garçon ne tombe dans la tentation et s'éloigne du chemin qu'il avait si résolument emprunté, s'étaient répandus en explications et en théories sur le caractère et la nature pernicieux de la femme.

— Ce n'est pas ta faute, conclut Joan.

— Non ?

— Non. La malice, lui expliqua-t-il depuis sa paillasse, est un des quatre vices naturels de l'homme nés du péché originel, et celle de la femme est la plus grande de toutes.

Joan répétait de mémoire les phrases de ses maîtres.

— Quels sont les autres vices ?

— L'avarice, l'ignorance, et l'apathie ou l'incapacité à faire le bien.

— Et quel est le rapport entre la malice et Aledis ?

— Les femmes sont malicieuses par nature et s'amusent à tenter l'homme vers les chemins du mal, récita Joan.

— Pourquoi ?

— Parce que les femmes sont comme de l'air en mouvement, vaporeuses. Elles ne cessent d'aller et venir comme des courants d'air.

Joan se souvint à l'instant du prêtre qui avait fait cette comparaison : ses bras, ses mains tendues et ses doigts qui vibraient sans arrêt lui revinrent en mémoire.

— Deuxièmement, récita-t-il, parce que les femmes, par nature, par essence, ont peu de sens commun. Par conséquent, il n'existe pas de frein à leur malice naturelle.

Joan avait lu tout cela, et plus encore, mais il était incapable de le formuler avec ses mots à lui. Les sages affirmaient que la femme était, également par nature, froide et flegmatique. Or, nul n'ignorait que lorsque quelque chose de froid vient à s'allumer, il brûle avec une grande force. D'après les sages, la femme était, en définitive, l'antithèse de l'homme, c'est-à-dire déraisonnable et insensée. Son corps aussi était le contraire de celui de l'homme : large en bas et mince en haut, alors que le corps d'un homme bien fait devait être, à l'inverse, mince jusqu'au torse. La première lettre que prononce une petite fille est le « e », qui est une lettre qui favorise la dispute, alors que la première lettre que prononce un petit garçon est le « a », première lettre de l'alphabet et opposée au « e ».

— Ce n'est pas possible. Aledis n'est pas comme ça, finit par s'exclamer Arnau.

— Tu te trompes. À l'exception de la Vierge, qui

conçut Jésus sans péché, toutes les femmes sont pareilles. Même le règlement de ta confrérie l'entend ainsi ! N'interdit-il pas les relations adultères ? N'ordonne-t-il pas l'expulsion de celui qui a une amie ou qui vit avec une femme débauchée ?

Arnau ne pouvait s'opposer à cet argument. Il ignorait les raisons des sages et des philosophes, et malgré l'acharnement de Joan, il aurait pu en faire peu de cas, mais les ordonnances de sa confrérie le condamnaient, elles aussi. Ses règles, bien sûr qu'il les connaissait. Les dirigeants l'avaient mis au courant et l'avaient averti que, s'il ne les respectait pas, il serait exclu. Et la confrérie ne pouvait pas se fourvoyer !

Arnau se sentit terriblement troublé.

— Alors, que faut-il faire ? Si toutes les femmes sont mauvaises...

— D'abord, il faut se marier, coupa Joan, et ensuite, agir comme nous l'enseigne l'Église.

Se marier, se marier... Cette idée ne lui avait jamais traversé l'esprit, mais... si c'était la seule solution...

— Et que faut-il faire une fois mariés ? poursuivit-il d'une voix tremblante à la perspective de s'unir à Aledis pour la vie.

Joan lui resservit le commentaire fait par ses professeurs de la cathédrale.

— Un bon mari doit tâcher de dompter la malice naturelle de son épouse selon certains principes : le premier d'entre eux est que la femme se trouve sous l'autorité de l'homme, soumise à lui : « *Sub potestate viri eris* », dit la Genèse. Le deuxième, de l'Ecclésiaste : « *Mulier si primatum haber...* »

Joan s'embrouilla.

— « *Mulier si primatum habuerit, contraria est viro suo* », qui signifie que si la femme domine dans sa maison, elle nuira à son mari. Un autre principe est énoncé dans les Proverbes : « *Qui delicate nutrit servum suum, inveniet contumacem* », autrement dit : celui qui traite avec trop de légèreté ceux qui doivent le servir, parmi lesquels la femme, trouvera de la rébellion là où il devrait trouver de l'humilité, de la soumission et de l'obéissance. Par conséquent, si, en dépit de tout, la malice continue à vivre en sa femme, le mari doit la châtier par la honte et par la peur ; la corriger sans attendre, dès les débuts du mariage.

Arnau écouta en silence les paroles de son frère.

— Joan, dit-il quand l'autre eut terminé son discours, tu crois que je pourrais me marier avec Aledis ?

— Bien sûr que oui ! Mais tu devrais attendre un peu de faire ta place au sein de la confrérie afin de pouvoir la faire vivre. Avant toute chose, il vaudrait mieux que tu parles à son père pour éviter qu'il la marie à quelqu'un d'autre, auquel cas tu ne pourrais plus rien faire.

L'image de Gastó Segura et de ses quelques dents, toutes noires, se dressa devant Arnau comme une barrière infranchissable. Joan devina les craintes de son frère.

— Tu dois le faire, insista-t-il.

— Tu m'aideras ?

— Évidemment !

Pendant quelques instants, le silence régna de nouveau dans la pièce, de part et d'autre de la cheminée de Pere.

— Joan, appela Arnau, brisant le silence.

— Je t'écoute.

— Merci.

— De rien.

Les deux frères essayèrent en vain de s'endormir. Arnau était surexcité à l'idée de se marier avec son

Aledis tant désirée ; Joan, perdu dans ses souvenirs, se rappelait sa mère. Ponç le chaudronnier avait-il eu raison ? La malice est naturelle chez la femme. La femme doit être soumise à l'homme. L'homme doit châtier la femme. Le chaudronnier avait-il eu raison ? Comment pouvait-il respecter la mémoire de sa mère et donner de tels conseils ? Joan se souvint de la main de sa mère qui sortait par la petite fenêtre de sa prison et lui caressait la tête. Il se souvint de la haine qu'il avait éprouvée, et qu'il éprouvait toujours envers Ponç... Mais le chaudronnier n'avait-il pas eu raison ?

Au cours des jours suivants, aucun des deux garçons n'osa s'adresser au désagréable Gastó, que son statut de locataire dans la maison de Pere renvoyait sans cesse au malheur qui lui avait fait perdre tous ses biens. Dès qu'il se trouvait à la maison, au moment où les deux frères auraient eu l'occasion de lui parler, le caractère amer du tanneur s'aggravait. Ses grognements, ses protestations et ses grossièretés les faisaient renoncer.

Arnau demeurait sous l'emprise d'Aledis. Il la voyait, continuait de penser à elle quand elle n'était pas là. Il n'y avait pas un moment de la journée où son imaginaire n'était pas tout entier envahi par elle. Mais quand Gastó surgissait, il manquait tout à coup de courage pour se décider à passer à l'acte.

En dépit des interdits des prêtres et des membres de sa confrérie, le jeune garçon ne pouvait quitter des yeux Aledis quand cette dernière, seule à seul avec son jouet, profitait de n'importe quel prétexte pour serrer sa chemise décolorée. Arnau était obsédé par cette vision : ces tétons, ces seins, tout le corps d'Aledis l'appelait. « Tu seras ma femme, un jour tu seras ma femme », pensait-il, l'esprit échauffé. Il tentait alors de l'imaginer nue et son esprit vagabondait vers des lieux prohibés et inconnus car, à l'exception du corps torturé de Habiba, il n'avait jamais vu une femme dans le plus simple appareil.

Il arriva à plusieurs reprises qu'Aledis se déhanche de manière suggestive devant lui ; de la même manière, soulevant sa chemise au-dessus de ses genoux, elle s'arrangeait pour lui découvrir ses cuisses ; elle portait les mains à son dos, à ses reins, pour se cambrer autant que le lui permettait sa colonne vertébrale, feignant une douleur inexistante, et lui montrer son ventre plat et dur. Soudain Aledis souriait ou faisait mine de découvrir la présence d'Arnau. Alors, elle feignait de se troubler. Quand elle disparaissait, Arnau devait lutter pour repousser ces images de sa mémoire.

Troublé par de telles expériences, Arnau se disait qu'il devait à tout prix trouver le bon moment pour parler à Gastó.

— Que diantre faites-vous plantés là ! leur lâcha ce dernier, un jour où les deux garçons étaient campés devant lui, fermement résolus à demander Aledis en mariage.

Le sourire avec lequel Joan s'était adressé au tanneur disparut aussi vite que l'homme qui fila en les bousculant sans ménagement.

— Vas-y, toi, implora une autre fois Arnau à son frère.

Gastó était seul en bas, à table. Joan s'assit en face de lui et se racla la gorge. Au moment où il allait parler, le tanneur leva le regard de la pièce qu'il était en train d'examiner.

— Gastó..., commença Joan.

— Je l'écorcherai vif ! Je lui arracherai les

293

couilles ! hurla le tanneur, crachant de la salive entre ses dents noires. Simooó !

Joan fit à Arnau, caché dans un coin de la pièce, un geste d'impuissance. Simó avait accouru aux cris de son père.

— Comment peux-tu avoir fait une couture pareille ? éructa Gastó en lui mettant la pièce en cuir sous le nez.

Joan se leva et se retira.

Mais ils ne s'avouèrent pas vaincus.

— Gastó, insista de nouveau Joan un autre jour où, après le dîner et apparemment de bonne humeur, le tanneur était sorti faire une balade sur la plage.

Les deux garçons s'étaient lancés à sa poursuite.

— Que veux-tu ? demanda l'autre sans cesser de marcher.

« Au moins, il veut bien nous écouter », pensèrent-ils.

— Je voulais... te parler d'Aledis...

Dès qu'il entendit le prénom de sa fille, Gastó s'arrêta net et s'avança vers Joan, si près que son haleine fétide incommoda ce dernier.

— Qu'a-t-elle fait ?

Gastó respectait Joan ; il le tenait pour un garçon sérieux. La mention d'Aledis et sa méfiance maladive lui laissaient croire qu'il voulait l'accuser de quelque chose, ce que le tanneur ne pouvait même pas concevoir.

— Rien, dit Joan.

— Comment « rien » ? poursuivit Gastó, à présent tout près de Joan. Alors, pourquoi veux-tu me parler d'elle ? Dis-moi la vérité, qu'a-t-elle fait ?

— Rien, elle n'a rien fait, vraiment.

— Rien ? Et toi, dit-il en se tournant vers Arnau,

au grand soulagement de son frère, qu'as-tu à dire ?
Qu'est-ce qu'elle a, Aledis ?

— Moi... rien...

La confusion d'Arnau accrut les soupçons de Gastó.

— Raconte-moi !

— Il n'y a rien... non...

— Eulàlia !

Gastó n'attendit pas davantage et, en aboyant comme un possédé le prénom de sa femme, s'en retourna chez Pere.

Cette nuit-là, les deux garçons, noués par la culpabilité, entendirent les cris que poussait Eulàlia tandis que Gastó tentait d'obtenir d'elle, sous les coups, une impossible confession.

Ils essayèrent encore à deux reprises de lui parler, mais ne purent même pas commencer à s'expliquer. Au bout de quelques semaines, découragés, ils firent part de leur problème au père Albert qui, avec un sourire, s'engagea à parler à Gastó.

— Je suis désolé, Arnau, annonça une semaine plus tard l'ecclésiastique au jeune garçon.

Il avait donné rendez-vous à Arnau et à Joan sur la plage.

— Gastó Segura s'oppose à ton mariage avec sa fille.

— Pourquoi ? demanda Joan. Arnau est quelqu'un de bien.

— Prétendriez-vous que je marie ma fille à un esclave de la Ribera ? avait répondu le tanneur. Un esclave qui ne gagne pas assez pour louer une chambre !

Le prêtre avait tenté de le convaincre.

295

— Il n'y a plus d'esclaves à la Ribera. Ça, c'était avant. Tu sais bien qu'il est interdit que les esclaves travaillent...

— Un travail d'esclave.

— Ça, c'était avant, avait insisté le curé. Par ailleurs, j'ai obtenu une bonne dot pour ta fille.

Gastó Segura, qui considérait la conversation terminée, s'était brusquement retourné vers le père Albert.

— Ils pourraient acheter une maison...

— Ma fille n'a pas besoin de la charité des riches ! l'avait interrompu le tanneur. Gardez vos bons offices pour d'autres.

Arnau regarda en direction de la mer ; le reflet de la lune scintillait depuis l'horizon jusqu'à la rive et se perdait dans l'écume des vagues qui se brisaient sur la plage.

Le père Albert laissa le murmure des vagues les envelopper. Et si Arnau lui demandait des explications ? Que lui dirait-il ?

— Pourquoi ? finit par balbutier Arnau, les yeux toujours perdus à l'horizon.

— Gastó Segura est... un homme étrange.

Il ne pouvait pas affliger davantage le jeune garçon.

— Il prétend marier sa fille à un noble ! Comment un ouvrier tanneur peut-il espérer une telle chose ?

Un noble. Le jeune *bastaix* le croyait-il ? Personne ne pouvait se sentir déprécié face à la noblesse. Même le murmure des vagues, constant, patient, semblait attendre la réaction du garçon.

Un sanglot résonna sur la plage.

Le prêtre passa un bras autour des épaules d'Arnau et sentit les convulsions qui le secouaient. Il fit de même avec Joan. Tous trois demeurèrent face à la mer.

— Tu rencontreras une femme bien, prédit le curé au bout d'un moment.

« Pas comme elle », pensa Arnau.

Troisième partie

SERFS DE LA PASSION

21.

Quatre années avaient passé depuis que Gastó Segura avait refusé d'accorder la main de sa fille à Arnau le *bastaix*. Quelques mois plus tard, Aledis fut donnée en mariage à un vieux maître tanneur, veuf, qui, d'un air lascif, accepta sans rechigner l'absence de dot de la jeune fille. Jusqu'au moment où on la livra à son époux, Aledis resta sous la surveillance exclusive de sa mère.

Arnau avait désormais dix-huit ans. C'était un homme grand, fort et beau. Pendant ces quatre années, il avait vécu pour et par la confrérie, l'église Santa Maria et son frère Joan. Il transportait des marchandises et des pierres comme les autres, contribuait à la caisse des *bastaixos* et participait avec dévotion aux offices religieux. Mais il ne s'était pas marié, et les dirigeants de la confrérie étaient préoccupés par son statut de célibataire : s'il tombait dans la tentation de la chair, ils seraient obligés de l'exclure. Et il était si facile pour un homme de dix-huit ans de commettre ce péché !

Pourtant, Arnau ne voulait pas entendre parler de femmes. Quand le curé lui avait appris la décision de Gastó, Arnau s'était souvenu, face à la mer, des femmes de sa vie : sa mère, il ne l'avait même pas connue ; Guiamona l'avait accueilli avec tendresse, mais l'avait ensuite rejeté ; Habiba avait disparu dans le sang et la douleur – aujourd'hui encore, il entendait la nuit le fouet de Grau qui claquait sur son corps nu ; Estranya l'avait traité comme un esclave ; Margarida l'avait humilié au pire moment de son existence, et Aledis... Que penser d'Aledis ? À ses côtés, il avait découvert l'homme véritable qui était en lui, mais l'avait étouffé.

« Je dois m'occuper de mon frère, répondait-il aux dirigeants chaque fois qu'ils le questionnaient à ce sujet. Vous savez qu'il se destine à l'Église, à servir Dieu, ajoutait-il devant leur silence recueilli, quel meilleur but que celui-ci ? » Les dirigeants ne trouvaient rien à redire à cet argument.

Arnau vécut ainsi pendant quatre ans : tranquillement, accroché à son travail, à l'église Santa Maria et, surtout, à Joan.

Ce deuxième dimanche de juillet 1339 était une date importante pour Barcelone. En janvier 1336, le roi Alphonse IV le Débonnaire était mort dans la ville, et cette même année, après Pâques, son fils Pierre, qui régnait sous le titre de Pierre IV le Cérémonieux, avait été couronné à Saragosse.

De 1336 à 1339, le nouveau monarque n'avait jamais mis les pieds à Barcelone, la ville comtale, capitale de la Catalogne, et les nobles comme les commerçants considéraient le peu d'entrain royal à rendre hommage à la plus importante des villes du royaume d'un mauvais œil. L'aversion du nouveau souverain envers la noblesse catalane était connue de tous : Pierre IV était le fils de la première femme du défunt Alphonse, Teresa de Entenza, comtesse d'Urgell et vicomtesse d'Ager. Teresa était morte avant le couronnement de son époux et Alphonse s'était uni en secondes noces à Leonor de Castille, femme ambitieuse et cruelle qui lui avait donné deux enfants.

Le roi Alphonse, qui avait conquis la Sardaigne, était néanmoins faible de caractère et influençable. La reine Leonor obtint rapidement d'importantes concessions de terres et de titres pour ses fils. Elle persécuta ensuite ses beaux-enfants, les fils de Teresa de Entenza, héritiers du trône de leur père. Pendant les huit années de règne d'Alphonse IV le Débonnaire, et sous les yeux consentants de celui-ci et de sa cour catalane, Leonor consacra toute son énergie à attaquer l'infant Pierre, alors enfant, et son frère Jacques, comte d'Urgell. Seuls deux nobles catalans, Ot de Montcada, parrain de Pierre, et Vidal de Vilanova, commandeur de Montalbán, prirent fait et cause pour les fils de Teresa de Entenza et conseillèrent au roi Alphonse et aux infants eux-mêmes de fuir avant d'être empoisonnés. Pierre et Jacques les écoutèrent. Ils se cachèrent dans les montagnes de Jaca, en Aragon ; puis, soutenus par la noblesse aragonaise, ils trouvèrent refuge dans la ville de Saragosse, sous la protection de l'archevêque Pedro de Luna.

Le couronnement de Pierre brisait ainsi une tradition établie depuis l'union du royaume d'Aragon et de la principauté de Catalogne. Si le sceptre d'Aragon était remis à Saragosse, la principauté de Catalogne, qui appartenait au roi en sa qualité de comte de Barcelone, devait être cédée en terres catalanes. Jusqu'à l'intronisation de Pierre IV, les monarques prêtaient d'abord serment à Barcelone avant d'être couronnés à Saragosse. Le roi recevait la couronne en tant que monarque d'Aragon mais,

303

en tant que comte de Barcelone, il n'obtenait la principauté que s'il jurait son ralliement aux lois et aux constitutions de Catalogne. Le serment prêté aux lois avait toujours été considéré comme le préalable à toute intronisation.

Pour la noblesse catalane, le comte de Barcelone, prince de Catalogne, était juste un *primus inter pares*, ainsi que le prouvait l'hommage qu'il recevait d'elle : « Nous, qui sommes aussi bons que vous, jurons à votre grâce, qui n'est pas meilleure que nous, que nous vous acceptons comme roi et seigneur souverain tant que vous respecterez toutes nos libertés et nos lois ; dans le cas contraire, nous vous rejetterions. » C'est pourquoi, au moment où Pierre IV allait être couronné, la noblesse catalane se rendit à Saragosse pour exiger de lui qu'il prête d'abord serment à Barcelone comme l'avaient fait ses ancêtres. Le roi refusa et les Catalans quittèrent la cérémonie. Cependant, le roi était obligé de recevoir leur hommage et, en dépit des protestations de la noblesse et des autorités de Barcelone, Pierre décida que cette cérémonie aurait lieu à Lérida. Là, en juin 1336, après avoir prêté serment aux *usatges* et aux lois catalanes, il avait reçu l'hommage des Catalans.

Ce deuxième dimanche de juillet 1339, le roi Pierre IV visitait donc pour la première fois Barcelone, la ville qu'il avait humiliée. Trois événements amenaient le souverain dans la capitale catalane : le serment qu'en tant que vassal de la couronne d'Aragon, son beau-frère Jacques III, roi de Majorque, comte du Roussillon, de Sardaigne et seigneur de Montpellier devait lui prêter ; le conseil général des prélats de la province tarragonaise – où Barcelone figurait comme bien ecclésiastique – et le transfert, de l'église Santa Maria à la cathédrale, de la dépouille de la martyre sainte Eulalie.

Les deux premiers actes furent exécutés en privé. Jacques III avait expressément demandé que son serment d'hommage n'eût pas lieu en public, mais dans la chapelle du palais, et en présence seulement d'un groupe de nobles triés sur le volet.

Le troisième acte, en revanche, prit la forme d'un grand spectacle public rassemblant nobles, ecclésiastiques et le peuple tout entier. Les uns venaient simplement voir, les autres avaient le privilège d'accompagner leur roi et le cortège royal qui, après avoir entendu la messe dans la cathédrale, devaient se diriger en procession jusqu'à Santa Maria pour, de là, revenir à la cathédrale avec les reliques de la martyre.

Le parcours était envahi par la foule qui désirait acclamer son roi. L'abside de Santa Maria avait été recouverte, on travaillait aux nervures de la deuxième voûte et il restait encore une petite partie de l'église romane originelle.

Le martyre de sainte Eulalie datait de l'époque romaine, de l'an 303. Sa dépouille avait d'abord reposé au cimetière romain, puis à l'église Santa Maria de las Arenas construite sur la nécropole, après l'autorisation du culte chrétien par l'édit de l'empereur Constantin. Lors de l'invasion arabe, les responsables de la petite église avaient décidé de cacher les restes de la martyre. En 801, quand le roi français Louis Ier le Pieux avait libéré la ville, l'évêque de Barcelone, Frodoí, avait fait rechercher les reliques de la sainte qui, depuis, reposaient dans un coffret à Santa Maria.

Bien que couverte d'échafaudages et cernée de pierres et de matériaux de construction, Santa Maria était splendide. Au côté de l'archidiacre de la Mer, Bernat Rosell, les membres du comité des travaux, des nobles, des bénéficiers et d'autres dignitaires du clergé, tous parés de leurs plus beaux atours, attendaient le cortège royal. Leurs vêtements flamboyaient. Le soleil de ce matin de juillet se déversait à travers les voûtes et les grands vitraux inachevés, faisant resplendir les dorures et métaux qu'arboraient les privilégiés qui attendaient le roi à l'intérieur.

Le soleil étincelait également sur le poignard poli d'Arnau. Car à ces personnages importants s'étaient joints les simples *bastaixos*, parmi lesquels se trouvait Arnau, debout devant la chapelle du sacrement, sa chapelle ; d'autres, en tant que gardiens du portal Mayor, se tenaient près de la porte d'accès au temple, qui était encore celle de la vieille église romane.

Les *bastaixos*, ces anciens esclaves ou *macips de ribera*, jouissaient à Santa Maria del Mar d'innombrables privilèges dont Arnau avait profité au cours des quatre dernières années. En plus de s'être vu attribuer la chapelle la plus importante du temple et d'être les gardiens du portal Mayor, les messes en l'honneur des festivités des *bastaixos* étaient célébrées sur le maître-autel ; le dirigeant suprême de la confrérie gardait la clé du sépulcre du Très-Haut ; lors des processions du Corpus, ils étaient chargés de porter la Vierge ainsi que Santa Tecla, Santa Caterina et Sant Macià ; et quand un *bastaix* se trouvait aux portes de la mort, on sortait le viatique sacré, quelle que fût l'heure, solennellement, sous dais, par la porte principale.

Ce matin-là, les soldats du roi, qui contrôlaient le trajet du cortège, laissèrent passer Arnau et ses compagnons ; le jeune *bastaix* se savait envié par les très nombreux citoyens qui s'entassaient pour voir passer la procession. Lui, un humble travailleur du port, avait accès à Santa Maria au côté des nobles et des riches marchands. Quand il traversa l'église pour se rendre à la chapelle du Santísimo, il se retrouva nez à nez avec Grau Puig, Isabel et ses trois cousins, tous vêtus de soie, parés d'or, altiers.

Arnau chancela. Tous les cinq le regardaient. Il baissa les yeux et passa devant eux.

— Arnau, entendit-il juste au moment où il venait de frôler Margarida.

Briser la vie de son père ne leur avait pas suffi ? Seraient-ils capables de l'humilier une fois de plus, à présent, auprès de ses compagnons, dans son église ?

— Arnau, entendit-il à nouveau.

Il leva les yeux ; c'était Berenguer de Montagut. Les cinq Puig étaient à moins d'un pas de lui.

— Excellence, dit le maître en s'adressant à l'archidiacre de la Mer, je vous présente Arnau...

— Estanyol, balbutia Arnau.

— C'est le *bastaix* dont je vous ai tant parlé. Ce n'était qu'un enfant, et il portait déjà des pierres pour la Vierge.

Le prélat inclina la tête et offrit son anneau à Arnau, qui se pencha pour le baiser. Berenguer de Montagut lui tapota le dos. Arnau vit Grau et sa famille se courber devant le prélat et le maître, mais aucun des deux ne leur prêta attention et ils continuèrent leur chemin. Arnau se redressa et, d'un pas décidé, le regard tourné vers le déambulatoire, il rejoignit la chapelle du Santísimo, où il se posta au côté des autres *bastaixos*.

Les cris de la foule annoncèrent l'arrivée du roi et de sa suite : le roi Pierre IV ; le roi Jacques de Majorque ; la reine Elisenda, veuve du roi Jacques, grand-père de Pierre ; les infants Pierre, Ramon Berenguer et Jacques, les deux premiers oncles et le dernier frère du roi ; la reine de Majorque, également sœur du roi Pierre ; le cardinal Rodés, légat du pape ; l'archevêque de Tarragona ; évêques, prélats. Nobles et gentilshommes avançaient en procession jusqu'à Santa Maria par la calle del Mar. On n'avait jamais vu à Barcelone un aussi grand nombre de personnalités, autant de luxe et de magnificence.

Pierre IV le Cérémonieux avait voulu impressionner le peuple qu'il avait abandonné pendant plus de trois ans. Et il y avait réussi. Les deux rois, le cardinal et l'archevêque marchaient sous dais, porté par des évêques et des nobles. Sur le maître-autel provisoire de Santa Maria, ils reçurent des mains de l'archidiacre de la Mer le coffret contenant les restes de la martyre, sous le regard attentif de l'assistance et celui, nerveux, d'Arnau. Le roi en personne transporta le coffret de l'église à la cathédrale, où les reliques furent inhumées dans la chapelle spécialement construite à cet effet, sous le maître-autel.

22.

Après le transfert des reliques de sainte Eulalie, le roi donna un banquet dans son palais. À la table royale, le cardinal, les rois de Majorque, la reine d'Aragon et la reine mère, les infants de la maison royale et divers prélats – en tout vingt-cinq personnes – entouraient Pierre IV. À une autre table se trouvaient les nobles et, pour la première fois dans l'histoire des festins royaux, un grand nombre de gentilshommes. Du reste, le roi et ses favoris ne furent pas les seuls à célébrer l'événement : Barcelone tout entière fit fête pendant huit jours.

Aux premières heures du jour, Arnau et Joan se rendaient à la messe et aux processions solennelles qui sillonnaient la ville au son des cloches. Ensuite, comme tout le monde, ils se perdaient dans les rues et assistaient aux joutes et aux tournois dans le Born, où nobles et gentilshommes démontraient leur habileté guerrière, soit à pied, armés d'une grande épée, soit à cheval, en s'élançant les uns contre les autres au triple galop, la lance pointée sur leur adversaire. Tous deux demeuraient éblouis par les reconstitutions de batailles navales. « Hors de l'eau, ils semblent beaucoup plus grands », fit remarquer Arnau à Joan en lui désignant les esquifs et les galères qui, montés sur des chars, traversaient la ville et à bord desquels les marins simulaient abordages et combats. Quand Arnau pariait quelques sous aux cartes ou aux dés, Joan le blâmait du regard mais il ne voyait pas d'inconvénient à jouer avec lui, souriant, aux quilles, ou encore au *bòlit*, aussi appelé la *escampella* ; le jeune étudiant montrait une adresse rare à renverser les quilles et à frapper les pièces.

Mais ce que Joan préférait, c'était entendre, de la bouche des nombreux troubadours arrivés en ville, les grandes gestes guerrières des Catalans. « Ce sont les chroniques de Jacques Ier », apprit-il un jour à Arnau, après avoir écouté l'histoire de la conquête de Valence. « C'est la chronique de Bernat Desclot », lui expliqua-t-il un autre jour, quand le poète mit fin aux récits des guerres du roi Pierre III le Grand lors de la conquête de la Sicile ou de la croisade française contre la Catalogne.

— Allons au Pla d'en Llull, proposa Joan à son frère après la procession du jour.

— Pourquoi ?

— Il y a là, m'a-t-on dit, un troubadour valencien qui connaît la *Crónica* de Ramon Muntaner.

Arnau l'interrogea du regard.

— Ramon Muntaner est un célèbre chroniqueur de l'Ampurdan, qui fut capitaine des soldats lors de la conquête des duchés d'Athènes et de Neopatria. Il a écrit la chronique de ces guerres il y a sept ans et je suis sûr qu'elle est intéressante... Du moins, elle doit être vraie.

Le Pla d'en Llull, espace ouvert entre Santa Maria et le couvent de Santa Clara, était plein à craquer. Les gens s'étaient assis par terre et bavardaient sans quitter des yeux l'endroit où devait apparaître le poète valencien ; sa réputation était telle que même certains nobles étaient venus l'écouter, accompagnés par des esclaves chargés de chaises pour toute la famille.

— Ils ne sont pas là, dit Joan à Arnau quand il vit son frère scruter avec méfiance les rangées de nobles.

Arnau lui avait raconté sa rencontre avec les Puig à Santa Maria. Ils dénichèrent une bonne place près d'un groupe de *bastaixos* qui attendait depuis un moment le début du spectacle. Arnau s'assit par terre, non sans avoir à nouveau auparavant dévisagé les familles des nobles, qui ne passaient pas inaperçues au milieu du simple peuple.

— Tu devrais apprendre à pardonner, murmura Joan.

Arnau lui lança un mauvais regard. Le bon chrétien...

— Joan, coupa Arnau, jamais. Je n'oublierai jamais ce que cette harpie a fait à mon père.

À ce moment-là, le troubadour fit son apparition. Un tonnerre d'applaudissements l'accueillit. Martí de Xàtiva était un homme grand et maigre qui se déplaçait avec agilité et élégance. Il demanda le silence avec les mains.

— Je vais vous raconter l'histoire suivante : comment et pourquoi six mille Catalans ont conquis l'Orient et vaincu les Turcs, les Byzantins, les Alains, et comment et pourquoi de nombreux peuples guerriers ont essayé de s'opposer à eux.

Les applaudissements retentirent de nouveau sur le Pla d'en Llull ; Arnau et Joan n'étaient pas en reste.

— Je vous raconterai, de la même manière, comment l'empereur de Byzance a assassiné notre amiral Roger de Flor et beaucoup de Catalans qu'il avait invités à une fête...

311

— Traître ! cria quelqu'un, provoquant les insultes du public.

— Enfin, je vous raconterai comment les Catalans ont vengé la mort de leur chef et rasé l'Orient en semant la mort et la destruction. Voici l'histoire de la troupe de guerriers catalans qui, en 1305, embarquèrent sous le commandement de l'amiral Roger de Flor...

Le Valencien savait comment capter l'attention de son public. Il gesticulait, jouait et se faisait accompagner de deux assistants qui, derrière lui, représentaient les scènes qu'il relatait. Il obligeait également le public à participer.

— À présent, je vais reparler de l'empereur, dit-il en commençant le chapitre de la mort de Roger de Flor, qui, accompagné de trois cents hommes à cheval et de mille fantassins, se rendit à Andrinópolis, invité par *xor* Miqueli, fils de l'empereur, à une fête en son honneur.

Le poète se dirigea alors vers un des nobles les mieux habillés et lui demanda de monter sur scène pour jouer le rôle de Roger de Flor. « Si tu fais participer le public, lui avait expliqué son maître, surtout si ce sont des nobles, on te paiera davantage. »

— Roger de Flor fut adulé pendant les six jours que dura son séjour à Andrinópolis, et le septième, *xor* Miqueli fit appeler Girgan, chef des Alains, et Melic, chef des Turcs chrétiens, avec huit mille hommes à cheval.

Le Valencien s'agita, inquiet, sur la scène. Les spectateurs se mirent de nouveau à crier, certains se levèrent et seuls les assistants du troubadour parvinrent à les empêcher de venir défendre Roger de Flor sur scène. Le poète en personne assassina Roger de Flor et le noble se laissa tomber au sol. Les gens réclamèrent vengeance pour la trahison de l'amiral catalan. Joan en profita pour observer Arnau qui, sans émotion apparente, avait le regard fixé sur le noble à terre. Pendant ce temps, huit mille Alains et Turcs chrétiens assassinaient les trois mille Catalans qui avaient accompagné Roger de Flor. Les assistants du troubadour s'entretuèrent à plusieurs reprises.

— Seuls trois hommes s'en tirèrent, poursuivit le poète en élevant la voix. Ramon de Arquer, gentilhomme du Castelló d'Empúries, Ramon de Tous...

L'histoire se poursuivait par la vengeance des Catalans et la destruction de la Thrace, de la Chalcidie, de la Macédoine et de la Thessalie. Chaque fois que le poète mentionnait l'un de ces lieux, les citoyens de Barcelone se félicitaient. « Que la vengeance des Catalans tombe sur toi ! » ne cessaient-ils de crier. Tous les soldats qui avaient participé aux conquêtes arrivèrent au duché d'Athènes. Là aussi, ils triomphèrent après avoir tué plus de vingt mille hommes et Roger des Laur, nommé capitaine, chanta le troubadour, reçut pour épouse la veuve du seigneur de la Sola, près du château de la Sola. Le Valencien chercha un autre noble parmi l'assistance, l'invita sur scène et lui accorda une femme, choisie dans le public, qu'il accompagna jusqu'au nouveau capitaine.

— Et c'est ainsi, dit le troubadour qui donnait la main au noble et à la femme, qu'ils se partagèrent la ville de Thèbes et toutes les villes et les châteaux du duché, et donnèrent les femmes comme épouses aux soldats de la troupe qui avaient été braves.

Pendant que le troubadour chantait la *Crónica* de Muntaner, ses assistants choisissaient des hommes et des femmes du public et les plaçaient en deux rangées face à face. Beaucoup voulaient être choisis : ils étaient dans le duché d'Athènes, ils étaient les

Catalans qui avaient vengé la mort de Roger de Flor. Le groupe de *bastaixos* attira l'attention des assistants. Le seul célibataire était Arnau, que ses compagnons obligèrent à se lever et désignèrent comme candidat. Les assistants le choisirent, à la plus grande joie de ses compagnons qui applaudirent à tout rompre. Arnau monta sur scène.

Au moment où il rejoignait la file des soldats, une femme se leva parmi le public et cloua ses immenses yeux sombres sur le jeune *bastaix*. Les assistants du troubadour la repérèrent immédiatement. Personne ne pouvait l'ignorer, belle et jeune comme elle était et réclamant avec arrogance d'être choisie. Quand les assistants se dirigèrent vers elle, un vieil homme, de mauvaise humeur, lui attrapa le bras et tenta de la faire rasseoir, ce qui provoqua les rires de l'assistance. La jeune femme résista au vieux. Les assistants regardèrent le poète qui leur fit signe d'y aller. « N'aie pas peur d'humilier quelqu'un, lui avait-on appris, si tu rallies ainsi à toi la majorité. » Et là, la majorité du public se moquait du vieil homme qui, debout désormais, luttait contre la jeune femme.

— C'est mon épouse, aboya-t-il à un des assistants contre qui il bataillait.

— Les vaincus n'ont pas d'épouses, répondit le troubadour de loin. Toutes les femmes du duché d'Athènes sont pour les Catalans.

Le vieux chancela, ce dont les assistants profitèrent pour lui arracher la belle et la placer dans le rang des femmes, sous les vivats de la foule.

Pendant que le poète poursuivait sa représentation, livrait les Athéniennes aux soldats et déclenchait des cris de joie à chaque nouvelle union, Arnau et Aledis ne se quittaient pas des yeux. « Combien de temps a passé, Arnau ? demandaient les grands yeux sombres. Quatre ans ? » Les *bastaixos* souriaient à Arnau et l'encourageaient ; le jeune homme évita d'affronter Joan. « Regarde-moi, Arnau ! » Aledis n'avait pas ouvert la bouche mais ce qu'elle exigeait était criant. Arnau se perdit dans ses yeux. Le Valencien prit la main de la jeune femme et lui fit traverser l'espace qui séparait les deux rangs. Il leva la main d'Arnau et appuya celle d'Aledis sur la sienne.

Une nouvelle clameur retentit. Tous les couples étaient alignés, avec en tête Arnau et Aledis face au public. La jeune femme sentit tout son corps trembler et elle serra doucement la main d'Arnau tandis que le *bastaix* observait du coin de l'œil le vieux qui, debout parmi les gens, le foudroyait du regard.

— Ainsi vécurent les soldats, continua à chanter le troubadour en désignant les couples. Ils s'établirent dans le duché d'Athènes, dans l'Orient lointain, où ils vivent encore pour la grandeur de la Catalogne.

Le Pla d'en Llull applaudit debout. Aledis serra la main d'Arnau pour attirer son attention. Tous deux se regardèrent. « Prends-moi, Arnau », le suppliaient les yeux sombres. Soudain, Arnau ne sentit plus rien dans sa main. Aledis avait disparu ; le vieux l'avait attrapée par les cheveux et il la traînait, au milieu des plaisanteries du public, en direction de Santa Maria.

— Quelques pièces, monsieur, lui demanda le poète en s'avançant vers lui.

Le vieux cracha et continua à tirer derrière lui son épouse Aledis.

— Traînée ! Pourquoi as-tu fait cela ?

Le vieux maître tanneur avait encore de la force, mais Aledis ne sentit pas la gifle.

— Je... je ne sais pas. La foule, les cris... Tout à coup je me suis crue en Orient...

Comment aurait-elle pu le laisser à une autre ?

— En Orient ? Putain !

Le tanneur saisit une lanière en cuir. Aledis oublia Arnau.

— S'il te plaît, Pau. S'il te plaît. Je ne sais pas pourquoi je l'ai fait. Je te le jure. Pardonne-moi. Je t'en supplie, pardonne-moi.

Aledis se mit à genoux devant son mari et baissa la tête. La lanière en cuir trembla dans la main du vieil homme.

— Tu demeureras dans cette maison, sans sortir, jusqu'à nouvel ordre, concéda-t-il.

Aledis ne dit rien et ne bougea pas avant d'entendre la porte se refermer.

Cela faisait quatre ans que son père l'avait donnée en mariage. Sans aucune dot, c'était le meilleur parti que Gastó avait pu obtenir pour sa fille : un vieux maître tanneur, veuf et sans enfant. « Un jour, tu hériteras », lui avait-il dit pour toute explication. Il n'avait pas ajouté qu'alors, lui, Gastó Segura, prendrait la place du maître et s'approprierait son commerce. Selon lui, les filles n'avaient pas besoin de connaître ce genre de détails.

Le jour de la noce, le vieux n'avait pas attendu la fin de la fête pour conduire sa jeune épouse dans la chambre. Aledis se fit déshabiller par des mains tremblantes et se laissa embrasser les seins par une bouche baveuse. La première fois que le vieux la toucha, la peau d'Aledis se hérissa au contact de ses mains calleuses et rugueuses. Pau l'emmena ensuite jusqu'au lit et s'allongea sur elle tout habillé, bavant, tremblant, haletant. Il la pétrissait et lui mordillait les seins, la fouillait entre les jambes. Enfin, sur elle, toujours habillé, il se mit à haleter plus rapidement et à remuer jusqu'au moment où il poussa un dernier soupir avant de s'endormir.

Le lendemain matin, Aledis avait perdu sa virginité sous un corps léger, fragile et faible qui l'assaillait maladroitement. Arriverait-elle jamais à ressentir autre chose que du dégoût ? se demandat-elle.

Chaque fois que, pour une raison ou pour une autre, elle devait descendre à l'atelier, Aledis observait les jeunes apprentis de son mari. Pourquoi ne la regardaient-ils pas ? Elle, elle les regardait bien. Ses yeux caressaient leurs muscles et se distrayaient des perles de sueur qui naissaient sur leur front, sillonnaient leur visage, leur tombaient dans le cou et se logeaient sur leurs torses, forts et puissants. Le désir d'Aledis dansait au rythme que marquait le mouvement permanent de leurs bras tandis qu'ils tannaient la peau, encore et encore... Mais les ordres de son mari avaient été clairs : « Dix coups de fouet à qui regarde ma femme pour la première fois, vingt coups la deuxième fois, et à la rue la troisième. » Et Aledis continuait, nuit après nuit, à se demander où était le plaisir dont on lui avait parlé, que réclamait sa jeunesse et que jamais ne pourrait lui offrir le mari décrépit à qui on l'avait livrée.

Certaines nuits, le vieux maître la griffait de ses mains râpeuses ; d'autres, il l'obligeait à le masturber ou la pénétrait de force avant que la faiblesse l'en empêche. Ensuite, il s'endormait toujours. Une nuit, Aledis se leva en silence, tâchant de ne pas le réveiller. Le vieux ne changea même pas de position.

Elle descendit à l'atelier. Les tables de travail, découpées dans la pénombre, l'attirèrent et elle passa entre elles en faisant glisser ses doigts sur les planches polies. « Vous ne me désirez pas ? Je ne vous plais pas ? » En marchant entre les tables, Aledis rêvait des apprentis, se caressait les seins et les hanches, quand une faible lueur dans un coin de l'atelier attira son attention. Un nœud de l'une des grosses planches qui séparaient l'atelier du dortoir des apprentis était tombé. Aledis regarda au travers. La jeune femme s'écarta aussitôt du trou. Elle tremblait. Elle approcha de nouveau l'œil. Ils étaient nus ! Pendant un moment, elle eut peur que sa respiration puisse la dénoncer. L'un d'entre eux était en train de se caresser, allongé sur sa paillasse !

— À qui penses-tu ? lui demanda celui qui était le plus près du mur où se trouvait Aledis. À la femme du maître ?

L'autre ne répondit pas et continua à frictionner son pénis... Aledis était en sueur. Sans s'en rendre compte, elle glissa une main entre ses cuisses et, les yeux rivés sur le jeune garçon qui pensait à elle, elle apprit à se donner du plaisir. Elle jouit avant le jeune apprenti et se laissa tomber au sol, le dos contre le mur.

Le lendemain matin, Aledis passa devant la table de l'apprenti, irradiant de désir. Inconsciemment, elle s'arrêta devant. Le jeune garçon finit par lever les yeux un instant. Elle eut alors confirmation que c'était en pensant à elle qu'il s'était masturbé, et sourit.

L'après-midi, Aledis fut convoquée à l'atelier. Le maître l'attendait derrière l'apprenti.

— Chérie, dit-il quand elle fut à leur hauteur, tu sais bien que je n'aime pas que quelqu'un distraie mes apprentis.

Aledis regarda le dos du garçon. Dix fines lignes de sang le lacéraient. Elle ne répondit pas. Cette

318

nuit-là, elle ne descendit pas à l'atelier, pas plus que les deux suivantes, mais ensuite elle revint, nuit après nuit, pour se caresser le corps en songeant à Arnau. Il était seul. Ses yeux le lui avaient dit. Il fallait qu'il soit à elle !

23.

Barcelone était toujours en fête.

La maison de Bartolomé, dirigeant de la confrérie, était humble, comme toutes celles des *bastaixos*. Elle était encastrée dans les ruelles étroites qui menaient de Santa Maria, du Born ou du Pla d'en Llull, à la plage. Le rez-de-chaussée, où se trouvait le foyer, était en brique, et l'étage, construit plus tard, en bois.

Arnau ne cessait de se lécher les babines devant le repas que préparait la femme de Bartolomé sous l'œil des convives, dans une grande poêle posée sur le feu : viande de veau et légumes frits avec du lard, du poivre, de la cannelle et du safran ; pain blanc au froment ; vin au miel ; fromage et galettes sucrées.

— Que célébrons-nous ? demanda-t-il une fois à table, Joan assis en face de lui, Bartolomé à sa gauche et le père Albert à sa droite.

— Tu le sauras bientôt, répondit le curé.

Arnau se tourna vers Joan, qui ne dit pas un mot.

— Tu le sauras bientôt, répéta Bartolomé. À présent, mange.

Arnau haussa les épaules tandis que la fille aînée de Bartolomé s'avançait vers lui avec une écuelle pleine de viande et une demi-miche de pain.

— Ma fille Maria, dit Bartolomé.

Arnau hocha la tête et fixa son attention sur l'écuelle. Quand les quatre hommes furent servis et que le prêtre eut béni la table, ils attaquèrent le repas en silence. L'épouse de Bartolomé, sa fille et quatre autres petits firent de même par terre, aux quatre coins de la pièce ; eux n'avaient droit qu'à la traditionnelle soupe.

Arnau savourait la viande et les légumes. Quelles saveurs si rares ! Poivre, cannelle, safran, c'était ce que mangeaient les nobles et les riches marchands. « Quand nous, les bateliers, nous déchargeons l'une de ces épices, lui avait-on expliqué un jour à la plage, nous prions. Si elles tombaient à l'eau ou s'abîmaient, nous n'aurions pas de quoi payer leur prix : prison assurée. » Il arracha un morceau de pain et le porta à sa bouche ; puis il prit un verre de vin au miel... Mais pourquoi le regardaient-ils ? Ses trois compagnons de table l'observaient, il en était sûr, même s'ils tentaient de s'en cacher. Il remarqua que Joan ne levait pas les yeux de son repas. Arnau se concentra de nouveau sur sa viande ; une, deux, trois cuillerées et il releva soudain la tête : Joan et le père Albert échangeaient des gestes.

— Que se passe-t-il ? lança Arnau en posant sa cuiller sur la table.

Bartolomé fit une drôle de mimique. « Que faisons-nous ? » parut-il demander aux autres.

— Ton frère a décidé de prendre l'habit et d'entrer dans l'ordre des Franciscains, annonça alors le père Albert.

— C'était donc ça.

Arnau brandit son verre, un sourire aux lèvres, en direction de Joan.

— Félicitations !

Mais pas plus Joan que Bartolomé ni le curé ne trinqua avec lui. Le verre d'Arnau resta en l'air. Que se passait-il ? Hormis les quatre petits qui, étrangers à tout, continuaient de manger, les autres ne le quittaient pas des yeux.

Arnau reposa son verre sur la table.

— Quel est le problème ? demanda-t-il à son frère.

— Je ne peux pas.

Arnau eut un air surpris.

— Je ne veux pas te laisser seul. Je prendrai l'habit seulement quand je te verrai au côté d'une... bonne épouse, la future mère de tes enfants.

Joan accompagna ses paroles d'un regard furtif en direction de la fille de Bartolomé, qui cacha son visage.

Arnau soupira.

— Tu dois te marier et fonder une famille, intervint alors le père Albert.

— Tu ne peux pas rester seul, répéta Joan.

— Je serais très honoré si tu acceptais ma fille Maria pour femme, déclara Bartolomé en regardant la jeune fille, qui cherchait refuge derrière sa mère. Tu es un homme bon et travailleur, sain et pieux. Je t'offre une bonne épouse que je doterai suffisamment pour que vous puissiez avoir une maison à vous. Tu sais aussi que la confrérie donne davantage d'argent aux membres mariés.

Arnau n'osa pas suivre le regard de Bartolomé.

— Nous avons beaucoup cherché, et nous pensons que Maria est la personne qu'il te faut, ajouta le curé.

Arnau regarda le prêtre.

— Tout bon chrétien doit se marier et mettre des enfants au monde, renchérit Joan.

Arnau tourna le visage vers son frère, mais Bartolomé reprit à son tour la parole.

— Ne réfléchis pas davantage, mon fils, lui conseilla-t-il.

— Je ne prendrai pas l'habit si tu ne te maries pas, répéta Joan.

— Nous serions tous très heureux si tu te mariais, dit le curé.

— La confrérie ne verrait pas d'un bon œil que tu refuses de te marier et qu'à cause de ton attitude ton frère ne suive pas le chemin de l'Église.

Tout le monde se tut. Arnau pinça les lèvres. La confrérie ! Il n'avait plus d'excuse.

— Eh bien, mon frère ? questionna Joan.

Arnau le considéra et, pour la première fois, vit une personne différente de celle qu'il connaissait : un homme qui l'interrogeait avec sérieux. Comment ne s'en était-il pas rendu compte ? Il était resté fixé sur le petit garçon souriant qui lui avait fait découvrir la ville, et dont les jambes pendaient d'une caisse tandis que le bras de sa mère lui caressait les cheveux. Comme ils avaient peu parlé durant les quatre dernières années ! Toujours à travailler, à décharger des bateaux, à revenir à la maison à la nuit tombée, brisé, avec juste l'envie de dormir, une fois le devoir accompli. Pour sûr, ce n'était plus le petit Joanet.

— Vraiment, tu renoncerais à prendre l'habit pour moi ?

Soudain, ils étaient seuls tous deux.

— Oui.

Seuls, Joan et lui.

— Nous avons beaucoup travaillé pour cela.

— Oui.

Arnau porta la main à son menton et réfléchit quelques instants. La confrérie. Bartolomé en était un des dirigeants. Que diraient ses compagnons ? Il ne pouvait pas faillir vis-à-vis de Joan, pas après tant d'efforts. De plus, si Joan s'en allait, que ferait-il ? Il se tourna vers Maria.

Bartolomé l'appela d'un geste. La jeune fille avança timidement.

Arnau vit une jeune fille simple, avec des cheveux bouclés et une expression de bonté sur le visage.

— Elle a quinze ans, lui apprit Bartolomé lorsque Maria s'arrêta près de la table.

Observée par les quatre hommes, elle joignit les mains sur son ventre et baissa les yeux.

— Maria ! dit doucement son père.

La jeune fille releva son visage rougissant vers Arnau en serrant les mains.

Cette fois, c'est Arnau qui détourna le regard. Bartolomé eut l'air inquiet. La jeune fille soupira. Pleurait-elle ? Il n'avait pas voulu l'offenser.

— D'accord, murmura-t-il.

Joan leva son verre, auquel se joignirent rapidement ceux de Bartolomé et du curé. Arnau prit le sien.

— Je suis très heureux, affirma Joan.

— Aux fiancés ! s'écria Bartolomé.

Cent soixante jours par an ! Par prescription de l'Église, les chrétiens devaient faire abstinence cent soixante jours par an. Ces jours-là, comme toutes les femmes de Barcelone, Aledis descendait jusqu'à la plage, près de Santa Maria, pour acheter du poisson dans l'ancienne ou la nouvelle poissonnerie de la ville.

« Où es-tu ? » Dès qu'elle voyait un bateau, Aledis scrutait la rive où les bateliers déchargeaient les marchandises. « Où es-tu, Arnau ? » Un jour elle l'avait vu, les muscles tendus comme s'ils avaient voulu déchirer sa peau. Dieu !

Aledis frémissait et comptait les heures avant la

nuit, quand son époux dormirait et qu'elle descendrait à l'atelier pour être avec lui, avec son souvenir encore frais.

Aledis finit par connaître la routine des *bastaixos* : quand ils ne déchargeaient aucun navire, ils transportaient des pierres à Santa Maria. Après le premier voyage, la file était rompue, chacun faisait le chemin pour son propre compte, sans attendre les autres.

Ce matin-là, Arnau partait chercher une nouvelle pierre. Seul. C'était l'été et il marchait, sa *capçana* à la main. Torse nu ! Aledis le vit passer devant la poissonnerie. Le soleil se reflétait dans la sueur qui couvrait tout son corps, et il souriait, il souriait à tous ceux qu'il croisait. Aledis s'écarta de la file d'attente. « Arnau ! » Elle dut lutter pour s'empêcher de crier. « Arnau ! » Elle ne pouvait pas. Dans la file d'attente, les autres femmes la regardaient. La vieille qui la suivait montra l'espace entre Aledis et la femme devant elle ; Aledis lui fit signe de passer. Comment distraire l'attention de toutes ces curieuses ? Elle feignit d'avoir un malaise. L'une d'elles s'avança pour l'aider, mais Aledis la repoussa ; les autres se sourirent d'un air entendu. Un autre malaise. Elle partit en courant et quelques femmes se mirent à rire cette fois franchement.

Arnau allait à Montjuïc, à la carrière royale, par la plage. Comment pouvait-elle le rejoindre ? Aledis courut dans la calle del Mar jusqu'à la plaza del Blat. De là, elle tourna à gauche sous l'ancien *portal* des remparts romains, près du palais du viguier, tout droit jusqu'à la calle de la Boquería et le *portal* du même nom. Il fallait qu'elle le rejoigne. Les gens l'observaient ; quelqu'un la reconnaîtrait-il ? Et alors ? Arnau était seul. La jeune femme franchit le portal de la Bоquería et courut à toutes jambes sur le chemin qui conduisait à Montjuïc. Il devait être là...

— Arnau !

Cette fois, elle avait crié.

Arnau s'arrêta au milieu de la côte et se retourna vers la femme qui courait dans sa direction.

— Aledis ! Que fais-tu ici ?

Aledis reprit son souffle. Que lui dire maintenant ?

— Que se passe-t-il, Aledis ?

Que lui dire ?

Elle se plia en deux en se tenant le ventre et feignit un autre malaise. Pourquoi pas ? Arnau la prit par les bras. Ce simple contact la fit trembler.

— Que t'arrive-t-il ?

Ces bras ! Ils l'avaient saisie avec puissance, l'entouraient. Aledis releva la tête, se retrouva contre la poitrine d'Arnau, toujours en sueur, et respira son odeur.

— Que t'arrive-t-il ? répéta Arnau en essayant de la remettre debout.

Aledis profita de cet instant pour le serrer dans ses bras.

— Dieu ! murmura-t-elle.

Enfouissant sa tête dans son cou, elle commença à l'embrasser et à lécher sa sueur.

— Que fais-tu ?

Arnau tenta de la repousser, mais la jeune femme s'accrochait à lui.

Des voix qui approchaient au détour du chemin le firent sursauter. Les *bastaixos* ! Comment pourrait-il expliquer... ? Peut-être Bartolomé lui-même !... S'ils le trouvaient là, avec Aledis dans les bras, qui l'embrassait... ils l'expulseraient de la confrérie ! Arnau souleva Aledis par la taille et l'entraîna derrière des buissons ; là, il lui posa une main sur la bouche.

Les voix passèrent non loin d'eux, mais Arnau ne leur prêta pas attention. Il était assis par terre, Aledis sur lui ; d'une main, il la tenait par la taille, de l'autre, il la bâillonnait. La jeune femme le regardait. Ces grands yeux sombres ! Soudain, Arnau se rendit compte qu'il la serrait dans ses bras. Sa main pressait le ventre d'Aledis, et ses seins... ses seins se soulevaient contre lui avec des mouvements convulsifs. Combien de nuits avait-il rêvé de la prendre dans ses bras ? Combien de nuits son corps l'avait-il fait fantasmer ? Aledis ne luttait pas ; elle se contentait de le regarder, le transperçant de ses grands yeux sombres.

Il ôta la main de sa bouche.

— J'ai besoin de toi, chuchotèrent les lèvres.

Puis ces lèvres s'approchèrent des siennes et l'embrassèrent, douces, suaves, ardentes.

Ce goût ! Arnau frémit.

Aledis tremblait.

Son goût, son corps... son désir.

Aucun des deux ne prononça un mot de plus.

Cette nuit-là, Aledis ne descendit pas espionner les apprentis.

24.

Arnau et Maria s'étaient mariés un peu plus de deux mois auparavant, à Santa Maria del Mar, lors d'une cérémonie célébrée par le père Albert et en présence de tous les membres de la confrérie, de Pere et Mariona, de Joan, désormais tonsuré et vêtu de l'habit des franciscains. Grâce à l'augmentation de salaire attribuée d'office aux *bastaixos* mariés, les jeunes époux choisirent une maison face à la plage qu'ils meublèrent avec l'aide de la famille de Maria et de tous ceux, nombreux, qui voulurent soutenir le couple. Arnau n'eut rien à faire. La maison, les meubles, la vaisselle, le linge, la nourriture : Maria et sa mère s'occupèrent de tout et insistèrent pour qu'Arnau se repose. La première nuit, Maria se donna à son mari, sans volupté mais sans réserve. Le lendemain matin, quand Arnau se réveilla à l'aube, le petit déjeuner était prêt : des œufs, du lait, de la viande salée, du pain. À la mi-journée, la scène se répéta, ainsi que le soir, le jour suivant, et ainsi de suite. Maria se tenait toujours prête, en cuisine, pour Arnau. Elle le déchaussait, le lavait, soignait doucement ses plaies et ses blessures. Au lit, Maria était toujours bien disposée. Jour après jour, Arnau trouvait à ses côtés tout ce que pouvait désirer un homme : nourriture, propreté, obéissance, attention, et le corps d'une femme jeune et belle. « Oui, Arnau. Non, Arnau. » Maria ne se disputait jamais avec lui. S'il avait besoin d'une bougie, Maria laissait ce qu'elle était en train de faire pour la lui porter. Si Arnau jurait, elle se précipitait vers lui. Si elle avait pu, elle lui aurait apporté de l'air pour qu'il respire davantage.

Il pleuvait à torrents. Le ciel s'était assombri brusquement et la tempête faisait naître des éclairs qui traversaient avec violence les nuages noirs et illuminaient la mer. Arnau et Bartolomé, trempés, se rencontrèrent sur la plage. Tous les bateaux avaient quitté le dangereux port de Barcelone pour chercher refuge à Salou. La carrière royale était fermée. Ce jour-là, les *bastaixos* n'avaient pas de travail.

— Comment vas-tu, mon fils ? demanda Bartolomé à son gendre.

— Bien. Très bien... mais...

— Il y a un problème ?

— C'est seulement que... je ne suis pas habitué à être aussi bien traité que je le suis par Maria.

— Nous l'avons élevée pour cela, allégua Bartolomé avec satisfaction.

— C'est trop...

— Je t'avais dit que tu ne regretterais pas de l'avoir épousée, dit Bartolomé en regardant Arnau. Tu t'habitueras. Profite de ta femme.

Ils en étaient là de leur discussion quand ils arrivèrent à la calle de las Dames, petite ruelle qui débouchait sur la plage. Là, plus d'une vingtaine de femmes, jeunes et vieilles, belles et laides, toutes pauvres, faisaient les cent pas sous la pluie.

— Les vois-tu ? demanda Bartolomé en montrant les femmes. Tu sais ce qu'elles attendent ?

Arnau fit non de la tête.

— Les jours d'orage comme aujourd'hui, quand les capitaines célibataires de bateaux de pêche ont épuisé tous les moyens marins, quand ils se sont recommandés à tous les saints et que, malgré tout, ils n'ont pas réussi à braver la tempête, il ne leur reste qu'un seul recours. Les équipages le savent et l'exigent. À ce moment-là, le capitaine jure devant Dieu à voix haute et en présence de tout l'équipage que, s'il parvient à faire accoster à bon port son bateau avec ses hommes sains et saufs, il épousera la première femme qu'il voit en posant pied à terre. Comprends-tu, Arnau ?

Arnau fixa de nouveau la vingtaine de femmes qui déambulaient, inquiètes, d'un bout à l'autre de la rue, en scrutant l'horizon.

— Les femmes sont nées pour cela, pour se marier, pour servir l'homme. C'est ainsi que nous avons élevé Maria et c'est ainsi que je te l'ai confiée.

Les jours passaient. Maria se consacrait à Arnau, mais lui ne pensait qu'à Aledis.

— Ces pierres te détruiront le dos, fit remarquer Maria en faisant à son époux un massage à l'aide d'un onguent, sur une blessure qu'Arnau avait à la hauteur de l'omoplate.

Arnau ne répondit pas.

— Cette nuit, je réparerai ta *capçana*. Les pierres ne devraient pas te faire de pareilles coupures.

Arnau demeura silencieux. Il était rentré à la maison à la nuit déjà tombée. Maria lui avait ôté ses chaussures, lui avait servi un verre de vin et l'avait obligé à s'asseoir pour lui faire un massage dans le dos, comme pendant toute son enfance elle avait vu sa mère agir avec son père. Arnau l'avait laissée faire, comme toujours. À présent, il l'écoutait en silence. Sa blessure n'avait rien à voir avec les pierres de la Vierge, ni avec la *capçana*. Maria était en train de laver la blessure de la honte, les griffures d'une autre femme à laquelle Arnau était incapable de renoncer.

— Ces pierres vous détruiront le dos à tous, répéta son épouse.

Arnau but une gorgée de vin tandis qu'il sentait les mains de Maria parcourir son dos avec douceur.

Depuis que son mari l'avait fait venir à l'atelier pour lui montrer les plaies de l'apprenti qui avait osé la regarder, Aledis espionnait les jeunes employés de son époux. Elle découvrit qu'ils se rendaient souvent la nuit au jardin, où ils retrouvaient des femmes qui sautaient le mur pour venir s'unir à eux. Les garçons, qui avaient accès au matériel et aux outils, savaient fabriquer des sortes de capuchons en cuir très fin qui, dûment graissés, s'adaptaient au pénis avant de forniquer. L'assurance qu'elles ne tomberaient pas enceintes, associée à la jeunesse de leurs amants et à l'obscurité, constituait une tentation irrépressible pour de nombreuses femmes qui désiraient une aventure anonyme. Aledis n'eut aucun mal à se glisser dans le dortoir des apprentis et à s'emparer de quelques-uns de ces capuchons ; ces précautions prises, elle s'adonna alors librement à la luxure avec Arnau.

Aledis lui avait expliqué que, grâce à ces capuchons, ils ne couraient aucun risque d'avoir un enfant, et Arnau la regardait en glisser un le long de son sexe. Était-ce à cause de la graisse qui restait ensuite sur son membre ? Était-ce le châtiment dont on le punissait pour s'opposer aux desseins de la nature divine ? Maria ne tombait pas enceinte. C'était une jeune fille forte et saine. Quelle autre raison que les péchés d'Arnau ? Quel autre motif pouvait conduire le Seigneur à ne pas la récompenser de l'enfant désiré ? Bartolomé avait besoin d'un petit-fils. Le père Albert et Joan voulaient qu'Arnau devienne père. La confrérie était dans l'attente du moment où les jeunes conjoints annonceraient la bonne nouvelle ; les hommes taquinaient Arnau et les femmes des *bastaixos* rendaient visite à Maria pour lui prodiguer des conseils et chanter les louanges de la vie de famille.

Arnau aussi désirait avoir un enfant.

— Il vaudrait mieux qu'on ne se voie plus, dit-il un jour à Aledis, qui l'avait assailli sur le chemin de la carrière.

La jeune femme ne s'effraya pas pour autant.

— Je n'ai pas l'intention de te perdre, répliqua-t-elle finalement. Avant cela, je quitterai le vieux et je dirai tout. Tout le monde saura ce qui s'est passé entre nous, tu tomberas en disgrâce, on t'expulsera de la confrérie et probablement de la ville. Alors, tu n'auras plus que moi ; moi seule serai prête à te suivre. Je n'envisage pas ma vie sans toi, condamnée pour toujours comme je le suis à rester au côté d'un vieil obsédé impuissant.

— Tu briserais ma vie ? Pourquoi me ferais-tu cela ?

— Parce que je sais qu'au fond tu m'aimes, rétorqua Aledis avec résolution. En réalité, cela t'aiderait juste à faire le pas que tu n'oses pas faire.

Cachés dans les buissons des coteaux de la montagne de Montjuïc, Aledis glissa le capuchon sur le sexe de son amant. Arnau la regarda faire. Avait-elle raison ? Était-il exact qu'au fond il désirait vivre avec

Aledis, abandonner son épouse et tout ce qu'il possédait pour s'enfuir avec elle ? Si au moins son sexe ne s'était pas montré si disposé... Qu'avait donc cette femme pour annihiler sa volonté ? Arnau fut tenté de lui raconter l'histoire de la mère de Joan, qu'elle risquait d'être emmurée pour la vie si elle portait plainte, mais, au lieu de cela, il la chevaucha... une fois de plus. Aledis haletait au rythme des coups de reins d'Arnau. Mais le *bastaix* n'entendait que ses peurs : Maria, son travail, la confrérie, Joan, le déshonneur, Maria, sa Vierge, Maria, sa Vierge...

25.

Depuis son trône, le roi Pierre leva la main. Flanqué de son oncle et de son frère, des infants Pierre et Jacques, debout à sa droite, du comte de Terranova et du père Ot de Montcada à sa gauche, le monarque attendit que les autres membres du conseil se taisent. Ils se trouvaient au palais royal de Valence, où ils avaient reçu Pere Ramon de Codoler, majordome et messager du roi Jacques de Majorque. Selon le seigneur de Codoler, le roi de Majorque, comte du Roussillon, de Sardaigne et seigneur de Montpellier, avait décidé de déclarer la guerre à la France en réponse aux affronts incessants des Français. En tant que vassal de Pierre, il faisait appel à celui-ci et priait son seigneur d'être le 21 avril suivant à Perpignan, au commandement des armées catalanes, pour l'aider et le défendre dans son combat.

Pendant toute la matinée, le roi Pierre et ses conseillers avaient étudié la requête du monarque de Majorque. S'ils ne lui venaient pas en aide, ce dernier pourrait se délier de sa vassalité et s'affranchir ; mais dans le cas contraire – ils étaient tous d'accord sur ce point –, ils risquaient de tomber dans un piège : car dès que les armées catalanes seraient entrées dans Perpignan, Jacques pourrait s'allier au roi de France contre eux.

Une fois le silence obtenu, le souverain parla :

— Vous avez tous réfléchi à cette affaire et au moyen de rejeter la requête que le roi de Majorque nous a faite. Je crois que nous l'avons trouvé : allons à Barcelone, convoquons les états généraux et prions ensuite le roi de Majorque d'être le 25 mars à Barcelone pour lesdits états généraux. S'il vient, il fera son devoir et, dans ce cas, nous, de la même manière, nous accomplirons ce qu'il nous demande...

Le flottement qui parcourut l'assistance témoigna de l'inquiétude de certains conseillers : si le roi de Majorque se présentait aux états généraux, ils entreraient en guerre contre la France, alors qu'ils l'étaient déjà contre Gênes ! L'un d'eux se risqua même à s'opposer à haute voix, mais Pierre lui fit signe de se calmer et sourit avant de poursuivre, en élevant la voix :

— Et nous demanderons conseil à nos vassaux, qui décideront ce que nous devons faire.

Certains conseillers sourirent à leur tour, d'autres acquiescèrent de la tête. Les états généraux étaient compétents en matière de politique catalane et pouvaient décider d'entrer ou non en guerre. Ce ne serait pas le roi, par conséquent, qui refuserait d'aider son vassal, mais les états généraux de Catalogne.

— Et s'il ne vient pas, continua Pierre, il aura rompu le lien de vassalité. Dans ce cas, nous ne serons pas tenus de l'aider, ni de nous mêler à cette guerre contre le roi de France.

Nobles, ecclésiastiques et représentants des villes libres de la principauté, qui composaient les états généraux, s'étaient réunis à Barcelone, emplissant de couleurs ses rues, qui se trouvaient ornées de soie d'Almería, de Barbarie, d'Alexandrie ou de Damas, de laine d'Angleterre ou de Bruxelles, des Flandres ou de Malines, de Hollande ou de lin noir luxueux, tous décorés de brocarts de fils d'or ou d'argent formant de beaux dessins.

Jacques de Majorque, quant à lui, n'était pas encore arrivé dans la capitale de la principauté. Depuis quelques jours, bateliers, *bastaixos* et autres travailleurs du port se tenaient prêts, après avoir été avertis par le viguier, dans l'éventualité que le roi de Majorque se décide à paraître aux états généraux. Le port de Barcelone n'était pas préparé au débarquement de grands personnages, qui n'allaient pas, comme les marchands, faire leur entrée dans les humbles esquifs des bateliers pour ne pas mouiller leurs vêtements. C'est pourquoi, quand une personnalité accostait à Barcelone, les bateliers serraient leurs petites barques les unes contre les autres, de la rive jusqu'à la haute mer, et construisaient au-dessus un pont pour que rois et princes accèdent à la plage de Barcelone avec les égards dus à leur rang.

Les *bastaixos*, parmi lesquels Arnau, transportèrent à la plage les grosses planches en bois nécessaires à la construction du pont et, comme de nombreux citoyens qui s'approchaient de la plage, comme beaucoup de nobles des états généraux qui faisaient de même, scrutèrent l'horizon en quête des galères du seigneur de Majorque. Les états généraux de Barcelone étaient devenus l'objet de toutes les conversations ; le soutien au roi de Majorque et le stratagème du roi Pierre étaient désormais sur toutes les lèvres barcelonaises.

— On peut supposer, expliqua un jour Arnau au père Albert tandis qu'il mouchait les cierges de la chapelle du Santísimo, que si toute la ville sait ce qu'envisage de faire le roi Pierre, le roi Jacques le sait aussi.

— C'est pourquoi il ne viendra pas, répondit le curé tout en s'affairant dans la chapelle.

— Et donc ?

Arnau regarda le prêtre qui s'était arrêté, visiblement préoccupé.

— Je crains fort que la Catalogne n'entre en guerre contre Majorque.

— Une autre guerre ?

— Oui. L'obsession du roi Pierre pour réunifier les anciens royaumes catalans que Jacques Ier le Conquérant a divisés entre ses héritiers est bien connue. Depuis cet instant, les rois de Majorque n'ont cessé de trahir les Catalans. Il y a cinquante ans à peine que Pierre III le Grand a vaincu les Français et les Majorquins dans le défilé de Panissars. Ensuite, il a conquis Majorque, le Roussillon et la Sardaigne, mais le pape a obligé Jacques II à les rendre.

Le curé se tourna vers Arnau.

— La guerre aura lieu, Arnau, j'ignore quand et pourquoi, mais elle aura lieu.

Jacques de Majorque ne se présenta pas aux états généraux. Le roi lui accorda un nouveau délai de trois jours. Ce laps de temps écoulé, les galères de Jacques n'étaient toujours pas apparues dans le port de Barcelone.

— Tu connais désormais le pourquoi, dit un autre jour le père Albert à Arnau. Nous ignorons toujours

337

le quand, mais nous connaissons maintenant le pour-quoi.

À la fin des états généraux, Pierre IV ordonna d'intenter contre son vassal un procès légal pour désobéissance. Il le fit également accuser de frapper de la monnaie catalane dans les comtés du Roussillon et de Sardaigne, alors que Barcelone seule avait le monopole de frapper la monnaie royale.

Jacques de Majorque ne réagit toujours pas. Son procès, dirigé par le viguier de Barcelone, Arnau d'Erill, assisté de Felip de Montroig et d'Arnau Çamorera, vice-chancelier royal, eut lieu par contumace, en l'absence du seigneur de Majorque, qui commença à devenir nerveux quand ses conseillers lui firent part de la principale consé-quence du jugement : la réquisition de ses royaumes et comtés. Jacques recherche alors l'aide du roi de France, à qui il prêta serment, et celle du pape, pour qu'il intercède auprès de son beau-frère, le roi Pierre.

Le saint pontife, défenseur de la cause du seigneur de Majorque, demanda à Pierre un sauf-conduit pour Jacques afin que celui-ci, sans danger pour lui et les siens, puisse se rendre à Barcelone pour s'ex-cuser et se défendre des accusations dont il était l'objet. Le roi ne put refuser d'accéder aux souhaits du pape et accorda le sauf-conduit, non sans avoir auparavant sollicité de Valence l'envoi de quatre galères sous le commandement de Mateu Mercer pour surveiller celles du seigneur de Majorque.

Quand les voiles des navires du roi de Majorque apparurent à l'horizon, tout Barcelone accourut au port. La flotte dirigée par Mateu Mercer les attendait, armée, comme celle du souverain Jacques.

Arnau d'Erill, viguier de la ville, ordonna aux travailleurs du port de commencer la construction du pont ; les bateliers disposèrent en biais leurs barques, sur lesquelles furent assemblées de grosses planches en bois.

Une fois les bateaux du roi de Majorque ancrés, les bateliers qui restaient se présentèrent à la galère royale.

— Que se passe-t-il ? demanda un *bastaix* quand il remarqua, de la plage, que l'étendard royal restait à bord et que seul un noble était apparu sur le pont de fortune.

Arnau était trempé, comme ses compagnons. Tous regardèrent le viguier, dont les yeux ne quittaient pas la petite embarcation des bateliers qui revenait, vide, vers la plage.

Dans le même temps, le vicomte d'Évol, un noble du Roussillon richement vêtu et armé, s'avançait sur le pont. Il s'arrêta avant de mettre pied à terre, sur les planches.

Le viguier vint à sa rencontre et, de la plage, reçut les explications d'Évol, qui multipliait les gestes en direction de Framenors, puis des navires du roi de Majorque. Quand la conversation fut terminée, le vicomte fit demi-tour vers la galère royale et le viguier disparut pour la ville ; très vite, il revint avec les instructions du roi Pierre.

— Le roi Jacques de Majorque, cria-t-il pour que tous puissent l'entendre, et son épouse, Constance, reine de Majorque, sœur de notre bien-aimé roi Pierre, seront logés dans le couvent de Framenors. Pour cela, le roi de Majorque exige la construction d'un pont en bois, fixe, fermé, de l'endroit où sont ancrées les galères jusqu'aux appartements royaux.

Un murmure s'éleva de la plage, que l'expression sévère du viguier fit taire aussitôt. La majorité des travailleurs du port se tourna vers le couvent de Framenors qui se dressait, imposant, sur la côte.

— C'est une folie, dit quelqu'un dans le groupe des *bastaixos*.

— En cas de tempête, prédit un autre, ça ne tiendra pas.

— Un pont fermé ! Avec des murs et un toit ! Pourquoi le roi de Majorque veut-il un pont fermé ?

Arnau était en train d'observer le viguier au moment où Berenguer de Montagut arriva à son tour sur la plage. Arnau d'Erill montra du doigt au maître d'œuvre le couvent de Framenors, puis, de la main droite, traça une ligne imaginaire vers la mer.

Pendant que le viguier terminait ses explications devant le maître pensif, *bastaixos*, bateliers et charpentiers de bateaux, calfats, avironniers, forgerons et cordiers gardèrent le silence.

Sur ordre du roi, les travaux de Santa Maria et de la cathédrale furent suspendus et tous les ouvriers réquisitionnés pour la construction du pont. On démonta une partie des échafaudages du temple, sous la surveillance de Berenguer de Montagut et, le matin même, les *bastaixos* commencèrent à transporter du matériel jusqu'à Framenors.

— Quelle sottise, commenta Arnau à Ramon avec qui il portait une lourde souche. Nous travaillons dur à porter des pierres pour Santa Maria et à présent il faut tout démonter, pour le caprice de...

— Tais-toi ! Nous agissons par ordre du roi. Lui, il sait pourquoi.

Sous la vigilance des navires valenciens, les galères du roi de Majorque vinrent mouiller devant Framenors, à bonne distance du couvent. Maçons et charpentiers entreprirent de dresser un échafaudage contre la façade du couvent, une impressionnante structure en bois qui descendait vers la rive, pendant que les *bastaixos*, aidés par tous ceux qui pouvaient se rendre utiles, allaient et venaient depuis Santa Maria en transportant des souches et du bois.

Au coucher du soleil, on arrêta les travaux. Arnau rentra chez lui en maugréant.

— Notre roi n'a jamais exigé pareille folie ! Il se contente du pont traditionnel et des barques. Pourquoi autoriser l'autre, ce traître, à réaliser tous ses désirs ?

Mais sa colère s'éteignit peu à peu, et son humeur se modifia sous l'effet du massage que lui faisait Maria sur les épaules.

— Tes blessures vont mieux, remarqua la jeune fille. Certains utilisent du géranium avec du framboisier, mais nous, nous avons toujours fait confiance à l'immortelle. Ma grand-mère soignait mon grand-père grâce à cela, et ma mère mon père...

Arnau ferma les yeux. L'immortelle ? Depuis plusieurs jours il n'avait pas vu Aledis. Telle était l'unique raison de cette amélioration !

— Pourquoi es-tu si contracté ? lui reprocha Maria en interrompant ses pensées. Relaxe-toi, tu dois te relaxer pour que...

Il ne l'écoutait plus. Pourquoi ? Se détendre pour qu'elle puisse soigner les blessures causées par une autre femme ? Si au moins elle se mettait en colère...

Mais, au lieu de cela, Maria se donna de nouveau à lui pendant la nuit : elle le chercha avec tendresse et s'offrit à lui avec douceur. Aledis ne savait pas ce qu'était la douceur. Ils forniquaient comme des animaux ! Arnau la prit, les yeux fermés. Comment la regarder ? La jeune fille caressait son corps... son âme. Elle le mena au plaisir, plaisir d'autant plus douloureux qu'il était grand.

À l'aube, Arnau se leva pour se rendre à Framenors. Maria était déjà près du feu, et travaillait pour lui.

Pendant les trois jours que durèrent les travaux de construction du pont, aucun membre de la cour du roi de Majorque ne quitta les galères ; pas plus que les Valenciens. Quand la structure adossée à Framenors toucha l'eau, les bateliers se regroupèrent pour pouvoir transporter le matériel. Arnau travailla sans relâche ; quand il s'arrêtait, les mains de Maria venaient caresser son corps, que quelques jours auparavant Aledis avait mordu et griffé. Des barques, les ouvriers enfonçaient des palplanches dans le port de Barcelone, toujours sous la direction de Berenguer de Montagut qui, debout sur la proue d'un esquif, allait d'un côté à l'autre pour vérifier la résistance des piliers avant d'autoriser qu'on transporte quoi que ce soit dessus.

Le troisième jour, le pont de bois, de plus de cinquante mètres de long, fermé de tous côtés, fut terminé. Il était comme une déchirure dans le panorama paisible du port de Barcelone. La galère royale s'approcha de son extrémité. Au bout d'un moment, Arnau et tous ceux qui avaient pris part à sa construction entendirent les pas du roi et de son cortège sur les planches ; beaucoup levèrent les yeux au ciel.

Une fois à Framenors, Jacques envoya un messager au roi Pierre pour l'avertir que la reine Constance et lui étaient tombés malades durant la traversée et que sa sœur le priait de lui rendre visite au couvent. Le roi s'apprêtait à complaire à Constance, quand l'infant Pierre se présenta devant lui, accompagné d'un jeune frère franciscain.

— Parle, frère, ordonna le monarque, visiblement irrité d'avoir à différer la visite à sa sœur.

Joan se redressa, tant et si bien qu'il dépassa le souverain de plusieurs centimètres. « Il est si petit, l'avait-on prévenu, qu'il ne se présente jamais debout devant ses courtisans. » Cette fois, cependant, il était debout et regardait Joan droit dans les yeux, le transperçant du regard.

Joan bredouilla.

— Parle, insista l'infant.

Joan se mit à transpirer abondamment et il sentit que son habit, encore rêche, lui collait au corps. Et si tout était faux ? Pour la première fois, il pensa à cela. C'était un vieux franciscain, débarqué avec le roi de Majorque, qui lui avait transmis le message, et Joan n'avait pas perdu un instant. Il était parti comme une flèche en direction du palais royal, avait bataillé avec les gardes, arguant qu'il refusait de parler à quiconque d'autre qu'au souverain. Il avait fini par céder devant l'infant Pierre, mais à présent... Et si c'était faux ? S'il ne s'agissait que d'une nouvelle ruse du seigneur de Majorque ?...

— Parle. Au nom de Dieu ! s'impatienta le roi.

Joan s'élança d'une traite, presque sans respirer.

— Majesté, vous ne devez pas rendre visite à votre sœur, la reine Constance. C'est un piège du roi Jacques de Majorque. Sous prétexte que la reine est malade et affaiblie, l'huissier chargé de garder la porte de sa chambre a reçu l'ordre de ne laisser passer que vous et les infants Pierre et Jacques. Personne d'autre ne pourra accéder à la chambre de la reine. En réalité, à l'intérieur, une douzaine d'hommes armés vous attendent pour vous faire prisonniers, vous mener par le pont jusqu'aux galères et vous conduire à l'île de Majorque, au château d'Alaró, où ils envisagent de vous maintenir captifs jusqu'à ce que vous affranchissiez le roi Jacques de toute vassalité et que vous lui concédiez de nouvelles terres en Catalogne.

Le roi plissa les yeux et demanda :

— Et comment un jeune frère comme toi sait-il tout cela ?

— C'est frère Berenguer, parent de votre majesté, qui me l'a raconté.

— Frère Berenguer ?

L'infant Pierre acquiesça en silence et le roi parut se souvenir soudain de son parent.

— Frère Berenguer, continua Joan, a reçu en confession, d'un traître repenti, la mission de vous prévenir, mais comme il est très âgé et ne peut se déplacer facilement, il me l'a confiée.

— C'est pour cette raison qu'il voulait un pont fermé, intervint l'infant Jacques. S'ils nous font prisonniers à Framenors, personne ne pourra s'en rendre compte.

— Ça semble limpide, fit remarquer l'infant Pierre en opinant de la tête.

— Vous savez bien, dit le roi en s'adressant aux infants, que si ma sœur la reine est vraiment malade, je ne peux refuser de lui rendre visite quand elle se trouve sur mes domaines.

Joan écoutait sans oser les regarder. Le roi se tut quelques instants.

— J'ajournerai ma visite de ce soir, mais j'ai besoin... Tu m'écoutes, frère ?

Joan sursauta.

— J'ai besoin que ce pénitent repenti nous autorise à révéler publiquement la trahison. Tant que ce sera un secret de confession, je serai contraint d'aller voir la reine. Va, lui ordonna-t-il.

Joan retourna en courant à Framenors et transmit la requête royale à frère Berenguer. Le soir même, le roi ne se présenta pas au rendez-vous et, par chance

– incident que Pierre interpréta comme une intervention de la divine providence –, il fut victime d'une infection au visage, près de l'œil, qui dut être saignée et l'obligea à garder le lit quelques jours – assez longtemps pour que frère Berenguer obtienne de la personne qui s'était confessée l'autorisation sollicitée par le souverain.

Cette fois, Joan ne douta pas un instant de la véracité du message.

— La confession faite à frère Berenguer vient de votre propre sœur, communiqua-t-il au roi dès qu'il fut conduit devant lui, la reine Constance, qui vous demande de la faire venir au palais, de gré ou de force. Ici, loin de l'autorité de son époux, et sous votre protection, elle vous révélera la trahison dans tous ses détails.

À la tête d'un bataillon de soldats, l'infant Jacques se présenta à Framenors. Les frères le laissèrent entrer et il comparut directement devant le roi de Majorque. Les protestations de ce dernier ne servirent à rien : Constance partit pour le palais royal.

La visite que le roi de Majorque rendit ensuite à Pierre IV le Cérémonieux ne fut d'aucune utilité.

— En vertu de la parole que j'ai donnée au pape, dit le roi Pierre, je respecterai votre sauf-conduit. Votre épouse demeurera ici, sous ma protection. Quittez mes royaumes.

À peine Jacques de Majorque eut-il rebroussé chemin avec ses quatre galères que le roi ordonna à Arnau d'Erill de hâter le procès ouvert à son encontre. Très peu de temps après, le viguier de Barcelone émit la sentence suivante : les terres du vassal infidèle, jugé pour rébellion, revenaient au roi Pierre. Le Cérémonieux avait désormais un prétexte légitime pour déclarer la guerre au roi de Majorque.

Fou de joie à l'idée de réunir les royaumes divisés

par son ancêtre Jacques le Conquérant, Pierre IV fit appeler le jeune frère qui avait découvert le complot.

— Tu nous as bien servi, et fidèlement, lui dit le roi, assis cette fois sur son trône. Je t'accorde une grâce.

Joan connaissait déjà l'intention du roi ; ses messagers la lui avaient communiquée. Et il y avait longuement réfléchi. Il avait suivi les conseils de ses maîtres et prit l'habit franciscain, mais une fois à Framenors, le jeune frère avait été déçu : où étaient les livres ? Le savoir ? Le travail et l'étude ? Quand il s'adressa finalement au prieur de Framenors, celui-ci lui rappela patiemment les trois principes établis par le fondateur de l'ordre, saint François d'Assise :

— Simplicité radicale, pauvreté absolue et humilité. C'est ainsi que nous, les franciscains, devons vivre.

Mais Joan désirait savoir, étudier, lire, apprendre. Ses maîtres ne lui avaient-ils pas certifié que c'était aussi le chemin du Seigneur ? Quand il croisait un dominicain, Joan le regardait avec envie. L'ordre des Dominicains se consacrait principalement à l'étude de la philosophie et de la théologie, et avait créé de nombreuses universités. Joan voulait appartenir à cet ordre et poursuivre ses études dans la prestigieuse université de Bologne.

— Qu'il en soit ainsi, décida le roi après avoir écouté les arguments de Joan, qui en eut le poil hérissé sur tout le corps. Nous espérons qu'un jour vous reviendrez dans nos royaumes, investi de l'autorité morale que donnent la connaissance et la sagesse, et que vous l'appliquerez pour le bien de votre roi et de son peuple.

26.

Près de deux ans avaient passé depuis la condamnation du viguier de Barcelone à l'encontre de Jacques III. Les cloches de la ville carillonnaient sans relâche. À l'intérieur de Santa Maria, dont les murs demeuraient inachevés, Arnau les écoutait avec saisissement. Le roi avait appelé à la guerre contre Majorque et la ville s'était emplie de nobles et de soldats. De garde devant la chapelle du Santísimo, Arnau les observait parmi les gens qui encombraient la nef et ceux qui affluaient sur la place. Toutes les églises de Barcelone célébraient une messe pour l'armée catalane.

Arnau était fatigué. Le roi avait rassemblé son armada à Barcelone et, depuis plusieurs jours, les *bastaixos* travaillaient à la tâche. Cent dix-sept navires ! On n'avait jamais vu tant de bateaux : vingt-deux galères appareillées pour la guerre, sept coques bombées pour le transport des chevaux et huit grands navires de deux ou trois ponts, pour les soldats. Le reste de la flotte était composé de bateaux plus petits. La mer était couverte de mâts qui entraient et sortaient du port.

C'était dans l'une de ces galères, à présent armées,

347

qu'avait embarqué Joan plus d'un an auparavant, vêtu de l'habit noir des dominicains, à destination de Bologne. Arnau l'avait accompagné jusqu'à la rive. Joan avait sauté dans une petite barque et s'était installé dos à la mer ; alors il lui avait souri. Arnau l'avait regardé monter à bord et, quand les rameurs s'étaient mis en mouvement, il avait senti son estomac se nouer et les larmes rouler sur ses joues. Il était seul désormais.

C'était toujours le cas. Arnau jeta un regard autour de lui. Les cloches de toutes les églises de la ville ne cessaient de sonner. Nobles, clercs, soldats, marchands, artisans, ainsi que le peuple, se pressaient à Santa Maria ; les compagnons de confrérie d'Arnau avaient beau se tenir fermement à ses côtés, comme il se sentait seul ! Ses illusions, sa vie entière, s'étaient éboulées comme la vieille église romane qui avait donné vie au nouveau temple. Elle n'existait plus. Il ne restait aucun vestige de la petite église. De l'endroit où il se trouvait, Arnau pouvait observer l'immense et large nef centrale, délimitée par les colonnes octogonales qui soutenaient les voûtes. Au-delà des colonnes, à l'extérieur, on continuait à bâtir les murs de l'église et à les hisser vers le ciel, pierre par pierre, patiemment.

Arnau regarda en l'air. La clé de la deuxième voûte de la nef centrale avait été placée. On travaillait à celles des nefs latérales. Le motif choisi pour cette deuxième clé de voûte était la Nativité. La voûte du presbytère était entièrement couverte. La suivante, première de l'immense nef centrale rectangulaire – qui ne l'était pas encore –, avait l'air d'une toile d'araignée : les quatre nervures des arcs étaient à ciel ouvert, avec la clé de voûte en leur centre, comme une araignée prête à se mouvoir sur de minuscules fils en quête de sa proie. Le regard d'Arnau se perdit sur ces nerfs si fins. Il savait bien, lui, ce que signifiait être attrapé dans une toile d'araignée ! Aledis le persécutait avec davantage d'acharnement chaque jour. « Je raconterai tout aux dirigeants de ta confrérie », le menaçait-elle dès qu'Arnau était pris de doutes. Alors il péchait de nouveau, encore et encore. Arnau se tourna vers les autres *bastaixos*. S'ils savaient... Il y avait là Bartolomé, son beau-père, dirigeant, et Ramon, son ami et protecteur. Que diraient-ils ? Il n'avait même plus Joan.

Quant à Santa Maria, elle semblait aussi l'abandonner. Maintenant que l'église était en partie couverte et que les contreforts qui soutenaient les arcs des nefs latérales de la deuxième voûte avaient été levés, la noblesse et les riches marchands de la ville avaient commencé à envahir les chapelles latérales, décidés à laisser leur empreinte sous forme d'écussons héraldiques, d'images, de sarcophages, et de tout type de reliefs ciselés dans la pierre.

Quand Arnau venait prier sa Vierge, il y avait toujours désormais un riche marchand ou un noble pour s'agiter au milieu des travaux. C'était comme si on lui avait volé son église. Ils avaient surgi soudain et avaient déjà pris possession de onze chapelles, sur les trente-quatre prévues, construites le long du déambulatoire. Désormais, on trouvait là les oiseaux des armes des Busquets dans la chapelle de Todos los Santos ; la main et le lion rampant des Junyent dans celle de Saint-Jacques ; les trois poires de Boronat de Pera, ciselées dans la clé de voûte de la chapelle ogivale de Saint-Paul ; le fer à cheval et les décorations de Pau Ferran, dans le marbre de la même chapelle ; les armoiries des Dufort et des Dusay ou la fontaine des Font, dans la chapelle de

Sainte-Marguerite. Jusque dans la chapelle du San-tísimo ! Dans cette dernière, la sienne, celle des *bas-taixos*, on était en train d'installer le sarcophage de l'archidiacre de la Mer, Bernat Lull, qui avait commencé la construction du temple, près de l'écusson des Ferrer.

Arnau passait tête basse à côté des nobles et des marchands. Lui, il transportait seulement des pierres et s'agenouillait devant sa Vierge pour lui demander de le délivrer de cette araignée qui le harcelait.

Une fois les offices religieux terminés, Barcelone entière se dirigea vers le port. Pierre IV s'y trouvait déjà, en tenue de guerre et entouré de ses barons. Tandis que l'infant Jacques, comte d'Urgell, demeurerait en Catalogne pour défendre les frontières d'Ampurdán, Besalú et Camprodón, limitrophes des comtés péninsulaires du roi de Majorque, les autres partiraient avec le roi à la conquête de l'île ; l'infant Pierre, sénéchal de Catalogne ; mestre Pere de Montcada, amiral de la flotte ; Pedro de Eixèrica et Blasco de Alagó, Gonzalo Díez de Arenos et Felipe de Castre, le père Joan de Arborea, Alphonse de Lloria, Galvany de Anglesola, Arcadic de Mur, Arnau d'Erill, le père Gonzalvo García, Joan Ximénez de Urrea, et beaucoup d'autres personnages, de gentilshommes, prêts pour la guerre, au côté de leurs troupes et de leurs vassaux respectifs.

Maria, qui retrouva Arnau devant l'église, les lui montra en criant et l'obligea à suivre la direction qu'indiquait son doigt.

— Le roi ! Le roi, Arnau. Regarde-le. Quelle allure ! Et son épée ? Quelle épée ! Et ce noble. Qui est-ce, Arnau ? Tu le connais ? Et les écussons, les armoiries, les bannières...

Maria entraîna Arnau d'un bout à l'autre de la plage jusqu'à Framenors. Là, à l'écart des nobles et des soldats, de très nombreux hommes sales et en haillons, sans boucliers ni armures, sans épées, vêtus seulement d'une chemise longue et râpée, de guêtres et de bonnets de cuir, embarquaient sur les esquifs qui les conduiraient aux navires.

Ils étaient seulement armés d'une machette et d'une lance !

— La Compagnie ? demanda Maria à son époux.

— Oui. Les soldats des razzias.

Tous deux se joignirent au silence respectueux avec lequel les citoyens de Barcelone observaient les mercenaires engagés par le roi Pierre. Les conquistadors de Byzance ! Même les femmes et les enfants, impressionnés par les épées et les armures des nobles, comme Maria, les regardaient avec fierté. Ils combattaient à pied et à découvert, en faisant uniquement et exclusivement confiance à leur adresse et à leur habileté. Personne n'aurait osé se moquer de leurs tenues, de leurs chemises ou de leurs armes.

Les Siciliens, avait-on raconté à Arnau, les avaient raillés sur le champ de bataille. Quelle résistance pouvaient opposer ces hommes déguenillés à des nobles à cheval ? Mais les mercenaires les avaient vaincus et avaient conquis l'île. Les Français aussi s'étaient moqués d'eux ; l'histoire courait dans toute la Catalogne. Arnau l'avait entendue à plusieurs reprises.

— On raconte, murmura-t-il à Maria, que des chevaliers français firent prisonnier un de ces soldats et le conduisirent devant le prince Carlos de Salerno, qui l'insulta et le traita de misérable, de pauvre, de sauvage, et se gaussa des troupes catalanes.

Ni Arnau ni Maria ne quittaient des yeux les mercenaires qui continuaient de monter dans les esquifs des bateliers.

— Alors celui-ci, en présence du prince et de ses

351

chevaliers, défia le meilleur de ses hommes. Il combattrait à pied, armé seulement de sa lance ; le Français à cheval, avec toute son armure.

Arnau se tut quelques instants, mais Maria se tourna vers lui et le pressa de continuer.

— Les Français narguèrent le Catalan, mais acceptèrent le défi. Ils se rendirent tous dans un champ près du campement français. Là, le mercenaire vainquit son adversaire après avoir tué son cheval et profité du manque d'agilité du cavalier dans le combat à pied. Au moment où il s'apprêtait à l'égorger, Carlos de Salerno lui rendit sa liberté.

— C'est vrai, renchérit quelqu'un derrière eux. Ils se battent comme de vrais démons.

Arnau sentit Maria s'appuyer sur lui et lui saisir le bras avec force, sans quitter du regard les mercenaires. « Que cherches-tu, ma femme ? Ma protection ? Si tu savais ! Je ne suis même pas capable d'affronter mes propres faiblesses. Crois-tu que l'un d'eux te ferait plus de mal que je ne t'en fais, moi ? Eux, ils se battent comme des démons. » Arnau les observa : des hommes heureux qui partaient à la guerre, joyeux, laissant derrière eux leurs familles. Pourquoi... ne pas faire la même chose ?

L'embarquement dura plusieurs heures. Maria rentra à la maison et Arnau erra sur la plage, parmi la foule ; ci et là, il rencontra certains de ses compagnons.

— Pourquoi sont-ils si pressés ? demanda-t-il à Ramon en montrant les bateaux qui allaient et venaient sans arrêt, pleins à craquer de soldats. Il fait beau. Il ne semble pas qu'une tempête puisse se lever.

— Tu verras, répondit Ramon.

À cet instant, on entendit le premier hennissement, suivi aussitôt par des centaines d'autres. Les chevaux avaient attendu à l'extérieur des remparts ; à présent, c'était à leur tour d'embarquer. Sur les sept coques destinées au transport des animaux, certaines – celles qui avaient accosté au côté des nobles de Valence ou qui avaient embarqué dans les ports de Salou, Tarragone ou au nord de Barcelone – étaient déjà pleines de chevaux.

— Allons-nous-en d'ici, suggéra Ramon. Ça va devenir un vrai champ de bataille.

Au moment précis où ils quittaient la plage arrivèrent les premiers animaux, tenus par leurs palefreniers. De gigantesques chevaux de guerre qui ruaient, piaffaient et mordaient, tandis que leurs maîtres bataillaient ferme pour les contrôler.

— Ils savent qu'ils partent à la guerre, commenta Ramon, alors que tous deux s'étaient réfugiés entre deux bateaux.

— Vraiment ?

— Bien sûr. À chaque fois qu'ils embarquent, c'est pour aller à la guerre. Regarde.

Arnau tourna le regard vers la mer. Quatre coques renflées, avec une quille de petite calaison, s'approchaient le plus possible de la plage. Elles ouvrirent leurs rampes de poupe, qui tombèrent dans l'eau, découvrant les entrailles des embarcations.

— Et ceux qui ne le savent pas, continua Ramon, l'apprennent des autres.

Bientôt la plage s'emplit de chevaux. Il y en avait des centaines, tous grands, forts et puissants, des chevaux de guerre dressés au combat. Palefreniers et écuyers couraient d'un côté à l'autre en tâchant d'éviter les ruades et coups de dents des bêtes. Arnau en vit plus d'un se retrouver propulsé en l'air ou finir piétiné, roué de coups. La confusion était totale et le bruit assourdissant.

— Qu'attendent-ils ? cria Arnau.

Ramon lui montra de nouveau les coques. Plusieurs écuyers, de l'eau jusqu'à la poitrine, menaient les chevaux vers elles.

— Ceux-là sont les plus expérimentés. Une fois qu'ils seront à l'intérieur, ils serviront d'appât au troupeau.

En effet, dès que les chevaux furent arrivés aux bateaux, les écuyers les retournèrent vers la plage. Alors, ils se mirent à hennir frénétiquement.

Ce fut le signal.

Le troupeau se jeta à l'eau. Il y eut tant d'écume que pendant quelques instants on ne vit plus rien. Des cavaliers encadrèrent les bêtes et les dirigèrent vers les coques au moyen de leurs fouets. Les valets d'écurie avaient lâché les rênes de leurs chevaux et la plupart des animaux étaient livrés à eux-mêmes, dans l'eau. Ils se poussaient les uns les autres. Pendant un bon moment, ce fut le chaos : cris et claquements de fouets, hennissements des bêtes qui refusaient de monter dans les coques, sans parler de la foule qui les excitait depuis la plage. Puis la tranquillité revint peu à peu dans le port. Quand les chevaux furent embarqués, on hissa les rampes de poupe. Les gros navires étaient prêts.

La galère de l'amiral Pere de Montcada donna l'ordre de partir. Cent dix-sept bateaux se mirent en mouvement. Arnau et Ramon quittèrent la plage.

— Les voilà partis à la conquête de Majorque, conclut Ramon.

Arnau approuva en silence. Ils étaient partis, en effet. Seuls, laissant leurs problèmes et leurs malheurs derrière eux. Partis en héros, l'esprit à la guerre, rien qu'à la guerre. Combien aurait-il donné pour être à bord d'une de ces galères !

Le 21 juin de cette même année, Pierre IV assistait à la messe dans la cathédrale de Majorque *in sede majestatis*, revêtu selon la coutume des habits, des honneurs et de la couronne du roi de Majorque. Jacques III avait trouvé refuge dans ses domaines du Roussillon.

La nouvelle arriva à Barcelone. De là, elle s'étendit à toute la péninsule : le roi Pierre avait commencé la réunification des domaines divisés à la mort de Jacques Ier le Conquérant. Il ne lui restait plus qu'à reconquérir le comté de Sardaigne et les terres catalanes au-delà des Pyrénées : le Roussillon.

Pendant le long mois que dura la campagne de Majorque, Arnau ne put oublier l'image de l'armada royale qui s'éloignait du port de Barcelone. Une fois les navires partis, la foule s'était dispersée pour s'en retourner chez elle. Pourquoi serait-il rentré, lui ? Pour recevoir la tendresse et l'affection qu'il ne méritait pas ? Il s'était assis sur le sable et était resté là bien longtemps après que la dernière voile eut disparu à l'horizon. « Heureux ces hommes, qui quittent ainsi tous leurs problèmes », n'avait-il cessé de se répéter. Au cours de ce long mois, chaque fois qu'Aledis l'avait assailli sur le chemin de Montjuïc ou ensuite, quand il s'était retrouvé sous les caresses de Maria, Arnau avait entendu de nouveau les cris et les rires des mercenaires ; il revoyait l'armada s'éloigner. Un jour ou l'autre, on les découvrirait. Récemment encore, alors qu'Aledis haletait au-dessus de lui, quelqu'un avait crié sur le chemin. Les avait-on entendus ? Tous deux s'étaient tus pendant un moment ; puis elle avait ri et s'était de nouveau jetée sur lui. Le jour où on les découvrirait... L'outrage, l'expulsion de la confrérie. Que ferait-il alors ? De quoi vivrait-il ?

Quand, le 29 juin 1343, toute la ville de Barcelone

accueillit la flotte royale, rassemblée à l'embouchure du Llobregat, Arnau avait déjà pris sa décision. Le roi devait partir à la conquête du Roussillon et de la Sardaigne. C'était le seul moyen. Lui, Arnau Estanyol, ferait partie de cette armée ; il lui fallait fuir Aledis ! Peut-être l'oublierait-elle et quand il reviendrait... Il frissonna : c'était la guerre, des hommes mouraient. Mais lorsqu'il rentrerait, qui sait, il pourrait reprendre sa vie avec Maria, sans être persécuté par Aledis.

Pierre IV ordonna aux navires d'entrer dans le port de la ville par ordre hiérarchique : d'abord la galère royale, puis celle de l'infant Pierre, celle du père Pere de Montcada, suivie de celle du seigneur d'Eixèrica, et ainsi de suite.

Tandis que la flotte attendait, la galère royale entra dans le port et fit un tour sur elle-même pour que la multitude réunie sur la berge de Barcelone puisse l'admirer et l'acclamer.

Quand le bateau passa devant lui, Arnau se joignit aux vivats du peuple. *Bastaixos* et bateliers étaient au bord de la plage, sur le rivage, déjà prêts à construire le pont sur lequel le roi devait débarquer. À leurs côtés, Francesc Grony, Bernat Santcliment et Galcerà Carbó, dirigeants de la ville, flanqués des dirigeants des confréries, attendaient également. Les bateliers commencèrent à positionner leurs barques, mais les notables de la ville leur donnèrent l'ordre d'attendre.

Que se passait-il ? Arnau regarda les autres *bastaixos*. Comment le roi pourrait-il débarquer sans pont ?

— Il ne faut pas qu'il débarque, dit Francesc Grony au seigneur de Santcliment. L'armée doit partir pour le Roussillon avant que le roi Jacques se réorganise ou pactise avec les Français.

Tous les hommes présents acquiescèrent. Arnau tourna les yeux vers la galère royale, qui poursuivait son exhibition triomphale sur les eaux de la ville. Si le roi ne débarquait pas, si la flotte continuait vers le Roussillon sans s'arrêter à Barcelone... Il sentit ses jambes flageoler. Il fallait que le souverain débarque !

Le comte de Terranova, conseiller du roi, qui avait veillé sur la ville, soutenait le contraire. Arnau le regarda avec colère.

Les trois dirigeants de Barcelone, le comte de Terranova et quelques autres autorités grimpèrent dans une embarcation qui les transporta jusqu'à la galère royale. Arnau entendit ses propres compagnons faire chorus : « Il ne faut pas laisser au roi de Majorque le temps de se réarmer », approuvaient-ils.

Les conversations se prolongèrent des heures durant. Postée sur la plage, la foule attendait la décision du roi.

Finalement, on ne construisit pas de pont. Ce n'était pas parce que l'armée partait conquérir le Roussillon et la Sardaigne : étant donné le contexte, le roi avait décidé qu'il ne pouvait poursuivre la campagne dans les circonstances où il se trouvait ; il manquait d'argent pour continuer la guerre ; une grande partie de ses cavaliers avaient perdu leur monture pendant la traversée maritime et devaient débarquer ; enfin, il lui fallait s'équiper pour la conquête de nouvelles terres. Les dirigeants eurent beau demander quelques jours pour préparer des festivités en l'honneur de la conquête de Majorque, le souverain refusa, alléguant qu'on ne célébrerait rien avant que ses royaumes soient réunis à nouveau. Ainsi, ce 29 juin 1343, Pierre IV débarqua à Barcelone comme un vulgaire marin, en sautant de l'esquif dans l'eau.

Mais comment Arnau allait-il annoncer à Maria qu'il envisageait de s'enrôler dans l'armée ? Peu importait Aledis. Que gagnerait-elle à rendre public leur adultère ? S'il partait à la guerre, pourquoi lui nuire et se nuire à elle-même ? Arnau se souvint de Joan et de sa mère ; tel était le destin qui pouvait être le sien, et Aledis en était consciente. Mais Maria... Comment le dire à Maria ?

À plusieurs reprises, Arnau essaya. Pendant que la jeune fille lui massait le dos : « Je pars à la guerre », aurait-il pu dire simplement. « Je pars à la guerre. » Elle aurait tant pleuré ! Quelle faute avait commise Maria ? Tandis qu'elle lui servait le repas, il tenta une nouvelle fois, mais le doux regard de son épouse l'en empêcha. « Qu'as-tu ? » lui demanda-t-elle. Il y songea encore après l'amour, en vain, tandis que Maria le caressait.

Pendant ce temps, Barcelone bouillonnait. La population souhaitait que le roi parte à la conquête de la Sardaigne et du Roussillon, en vain. Les chevaliers réclamaient au monarque le paiement de leurs soldes et des indemnisations pour la perte des chevaux et de l'armement qu'ils avaient subie, mais les coffres royaux étaient vides et le souverain dut autoriser nombre d'entre eux, tels Ramon de Anglesola, Joan de Arborea, Alphonse de Llòria, Gonzalo Díez de Arenós et beaucoup d'autres nobles, à retourner sur leurs terres.

Alors, le roi convoqua l'*host* de toute la Catalogne ; ce seraient les citoyens qui combattraient pour lui. Les cloches retentirent à travers toute la principauté et, par ordre du roi, on harangua en chaire les hommes libres pour qu'ils s'enrôlent. Les nobles abandonnaient l'armée catalane ! Le père Albert parlait avec ferveur, haut et fort, gesticulant sans cesse. Comment le monarque allait-il défendre la Catalogne ? Et si le roi de Majorque, informé que les nobles lâchaient Pierre IV, s'alliait aux Français et attaquait la Catalogne ? C'était déjà arrivé une fois ! La voix du père Albert portait au-delà de la paroisse de Santa Maria. Qui avait oublié, qui n'avait jamais entendu parler de la croisade des Français contre les Catalans ? À cette occasion, on avait pu vaincre l'envahisseur. Et maintenant ? Y parviendrait-on si on laissait Jacques se réarmer ?

Arnau regarda sa Vierge de pierre avec son fils sur l'épaule. Si au moins ils avaient eu un enfant. S'ils avaient eu un enfant, tout cela ne serait certainement jamais arrivé. Aledis n'aurait pas été si cruelle. S'ils avaient eu un enfant...

— Je viens de faire une promesse à la Vierge, chuchota soudain Arnau à Maria, alors que le prêtre continuait de recruter des soldats du haut du maître-autel. Je vais m'enrôler dans l'armée royale afin qu'elle nous accorde la bénédiction d'avoir un enfant.

Maria se tourna vers lui et lui prit la main, qu'elle serra avec force.

— Tu ne peux pas faire ça ! hurla Aledis quand Arnau lui apprit sa décision.

Arnau lui fit signe de parler plus bas, mais elle continua sur le même ton.

— Tu ne peux pas me quitter ! Je raconterai à tout le monde...

— Qu'est-ce que ça changera, Aledis ? l'interrompit-il. Je serai avec l'armée. Tu réussirais seulement à briser ta vie.

Tous deux se regardèrent, cachés derrière les buissons, comme toujours. La lèvre inférieure d'Aledis se mit à trembler. Comme elle était belle !

Arnau faillit approcher la main de sa joue, sur laquelle coulaient des larmes, mais il s'en empêcha.

— Adieu, Aledis.

— Tu ne peux pas me quitter, sanglota-t-elle.

Arnau se retourna vers elle. Elle était tombée à genoux, la tête entre les mains. Le silence la poussa à relever les yeux en direction d'Arnau.

— Pourquoi me fais-tu cela ? pleura-t-elle.

Arnau vit les larmes couler sur le visage d'Aledis ; tout son corps tremblait. Il se mordit les lèvres et détourna le regard vers le sommet de la montagne, où il allait chercher les pierres. Pourquoi lui faire plus de mal ? Il ouvrit les bras.

— Je n'ai pas le choix.

Elle se traîna à genoux et lui étreignit les jambes.

— Je n'ai pas le choix, Aledis ! répéta Arnau en reculant d'un pas.

Et il redescendit de Montjuïc.

27

La couleur de leurs vêtements l'annonçait : c'étaient des prostituées. Aledis hésitait à s'approcher d'elles, mais l'odeur du bouillon de viande et de légumes fut bientôt plus forte que ses scrupules. Elle avait faim. Elle avait tellement maigri ! Les filles, jeunes comme elle, virevoltaient et bavardaient joyeusement autour du feu. Quand elles la virent à quelques pas des tentes du campement, elles l'invitèrent à se joindre à elles. C'étaient des prostituées ! Aledis s'examina : en haillons, malodorante, sale. Les filles de joie l'invitèrent à nouveau ; le reflet de leurs habits de soie qui tournoyaient sous le soleil l'attirait. Personne ne lui avait offert à manger. N'avait-elle pas quémandé pourtant à toutes les tentes, taudis ou simples feux de camp auprès desquels elle s'était traînée ? Quelqu'un avait-il eu pitié d'elle ? On l'avait traitée comme une vulgaire mendiante ; elle avait demandé l'aumône : un bout de pain, un morceau de viande, un simple légume. On avait craché dans sa main tendue. Puis on s'était moqué d'elle. Ces femmes avaient beau être des prostituées, elles l'invitaient à partager leur repas.

Le roi avait ordonné à ses armées de se rassembler dans la ville de Figueras, au nord de la principauté.

C'est donc là que se dirigeaient aussi bien les nobles restés fidèles au monarque que les *hosts* de Catalogne, parmi lesquels les soldats de Barcelone. Arnau Estanyol, libre, confiant, armé de l'arbalète de son père et d'une simple dague romaine, en faisait partie.

À Figueras, le roi Pierre réussit à rassembler près de mille deux cents hommes à cheval et quatre mille fantassins, talonnés de près par une autre armée : parents de soldats – principalement de mercenaires qui, nomades, transportaient avec eux famille et foyer –, commerçants en tout genre – espérant acheter ce que les soldats obtiendraient des pillages –, marchands d'esclaves, prêtres, joueurs, voleurs, prostituées, mendiants et autres nécessiteux charognards. Tous formaient une impressionnante arrière-garde qui se déplaçait au rythme des armées, avec ses propres lois, souvent encore plus cruelles que celles de la guerre, dont ils vivaient comme des parasites.

Au milieu de ce groupe hétérogène, Aledis n'était qu'une parmi les autres. Les adieux d'Arnau résonnaient encore à ses oreilles. Après son départ, une fois de plus, la jeune femme avait senti les mains rugueuses et flétries de son mari fouiller son intimité. Les râles du vieux tanneur se mêlaient à ses souvenirs. Le vieillard avait enfoncé ses doigts en elle. Aledis n'avait pas réagi. Le vieux avait continué, insistant, réclamant la générosité mensongère avec laquelle, jusque-là, son épouse l'avait récompensé. Aledis avait resserré les jambes. « Pourquoi m'as-tu quittée, Arnau ? » avait-elle pensé, tandis qu'elle sentait Pau sur elle qui s'aidait de ses mains pour la pénétrer. Elle avait cédé et ouvert les jambes. Le dégoût l'avait envahie. Elle avait dissimulé sa nausée. Le vieux remuait sur elle comme un reptile. Elle avait vomi à côté du lit. Il ne s'en était même pas rendu compte. Il ruait avec langueur, s'aidant de ses mains pour maintenir son sexe et, la tête sur ses seins, mordait des tétons que l'écœurement empêchait de s'épanouir. Après, il s'était laissé tomber sur sa moitié de lit et s'était endormi aussitôt. Le lendemain matin, Aledis avait empaqueté ses maigres biens dans un petit balluchon, soutiré un peu d'argent à son mari, un rien de nourriture et, comme n'importe quel autre jour, était sortie.

Elle marcha jusqu'au monastère de Sant Pere de les Puelles et quitta Barcelone pour suivre l'ancienne voie romaine qui la conduirait jusqu'à Figueras. Se retenant de courir, elle franchit les portes de la ville en baissant la tête, sans regarder les soldats. Puis elle leva les yeux vers le ciel, bleu et brillant, et se dirigea vers son nouvel avenir en souriant aux nombreux voyageurs qu'elle croisait en chemin. Arnau aussi avait quitté sa femme, elle s'était renseignée. Il était certainement parti à cause de Maria ! Il ne pouvait aimer cette femme. Quand ils faisaient l'amour... c'était évident ! Elle le sentait ! Il ne pouvait pas la tromper : c'était elle qu'il aimait, Aledis. Et quand il la verrait... Aledis l'imaginait courant vers elle à bras ouverts. Ils fuiraient ! Ils fuiraient ensemble... pour toujours.

Pendant les premières heures du voyage, Aledis se joignit à un groupe de paysans qui rentraient chez eux après avoir vendu leurs produits à la ville. Elle leur expliqua qu'elle était à la recherche de son mari, car elle était enceinte et avait fait la promesse de l'en informer avant qu'il parte au combat. Ils lui apprirent que Figueras se trouvait à cinq ou six bonnes journées de marche, en suivant ce même chemin jusqu'à Gérone. Parmi eux, deux vieilles femmes édentées, qui semblaient sur le point de se fendre en deux sous le poids des paniers vides qu'elles transportaient, mais qui, pourtant, continuaient de marcher, pieds nus, avec une énergie inconcevable pour leurs vieux corps maigres, abreuvèrent Aledis de conseils.

— Une femme ne doit pas s'aventurer seule sur ces chemins, dit l'une d'elles en hochant la tête.

— Non, elle ne doit pas, ratifia l'autre.

Quelques secondes passèrent. Toutes deux reprirent leur souffle.

— Encore moins si elle est jeune et belle, ajouta la seconde.

— En effet, en effet, approuva la première.

— Que peut-il m'arriver ? demanda ingénument Aledis. Le chemin est plein de gens, de braves gens comme vous.

Les deux vieillardes firent quelques pas en silence, à grandes enjambées pour ne pas se faire distancer par le groupe.

— Ici, oui, il y a des gens. Beaucoup de villageois comme nous, autour de Barcelone, vivent de la ville. Mais un peu plus loin, continua l'une d'elles sans lever les yeux du sol, quand les villages sont plus éloignés les uns des autres et qu'il n'y a plus de ville vers où se diriger, les chemins sont désertés et dangereux.

Cette fois, sa compagne s'abstint de faire un commentaire ; néanmoins, ce fut elle qui s'adressa de nouveau à Aledis :

— Quand tu seras seule, débrouille-toi pour qu'on ne te voie pas. Au moindre bruit, cache-toi. Évite toute compagnie.

— Même celle des cavaliers ? interrogea Aledis.

— Surtout la leur ! s'écria l'une d'elles.

— Dès que tu entends les sabots d'un cheval, cache-toi et prie ! renchérit l'autre.

Cette fois, irritées, les deux avaient répondu à

l'unisson, sans reprendre leur souffle ; elles s'accordèrent même une petite halte, pendant laquelle le cortège s'éloigna un peu. L'expression d'incrédulité d'Aledis dut être suffisamment marquée pour que les deux vieillardes, une fois qu'elles eurent repris leur marche, insistent à nouveau.

— Écoute, ma fille, lui recommanda la première tandis que l'autre acquiesçait avant même de savoir ce qu'allait dire sa comparse. À ta place, je retournerais en ville et j'y attendrais mon homme. Les chemins sont très dangereux, encore plus quand tous les soldats et les officiers sont en campagne avec le roi. Alors, il n'existe plus d'autorité, plus de sécurité. Personne ne craint le châtiment d'un roi occupé à d'autres affaires.

Aledis marchait, pensive, à côté des deux vieilles. Se cacher des cavaliers ? Pourquoi ? Tous ceux qui se présentaient à l'atelier de son mari s'étaient toujours montrés courtois et respectueux avec elle. Jamais, de la bouche des nombreux marchands qui approvisionnaient son époux en matière première, elle n'avait entendu de récits de vols ou d'abus survenus sur les chemins de la principauté. En revanche, elle se souvenait d'effrayantes histoires qu'ils avaient l'habitude de raconter sur les traversées maritimes mouvementées, les voyages en terres maures ou, au-delà, sur celles du sultan d'Égypte. Son mari lui avait certifié que, depuis plus de deux cents ans, les chemins catalans étaient protégés par des lois et par le roi, et que celui qui osait commettre un délit sur un chemin royal recevait un châtiment en rapport. « Le commerce exige la paix sur les chemins ! ajoutait-il. Comment pourrions-nous vendre nos produits en Catalogne si le roi ne nous l'assurait pas ? » Alors il lui racontait, comme si elle était une enfant, que, depuis plus de deux cents ans, l'Église avait pris des mesures pour défendre les chemins. Il y avait d'abord eu les constitutions de Paz y Tregua, consacrées par les synodes. Quiconque y attentait était immédiatement excommunié. Les évêques avaient établi que les habitants de leurs comtés et évêchés ne pouvaient attaquer leurs ennemis de neuf heures du matin le samedi à une heure du matin le lundi, même lors des fêtes d'obligation ; par ailleurs, la trêve protégeait les prêtres, les églises et tous ceux qui se rendaient au comté ou en revenaient. Les constitutions, lui expliquait-il, s'étaient étendues et avaient protégé un plus grand nombre de personnes et de biens : marchands, animaux agricoles et de transport, matériel pour les champs et maisons de paysans, habitants des bourgs, femmes, récoltes, oliveraies, vin... Le roi Alphonse Ier avait fini par accorder la Paz aux voies publiques et aux chemins. Il avait établi que quiconque la bafouerait commettrait un crime de lèse-majesté.

Aledis regarda les deux vieillardes qui continuaient de marcher en silence, chargées de leurs ballots, traînant leurs pieds nus. Qui se permettrait de commettre un crime de lèse-majesté ? Quel chrétien risquerait l'excommunication pour attaquer quelqu'un sur un chemin catalan ? Elle songeait à cela quand le groupe de paysans tourna en direction de San Andrés.

— Adieu, jeune femme, lui lancèrent les deux vieilles en guise d'au revoir.

— N'oublie pas nos conseils, ajouta l'une d'elles. Si tu décides de continuer, sois prudente. N'entre dans aucun village ni dans aucune ville. On pourrait te voir et te suivre. Arrête-toi seulement dans les fermes, et seulement celles où tu vois des femmes et des enfants.

Aledis regarda le groupe s'éloigner ; les deux

vieilles femmes traînaient leurs pieds nus et s'efforçaient de ne pas le perdre de vue. Quelques minutes plus tard, elle s'était retrouvée seule. Jusque-là, elle avait avancé en compagnie de ces paysans, bavardant, laissant ses pensées voler au rythme de son imagination, insouciante, désireuse d'arriver auprès d'Arnau, émue par l'aventure où l'avait conduite sa décision précipitée ; cependant, quand les voix et les bruits de ses compagnons de voyage se perdirent dans le lointain, Aledis se sentit seule. Un long chemin s'ouvrait devant elle, qu'elle tenta de mesurer, une main sur le front en guise de visière pour se protéger d'un soleil déjà haut dans le ciel, un ciel d'azur, sans un seul nuage pour ternir l'immensité de cette magnifique perspective qui s'unissait, à l'horizon, aux vastes et riches terres de Catalogne.

Ce n'était peut-être pas seulement un sentiment de solitude qui l'habitait, ou encore celui, étrange, de se retrouver au milieu d'un décor inconnu. En réalité, Aledis ne s'était jamais trouvée seule face au ciel et à la terre, quand plus rien ne fait obstacle à la vue, quand on peut observer l'horizon en tournant sur soi-même... et le voir à tout moment ! Aledis regarda au loin, dans la direction où, lui avait-on dit, se situait Figueras. Ses jambes fléchirent. Elle tourna sur elle-même et regarda derrière. Plus rien. Elle s'éloignait de Barcelone et ne voyait plus autour d'elle que des terres inconnues. Aledis chercha les toits des édifices qui avaient toujours obstrué son ciel. Elle chercha à reconnaître les odeurs de la ville, l'odeur du cuir, les cris des gens, la rumeur d'une ville vivante. Elle était seule. Soudain, les paroles des deux vieilles lui revinrent à l'esprit. Elle essaya d'apercevoir Barcelone au loin. Cinq ou six journées ! Où dormirait-elle ? Que mangerait-elle ?

Elle soupesa son balluchon. Et si ce qu'avaient dit les vieillardes était vrai ? Que pouvait-elle face à un cavalier ou un hors-la-loi ? Le soleil était haut dans le ciel. Aledis regarda de nouveau vers l'endroit où, d'après ce qu'on lui avait dit, se situait Figueras... et Arnau.

Elle redoubla de prudence. Les sens en éveil, elle marchait, attentive à tout bruit susceptible de venir troubler sa solitude. Aux environs de Montcada, dont le château, dressé sur le sommet du même nom, défendait l'entrée de la plaine de Barcelone, le soleil déjà à son zénith, le chemin s'emplit à nouveau de paysans et de marchands. Aledis se joignit à eux comme si elle faisait partie du groupe qui se dirigeait vers la ville, mais quand elle en atteignit les portes, elle se souvint des recommandations des deux vieillardes et la contourna à travers champs jusqu'au moment où elle retrouva son chemin.

Quand elle s'aperçut que plus elle avançait, plus les craintes qui l'avaient saisie, une fois qu'elle s'était retrouvée seule sur le chemin, se dissipaient, Aledis se sentit rassurée. Elle arriva au nord de Montcada et croisa encore des paysans et des marchands, la plupart à pied, d'autres sur des charrettes, des mules ou des ânes. Tous se saluaient aimablement et Aledis appréciait cette générosité dans les manières. Comme elle l'avait fait auparavant, elle emboîta le pas d'un groupe, de marchands cette fois, qui se dirigeait vers Ripollet. Ils l'aidèrent à passer à gué le Besós, mais obliquèrent à gauche dès qu'ils l'eurent franchi. À nouveau seule, Aledis contourna et laissa derrière elle Val Romanas. Bientôt, elle arriva au véritable Besós : une rivière qui, encore en crue à cette époque de l'année, était impossible à traverser à pied.

Aledis regarda la rivière et le batelier qui

attendait, indolent, sur la rive. L'homme sourit avec une absurde expression de condescendance, dévoilant des dents horriblement noires. Si elle voulait poursuivre son voyage, Aledis n'avait d'autre solution que d'utiliser les services de ce type aux dents pourries. Elle voulut fermer son décolleté en tirant sur les cordes qui se croisaient dessus, mais n'y parvint pas à cause de son balluchon. Elle ralentit le pas. On lui avait toujours dit combien sa démarche était gracieuse ; elle avait toujours puisé en elle son assurance quand elle se savait observée. Mais tout en cet homme était noirceur ! Il suintait la saleté. Et s'il lui volait son balluchon ? Non. Elle n'avait aucune raison d'avoir peur de lui. La chemise du batelier était couverte de crasse. Et ses pieds ? Dieu ! On voyait à peine ses doigts. « Mon Dieu, quel homme horrible ! » pensa-t-elle.

— Je veux traverser la rivière, dit-elle.

Le batelier leva le regard de la poitrine d'Aledis à ses grands yeux sombres.

— Oui, se contenta-t-il de répondre.

Puis, effrontément, il fixa de nouveau sa poitrine.

— Vous ne m'avez pas entendue ?

— Oui, répéta-t-il, sans même lever les yeux.

Le murmure des eaux du Besós rompit le silence. Aledis crut sentir l'effleurement des yeux du batelier sur ses seins. Sa respiration s'accéléra, rehaussant encore sa poitrine. Les yeux vitreux fouillèrent jusqu'au dernier recoin de son corps.

Aledis était seule, dans un coin perdu quelque part en Catalogne, sur la berge d'une rivière dont elle n'avait jamais entendu parler et qu'elle croyait avoir déjà traversée avec les gens de Ripollet, en compagnie d'un homme costaud qui la détaillait vicieusement. Elle regarda alentour. Nulle âme qui vive. À quelques mètres, à sa gauche, un peu à l'écart de la rive, se dressait une cabane en bois, toute de guingois, aussi mal fichue et crasseuse que son propriétaire. Devant la porte de la cabane, parmi restes et déchets, un feu chauffait une marmite accrochée à un trépied en fer. Aledis ne voulut même pas imaginer ce qui était en train de cuire là-dedans, mais l'odeur qui s'en dégageait lui souleva le cœur.

— Je dois rejoindre l'armée du roi, commença-t-elle à expliquer d'une voix hésitante.

— Oui, répondit encore une fois le batelier.

— Mon époux est officier du roi, mentit-elle en haussant le ton, et je dois lui apprendre que je suis enceinte avant qu'il ne parte au combat.

— Oui, siffla l'homme en découvrant à nouveau ses dents noires.

Un filet de bave apparut à la commissure de ses lèvres. Le batelier l'essuya avec la manche de sa chemise.

— Vous ne savez pas dire autre chose ?

— Si, répondit l'homme en plissant les yeux. En général, les officiers du roi meurent vite au combat.

Aledis n'avait pas eu le temps d'anticiper. Le batelier lui asséna un terrible coup de poing au visage. La jeune fille vacilla, avant de tomber, prostrée, aux pieds immondes de son agresseur.

L'homme se baissa, l'attrapa par les cheveux et entreprit de la traîner jusqu'à la cabane. Aledis lui planta ses ongles dans les mains, les enfonça dans sa chair, mais l'homme continua de la traîner. Elle essaya de se relever, chancela et retomba. Elle se reprit et tenta, à quatre pattes, de plaquer aux jambes son agresseur pour essayer de l'immobiliser. Le batelier se dégagea et lui décocha un coup de pied dans le ventre.

À l'intérieur du taudis, alors qu'elle tâchait de retrouver son souffle, Aledis sentit que la terre et la boue griffaient son corps tandis que le batelier la violait.

En attendant les différents *hosts* et assemblées de la principauté, ainsi que des vivres, le roi Pierre établit son quartier général dans une auberge, à Figueras, ville représentée aux Cortes et proche de la frontière du comté du Roussillon. L'infant Pierre et ses chevaliers s'installèrent à Perelada, et l'infant Jacques et les autres nobles – le seigneur d'Eixèrica, le comte de Luna, Blasco de Alagó, mestre Juan Ximénez de Urrea, Felipe de Castro et mestre Juan Ferrández de Luna, entre autres – se répartirent, en compagnie de leurs troupes, aux alentours de Figueras.

Arnau Estanyol se trouvait avec les troupes royales. À vingt-deux ans, il n'avait jamais vécu une telle expérience. Le campement, où s'entassaient plus de deux mille hommes qui exultaient à cause de la victoire obtenue à Majorque, avides de guerre, de bagarre et de butin, et n'avaient rien d'autre à faire qu'attendre l'ordre royal de marcher sur le Roussillon, contrastait avec l'ordre qui régnait à Barcelone. À l'exception des moments d'instruction des troupes ou lors des exercices de tir, la vie dans le campement tournait autour des paris, des discussions au cours desquelles les novices écoutaient de terrifiantes histoires de guerre de la bouche des orgueilleux vétérans et, bien entendu, des larcins et des rixes.

Arnau prit rapidement l'habitude de se promener dans le camp en compagnie de trois jeunes gens venus de Barcelone, aussi peu experts que lui dans l'art de la guerre. Il était émerveillé par les chevaux et les armures que les valets s'employaient à polir à tout moment, et qu'ils exposaient au soleil, devant les tentes, dans une sorte de compétition où l'emportaient les armes et équipements qui brillaient le plus. Mais si les montures et les armes l'éblouissaient, il souffrait en revanche le martyre à cause de la saleté, des mauvaises odeurs et des myriades d'insectes attirés par les déchets produits par ces milliers d'hommes et d'animaux. Les officiers royaux avaient ordonné la construction de longues et profondes tranchées en guise de latrines, le plus loin possible du campement, près d'un ruisseau où l'on prétendait se débarrasser des détritus des soldats. Cependant, le petit cours d'eau était presque à sec et les déchets s'accumulaient, se décomposaient, dans une puanteur poisseuse et insupportable.

Un matin où Arnau et ses trois nouveaux compagnons déambulaient parmi les tentes, ils virent arriver un cavalier qui revenait de l'entraînement. Le cheval, qui se dirigeait vers l'écurie en quête d'une nourriture bien méritée et aussi afin d'être déchargé du poids de l'armure qui lui recouvrait le poitrail et les flancs, piaffait en levant les pattes, tandis que son écuyer tâchait d'accéder à sa tente sans causer de dommage, évitant les soldats et le matériel entassé dans les espaces ouverts entre les pavillons. Mais l'animal, grand et fougueux, obligé de se soumettre aux mors cruels fourrés dans sa bouche, s'était lancé dans une danse spectaculaire au rythme de laquelle il jetait à tous ceux qu'il croisait un peu de cette écume blanche qui trempait ses flancs.

Arnau et son groupe s'écartèrent sans parvenir à éviter la croupe de l'animal, qui vint frapper violemment Jaume, le plus petit d'entre eux. Il perdit l'équilibre et s'affala au sol. Le jeune garçon s'en tira à bon compte ; l'écuyer, quant à lui, ne lui accorda même pas un regard et poursuivit son chemin vers sa tente. Malencontreusement pour lui, le petit

Jaume était tombé juste à l'endroit où des vétérans étaient en train de jouer leurs soldes aux dés. L'un d'eux, notamment, avait perdu une somme équivalant aux bénéfices qu'il aurait pu toucher en participant à toutes les futures campagnes du roi Pierre. L'altercation éclata aussitôt. Le malheureux joueur, un gaillard, se leva, prêt à passer sur Jaume la colère qu'il devait contenir avec ses compagnons. C'était un homme robuste, aux cheveux et à la barbe longs et sales, dont le visage, reflétant les heures passées à perdre, aurait effrayé le plus valeureux des ennemis.

Il attrapa l'importun et le souleva jusqu'à la hauteur de ses yeux. Jaume eut à peine le temps de se rendre compte de ce qui lui arrivait. En quelques secondes, le cheval l'avait bousculé, il était tombé et à présent il était aux mains d'un énergumène qui lui criait dessus, le secouait, et qui finit, sans le lâcher, par lui gifler le visage. Un petit filet de sang jaillit à la commissure de ses lèvres.

Arnau vit Jaume gigoter en l'air.

— Laisse-le ! Espèce de porc ! lui intima-t-il.

Il fut le premier étonné par ses propres mots.

La foule s'écarta. Surpris comme les autres, Jaume avait cessé de s'agiter, et il retomba sur son séant quand le géant le lâcha pour affronter celui qui avait osé l'insulter. Soudain, Arnau se retrouva au centre d'un cercle formé par les nombreux curieux qui s'étaient approchés pour assister au spectacle. Un soldat furieux et lui. Si au moins il ne l'avait pas insulté... Pourquoi avait-il fallu qu'il le traite de porc ?

— Ce n'était pas sa faute..., bafouilla Arnau en désignant Jaume, qui n'avait toujours pas compris ce qui lui était arrivé.

Sans prononcer un mot, le soldat se rua sur Arnau comme un taureau en rut ; de sa tête, il lui frappa la poitrine et le propulsa quelques mètres plus loin, assez pour que le cercle de curieux soit contraint de se déplacer. Arnau eut l'impression qu'on lui avait ouvert la poitrine. L'air infect qu'il s'était accoutumé à respirer semblait avoir brusquement disparu. Il râla, tenta de se relever, mais un coup de pied en pleine figure le renvoya par terre. Une intense douleur lui irradia le cerveau tandis qu'il essayait de retrouver son souffle. Au moment où il commençait à récupérer, un nouveau coup de pied, dans les reins cette fois, le renversa de nouveau. La raclée qu'il reçut alors fut si terrible qu'Arnau dut fermer les yeux et se rouler en boule.

Quand le vétéran arrêta de cogner, Arnau crut que ce fou furieux l'avait brisé en mille morceaux ; toutefois, et malgré la souffrance qu'il ressentait, il lui sembla entendre quelque chose.

Toujours pelotonné au sol, il tendit l'oreille.

Alors il l'entendit à nouveau.

Une fois.

Puis une autre fois, et encore et encore. Il ouvrit les yeux et vit les gens du cercle qui riaient autour de lui, le désignaient et riaient de plus belle. Les paroles de son père résonnèrent à ses oreilles meurtries. « J'ai abandonné tout ce que je possédais pour que tu puisses être libre. » Dans son esprit étourdi se confondaient images et souvenirs : son père pendu à une corde sur la plaza del Blat... Il se releva, le visage ensanglanté. Il se rappela la première pierre qu'il avait portée à la Vierge de la Mer... Le vétéran lui tournait le dos. L'effort qu'il avait dû faire alors pour transporter cette pierre sur son dos... La douleur, la souffrance, l'orgueil quand il l'avait posée...

— Porc !

Le barbu se retourna. Le camp tout entier put entendre le frottement de son pantalon.

— Stupide paysan ! cria-t-il avant de lancer à nouveau toute sa masse sur Arnau.

Aucune pierre ne pouvait peser davantage que ce porc. Aucune pierre... Arnau se jeta sur le vétéran, s'accrocha à lui pour l'empêcher de le frapper et tous deux roulèrent sur le sable. Arnau réussit à se lever avant le soldat et, au lieu de le cogner, l'attrapa par les cheveux et par la ceinture de cuir qu'il portait, le souleva au-dessus de lui comme un pantin et le lança vers le cercle des curieux.

Le barbu retomba avec fracas sur les spectateurs.

Néanmoins, cette démonstration de force ne suffit pas à faire renoncer le soldat. Habitué à se battre, il se retrouva de nouveau en quelques secondes devant Arnau, qui l'attendait, les pieds fermement campés dans le sol. Cette fois, au lieu de fondre sur lui, le vétéran voulut le frapper, mais Arnau fut encore le plus rapide : il para le coup en lui attrapant l'avant-bras et, après avoir tourné sur lui-même, le rejeta par terre, à plusieurs mètres. La stratégie employée par Arnau pour se défendre n'entamait pas pour autant l'ardeur du soldat, qui ne cessait de repartir à l'assaut.

À la fin, au moment où le vétéran s'attendait à être une nouvelle fois projeté dans les airs par son adversaire, Arnau lui asséna un coup de poing dans la figure avec toute la rage qu'il avait en lui.

Les encouragements qui avaient ponctué la bagarre cessèrent. Le barbu tomba, inconscient, aux pieds d'Arnau, qui aurait voulu se frotter la main avec laquelle il avait cogné et soulager la douleur qu'il ressentait aux articulations, mais qui soutint les regards le poing fermé, comme s'il était prêt à frapper une nouvelle fois. « Ne te relève pas, pensa-t-il en regardant le soldat. Au nom de Dieu, ne te relève pas. »

Lourdement, le vétéran essaya de se redresser. « Non ! » Arnau appuya son pied droit sur le visage du vétéran et le repoussa à terre. « Ne te relève pas, fils de pute. » Le soldat ne bougea plus, et ses compagnons s'avancèrent pour l'emmener.

— Garçon !

La voix était autoritaire. Arnau se retourna. C'était celle du cavalier à l'origine de la bagarre, toujours vêtu de son armure.

— Approche.

Arnau obéit en se frottant discrètement la main.

— Je m'appelle Eiximèn d'Esparça, écuyer de sa majesté le roi Pierre IV, et je veux que tu serves sous mes ordres. Présente-toi à mes officiers.

28

Les trois filles se turent et échangèrent un regard. Aledis s'était jetée sur le pot-au-feu comme un animal affamé, sans respirer, à genoux, les deux mains plongées dans la soupe pour attraper la viande et les légumes. Par-dessus son écuelle, elle ne cessait de les observer. L'une d'elles, la plus jeune, une cascade de cheveux blonds frisés tombant sur une robe bleu ciel, pinça ses lèvres en direction des deux autres : « Laquelle d'entre nous n'est pas passée par là ? » semblait-elle leur demander. Ses compagnes acquiescèrent du regard et toutes trois s'éloignèrent de quelques pas d'Aledis.

La fille aux cheveux blonds frisés retourna sous la tente où, à l'abri du soleil de juillet qui écrasait le campement, quatre autres filles d'âge un peu plus mûr et la patronne, assise sur un tabouret, ne quittaient pas Aledis des yeux. Quand celle-ci avait fait son apparition, la patronne avait hoché la tête et accepté qu'on lui offre à manger ; depuis lors, elle n'avait cessé de l'observer : déguenillée et sale, mais belle... et jeune. Que faisait là cette jeune fille ? Ce n'était pas une vagabonde, elle ne mendiait pas comme elles ; ni une prostituée ; elle avait instinctivement reculé quand elle s'était retrouvée devant elles. Elle était sale ; sa chemise était déchirée et sa chevelure n'était plus qu'une tignasse graisseuse. Mais ses dents étaient aussi blanches que la neige. Cette jeune femme n'avait pas connu la faim, ni les maladies qui noircissent les dents. Que faisait-elle là ? Elle devait fuir quelque chose, mais quoi ?

La patronne fit signe à l'une des filles qui se trouvaient près d'elle sous la tente.

— Je la veux lavée et habillée, lui chuchota-t-elle.

La prostituée regarda Aledis, sourit et acquiesça.

Aledis ne put résister. « Tu as besoin d'un bain », lui proposa une fille sortie de la tente quand elle eut fini de manger. Un bain ! Depuis combien de jours ne s'était-elle pas lavée ? Sous la tente, on lui prépara une bassine d'eau fraîche. Aledis s'assit dedans, les jambes repliées. Les trois filles qui lui avaient tenu compagnie pendant qu'elle mangeait s'occupèrent d'elle et la lavèrent. Pourquoi ne pas se laisser faire ? Elle ne pouvait se présenter devant Arnau dans cet état. L'armée campait tout près. Arnau était certainement là. Elle avait réussi. Pourquoi ne pas se laisser laver ? Elle se laissa également habiller. On chercha pour elle la tenue la moins voyante, mais même ainsi... « Les femmes publiques doivent porter des tissus colorés », lui avait dit sa mère quand, petite fille, elle avait confondu une prostituée avec une femme noble et avait voulu lui céder le passage. « Comment fait-on pour les distinguer ? » avait demandé Aledis. « Le roi les oblige à s'habiller ainsi, mais il leur interdit de porter une cape ou un manteau, même en hiver. C'est comme cela que tu reconnaîtras les prostituées : elles ne portent jamais rien sur les épaules. »

Aledis se regarda de nouveau. Les femmes de sa classe, les épouses d'artisans, n'avaient pas le droit de porter de couleurs, ainsi l'ordonnait le roi, et pourtant, que ces tissus étaient jolis ! Mais comment pourrait-elle se présenter devant Arnau ainsi vêtue ? Les soldats la prendraient pour... Elle se plaça de profil pour continuer de se regarder.

— Ça te plaît ?

Aledis se retourna. La patronne était juste devant la tente. Antonia, la jeune blonde frisée qui l'avait aidée à s'habiller, disparut dès que cette dernière lui fit signe.

— Oui... non...

Aledis se regarda encore. La robe était vert clair. Si elle pouvait mettre quelque chose sur ses épaules, peut-être. Si elle se couvrait, personne ne la confondrait avec une fille de joie.

La patronne la contempla de haut en bas. Elle ne s'était pas trompée. Un corps voluptueux qui ferait les délices de n'importe quel officier. Et ses yeux ! Énormes. Sombres. Pourtant, ils semblaient si tristes. Les deux femmes s'observaient.

— Qu'est-ce qui t'amène ici, ma fille ?

— Mon époux. Il est dans l'armée et il est parti sans savoir qu'il allait être père. Je voudrais le lui apprendre avant qu'il parte au combat.

Elle avait débité son histoire d'une traite, comme aux marchands qui l'avaient sauvée de la mort au moment où le batelier, une fois le viol consommé, tentait de se débarrasser d'elle en la noyant dans la rivière. Aledis avait fini par céder à cet homme et elle avait sangloté sur la boue pendant qu'il la violait, puis la traînait vers le Besós. Le monde n'existait plus, le soleil s'était éteint, et les halètements du batelier se perdaient en elle, mêlés aux souvenirs et à l'impuissance. Quand les marchands avaient compris ce qui lui était arrivé, ils avaient eu pitié d'elle. Le batelier s'était enfui à leur arrivée. « Il faut le dénoncer au viguier », avaient-ils conclu. Mais qu'allait-elle dire, elle, au représentant du roi ? Et si son vrai mari la recherchait ? Si on la retrouvait ? On lui ferait un procès et elle ne pourrait pas expliquer que... « Non. Je dois parvenir au campement royal avant que les troupes partent pour le Roussillon, prétexta-t-elle après leur avoir expliqué qu'elle était enceinte et que son époux l'ignorait. Là, je raconterai tout à mon mari et c'est lui qui décidera. »

Les marchands l'avaient accompagnée jusqu'à Gérone. Aledis les quitta devant l'église Sant Feliu, à l'extérieur de la ville ; le plus âgé d'entre eux hocha négativement la tête en la voyant, seule et loqueteuse, longer les murs de l'église. Aledis se souvint des conseils des deux vieillardes : « N'entre ni dans un village ni dans une ville. » Gérone était une ville de six mille âmes. D'où elle se trouvait, Aledis pouvait voir le clocher de l'église Santa Maria, la cathédrale, alors en construction ; à côté, le palais de l'évêque et la tour Gironella, haute et solide, la plus importante défense de la ville. Elle les avait contemplés quelques instants et s'était remise en marche en direction de Figueras.

La patronne, qui continuait de l'examiner tandis qu'Aledis se rappelait son voyage, remarqua qu'elle tremblait.

La présence de l'armée à Figueras attirait des centaines de personnes. Aledis s'était jointe à elles, tenaillée par la faim. Elle ne parvenait plus à se souvenir de leurs visages. On lui donna du pain et de l'eau fraîche. Quelqu'un lui offrit un légume. Tous passèrent la nuit au nord du Fluviá, au pied du château de Pontons, à mi-chemin entre Gérone et Figueras. Là, deux des voyageurs se dédommagèrent de leur nourriture en la possédant sauvagement pendant la nuit. Qu'est-ce que ça changeait désormais ! Aledis chercha dans sa mémoire le visage d'Arnau et y chercha refuge. Le jour suivant, elle les suivit comme un animal, à quelques pas derrière, mais ils ne lui donnèrent rien, ne lui adressèrent même pas la parole. Ils étaient enfin arrivés au campement.

Et maintenant... que regardait cette femme ? Ses yeux ne quittaient pas... son ventre ! Aledis sentit la robe ajustée sur son ventre plat et dur. Elle bougea, inquiète, et baissa le regard.

La patronne laissa échapper une moue de satisfaction qu'Aledis ne put voir. Combien de fois avait-elle assisté à ces aveux silencieux ? Des filles qui inventaient des histoires, mais étaient incapables d'assumer leurs mensonges. À la moindre objection, elles devenaient nerveuses et baissaient les yeux, comme celle-ci. À combien de grossesses avait-elle assisté ? Des dizaines ? Des centaines ? Jamais une fille ne lui avait dit qu'elle était enceinte avec un ventre dur et plat comme celui-là. Un retard ? Possible, mais il était inimaginable que, juste pour un retard, elle ait couru ainsi après son époux en route pour la guerre.

— Vêtue de cette manière, tu ne peux te présenter au campement royal.

Dès qu'elle entendit la patronne, Aledis releva les yeux et se regarda à nouveau.

— Nous n'avons pas le droit d'y aller. Si tu veux, je pourrais, moi, retrouver ton époux.

— Vous ? Vous m'aideriez ? Pourquoi le feriez-vous ?

— Ne t'ai-je pas déjà aidée, peut-être ? Je t'ai donné à manger, t'ai lavée et habillée. Personne ne l'a fait dans ce camp de fous, pas vrai ?

Aledis hocha la tête. Un frisson parcourut son

corps au souvenir de la façon dont elle avait été traitée.

— Pourquoi t'étonnes-tu alors ? continua la femme.

Aledis vacilla.

— Nous sommes des femmes publiques, c'est vrai, mais cela ne signifie pas que nous n'avons pas de cœur. Si quelqu'un m'avait aidée, moi, il y a plusieurs années...

La patronne laissa son regard se perdre dans le vague et ses paroles flotter sous la tente.

— Peu importe. Si tu veux, je peux le faire. Je connais beaucoup de gens dans le camp et je n'aurai aucun mal à faire venir ton époux jusqu'ici.

Aledis réfléchit. Pourquoi pas ? La patronne, elle, pensait à sa future recrue. Il ne serait pas difficile de faire disparaître l'époux, une simple bagarre dans le campement... Les soldats lui devaient de nombreuses faveurs. Et alors vers qui se tournerait la fille ? Elle était seule. Elle lui appartiendrait. La grossesse, si elle était vraie, n'était pas un problème ; combien en avait-elle réglé contre un peu d'argent ?

— Je vous remercie, concéda Aledis.

Voilà. Elle était à elle.

— Comment s'appelle ton mari et d'où vient-il ?

— Il est avec l'*host* de Barcelone et se nomme Arnau, Arnau Estanyol.

La patronne sursauta.

— Qu'y a-t-il ? demanda Aledis.

La femme chercha le tabouret et s'assit. Elle transpirait.

— Rien, répondit-elle. Ça doit être cette maudite chaleur. Donne-moi cet éventail.

« Ce n'est pas possible ! » se dit-elle cependant qu'Aledis lui obéissait. Ses tempes palpitaient. Arnau Estanyol ! Impossible.

— Décris-moi ton époux, demanda-t-elle en s'éventant, assise.

— Oh ! Il est très facile à reconnaître. Il est *bastaix*. Il est jeune et fort, grand et beau, et il a un grain de beauté près de l'œil droit.

La patronne continuait de s'éventer en silence. Son regard s'était envolé bien loin d'Aledis : vers un village nommé Navarcles, une fête de mariage, une paillasse, un château... Llhorenç de Bellera, l'outrage, la faim, la douleur... Combien d'années avaient passé ? Vingt ? Peut-être davantage. Et aujourd'hui...

Aledis interrompit ses pensées.

— Vous le connaissez ?

— Non... non.

L'avait-elle vraiment connu ? En réalité, elle avait si peu de souvenirs de lui. Elle n'était qu'une enfant alors !

— Vous m'aiderez à le retrouver ? demanda encore Aledis.

« Et qui m'aidera, moi, quand je serai devant lui ? » Elle avait besoin d'être seule.

— Oui, conclut-elle en lui faisant signe de sortir de la tente.

Une fois Aledis partie, Francesca enfouit son visage dans ses mains. Arnau ! Elle avait fini par l'oublier ; elle s'était obligée à l'oublier ! Et maintenant, vingt ans plus tard... Si la fille disait la vérité, cet enfant qu'elle portait en elle était... son petit-fils ! Et elle avait pensé s'en débarrasser !... Vingt ans ! Comment pouvait-il être ? Grand, fort et beau, avait dit Aledis. Elle ne se souvenait pas de lui bébé. La forge ! Très vite, on l'avait empêchée d'arriver à l'endroit où se trouvait son fils. « Maudits hommes ! Je n'étais qu'une enfant, et ils attendaient leur tour, les uns après les autres, pour me violer ! » Une larme coula sur sa joue. Depuis combien de temps n'avait-elle plus pleuré ? À l'époque, vingt ans plus tôt, elle ne l'avait pas fait. « Le petit sera mieux avec Bernat », avait-elle pensé. Doña Caterina l'avait giflée et renvoyée. Alors, elle s'était mise à vagabonder, d'abord parmi la soldatesque, ensuite au milieu des déchets, au pied des remparts du château. Plus personne ne la désirait. Elle errait parmi les immondices, les ordures, au côté d'un tas de miséreux comme elle qui se battaient pour des restes de quignons de pain moisis et rongés par les vers. Là, elle avait rencontré une gamine. Toutes deux fouillaient dans les ordures en quête de nourriture. Elle était maigre mais jolie. Livrée à elle-même. Peut-être que si... Elle lui avait offert des restes de nourriture qu'elle gardait pour elle. La gamine avait souri ; ses yeux s'étaient illuminés ; elle n'avait probablement jamais connu d'autre vie que celle-ci. Francesca avait lavé la petite dans un ruisseau et frotté si fort sa peau avec du sable qu'elle l'avait fait crier de douleur et de froid. Alors seulement elle l'avait conduite vers un des officiers du château du seigneur de Bellera. C'est ainsi que tout avait commencé. « Je me suis endurcie, mon fils, je me suis endurcie au point que mon cœur s'est glacé. Qu'a dû te dire ton père de moi ? Que je t'ai abandonné à la mort ? »

Le soir même, quand les officiers du roi et les soldats chanceux aux cartes se présentèrent à la tente, Francesca les questionna au sujet d'Arnau.

— *Bastaix*, dis-tu ? répondit l'un d'eux. Bien sûr que je le connais, tout le monde le connaît.

Francesca hocha la tête.

— On raconte qu'il a mis à terre un vétéran que tout le monde redoutait, expliqua-t-il, et Eiximèn d'Esparça, l'écuyer du roi, l'a recruté dans sa garde personnelle. Il a un grain de beauté près d'un œil. On l'a entraîné au poignard, tu sais ? Depuis, il a participé à plusieurs autres bagarres et il les a toutes gagnées. Ça vaut le coup de parier sur lui.

L'officier sourit.

— Pourquoi t'intéresses-tu à lui ? ajouta-t-il en souriant davantage.

Pourquoi ne pas les laisser imaginer tout ce qu'ils voulaient ? songea Francesca. Toute autre explication aurait été trop compliquée.

Elle fit un clin d'œil entendu à l'officier.

— Tu es un peu vieille pour un homme comme lui ? se moqua le soldat.

Francesca ne se troubla pas.

— Ramène-le-moi et tu ne le regretteras pas.

— Où ? Ici ?

Et si, au bout du compte, Aledis mentait ? Ses premières impressions ne l'avaient jamais trahie.

— Non. Pas ici.

Aledis fit quelques pas dehors. La nuit était belle, étoilée et chaude ; la lune dorait l'obscurité. La jeune fille contempla le ciel. Des hommes entraient dans la tente de Francesca et en ressortaient en compagnie d'une fille ; ils se dirigeaient alors vers une petite hutte, d'où ils revenaient au bout d'un moment, parfois en riant, parfois en silence. Des hommes, encore des hommes. Chaque fois, les filles allaient vers la bassine où Aledis s'était baignée, et lavaient leurs parties intimes en la dévisageant avec insolence, comme l'avait fait cette femme à qui, un jour, sa mère ne lui avait pas permis de céder le passage.

« Pourquoi ne l'arrête-t-on pas ? » avait alors demandé Aledis à sa mère. Eulàlia avait observé sa fille : était-elle assez grande pour comprendre ? « C'est impossible. Le roi comme l'Église les autorisent à exercer leur profession. » Aledis avait pris un air incrédule. « Oui, ma fille, oui. L'Église dit que les femmes publiques ne peuvent être punies par la loi terrestre, qu'elles le seront par la loi divine. »

Comment expliquer à une fillette que l'Église cherchait ainsi à éviter l'adultère et les relations contre nature ? Eulàlia avait considéré sa fille. Elle était trop jeune pour soupçonner l'existence de relations contre nature.

Antonia, la jeune blonde aux cheveux frisés, se trouvait près de la bassine. Elle lui sourit. Aledis tenta de faire de même et la regarda faire.

Que lui avait encore appris sa mère ? s'efforçait-elle de se rappeler pour tenter de se distraire. Les prostituées ne pouvaient pas vivre dans les villes, les bourgs et, d'une manière générale, à proximité des honnêtes gens, sous peine d'être expulsées, y compris de leurs propres maisons, si leurs voisins le demandaient. Elles étaient obligées d'écouter des sermons religieux. Elles n'avaient pas le droit de fréquenter les bains publics en dehors du lundi et du vendredi, jours réservés aux juifs et aux Sarrasins. Elles étaient autorisées à faire des dons, mais jamais d'oblation devant l'autel.

Debout dans la bassine, Antonia tenait sa jupe d'une main et se lavait de l'autre en lui souriant toujours. Chaque fois qu'elle se redressait, elle la regardait et lui souriait. Aledis essaya une nouvelle fois de lui rendre la pareille, sans baisser les yeux vers son pubis éclairé par la lumière de la lune.

Pourquoi souriait-elle ? À l'évidence, c'était encore une gamine, et elle était déjà condamnée. Quelques années auparavant, quand son père avait refusé son mariage avec Arnau, leur mère les avait menées, elle et Alesta, au monastère de San Pedro de Barcelone. « Il faut qu'elles voient cela ! » avait ordonné le tanneur à son épouse. L'atrium était empli de portes dégondées et posées contre des arcades ou jetées dans le patio. Le roi Pierre avait accordé à l'abbesse de San Pedro le droit de sommer les femmes malhonnêtes de quitter sa paroisse, puis d'arracher les portes de leurs demeures et de les exposer dans l'atrium du monastère. L'abbesse avait mis tout son cœur à l'ouvrage !

« Ce sont des gens qui ont été expulsés de chez eux ? » avait demandé Alesta en agitant les mains. Elle se rappelait comme ils avaient été mis à la porte de leur maison, avant d'échouer dans celle de Pere et Mariona : on avait arraché leur porte pour impayés. « Non, ma fille, avait répondu leur mère. Ça, c'est ce qui arrive aux femmes qui ne sont pas chastes. »

Et, en prononçant ces mots, sa mère l'avait regardée, elle, Aledis, directement, en plissant les yeux.

Elle balaya ce mauvais souvenir de son esprit et secoua la tête de gauche à droite avant de retomber sur Antonia et son pubis blond, aux poils frisés comme ses cheveux. Qu'aurait fait d'Antonia l'abbesse de San Pedro ?

Francesca sortit de la tente pour appeler la jeune fille.

— Petite ! cria-t-elle.

Aledis vit Antonia sortir de la bassine, se rhabiller et entrer en courant dans la tente. Son regard croisa quelques secondes celui de Francesca. La patronne retourna à ses activités. Que cachait ce regard ?

Eiximèn d'Esparça, écuyer de sa majesté le roi Pierre IV, était un personnage important, plus, d'une certaine façon, par son rang que par sa constitution, car à partir du moment où il descendait de son imposant cheval de guerre et ôtait son armure, ce n'était plus qu'un petit homme tout maigre. « Faible », avait songé Arnau qui craignait que le noble ne devine ses pensées.

Eiximèn d'Esparça était à la tête d'une troupe de mercenaires qu'il payait de sa propre poche. Quand il observait ses hommes, le doute s'emparait de lui. Où se nichait leur loyauté ? Dans leur solde, uniquement. C'est pourquoi il aimait s'entourer d'une garde prétorienne, et le combat d'Arnau l'avait impressionné.

— Quelle arme sais-tu manier ? avait-il demandé à Arnau.

Le *bastaix* lui avait alors présenté l'arbalète de son père.

— Ça, je m'en doute. Tous les Catalans savent s'en servir ; c'est leur devoir. Autre chose ?

Arnau avait fait non de la tête.

— Et ce poignard ?

L'officier désignait l'arme qu'Arnau portait à la ceinture. Quand il avait vu que la pointe en était émoussée, il avait éclaté de rire et rejeté la tête en arrière.

— Avec ça, avait-il ajouté en riant de plus belle, tu ne pourrais même pas rompre l'hymen d'une pucelle. Tu t'entraîneras avec un vrai poignard, pour le corps à corps.

Il avait cherché dans un caisson et lui avait remis une machette, beaucoup plus longue et grande que son poignard de *bastaix*. Le jeune homme avait passé un doigt sur la lame.

Depuis ce jour, Arnau avait rejoint la garde d'Eiximèn et s'exerçait quotidiennement à la lutte au corps à corps avec son nouveau couteau. On lui fournit également un uniforme coloré comprenant une cotte de mailles, un heaume – qu'il lustrait pour le faire briller – et de robustes chaussures en cuir qui se nouaient aux mollets grâce à des lanières croisées. Ces entraînements difficiles alternaient avec de vrais combats au corps à corps, sans arme, organisés par les officiers des nobles du campement. Rapidement, Arnau devint le représentant des troupes de l'écuyer royal et pas un jour ne passa sans qu'il participe à une ou deux rixes devant une foule nombreuse qui criait et pariait sur lui.

Quelques bagarres suffirent pour qu'Arnau gagne sa réputation parmi les soldats. Quand il se promenait dans le camp, lors de ses rares moments de repos, il se sentait observé et montré du doigt. Quelle étrange sensation que de provoquer le silence sur son passage !

— Moi aussi, je pourrais jouir d'une de ses filles ?

L'officier d'Eiximèn d'Esparça sourit.

— Pour sûr. La vieille est obsédée par ton soldat. Tu ne peux pas imaginer comme ses yeux brillaient.

Tous deux se mirent à rire.

— Où dois-je te le conduire ?

Francesca avait choisi une petite auberge à l'extérieur de Figueras.

— Ne pose pas de question et obéis, dit l'officier à Arnau. Quelqu'un veut te voir.

Les deux officiers l'accompagnèrent jusqu'à l'auberge. Arrivés là, ils le menèrent à la misérable chambre où l'attendait Francesca. Quand Arnau entra, les deux autres refermèrent la porte et en condamnèrent l'accès. Arnau se retourna et tenta de l'ouvrir, en vain. Il se mit à donner des coups dans la porte.

— Que se passe-t-il ? s'écria-t-il. Qu'est-ce que ça signifie ?

Pour toute réponse, il n'entendit que les rires des officiers.

Il attendit quelques secondes. Que signifiait tout cela ? Soudain, il sentit qu'il n'était pas seul dans la pièce et fit volte-face. Appuyée contre la fenêtre, Francesca, debout, l'observait, faiblement éclairée par la lumière d'une bougie accrochée à un mur ; malgré la pénombre, son habit vert brillait. Une prostituée ! Combien d'histoires avait-il entendues à la chaleur des flambées du camp, combien se vantaient d'avoir dépensé leur argent avec une fille, toujours mieux, plus belle et voluptueuse que celle du précédent ! Alors Arnau se taisait et baissait les yeux ; lui qui était venu là pour fuir deux femmes ! Peut-être que ce mauvais tour était la conséquence de son silence, de son apparent manque d'intérêt pour les femmes ?... Combien de piques lui avait-on lancées devant son mutisme ?

— Qu'est-ce que c'est que cette blague ? demanda-t-il à Francesca. Qu'attends-tu de moi ?

Elle ne le voyait pas encore. La bougie n'éclairait pas assez loin, mais sa voix... était celle d'un homme, et il était grand et bien bâti, comme le lui avait dit la fille. Elle sentit ses genoux trembler, ses jambes fléchir. Son fils !

Francesca dut se racler la gorge avant de parler :

— N'aie aucune crainte. Je ne veux rien qui puisse compromettre ton honneur. Dans tous les cas, ajouta-t-elle, nous sommes seuls. Que pourrais-je faire, moi, une faible femme, contre un homme jeune et fort comme toi ?

— Alors pourquoi rient-ils dehors ? interrogea Arnau, l'oreille toujours collée à la porte.

— Laisse-les rire s'ils le souhaitent. L'esprit de

l'homme est retors, et il aime en général croire au pire. Si je leur avais dit la vérité, si je leur avais raconté les vraies raisons pour lesquelles je veux te voir, ils ne se seraient peut-être pas montrés aussi disposés.

— Que peut-on penser d'une prostituée et d'un homme enfermé dans une chambre d'auberge ? Que faut-il attendre d'une prostituée ?

Son ton était dur, blessant. Francesca parvint à se ressaisir.

— Nous sommes aussi des êtres humains, riposta-t-elle en élevant la voix. Saint Augustin a écrit que ce serait Dieu qui jugerait les prostituées.

— Tu ne m'as tout de même pas fait venir jusqu'ici pour me parler de Dieu ?

— Non.

Francesca s'avança vers lui ; il fallait qu'elle voie son visage.

— Je t'ai fait venir pour te parler de ta femme.

Arnau chancela. Il était vraiment beau.

— Que se passe-t-il ? Comment est-il possible que... ?

— Elle est enceinte.

— Maria ?

— Aledis..., corrigea Francesca sans réfléchir.

Mais il avait bien dit « Maria » ?

— Aledis ?

Francesca vit que le jeune homme tremblait. Qu'est-ce que cela signifiait ?

— Que faites-vous à parler autant ? cria-t-on derrière la porte, entre deux rires et des coups assénés contre la cloison. Que se passe-t-il, patronne ? Il est trop viril pour toi ?

Arnau et Francesca se regardèrent. Elle lui fit signe de s'écarter de la porte. Arnau obéit. Tous deux baissèrent la voix.

— Tu as dit « Maria » ? reprit Francesca une fois qu'ils furent près de la fenêtre.

— Oui. Ma femme s'appelle Maria.

— Et qui est Aledis alors ? Elle m'a dit...

Arnau hocha la tête. « Est-ce de la tristesse qui vient d'apparaître dans ses yeux ? » s'interrogea Francesca. Arnau avait perdu toute contenance : ses bras ballottaient le long de son corps, et son cou, altier un instant auparavant, paraissait incapable de supporter le poids de sa tête. Il ne répondit pas. Francesca sentit un pincement au plus profond de son être. « Qu'y a-t-il, mon fils ? »

— Qui est Aledis ? insista-t-elle.

Arnau fit à nouveau un geste de dénégation de la tête. Il avait tout quitté : Maria, son travail, la Vierge... et maintenant, elle était là, enceinte ! Tout le monde le saurait. Comment pourrait-il rentrer à Barcelone, retrouver son travail, sa maison ?

Francesca détourna le regard vers la fenêtre. Il faisait nuit dehors. Quelle était cette douleur qui l'opprimait ? Elle avait vu des hommes ramper, des femmes rejetées ; elle avait vu la mort et la misère, la maladie et l'agonie, mais jamais jusque-là elle n'avait éprouvé cette sensation-là.

— Je crois qu'elle ment, affirma-t-elle soudain, la gorge nouée, sans cesser de regarder par la fenêtre.

Elle remarqua qu'Arnau s'agitait.

— Que veux-tu dire ?

— Je crois qu'elle n'est pas enceinte.

— Qu'est-ce que ça change ! s'entendit dire Arnau, à part lui.

Elle était là, ça suffisait. Elle le suivait, et le persécuterait à nouveau. Tout ce qu'il avait fait n'avait servi à rien.

— Je pourrais t'aider.

— Pourquoi le ferais-tu ?

Francesca se tourna vers lui. Ils s'effleuraient presque. Elle aurait pu le toucher. Elle pouvait le sentir. « Parce que tu es mon fils ! » aurait-elle pu lui répondre. Ça aurait été le bon moment. Mais qu'avait dû lui raconter Bernat à son sujet ? À quoi servirait-il que ce garçon apprenne que sa mère était une femme publique ? Francesca tendit une main tremblante. Arnau ne bougea pas. À quoi bon ? Elle suspendit son geste. Vingt ans avaient passé, et elle n'était plus qu'une prostituée.

— Parce qu'elle m'a trompée, répondit-elle. Je lui ai donné à manger, je l'ai habillée, l'ai recueillie. Je n'aime pas qu'on abuse de moi. Tu as l'air d'être quelqu'un de bien, et je crois que, toi aussi, elle essaie de t'abuser.

Arnau la regarda droit dans les yeux. Qu'est-ce que cela changeait désormais ? Libre de son mari et loin de Barcelone, Aledis raconterait tout. Et maintenant cette femme... Qu'y avait-il en elle qui le tranquillisait ?

Arnau baissa la tête et commença à parler.

29.

Le roi Pierre IV le Cérémonieux se trouvait depuis six jours à Figueras quand, le 28 juillet 1343, il donna l'ordre de lever le camp et d'initier la marche vers le Roussillon.

— Il faut que tu attendes, dit Francesca à Aledis tandis que les filles démontaient la tente pour suivre l'armée. Quand le roi donne l'ordre du départ, les soldats ne peuvent quitter leurs rangs. Au prochain camp, peut-être...

Aledis l'interrogea du regard.

— Je lui ai envoyé un message, ajouta Francesca, l'air faussement indifférent. Tu viens avec nous ?

Aledis acquiesça.

— Alors, aide-nous.

Mille deux cents cavaliers et plus de quatre mille fantassins, armés pour la guerre et munis de provisions pour huit jours, se mirent en marche en direction de La Jonquera, à un peu plus d'une demi-journée de Figueras. Derrière l'armée : une multitude de charrettes, mulets et populace diverse. À La Jonquera, le roi donna l'ordre de dresser à nouveau le camp ; un messager du pape, un frère augustin, apportait une autre lettre de Jacques III. Depuis que Pierre IV avait conquis Majorque, le roi

Jacques, en quête de soutien, s'était rendu auprès du pape ; frères, évêques et cardinaux avaient intercédé en vain auprès du Cérémonieux.

Comme les fois précédentes, le roi ne tint pas compte du nouvel envoyé papal. L'armée passa la nuit à La Jonquera. « Est-ce le moment ? » se demandait Francesca en observant Aledis qui aidait les autres filles en cuisine. « Non », estima-t-elle. Plus elles seraient loin de Barcelone, de l'ancienne vie d'Aledis, plus nombreuses seraient les opportunités.

— Il faut attendre, répondit-elle quand la jeune fille la questionna au sujet d'Arnau.

Le lendemain matin, le roi leva de nouveau le camp.

— À Panissars ! En ordre de bataille ! En quatre groupes prêts au combat !

L'ordre courut dans les rangs de l'armée. Quand il il lui parvint, Arnau se trouvait près de la garde personnelle d'Eiximèn d'Esparça, prêt à partir. « À Panissars ! » Certains criaient, d'autres murmuraient à peine, mais tous répétaient le mot d'ordre avec orgueil et respect. Le défilé de Panissars ! Le passage des Pyrénées, des terres catalanes à celles du Roussillon. À seulement une demi-lieue de La Jonquera, cette nuit-là, autour de tous les feux, on put entendre conter les exploits de Panissars.

C'étaient eux, les Catalans, leurs pères, leurs grands-pères, qui avaient vaincu les Français. Eux, et eux seuls ! Les Catalans. Des années auparavant, le roi Pierre III le Grand avait été excommunié par le pape pour avoir conquis la Sicile sans son consentement. Les Français, sous le commandement de Philippe le Téméraire, déclarèrent la guerre à l'hérétique. Au nom de la chrétienté et avec l'aide de quelques traîtres, ils franchirent les Pyrénées par le pas de la Maçana.

Pierre III le Grand dut battre en retraite. Les nobles et les chevaliers d'Aragon abandonnèrent le roi et se retirèrent avec leurs armées sur leurs terres.

— Il ne restait que nous ! dit quelqu'un cette nuit-là, sa voix couvrant le crépitement du feu.

— Et Roger de Llúria ! lança un autre.

Ses armées diminuées, le roi laissa les Français envahir la Catalogne en attendant que débarquent des renforts de Sicile, sous le commandement de Roger de Llúria. Pierre III le Grand donna l'ordre au vicomte Ramon Folch de Cardona, défenseur de Gérone, de résister à l'assaut des Français jusqu'à l'arrivée de Roger de Llúria en Catalogne. Le vicomte de Cardona obéit et défendit la ville de façon épique jusqu'au moment où son monarque l'autorisa à la livrer à l'envahisseur.

Roger de Llúria arriva et mit en déroute la flotte française ; pendant ce temps, sur terre, l'armée française fut dévastée par une épidémie.

— Quand ils ont pris Gérone, ils ont profané le sépulcre de Sant Narcis, intervint quelqu'un.

D'après les anciens, des millions de mouches sortirent alors du sépulcre du saint. Ces insectes propagèrent l'épidémie parmi les rangs français. Ses hommes vaincus sur mer, malades sur terre, le roi Philippe le Téméraire demanda une trêve pour se retirer avant d'être massacrés.

Pierre III le Grand la lui accorda, mais, leur précisa-t-il, en son nom propre et au nom de ses seuls nobles et chevaliers.

Arnau entendit le cri des mercenaires qui entraient dans Panissars. Mettant ses mains en visière, il regarda en direction des montagnes qui fermaient le passage et faisaient écho à leurs hurlements. Là, au côté de Roger de Llúria, observés depuis le sommet par Pierre III le Grand et ses nobles, les mercenaires étaient venus à bout de l'armée française après avoir tué des milliers d'hommes. Le jour suivant, à Perpignan, Philippe le Téméraire était mort et la croisade contre la Catalogne avait pris fin.

Les mercenaires s'engagèrent dans le défilé en criant, défiant un ennemi invisible ; peut-être se rappelaient-ils les récits de leurs pères ou de leurs grands-pères sur ce qui s'était passé au même endroit cinquante ans plus tôt ?

Ces hommes déguenillés qui, quand ils ne guerroyaient pas, vivaient dans les forêts et les montagnes du sac des terres sarrasines, passant outre un éventuel traité qu'auraient conclu les rois chrétiens de la péninsule avec les chefs maures, n'en faisaient qu'à leur tête. Arnau en avait déjà eu l'illustration sur le chemin menant de Figueras à La Jonquera, et il le constatait une nouvelle fois : des quatre groupes divisés par le roi, tous marchaient en formation, sous leurs bannières, sauf celui des mercenaires. Ces derniers criaient, menaçaient, riaient et même plaisantaient, se moquant aussi bien de l'ennemi qui n'apparaissait pas que de celui qui viendrait un jour.

— Ils n'ont pas de chefs ? demanda Arnau après avoir vu comment les mercenaires, lors d'une halte ordonnée par Eiximèn d'Esparça, les avaient dépassés de façon désordonnée et insouciante, pour poursuivre leur chemin.

— On ne dirait pas, n'est-ce pas ? lui répondit un vétéran, qui se tenait bien droit à ses côtés, comme tous ceux qui composaient la garde personnelle de l'écuyer royal.

— Non, en effet.

— Pourtant, si, ils ont des chefs, et qu'ils se gardent de leur désobéir ! Ce ne sont pas des chefs comme les nôtres.

Le vétéran montra Eiximèn d'Esparça ; puis il préleva un insecte imaginaire de son écuelle et l'agita en l'air. Plusieurs soldats se joignirent aux rires d'Arnau.

— Eux, oui, ce sont de vrais chefs, continua le vétéran redevenu sérieux soudain. Chez eux, inutile d'être le fils de quelqu'un, d'avoir un nom ou d'être le protégé de je ne sais quel comte. Les plus importants sont les *adalils*.

Arnau regarda en direction des mercenaires qui continuaient à passer près d'eux.

— Ne te fatigue pas à essayer de les différencier, poursuivit le vétéran. Ils sont tous habillés pareil, mais eux, ils savent très bien s'identifier. Pour être *adalil*, il faut quatre qualités : de la sagesse pour guider les troupes, du courage, et savoir en exiger des hommes que l'on dirige, posséder un don naturel pour le commandement et, surtout, être loyal.

— C'est aussi ce qu'on dit de lui, coupa Arnau en désignant l'écuyer royal et en contrefaisant le geste du vétéran.

— En effet, mais lui, personne n'a contesté sa nomination ni ne la conteste. Pour être *adalil* des mercenaires, il faut que douze autres *adalils* jurent sous peine de mort que le postulant remplit toutes ces conditions. Si les nobles devaient jurer de la même façon au sujet de leurs pairs... surtout pour ce qui est de la loyauté... il n'en resterait plus beaucoup !

Les soldats qui écoutaient la conversation approuvèrent en souriant. Arnau observa de nouveau les mercenaires. Comment pouvaient-ils tuer un cheval avec une simple lance et au pas de charge ?

— En dessous des *adalils*, poursuivit le vétéran, se trouvent les *almogatens*, qui doivent être experts dans l'art de la guerre, courageux, lestes et loyaux. On les choisit de la même façon : douze *almogatens* sont tenus de jurer que le candidat réunit ces qualités.

— Sous peine de mort ? demanda Arnau.

— Sous peine de mort, confirma le vétéran.

Ce que ne pouvait imaginer Arnau, c'était le culot de ces guerriers : ils allaient jusqu'à désobéir au roi ! En effet, passé le défilé de Panissars, Pierre IV donna l'ordre à l'armée de se diriger vers la capitale du Roussillon : Perpignan. Mais les mercenaires se séparèrent des autres et prirent le chemin du château de Bellaguarda, érigé au sommet du pic du même nom, au-dessus du défilé de Panissars.

Arnau et les soldats de l'écuyer royal les virent partir et grimper au sommet de Bellarguarda. Ils continuaient de crier, comme ils l'avaient fait tout au long du défilé. Eiximèn d'Esparça regarda le roi, qui les observait lui aussi.

Pierre IV ne pouvait rien faire. Comment les arrêter ? Il tourna bride et reprit sa route vers Perpignan. Pour Eiximèn d'Esparça, ce fut le signal : le roi consentait à l'assaut de Bellaguarda. Mais comme c'était lui qui payait les mercenaires, s'il y avait le moindre butin, il fallait qu'il soit représenté. C'est pourquoi, alors que le gros de l'armée continuait en formation, Eiximèn d'Esparça et ses hommes entreprirent à leur tour l'ascension de Bellarguarda, à la suite des mercenaires.

Les Catalans assiégèrent le château et, le reste de la journée et toute la nuit, les mercenaires se relayèrent pour tailler des arbres afin de construire des machines de siège, des échelles d'assaut et un grand bélier monté sur roues, qui oscillait grâce à des cordes accrochées à un tronc supérieur, recouvert de peaux pour protéger les hommes qui le maniaient.

Arnau se retrouva de garde devant les murs de Bellaguarda. Comment prenait-on un château ? Eux, ils devraient aller à découvert, à l'assaut, tandis que les défenseurs se contenteraient de leur tirer dessus, à l'abri derrière les créneaux. C'est là qu'ils se trouvaient. Il les voyait se pencher et les regarder. Un moment, il eut même l'impression que l'un d'eux l'observait. Ils semblaient tranquilles, alors que lui tremblait.

— Les assiégés ont l'air très sûrs d'eux, fit-il remarquer à un vétéran qui se trouvait à ses côtés.

— Ne te méprends pas, répondit celui-ci. Là-dedans, ils passent un pire moment que nous. Ils ont vu les mercenaires.

Les mercenaires, toujours les mercenaires. Arnau se retourna vers eux. Ils travaillaient sans relâche, à présent parfaitement organisés. Personne ne riait ni ne parlait ; ils travaillaient.

— Comment peuvent-ils faire si peur à ceux qui sont derrière ces remparts ?

Le vétéran se mit à rire.

— Tu ne les as jamais vus combattre, pas vrai ?

Arnau fit non de la tête.

— Alors attends, et tu verras.

Il attendit en somnolant, au cours d'une nuit tendue pendant laquelle les mercenaires ne cessèrent de construire leurs machines à la lumière de quelques torches qui allaient et venaient sans repos.

Au lever du jour, quand la lumière du soleil commença à poindre à l'horizon, Eiximèn d'Esparça somma ses troupes de se mettre en formation. Il faisait encore sombre. Arnau chercha les mercenaires. Ils avaient obéi et se tenaient en formation face aux murs de Bellaguarda. Puis il regarda le château, au-dessus d'eux. Toutes les lumières avaient disparu, mais les assiégés étaient bien présents ; pendant la nuit, ils n'avaient rien fait d'autre que se préparer à l'assaut. Arnau frissonna. Que faisait-il là ? L'aube était fraîche et, pourtant, ses mains, agrippées à l'arbalète, ne cessaient de transpirer. Le silence était total. Il pouvait mourir. La veille, les assiégés l'avaient regardé à plusieurs reprises, lui, un simple *bastaix* ; les visages de ces hommes, alors perdus au loin, prirent forme. Ils étaient là ! Et ils l'attendaient. Il se mit à trembler. Ses jambes flageolèrent et il dut faire un effort pour empêcher ses dents de claquer. Il serra l'arbalète contre sa poitrine afin que personne ne remarque le tremblement de ses mains. L'officier lui avait dit que lorsqu'il donnerait l'ordre d'attaquer, il devrait s'avancer vers les murs et se retrancher derrière des rochers pour tirer contre les défenseurs. Le problème serait d'arriver jusqu'aux rochers en question. Réussirait-il ? Arnau ne quittait pas des yeux l'endroit ; il fallait qu'il coure, s'abrite, tire, se cache et tire à nouveau...

Un cri rompit le silence.

L'ordre ! Les pierres ! Arnau allait s'élancer quand la main de l'officier l'attrapa par l'épaule.

— Pas encore.

— Mais...

— Pas encore, insista l'officier. Regarde.

Le soldat lui montra les mercenaires.

Un autre cri retentit de leurs rangs.

— Fer, réveille-toi !

Arnau ne pouvait plus les quitter du regard. Très vite, tous crièrent à l'unisson.

— Fer, réveille-toi ! Fer, réveille-toi !

Ils se mirent à entrechoquer leurs lances et leurs couteaux jusqu'à ce que le bruit du métal recouvre leurs propres voix.

— Fer, réveille-toi !

Et l'acier commença à s'éveiller : au fur et à mesure que les armes étaient choquées, les unes contre les autres ou contre des pierres, le métal jetait des étincelles. Le fracas saisit Arnau. Peu à peu, les étincelles, des centaines d'étincelles, des milliers, fendirent l'obscurité et les mercenaires apparurent, entourés d'un halo lumineux.

Arnau se surprit lui-même à battre l'air de son arbalète.

— Fer, réveille-toi ! cria-t-il.

Il ne transpirait plus, ne tremblait plus.

— Fer, réveille-toi !

Il regarda en direction des remparts ; ils semblaient prêts à s'écrouler sous le cri des mercenaires. Le sol résonnait et l'éclat des étincelles croissait autour de lui. Soudain une trompette sonna, et les hurlements s'amplifièrent.

— Sant Jordi ! Sant Jordi !

— Maintenant ! cria l'officier à Arnau, et il le poussa derrière les deux cents hommes qui s'élançaient férocement à l'assaut.

Arnau courut se poster derrière les pierres, près de l'officier et d'un groupe d'arbalétriers, au pied du château. Il se concentra sur une échelle que les mercenaires avaient appuyée contre un rempart et tâcha de faire mouche sur les silhouettes des assiégés. Des créneaux, ceux-ci s'efforçaient d'empêcher l'assaut des mercenaires, qui continuaient de hurler comme des possédés. Il réussit son coup. À deux reprises, il toucha le corps des défenseurs, là où leurs cottes de mailles ne les protégeaient pas, et les vit disparaître sous l'impact de ses flèches.

Un groupe d'assaillants parvint à franchir les murs de la forteresse et Arnau sentit l'officier attirer son attention, en lui tapant sur l'épaule, pour qu'il cesse de tirer. Le bélier ne fut pas nécessaire. Quand les mercenaires atteignirent les créneaux, les portes du château s'ouvrirent et plusieurs cavaliers s'enfuirent au triple galop pour ne pas être pris en otages. Deux d'entre eux tombèrent sous les arbalètes catalanes ; les autres s'échappèrent. À présent sans chef, certains occupants se rendirent. Eiximèn d'Esparça et ses cavaliers pénétrèrent à l'intérieur du château avec leurs montures de guerre et tuèrent tous ceux qui s'opposaient encore à eux. Ensuite, les fantassins entrèrent en courant.

Une fois qu'il eut franchi les remparts, Arnau recouvra sa sérénité, son arbalète dans le dos et son poignard à la main. Cela ne servait plus à rien. La cour du château était jonchée de cadavres, et ceux qui n'étaient pas tombés demeuraient à genoux, désarmés, suppliant les cavaliers qui allaient et venaient avec leurs longues épées dégainées. Quant aux mercenaires, ils se livraient au pillage ; certains dans la tour, d'autres grappillant sur les cadavres avec une avidité qui contraignit Arnau à détourner le regard. L'un d'eux se dirigea vers lui et lui offrit une poignée de flèches ; quelques-unes provenaient de tirs manqués, beaucoup étaient tachées de sang, et les autres avaient encore des morceaux de chair collés. Arnau hésita. Le mercenaire, un homme d'un certain âge, élancé comme les flèches qu'il lui tendait, eut l'air surpris ; puis il sourit en affichant une bouche édentée et offrit les flèches à un autre soldat.

— Que fais-tu ? demanda ce dernier à Arnau. Tu espères peut-être qu'Eiximèn te les nettoie ? Tiens, dit-il en les lui jetant aux pieds.

Quelques heures plus tard, tout était fini. Les survivants furent regroupés et ligotés. Ils seraient vendus comme esclaves dans le camp qui suivait l'armée. Les troupes d'Eiximèn d'Esparça se remirent en marche à la recherche du roi ; ils transportaient leurs blessés et laissaient derrière eux dix-sept Catalans morts et une forteresse en flammes qui ne pourrait plus servir aux partisans du roi Jacques.

30.

Eiximèn d'Esparça et ses hommes rejoignirent l'armée royale à proximité de la ville d'Elna, l'Orgueilleuse, à seulement deux lieues de Perpignan, où le roi avait décidé de passer la nuit. Là, le monarque reçut la visite d'un autre évêque qui, encore une fois en vain, tenta d'intercéder en faveur de Jacques de Majorque.

Si Pierre IV n'avait pu s'opposer à la prise du château de Bellarguarda par Eiximèn d'Esparça et ses mercenaires, il essaya en revanche d'empêcher que, sur la route d'Elna, un autre groupe de cavaliers ne prenne par les armes la tour de Nidoleres. Mais quand il arriva sur place, les hommes avaient déjà donné l'assaut, tué les occupants et tout incendié.

En revanche, personne n'osa s'approcher d'Elna ni s'en prendre à ses habitants.

L'armée entière se rassembla autour des feux de camp et contempla au loin les lumières de la ville. Elna avait gardé ses portes ouvertes, défiant ouvertement les Catalans.

— Pourquoi... ? commença à demander Arnau.

— L'Orgueilleuse ? interrompit un vieux soldat.

— Oui. Pourquoi est-elle respectée au point de n'avoir même pas besoin de fermer ses portes ?

Le vétéran scruta la ville avant de répondre.

— L'Orgueilleuse pèse sur notre conscience... la conscience catalane. Ses habitants savent que nous ne leur ferons rien.

Il se tut. Arnau avait appris à connaître le fonctionnement des soldats. Il savait que, s'il le pressait, l'autre le mépriserait et ne parlerait plus. Tous les vétérans aimaient savourer leurs souvenirs et leurs récits, vrais ou faux, exagérés ou non. Ménager l'intrigue était une de leurs habitudes favorites. Finalement, il reprit son discours.

— Lors de la guerre contre les Français, quand Elna nous appartenait, Pierre III le Grand promit de la défendre et envoya un détachement de chevaliers catalans qui le trahirent : ils s'enfuirent pendant la nuit et abandonnèrent la ville à la merci de l'ennemi.

Le vétéran cracha dans le feu.

— Les Français profanèrent les églises, assassinèrent les enfants, violèrent les femmes et exécutèrent tous les hommes... sauf un. Le massacre d'Elna pèse sur notre conscience. Aucun Catalan n'y entrera jamais.

Arnau regarda à nouveau les portes ouvertes de l'Orgueilleuse. Il observa ensuite les différents groupes qui composaient le camp ; il y avait toujours quelque part un homme qui contemplait Elna en silence.

— Qui fut épargné ? interrogea Arnau, en contrevenant à ses propres règles.

Le vétéran le considéra à travers les flammes.

— Un dénommé Bastard de Rosselló.

Arnau attendit encore que le soldat se décide à continuer.

— Des années plus tard, c'est lui qui guida les troupes françaises à travers le passage de la Maçana pour envahir la Catalogne.

L'armée dormit à l'ombre de la ville d'Elna.

Un peu à l'écart, les centaines de personnes qui suivaient les troupes firent de même. Francesca regarda Aledis. Était-ce là le lieu propice ? L'histoire d'Elna avait couru de tentes en huttes. Dans le camp, un silence peu habituel régnait. Elle-même contempla à plusieurs reprises les portes ouvertes de l'Orgueilleuse. Ils se trouvaient en terre inhospitalière ; aucun Catalan ne serait bien reçu à Elna ou dans ses environs. Aledis était loin de chez elle. Si en plus elle se retrouvait seule...

— Ton Arnau est mort, annonça brutalement Francesca à Aledis.

À ces mots, la jeune fille s'effondra. Francesca la vit rapetisser dans sa robe verte. Elle se porta les mains au visage et ses sanglots brisèrent l'étrange silence qui régnait alentour.

— Que... s'est-il passé ? finit-elle par demander au bout d'un moment.

— Tu m'as menti, se contenta de répondre Francesca, froidement.

Aledis la regarda, les yeux pleins de larmes, hoquetant, tremblant ; elle baissa les yeux.

— Tu m'as menti, répéta Francesca.

Aledis ne répondit rien.

— Tu veux savoir ce qui s'est passé ? C'est ton mari qui l'a tué, le vrai, le maître tanneur.

Pau ? Impossible ! Aledis releva la tête. Il était impossible que ce vieux...

— Il s'est présenté au campement royal en accusant le dénommé Arnau de t'avoir enlevée, continua Francesca, coupant court aux pensées de la jeune fille.

Elle voulait observer ses réactions. Arnau lui avait raconté qu'elle avait peur de son époux.

— Celui-ci a dit que c'était faux, alors ton mari l'a provoqué en duel.

Aledis voulut intervenir ; comment Pau aurait-il pu se battre avec Arnau ?

— Il a payé un officier pour le faire à sa place, poursuivit Francesca, l'obligeant à garder le silence. Tu ne le savais pas ? Quand quelqu'un est trop vieux pour combattre, il peut s'offrir un remplaçant. Ton Arnau est mort en défendant son honneur.

Aledis était désespérée. Elle tremblait. Peu à peu ses jambes fléchirent et elle tomba à genoux devant Francesca. Mais la vieille prostituée n'eut aucune pitié.

— J'ai cru comprendre que ton époux était à ta recherche.

Aledis se porta à nouveau les mains au visage.

— Il faut que tu nous quittes. Antonia va te redonner tes vieux habits.

C'était le regard qu'elle désirait. Peur ! Panique !

Les questions se bousculaient dans la tête d'Aledis. Que faire ? Où aller ? Barcelone se trouvait à l'autre bout du monde. De toute façon, que lui restait-il là-bas ? Arnau, mort ! Le voyage de Barcelone à Figueras lui revint tout à coup en mémoire et son corps ressentit l'horreur, l'humiliation, la honte... la douleur. Sans parler de Pau qui la cherchait !

— Non..., bredouilla Aledis, je ne pourrai pas !

— Je ne veux pas m'attirer d'ennuis, reprit Francesca d'un air implacable.

— Protégez-moi ! supplia la jeune femme. Je n'ai nulle part où aller. Je n'ai personne.

Elle sanglotait, à genoux devant Francesca, sans oser la regarder.

— Impossible. Tu es enceinte.

— C'était aussi un mensonge !

Elle était à ses pieds. Francesca ne bougea pas.

— Que ferais-tu en échange ?

— Ce que vous voudrez ! cria Aledis.

Francesca dissimula son sourire. C'était la promesse qu'elle attendait. Combien de fois l'avait-elle obtenue de jeunes femmes comme Aledis ?

— Ce que vous voudrez ! répéta celle-ci. Protégez-moi, cachez-moi de mon mari, et je ferai tout ce que vous désirerez.

— Tu sais ce que nous sommes, insista la patronne.

Et alors ? Arnau était mort. Elle n'avait plus rien. Il ne lui restait rien... sauf un époux qui la recherchait pour la lapider.

— Cachez-moi, je vous en prie. Je ferai ce que vous voudrez, répéta Aledis.

Francesca donna l'ordre à Aledis de ne pas fréquenter les soldats ; Arnau était connu dans les rangs de l'armée.

— Tu travailleras cachée, lui annonça-t-elle le lendemain, alors qu'elles se préparaient à partir. Je ne voudrais pas que ton époux...

Aledis acquiesça avant qu'elle n'achève sa phrase.

— Tu ne dois pas te faire voir avant la fin de la guerre.

Aledis acquiesça de nouveau.

La nuit même, Francesca envoya un message à Arnau : « Tout est réglé. Aledis ne te posera plus de problèmes. »

Le jour suivant, au lieu de se rendre à Perpignan où se trouvait Jacques de Majorque, Pierre IV décida de continuer en direction de la mer et de la ville de Canet. Là, Ramon, vicomte de l'endroit, serait obligé de mettre son château à sa disposition en vertu de la soumission qu'il lui avait jurée après la conquête de Majorque. À l'époque, le monarque catalan, après la fuite du roi Jacques, lui avait, en effet, laissé la liberté.

Le vicomte de Canet offrit donc l'hospitalité à Pierre, et l'armée put se reposer et se restaurer grâce à la générosité des paysans du coin, qui espéraient que les Catalans lèveraient rapidement le camp pour gagner Perpignan. Le roi établit une tête de pont avec sa flotte, qui l'approvisionna immédiatement.

Établi à Canet, Pierre IV reçut un nouveau médiateur ; cette fois, il s'agissait d'un cardinal, le second à intercéder en faveur de Jacques de Majorque. Mais le souverain ne fit pas grand cas de lui non plus et, après l'avoir congédié, entreprit d'étudier avec ses conseillers la meilleure façon d'assiéger Perpignan. Tandis que le roi recevait des vivres par la mer et les stockait au château de Canet, l'armée catalane s'installa dans la ville pendant six jours, au cours desquels elle s'employa à attaquer les châteaux et les forteresses entre Canet et Perpignan.

L'*host* de Manresa prit ainsi, au nom du roi Pierre, le château de Santa Maria del Mar ; d'autres troupes se jetèrent à l'assaut de Castellarnau Sobirà, tandis qu'Eiximèn d'Esparça, avec ses mercenaires et ses cavaliers, venait à bout de Castell-Rosselló.

Castell-Rosselló n'était pas un simple poste frontalier comme Bellaguarda, mais constituait une des défenses avancées de la capitale du comté du Roussillon. Là, les cris de guerre et le choc des lances des mercenaires retentirent une nouvelle fois, accompagnés, pour l'occasion, par les hurlements de quelques centaines de soldats désireux d'entrer dans la bataille. La forteresse ne tomba pas aussi facilement que Bellaguarda ; le combat *intra-muros* fut acharné et le recours aux béliers indispensable pour abattre les défenses.

Les arbalétriers furent les derniers à entrer dans le château. Rien à voir avec l'assaut de Bellaguarda. Soldats et civils, femmes et enfants compris, défendaient la place à la vie à la mort. À l'intérieur, Arnau dut batailler férocement au corps à corps.

Laissant de côté son arbalète, il empoigna son couteau. Des centaines d'hommes luttaient autour de lui. Le sifflement d'une épée le fit entrer dans le combat. Instinctivement, il s'écarta et l'épée effleura son ventre. De sa main libre, Arnau attrapa le poignet qui maniait l'épée et planta son poignard. C'était un geste mécanique, enseigné, lors d'interminables leçons, par l'officier d'Eiximèn d'Esparça. Il lui avait appris comment se battre ; il lui avait appris comment tuer, mais pas comment enfoncer un poignard dans l'abdomen d'un homme. La cotte de mailles de son adversaire résista au coup de couteau et, malgré son poignet immobilisé, le défenseur du château se retourna violemment, blessant Arnau à l'épaule.

En quelques secondes, Arnau comprit qu'il devait tuer.

Il serra son poignard avec rage. La lame transperça la cotte de mailles et s'enfonça dans l'estomac de son ennemi. L'épée perdit de sa force mais continua à voltiger dangereusement. Arnau poussa son poignard vers le haut. Sa main sentit la chaleur des entrailles. Le corps de son ennemi se souleva, le poignard déchira l'abdomen, l'épée tomba au sol et Arnau se retrouva avec la figure de son adversaire contre la sienne. Ses lèvres remuèrent tout près de son visage. Voulait-il dire quelque chose ? En dépit du fracas, Arnau entendit ses râles. À quoi pensait-il ? Voyait-il la mort ? Ses yeux exorbités semblaient comme un avertissement. Arnau se dégagea au moment où un autre assiégé s'élançait sur lui.

Il n'hésita pas. Son poignard fendit l'air et le cou de son nouvel adversaire. Il ne réfléchissait plus. Au contraire, il se mit à chercher davantage la mort, combattit en hurlant, frappa et enfonça sa lame dans la chair de ses ennemis, encore et encore, sans tenir compte de leurs visages ni de sa propre douleur.

Il tua.

Quand tout fut terminé et que les défenseurs de Castell-Rosselló se furent rendus, Arnau vit qu'il était ensanglanté et tremblait encore des efforts qu'il avait consentis.

Autour de lui, les cadavres lui rappelèrent la bataille. Ses yeux ne voulurent pas les regarder. Il n'avait pas senti leurs douleurs, n'avait pas eu pitié de leurs âmes. Mais à partir de cet instant précis, les visages qu'il n'avait pas vus, aveuglé par le sang, apparurent à ses yeux, réclamant leurs droits, l'honneur des vaincus. Longtemps, Arnau se souviendrait des visages flous de ceux qui étaient morts sous ses coups.

À la mi-août, l'armée avait de nouveau dressé le camp entre le château de Canet et la mer. Arnau avait pris part à l'assaut de Castell-Rosselló le 4 août. Deux jours plus tard, le roi Pierre IV remit en marche ses troupes et, pendant une semaine, comme la ville de Perpignan n'avait pas rendu hommage au roi, les armées catalanes ravagèrent les environs de la capitale du Roussillon : Basoles, Vernet, Solés, Sant Esteve... Elles abattirent des vignes, des oliveraies et tous les arbres qui se dressaient sur son passage, à l'exception des figuiers – caprice du Cérémonieux ? Les troupes brûlèrent les moulins et les récoltes, détruisirent les champs cultivés, les villes, mais à aucun moment elles ne parvinrent à assiéger la capitale, refuge du roi Jacques : Perpignan.

Rassemblée sur la plage, l'armée entière rendait hommage à la Vierge de la Mer. Pierre IV avait fini par céder aux pressions du saint-père et signé une trêve avec Jacques de Majorque. Dans les rangs, on murmurait. Arnau n'écoutait pas le prêtre. Du reste, ils étaient peu nombreux à le faire ; la plupart des hommes avaient l'air affligé. La Vierge ne consolait pas Arnau. Il avait tué. Il avait abattu des arbres. Il avait rasé des vignes et des cultures devant les yeux effrayés des paysans et de leurs enfants. Il avait détruit des villes entières et, avec elles, le foyer de gens innocents. Le roi Jacques avait obtenu une trêve. Arnau se souvenait des harangues de Santa Maria del Mar : « La Catalogne a besoin de vous ! Le roi Pierre a besoin de vous ! Partez à la guerre ! » Quelle guerre ? Il n'y avait eu que des massacres, des échauffourées où les seuls perdants avaient été les petites gens, les soldats loyaux... et les enfants, qui souffriraient de la faim l'hiver suivant par manque de grain. Quelle guerre ? Celle qu'avaient livrée évêques et cardinaux, entremetteurs de rois rusés ? Le prêtre poursuivait son homélie, mais Arnau ne l'écoutait toujours pas. Pourquoi avait-il dû tuer ? À quoi servaient ces morts ?

La messe s'acheva. Les soldats se dispersèrent par petits groupes.

— Et le butin promis ?

— Perpignan est riche, très riche, entendit Arnau.

— Comment le roi va-t-il nous payer maintenant, puisqu'il ne pouvait déjà pas le faire auparavant ?

Arnau déambulait parmi les soldats. Que lui importait le butin ? Il se souvenait du regard des enfants, d'un petit qui, accroché à la main de son frère, les avait vus, lui et sa troupe, raser leur jardin et répandre le grain qui aurait dû les nourrir pendant l'hiver. « Pourquoi ? avaient demandé ses yeux innocents. Quel mal vous avons-nous fait ? » Les enfants étaient probablement responsables du jardin et ils étaient restés là, des larmes plein les joues, pendant que la grande armée catalane détruisait leurs maigres biens. Arnau n'avait pu soutenir leur regard.

Les troupes rentraient chez elles. Les colonnes de soldats se dispersaient sur les chemins de Catalogne, suivies par des prostituées et des commerçants, déçus par les bénéfices désormais perdus.

Barcelone n'était plus très loin. Les *hosts* de la principauté bifurquaient vers leurs lieux d'origine ; d'autres traverseraient la ville. Arnau sentit ses compagnons accélérer le pas, comme lui. Des sourires surgirent sur la figure des soldats. Ils rentraient à la maison. En chemin, le visage de Maria apparut à Arnau. « Tout est réglé, lui avait-on dit, Aledis ne te posera plus de problèmes. » C'était tout ce qu'il désirait, tout ce qu'il avait fui.

Le visage de Maria lui sourit.

31.

L'aube se levait. Arnau et les *bastaixos* attendaient sur la plage, debout, la cargaison d'une galère majorquine qui avait accosté au port pendant la nuit. Les dirigeants de la confrérie disposaient leurs hommes. La mer était calme ; les vagues léchaient la plage avec douceur, appelant les citoyens de Barcelone à commencer la journée. Le soleil lançait des éclairs de couleur sur l'eau ondulante, et les *bastaixos*, tout en guettant le retour des bateliers et de leurs marchandises, se laissaient porter par l'enchantement du moment, le regard perdu vers l'horizon, l'esprit en harmonie avec la danse de la mer.

— C'est étrange, commenta un des membres du groupe, ils ne déchargent pas.

Tous les hommes fixèrent leur attention sur la galère encerclée par les bateliers. Certains d'entre eux revenaient déjà vers la plage, à vide, tandis que les autres semblaient en grande discussion avec les marins du pont. Parmi ces derniers, quelques-uns se jetaient à la mer et se hissaient ensuite sur les barques. Personne ne déchargeait de ballots.

— La peste !

Les cris des premiers bateliers retentirent sur la plage bien avant qu'ils accostent.

— La peste arrive de Majorque !

Arnau frissonna. Était-il possible qu'une mer si belle soit porteuse d'une telle nouvelle ? Un jour gris, de tempête, il aurait été moins étonné... alors qu'en cette matinée où tout semblait magique... Depuis des mois, le sujet alimentait toutes les conversations des Barcelonais : la peste ravageait l'Extrême-Orient, elle s'était étendue vers l'ouest et dévastait des communautés entières.

— Elle ne viendra pas jusqu'à Barcelone, affirmaient les uns. Il faudrait qu'elle traverse toute la Méditerranée.

— La mer nous protégera, renchérissaient les autres.

Pendant des mois, la population s'en persuada : la peste n'arriverait pas à Barcelone.

Majorque, pensa Arnau. Elle était arrivée à Majorque ; le fléau avait quasiment traversé toute la Méditerranée.

— La peste ! répétèrent les bateliers en accostant sur la plage.

Les *bastaixos* les entourèrent afin d'apprendre les nouvelles. Dans l'une des barques se trouvait le commandant de la galère.

— Conduisez-moi devant le viguier et les autorités de la ville, ordonna-t-il dès qu'il eut sauté sur le rivage. Vite !

Les dirigeants obéirent à sa requête ; les autres interrogèrent les nouveaux venus.

— La peste a déjà causé des centaines de morts, racontaient ces derniers. C'est horrible. Personne ne peut rien faire. Femmes, enfants, hommes, riches ou pauvres, nobles ou humbles... Les animaux ne sont pas davantage épargnés. Les cadavres s'entassent dans les rues et pourrissent. Les autorités ne savent que faire. On meurt en moins de deux jours dans d'épouvantables souffrances.

Plusieurs *bastaixos* partirent en courant en direction de la ville, dans un état d'agitation extrême. Arnau écoutait, le ventre noué. De gros bubons purulents, disait-on, apparaissaient sur le cou, les aisselles ou l'aine des pestiférés, et grossissaient avant d'éclater.

Très vite, la nouvelle se répandit en ville et de nombreuses personnes vinrent écouter le groupe de la plage avant de rentrer chez elles à la hâte.

Barcelone se transforma rapidement en un vivier de rumeurs :

— Quand les bubons s'ouvrent, il en sort des démons. Les pestiférés deviennent fous et mordent les gens. C'est comme ça que se transmet la maladie. Les yeux et les parties génitales éclatent. On est contaminé rien qu'en regardant les bubons. Il faut les brûler avant qu'ils meurent, sinon la maladie s'en prend à quelqu'un d'autre.

« J'ai vu la peste ! » Toute conversation commençant par ces mots était immédiatement l'objet de l'attention générale et la foule se battait pour l'entendre ; la peur et l'imagination de citoyens qui ignoraient ce qui les attendait faisaient le reste. Comme unique mesure de précaution, la municipalité recommanda une hygiène irréprochable, et les gens se ruèrent vers les bains publics... et les églises. Messes, prières publiques, processions : tous les moyens étaient bons pour barrer la route au danger qui planait sur la ville.

Après un mois d'angoisse, la peste arriva à Barcelone.

La première victime fut un calfat qui travaillait aux arsenaux. Les médecins qui se rendirent auprès de lui purent seulement constater ce qu'ils savaient par les livres et les traités.

— Ils ont la taille de petites mandarines, fit observer l'un en montrant les gros bubons que l'homme avait dans le cou.

— Noirs, durs et chauds, ajouta un autre après les avoir touchés.

— Serviettes d'eau froide pour la fièvre.

— Nous devrions le saigner pour faire disparaître les hémorragies autour des bubons.

— Il faut inciser les bubons, conseilla un troisième.

Les autres médecins regardèrent celui qui venait de parler.

— Les livres disent qu'ils ne s'incisent pas.

— Après tout, ce n'est qu'un calfat. Vérifions ses aisselles et l'aine.

Là aussi, de gros bubons noirs, durs et chauds avaient surgi. Dans des hurlements de douleur, le malade fut saigné et le peu de vie qui lui restait s'échappa des incisions que les médecins avaient pratiquées sur son corps.

Le jour même, de nouveaux cas apparurent. Il y en eut davantage le lendemain, et encore plus le jour suivant. Les Barcelonais s'enfermèrent chez eux. Les gens mouraient dans de terribles souffrances ; d'autres, par peur de la contagion, étaient abandonnés dans les rues où ils agonisaient jusqu'à la mort. Les autorités donnèrent l'ordre de marquer d'une croix à la chaux les portes des maisons dans lesquelles un cas de peste était survenu. Elles insistèrent sur l'hygiène corporelle, préconisèrent d'éviter tout contact avec les pestiférés et demandèrent que les cadavres soient brûlés dans de grands bûchers. Les citoyens se récuraient la peau jusqu'au sang et ceux qui en avaient la possibilité demeurèrent loin des malades. Cependant, personne ne s'intéressa aux puces et, au grand étonnement des médecins et des autorités, la maladie continua de se propager.

Les semaines passèrent. Arnau et Maria, comme beaucoup d'autres Barcelonais, se rendaient tous les jours à Santa Maria pour ânonner des prières que le ciel n'exauçait pas. Autour d'eux, l'épidémie tuait des êtres qui leur étaient chers, comme le bon père Albert. La peste s'acharna également sur les vieux Pere et Mariona, qui ne tardèrent pas à mourir à leur tour du funeste fléau. L'évêque organisa une procession qui devait parcourir toute la ville ; elle sortirait de la cathédrale et descendrait par la calle del Mar jusqu'à Santa Maria, où la rejoindrait la Vierge de la Mer sous dais, avant de poursuivre le trajet prévu.

La Vierge attendait sur la place de Santa Maria, près des *bastaixos* qui s'apprêtaient à la porter. Les hommes se regardaient et s'interrogeaient en silence au sujet des absents. Personne ne disait rien. Ils pinçaient les lèvres et baissaient le regard. Arnau se rappelait les grandes processions, où ils se battaient pour porter leur sainte patronne. Chaque fois, les dirigeants devaient les rappeler à l'ordre et établir des roulements pour que tous puissent porter la Vierge, et à présent... ils n'étaient même pas assez nombreux pour seulement se relayer. Tant d'entre eux étaient morts. Combien de temps durerait tout cela, Notre Dame ? Le bruit des prières de la population descendit par la calle del Mar. Arnau regarda la tête de la procession : les gens marchaient les yeux baissés et traînaient les pieds. Où étaient les nobles qui, avec tant d'ostentation, se joignaient toujours à l'évêque ? Quatre des cinq conseillers de la ville étaient morts ; les trois quarts des membres du conseil des Cent couraient le même sort. Les autres avaient fui. Les *bastaixos* soulevèrent en silence leur Vierge, la chargèrent sur leurs épaules, laissèrent passer l'évêque et s'unirent à la procession et aux prières. De Santa Maria, ils continuèrent jusqu'au couvent de Santa Clara en passant par la plaza del Born. À Santa Clara, malgré l'encens des prêtres, l'odeur de la chair brûlée assaillit le cortège ; les prières se transformèrent en sanglots. À la hauteur de la porte de San Daniel, ils tournèrent à gauche en direction de la porte Nou et du monastère de Sant Pere de les Puelles ; ils évitèrent quelques cadavres et tâchèrent de ne pas regarder les pestiférés qui attendaient la mort dans un coin ou devant des portes marquées d'une croix blanche, qui ne s'ouvriraient plus jamais pour eux. « Notre Dame, pensa Arnau, la litière sur les épaules, pourquoi tant de malheurs ? » De Sant Pere, ils continuèrent à prier jusqu'à la porte de Santa Anna, où ils tournèrent de nouveau à gauche, en direction de la mer, vers le *barrio* du Forn dels Arcs, avant de repartir vers la cathédrale.

Au fil des jours, la population commença à douter de l'Église et de ses dirigeants ; elle priait jusqu'à l'épuisement, et pourtant la peste continuait de faire des ravages.

— On dit que c'est la fin du monde, gémit un jour Arnau en rentrant chez lui. Barcelone entière est devenue folle. Des « flagellants », comme ils se font appeler, sont apparus.

Maria lui tournait le dos. Arnau s'assit, dans l'attente que sa femme lui ôte ses chaussures.

— Ils vont par centaines dans les rues, poursuivit-il, torse nu, en criant que le jour du jugement dernier approche. Ils confessent leurs péchés sur tous les tons et se flagellent le dos avec des fouets. Certains ont la chair à vif et ils...

Arnau caressa la tête de Maria, agenouillée devant lui. Elle était brûlante.

— Que... ?

De la main, il chercha le menton de son épouse. Ce n'était pas possible. Pas elle. Maria leva vers lui des yeux vitreux. Elle transpirait et son visage était congestionné. Arnau voulut relever sa tête pour voir son cou, mais elle grimaça de douleur.

— Pas toi ! s'écria Arnau.

À genoux, les mains sur les espadrilles de son époux, Maria regarda fixement Arnau tandis que des larmes coulaient sur ses joues.

— Mon Dieu, pas toi. Dieu !

Arnau s'agenouilla auprès d'elle.

— Va-t'en, Arnau, balbutia Maria. Ne reste pas à mes côtés.

Arnau tenta de la prendre dans ses bras, mais Maria fit à nouveau une moue douloureuse.

— Viens, dit-il en la soulevant aussi doucement qu'il put, tandis que Maria, en larmes, insistait encore pour qu'il s'en aille. Comment pourrais-je t'abandonner ? Tu es tout ce que je possède... Tout ! Que ferais-je sans toi ? Certains guérissent, Maria. Tu guériras. Tu guériras.

Il essaya de la consoler et la porta jusqu'à l'alcôve, où il l'allongea sur le lit. Là, il put voir son cou, un si joli cou, se souvenait-il, et qui à présent commençait à noircir. Il ouvrit la fenêtre.

— Un médecin ! cria-t-il du balcon.

Personne ne parut l'entendre. Toutefois, pendant la nuit, alors que les bubons s'emparaient peu à peu du cou de Maria, quelqu'un marqua sa porte d'une croix à la chaux.

Arnau posa des serviettes d'eau froide sur le front de Maria. Allongée sur le lit, la jeune femme grelottait. Incapable de bouger sans terriblement souffrir, elle poussait de sourdes plaintes qui donnaient la chair de poule à Arnau. Son regard se perdait au plafond. Arnau vit grossir les bubons de son cou et noircir sa peau. « Je t'aime, Maria. Combien de fois aurais-je voulu te le dire ? » Il lui prit la main et s'agenouilla à côté du lit. Il passa ainsi la nuit, la main de sa femme dans la sienne, à grelotter et à transpirer avec elle, appelant le ciel à chaque spasme de Maria.

Il l'enveloppa dans le plus beau drap qu'ils possédaient et attendit que passe la charrette des morts. Il ne la laisserait pas dans la rue. Il la confierait en personne aux employés. Quand il entendit le claquement traînant des sabots du cheval, Arnau s'empara du cadavre de Maria et le descendit dans la rue.

— Adieu, dit-il en l'embrassant sur le front.

Les deux employés, gantés et le visage caché sous d'épais tissus, virent avec stupeur Arnau découvrir le visage de Maria pour l'embrasser. Personne ne voulait s'approcher des pestiférés, même des êtres chers qu'on abandonnait à leurs soins dans la rue. Beaucoup même les appelaient pour qu'ils viennent récupérer les morts dans le lit où ils avaient agonisé. Arnau remit son épouse aux deux hommes qui, impressionnés, s'efforcèrent de la déposer avec délicatesse sur la dizaine de cadavres qu'ils transportaient.

Les larmes aux yeux, Arnau regarda s'éloigner la charrette, qui se perdit dans les rues de Barcelone. Il serait le prochain : il rentra chez lui et s'assit pour attendre la mort, désireux de rejoindre Maria. Pendant trois jours, il guetta l'arrivée de la peste, se palpant constamment le cou en quête d'un gonflement. En vain. Les bubons n'apparurent pas. Pour l'heure, finit par se convaincre Arnau, le Seigneur ne l'appelait pas à ses côtés, auprès de son épouse.

Il marcha sur le rivage, près des vagues qui déferlaient sur la ville maudite ; il erra dans Barcelone, indifférent à la misère, aux malades et aux sanglots qui s'échappaient des fenêtres des maisons. Ses pas le ramenèrent vers Santa Maria. Les travaux avaient été interrompus, les échafaudages désertés, les pierres reposaient sur le sol en attendant d'être taillées, mais les gens continuaient de fréquenter l'église. Il entra. Les fidèles étaient rassemblés autour du maître-autel inachevé, debout ou à genoux par terre. Ils priaient. Bien que l'église fût encore à ciel ouvert, avec ses absides en construction, l'air était chargé d'encens qu'on brûlait pour étouffer les odeurs de mort. Au moment où Arnau allait se diriger vers sa Vierge, un prêtre, depuis le maître-autel, s'adressa aux paroissiens.

— Vous savez, dit-il, que notre souverain pontife, le pape Clément VI, a édicté une bulle dans laquelle il disculpe les juifs d'être responsables du fléau. La maladie est seulement une pestilence dont Dieu afflige le peuple chrétien.

Un murmure de désapprobation s'éleva de l'assemblée.

— Priez, poursuivit le prêtre, recommandez-vous au Seigneur...

Mais nombre d'entre eux quittèrent Santa Maria en vociférant.

Arnau se désintéressa du sermon et se dirigea vers la chapelle du Santísimo. Les juifs ? Qu'avaient à voir les juifs avec la peste ? Sa petite Vierge l'attendait à l'endroit habituel. Les cierges des *bastaixos* lui tenaient toujours compagnie. Qui les avait allumés ? Arnau parvenait à peine à distinguer sa mère ; un épais nuage d'encens planait autour d'elle.

Il ne la vit pas sourire. Il voulut prier. Impossible. « Pourquoi l'as-tu permis, mère ? » Les larmes roulèrent de nouveau sur ses joues au souvenir de Maria, de sa souffrance, de son corps livré à la douleur, des bubons qui l'avaient ravagé. Ce châtiment, c'était lui qui le méritait, lui qui avait commis le péché d'infidélité avec Aledis.

Et là, devant la Vierge, il jura qu'il ne se laisserait plus jamais dominer par le désir. Il le devait à Maria. Quoi qu'il advienne. Plus jamais.

— Que t'arrive-t-il, mon fils ? lui demanda quelqu'un.

Arnau se retourna et se trouva face au prêtre qui, un instant auparavant, s'était adressé aux paroissiens.

— Bonjour, Arnau, le salua-t-il quand il le reconnut. Que t'arrive-t-il ? répéta-t-il.

— Maria.

Le prêtre hocha la tête.

— Prions pour elle.

— Non, mon père, s'opposa Arnau, pas encore.

— Seulement en Dieu tu pourras trouver une consolation, Arnau.

Une consolation ? Comment pourrait-il trouver une consolation en quoi que ce soit ? Arnau tenta de voir sa Vierge, mais la fumée, à nouveau, l'en empêcha.

— Prions..., insista le prêtre.

— Que vouliez-vous dire à propos des juifs ? demanda Arnau, qui cherchait à détourner la conversation.

— Toute l'Europe croit que les juifs sont responsables de la peste.

Arnau l'interrogea du regard.

— On raconte qu'à Genève, au château de

424

Chillon, des juifs ont avoué que la peste s'était propagée à cause d'un juif de Savoie qui empoisonnait les puits avec une potion préparée par des rabbins.

— C'est vrai ?

— Bien sûr que non ! Le pape les a disculpés, mais les gens ont besoin de coupables. Prions-nous maintenant ?

— Faites-le pour moi, mon père.

Arnau quitta Santa Maria. Sur la place, il se retrouva entouré par une vingtaine de flagellants. « Repens-toi ! » psalmodiaient les uns sans cesser de se fouetter le dos. « C'est la fin du monde ! » reprenaient les autres en lui crachant leurs paroles à la figure. Arnau vit le sang qui coulait de la chair à vif de leurs dos et descendait le long de leurs jambes ceintes par des cilices. Il observa leurs visages, leurs yeux exorbités qui le dévisageaient, et s'enfuit en courant vers la calle Montcada jusqu'au moment où il ne les entendit plus. Le silence régnait... mais quelque chose attira son attention. Les portes ! Peu nombreux étaient les grands portails d'accès aux palais de la calle Montcada à arborer la croix blanche qui stigmatisait la plupart des portes de la ville. Arnau se retrouva devant le palais des Puig. Pas de croix blanche là non plus ; les fenêtres étaient fermées et on ne percevait aucune activité à l'intérieur du bâtiment. Il aurait voulu que la peste les déniche là où ils s'étaient réfugiés, qu'ils souffrent comme avait souffert sa Maria. Arnau s'enfuit à nouveau, plus vite encore que lorsqu'il avait faussé compagnie aux flagellants.

Quand il arriva au croisement des calles Montcada et Carders, Arnau tomba de nouveau sur une foule exaltée, munie cette fois de bâtons, d'épées et d'arbalètes. « Ils sont tous devenus fous », pensa-t-il en s'écartant à leur passage. Les sermons prononcés dans toutes les églises de la ville n'avaient pas servi à grand-chose. La bulle de Clément VI n'avait pas apaisé les esprits d'une population qui avait besoin de déverser sa colère. « Au *barrio* juif ! entendit-il crier. Hérétiques ! Assassins ! Relaps ! » Les flagellants étaient là eux aussi, et continuaient à se fouetter le dos en éclaboussant la rue de sang et en exhortant tous ceux qui les entouraient.

Arnau se joignit à la queue du cortège, au côté de ceux qui la suivaient en silence, parmi lesquels il remarqua quelques pestiférés. Tout Barcelone confluait vers le *barrio* juif et encercla la zone à demi fortifiée. Certains se postèrent au nord, près du palais de l'évêque, d'autres à l'ouest, face aux anciens remparts romains de la ville ; d'autres encore se placèrent dans la calle del Bisbe, qui jouxtait le *barrio* juif à l'est, et les plus nombreux, dont le groupe que suivait Arnau, arrivèrent par le sud, dans la calle de la Boquería et devant le Castell Nou, où se trouvait l'entrée du *barrio*. Le vacarme était assourdissant. Le peuple réclamait vengeance, même si, pour l'heure, il se contentait de hurler devant les portes en montrant ses bâtons et ses arbalètes.

Arnau réussit à se faire une place sur le perron noir de monde de l'église Sant Jaume, là même d'où on les avait expulsés, Joanet et lui, il y avait bien longtemps, quand il recherchait cette Vierge qui devait être sa mère. Sant Jaume s'élevait juste devant le rempart sud du *barrio* juif. De là, surplombant la foule, Arnau put observer ce qui se passait. La garnison des soldats royaux, commandée par le viguier, se tenait prête à défendre le quartier. Avant d'attaquer, un cortège de citoyens s'avança près de la porte entrouverte du *barrio* juif pour parlementer avec le viguier afin qu'il retire ses troupes ; les flagellants criaient et dansaient autour du groupe, et la foule continuait de menacer les juifs qu'elle ne voyait pas.

— Ils ne se retireront pas, affirma une femme près d'Arnau.

— Les juifs sont propriété du roi, ils dépendent seulement du roi, approuva quelqu'un d'autre. S'ils meurent, Pierre ne touchera plus d'impôts...

— Et ne bénéficiera plus des crédits qu'il demande à ces usuriers.

— Ce n'est pas tout, ajouta un troisième intervenant. Si on attaque le *barrio* juif, le monarque perdra jusqu'aux meubles que lui donnent les juifs, à lui et à sa cour, quand il séjourne à Barcelone.

— Les nobles devront dormir par terre, entendit-on s'exclamer parmi des rires.

Arnau ne put réprimer un sourire.

— Le viguier défendra les intérêts du roi, estima sa voisine.

Elle ne se trompait pas. Le viguier campa sur sa position et, une fois la discussion terminée, se retira à la hâte dans le *barrio* juif. C'était le signal qu'attendait la foule : avant que les portes se referment, ceux qui étaient postés au plus près des remparts s'élancèrent ; au même moment, bâtons, flèches et pierres se mirent à voler. L'assaut avait commencé.

Arnau vit une horde de citoyens aveuglés par la haine se jeter dans le plus grand désordre à l'assaut des portes et des remparts du quartier. Personne n'obéissait à quiconque ; le seul cri de ralliement semblait être celui des flagellants qui, massés au pied des remparts, incitaient les citoyens à les franchir pour assassiner les hérétiques. Parmi ceux qui réussirent à passer, beaucoup tombèrent sous les coups des soldats du roi, mais le *barrio* juif subissait un assaut général, et de nombreuses personnes parvinrent à déborder les soldats pour aller se battre au corps à corps avec les juifs.

Arnau resta environ deux heures sur les marches de Sant Jaume. Les cris de guerre des combattants lui rappelèrent l'époque où il était soldat : Bellaguarda et Castell-Rosselló. Les visages de ceux qui tombaient se confondaient avec ceux des hommes qu'un jour il avait tués ; l'odeur du sang le ramena dans le Roussillon, au mensonge qui l'avait conduit jusqu'à cette guerre absurde, à Aledis, à Maria... et il quitta l'endroit d'où il avait suivi le massacre.

Il marcha en direction de la mer en pensant à Maria et à ce qu'il avait gagné à se réfugier dans la guerre. Il se trouvait à la hauteur du Castell de Regomir, bastion des anciens remparts romains, quand des cris tout proches le tirèrent brusquement de ses réflexions.

— Hérétiques !

— Assassins !

Une vingtaine d'hommes armés de bâtons et de couteaux occupaient toute la rue et insultaient des gens, probablement acculés au mur de leur maison. Pourquoi ne se contentaient-ils pas de pleurer leurs morts ? Arnau ne s'arrêta pas et tenta de traverser le groupe d'exaltés pour poursuivre son chemin. Il poussa deux ou trois personnes brutalement et détourna un instant le regard vers le seuil d'une maison : cerné par la foule, un esclave maure, ensanglanté, faisait rempart de son corps pour protéger trois enfants vêtus de noir, le cercle jaune sur la poitrine. Aussitôt, Arnau se retrouva entre le Maure et les agresseurs. Le silence se fit. Les enfants levèrent leurs petites têtes effrayées. Arnau les observa ; il regrettait de ne pas avoir donné d'enfant à Maria. Une pierre vola en direction de l'une des petites têtes et frôla Arnau. Le Maure lui fit obstacle ; elle le toucha en plein ventre et le plia de douleur. Un petit visage se tourna vers Arnau. Sa femme adorait les enfants : peu lui importait qu'ils fussent chrétiens, maures ou juifs. Elle les suivait du regard, sur la plage, dans les rues... Ses yeux ne les quittaient pas, puis le fixaient, lui...

— Pousse-toi ! Ne reste pas là ! entendit Arnau dans son dos.

Il regarda les petits yeux terrifiés.

— Que voulez-vous faire à ces enfants ? demanda-t-il.

Plusieurs hommes, armés de couteaux, se tenaient devant lui.

— Ce sont des juifs, répondirent-ils à l'unisson.

— Et c'est pour ça que vous voulez les tuer ? Leurs parents ne vous suffisent pas ?

— Ils ont empoisonné les puits, affirma l'un d'eux. Ils ont assassiné Jésus. Ils tuent les enfants chrétiens pour leurs rites hérétiques. Ils leur arrachent le cœur... Ils volent les hosties consacrées.

Arnau n'écoutait pas. Il sentait encore l'odeur du sang du *barrio* juif... celui de Castell-Rosselló. Il saisit le bras de l'homme le plus proche de lui, le frappa au visage, s'empara de son couteau et le pointa en direction des autres.

— Personne ne touchera à ces enfants !

Arnau retourna l'arme vers les agresseurs.

— Personne ne touchera à ces enfants, répéta-t-il. Allez vous battre au *barrio* juif, contre des soldats, contre des hommes.

— Ils vont vous tuer, le prévint le Maure, réfugié derrière lui.

— Hérétique ! hurla quelqu'un dans le groupe.

— Juif !

On lui avait appris à attaquer le premier, à

prendre l'ennemi au dépourvu, à ne pas laisser à l'adversaire le temps de se ressaisir, à lui faire peur. Au cri de « Sant Jordi ! », Arnau s'élança contre les hommes qui l'entouraient. Il planta son poignard dans le ventre du premier et tourna sur lui-même, contraignant ceux qui voulaient se jeter sur lui à reculer. En deux ou trois mouvements, il blessa plus d'un homme. Couché au sol, un des assaillants lui donna un coup de couteau au mollet. Arnau le regarda, l'attrapa par les cheveux, lui renversa la tête en arrière et l'égorgea. Le sang jaillit à flots. Trois hommes gisaient par terre. Les autres s'écartèrent peu à peu. « Fuis quand tu es en infériorité », lui avait-on enseigné. Arnau fit mine de s'élancer à nouveau. Les assaillants firent machine arrière en trébuchant. De la main gauche, sans regarder derrière lui, Arnau fit signe au Maure d'approcher et, quand il sentit les enfants trembler contre ses jambes, il commença à marcher en direction de la mer, à reculons, sans quitter des yeux ses agresseurs.

— Allez au *barrio* juif ! leur lança-t-il, tout en continuant de pousser les enfants.

Dès qu'ils atteignirent l'ancienne porte du Castell de Regomir, ils se mirent à courir. Sans plus d'explications, Arnau interdit aux enfants de se diriger vers le *barrio* juif.

Où les cacher ? Arnau les conduisit jusqu'à Santa Maria et s'arrêta devant l'entrée principale. D'où ils se trouvaient, à travers le chantier inachevé, on parvenait à voir l'intérieur.

— Vous... vous ne prétendriez tout de même pas cacher ces enfants dans une église chrétienne ? interrogea l'esclave en haletant.

— Non, répondit Arnau. Mais tout près.

— Pourquoi ne nous avez-vous pas laissés rentrer chez nous ? questionna à son tour la fille, qui était à l'évidence la plus âgée des trois enfants et la plus résistante.

Arnau palpa son mollet. Le sang coulait abondamment.

— Parce que vos maisons ont été prises d'assaut. Les gens vous accusent de la peste. Ils disent que vous avez empoisonné les puits.

Tous se turent.

— Je suis désolé, ajouta-t-il.

L'esclave musulman fut le premier à réagir.

— Nous ne pouvons pas rester ici. Faites ce qui vous semble le mieux pour les enfants.

— Et toi ? demanda Arnau.

— Je dois savoir ce qui est arrivé à leurs familles. Comment pourrai-je vous retrouver ?

— Impossible, répondit Arnau en songeant qu'il ne pouvait pas lui expliquer comment se rendre jusqu'au cimetière romain. C'est moi qui te retrouverai. Sois à minuit sur la plage, devant la nouvelle poissonnerie.

L'esclave approuva de la tête ; au moment où ils allaient se séparer, Arnau ajouta :

— Si, dans trois nuits, tu n'es toujours pas revenu, je considérerai que tu es mort.

Le musulman approuva de nouveau et fixa Arnau de ses grands yeux noirs.

— Merci, dit-il avant de partir en courant en direction du *barrio* juif.

Le plus petit des trois enfants voulut le suivre, mais Arnau le retint par les épaules.

La première nuit, le musulman ne vint pas au rendez-vous. Arnau l'attendit pendant plus d'une heure ; au loin, il entendait les grondements monter du *barrio* juif. Le ciel était rougi par les incendies. Il eut tout le loisir de réfléchir à ce qui s'était passé au cours de cette folle journée. Il avait caché trois enfants juifs dans un ancien cimetière romain sous le maître-autel de Santa Maria, sous sa propre Vierge. L'accès secret au cimetière qu'ils avaient un jour découvert, Joanet et lui, demeurait inchangé. L'escalier de la porte du Born n'avait toujours pas été construit et le plancher en bois leur avait permis d'y accéder facilement ; toutefois, les gardes qui surveillaient le temple et effectuaient leur ronde pendant presque une heure dans la rue les avaient forcés à attendre, recroquevillés, en silence, l'occasion de se glisser sous l'estrade.

Les enfants l'avaient suivi sans broncher, jusqu'au moment où, après avoir parcouru le tunnel dans l'obscurité, Arnau leur apprit où ils se trouvaient et leur recommanda de ne toucher à rien s'ils ne voulaient pas avoir de mauvaise surprise. Alors, tous trois se mirent à pleurer à chaudes larmes. Que faire ? Arnau l'ignorait. Maria, certainement, aurait su les calmer.

— Ce ne sont que des morts, leur assura-t-il, et pas de la peste. Que préférez-vous : être ici, vivants, avec des morts, ou dehors pour qu'on vous tue ?

Les pleurs cessèrent.

— Maintenant, je vais ressortir pour trouver une bougie, de l'eau et quelque chose à manger. D'accord ?... D'accord ? répéta-t-il devant leur silence.

— D'accord, répondit la fille.

— Écoutez. J'ai risqué ma vie pour vous, et je continue, car si on découvre que j'ai caché trois enfants juifs sous l'église de Santa Maria... Alors si, quand je reviens, vous avez disparu... Qu'en dites-vous ? Vous m'attendez ici ou vous voulez retourner dans la rue ?

— Nous attendrons, répondit la fille d'une voix décidée.

La maison d'Arnau était vide. Il se lava et tâcha de soigner sa jambe. Il banda sa blessure. Puis il remplit d'eau sa vieille outre, prit une lampe et de l'huile pour l'alimenter, une miche de pain dur, de la viande salée et s'en retourna en boitant à Santa Maria.

Les enfants n'avaient pas bougé de l'endroit où il les avait laissés. Arnau alluma la lampe. On aurait dit de petits faons effrayés. Pas un ne lui rendit son sourire qu'il voulait rassurant. La fille serrait les deux autres dans ses bras. Tous trois étaient bruns, les cheveux longs et propres, en bonne santé, les dents blanches comme de la neige. Ils étaient beaux, surtout elle.

— Vous êtes frères et sœur ?

— Nous deux, nous sommes frère et sœur, expliqua la petite en désignant le plus jeune. Lui, c'est un voisin.

— Je crois qu'après tout ce qui s'est passé et avec ce qui nous attend encore, nous devrions nous présenter. Je m'appelle Arnau.

La fille se nommait Raquel, son frère Jucef et leur voisin Saul. Arnau continua de leur poser des questions à la lueur de la lampe, tandis que les enfants jetaient des regards furtifs en direction du cimetière. Ils avaient treize, six et onze ans. Ils étaient nés à Barcelone et vivaient avec leurs parents dans le *barrio* juif, où ils rentraient quand ils avaient été attaqués par les sauvages auxquels s'était opposé Arnau. L'esclave, qu'ils avaient toujours appelé Sahat, appartenait aux parents de Raquel et de Jucef, et s'il avait dit qu'il viendrait à la plage, il viendrait : il ne les avait jamais trahis.

— Bien, dit Arnau une fois les présentations

effectuées. Ça vaudrait la peine, je crois, que nous examinions cet endroit. Cela fait longtemps, j'avais à peu près votre âge, que je ne suis pas venu ici, même si je pense que personne n'a bougé.

Il fut le seul à rire. À genoux, il alla se placer au centre de la grotte dont il éclaira l'intérieur. Les enfants restèrent blottis sans bouger, regardant avec terreur les tombes ouvertes et les squelettes.

— C'est le premier lieu qui m'est venu à l'esprit, s'excusa-t-il quand il prit conscience de leur expression paniquée. En attendant que ça se calme, ici, personne ne pourra nous trouver, c'est certain.

— Et s'ils tuent nos parents ? questionna Raquel.

— Ne pense pas à cela. Je suis sûr qu'il ne leur arrivera rien. Regardez, venez là. Il y a ici un endroit suffisamment grand pour que nous puissions tous tenir. Allons !

Il lui fallut insister, avec force gestes, mais il finit par parvenir à ses fins. Tous quatre se rassemblèrent dans un petit espace qui leur permettait de s'asseoir sans entrer en contact avec aucune tombe. L'ancien cimetière romain était pareil à la première fois qu'Arnau l'avait vu, avec ses étranges tombes en forme de pyramides allongées et ses grandes amphores contenant des cadavres. Arnau posa la lampe sur l'une d'elles et tendit aux enfants l'outre, le pain et la viande salée. Tous trois burent avidement, mais ne goûtèrent qu'au pain.

— Ce n'est pas *casher*, s'excusa Raquel en montrant la viande salée.

— *Casher ?*

Raquel expliqua à Arnau les rites que devaient suivre les membres de la communauté juive pour pouvoir manger de la viande. Ils discutèrent jusqu'au moment où les deux garçons s'endormirent sur le giron de la fille. Alors, chuchotant pour ne pas les réveiller, celle-ci demanda à Arnau :

— Et toi, tu ne crois pas ce qu'on raconte ?

— À quel sujet ?

— Des puits empoisonnés.

Arnau mit un peu de temps à répondre.

— Est-ce que des juifs sont morts de la peste ?

— Beaucoup.

— Dans ce cas, non, affirma-t-il. Je ne le crois pas.

Quand Raquel s'endormit à son tour, Arnau se traîna hors du tunnel et se dirigea vers la plage.

L'attaque du *barrio* juif dura deux jours. Pendant ces deux jours, les forces royales, unies aux membres de la communauté juive, s'efforcèrent de défendre la zone des assauts constants d'une population devenue hystérique qui, au nom de la chrétienté, se livrait au saccage et au lynchage. Pour finir, le roi envoya des troupes en renfort et tout rentra peu à peu dans l'ordre.

La troisième nuit, Sahat, qui s'était battu au côté de ses maîtres, put s'échapper pour retrouver Arnau sur la plage de la ville, devant la poissonnerie, comme ils en étaient convenus.

— Sahat ! entendit-il dans la pénombre.

C'était Raquel.

— Que fais-tu ici, toi ? demanda l'esclave.

La fillette se jeta sur lui.

— Le chrétien est très malade.

— Il n'a pas... ?

— Non, coupa la fille, ce n'est pas la peste. Il n'a pas de bubons. C'est sa jambe. Sa blessure s'est infectée et il a beaucoup de fièvre. Il ne peut pas marcher.

— Et les autres ?

— Ils vont bien. Tout le monde vous attend.

Raquel guida le Maure jusqu'à l'estrade de la porte du Born de Santa Maria.

— Ici ? interrogea l'esclave quand la petite se glissa sous l'estrade.

— Silence. Suis-moi.

Tous deux se faufilèrent dans le tunnel jusqu'au cimetière romain. Pour sortir Arnau de là, ils furent tous obligés de s'y mettre ; Sahat, tout en marchant à reculons, le tenait par les bras pendant que les enfants le tenaient par les pieds. Arnau avait perdu connaissance. Tous les cinq, Arnau sur les épaules de l'esclave et les enfants déguisés en chrétiens grâce aux vêtements qu'avait apportés Sahat, prirent le chemin du *barrio* juif en veillant, toutefois, à rester dans l'obscurité. Quand ils arrivèrent aux portes du *barrio*, surveillées par un fort contingent de soldats du roi, Sahat déclina à l'officier de garde la véritable identité des enfants et lui expliqua pourquoi ils ne portaient pas le cercle jaune. Quant à Arnau, en effet, c'était un chrétien atteint d'une forte fièvre qui avait besoin d'un médecin, comme l'officier pouvait le constater. De peur qu'il ne s'agisse d'un pestiféré, le garde s'écarta aussitôt. Ce qui leur ouvrit finalement les portes du *barrio*, ce fut la bourse généreuse que l'esclave glissa à l'officier du roi tandis qu'il parlait avec lui.

32.

— Personne ne touchera à ces enfants. Père, où êtes-vous ? Pourquoi, père ? Il y a des céréales au palais. Je t'aime, Maria...

Quand Arnau délirait, Sahat obligeait les enfants à sortir de la chambre et il faisait appeler Hasdai, le père de Raquel et de Jucef, pour qu'il l'aide à l'immobiliser au cas où Arnau, souhaitant de nouveau combattre les soldats du Roussillon, rouvrirait sa blessure à la jambe. Le maître et l'esclave veillaient à son chevet, pendant qu'une autre esclave lui posait des compresses froides sur le front. Depuis une bonne semaine, Arnau était l'objet des soins des meilleurs médecins juifs et de l'attention permanente de la famille Crescas, ainsi que de ses esclaves, en particulier de Sahat qui passait ses jours et ses nuits auprès du malade.

— La blessure n'est pas très profonde, avaient diagnostiqué les docteurs, mais l'infection affecte tout le corps.

— Il vivra ? avait demandé Hasdai.

— C'est un homme robuste, s'étaient contentés de répondre les médecins avant de quitter la maison.

— Il y a du blé au palais ! se remit à crier Arnau, transpirant de fièvre, au bout de quelques minutes.

— Sans lui, murmura Sahat, nous serions tous morts.

— Je sais, répondit Hasdai, debout à ses côtés.

— Pourquoi a-t-il fait cela ? C'est un chrétien.

— C'est quelqu'un de bien.

La nuit, quand Arnau dormait et que la maison était plongée dans le silence, Sahat s'agenouillait dans la direction sacrée et priait pour le chrétien. Le jour, il l'obligeait patiemment à boire de l'eau et à avaler les potions préparées par les docteurs. Raquel et Jucef lui rendaient souvent visite et Sahat les laissait entrer quand Arnau ne délirait pas.

— C'est un guerrier, affirma une fois Jucef, les yeux grands ouverts.

— Sûrement, répondit Sahat.

— Il a dit qu'il était *bastaix*, corrigea Raquel.

— Au cimetière, il nous a dit aussi qu'il avait combattu. C'est peut-être un *bastaix* guerrier.

— Il a dit cela pour te faire taire.

— Je parierais que c'est un *bastaix*, s'interposa Hasdai. D'après ce qu'il dit.

— Un guerrier, insista le cadet.

— Va savoir, Jucef.

L'esclave ébouriffa ses cheveux noirs.

— Pourquoi ne pas attendre qu'il guérisse pour qu'il nous le dise lui-même ?

— Il va guérir ?

— Bien sûr. Tu as déjà vu un guerrier mourir d'une blessure à la jambe ?

Quand les enfants partaient, Sahat s'approchait d'Arnau et lui touchait le front, toujours brûlant. « Il n'y a pas que les enfants qui sont encore en vie grâce à toi, chrétien. Pourquoi as-tu fait cela ? Qu'est-ce qui t'a poussé à risquer ta vie pour un esclave et trois petits juifs ? Vis. Tu dois vivre. Je veux parler avec toi, te remercier. Hasdai est très riche et il te récompensera, tu peux en être certain. »

Quelques jours plus tard, Arnau commença à aller mieux. Un matin, Sahat le trouva sensiblement moins chaud.

— Allah, que ton nom soit loué, tu m'as entendu.

Quand Hasdai s'en assura par lui-même, il sourit.

— Il vivra, affirma-t-il à ses enfants.

— Il me racontera ses combats ?

— Mon fils, je ne crois pas...

Jucef se mit à imiter Arnau, pointant son poignard face à un groupe imaginaire d'agresseurs. Au moment où il s'apprêtait à égorger l'ennemi tombé au sol, sa sœur lui attrapa le bras.

— Jucef ! cria-t-elle.

Ils se retournèrent vers le malade. Arnau avait les yeux ouverts. Jucef prit peur.

— Comment te sens-tu ? lui demanda Hasdai.

Arnau voulut répondre, mais il avait la bouche sèche. Sahat lui tendit un verre d'eau.

— Bien, parvint-il à articuler après avoir bu. Et les enfants ?

Poussés par leur père, Jucef et Raquel s'avancèrent vers la tête du lit. Arnau esquissa un sourire.

— Bonjour, murmura-t-il.

— Bonjour, répondirent-ils.

— Et Saul ?

— Il va bien, mais à présent tu dois te reposer. Allez, les enfants, ordonna Hasdai.

— Quand tu iras mieux, tu me raconteras tes combats ? demanda Jucef avant que son père et sa sœur le forcent à sortir de la chambre.

Arnau hocha la tête et tenta à nouveau d'esquisser un sourire.

Au cours de la semaine suivante, la fièvre disparut

et la blessure cicatrisa peu à peu. Dès que le *bastaix* eut assez de force, Arnau et Sahat se mirent à discuter.

— Merci, fut la première chose qu'il dit à l'esclave.

— Tu m'as déjà remercié, tu te souviens ? Pourquoi... as-tu fait cela ?

— Les yeux de l'enfant... Ma femme n'aurait pas voulu que...

— Maria ? demanda Sahat, qui se rappelait les délires d'Arnau.

— Oui.

— Veux-tu que nous la prévenions que tu es ici ?

Arnau pinça les lèvres et fit non de la tête.

— Y a-t-il quelqu'un que tu veux que nous prévenions ?

Quand il vit s'assombrir le visage d'Arnau, l'esclave n'insista pas davantage.

— Comment s'est terminé le siège ? demanda Arnau une autre fois.

— Deux cents hommes et femmes assassinés, répondit Sahat. De nombreuses maisons saccagées ou incendiées.

— Quel désastre !

— Pas tant que cela, nuança Sahat.

Arnau le regarda avec surprise.

— Le *barrio* juif de Barcelone a eu de la chance. De l'Orient jusqu'à la Castille, les juifs ont été massacrés sans pitié. Plus de trois cents communautés ont été totalement décimées. En Allemagne, l'empereur Charles IV en personne a promis d'accorder son pardon à tout criminel qui assassinerait un juif ou détruirait sa maison. Tu imagines ce qui se serait passé à Barcelone si votre roi, au lieu de protéger la zone, avait pardonné à l'avance tous ceux qui tueraient un juif ?

Arnau ferma les yeux et secoua la tête.

— À Mainz, on a brûlé six mille juifs et, à Strasbourg, on en a immolé deux mille sur un immense bûcher, dans le cimetière juif, femmes et enfants compris. Deux mille d'un coup.

Les enfants avaient la permission d'entrer dans la chambre d'Arnau seulement quand Hasdai rendait visite au malade et qu'il pouvait les surveiller. Un jour, alors qu'Arnau commençait à se lever et à faire ses premiers pas, Hasdai apparut seul. Grand et mince, les cheveux noirs, longs et raides, le regard pénétrant, il s'assit en face d'Arnau.

— Tu dois savoir..., déclara-t-il d'une voix grave. Je suppose que tu sais déjà, reprit-il, que tes prêtres interdisent la cohabitation entre juifs et chrétiens.

— Ne t'en fais pas, Hasdai, dès que je pourrai marcher...

— Non, coupa ce dernier, ce n'est pas ce que je veux dire. Tu as sauvé mes enfants d'une mort certaine, en risquant ta vie. Tout ce que je possède est à toi et je te serai éternellement reconnaissant. Tu peux rester dans cette maison aussi longtemps que tu le désires. Ma famille et moi nous sentirions très honorés que tu le fasses. Je voulais seulement t'avertir, surtout si tu décides de rester, que nous tâcherons de garder la plus grande discrétion. Personne ne saura venant des miens, et j'inclus parmi eux toute la communauté juive, que tu vis chez moi. Tu peux être tranquille. La décision t'appartient, mais j'insiste : nous serions très honorés que tu demeures parmi nous. Qu'en dis-tu ?

— Et qui raconterait à ton fils mes combats si je pars ?

Hasdai sourit et lui tendit sa main.

Castell-Rosselló était une forteresse impressionnante...

Le petit Jucef s'asseyait face à Arnau, par terre,
dans le jardin situé à l'arrière de la maison des
Crescas, les jambes croisées et les yeux grands
ouverts, et écoutait pendant des heures les récits de
guerre du *bastaix*, attentif pendant le siège, inquiet
durant la bataille, souriant au moment de la victoire.

— Les défenseurs combattirent avec courage,
mais nous, soldats du roi Pierre, étions supérieurs...

Quand Arnau terminait une histoire, Jucef
insistait pour qu'il en commence une autre, vraie ou
inventée. « J'ai seulement attaqué deux châteaux
dans ma vie, avait-il failli lui avouer, sinon, nous pas-
sions notre temps à saccager et à détruire des fermes
et des récoltes... sauf les figuiers. »

— Tu aimes les figues, Jucef ? demanda-t-il une
fois au garçonnet, au souvenir des troncs tordus au
milieu du chaos.

— Cela suffit, Jucef, ordonna son père qui venait
d'arriver au jardin, car le petit insistait pour
qu'Arnau lui raconte un autre combat. Va dormir.

Obéissant, Jucef prit congé des deux hommes.

— Pourquoi as-tu demandé au petit s'il aimait
les figues ?

— C'est une longue histoire.

Sans prononcer un mot, Hasdai s'assit en face de
lui, sur une chaise. « Raconte-la-moi », disait son
regard.

— Nous avons tout rasé..., confessa Arnau après
avoir brièvement résumé le reste de l'histoire, sauf
les figuiers. Absurde, n'est-ce pas ? Nous avons
laissé les champs déserts et, au milieu de cette désolation, un figuier solitaire nous regardait en nous
demandant ce que nous faisions.

Arnau se perdit dans ses souvenirs. Hasdai n'osa pas l'interrompre.

— Cette guerre n'avait aucun sens, ajouta finalement le *bastaix*.

— L'année suivante, enchaîna Hasdai, le roi a récupéré le Roussillon. Jacques de Majorque s'est agenouillé, tête nue, devant lui, et a rendu les armes. Cette première guerre où tu t'es trouvé a peut-être servi à...

— À faire mourir de faim des paysans, des enfants et des pauvres, coupa Arnau. C'était sans doute pour empêcher l'armée de Jacques de Majorque d'avoir des provisions mais, pour cela, de très nombreuses familles humbles ont dû mourir, je te le garantis. Nous ne sommes guère plus que des jouets entre les mains des nobles. Ils décident ce qui les arrange sans se soucier du nombre de morts ou de la misère que cela peut entraîner.

Hasdai soupira.

— Si je te racontais, Arnau... Nous sommes propriété du roi, nous sommes à lui...

— Je suis allé faire la guerre pour combattre et j'ai fini par brûler les récoltes des pauvres.

Les deux hommes restèrent pensifs quelques instants.

— Voilà ! s'exclama Arnau en brisant le silence. Maintenant tu connais l'histoire des figuiers.

Hasdai se leva et tapota l'épaule d'Arnau. Puis il l'invita à entrer dans la maison.

— Il fait plus frais, dit-il en regardant le ciel.

Quand Jucef les laissait seuls, Arnau et Raquel avaient pris l'habitude de bavarder dans le petit jardin des Crescas. Ils ne parlaient pas de guerre ; Arnau évoquait sa vie de *bastaix* et Santa Maria.

— Nous ne croyons pas en Jésus en tant que

Messie. Pour nous, le Messie n'est pas encore venu et le peuple juif l'attend, affirma une fois Raquel.

— On dit que c'est vous qui l'avez tué.

— C'est faux ! rétorqua la fillette, offusquée. C'est nous qu'on a toujours tués et expulsés de partout !

— On raconte qu'à Pâques, insista Arnau, vous sacrifiez un enfant chrétien et que vous mangez son cœur et ses membres pour accomplir vos rites.

Raquel secoua la tête.

— C'est stupide ! Tu as bien vu que nous ne pouvons pas manger de viande qui ne soit pas *casher* et que notre religion nous interdit d'avaler du sang. Alors le cœur d'un enfant, ses bras ou ses jambes ? Tu connais maintenant mon père et celui de Saul ; les crois-tu capables de manger quelqu'un ?

Arnau revit le visage de Hasdai et se rappela la sagesse de ses paroles, sa modération et la tendresse qui brillait dans ses yeux quand il regardait ses enfants. Comment un tel homme aurait-il mangé le cœur d'un petit ?

— Et l'hostie ? demanda-t-il. On prétend que vous la volez pour la profaner et revivre la souffrance du Christ.

Raquel agita les mains.

— Nous, les juifs, nous ne croyons pas à la transsubs...

Elle eut un geste de contrariété. Il était toujours question de ce mot-là quand elle parlait avec son père !

— Transsubstantiation, répéta-t-elle d'une traite.

— Quoi ?

— La transsubs... tantiation. Pour vous, votre Jésus est l'hostie, et l'hostie est réellement le corps du Christ. Nous ne croyons pas à cela. Pour nous, les juifs, votre hostie n'est qu'un bout de pain qui ne signifie rien.

— Alors, aucune de toutes ces accusations n'est vraie ?

— Aucune.

Arnau aurait aimé croire Raquel. De ses yeux grands ouverts, elle l'implorait de chasser de son esprit les préjugés par lesquels les chrétiens diffamaient sa communauté et ses croyances.

— Mais vous êtes des usuriers. Vous ne pouvez pas le nier.

— Non. Nous ne sommes pas des usuriers, intervint Hasdai Crescas qui s'avançait vers eux.

Il prit place à côté de sa fille.

— Du moins, pas comme on l'entend.

Arnau resta silencieux dans l'attente d'une explication.

— Jusqu'au siècle dernier, en l'an 1230 exactement, les chrétiens, comme les juifs, avaient le droit de prêter de l'argent avec intérêt. Mais un décret de votre pape Grégoire IX a interdit cette pratique aux chrétiens et, depuis, seuls les juifs et certaines autres communautés comme les Lombards continuent d'en bénéficier. Pendant mille deux cents ans, les chrétiens ont prêté de l'argent avec intérêt. Depuis un peu plus d'un siècle, vous ne le faites plus... officiellement.

Hasdai souligna le mot.

— Résultat : les usuriers, ce sont nous.

— Officiellement ?

— En réalité, beaucoup de chrétiens prêtent de l'argent avec intérêt par notre intermédiaire. Dans tous les cas, j'aimerais t'expliquer pourquoi nous le faisons. Partout, et à toutes les époques, les juifs ont dépendu directement des rois. Au fil du temps, notre communauté a été expulsée de nombreux pays, de notre propre terre, puis d'Égypte. Plus tard, en 1183,

445

de France, et quelques années après, en 1290, d'Angleterre. Les communautés juives ont dû émigrer d'un pays à un autre, laisser derrière elles tout ce qu'elles possédaient et supplier les souverains des pays où elles se rendaient l'autorisation de s'établir. Généralement, en échange, les rois, c'est ce qui se passe avec les vôtres, s'approprient la communauté juive et exigent d'elle d'importantes contributions pour leurs guerres et leurs dépenses. Si nous ne tirions pas profit de notre argent, nous ne pourrions répondre aux exigences exorbitantes de vos monarques et serions à nouveau expulsés.

— Mais vous ne prêtez pas seulement aux rois, insista Arnau.

— Non. C'est vrai. Et sais-tu pourquoi ?

Arnau fit non de la tête.

— Parce que les rois ne nous rendent pas nos prêts. Au contraire, ils nous demandent davantage pour leurs guerres et leurs dépenses. Il faut bien que nous tirions l'argent de quelque part, ne serait-ce que pour ne pas contribuer gracieusement.

— Vous ne pouvez pas refuser ?

— Ils nous expulseraient... ou, ce qui serait pire, ne nous défendraient plus contre les chrétiens, comme il y a quelques jours. Nous péririons tous.

Cette fois, Arnau acquiesça en silence sous le regard satisfait de Raquel, qui constatait combien son père parvenait à convaincre le *bastaix*. Lui-même avait vu les Barcelonais enragés s'en prendre aux juifs.

— Quoi qu'il en soit, n'oublie pas que nous prêtons seulement aux marchands chrétiens ou à ceux dont le métier est d'acheter et de vendre. Cela fait presque cent ans que votre roi, Jacques Ier le Conquérant, a promulgué un *usatge* par lequel tout acte de commande ou de dépôt effectué par un cambiste juif au profit de quelqu'un qui ne serait pas marchand est considéré comme nul et non avenu. Il est donc impossible d'instruire un procès contre ceux qui ne seraient pas marchands. Par conséquent, nous ne pouvons pas faire de bon de commande ou de dépôt à quelqu'un qui ne le serait pas, puisque nous ne le toucherions jamais.

— Et qu'est-ce que ça change ?

— Tout, Arnau, tout. Les chrétiens s'enorgueillissent de ne pas effectuer de prêts à intérêt, selon les ordres de leur Église, ce qui est exact, du moins au grand jour. Cependant, ils en font, sous un autre nom. Jusqu'à l'interdiction de l'Église, les affaires entre chrétiens fonctionnaient comme à présent entre juifs et marchands : des chrétiens très fortunés prêtaient à d'autres chrétiens, marchands, et à ceux qui leur rendaient leur capital avec intérêt.

— Que s'est-il passé quand le prêt à intérêt a été interdit ?

— Comme d'habitude, les chrétiens ont contourné la norme de l'Église. Il est évident qu'aucun chrétien n'allait prêter son argent sans toucher de bénéfices, ainsi qu'on le prétendait. Autant garder sa fortune et ne courir aucun risque. Alors les chrétiens ont inventé la *commanda*. Tu en as entendu parler ?

— Oui, reconnut Arnau. Dans le port, on en parle beaucoup quand arrive un bateau avec des marchandises, mais, à vrai dire, je n'ai jamais compris de quoi il s'agissait.

— C'est très simple. La *commanda* n'est rien d'autre qu'un prêt à intérêt... déguisé. Un commerçant, cambiste en général, remet de l'argent à un marchand pour que celui-ci achète ou vende une marchandise. Quand le marchand a terminé la transaction, il doit rendre au cambiste la même somme qu'il a reçue, plus une part des gains obtenus. C'est la même chose que le prêt à intérêt, mais sous un autre nom : la *commanda*. Le chrétien qui remet cet argent en tire profit, ce qu'interdit l'Église : « obtention de bénéfices par l'argent et non par le travail de l'homme ». Les chrétiens continuent à faire exactement comme il y a cent ans, avant l'interdiction. Seulement, si nous, nous prêtons de l'argent pour en tirer profit, nous sommes des usuriers, tandis qu'un chrétien avec une *commanda* n'en est pas un...

— Il n'y a aucune différence ?

— Juste une : dans la *commanda*, celui qui a donné l'argent court le même risque que le commerce lui-même ; par exemple, si le marchand a été attaqué par des pirates pendant la traversée, il peut perdre sa marchandise : en d'autres termes, celui qui a investi l'argent le perd. Avec un prêt, c'est en théorie impossible, car le marchand est toujours obligé de rendre l'argent avec intérêt, mais dans la pratique c'est la même chose, car le marchand qui a perdu sa marchandise ne nous paie pas. Finalement, les juifs doivent se plier aux pratiques commerciales habituelles : les marchands veulent des commandes sans risque, et nous sommes obligés d'accepter, sinon nous n'aurions pas les moyens de répondre aux exigences royales. As-tu compris ?

— Les chrétiens ne pratiquent pas le prêt à intérêt, mais le résultat est le même avec les *commandas*, commenta Arnau pour lui-même.

— Exact. Ce que tente d'interdire votre Église n'est pas l'intérêt, mais l'obtention d'un bénéfice par l'argent, et non par le travail, ce qu'on appelle les prêts à taux réduit. En revanche, un chrétien a le droit de prêter à un roi, un noble ou un chevalier. L'Église suppose qu'il s'agit d'un prêt pour la guerre et considère que l'intérêt, dans ce cas, est nécessaire.

448

— Mais seuls les cambistes chrétiens le font, argumenta Arnau. On ne peut pas juger tous les chrétiens pour...

— Ne te méprends pas, Arnau, le mit en garde Hasdai en souriant. Les cambistes reçoivent en dépôt l'argent des chrétiens et, avec cet argent, passent des *commandas* dont ils doivent ensuite payer les intérêts à ces mêmes chrétiens. Les cambistes prennent la responsabilité, mais l'argent appartient aux chrétiens, à tous ceux qui le déposent sur leurs tables de change. Arnau, il y a quelque chose qui ne changera jamais : celui qui possède de l'argent en veut davantage. Il ne l'a jamais offert et ne l'offrira jamais. Si vos évêques ne le font pas, pourquoi leurs paroissiens le feraient ? Que ça s'appelle un prêt ou une *commanda*, quel que soit le nom, les gens ne donnent jamais rien gratuitement. Pourtant, nous, les juifs, sommes les seuls usuriers.

La nuit arriva alors qu'ils discutaient encore ; une nuit méditerranéenne, étoilée et paisible. Un moment, tous trois restèrent silencieux à jouir de la paix et de la tranquillité qui émanait du petit jardin à l'arrière de la maison de Hasdai Crescas. On finit par les appeler pour dîner et, pour la première fois depuis qu'il logeait chez eux, Arnau perçut les juifs comme des personnes égales à lui, avec d'autres croyances, mais bonnes, aussi bonnes et charitables que pouvaient l'être les meilleurs des chrétiens. Ce soir-là, servi par les femmes de la maison, il se régala des saveurs de la cuisine juive en compagnie de Hasdai.

33.

Le temps passait et la situation commençait à devenir gênante pour tous. D'après les nouvelles qui parvenaient au *barrio* juif, le nombre de cas de peste diminuait chaque jour. Arnau devait rentrer chez lui. La veille de son départ, il retrouva Hasdai dans le jardin. Ils essayèrent de bavarder amicalement, mais la nuit sentait les adieux et, entre deux phrases, les deux hommes évitaient de se regarder.

— Sahat est à toi, annonça soudain Hasdai en remettant à Arnau des documents.

— Un esclave ? Pour quoi faire ? Je ne pourrai déjà pas me nourrir moi-même avant la reprise du trafic maritime, alors donner à manger à un esclave... De plus, la confrérie ne les autorise pas à travailler. Je n'ai pas besoin de Sahat.

— Ça viendra, dit Hasdai avec un sourire. Il a une dette envers toi. Depuis leur naissance, Sahat s'est chargé de veiller sur Raquel et Jucef comme sur ses propres enfants, et je t'assure qu'il les adore. Ni lui ni moi ne pourrons jamais te rendre ce que tu as fait pour eux. Nous avons pensé que la meilleure façon de régler notre dette envers toi était de te simplifier la vie. C'est pourquoi tu vas avoir besoin de Sahat, et il est prêt.

— Me simplifier la vie ?

— Nous allons t'aider à t'enrichir.

Arnau adressa à son tour un sourire à celui qui était encore son hôte.

— Je ne suis qu'un *bastaix*. Seuls les nobles et les marchands sont riches.

— Tu le seras aussi. Je mettrai en œuvre tous les moyens pour qu'il en soit ainsi. Si tu agis avec prudence et conformément aux instructions de Sahat, je ne doute pas un instant que tu deviendras riche.

Arnau le fixa dans l'attente d'explications supplémentaires.

— Comme tu le sais, poursuivit Hasdai, la peste s'éloigne. Les cas de maladie diminuent peu à peu, mais les conséquences du fléau sont effrayantes. Nul ne sait exactement combien de personnes ont péri à Barcelone. Ce qui est sûr, c'est que quatre des cinq conseillers ont succombé. Cela peut être grave. Mais revenons au fait : beaucoup de cambistes qui exerçaient leur profession à Barcelone sont morts. Je le sais, car je collaborais avec eux. Si cela t'intéresse, tu pourrais te consacrer au commerce du change...

— Je ne connais rien au commerce ni au change, l'interrompit Arnau. Tous les commerçants doivent passer un examen. Je ne connais rien à tout cela.

— Pas les cambistes, répliqua Hasdai. Je sais qu'on a demandé au roi d'établir une réglementation, mais il ne l'a pas encore fait. Le métier de cambiste est libre de règles, le tout est d'assurer son bureau. Pour ce qui est de l'expérience, Sahat en a à revendre. Il sait absolument tout sur les bureaux de change. Il travaille avec moi depuis des années. Je l'ai acheté parce qu'il était expert en transactions de ce genre. Si tu le laisses faire, tu apprendras et prospéreras sans problème. Bien qu'esclave, c'est un homme de confiance et il te sera loyal pour ce que tu as fait pour mes enfants, les seuls êtres qu'il ait aimés et qu'il considère comme sa famille.

Hasdai interrogea Arnau de ses petits yeux.

— Alors ?

— Je ne sais pas..., hésita Arnau.

— Tu pourras compter sur mon soutien et sur celui de tous les juifs qui sont au courant de ton acte. Nous sommes un peuple obligé, Arnau. Sahat connaît tous mes agents en Méditerranée, en Europe, en Orient et même au-delà, sur les terres lointaines du sultan d'Égypte. Tu pourras t'appuyer sur une bonne base pour commencer et nous t'aiderons aussi. C'est une proposition honnête, Arnau. Tu ne rencontreras aucun problème.

Le consentement tiède d'Arnau incita Hasdai à lui dévoiler le plan qu'il avait échafaudé. Première règle : personne ne devait savoir qu'Arnau comptait sur le soutien des juifs ; cela lui aurait nui. Hasdai lui remit des documents prouvant que l'argent qu'il utiliserait provenait d'une veuve chrétienne de Perpignan. Ce qui était formellement le cas.

— Si on te pose des questions, ne réponds pas. Mais si tu y es contraint, dis simplement que tu as hérité. Tu auras besoin de pas mal d'argent. En premier lieu, tu devras assurer ton bureau de change devant les magistrats de Barcelone grâce à une caution de mille marcs d'argent. Puis il faudra que tu achètes une maison ou les droits d'une maison dans le *barrio* des cambistes, c'est-à-dire dans la calle de Canvis Vells ou Canvis Nous, et que tu l'aménages pour y exercer ton métier. Enfin, tu devras réunir encore plus d'argent pour commencer à travailler.

Cambiste ? Et pourquoi pas ? Que lui restait-il de sa vie d'avant ? Tous les êtres qui lui étaient chers étaient morts de la peste. Hasdai semblait convaincu qu'avec l'aide de Sahat, le bureau fonctionnerait. Arnau n'arrivait même pas à imaginer ce que pouvait être la vie d'un cambiste ; il deviendrait riche, lui avait assuré Hasdai. Que faisaient les riches ? Tout à coup, il se rappela Grau, le seul riche qu'il ait connu, et il sentit une boule dans son ventre. Non. Il ne serait jamais comme Grau.

Il assura son bureau de change avec les mille marcs d'argent que lui donna Hasdai et jura devant les magistrats qu'il dénoncerait la fausse monnaie – tout en se demandant comment il la reconnaîtrait si un jour Sahat était absent – et la détruirait au moyen de cisoires spéciales que devait posséder tout cambiste. Il obtint la signature légale sur les énormes livres de comptes qui certifieraient ses opérations et, à un moment où Barcelone se trouvait plongée dans le chaos consécutif au fléau de la peste bubonique, Arnau reçut l'autorisation d'exercer la profession. Les jours et les heures auxquels il devait obligatoirement se trouver aux commandes de son établissement furent également fixés.

La deuxième règle que Hasdai lui conseilla de suivre était relative à Sahat.

— Nul ne doit savoir qu'il s'agit d'un cadeau de ma part. Sahat est très connu parmi les cambistes et, si quelqu'un l'apprend, tu auras des ennuis. En tant que chrétien, tu peux faire du commerce avec les juifs, mais évite qu'on te considère comme leur ami. Au sujet de Sahat, les professionnels du change pourraient ne pas comprendre que je l'ai vendu. J'ai reçu des centaines de propositions pour lui, des plus substantielles, et j'ai toujours refusé, tant pour sa compétence que pour son amour à l'égard de mes enfants. Ils ne l'entendraient pas. C'est pourquoi, nous avons eu l'idée que Sahat se convertisse au christianisme...

— Qu'il se convertisse ?

— Les juifs n'ont pas le droit d'avoir des esclaves chrétiens. Si un de nos esclaves se convertit, nous devons l'affranchir ou le vendre à un autre chrétien.

— Et les cambistes croiront à cette conversion ?

— Une épidémie de peste est capable d'anéantir n'importe quelle foi.

— Sahat est prêt à faire ce sacrifice ?

— Oui.

Ils en avaient discuté entre eux, comme les deux amis qu'ils avaient fini par devenir avec les années.

— Tu t'en sentirais capable ? avait demandé Hasdai.

— Oui, avait répondu Sahat. Allah, qu'il soit loué et glorifié, le comprendra. Je te rappelle que la pratique de notre religion est interdite sur les terres chrétiennes. Nous remplissons nos devoirs en secret, dans l'intimité de nos cœurs. En dépit de toute l'eau bénite qu'on versera sur ma tête, je continuerai à faire de même.

— Arnau est un fervent chrétien, insista Hasdai. S'il vient à l'apprendre...

— Jamais. Les esclaves, plus que quiconque, connaissent l'art de l'hypocrisie. Je ne le dis pas pour toi. J'ai toujours été esclave. Souvent, notre vie en dépend.

La troisième règle resta un secret entre Hasdai et Sahat.

— Inutile de te dire, Sahat, chuchota son ancien maître d'une voix tremblante, la gratitude que j'éprouve envers toi. Mes enfants et moi t'en serons toujours reconnaissants.

— C'est à moi de vous remercier.

454

— Tu sauras, je suppose, à quelle activité te consacrer en cette période particulière...

— Je crois que oui.

— Jamais d'espèces. Pas de tissus, d'huiles ou de cires, conseilla Hasdai tandis que Sahat approuvait cette recommandation qu'il connaissait déjà. Avant que la situation se stabilise, la Catalogne n'est pas prête à importer ce type de produits. Des esclaves, Sahat, des esclaves. Après la peste, la Catalogne a besoin de main-d'œuvre. Jusqu'à présent, nous ne nous étions pas beaucoup intéressés au commerce d'esclaves. Tu en trouveras à Byzance, en Palestine, à Rhodes et à Chypre. Et, bien entendu, sur les marchés de Sicile. On vend évidemment beaucoup de Turcs et de Tartares en Sicile. Mais, pour ma part, j'irais les chercher dans leurs pays d'origine. Nous avons partout des agents à qui tu peux avoir recours. En très peu de temps, ton nouveau maître amassera une fortune considérable.

— Et s'il refuse le commerce d'esclaves ? Il n'est pas homme, semble-t-il, à...

— C'est quelqu'un de bien, coupa Hasdai, ce qui conforta les doutes de Sahat, scrupuleux, d'origine modeste et très généreux. Il est probable qu'il refuse de se mêler au commerce d'esclaves. Ne les ramène pas à Barcelone. Qu'Arnau ne les voie pas. Envoie-les directement à Perpignan, Tarragone ou Salou. Ou bien contente-toi de les vendre à Majorque. Il y a à Majorque un des plus importants marchés d'esclaves de la Méditerranée. Laisse aux autres le soin de les ramener à Barcelone ou de faire commerce d'eux où ils veulent. La Castille a également grand besoin d'esclaves. Dans tous les cas, avant qu'Arnau apprenne le fonctionnement de tout cela, l'eau aura coulé sous les ponts et il aura gagné pas mal d'argent. Je lui proposerai, et lui recommanderai personnellement, de s'employer au début à bien connaître les pièces, les cours du change, les marchés, les routes et les principaux objets d'exportation ou d'importation. Pendant ce temps, tu pourras te consacrer à tes affaires, Sahat. N'oublie pas que nous ne sommes pas plus intelligents que d'autres, et que tous ceux qui ont un peu d'argent vont importer des esclaves. La période va être très lucrative, mais courte. Avant que le marché s'épuise, parce qu'il finira bien par s'épuiser, profites-en.

— Je peux compter sur ton soutien ?

— Total. Je te donnerai des lettres pour tous mes agents, ceux que tu connais déjà. Ils t'accorderont les crédits qu'il te faut.

— Et les livres ? Ils devront rendre compte des esclaves, et Arnau pourrait les vérifier.

Hasdai lui adressa un sourire complice.

— Je suis certain que tu sauras régler ce petit détail.

34.

— Celle-là !

Arnau désigna du doigt une petite maison de deux étages, fermée, avec une croix blanche sur la porte. À ses côtés Sahat, qui s'appelait désormais Guillem, approuva.

— D'accord ? demanda Arnau.

L'esclave approuva une nouvelle fois. Cette fois, il souriait.

Arnau contempla la petite maison et hocha la tête. Il s'était contenté de la désigner et Guillem avait dit oui. C'était la première fois, dans sa vie, que ses désirs s'accomplissaient aussi simplement. En serait-il toujours ainsi désormais ? Il secoua encore la tête.

— Que se passe-t-il, maître ?

Arnau le transperça du regard. Combien de fois lui avait-il dit qu'il ne voulait pas être appelé ainsi ? Mais le Maure avait refusé ; il avait répondu qu'ils devaient sauver les apparences. Guillem soutint son regard.

— Elle ne te plaît pas, maître ? insista-t-il.

— Si... bien sûr qu'elle me plaît. Elle conviendrait ?

— Absolument. Elle ne pourrait pas mieux convenir. Regarde, elle est juste au coin des deux

457

rues des cambistes : Canvis Nous et Canvis Vells. Pas de meilleure maison que celle-ci.

Arnau suivit la direction que lui indiquait Guillem. À leur gauche, Canvis Vells allait jusqu'à la mer ; Canvis Nous s'ouvrait devant eux. Mais Arnau ne l'avait pas choisie pour cela ; il ne s'était même pas rendu compte que ces deux rues étaient celles des cambistes, même s'il les avait empruntées des centaines de fois. La petite maison donnait juste sur la plaza de Santa Maria, face à ce qui serait la porte principale de l'église.

— C'est de bon augure, murmura-t-il pour lui-même.

— Que dis-tu, maître ?

Arnau se retourna vivement vers Guillem. Il ne supportait pas qu'il emploie ce mot pour s'adresser à lui.

— Quelles apparences devons-nous sauver, maintenant ? lâcha-t-il. Personne ne nous écoute. Personne ne nous regarde.

— N'oublie pas que, depuis que tu es cambiste, beaucoup de gens t'écoutent et te regardent, crois-moi. Tu dois t'y habituer.

Au cours de la matinée, alors qu'Arnau errait sur la plage, parmi les bateaux, et contemplait la mer, Guillem mena l'enquête au sujet de la petite maison qui, comme il fallait s'y attendre, appartenait à l'Église. Ses emphytéotes étaient morts. Quoi de mieux qu'un cambiste pour l'occuper à nouveau ?

L'après-midi même, ils en prenaient possession. L'étage comprenait trois petites pièces. Ils en meublèrent deux, une pour chacun. Le rez-de-chaussée était composé de la cuisine, qui donnait sur un ancien petit potager et, séparée par une cloison, avec vue sur la rue, d'une pièce claire où, au cours des jours suivants, Guillem installa une armoire, des lampes à huile, une grande table en bois noble et six chaises – deux d'un côté et quatre de l'autre.

— Il manque encore quelque chose, annonça Guillem un jour avant de sortir.

Arnau resta seul derrière son futur bureau de change. La longue table en bois brillait ; il l'avait frottée encore et encore. Il effleura des doigts le dossier des deux chaises.

— Choisis celle que tu veux, lui avait demandé Guillem.

Arnau avait opté pour celle de droite, de façon à être à gauche de ses clients. Alors Guillem avait inversé les chaises ; il avait placé à droite celle à accoudoirs, tapissée de soie rouge – celle qui lui était destinée était plus commune. Arnau s'assit et contempla la pièce vide. Étrange ! Quelques mois auparavant seulement, il passait son temps à décharger des navires, et maintenant... Jamais il ne s'était assis sur une chaise pareille ! Les livres se trouvaient sur un coin du bureau, en désordre ; « leur papier ne se déchire pas », avait affirmé Guillem quand ils les avaient achetés en même temps que des plumes, des encriers, une balance, des coffres et de grandes cisoires pour couper la fausse monnaie.

Guillem avait tiré de sa bourse plus d'argent qu'Arnau en avait vu durant toute sa vie.

— Qui paie tout cela ? avait demandé Arnau.

— Toi.

Arnau avait ouvert de grands yeux et regardé la bourse qui pendait à la ceinture de Guillem.

— Tu la veux ? lui avait proposé ce dernier.

— Non.

En plus de tous ces achats, Guillem avait apporté avec lui un objet personnel : un magnifique boulier en bois avec des boules en ivoire dont Hasdai lui avait fait cadeau.

Arnau fit jouer les boules d'un côté à l'autre. Que lui avait dit Guillem ? Il calculait si vite ! Arnau lui avait demandé d'aller plus lentement et le Maure, obéissant, avait tâché de lui expliquer le fonctionnement de l'appareil, mais... que lui avait-il dit ?

Arnau délaissa le boulier et s'efforça de ranger le bureau. Les livres devant sa chaise... non, devant celle de Guillem. Mieux valait que ce soit lui qui prenne les notes. Les coffres, en revanche, il pouvait les mettre à côté de lui ; les cisoires un peu à l'écart ; les plumes et les encriers près des livres, avec le boulier. À part Guillem, qui s'en servirait ?

Il en était là de ses réflexions quand Guillem entra.

— Qu'en penses-tu ? questionna Arnau en souriant, une main posée sur le bureau.

— Très bien, répondit Guillem qui lui rendit son sourire, mais de cette façon, nous n'aurons aucun client et personne ne nous confiera son argent.

Le sourire d'Arnau s'effaça à l'instant.

— Ne t'en fais pas, il manque juste une chose. C'est ce que je suis sorti acheter.

Guillem lui remit une étoffe qu'Arnau déroula avec soin. Il s'agissait d'un napperon en soie rouge très précieuse, avec des franges dorées.

— Ça, développa l'esclave, c'est la preuve publique que tu as rempli toutes les conditions qu'exigent les autorités et que ton bureau est convenablement assuré devant les magistrats municipaux, pour une valeur de mille marcs d'argent. Nul n'a le droit, sous peine de lourdes sanctions, de mettre ce napperon sur un bureau de change sans l'autorisation de la municipalité. Sans cela, personne n'entrerait ici.

À partir de ce jour, Arnau et Guillem se consacrèrent entièrement à leur nouvelle affaire et, comme le lui avait conseillé Hasdai Crescas, l'ancien *bastaix* s'attela à l'apprentissage des bases de sa profession.

— La première fonction d'un cambiste, expliqua Guillem, alors qu'ils étaient assis tous deux derrière le bureau, les yeux fixés sur la porte dans l'attente d'un client, c'est de changer l'argent adroitement.

Guillem se leva et vint se placer devant le bureau. Il posa une bourse d'argent devant Arnau.

— À présent, fais bien attention, dit-il.

Et il sortit de la bourse une pièce qu'il posa sur la table.

— Tu reconnais ?

Arnau fit signe que oui.

— C'est un croat d'argent catalan. On les frappe à Barcelone, à quelques pas d'ici.

— J'en ai eu peu en poche, mais je me suis brisé le dos à les transporter. Apparemment, le roi ne fait confiance qu'aux *bastaixos* pour cela.

Guillem acquiesça en souriant et fouilla de nouveau dans la bourse d'argent.

— Ceci, continua-t-il en sortant une autre pièce qu'il posa près du croat, c'est un florin aragonais en or.

— Je n'en ai jamais eu, dit Arnau en prenant la pièce.

— Ne t'inquiète pas, tu en auras. Beaucoup.

Arnau regarda Guillem dans les yeux. Le Maure hocha la tête avec sérieux.

— Ça, c'est une ancienne monnaie barcelonaise de tern.

Guillem avait posé une autre pièce sur la table et avant qu'Arnau l'interrompe à nouveau, il poursuivit.

— Mais dans le commerce, on brasse beaucoup

d'autres monnaies, et il faut que tu les connaisses toutes. Les musulmanes : besants, mazmudinas rexedies, besants d'or.

Guillem aligna une série de pièces devant Arnau.

— Les livres tournois françaises, les pistoles en or castillanes, les florins en or de Florence, ceux de Gênes, les ducats vénitiens, la monnaie marseillaise et les autres monnaies catalanes, le real valencien ou majorquin, le gros de Montpellier, les melgurienses des Pyrénées orientales et la monnaie de Jaca, utilisée principalement à Lérida.

— Sainte Vierge ! s'exclama Arnau une fois que le Maure eut terminé.

— Il faut que tu les connaisses toutes, répéta Guillem.

Arnau ne quittait pas des yeux les pièces alignées. Il soupira.

— Il y en a d'autres ?

— Oui. Beaucoup d'autres. Mais celles-ci sont les plus usuelles.

— Et comment se changent-elles ?

Cette fois, c'est le Maure qui soupira.

— Ça, c'est le plus compliqué.

Arnau l'encouragea à continuer.

— On utilise des unités de compte : les livres et les marcs pour les grandes transactions, les deniers et les sols pour l'usage courant.

Arnau approuva ; il avait toujours parlé en sols et en deniers sans jamais se préoccuper vraiment des sommes en jeu.

— Quand tu as une monnaie, tu dois calculer sa valeur selon l'unité de compte, puis faire de même avec celle contre laquelle tu veux la changer.

Arnau s'efforçait de suivre les explications de Guillem.

— Et leurs valeurs ?

— Elles sont fixées périodiquement à la Bourse de Barcelone, au consulat de la Mer. C'est là qu'il faut aller pour en connaître le cours officiel.

— Il varie ?

Arnau secoua la tête. Il ne connaissait pas les monnaies, ignorait comment on effectuait les changes et, en plus, leur cours variait !

— Constamment, confirma Guillem. Et il faut maîtriser les cours. C'est de cela qu'un cambiste tire le plus grand profit. Tu t'en rendras compte. Le négoce le plus important, c'est celui du contrat d'achat et de vente de l'argent.

— Acheter de l'argent ?

— Oui. Acheter... ou vendre de l'argent. Acheter de l'argent avec de l'or ou de l'or avec de l'argent, en jouant avec les nombreuses monnaies qui existent ; ici, à Barcelone, si le change est favorable, ou à l'étranger s'il s'avère qu'il y est meilleur.

Arnau agita les mains en signe d'impuissance.

— En réalité, c'est assez simple, insista Guillem. Comme tu le verras, ici en Catalogne, c'est le roi – pour des raisons politiques – qui fixe la parité entre le florin d'or et le croat d'argent, et il l'a fixé à treize pour un : un florin d'or vaut treize croats d'argent. Mais à Florence, à Venise ou à Alexandrie, on n'en tient nullement compte, et l'or d'un florin ne vaut pas treize fois l'argent d'un croat. Là-bas, on pèse l'or et l'argent des pièces pour fixer leur valeur. En d'autres termes, celui qui amasse ici des croats d'argent et les vend à l'étranger obtient plus d'or qu'en Catalogne pour les mêmes croats. Et s'il revient ici avec cet or, on lui redonnera treize croats pour chaque florin.

— Mais ça, tout le monde peut le faire, objecta Arnau.

— Et tout le monde le fait... Enfin, ceux qui en

ont les moyens. Pas ceux qui possèdent dix ou cent croats, mais ceux à qui l'on confie ces dix ou cent croats.

Ils se regardèrent.

— C'est-à-dire nous, conclut le Maure en ouvrant les mains.

Quelque temps plus tard, alors qu'Arnau maîtrisait désormais les monnaies et les changes, Guillem aborda avec lui le sujet des routes commerciales et des marchandises.

— Aujourd'hui, commença-t-il, la route principale, c'est celle qui va de Candie à Chypre, de Chypre à Beyrouth, et de Beyrouth à Damas ou à Alexandrie... bien que le pape ait interdit de faire du commerce avec Alexandrie.

— Alors, comment fait-on ? demanda Arnau, qui jouait avec le boulier.

— On paie, bien sûr. On achète son pardon.

Arnau se souvint des explications qu'on lui avait données dans la carrière royale sur l'argent qui servait à payer la construction des arsenaux royaux.

— Fait-on du commerce seulement à travers la Méditerranée ?

— Non, on traite avec tout le monde. Avec la Castille, la France et les Flandres, mais principalement, c'est vrai, à travers la Méditerranée. La différence réside dans le type de marchandises. En France, en Angleterre et dans les Flandres, nous achetons des tissus, surtout de luxe : des étoffes de Toulouse, de Bruges, de Malines, de Dieste ou de Vilages, et nous leur vendons du lin catalan. Nous achetons aussi des articles en cuivre et en laiton. En Orient, en Syrie et en Égypte, ce sont les épices...

— Le poivre, coupa Arnau.

— Entre autres. Mais ne t'y trompe pas. Quand

on te parle du commerce des épices, cela concerne aussi la cire, le sucre et même les défenses d'éléphant. En revanche, si on fait référence aux petites épices, alors en effet il s'agit de cannelle, clous de girofle, poivre, noix de muscade...

— De la cire ? Nous importons de la cire ? Comment est-ce possible alors que, l'autre jour, tu m'as dit que nous exportions du miel ?

— Eh oui, répondit Guillem. Nous exportons du miel et importons de la cire. Nous avons trop de miel, mais les églises consomment beaucoup de cire.

Le principal devoir des *bastaixos*, se rappela Arnau, était de garder toujours allumés les cierges de la Vierge de la Mer.

— La cire vient de Dacie en passant par Byzance. Les autres principaux produits avec lesquels on fait du commerce, poursuivit Guillem, ce sont les aliments. Avant, il y a pas mal d'années, nous exportions du blé, mais à présent il nous faut importer tout type de céréales – blé, riz, mil et orge. Nous exportons de l'huile, du vin, des fruits secs, du safran, du lard et du miel. On commercialise également la viande de salaison...

Un homme entra alors. Arnau et Guillem interrompirent leur conversation. L'étranger s'assit face aux cambistes et déposa sur la table une somme considérable. Guillem s'en félicita : il ne le connaissait pas, ce qui était bon signe ; ils commençaient à ne plus dépendre des anciens clients de Hasdai. Arnau s'occupa de lui avec sérieux ; il compta les pièces et vérifia leur authenticité tout en les passant une par une, au cas où, à Guillem. Puis il consigna le dépôt dans les livres. Guillem l'observa pendant qu'il écrivait. Il avait fait des progrès considérables. Le précepteur des Puig lui avait appris à écrire, mais il avait passé de nombreuses années sans pratiquer.

En attendant le début de la saison maritime, Arnau et Guillem se contentaient de préparer les contrats de commande. Ils achetaient des produits pour l'exportation, bataillaient avec d'autres marchands pour affréter des navires ou bien engageaient ceux-ci et discutaient avec eux des marchandises qu'ils allaient importer lors du voyage de retour des bateaux.

— Combien gagnent les marchands que nous embauchons ? demanda un jour Arnau.

— Cela dépend. Pour les commandes normales, en général, un quart des bénéfices. Pour les commandes de monnaies, d'or ou d'argent, cette règle ne vaut pas. Nous fixons le change que nous voulons, et le marchand tire ses bénéfices de l'excédent qu'il peut obtenir.

— Comment font ces hommes dans des contrées aussi lointaines ? interrogea encore Arnau, qui s'efforçait d'imaginer à quoi pouvaient ressembler les lieux en question. Ce sont des terres étrangères, on y parle d'autres langues... Tout doit être différent.

— En effet, mais songe que, dans toutes ces villes, il existe des consulats catalans. Comme le consulat de la Mer de Barcelone. Dans chaque port se trouve un consul, nommé par la ville de Barcelone, qui règle la justice dans le domaine commercial et intervient lors des conflits qui peuvent surgir entre les marchands catalans et les autochtones ou les autorités locales. Tous les consulats possèdent une halle au blé. Ce sont des enceintes fortifiées à l'intérieur desquelles sont logés les marchands catalans, et qui sont pourvues d'entrepôts pour conserver les marchandises avant qu'elles soient vendues ou embarquées de nouveau. Chaque halle au blé est comme une partie de la Catalogne en terres étrangères. Extraterritoriale, elle est placée sous l'autorité du consul, et non du pays où elle se trouve.

— Et ?

— Tous les gouvernements s'intéressent au commerce. Grâce à lui, ils touchent des impôts et remplissent leurs coffres. Le commerce est un monde à part, Arnau. Nous avons beau, par exemple, être en guerre contre les Sarrasins, nous possédons depuis le siècle dernier des consulats à Tunis et à Bougie, et souviens-toi : aucun chef maure n'attaquera les halles au blé catalanes.

Le bureau de change d'Arnau Estanyol marchait bien. La peste avait décimé les cambistes catalans, et la présence de Guillem était une garantie pour les investisseurs. Les gens, à mesure que l'épidémie reculait, sortaient au grand jour l'argent qu'ils avaient remisé par-devers eux. Pourtant, Guillem était soucieux à cause des esclaves. « Vends-les à Majorque », lui avait conseillé Hasdai, afin qu'Arnau ne soit pas informé de l'opération. C'est ce qu'avait fait Guillem. Au mauvais moment ! maugréait-il. Il avait fait appel à un des derniers navires en partance de Barcelone, pendant la saison de navigation, début octobre. Byzance, Palestine, Rhodes et Chypre : telles étaient les destinations des quatre marchands qui avaient embarqué au nom du cambiste de Barcelone, Arnau Estanyol, moyennant les lettres de change qu'Arnau avait signées sans les regarder. Les marchands en question devaient acheter des esclaves et les conduire à Majorque.

Mais le contexte politique n'était pas favorable : malgré la médiation du souverain pontife, Pierre IV avait définitivement conquis la Sardaigne et le Roussillon un an après sa première tentative, à la fin du délai qu'il avait alors concédé. Le 15 juillet 1344, après la reddition de la majeure partie de ses bourgs et villes, Jacques III s'était agenouillé devant son beau-frère, tête nue, en implorant son pardon. Et il avait remis ses territoires au comte de Barcelone. Le roi Pierre lui avait accordé la seigneurie de Montpellier et les vicomtés d'Omelades et de Carladés, mais il avait récupéré les terres catalanes de ses ancêtres : Majorque, le Roussillon et la Sardaigne.

Cependant, après s'être rendu, Jacques de Majorque rassembla une petite armée de soixante cavaliers et de trois cents fantassins et pénétra de nouveau en Sardaigne pour guerroyer contre son beau-frère. Pierre IV ne participa même pas à la bataille et se contenta d'envoyer ses lieutenants. Fatigué, écœuré et vaincu, le roi Jacques chercha refuge auprès du pape Clément VI, qui défendait toujours ses intérêts. Là, avec le concours de l'Église, fut élaborée une nouvelle stratégie : Jacques III vendit au roi Philippe VI de France la seigneurie de Montpellier pour douze mille écus en or ; grâce à cette somme, ajoutée aux prêts de l'Église, il arma une flotte que lui fournit la reine Jeanne de Naples, et débarqua une nouvelle fois à Majorque en 1349.

Les esclaves étaient censés arriver au cours des premiers voyages de l'année 1349. Il y avait une grande quantité d'argent en jeu et, en cas de problème, la réputation d'Arnau – bien que Hasdai répondît de lui – serait ternie vis-à-vis des agents avec lesquels il aurait à travailler à l'avenir. C'est lui qui avait signé les lettres de change et, même si Hasdai s'était porté garant, le marché ne permettait pas qu'une lettre demeurât impayée. Les relations avec les agents des pays lointains étaient fondées sur une confiance aveugle. Comment un cambiste qui

468

manquait de parole dès sa première opération pourrait-il réussir ?

— Même lui m'a dit que nous devions éviter toutes les routes qui passent par Majorque, avoua un jour Guillem à Hasdai, la seule personne auprès de qui il pouvait s'épancher, dans le jardin de sa maison.

Ils tâchaient de ne pas se regarder et, pourtant, ils savaient tous deux qu'ils pensaient la même chose. Quatre navires d'esclaves ! Cette opération pouvait ruiner Hasdai lui-même.

— Si le roi Jacques n'a pas été capable de tenir sa parole le jour où il s'est rendu, continua Guillem en cherchant le regard de Hasdai, qu'en sera-t-il du commerce et des biens catalans ?

Hasdai garda le silence un moment.

— Tes marchands choisiront peut-être un autre port, lâcha-t-il finalement.

— Barcelone ? interrogea Guillem en remuant la tête.

— Nul ne pouvait prévoir cela, conclut le juif pour tenter de le tranquilliser.

Arnau avait sauvé ses enfants d'une mort certaine, et c'était la meilleure des consolations.

En mai 1349, le roi Pierre envoya l'armée catalane à Majorque, en pleine saison de navigation, au plus fort de la période de commerce.

— Par chance, nous n'avons aucun bateau à Majorque, commenta Arnau.

Guillem se vit obligé d'acquiescer.

— Que se serait-il passé sinon ?

— Que veux-tu dire ?

— Les gens nous confient leur argent que nous investissons dans des commandes. Si nous avions envoyé un bateau à Majorque et qu'il ait été réquisitionné par le roi Jacques, nous aurions perdu l'argent et les marchandises. Nous n'aurions pas pu rendre les dépôts. Nous sommes à la merci des commandes. Que se serait-il passé alors ?

— *Abatut*, répondit sombrement Guillem.

— *Abatut* ?

— Quand un cambiste ne peut rendre un dépôt, le magistrat préposé au change lui accorde un délai de six mois pour acquitter ses dettes. Si au terme du délai il ne les a pas liquidées, il est déclaré *abatut*, incarcéré au pain et à l'eau, et l'on vend ses biens pour payer ses créanciers...

— Je n'ai pas de biens.

— Si ses biens ne lui permettent pas de couvrir ses dettes, poursuivit Guillem, on lui coupe la tête devant son établissement pour servir d'exemple aux autres cambistes.

Arnau garda le silence.

Guillem n'osait pas le regarder. Quelle faute avait commise Arnau dans toute cette affaire ?

— Ne t'inquiète pas, dit-il pour le rassurer. Cela n'arrivera pas.

35.

La guerre à Majorque avait beau se poursuivre, Arnau était heureux. Quand il n'avait pas de travail, il sortait et s'adossait contre la porte de son bureau. Maintenant que la peste était passée, Santa Maria reprenait vie. La petite église romane que Joanet et lui avaient connue n'existait plus, et les travaux avançaient autour de la porte principale. Arnau pouvait passer des heures à regarder les maçons poser des pierres. Il se rappelait toutes celles qu'il avait portées. Santa Maria signifiait tout pour Arnau : sa mère, son entrée dans la confrérie... Même le refuge des enfants juifs. Régulièrement, à sa grande joie, il recevait une lettre de son frère. Les missives de Joan étaient brèves : il était en bonne santé et se consacrait pleinement à ses études, informait-il Arnau.

Un *bastaix* apparut. Il portait une pierre. Peu d'entre eux avaient survécu au fléau. Son propre beau-père, Ramon, et beaucoup d'autres étaient morts. Arnau avait pleuré sur la plage au côté de ses anciens compagnons.

— Sebastià, murmura-t-il quand il reconnut le *bastaix*.

— Que dis-tu ? demanda Guillem derrière lui.

Arnau ne bougea pas.

— Sebastià, répéta-t-il. Cet homme, qui porte cette pierre, s'appelle Sebastià.

Quand il passa devant lui, Sebastià le salua, mais sans tourner la tête, le regard rivé devant lui et les mâchoires serrées sous le poids de la charge.

— Pendant des années, j'ai fait la même chose, poursuivit Arnau, ému.

Guillem ne fit pas de commentaire.

— J'avais seulement quatorze ans quand j'ai porté ma première pierre à la Vierge.

À ce moment-là, un autre *bastaix* passa. Arnau le salua.

— Je croyais que j'allais me fendre en deux, que j'allais me casser les reins, mais la satisfaction que j'ai éprouvée quand je suis arrivé... Dieu !

— Votre Vierge doit avoir quelque chose de bon pour que les gens se sacrifient pour elle ainsi, conclut le Maure.

Et tous deux restèrent silencieux tandis que la procession de *bastaixos* défilait devant eux.

Ils ne tardèrent pas à se présenter devant Arnau.

— Il nous faut de l'argent, lui dit sans détour Sebastià, devenu dirigeant de la confrérie. La caisse est vide, les besoins nombreux et le travail, pour l'heure, rare et mal payé. Les membres de la confrérie n'ont plus de quoi vivre depuis la peste, et je ne peux pas les obliger à donner pour la caisse tant qu'ils ne se sont pas remis du désastre.

Arnau se tourna vers Guillem qui, le regard inexpressif, était assis à côté de lui, derrière le bureau orné du tapis rouge en soie.

— La situation est si mauvaise ? s'enquit Arnau.

— Tu n'imagines pas. L'augmentation des denrées est telle que nous ne gagnons plus assez pour nourrir nos familles. Et puis, il y a les veuves et les orphelins de ceux qui sont morts. Il faut les aider. Nous avons besoin d'argent, Arnau. Tout ce que tu nous prêteras, nous te le rembourserons jusqu'à la dernière pièce.

— Je le sais.

Arnau regarda de nouveau Guillem, en quête de son approbation. Que savait-il, lui, en matière de prêt ? Jusqu'à présent, il avait seulement reçu de l'argent ; il n'en avait jamais prêté.

Guillem se porta les mains au visage et soupira.

— Si ce n'est pas possible..., commença à dire Sebastià.

— Si, coupa Guillem.

Ils étaient en guerre depuis deux mois, et il était sans nouvelles de ses esclaves. Alors un peu d'argent en moins... Hasdai serait ruiné. Arnau pouvait se permettre ce prêt.

— Si votre parole suffit à mon maître...

— Elle suffit, confirma Arnau sur-le-champ.

Arnau compta la somme demandée, qu'il remit solennellement à Sebastià. Sous le regard de Guillem, les deux hommes, qui s'efforçaient maladroitement de cacher leur émotion, se serrèrent la main au-dessus du bureau pendant une éternité, debout, en silence.

La guerre faisait rage depuis trois mois et Guillem commençait à perdre espoir quand les quatre marchands arrivèrent enfin. Ensemble. Lorsque le premier d'entre eux, lors d'une escale en Sicile, avait été informé du conflit avec Majorque, il avait attendu les autres navires catalans, parmi lesquels se trouvaient les trois galères restantes. Tous les capitaines et les marchands avaient décidé d'éviter la route de Majorque et vendu leur marchandise à Perpignan, deuxième ville de la principauté. Ils donnèrent rendez-vous à Guillem, comme il le leur avait ordonné, non pas au bureau de change d'Arnau, mais à la halle au blé de la calle Carders. Là, une fois déduit le quart des bénéfices qui leur était dû, ils lui confièrent chacun des lettres de change, plus les trois quarts qui revenaient à Arnau. Une fortune ! La Catalogne avait besoin de main-d'œuvre et les esclaves avaient été vendus à un prix exorbitant.

Une fois les marchands partis, comme personne dans la halle au blé ne le regardait, Guillem embrassa les lettres de change avec effusion.

Il reprit la direction du bureau. Mais, arrivé plaza del Blat, il changea d'idée et se rendit au *barrio* juif pour annoncer la nouvelle à Hasdai. Ensuite, il retourna à Santa Maria en souriant au ciel et aux gens qu'il croisait.

Il trouva Arnau au côté de Sebastià et d'un prêtre.

— Guillem, je te présente le père Juli Andreu. C'est le remplaçant du père Albert.

Guillem s'inclina lourdement devant l'ecclésiastique. « Encore des prêts », pensa-t-il.

— Ce n'est pas ce que tu crois, devina Arnau.

Guillem tâta les lettres de change qu'il portait sur lui et sourit. Qu'importait ? Arnau était riche. Il sourit une nouvelle fois, ce qu'Arnau interpréta mal.

— C'est pire que ce que tu crois, poursuivit-il sérieusement.

« Qu'est-ce qui peut être pire qu'un prêt accordé à l'Église ? » fut tenté de demander le Maure. Il salua le dirigeant des *bastaixos*.

— Nous avons un problème, expliqua Arnau.

Les trois hommes considérèrent Guillem pendant un moment. « Seulement s'il est d'accord », avait exigé Arnau, faisant fi de l'allusion faite par le curé à son statut d'esclave.

— Je t'ai déjà parlé de Ramon ?

Guillem fit non de la tête.

— Ramon a été quelqu'un d'important dans ma vie. Il m'a aidé... il m'a beaucoup aidé.

Guillem restait debout, comme il seyait à un esclave.

— Sa femme et lui sont morts de la peste, et la confrérie ne peut plus se charger de leur fille. Nous avons parlé... ils me demandent...

— Pourquoi voulez-vous mon avis, maître ?

Enhardi, le père Juli Andreu se tourna vers Arnau.

— La Pia Almoina et la Casa de la Caritat ne s'en sortent plus, continua Arnau. Ils ne peuvent plus distribuer ni pain, ni vin, ni soupe aux nécessiteux, comme ils le faisaient avant. La peste a fait des ravages.

— Que désires-tu, maître ?

— On me propose d'adopter la petite.

Guillem tâta de nouveau les lettres de change. « Tu pourrais en adopter vingt à présent ! » pensa-t-il.

— Comme tu veux, se contenta-t-il de répondre.

— Je ne connais rien aux enfants, avoua Arnau.

— Il faut juste leur donner de la tendresse et un toit, intervint Sebastià. Le toit, tu l'as... Quant à la tendresse, j'ai l'impression que tu en as à revendre.

— Tu m'aideras ? demanda Arnau à Guillem, sans écouter Sebastià.

— J'obéirai à tous tes désirs.

— Ce n'est pas de l'obéissance que je veux, mais... de l'aide.

— Tes paroles m'honorent. Je t'aiderai, de tout cœur, promit Guillem. Tout ce que tu voudras.

La fillette, âgée de six ans, s'appelait Mar, comme la Vierge. En un peu plus de trois mois, elle surmonta le traumatisme causé par la peste et par la

mort de ses parents. Ses rires et ses cavalcades enva-
hirent la maison, supplantant le tintement des pièces
ou le crissement de la plume sur les livres du bureau
de change. Quand elle parvenait à échapper à
l'esclave que Guillem avait achetée pour s'occuper
d'elle et déboulait dans la pièce, les deux hommes,
assis derrière le bureau, ne manquaient pas de la
gronder, mais ensuite, invariablement, ils échangeaient un sourire.

Arnau avait mal accueilli Donaha, l'esclave.

— Je ne veux plus d'esclaves ! avait-il tonné pour
couper court aux arguments de Guillem.

Maigre, sale, les habits déchirés, la jeune fille
s'était mise à pleurer.

— Où sera-t-elle mieux qu'ici ? demanda Guillem
à Arnau. Si cela te répugne tant, affranchis-la, mais
sache qu'elle se vendra à quelqu'un d'autre. Elle a
besoin de manger... et il nous faut une femme pour
s'occuper de la petite.

La jeune fille s'était mise à genoux devant Arnau,
qui avait voulu la repousser.

— Imagines-tu tout ce qu'elle a dû souffrir ? avait
ajouté Guillem en plissant les yeux. Si tu la renvoies...

À contrecœur, Arnau avait fini par céder.

Guillem avait également trouvé la solution au problème de l'argent de la vente des esclaves : après
avoir payé Hasdai, agent des vendeurs à Barcelone,
il remit les bénéfices considérables qu'il avait
obtenus à un juif de passage en ville, en qui Hasdai
avait toute confiance.

Abraham Leví se présenta un matin au bureau de
change. C'était un homme grand et sec, avec une
barbe blanche clairsemée, vêtu d'une veste noire sur
laquelle se détachait le cercle jaune. Abraham Leví

salua Guillem, qui le présenta à Arnau. Le juif s'assit en face d'eux.

— Je veux déposer cette somme dans votre établissement, maître Arnau, dit-il.

Quand il découvrit le montant, Arnau ouvrit démesurément les yeux.

Puis il passa le document à Guillem en le priant nerveusement de le lire.

— Mais..., commença-t-il à dire tandis que Guillem feignait d'être étonné, c'est beaucoup d'argent. Pourquoi le déposez-vous chez moi et non chez un de vos... ?

— Frères de foi ? l'aida le juif. J'ai toujours fait confiance à Sahat. Je ne crois pas que son nouveau nom, dit-il en regardant le Maure, ait modifié ses compétences. Je pars en voyage, un très long voyage, et je veux que ce soit vous et Sahat qui gériez mon argent.

— Nous rémunérons ces sommes d'un quart, par le simple fait de les déposer au bureau, n'est-ce pas, Guillem ?

Le Maure acquiesça.

— Comment vous paierons-nous vos bénéfices si vous partez pour un si long voyage ? Comment pourrons-nous entrer en contact avec... ?

« Pourquoi toutes ces questions ? » songea Guillem. Il n'avait pas communiqué autant d'informations à Abraham, mais le juif se défendit aisément.

— Réinvestissez-les, répondit-il. Ne vous inquiétez pas pour moi. Je n'ai ni enfants ni famille et, là où je vais, je n'ai nul besoin d'argent. Un jour, peut-être lointain, j'en disposerai ou bien j'enverrai quelqu'un pour en disposer en mon nom. Jusque-là, vous ne devez pas vous en faire. C'est moi qui prendrai contact avec vous. Cela vous gêne ?

— Bien sûr que non, lança Arnau.

Guillem respira.

— Si tel est votre désir, qu'il en soit ainsi.

Ils conclurent la transaction, et Abraham Leví se leva.

— Je dois prendre congé de quelques amis dans le *barrio* juif, ajouta-t-il après les avoir salués.

— Je vous accompagne, dit Guillem en quêtant l'approbation d'Arnau, qui consentit d'un geste.

Les deux hommes se rendirent chez un greffier. Là, Abraham Leví octroya à Guillem le reçu du dépôt qu'il venait d'effectuer au bureau de change d'Arnau Estanyol, et renonça en faveur de ce dernier à tous les bénéfices, sous quelque forme que ce fût, qu'il aurait pu en tirer. Guillem revint au bureau, le document caché sous ses vêtements. « Ce n'est plus qu'une question de temps », pensa-t-il tout en marchant dans Barcelone. Formellement, toute cette fortune était propriété du juif, comme il était établi dans les livres d'Arnau, mais jamais personne ne pourrait la réclamer, puisque Leví lui avait cédé le reçu. Pendant ce temps, les trois quarts des bénéfices que produirait ce capital appartiendraient à Arnau et seraient plus que suffisants pour accroître sa fortune.

Cette nuit-là, pendant qu'Arnau dormait, Guillem descendit au bureau. Il avait repéré dans le mur une pierre descellée. Il enveloppa le document dans un tissu résistant et le cacha derrière la pierre, qu'il fixa du mieux possible. Plus tard, songea-t-il, il faudrait qu'il demande à un maçon de Santa Maria de finir le travail. La fortune d'Arnau reposerait là jusqu'au moment où il pourrait lui avouer son origine. Ce n'était qu'une question de temps.

« Un temps certain », rectifia Guillem un jour où ils se promenaient sur la plage après être passés par le consulat de la Mer pour résoudre quelques affaires. Barcelone continuait de recevoir des esclaves, marchandise humaine que les bateliers transportaient jusqu'à la plage, entassés dans leurs esquifs. Des hommes et de jeunes garçons aptes au travail, mais également des femmes et des enfants dont les pleurs obligèrent les deux hommes à détourner le regard.

— Écoute-moi bien, Guillem. Jamais, même si ça tournait mal pour nous, même en toute dernière extrémité, nous ne financerons une commande d'esclaves, tu m'entends ? Je préférerais que les magistrats municipaux me coupent la tête.

Bientôt la galère abandonna, à coups de rames, le port de Barcelone.

— Pourquoi part-elle déjà ? questionna naïvement Arnau. Elle ne transporte pas de marchandises au retour ?

Guillem se tourna vers lui et hocha imperceptiblement la tête.

— Elle reviendra, affirma-t-il. Elle va juste en haute mer... pour continuer à décharger..., ajouta-t-il d'une voix tremblante.

Arnau garda le silence pendant quelques instants. Il regardait la galère s'éloigner.

— Sont-ils nombreux à mourir ? demanda-t-il au bout d'un temps.

— Trop nombreux, répondit le Maure, hanté par le souvenir d'un bateau semblable.

— Jamais, Guillem ! Rappelle-toi, jamais.

36.

Ça ne pouvait se passer qu'à Santa Maria, songea Arnau en observant depuis une fenêtre de sa maison la ville entière rassemblée et massée sur la place, dans les rues adjacentes, sur les échafaudages et à l'intérieur de l'église, les yeux rivés sur l'estrade qu'avait fait dresser le roi. Pierre IV n'avait pas choisi la plaza del Blat, ni celle de la cathédrale, la Bourse ou les magnifiques arsenaux qu'il faisait construire. Il avait choisi Santa Maria, l'église du peuple, bâtie peu à peu grâce à l'union et au sacrifice des petites gens.

— Il n'y a pas un endroit, dans toute la Catalogne, qui représente mieux que celui-ci l'esprit des habitants de Barcelone, confia Arnau à Guillem ce matin-là, tandis qu'ils regardaient les ouvriers dresser l'estrade. Et le roi le sait. C'est pour cela qu'il l'a choisi.

Un frisson parcourut Arnau. Toute sa vie avait tourné autour de cette église !

— Ça va nous coûter cher, se contenta de grogner le Maure.

Arnau voulut protester mais Guillem détourna le regard et il préféra ne rien ajouter.

Cinq ans avaient passé depuis qu'ils avaient ouvert le bureau de change. Arnau avait trente-trois ans, il était heureux... Et riche, très riche. En dépit de la fortune considérable dont le créditaient ses livres, il menait une vie austère.

— Allons déjeuner, proposa-t-il à Guillem en lui posant la main sur l'épaule.

En bas, dans la cuisine, ils retrouvèrent Donaha et la fillette, qui l'aidait à dresser la table.

L'esclave préparait le déjeuner. Dès qu'elle les aperçut, Mar courut à leur rencontre.

— Tout le monde parle de la visite du roi ! s'écria-t-elle. On pourra s'approcher de lui ? Il y aura ses chevaliers ?

Guillem s'assit à table en soupirant.

— Il vient nous demander encore plus d'argent, expliqua-t-il à l'enfant.

— Guillem ! s'exclama Arnau devant l'expression perplexe de Mar.

— C'est vrai, se défendit le Maure.

— Non, ce n'est pas vrai, Mar, déclara Arnau qui reçut un sourire en récompense. Le souverain vient nous demander de l'aide pour conquérir la Sardaigne.

— En argent ? demanda la fillette en adressant un clin d'œil à Guillem.

Arnau observa la petite, puis Guillem ; tous deux lui sourirent avec ironie. Comme elle avait grandi ! C'était déjà quasiment une jeune fille, belle, intelligente, d'un charme éblouissant.

— En argent ? répéta-t-elle, coupant court à ses pensées.

— Toutes les guerres coûtent cher ! se vit obligé d'admettre Arnau.

— Ah ! s'exclama Guillem en ouvrant les bras.

Donaha remplit leurs écuelles.

— Pourquoi ne lui racontes-tu pas, reprit Arnau une fois que l'esclave eut fini de servir, qu'en réalité, cela nous rapporte plus que ça ne nous coûte ?

Mar fixa Guillem, qui hésita.

— Depuis trois ans, nous payons des impôts spéciaux, argumenta-t-il, refusant de donner raison à Arnau, trois années de guerre que nous avons payées, nous, les Barcelonais.

Les lèvres de Mar esquissèrent une moue pincée. Elle se tourna vers Arnau.

— C'est vrai, reconnut Arnau. Il y a exactement trois ans, les Catalans ont signé un traité avec Venise et Byzance pour faire la guerre contre Gênes. Notre objectif était de conquérir la Corse et la Sardaigne qui, par le traité d'Agnani, auraient dû être des fiefs catalans. Pourtant, elles se trouvaient toutes deux au pouvoir des Génois. Soixante-huit galères armées !

Arnau éleva la voix.

— Soixante-huit galères armées, dont vingt-trois catalanes et les autres vénitiennes et grecques, ont affronté dans le Bosphore soixante-cinq galères génoises.

— Et que s'est-il passé ? interrogea Mar devant le silence soudain d'Arnau.

— Il n'y eut ni vainqueurs ni vaincus. Notre amiral, Ponç de Santa Pau, est mort au combat et seules dix des vingt-trois galères catalanes sont revenues. Qu'est-il alors arrivé, Guillem ?

L'esclave fit mine de refuser de répondre.

— Raconte-lui, Guillem, insista Arnau.

Guillem soupira.

— Les Byzantins nous ont trahis, récita-t-il. En échange de la paix, ils ont pactisé avec Gênes et lui ont accordé le monopole exclusif de leur commerce.

— Et ensuite ? insista Arnau.

— Nous avons perdu une des routes les plus importantes de la Méditerranée.

— Nous avons perdu de l'argent ?

— Oui.

Mar suivait la conversation en les regardant à tour de rôle. Donaha, près du feu, faisait de même.

— Beaucoup d'argent ?

— Oui.

— Plus que ce que nous avons donné, par la suite, au monarque ?

— Oui.

— Nous pourrons faire du commerce en paix seulement le jour où la Méditerranée sera à nous, conclut Arnau.

— Et les Byzantins ? demanda Mar.

— L'année suivante, le roi a armé une flotte de cinquante galères, commandée par Bernat de Cabrera, qui a vaincu les Génois en Sardaigne. Notre amiral a arraisonné trente-trois galères et en a coulé cinq autres. Huit mille Génois sont morts et trois mille deux cents autres ont été capturés. Alors que quarante Catalans seulement ont perdu la vie ! Les Byzantins, poursuivit-il, le regard fixé dans celui, brillant de curiosité, de Mar, ont changé de position et rouvert leurs ports à notre commerce.

— Trois années d'impôts spéciaux que nous payons toujours, fit remarquer Guillem.

— Mais si le roi possède déjà la Sardaigne, et nous le commerce avec Byzance, que vient-il alors chercher aujourd'hui ? questionna Mar.

— Les nobles de l'île, entraînés par un certain juge d'Arborea, ont pris les armes contre Pierre, qui doit aller étouffer la révolte.

— Le roi, intervint Guillem, devrait se contenter de ses routes commerciales ouvertes et des impôts qu'il perçoit. La Sardaigne est une terre hostile et dure. Nous n'arriverons jamais à la soumettre.

Pour se présenter devant son peuple, le roi n'hésita pas à recourir à un certain faste. Sur l'estrade, sa petite taille passait inaperçue de la foule. Il avait choisi de porter ses plus beaux atours, d'un rouge carmin, qui brillait au soleil d'hiver autant que les pierres qu'il arborait. Pour l'occasion, il portait également sa couronne d'or et, bien entendu, le petit poignard qui ne quittait jamais sa ceinture. L'aréopage de nobles et de courtisans qui l'accompagnait n'était pas en reste et, de même que leur seigneur, était fastueusement vêtu.

Le roi harangua la multitude. Quand donc un souverain s'était-il adressé pour la dernière fois à de simples citoyens pour leur expliquer ce qu'il comptait réaliser ? Il parla de la Catalogne, de ses terres et de ses intérêts. Il évoqua la trahison d'Arborea en Sardaigne. Les gens levèrent les bras et crièrent vengeance. Le monarque continua de s'adresser à eux, face à Santa Maria, et finit par solliciter l'aide dont il avait besoin. Surexcitée, la foule lui aurait donné ses enfants.

Tous les Barcelonais apportèrent une contribution ; Arnau paya la somme qui lui incombait en tant que cambiste de la ville, et Pierre IV embarqua pour la Sardaigne à la tête d'une flotte de cent navires.

Une fois l'armée partie, Barcelone retrouva son calme et Arnau se consacra de nouveau à son bureau de change, à Mar, à Santa Maria et à tous ceux qui venaient lui demander un prêt.

Guillem dut s'habituer à une façon d'agir très différente de celle des cambistes et des marchands qu'il avait connus jusque-là, y compris Hasdai Crescas. Au début, il s'y opposa et exprima sa désapprobation à

Arnau chaque fois que celui-ci ouvrait sa bourse pour prêter de l'argent à l'un des nombreux travailleurs qui lui en faisaient la demande.

— Pourquoi ? Ils ne le remboursent pas peut-être ?

— Ce sont des prêts sans intérêt, allégua Guillem. Cet argent devrait nous rapporter des bénéfices.

— Combien de fois m'as-tu dit que nous devrions acheter un palais, que nous devrions vivre plus richement qu'ici ? Et ça nous coûterait combien, Guillem ? Beaucoup plus, tu le sais très bien, que tous les prêts que nous avons accordés à ces gens-là.

Guillem fut obligé de l'admettre. C'était exact. Arnau vivait modestement dans sa maison, au coin de Canvis Nous et de Canvis Vells. Le seul domaine où il ne regardait pas à la dépense, c'était l'éducation de Mar. La fillette recevait son instruction chez un ami marchand qui accueillait des précepteurs et, bien entendu, à Santa Maria. Bientôt, le comité des travaux de la paroisse se présenta devant Arnau pour lui demander une aide économique.

— J'ai déjà une chapelle, répondit Arnau quand on lui proposa de bénéficier d'une des chapelles latérales de Santa Maria. Oui, ajouta-t-il à la surprise du petit groupe, celle du Santísimo, celle des *bastaixos*, pour toujours. Peu importe..., continua-t-il en ouvrant son coffre, combien vous faut-il ?

« Combien vous faut-il ? », « Combien veux-tu ? », « Avec combien t'en sortirais-tu ? », « As-tu assez avec ceci ? » Guillem dut s'accoutumer à ces questions et finit par s'avouer vaincu à force de voir les gens le saluer, lui sourire et le remercier chaque fois qu'il sortait sur la plage ou dans le barrio de la Ribera. « Arnau a peut-être raison », songea-t-il. Il se donnait sans compter aux autres. N'était-ce pas ce qu'il avait fait avec lui et les trois enfants juifs quand ils étaient sur le point d'être lapidés ? N'était-ce pas ce qu'il faisait avec tous ceux qu'il ne connaissait pas ? Sans ce trait de caractère, Raquel, Jucef et lui auraient probablement été tués. Pourquoi aurait-il changé maintenant qu'il était riche ? Et Guillem, comme Arnau, se mit à sourire aux gens qu'il croisait et à saluer les inconnus qui lui cédaient le passage.

Pourtant, certaines décisions qu'Arnau avait prises au fil des ans tranchaient nettement avec cette façon de faire. Qu'il refusât de participer à des commandes ou à des frets liés au commerce d'esclaves, c'était logique, mais pourquoi aussi, s'interrogeait Guillem, s'était-il opposé parfois à des affaires qui n'avaient rien à voir avec cela ?

Les premières fois, Arnau avait justifié ses décisions sèchement : « Je ne suis pas convaincu », « Ça ne me plaît pas », « Ça ne me paraît pas sûr ».

Un jour, le Maure s'impatienta.

— C'est une bonne opération, Arnau, lui dit-il quand les commerçants quittèrent le bureau de change. Que se passe-t-il ? Parfois, tu refuses des affaires qui nous rapporteraient beaucoup. Je ne comprends pas. Tu sais bien que je ne suis pas...

— Si, tu l'es, coupa Arnau sans le regarder.

Tous deux étaient assis derrière le bureau.

— Je suis désolé. En réalité...

Guillem attendit qu'il se décide.

— Je ne participerai jamais à une affaire dans laquelle se trouve Grau Puig. Mon nom ne sera jamais associé au sien.

Arnau regarda devant lui, bien au-delà des murs de sa maison.

— Tu me raconteras un jour ?

— Pourquoi pas maintenant ? murmura l'ancien *bastaix* en se tournant vers lui.

Guillem connaissait Grau Puig, car celui-ci avait travaillé avec Hasdai Crescas. Le Maure se demandait pourquoi, alors qu'Arnau ne voulait pas traiter avec lui, le baron, au contraire, se serait volontiers associé à lui. En dépit de tout ce que lui avait raconté Arnau, était-il possible que son ressentiment ne fût pas réciproque ?

— Pourquoi ? demanda-t-il un jour à Hasdai Crescas, à qui il venait de résumer l'histoire d'Arnau sous le sceau du secret.

— Parce que beaucoup de gens ne veulent plus travailler avec Grau Puig. Cela fait longtemps, pour ma part, que je ne le fais plus, et je ne suis pas le seul. C'est un homme obsédé par son statut de parvenu. Tant qu'il était un simple artisan, il était fiable, maintenant... ses objectifs sont différents, et il ne savait pas où il mettait les pieds quand il s'est marié. (Hasdai hocha la tête.) Pour être noble, il faut être né noble, il faut avoir tété de la noblesse. Je ne dis pas que c'est bien. Mais seuls les nobles qui en ont tété peuvent en être et contrôler en même temps les risques qu'ils prennent. Même quand il se ruine, qui ose contrarier un baron catalan ? Ils sont orgueilleux, hautains, nés pour commander et être au-dessus des autres. Seul l'argent a permis à Grau Puig d'être noble. Il a dépensé une fortune dans la dot de sa fille Margarida, qui l'a pratiquement ruiné. Tout Barcelone le sait ! Dans son dos, on se moque de lui, et son épouse ne l'ignore pas. Que fait un simple artisan dans un palais de la calle Montcada ? Plus on le montre du doigt, plus il doit prouver sa puissance en dilapidant son argent. Et que ferait Grau Puig sans argent ?

— Que veux-tu dire ?

— Rien. Mais moi, je ne traite plus avec lui. Pour

cette raison, même si c'est pour d'autres motifs, Arnau a raison.

Depuis ce jour, Guillem tendait l'oreille dès qu'il était fait allusion à Grau Puig au cours d'une conversation. Et, à la Bourse, au consulat de la Mer, dans les transactions, les achats et les ventes de marchandises, dans les discussions sur l'état du commerce, on parlait beaucoup du baron, beaucoup trop.

— Le fils de Grau, Genís Puig..., commença-t-il un jour qu'Arnau et lui sortaient tous deux de la Bourse et contemplaient la mer, une mer calme, plate, bonace comme jamais.

À l'évocation du nom de Puig, Arnau se tourna brusquement vers lui.

— Genís Puig a été contraint de demander un prêt à taux réduit pour suivre le roi à Majorque.

Il sembla à Guillem que les yeux d'Arnau s'étaient mis à briller.

— Je continue ?

Arnau resta silencieux un moment puis finit par acquiescer. Ses yeux étaient entrouverts et ses lèvres légèrement pincées. Il hocha longuement la tête.

— M'autorises-tu à prendre les décisions que je pourrais considérer comme opportunes ? interrogea finalement Guillem.

— Je ne t'autorise pas. Je te le demande, Guillem, je te le demande.

Discrètement, Guillem fit jouer ses connaissances et les nombreux contacts qu'il avait noués au cours d'années de négociations. Que le fils de Grau, le chevalier don Genís, ait dû recourir à un prêt spécialement destiné aux nobles signifiait que le père ne pouvait plus supporter les frais de guerre. Les prêts à taux réduit, pensait Guillem, impliquaient un intérêt considérable ; il s'agissait des seuls qui puissent autoriser le recouvrement d'intérêts entre chrétiens.

Pourquoi un père, sauf si lui-même ne jouissait plus de ce capital, aurait-il laissé son fils payer des intérêts ? Et la fameuse Isabel ? Cette harpie qui avait détruit Arnau et son père, qui avait obligé Arnau à se traîner à genoux, comment vivait-elle cette situation ?

Pendant plusieurs mois, Guillem tissa sa toile ; il parla à ses amis, ceux qui lui devaient une faveur, et envoya des messages à tous ses agents : quelle était la situation de Grau Puig, baron catalan, commerçant ? Que savaient-ils de lui, de ses affaires, de ses finances... de sa solvabilité ?

Alors que la saison de navigation arrivait à son terme et que les navires rentraient au port de Barcelone, Guillem reçut des réponses à ses lettres. Précieuses informations ! Un soir, une fois le bureau fermé, Guillem resta à son poste de travail.

— J'ai des choses à faire, prétexta-t-il.

— Quoi ? demanda Arnau.

— Je t'en parlerai demain.

Le jour suivant, avant le petit déjeuner, Guillem lui raconta tout.

— La situation de Grau Puig est critique.

Les yeux d'Arnau, il en était certain, brillèrent de nouveau.

— Tous les cambistes ou les marchands avec qui j'ai parlé sont d'accord sur ce point : il a dilapidé sa fortune...

— Rumeurs malveillantes peut-être, objecta Arnau.

— Tiens.

Guillem lui remit les réponses de ses agents.

— En voici la preuve. Grau Puig est entre les mains des Lombards.

Les Lombards : des cambistes et des marchands, agents de grandes maisons de Florence ou de Pise, un groupe fermé qui veillait à ses propres intérêts, et dont les membres négociaient entre eux ou avec leurs maisons mères. Ils avaient le monopole du commerce des tissus de luxe : flocons de laine, soies et brocarts, taffetas de Florence, voiles de Pise et beaucoup d'autres produits. Les Lombards n'aidaient personne et, quand ils cédaient une partie de leur marché ou de leurs affaires, c'était uniquement et exclusivement pour qu'on ne les chasse pas de Catalogne. Il n'était pas bon de dépendre d'eux. Arnau feuilleta les lettres avant de les poser sur la table.

— Que proposes-tu ?

— Que désires-tu, toi ?

— Tu le sais déjà : sa ruine !

— D'après ce qu'on dit, Grau n'est plus qu'un vieillard grabataire. Ce sont ses fils et son épouse qui gèrent ses affaires. Tu imagines ! Leurs finances sont en équilibre très précaire. Une erreur, et tout s'écroule : ils ne pourront pas tenir leurs engagements. Ils perdront tout.

— Achète leurs dettes, finit par décider froidement Arnau, sans ciller. Discrètement. Je veux être leur créditeur sans qu'ils le sachent. Fais en sorte qu'une de leurs opérations échoue... Non, pas une, rectifia-t-il, toutes ! cria-t-il, en tapant si fort sur la table que les livres tremblèrent. Toutes celles que tu peux, ajouta-t-il à voix basse. Je ne veux pas qu'ils m'échappent.

20 septembre 1355, port de Barcelone

À la tête de sa flotte, le roi Pierre IV venait d'accoster victorieusement à Barcelone après avoir conquis la Sardaigne. La ville tout entière était sortie pour l'accueillir. Dans la ferveur populaire, le souverain débarqua sur un pont en bois installé devant le couvent de Framenors. À sa suite, nobles et soldats posèrent pied à terre dans une Barcelone en liesse, désireuse de célébrer la victoire sur les Sardes.

Arnau et Guillem fermèrent le bureau pour aller voir l'armée en compagnie de Mar. Ils se joignirent ensuite aux réjouissances que la ville avait préparées en l'honneur du roi ; ils s'amusèrent, chantèrent, dansèrent, écoutèrent des histoires, mangèrent des pâtisseries et ne rentrèrent chez eux qu'à la nuit tombée.

— Donaha ! cria Mar dès qu'Arnau ouvrit la porte.

Échauffée par la fête, la jeune fille entra dans la maison en appelant Donaha à grands cris. Mais arrivée sur le seuil de la cuisine, elle s'arrêta d'un coup. Arnau et Guillem se regardèrent. Que se passait-il ? Était-il arrivé quelque chose à l'esclave ?

Ils se mirent à courir à leur tour.

— Que... ? commença à demander Arnau par-dessus l'épaule de Mar.

— Est-ce ainsi qu'on accueille un parent parti depuis longtemps ? lança une voix familière.

Arnau écarta doucement Mar tout en gardant une main sur son épaule.

— Joan ! parvint-il à articuler au bout de quelques secondes.

Mar vit Arnau s'avancer, les bras ouverts et hésitant, vers la silhouette sombre qui l'avait effrayée. Près de la porte, Guillem prit la jeune fille dans ses bras.

— C'est son frère, murmura-t-il.

Donaha se cachait dans un coin de la cuisine.

— Dieu ! s'exclama Arnau en étreignant Joan.

Dieu ! Dieu ! Dieu ! répéta-t-il en le soulevant du sol sans parvenir à s'arrêter.

Joan réussit à se dégager avec un sourire.

— Tu vas me casser en deux...

Mais Arnau fit la sourde oreille.

— Pourquoi ne pas m'avoir prévenu ? demanda-t-il en le saisissant, cette fois, par les épaules. Laisse-moi te regarder. Comme tu as changé !

« Treize ans », tenta de dire Joan, en vain. Arnau ne le laissait pas parler.

— Quand es-tu arrivé à Barcelone ?

— Je suis...

— Pourquoi ne m'as-tu pas prévenu ?

À chacune de ses questions, Arnau secouait son frère.

— Tu es revenu définitivement ? Dis-moi oui. S'il te plaît !

Guillem et Mar ne purent s'empêcher de sourire, ce qui n'échappa pas à Joan.

— Assez ! s'exclama-t-il en repoussant Arnau. Assez. Tu vas me tuer.

Arnau en profita pour l'examiner. Du Joan qui avait quitté Barcelone, il ne restait que les yeux : vifs, brillants ; pour le reste, il était devenu presque chauve, maigre et émacié... Quant à l'habit noir accroché à ses épaules, il le rendait encore plus lugubre. Il avait trois ans de moins que lui, mais il paraissait beaucoup plus âgé.

— Tu ne mangeais pas à ta faim ? Si l'argent que je t'envoyais ne suffisait pas...

— Si, l'arrêta Joan, il suffisait largement. Ton argent a servi à nourrir... mon esprit. Les livres coûtent très cher, Arnau.

— Il fallait me demander plus.

Joan fit un geste de la main et s'assit à la table, en face de Guillem et de Mar.

— Présente-moi à ta filleule. Je constate qu'elle a grandi depuis ta dernière lettre.

Arnau fit un signe à Mar, qui s'avança vers Joan. Impressionnée par la sévérité qu'elle lisait dans les yeux du prêtre, la jeune fille baissa le regard. Une fois que Joan l'eut observée, Arnau lui présenta Guillem.

— Je t'ai beaucoup parlé de lui dans mes lettres, dit Arnau.

— Oui.

Joan ne tendit pas la main à Guillem, qui retira celle qu'il avait avancée vers lui.

— Remplis-tu tes obligations chrétiennes ? lui demanda-t-il.

— Oui...

— Frère Joan.

— Frère Joan, répéta Guillem.

— Et voici Donaha, intervint rapidement Arnau.

Joan hocha la tête sans même la regarder.

— Bien, dit-il en s'adressant à Mar.

Du regard, il lui fit signe de s'asseoir.

— Tu es la fille de Ramon, n'est-ce pas ? Ton père était un grand homme, travailleur et chrétien. Il craignait Dieu, comme tous les *bastaixos*.

Joan regarda Arnau.

— J'ai beaucoup prié pour lui depuis qu'Arnau m'a dit qu'il était mort. Quel âge as-tu, jeune fille ?

Arnau ordonna à Donaha de servir le souper et il s'assit à table. Il se rendit compte alors que Guillem était resté debout, à l'écart, comme s'il n'osait pas s'asseoir devant l'invité.

— Assieds-toi, Guillem, ordonna-t-il. Ma table est la tienne.

Joan ne broncha pas.

Le dîner eut lieu en silence. Mar se taisait, de façon inhabituelle, comme si la présence du nouveau

493

venu l'avait privée de toute sa spontanéité. De son côté, Joan mangea frugalement.

— Raconte-moi tout, Joan, dit Arnau quand ils eurent terminé. Comment as-tu passé ces treize années ? Quand es-tu revenu ?

— J'ai profité du retour du roi. Quand j'ai appris la victoire, j'ai pris un bateau jusqu'en Sardaigne et, de là, direction Barcelone.

— As-tu vu le roi ?

— Il ne m'a pas reçu.

Mar demanda la permission de se retirer. Guillem fit de même. Tous deux prirent congé de frère Joan. La conversation se prolongea jusqu'à l'aube ; autour d'une bouteille de vin doux, les deux frères tentèrent de combler leurs treize années de séparation.

37.

Pour ne pas déranger Arnau et les siens, Joan décida de s'installer dans le couvent de Santa Caterina.

— Là-bas, c'est chez moi, déclara-t-il à son frère, mais je vous rendrai visite tous les jours.

Arnau, qui avait remarqué combien sa filleule et Guillem s'étaient sentis mal à l'aise pendant le souper de la veille, n'insista pas davantage.

— Tu sais ce qu'il m'a demandé ? chuchota-t-il à Guillem alors qu'ils sortaient de table après le déjeuner.

Guillem tendit l'oreille.

— Ce que nous avions fait pour marier Mar.

Immobile, Guillem considéra la jeune fille. Elle aidait Donaha à débarrasser le couvert. La marier. Mais il aurait fallu que ce fût... Une femme ! Guillem se tourna vers Arnau. Aucun d'eux ne l'avait jamais regardée comme ils le faisaient à présent.

— Où est passée notre petite fille ? murmura Arnau à son ami.

Tous deux l'observèrent : Mar était vive, belle, sereine et sûre d'elle.

Entre deux écuelles, elle leur jeta un coup d'œil à son tour, l'espace d'un instant.

Son corps exhalait déjà la sensualité d'une femme ; ses formes apparaissaient nettement et ses seins pointaient sous sa chemise. Elle avait douze ans.

Mar remarqua leur hébétude. Elle cessa de sourire et parut effrayée une seconde.

— Que regardez-vous, tous les deux ? leur lança-t-elle. Vous n'avez rien à faire peut-être ? ajouta-t-elle, debout devant eux, sérieuse.

Ils acquiescèrent en cœur. Aucun doute : elle était devenue une femme.

— Elle aura une dot de princesse, confia Arnau à Guillem, une fois qu'ils furent de retour à leur bureau. De l'argent, des vêtements et une maison... non, un palais !

Brusquement, il se tourna vers son ami.

— Au fait, et les Puig ?

— Elle va nous quitter, murmura Guillem, sans prêter attention à la question d'Arnau.

Il y eut un silence entre eux. Puis Arnau reprit la parole.

— Elle nous donnera des petits-enfants.

— Ne t'y trompe pas. Elle donnera des enfants à son époux. De toute façon, les esclaves n'ont pas d'enfants, alors des petits-enfants...

— Combien de fois t'ai-je offert la liberté ?

— Que ferais-je de la liberté ? Je suis bien comme je suis. Mais Mar... mariée ! Je ne sais pas pourquoi, mais je t'assure que je le déteste déjà, qui que ce soit !

— Moi aussi, murmura Arnau.

Ils se tournèrent l'un vers l'autre et éclatèrent de rire.

— Tu ne m'as pas répondu, dit Arnau quand ils eurent repris contenance. Où en est-on avec les Puig ? Je veux leur palais pour Mar.

— J'ai envoyé des instructions à Pise, à Filippo

Tescio. S'il existe quelqu'un au monde qui peut réaliser nos désirs, c'est Filippo.

— Que lui as-tu dit ?

— Qu'il engage des corsaires s'il le fallait, mais que les commandes des Puig ne devaient pas arriver à Barcelone, ni ses exportations parvenir à destination. Qu'au besoin, il vole les marchandises, les brûle, tout ce qu'il voulait !

— Il t'a répondu ?

— Filippo ? Jamais. Il ne le ferait pas par écrit, et ne confierait ce genre de message à personne. Si ça se savait... Il faut attendre la fin de la saison de navigation. Il reste un peu moins d'un mois. Si les commandes des Puig, alors, ne sont pas arrivées, ils ne pourront tenir leurs engagements. Ils seront ruinés.

— Avons-nous acheté leurs crédits ?

— Tu es le plus gros créditeur de Grau Puig.

— Comme ils doivent souffrir..., murmura Arnau pour lui-même.

— Tu ne les as pas vus ?

Arnau se tourna vivement vers Guillem.

— Depuis quelque temps, ils viennent sur la plage. Avant, il y avait seulement la baronne et un des fils. À présent, Genís, qui est revenu de Sardaigne, les accompagne. Ils passent des heures à scruter l'horizon dans l'attente d'un mât... et, quand il en apparaît un, qui n'est pas celui qu'ils attendent, la baronne maudit les vagues. Je croyais que tu le savais...

— Non. Je ne le savais pas.

Arnau demeura silencieux quelques instants.

— Préviens-moi dès qu'arrivera au port un de nos bateaux.

— Les voilà, annonça Guillem à Arnau un matin, de retour du consulat.

— Ils sont là ?

— Bien sûr. La baronne est si près de l'eau qu'elle en mouille presque ses chaussures...

Guillem se tut soudain.

— Pardon... je ne voulais pas...

Arnau sourit.

— Ne t'inquiète pas, le tranquillisa-t-il.

Arnau monta dans sa chambre et revêtit lentement ses plus beaux habits que Guillem avait fini par le convaincre d'acheter.

— Une personne de prestige, comme toi, lui avait-il dit, ne peut pas se présenter à la Bourse ou au consulat mal habillé. Ainsi l'ordonne le roi, et même saint Vincent, par exemple...

Arnau l'avait fait taire, puis avait cédé.

Il revêtit une chemise blanche, sans manches, de Malines, doublée en peau, une cotte jusqu'aux genoux, en soie rouge damassée, des bas noirs et des chaussures en soie noires. Il ajusta la cotte à sa taille avec un large ceinturon brodé de fil d'or et de perles. Et il compléta sa tenue par une splendide cape noire qui provenait d'une expédition bien au-delà de Dacie, fourrée d'hermine et brodée d'or et de pierres précieuses.

Quand il vit Arnau traverser le bureau ainsi paré, Guillem hocha la tête en signe d'approbation. Mar voulut dire quelque chose, mais resta finalement coite. Une fois Arnau sorti, elle courut à la porte et le regarda marcher dans la rue en direction de la plage. Sa cape ondoyait sous l'effet de la brise marine en provenance de Santa Maria, et les pierres précieuses l'auréolaient de lumière.

— Où va-t-il ? demanda-t-elle à Guillem en rentrant dans le bureau.

Elle s'assit dans un des fauteuils réservés aux clients, face à lui.

— Percevoir une dette.

— Elle doit être importante.

— Très importante, Mar, répondit Guillem en fronçant les sourcils. Et ce n'est que le premier remboursement.

Mar se mit à jouer avec le boulier en marbre. Combien de fois, cachée dans la cuisine, passant juste la tête, avait-elle observé Arnau ? Sérieux, concentré, il faisait rouler les boules et notait ensuite quelque chose dans les livres. Un frisson remonta le long du dos de Mar.

— Ça va ? lui demanda Guillem.

— Oui... oui.

Pourquoi ne pas tout lui avouer ? Guillem pourrait la comprendre, se dit la jeune fille. À l'exception de Donaha, qui réprimait un sourire chaque fois qu'elle espionnait Arnau, personne ne savait. Toutes les filles qui se réunissaient dans la maison du marchand Escales parlaient de la même chose. Certaines étaient déjà fiancées et ne cessaient de faire l'éloge de leurs futurs époux. Mar les écoutait et éludait les questions qu'on lui posait. Comment parler d'Arnau ? Et s'il l'apprenait ? Arnau avait trente-cinq ans et elle seulement douze. Et alors ? Il y avait bien une fille fiancée à un homme plus âgé qu'Arnau ! Elle aurait aimé pouvoir en discuter avec quelqu'un. Ses amies avaient beau parler d'argent, d'allure, de charme, d'honnêteté ou de générosité, Arnau les surpassait tous ! Les *bastaixos*, que Mar voyait sur la plage, ne racontaient-ils pas qu'Arnau avait été un des soldats les plus courageux de l'armée du roi Pierre ? Mar avait trouvé les vieilles armes d'Arnau, son arbalète et son poignard, au fond d'un coffre, et quand elle était seule, elle les prenait et les caressait en l'imaginant entouré d'ennemis et bataillant comme le lui avaient relaté les *bastaixos*.

Guillem fixa la jeune fille. Mar avait posé un doigt sur une des boules en marbre du boulier. Elle était calme, le regard perdu. L'argent ? Ils en avaient à profusion. Tout Barcelone le savait. Quant à la bonté...

— Tu es sûre que ça va ? lui demanda de nouveau Guillem, ce qui la fit sursauter.

Elle rougit. Donaha disait que n'importe qui pouvait lire ses pensées, qu'elle portait le nom d'Arnau sur les lèvres, dans les yeux, sur tout le visage. Et si Guillem l'avait lu ?

— Oui..., répéta-t-elle, je suis sûre.

Guillem déplaça les boules du boulier et Mar lui sourit... tristement ? Que lui passait-il par la tête ? Frère Joan avait peut-être raison ; elle était nubile. Elle était une femme enfermée avec deux hommes...

Mar retira sa main du boulier.

— Guillem.

— Oui ?

Elle se tut.

— Rien, rien, dit-elle en se levant.

Guillem la suivit du regard tandis qu'elle quittait le bureau ; cela l'ennuyait, mais frère Joan avait probablement raison.

Arnau s'avança vers eux jusqu'à la rive. Trois galères et un baleinier entraient dans le port. Le baleinier lui appartenait. Isabel, en noir, maintenait son chapeau d'une main. À ses côtés, Josep et Genís guettaient l'arrivée des navires. Ils tournaient tous le dos à Arnau. « Ce ne sont pas les bateaux que vous attendez », pensa-t-il.

En voyant Arnau vêtu de ses plus beaux atours, *bastaixos*, bateliers et marchands firent soudain silence.

« Regarde-moi, harpie ! » Arnau attendit, à

quelques pas de la berge. « Regarde-moi ! La dernière fois que tu l'as fait... » La baronne se retourna, lentement ; puis les fils de Grau firent de même. Arnau respira profondément. « La dernière fois que tu l'as fait, mon père pendait au-dessus de ma tête. » *Bastaixos* et bateliers murmurèrent entre eux.

— Tu veux quelque chose, Arnau ? demanda un des dirigeants.

Arnau fit non de la tête, en fixant la baronne. Les gens s'écartèrent et Arnau demeura face à l'épouse de Puig et à ses fils.

De nouveau, il respira profondément et son regard se cloua dans celui de la baronne, juste quelques instants, avant de passer au-dessus de ses enfants et de revenir se poser sur les bateaux en souriant.

Les lèvres de la baronne se contractèrent. Elle suivit la direction indiquée par Arnau et se tourna vers la mer. Quand elle voulut le regarder une nouvelle fois, elle le vit s'éloigner ; les pierres de sa cape étincelaient.

Joan avait décidé de marier la filleule d'Arnau et trouvé aisément plusieurs candidats. À la simple mention de la dot de Mar, nobles et marchands avaient répondu à son appel. Comment le dire à la jeune fille ? Joan se proposa, mais quand Arnau en fit part à Guillem, ce dernier s'y opposa catégoriquement.

— C'est à toi de le faire, décréta-t-il. Pas à un frère qu'elle connaît à peine.

Depuis, Arnau ne cessait d'observer Mar. La connaissait-il ? Cela faisait des années qu'ils vivaient ensemble mais, en réalité, c'était Guillem qui s'était occupé d'elle. Lui s'était simplement contenté de jouir de sa présence, de ses rires et de ses jeux. Jamais il n'avait parlé avec elle d'un sujet sérieux. Et à présent, chaque fois qu'il souhaitait lui demander de l'accompagner pour une promenade sur la plage ou encore à Santa Maria, chaque fois qu'il désirait lui dire qu'ils avaient à discuter sérieusement, il faisait face à une inconnue... et hésitait, jusqu'au moment où elle surprenait son regard et lui souriait. Où était passée la fillette qui se balançait sur ses épaules ?

— Je ne me marierai avec aucun d'eux, leur répondit-elle.

Arnau et Guillem se regardèrent. Il avait fini par faire appel à lui. « Il faut que tu m'aides », avait-il demandé au Maure.

Quand ils lui avaient parlé mariage, tous deux assis derrière le bureau, elle de l'autre côté, comme s'il s'agissait d'une opération marchande, les yeux de Mar s'étaient illuminés. Mais ensuite, elle avait rejeté d'un signe de tête chacun des cinq prétendants proposés par frère Joan.

— Mais, ma fille, intervint Guillem, tu dois bien en choisir un. N'importe quelle jeune fille serait fière des noms que nous venons de mentionner.

Mar fit non de nouveau.

— Ils ne me plaisent pas.

— Que faire ? demanda Guillem à Arnau.

Arnau regarda sa filleule. Elle était sur le point de pleurer. Elle avait beau cacher son visage, le tremblement de sa lèvre inférieure et sa respiration agitée la trahissaient. Pourquoi une jeune fille, à qui on venait de faire de telles propositions, réagissait-elle ainsi ? Le silence se prolongea. Finalement, Mar leva les yeux vers Arnau, de façon quasi imperceptible. À quoi bon la faire souffrir ?

— Nous poursuivrons nos recherches tant que nous n'aurons pas trouvé quelqu'un qui lui plaise, répondit-il à Guillem. D'accord, Mar ?

La jeune fille acquiesça, se leva et quitta la pièce.

Arnau soupira.

— Et moi qui croyais que nous avions fait le plus dur !

Guillem ne répondit pas. Il continuait de fixer la porte de la cuisine, par où Mar avait filé. Que se passait-il ? Que cachait la petite ? Au mot « mariage » elle avait souri, les yeux brillants, puis...

— Tu vas voir ce qu'en pensera Joan quand il l'apprendra, ajouta Arnau.

Guillem se retourna vers lui mais se retint à temps de lui dire sa façon de voir. Qu'importait ce que pensait le frère ?

— Tu as raison. Le mieux est de continuer à chercher.

— S'il te plaît, dit Arnau à Joan, ce n'est pas le moment.

Il était entré dans Santa Maria pour trouver un peu de paix. Les nouvelles n'étaient pas bonnes et seulement ici, entouré de sa Vierge et du bruit permanent des ouvriers, du sourire de tous ceux qui travaillaient au chantier, il se sentait à son aise. Mais Joan l'avait découvert et il ne le lâchait pas. Mar par-ci, Mar par-là, Mar, toujours et encore Mar. Au fond, qu'est-ce que ça pouvait lui faire !

— Quelles raisons a-t-elle de s'opposer au mariage ? insista Joan.

— Ce n'est pas le moment, Joan, répéta Arnau.

— Pourquoi ?

— Parce que c'est la guerre, encore une fois.

Le frère tressaillit.

— Tu ne le savais pas ? Le roi Pierre le Cruel de Castille vient de nous déclarer la guerre.

— Pourquoi ?

Arnau hocha la tête.

— Parce qu'il en avait envie depuis longtemps !
Sous prétexte que notre amiral, Francesc de Perellos,
a arraisonné devant les côtes de Sanlucar deux
navires génois qui transportaient de l'huile, le Castillan a exigé leur libération. Comme l'amiral a fait
la sourde oreille, il nous a déclaré la guerre.
L'homme est dangereux, murmura Arnau. J'ai
entendu dire que son surnom n'était pas usurpé. Il
est rancunier et vindicatif. Tu te rends compte,
Joan ? En ce moment, nous sommes en guerre
contre Gênes et la Castille à la fois. Tu crois que
c'est le moment de débattre au sujet de la petite ?

Joan fléchit. Ils se trouvaient sous la clé de la troisième voûte de la nef centrale, cernés par des échafaudages qui laisseraient un jour place aux nervures.

— Tu te rappelles ? demanda Arnau à son frère
en montrant la clé de voûte.

Joan leva les yeux et acquiesça. Ils n'étaient que
des enfants quand elle avait été hissée ! Arnau
attendit quelques instants et reprit :

— La Catalogne ne va pas pouvoir supporter cela.
Nous n'avons toujours pas fini de payer la campagne
de Sardaigne, et voilà que s'ouvre un nouveau front.

— Je croyais que vous, les commerçants, étiez
partisans des conquêtes.

— La Castille ne nous ouvrira aucune route commerciale. La situation est mauvaise, Joan. Guillem
avait raison.

Le frère fit la moue en entendant le nom du
Maure.

— Nous venons de conquérir la Sardaigne, et les
Corses se sont soulevés dès que le roi a eu quitté
l'île. Nous sommes en guerre contre deux puissances,
et Pierre a épuisé toutes ses ressources. Même les
conseillers de la ville semblent être devenus fous !

Ils se mirent à marcher en direction du maître-autel.

— Que veux-tu dire ?

— Les finances royales n'y résisteront pas. Le souverain poursuit ses grands travaux : les arsenaux et les nouveaux remparts...

— Qui sont nécessaires, protesta Joan en interrompant son frère.

— Les arsenaux, peut-être, mais les nouveaux remparts, depuis la peste, n'ont plus grand sens. Barcelone n'a pas besoin d'agrandir ses murs.

— Et ?

— Le monarque continue de puiser dans ses réserves. Pour la construction des remparts, il a contraint toutes les villes des alentours à apporter leur contribution, sous prétexte qu'un jour elles viendront peut-être trouver refuge ici. Il a aussi créé un nouvel impôt : la quarantième partie de tous les héritages sera consacrée à l'agrandissement des remparts. Quant aux arsenaux, ils sont bâtis grâce aux amendes des consulats. Et à présent, une nouvelle guerre.

— Barcelone est riche.

— Plus maintenant, Joan, c'est le problème. Au fur et à mesure que la ville lui accordait des moyens, le roi a concédé des privilèges, et les conseillers ont mené si grand train qu'ils n'ont plus de quoi les financer. Ils ont augmenté les impôts sur la viande et le vin. Sais-tu quelle part du budget municipal ils couvraient ? Cinquante pour cent. Et aujourd'hui, ils les augmentent. Les dettes municipales vont tous nous conduire à la ruine, Joan, tous.

Tous deux demeurèrent pensifs, devant le maître-autel.

— Et au sujet de Mar ? insista Joan quand ils se décidèrent à quitter Santa Maria.

— Elle fera ce qu'elle voudra, Joan, ce qu'elle voudra.

— Mais...

— Pas de « mais ». C'est ma décision.

— Frappe, demanda Arnau.

Guillem lança le heurtoir sur le bois du portail. Le bruit retentit dans la rue déserte. Personne n'ouvrit.

— Frappe encore.

Guillem recommença, une, deux... sept, huit fois ; à la neuvième, le judas s'ouvrit.

— Que se passe-t-il ? interrogèrent les yeux qui étaient apparus. Pourquoi ce tapage ? Qui êtes-vous ?

Accrochée au bras d'Arnau, Mar sentit qu'il se crispait.

— Ouvre ! ordonna Arnau.

— Qui êtes-vous ?

— Arnau Estanyol, répondit Guillem avec solennité, propriétaire de ce bâtiment et de tout ce qu'il y a dedans, y compris toi si tu es esclave.

« Arnau Estanyol, propriétaire de ce bâtiment... » Les paroles de Guillem résonnèrent aux oreilles d'Arnau. Combien de temps avait passé ? Vingt ans ? Vingt-deux ? Derrière le judas, les yeux hésitèrent.

— Ouvre ! insista Guillem en criant.

Arnau leva les yeux au ciel. Il pensait à son père.

— Que... ? commença à demander Mar.

— Rien, rien, répondit Arnau en souriant au moment où la porte destinée aux piétons s'ouvrait.

Guillem lui proposa d'entrer.

— Le portail, Guillem. Qu'ils ouvrent le portail.

Guillem entra et, de l'extérieur, Arnau et Mar l'entendirent donner des ordres.

« Me vois-tu, père ? Te souviens-tu ? C'est ici qu'on t'a remis la bourse d'argent qui t'a perdu. Que

506

pouvais-tu faire alors ? » La révolte de la plaza del Blat lui revint en mémoire ; les cris des gens, de son père ; du blé, du blé ! Arnau sentit sa gorge se nouer. Le portail s'ouvrit en grand et Arnau entra.

Plusieurs esclaves se trouvaient dans la cour d'entrée. À leur droite, l'escalier qui conduisait aux étages des nobles. Arnau se retint de lever les yeux, à l'inverse de Mar qui vit des silhouettes s'agiter derrière les baies vitrées. Devant eux se dressaient les écuries, avec les palefreniers immobiles à l'entrée. Dieu ! Un frisson parcourut le corps d'Arnau, qui prit appui sur Mar. La jeune fille baissa le regard.

— Tiens, dit Guillem en tendant un parchemin à Arnau, qui ne le prit pas.

Il savait de quoi il s'agissait. Il en avait appris le contenu par cœur depuis que Guillem le lui avait donné la veille : l'inventaire des biens de Grau Puig que le viguier lui adjugeait en paiement de ses crédits : le palais, les esclaves – Arnau avait cherché en vain parmi les noms mais Estranya n'y figurait plus –, des propriétés *extra-muros*, dont une modeste maison à Navarcles qu'il décida de leur laisser. Des bijoux, quatre chevaux avec harnais, une voiture, des habits, de la vaisselle, des tapis et des meubles, tout ce qui se trouvait à l'intérieur du palais était consigné sur ce rouleau qu'Arnau n'avait cessé de relire.

Il considéra de nouveau l'entrée des écuries, puis la cour pavée... jusqu'au pied de l'escalier.

— On monte ? demanda Guillem.

— On monte. Conduis-moi devant tes maîtres... devant Grau Puig, rectifia-t-il en s'adressant à un esclave.

Ils entrèrent dans le palais ; Mar et Guillem observaient tout, Arnau regardait droit devant lui. L'esclave les mena jusqu'au salon principal.

— Annonce-moi, dit Arnau à Guillem avant d'ouvrir les portes.

— Arnau Estanyol ! cria le Maure.

Arnau avait oublié à quoi ressemblait le salon principal du palais. Il ne l'avait même pas regardé quand il l'avait parcouru, enfant... à genoux. Il ne le regarda pas davantage ce jour-là. Isabel était assise dans un fauteuil près d'une fenêtre ; à ses côtés, debout, Josep et Genís. Le premier, comme sa sœur Margarida, s'était marié. Genís était encore célibataire. Arnau chercha du regard la famille de Josep. Elle n'était pas là. Dans un autre fauteuil, il découvrit Grau Puig, vieux et baveux.

Isabel le regardait, les yeux enflammés.

Arnau se planta au milieu du salon, près d'une table à manger, en bois noble, deux fois plus grande que son bureau. Mar resta au côté de Guillem, derrière Arnau. Les esclaves se regroupèrent aux portes du salon.

Arnau parla assez fort pour que sa voix résonne dans toute la pièce.

— Guillem, ces chaussures sont à moi, déclara-t-il en désignant les pieds d'Isabel. Qu'elle les enlève.

— Oui, maître.

Mar sursauta. Maître ? Elle connaissait le statut de Guillem, mais jamais auparavant elle ne l'avait entendu s'adresser à Arnau ainsi.

D'un geste, Guillem appela deux esclaves qui observaient la scène depuis la porte, et tous trois se dirigèrent vers Isabel. La baronne restait insondable, soutenant le regard d'Arnau.

Un des esclaves s'agenouilla mais, avant qu'il la touche, Isabel se déchaussa et laissa tomber ses souliers par terre, sans cesser de regarder Arnau un seul instant.

— Je veux que tu récupères toutes les chaussures

de cette maison et que tu les brûles dans la cour, ordonna Arnau.

— Oui, maître, répondit une nouvelle fois Guillem.

La baronne continuait de le fixer avec dédain.

— Ces fauteuils.

Arnau désigna ceux sur lesquels les Puig étaient assis.

— Emporte-les d'ici.

— Oui, maître.

Les fils de Grau soulevèrent ce dernier. La baronne se mit debout avant que les esclaves saisissent son fauteuil et le posent, avec les autres, dans un coin de la pièce.

Mais elle regardait toujours Arnau.

— Cet habit est à moi.

Isabel, crut deviner Arnau, avait tremblé.

— Tu n'oserais pas... ? commença à dire Genís Puig en se redressant, son père dans les bras.

— Cet habit est à moi, répéta Arnau en lui coupant la parole, sans cesser de regarder Isabel.

Tremblait-elle ?

— Guillem ! intima Arnau.

— Mère, s'il vous plaît.

Guillem s'avança vers Isabel.

Elle tremblait !

— Mère !

— Et que veux-tu que je fasse ? hurla Isabel au fils de Grau.

Isabel se tourna de nouveau vers Arnau, tremblante. Guillem aussi le regardait. « Tu veux vraiment que je la déshabille ? » questionnaient ses yeux.

Arnau fronça les sourcils et peu à peu, très lentement, Isabel baissa le regard, pleurant de rage.

Arnau fit un geste à Guillem et laissa passer

quelques secondes tandis que les sanglots d'Isabel emplissaient le salon principal du palais.

— Ce soir, dit-il enfin à Guillem, je veux que ce bâtiment soit vide. Dis-leur qu'ils peuvent retourner à Navarcles, d'où ils n'auraient jamais dû sortir.

Josep et Genís le regardèrent. Isabel pleurait toujours.

— Ces terres ne m'intéressent pas. Donne-leur des vêtements d'esclaves, mais pas de chaussures. Brûle-les toutes. Vends tout le reste et ferme cette maison.

Quand il se retourna, Arnau tomba nez à nez avec Mar. Il l'avait oubliée. La jeune fille était sous le choc. Il la prit par le bras et sortit avec elle.

— Tu peux maintenant refermer ces portes, dit-il au vieil homme qui les avait fait entrer.

Ils marchèrent en silence jusqu'au bureau de change. Là, Arnau proposa à Mar une promenade sur la plage.

La jeune fille acquiesça.

— La dette est-elle acquittée ? lui demanda-t-elle dès qu'ils aperçurent la mer.

— Elle ne le sera jamais, Mar, murmura-t-il au bout d'un moment. Jamais.

38.

Arnau travaillait dans son bureau. La saison de navigation battait son plein. Les affaires avaient le vent en poupe et l'ancien *bastaix* était devenu une des premières fortunes de la ville. Pourtant, il vivait toujours dans sa petite maison au coin de Canvis Vells et Canvis Nous, auprès de Mar et de Donaha, faisant la sourde oreille à Guillem qui lui conseillait de s'installer dans le palais des Puig, fermé depuis quatre ans. De son côté, Mar était aussi têtue que son parrain et n'avait accepté aucune proposition de mariage.

— Pourquoi veux-tu m'éloigner de toi ? avait-elle demandé à Arnau un jour, les yeux baignés de larmes.

— Je... (Arnau avait hésité) je ne veux pas t'éloigner de moi !

Elle était venue s'épancher contre son épaule.

— Ne t'inquiète pas, l'avait rassurée Arnau en lui caressant la tête, je ne t'obligerai jamais à faire quelque chose contre ta volonté.

Mar vivait donc toujours avec eux.

Ce 9 juin, une cloche se mit à sonner. Arnau arrêta de travailler. Au même moment, on entendit une autre cloche et, très vite, toute la ville carillonna.

— *Via fora !* commenta Arnau.

Il sortit. Les ouvriers de Santa Maria descendaient à une vitesse vertigineuse des échafaudages ; maçons et tailleurs de pierre jaillissaient par la porte principale et les gens couraient dans les rues, le « *Via fora !* » sur les lèvres.

Arnau tomba sur Guillem qui pressait le pas, visiblement troublé.

— C'est la guerre ! annonça le Maure.

— On convoque l'*host*, nuança Arnau.

— Non... non.

Guillem fit une pause pour reprendre son souffle.

— Ce n'est pas seulement l'*host* de Barcelone, c'est celui de toutes les villes et villages à deux lieues à la ronde.

Sant Boi, Badalona, Sant Andreu et Sarrià, Provençana, Sant Feliu, Sant Genís, Cornellà, Sant Just Desvern, Sant Joan Despí, Sants, Santa Coloma, Esplugues, Vallvidrera, Sant Martí, Sant Adrià, Sant Gervasi, Sant Joan d'Horta... Le bourdon des cloches assourdissait Barcelone et ses environs.

— Le roi a invoqué l'*usatge Princeps namque*, poursuivit Guillem. Ce n'est pas la ville qui appelle, c'est le roi ! Nous sommes en guerre ! On nous attaque. Pierre de Castille nous attaque...

— Barcelone ?

— Oui. Barcelone.

Tous deux coururent jusqu'à la maison.

Quand ils en ressortirent, Arnau était équipé comme à l'époque où il servait Eiximèn d'Esparça. Ils prirent la calle del Mar en direction de la plaza del Blat, tandis que les gens descendaient en sens inverse en criant le « *Via fora !* ».

— Où... ? tenta de questionner Arnau en attrapant par le bras un homme armé.

— À la plage ! cria l'homme en se dégageant. À la plage !

— Par la mer ? s'interrogèrent réciproquement Arnau et Guillem.

Et tous deux se joignirent à la foule qui courait vers la plage.

Quand ils arrivèrent, les Barcelonais commençaient à se rassembler sur la grève, le regard fixé sur l'horizon, armés de leurs arbalètes, avec le bruit des cloches en arrière-fond. Peu à peu, le « *Via fora !* » perdit en intensité et les citoyens finirent par se taire.

Guillem porta la main à son front pour se protéger du puissant soleil de juin et se mit à compter les navires : un, deux, trois, quatre...

La mer était calme.

— Ils vont nous massacrer, lâcha quelqu'un derrière Arnau.

— Ils vont raser la ville.

— Que pouvons-nous faire, nous, contre toute une armée ?

Vingt-sept, vingt-huit... Guillem comptait toujours.

« Ils vont nous raser », répéta Arnau en son for intérieur. Combien de fois avait-il abordé ce sujet avec des marchands et des commerçants ? Par la mer, Barcelone était sans défense. De Santa Clara à Framenors, la ville était ouverte, sans aucune protection ! Si une armée parvenait à atteindre le port...

— Trente-neuf, quarante. Quarante bateaux ! s'exclama Guillem.

Trente galères et dix esquifs, tous armés. C'était l'armée de Pierre le Cruel. Quarante navires chargés d'hommes entraînés, de véritables guerriers, contre quelques citoyens subitement transformés en soldats. S'ils parvenaient à débarquer, les combats auraient lieu sur la plage, dans les rues de la ville. Arnau frissonna à la pensée des femmes et des enfants... Mar !

Ils seraient vaincus. Ils seraient pillés. On violerait leurs femmes. Mar ! Il s'accrocha au bras de Guillem. Elle était jeune et belle. Il l'imagina entre les mains des Castillans, criant, l'implorant à l'aide... Et lui, où serait-il alors ?

La plage continuait de se remplir. Le roi en personne apparut et donna des ordres à ses soldats.

— Le roi ! cria quelqu'un.

« Que peut-il faire ? » faillit lancer Arnau.

Depuis trois mois, le souverain se trouvait en ville. Il préparait des troupes pour aller défendre Majorque, que le roi Pierre le Cruel avait menacé d'attaquer. Mais dans le port de Barcelone ne se trouvaient que dix galères – le reste de la flotte n'était pas encore arrivé –, alors que c'était ici que la bataille allait avoir lieu !

Arnau secoua la tête, le regard fixé sur les voiles qui, peu à peu, se rapprochaient de la côte. Le roi de Castille avait réussi à les tromper. Depuis le début de la guerre, trois ans auparavant, assauts et trêves avaient alterné. Pierre le Cruel avait d'abord attaqué le royaume de Valence, puis celui d'Aragon où il avait pris Tarazona, menaçant ainsi directement Saragosse. L'Église s'en était mêlée, et Tarazona s'en était remis au jugement du cardinal Pierre de la Jugie, qui devait trancher en faveur d'un des deux monarques. Une trêve d'un an fut signée, qui ne concernait cependant pas les frontières des royaumes de Murcie et de Valence.

Pendant la trêve, le Cérémonieux était parvenu à convaincre son demi-frère Ferrán, allié alors au roi de Castille, de trahir ce dernier. L'infant avait alors attaqué et dévasté le royaume de Murcie jusqu'à Cartagena.

Depuis la plage, Pierre IV donna l'ordre d'appareiller dix galères et de faire monter à leur bord, au côté des quelques soldats qui les accompagnaient, les citoyens de Barcelone et des villes limitrophes. Toutes les embarcations, petites ou grandes, de pêche ou marchandes, devaient aller à la rencontre de l'armée castillane.

— C'est de la folie, estima Guillem. N'importe laquelle de ces galères réduira en miettes nos bateaux. Beaucoup de gens vont mourir.

La flotte castillane arriverait bientôt dans le port.

— Ils n'auront aucune pitié, entendit Arnau derrière lui. Ils nous massacreront.

Pierre le Cruel n'aurait aucune pitié. Sa réputation n'était que trop fameuse : il avait exécuté ses frères bâtards, Federico à Séville et Juan à Bilbao, et, un an après, sa tante Leonor, qu'il détenait prisonnière. Quelle pitié pouvait-on attendre d'un prince capable de faire assassiner sa propre famille ? Le Cérémonieux, lui, avait laissé la vie sauve à Jacques de Majorque, en dépit de ses nombreuses trahisons et des guerres qui les avaient opposés.

— Il vaudrait mieux organiser la défense sur terre, rugit Guillem à l'oreille d'Arnau. Par la mer, c'est impossible. Dès que les Castillans auront dépassé les *tasques*, ils nous détruiront.

Arnau approuva. Pourquoi le souverain s'acharnait-il à défendre la ville par la mer ? Guillem avait raison, dès qu'ils dépasseraient les *tasques*...

— Les *tasques* ! hurla soudain Arnau. Quel bateau avons-nous au port ?...

— Que veux-tu dire ?...

— Les *tasques*, Guillem ! Tu ne comprends pas ? Quel bateau possédons-nous ?

— Ce baleinier, là, répondit Guillem en pointant du doigt un immense navire, lourd et bombé.

— En avant ! Il n'y a pas un instant à perdre.

Arnau se mit à courir en direction de la mer, au milieu de la foule qui faisait de même. Il se retourna pour dire à Guillem de presser l'allure.

Le rivage bouillonnait de soldats et de Barcelonais, dans l'eau jusqu'à la taille ; certains tentaient de monter dans de petits bateaux de pêche, d'autres attendaient l'arrivée d'un batelier qui les emmènerait jusqu'à l'un des grands navires de guerre ou de marchandises, ancrés dans le port.

Arnau vit l'un d'eux approcher.

— Allons-y ! cria-t-il à Guillem en entrant dans l'eau, s'efforçant de dépasser tous ceux qui se dirigeaient vers l'embarcation.

Le bateau était plein à craquer, mais le batelier reconnut Arnau et leur fit de la place.

— Conduis-moi au baleinier, demanda Arnau au moment où l'homme allait donner le signal du départ.

— D'abord aux galères. C'est l'ordre du roi...

— Au baleinier ! insista Arnau.

Le batelier hocha la tête tandis que les autres passagers commençaient à se plaindre.

— Silence ! intima Arnau. Tu me connais. Je dois arriver à ce baleinier. Barcelone... ta famille en dépend. Toutes vos familles peuvent en dépendre !

Le batelier regarda le grand bateau renflé. Il y avait juste un crochet à faire. Pourquoi pas ? Pourquoi Arnau Estanyol aurait-il cherché à le tromper ?

— Au baleinier ! ordonna-t-il aux deux rameurs.

Dès qu'Arnau et Guillem s'agrippèrent à l'échelle que leur lançait le capitaine du baleinier, le batelier mit le cap sur la galère voisine.

— Les hommes aux rames, commanda Arnau au capitaine avant même de poser le pied sur le pont.

516

L'homme fit signe aux rameurs, qui gagnèrent immédiatement leur poste.

— Où allons-nous ? demanda-t-il.

— Aux *tasques*, répondit Arnau.

Guillem approuva.

— Qu'Allah, loué soit son nom, te protège.

Mais si Guillem avait compris les desseins d'Arnau, tel n'était pas le cas de l'armée et des citoyens de Barcelone. Quand ils virent le baleinier se mettre en branle, sans soldats, sans hommes armés, en direction de la haute mer, quelqu'un lança :

— Il veut sauver son bateau.

— Juif ! cria un autre.

— Traître !

Nombreux furent ceux qui se joignirent à leurs insultes et, en très peu de temps, la plage entière s'éleva contre Arnau Estanyol. Que prétendait-il faire ? se demandaient *bastaixos* et bateliers, le regard fixé sur le bateau bombé qui avançait lentement, en dépit de sa centaine de rames.

Arnau et Guillem se tenaient à la proue, debout, toute leur attention tournée vers l'armée castillane qui s'approchait dangereusement. Quand ils passèrent à côté des galères catalanes, une pluie de flèches les obligea à se cacher. Ils se relevèrent seulement une fois qu'ils furent hors de portée.

— Tout ira bien, assura Arnau à Guillem. Barcelone ne peut pas tomber entre les mains de cette canaille.

Les *tasques*, une chaîne de bancs de sable parallèle à la côte qui empêchait l'entrée des courants maritimes, étaient l'unique défense naturelle du port de Barcelone, et constituaient un danger pour les navires qui tentaient d'y accoster. Une seule entrée permettait le passage des embarcations : une sorte de canal assez profond pour ne pas s'échouer.

Arnau et Guillem s'approchèrent des *tasques*, laissant dans leur sillage les milliers d'insultes proférées à leur encontre, plus obscènes les unes que les autres. Les cris des Catalans avaient même réussi à étouffer le carillon des cloches.

« Tout ira bien », répéta Arnau, pour lui-même cette fois.

— Que vos hommes cessent de ramer, ordonna-t-il au capitaine.

Quand la centaine de rames se releva par-dessus bord et que le baleinier glissa en direction des *tasques*, les insultes et les cris se dissipèrent. En quelques minutes, le silence se fit sur la plage. L'armée castillane se rapprochait toujours. Arnau entendit la quille de son bateau glisser vers les bancs de sable.

— Ça doit marcher ! murmura-t-il.

Guillem lui serra le bras. C'était la première fois qu'il le touchait ainsi.

Le baleinier glissait toujours, lentement, très lentement. Arnau regarda le capitaine. « Sommes-nous dans le canal ? » semblait demander son seul mouvement de sourcils. Le commandant acquiesça ; depuis qu'il l'avait prié d'arrêter de ramer, il avait compris ce que voulait faire Arnau.

Tout Barcelone, à présent, avait compris.

— Maintenant ! cria Arnau. Tourne !

Le capitaine donna l'ordre. Les rames de bâbord plongèrent dans l'eau et le baleinier se mit à tourner jusqu'à obstruer l'accès au canal.

Le navire s'inclina.

Guillem serra fortement le bras d'Arnau. Tous deux se regardèrent et s'étreignirent tandis que des vivats éclataient de la plage et des galères.

L'entrée au port de Barcelone venait d'être bloquée.

De la rive, armé pour la bataille, le roi observait le baleinier échoué sur les *tasques*. À ses côtés, nobles et gentilshommes demeuraient silencieux.

— Aux galères ! finit-il par ordonner.

À cause du baleinier d'Arnau, Pierre le Cruel dut organiser son armée en pleine mer. Quant au Cérémonieux, il le fit à l'intérieur des *tasques* et, avant la nuit tombée, les deux flottes – la première, de guerre, avec ses quarante navires armés prêts au combat, l'autre, plus bigarrée, forte de seulement dix galères et de dizaines de petits bateaux marchands ou de pêche bondés de citoyens – se retrouvèrent face à face le long de la côte, de Santa Clara à Framenors. Plus personne ne pouvait entrer ou sortir de Barcelone.

Ce jour-là, le combat n'eut pas lieu. Cinq des galères de Pierre IV se déployèrent autour du baleinier d'Arnau et, à la nuit, les soldats royaux, éclairés par une lune resplendissante, montèrent à bord.

— Nous serons, semble-t-il, au cœur de la bataille, fit remarquer Guillem à Arnau.

Ils étaient assis, tous deux, sur le pont, le dos appuyé contre le bord, à l'abri des arbalétriers castillans.

— Nous sommes devenus les remparts de la ville, et toutes les batailles commencent aux remparts.

À ce moment-là, un officier royal s'avança vers eux.

— Arnau Estanyol ? demanda-t-il.

Arnau leva la main.

— Le roi vous autorise à quitter votre navire.

— Et mes hommes ?

— Les galériens ?

Malgré la semi-pénombre, Arnau et Guillem remarquèrent l'expression de surprise de l'officier. Qu'importait au monarque une centaine de galériens ?

— Ils seront plus utiles ici.

— Dans ce cas, annonça Arnau, je reste. C'est mon bateau et ce sont mes hommes.

L'officier haussa les épaules et commença à disposer ses forces à bord.

— Tu veux descendre ? demanda Arnau à Guillem.

— Ne suis-je pas un de tes hommes ?

— Non, et tu le sais très bien.

Ils gardèrent le silence pendant quelques instants. Des silhouettes passaient devant eux ; des soldats couraient prendre position ; les officiers, à voix basse, presque chuchotante, donnaient des ordres.

— Tu sais bien que tu n'es plus un esclave depuis longtemps, reprit Arnau. Tu as juste à demander ta lettre d'affranchissement.

Des soldats se présentèrent devant eux.

— Il faudrait que vous regagniez les cales comme les autres, bredouilla l'un d'eux qui tentait de prendre son poste.

— Sur ce navire, nous allons où nous voulons, répliqua Arnau.

Le soldat se pencha vers eux.

— Pardonnez-moi. Nous vous sommes tous reconnaissants pour ce que vous avez fait.

Et il se mit à chercher une autre place sur le pont.

— Quand demanderas-tu à être libre ? demanda Arnau à Guillem.

— Je ne saurais pas, je crois, être libre.

Ils restèrent à nouveau silencieux. Une fois tous les soldats montés à bord du baleinier et chacun à son poste, la nuit s'étira lentement. Arnau et Guillem sommeillèrent au milieu des quintes de toux et des chuchotements des hommes.

À l'aube, Pierre le Cruel donna l'ordre d'attaquer. L'armée castillane s'approcha des *tasques* et les soldats se mirent à tirer avec leurs arbalètes et à lancer des pierres au moyen de petits trébuchets et de catapultes hissés à bord. De l'autre côté des bancs de sable, la flotte catalane fit de même. Les combats avaient lieu le long de la côte et principalement près du baleinier d'Arnau. Pierre IV ne pouvait pas laisser les Castillans s'emparer du bateau d'Arnau. Plusieurs galères, y compris la royale, prirent position près de lui.

Touchés par des flèches tirées, beaucoup d'hommes périrent d'un côté et de l'autre. Arnau se souvint du sifflement de son arbalète, quand il se trouvait à l'abri d'un rocher devant le château de Bellaguarda.

Des rires le tirèrent de sa rêverie. Qui pouvait s'esclaffer ainsi, en pleine bataille ? Barcelone était en danger, les hommes mouraient. Comment était-il possible de rire ? Arnau et Guillem se regardèrent. C'étaient bien des rires. De plus en plus forts. Ils cherchèrent un endroit sûr pour pouvoir suivre le combat. Les équipages de plusieurs navires catalans, en deuxième ou troisième ligne, à l'abri des flèches, se moquaient des Castillans ou les insultaient.

Depuis leurs bateaux, les Castillans tentaient de faire mouche grâce aux catapultes, mais avec si peu de précision que les pierres tombaient à l'eau les unes après les autres, soulevant des gerbes d'écume. Arnau et Guillem se regardèrent en souriant. Les Catalans se moquèrent de nouveau des Castillans et la plage de Barcelone, emplie de soldats citoyens, se joignit à leurs rires.

Toute la journée, les équipages catalans raillèrent les artilleurs castillans, dont les tentatives échouaient les unes après les autres.

— Je n'aimerais pas être dans la galère de Pierre le Cruel, dit Guillem à Arnau.

— En effet. Je préfère ne pas penser à ce qu'il réserve à cette bande d'amateurs.

La nuit qui suivit ne ressembla pas à la précédente. Arnau et Guillem s'occupèrent des nombreux blessés du baleinier. Ils les soignèrent et les aidèrent à descendre sur les barques qui devaient les ramener à terre. Car les flèches des Castillans arrivaient, en revanche, jusqu'au baleinier. Un nouveau contingent de soldats monta à bord du navire. La nuit s'achevait déjà quand Arnau et Guillem prirent enfin un peu de repos avant la nouvelle journée.

Les premières lueurs du jour réveillèrent l'ironie des Catalans. Cris, insultes et moqueries reprirent de plus belle dans le port de Barcelone.

Arnau avait épuisé ses flèches. Au côté de Guillem, à l'abri, il contempla la bataille.

— Regarde, s'inquiéta le Maure en montrant les navires castillans, ils s'approchent beaucoup plus qu'hier.

C'était vrai. Le roi de Castille avait décidé d'en finir au plus vite avec les railleries des Catalans et se dirigeait droit sur le baleinier.

— Dis-leur d'arrêter de ricaner, ajouta Guillem, le regard fixé sur les galères castillanes.

Pierre IV s'apprêtait à défendre le baleinier ; il s'avança aussi près du bateau que les *tasques* le lui permettaient. Le nouveau combat se déroula sous les yeux de Guillem et d'Arnau ; ils pouvaient pratiquement toucher la galère royale et distinguaient nettement le roi et ses hommes.

Séparées par les bancs de sable, les deux galères

se rangèrent côte à côte. Les Castillans tirèrent au moyen de trébuchets montés sur leur proue. Arnau et Guillem tournèrent le regard vers la galère royale. Aucun dommage. Le roi et ses hommes étaient toujours sur le pont et le navire ne semblait pas avoir été affecté par les tirs.

— C'est une bombarde ? demanda Arnau en désignant le gros canon monté sur le navire de Pierre IV.

— Oui.

Guillem les avait vus la hisser à bord pendant que le souverain préparait sa flotte, croyant que les Castillans attaqueraient Majorque.

— Une bombarde sur un bateau ?

— Oui.

— Ça doit être la première fois qu'on arme une galère avec une bombarde, observa Arnau dont toute l'attention était concentrée sur les ordres que le roi donnait à ses artilleurs. Je n'en avais jamais vu...

— Moi non plus...

Leur conversation fut interrompue par le fracas que fit la bombarde en tirant une énorme pierre. Tous deux se tournèrent vers la galère castillane. Elle était démâtée.

— Bravo ! crièrent-ils à l'unisson.

Tous les bateaux catalans célébrèrent le tir.

Pierre IV donna l'ordre de charger à nouveau la bombarde. La surprise et la chute de leur mât avaient empêché les Castillans de riposter avec leurs trébuchets. Le tir suivant atteignit le gaillard de plein fouet et coula le navire.

Les Castillans commencèrent à reculer.

Les constantes moqueries et la destruction de la galère royale firent réfléchir Pierre le Cruel. Au bout de deux heures, il donna l'ordre à sa flotte d'abandonner le siège et de se diriger vers Ibiza.

Du pont du baleinier, Arnau et Guillem assistèrent, au côté de plusieurs officiers du roi, à la retraite de l'armée castillane. Les cloches de la ville se mirent à carillonner.

— À présent, il va falloir remettre à flot ce bateau, fit remarquer Arnau.

— Nous nous en chargerons, entendit-il dans son dos.

Arnau se retourna et tomba nez à nez avec un officier qui venait de monter à bord.

— Sa Majesté vous attend dans la galère royale.

Le roi avait eu deux nuits entières pour se renseigner au sujet d'Arnau Estanyol. « Riche, lui avaient dit les conseillers de Barcelone, immensément riche, Majesté. » Les informations sur Arnau, ses années comme *bastaix*, son combat sous les ordres d'Eiximèn d'Esparça, sa dévotion à Santa Maria, intéressèrent assez peu le roi. En revanche, ses petits yeux s'ouvrirent quand il apprit qu'il était veuf. « Riche et veuf, pensa le monarque. Si nous pouvions nous débarrasser de cette... »

— Arnau Estanyol, l'introduisit à voix haute un des camerlingues du roi. Citoyen de Barcelone.

Assis dans un fauteuil sur le pont, le souverain était flanqué d'une multitude de nobles, de gentilshommes, de conseillers et de dirigeants de la ville, qui avaient rejoint la galère royale après la retraite des Castillans. Guillem resta près du bastingage, derrière ceux qui entouraient Arnau et le roi.

Arnau fit mine de s'agenouiller, mais Pierre IV lui ordonna de se relever.

— Nous vous sommes très reconnaissants pour votre action, déclara le roi. Votre audace et votre intelligence ont été cruciales pour remporter cette bataille.

Le monarque se tut. Arnau hésita. Devait-il parler

ou attendre ? Toutes les personnes présentes avaient le regard posé sur lui.

— En remerciement, reprit Pierre, nous désirons vous accorder une grâce.

Et maintenant ? Devait-il parler ? De quelle grâce parlait-il ? Il avait déjà tout ce qu'il pouvait souhaiter...

— Nous vous donnons en mariage notre pupille Elionor, que nous dotons des baronnies de Granollers, Sant Vicenç dels Horts et Caldes de Montbui.

Des murmures se firent entendre dans l'assistance ; certains applaudirent. Mariage ! Il avait dit mariage ? Arnau se retourna et chercha Guillem en vain. Les nobles et les gentilshommes lui souriaient. Mariage, avait-il dit ?

— N'êtes-vous pas content, seigneur baron ? demanda le roi quand il le vit tourner la tête.

Arnau fixa à nouveau son souverain. Seigneur baron ? Une épouse ? Pourquoi aurait-il désiré cela ? Devant son silence, nobles et gentilshommes se turent. Le roi le transperçait du regard. Elionor, avait-il dit ? Sa pupille ? Il ne pouvait pas... ne devait pas outrager le monarque !

— Non... je veux dire, si, Majesté, bredouilla-t-il. Je vous remercie de votre grâce.

— Qu'il en soit donc ainsi.

Pierre IV se leva et sa cour s'écarta sur son passage. Quelques personnes tapotèrent le dos d'Arnau en passant à côté de lui et le félicitèrent en murmurant des phrases qui lui semblèrent inintelligibles. En un instant, il se retrouva seul et se tourna vers Guillem, toujours accoudé au bastingage.

Arnau ouvrit les mains en signe d'impuissance, mais comme le Maure lui désignait le roi et sa cour, il interrompit soudain son geste.

L'arrivée d'Arnau sur la plage fut autant célébrée que celle du roi. La ville entière fondit sur lui et il passa de bras en bras, objet de toutes les félicitations, tapes dans le dos et poignées de main. Tous voulaient toucher le sauveur de la ville, mais Arnau ne parvenait ni à reconnaître ni à entendre qui que ce soit. Maintenant que tout allait bien pour lui, qu'il était heureux, le roi avait décidé de le marier. Les Barcelonais se pressaient pour le raccompagner jusqu'à son bureau de change devant lequel ils se rassemblèrent en scandant son nom.

Dès qu'Arnau entra, Mar se jeta dans ses bras. Guillem était déjà arrivé et s'était assis sur une chaise ; il n'avait rien raconté. Joan, accouru lui aussi au bureau de change, observait la scène, taciturne comme à son habitude.

Mar fut surprise de voir qu'Arnau, peut-être plus brutalement qu'il ne l'aurait voulu, se dégageait de son étreinte. Joan le félicita à son tour, mais Arnau, qui se laissa tomber sur une chaise près de Guillem, ne sembla pas lui prêter attention. Tout le monde le regardait sans rien oser dire.

— Que se passe-t-il ? finit par demander Joan.

— On me marie ! s'écria Arnau en levant les bras au ciel. Le roi me fait baron et me marie à sa pupille. Voici la grâce qu'il m'accorde pour lui avoir permis de sauver sa capitale ! Il me donne une épouse !

Joan réfléchit un moment, hocha la tête et sourit.

— De quoi te plains-tu ?

Arnau lui jeta un regard mauvais. De son côté, Mar s'était mise à trembler. Mais seule Donaha, à la porte de la cuisine, le remarqua, et elle se précipita auprès d'elle.

— Quel est le problème ? insista Joan. Arnau ne leva même pas les yeux vers lui, tandis que Mar, en entendant les paroles du frère, sentit une nausée s'emparer d'elle.

— Qu'y a-t-il de mal ? Te marier ? Et avec la pupille du roi ! Tu vas devenir baron de Catalogne !

Craignant de vomir, Mar s'éclipsa dans la cuisine avec Donaha.

— Qu'arrive-t-il à Mar ? demanda Arnau.

Joan laissa passer quelques secondes avant de lui répondre.

— Je vais te le dire : elle aussi devrait se marier ! Tous les deux, vous devriez vous marier. Encore heureux que le roi ait plus de discernement que toi.

— Laisse-moi, Joan, je t'en prie, supplia Arnau d'une voix lasse.

Le frère leva à son tour les bras au ciel et quitta le bureau de change.

— Va voir ce qui arrive à Mar, demanda Arnau à Guillem.

— Je ne sais pas, annonça ce dernier quelques minutes plus tard, mais Donaha m'a dit qu'il ne fallait pas s'inquiéter. Des histoires de femmes, ajouta-t-il.

Arnau se tourna vers lui.

— Ne me parle pas de femmes.

— On ne peut pas faire grand-chose contre la volonté du roi, Arnau. Peut-être qu'avec un peu de temps... nous trouverons une solution.

Mais les événements se précipitèrent. Pierre IV fixa au 23 juin son départ pour Majorque à la poursuite du roi de Castille ; il ordonna qu'à cette date son armée devrait être rassemblée dans le port de Barcelone et la question du mariage de sa pupille Elionor et du riche Arnau Estanyol résolue. Un officier du roi apprit la nouvelle au *bastaix* dans son bureau de change.

— Il ne me reste que neuf jours ! se plaignit ce

dernier à Guillem une fois l'officier parti. Peut-être moins !

À quoi ressemblait la fameuse Elionor ? À cette seule pensée, Arnau ne parvenait plus à dormir. Vieille ? Belle ? Sympathique, agréable, ou hautaine et cynique comme tous les nobles qu'il avait connus ? Comment pouvait-il se marier avec une femme qu'il ne connaissait même pas ? Il chargea Joan de se renseigner.

— Toi seul peux le faire. Je ne cesse de me demander ce qui m'attend.

— On dit, lui rapporta Joan l'après-midi même, qu'elle est la bâtarde d'un infant de la principauté, un des oncles du roi, même si personne ne se risquerait à préciser lequel. Sa mère est morte en lui donnant le jour ; c'est pourquoi elle a été recueillie à la cour...

— Mais comment est-elle, Joan ? interrompit Arnau.

— Elle a vingt-trois ans et elle est séduisante.

— Et de caractère ?

— Elle est noble, se contenta-t-il de répondre.

À quoi bon lui répéter ce qu'il avait entendu à son sujet ? Séduisante, certes, mais en permanence de mauvaise humeur. Capricieuse, gâtée, méprisante et ambitieuse. Le roi l'avait mariée à un noble qui était mort rapidement et, sans enfant, elle était revenue à la cour. Une faveur envers Arnau ? Une grâce royale ? Les confidents avaient bien ri. Le souverain ne supportait pas Elionor et cherchait désespérément à la marier. Quoi de mieux qu'un des hommes les plus riches de Barcelone, un cambiste à qui il pourrait venir demander des crédits ? Pierre IV gagnait sur tous les tableaux : il se débarrassait d'Elionor et s'assurait un accès direct à Arnau.

À quoi bon lui raconter tout cela ?

528

— Que veux-tu dire par « elle est noble » ?

— Eh bien, répondit Joan en s'efforçant d'éviter le regard d'Arnau, que c'est une noble quoi, une femme noble, avec son caractère, comme les autres.

De son côté, Elionor s'était également informée au sujet d'Arnau et son irritation augmentait à mesure que lui parvenaient les nouvelles : un ancien *bastaix*, une confrérie qui dérivait des esclaves de rivage, des *macips*, des serfs. Et le roi prétendait la marier à un *bastaix* ? Il était riche, très riche, d'après ce que tout le monde lui avait dit, mais que lui importait, à elle, sa fortune ? Elle vivait à la cour et n'avait besoin de rien. Quand elle apprit qu'Arnau était le fils d'un paysan fugitif et que, par sa naissance, il avait été serf de la terre, elle demanda audience au roi. Comment le monarque pouvait-il prétendre qu'elle, fille d'un infant, épouse un pareil personnage ?

Pierre IV refusa de la recevoir et ordonna que la noce soit célébrée le 21 juin, deux jours avant son départ pour Majorque.

Le jour suivant, il serait marié. Dans la chapelle royale de Santa Agata.

— C'est une petite chapelle, lui expliqua Joan. Jacques II la fit construire au début du siècle, à la demande de son épouse, Blanche d'Anjou, sous l'invocation des reliques de la Passion du Christ, comme la Sainte-Chapelle de Paris, d'où était originaire la reine.

Ce serait un mariage intime. Joan serait le seul à y assister. Mar avait refusé. Depuis l'annonce de ses noces, la jeune fille fuyait Arnau et se taisait en sa présence, le regardant furtivement, sans ces sourires dont elle l'avait toujours gratifié jusque-là.

Pour cette raison, cet après-midi-là, Arnau demanda à sa filleule de l'accompagner.

— Où ?

Où ?

— Je ne sais pas... Pourquoi pas à Santa Maria ? Ton père adorait cette église. C'est là que je l'ai connu, tu sais ?

Mar accepta ; tous deux sortirent du bureau de change et se dirigèrent vers la façade inachevée de Santa Maria. Les maçons commençaient à travailler aux deux tours octogonales qui devaient lui être accolées et les artistes du ciseau se consacraient au tympan, aux jambages, au meneau et aux archivoltes, taillant et retaillant sans cesse la pierre. Arnau et Mar entrèrent dans le temple. Les nervures de la troisième voûte de la nef centrale avaient commencé à s'étendre vers le ciel, en quête de la clé, comme une toile d'araignée protégée par l'échafaudage en bois sur lequel elles se déployaient.

Arnau sentit la présence de la jeune fille à ses côtés. Elle était aussi grande que lui désormais. Ses cheveux retombaient avec grâce sur ses épaules. Elle sentait bon : le frais, les herbes. La plupart des ouvriers lui jetaient des coups d'œil admiratifs, ce qui n'échappa pas à Arnau malgré leurs efforts pour qu'il ne les voie pas. Son parfum allait et venait au rythme de ses gestes.

— Pourquoi ne veux-tu pas assister à mon mariage ? demanda-t-il soudain.

Mar ne lui répondit pas. Ses yeux balayaient l'intérieur du temple.

— On ne m'a même pas permis de me marier ici, murmura Arnau.

La jeune fille restait muette.

— Mar...

Arnau attendit qu'elle se tourne vers lui.

— J'aurais aimé que tu sois avec moi le jour de mes noces. Tu sais que ça ne me plaît pas, que je le fais contre ma volonté, mais le roi... Je n'insisterai pas davantage, d'accord ?

Mar acquiesça.

— Pourrions-nous vivre de nouveau comme avant ?

Mar baissa le regard. Il y avait tant de choses qu'elle aurait voulu lui dire... Mais elle ne pouvait pas lui refuser ce qu'il lui demandait ; elle n'avait jamais rien pu lui refuser.

— Merci, lui dit Arnau. Si tu m'abandonnes... Je ne sais pas ce que je deviendrai si ceux que j'aime m'abandonnent !

Mar frissonna. Ce n'était pas ce genre de sentiment qu'elle aurait voulu qu'il lui témoigne. C'était de l'amour. Pourquoi avait-elle accepté de l'accompagner ? Elle leva les yeux vers l'abside de Santa Maria.

— Tu sais, Joan et moi étions là quand cette clé de voûte a été élevée, expliqua Arnau en suivant la direction de son regard. Nous étions seulement des enfants alors.

Les maîtres verriers qui avaient terminé les fenêtres de la partie supérieure, dont l'arc en ogive apparaissait rogné par une petite rosace, étaient en train de s'attaquer à celles situées au-dessus de l'abside. Ensuite, ils décoreraient les grands vitraux en ogive qui s'ouvraient sous elles. Ils travaillaient les couleurs en composant des formes et des dessins, tous découpés au moyen de fines et délicates bandes de plomb, qui recevaient la lumière extérieure pour la filtrer dans le temple.

— Quand j'étais petit, continua Arnau, j'ai eu la chance de parler avec le grand Berenguer de Montagut. « Nous, les Catalans, m'a-t-il dit, nous n'avons pas besoin d'ornements supplémentaires : l'espace et la lumière suffisent. » Il m'a alors montré l'abside, juste à l'endroit où tu regardes maintenant, et il a laissé tomber sa main sur le maître-autel comme si la lumière émanait de lui. Je lui ai dit que je comprenais mais, en réalité, j'étais incapable d'imaginer ce à quoi il faisait allusion.

Mar se tourna vers lui.

— J'étais jeune, s'excusa-t-il, et il était le mestre, le grand Berenguer de Montagut. Mais, aujourd'hui, je le comprends.

Arnau s'approcha de Mar et tendit la main vers la rosace de l'abside, tout en haut. Mar s'efforça de masquer le léger tremblement qu'elle éprouva au contact d'Arnau.

— Tu vois comme la lumière entre dans le temple ?

Il abaissa alors la main jusqu'au maître-autel, comme l'avait fait Berenguer à l'époque, mais cette fois pour signaler des rayons de lumière colorés qui entraient effectivement dans l'église. Mar suivit la main d'Arnau.

— Regarde bien : les vitraux orientés au soleil sont de couleurs vives, rouge, jaune et vert, afin de tirer profit de la puissante lumière de la Méditerranée ; les autres sont blancs ou bleus. Et toutes les heures, à mesure que le soleil avance dans le ciel, le temple change de couleur et les pierres reflètent l'une ou l'autre teinte. Comme le maître avait raison ! C'est comme si une nouvelle église apparaissait chaque jour, chaque heure, comme si un nouveau temple naissait en permanence car, à l'inverse des pierres, le soleil est vivant et chaque jour différent. On ne voit jamais les mêmes reflets.

Ils demeurèrent tous deux un long moment sous le charme de la lumière.

Arnau saisit finalement Mar par les épaules et l'obligea à se tourner vers lui.

— Ne me quitte pas, Mar, s'il te plaît.

Le lendemain, à l'aube, dans la chapelle sombre et surchargée de Santa Agata, Mar dissimula tant bien que mal ses larmes pendant toute la durée de la cérémonie.

De leur côté, Arnau et Elionor demeurèrent hiératiques face à l'évêque. Elionor ne bougea pas d'un pouce, figée, le regard droit devant elle. Au début de la cérémonie, Arnau s'était tourné vers elle à deux reprises, mais Elionor était restée de marbre. Il ne s'autorisa plus dès lors que quelques regards furtifs.

39.

Le jour même de la noce, dès la fin de la cérémonie, les nouveaux barons de Granollers, Sant
Vicenç y Caldes de Montbui prirent la route pour
leur château. Joan avait transmis à Arnau les questions du majordome de la baronne. Où comptait-il
faire dormir doña Elionor ? À l'étage d'un vulgaire
bureau de change ? Et ses domestiques ? Et ses
esclaves ? Arnau le fit taire et consentit à partir pour
Montbui le jour même, à condition que Joan les
accompagne.

— Pourquoi ? demanda ce dernier.

— J'ai l'impression que je vais avoir besoin de
tes services.

Elionor et son majordome firent le trajet à cheval,
elle en amazone, avec un palefrenier qui tenait les
rênes de sa monture. Son secrétaire et deux femmes
de chambre suivaient sur des mules, ainsi qu'une
douzaine d'esclaves avec des bêtes de somme
chargées des affaires de la baronne.

Arnau avait loué une voiture de fortune, tirée par
des mules, pour transporter, en plus de ses quelques
affaires, Joan et Mar – Guillem et Donaha étaient
restés à Barcelone. Quand la baronne les vit, ses yeux

s'enflammèrent. C'était la première fois qu'elle prêtait attention à Arnau et à sa nouvelle famille ; ils s'étaient mariés, ils avaient comparu devant l'évêque en présence du roi et de son épouse, mais elle n'avait regardé personne.

Escortés par la garde que le roi avait mise à leur disposition, ils quittèrent Barcelone, Arnau et Mar dans la voiture, Joan marchant à côté d'eux. La baronne accéléra pour arriver au plus vite au château, qu'ils aperçurent avant le coucher du soleil.

Érigée en haut d'une colline, c'était une petite forteresse où avait résidé jusqu'alors un *carlan**. Quand ils les virent arriver, les serfs et les paysans de la région s'approchèrent du cortège de leurs nouveaux seigneurs. À quelques encablures du château, plus d'une centaine de personnes se mirent à escorter Arnau, intriguées par ce personnage richement vêtu qui se déplaçait dans une voiture bringuebalante.

Soudain, la baronne donna l'ordre de s'arrêter.

— Pourquoi nous arrêtons-nous ? demanda Mar.

Arnau lui fit signe qu'il l'ignorait.

— On doit nous remettre les clés du château, répondit Joan.

— Ne devrions-nous pas entrer avant ? s'enquit Arnau.

— Non. Les coutumes générales de Catalogne établissent la règle suivante : le *carlan* doit quitter le château, avec sa famille et ses domestiques, avant l'arrivée des nouveaux propriétaires.

Les lourdes portes de la forteresse s'ouvrirent lentement et le *carlan* sortit, suivi par sa famille et ses serviteurs. Il donna quelque chose à la baronne.

---

* Noble chargé de veiller sur un château en lieu et place de son seigneur. *(N.d.T.)*

— Normalement, c'est à toi de récupérer ces clés, l'informa Joan.

— Je n'ai nul besoin d'un château.

Quand la petite escorte passa près de la voiture, le *carlan* adressa à Arnau et à ceux qui l'accompagnaient un regard moqueur. Mar rougit. Même les serviteurs toisèrent l'ancien *bastaix*.

— Tu ne devrais pas permettre cela, intervint Joan. À présent, tu es leur seigneur. Ils te doivent respect, fidélité...

— Écoute, Joan, coupa Arnau, que ce soit clair : je ne veux pas de château, je ne suis ni ne prétends être le seigneur de personne et je compte rester ici juste le temps strictement nécessaire pour que tout soit en règle. Après, je rentre à Barcelone, et si la baronne désire vivre dans son château, libre à elle.

Pour la première fois de la journée, Mar esquissa un sourire.

— Tu ne peux pas partir, s'opposa Joan.

Le sourire de Mar disparut. Arnau se tourna vers son frère.

— Et pourquoi pas ? Je peux faire ce que je veux. Ne suis-je pas le baron ? Les barons ne s'en vont-ils pas avec le roi pendant des mois ?

— Pour aller à la guerre.

— Avec mon argent, Joan, avec mon argent. Je crois qu'il vaudrait mieux que ce soit moi qui parte plutôt qu'un de ces barons qui passent leur temps à demander des prêts à taux réduit. Bon, ajouta-t-il en regardant le château, qu'attendons-nous maintenant ? Il est vide à présent et je suis fatigué.

— Il manque encore..., commença à dire Joan.

— Toi et le protocole. Pourquoi vous, les dominicains, êtes-vous autant obsédés par le protocole ? Que manque-t-il mainte... ?

— Arnau et Elionor, barons de Granollers, Sant Vicenç dels Horts y Caldes de Montbui !

Les cris résonnèrent dans toute la vallée qui s'étendait au pied de la colline. L'assistance leva les yeux vers le haut des grosses tours de la forteresse, d'où le majordome d'Elionor, les mains en guise de porte-voix, s'égosillait.

— Arnau et Elionor, barons de Granollers, Sant Vicenç y Caldes de Montbui ! Arnau et Elionor... !

— Il manquait l'annonce de la prise du château, confirma Joan.

Le cortège se remit en marche.

— Au moins, il a dit mon nom.

Le majordome continuait de s'époumoner.

— Sinon, ce ne serait pas légal.

Arnau faillit ajouter quelque chose, mais finalement hocha juste la tête.

Comme c'était courant, le château s'était développé de façon anarchique, autour du donjon auquel on avait adjoint un bâtiment composé d'un immense salon, d'une cuisine, d'un garde-manger et de chambres, à l'étage. À l'écart, on avait édifié plusieurs constructions destinées à accueillir les domestiques et les quelques soldats composant la garnison du château.

L'officier de la garde, un petit homme loqueteux et sale, fit visiter la maison à Elionor et à sa suite. Tout le monde entra dans le grand salon.

— Montre-moi les habitations du *carlan*, aboya Elionor.

L'officier lui indiqua un escalier en pierre, orné d'une simple balustrade. La baronne, suivie du soldat, du majordome, du secrétaire et des femmes de chambre, commença à monter. À aucun moment elle ne s'adressa à Arnau.

Les trois Estanyol restèrent au salon, tandis que les esclaves y déposaient les affaires d'Elionor.

— Peut-être devrais-tu..., tenta de dire Joan à son frère.

— Ne t'en mêle pas, Joan, s'il te plaît.

Pendant un moment, ils examinèrent le salon : son haut plafond, son immense cheminée, ses fauteuils, ses candélabres et la table pour une douzaine de personnes. Peu après, le majordome d'Elionor réapparut dans l'escalier mais il ne descendit pas jusqu'en bas, de façon à rester en surplomb d'Arnau.

— La dame baronne, clama-t-il sans s'adresser à quelqu'un en particulier, vous fait savoir qu'elle est très fatiguée cette nuit et qu'elle ne veut pas être dérangée.

Il commençait à faire demi-tour quand Arnau l'arrêta :

— Hé ! cria-t-il.

L'autre se retourna.

— Dis à ta dame de ne pas s'inquiéter, personne ne la dérangera... Jamais, murmura-t-il.

Mar ouvrit grand les yeux et porta les mains à sa bouche. Le majordome allait faire à nouveau demi-tour, mais Arnau l'arrêta une nouvelle fois.

— Où sont nos chambres ?

L'homme haussa les épaules.

— Et l'officier, où est-il ?

— Il s'occupe de la baronne.

— Alors, monte chez la baronne et fais redescendre l'officier. Et depêche-toi, sinon je te coupe les couilles, et la prochaine fois que tu annonceras la prise d'un château, ce sera avec une voix de fausset.

La main posée sur la balustrade, le majordome hésita. Était-ce là le même homme que celui qui avait passé toute la journée dans sa voiture sans prononcer un mot ? Arnau plissa les yeux, s'avança vers

538

l'escalier et dégaina son couteau de *bastaix* qu'il avait tenu à prendre avec lui. Le majordome n'eut pas le temps d'en voir la pointe émoussée : il remonta l'escalier quatre à quatre.

Arnau se retourna et sourit : Joan avait le visage défait ; Mar, en revanche, riait. Elle n'était pas la seule : certains esclaves d'Elionor, qui avaient assisté à la scène, échangeaient des sourires entendus.

— Hé, vous autres ! s'écria Arnau, déchargez la voiture et apportez nos affaires dans nos chambres.

Il y avait plus d'un mois qu'ils étaient installés au château. Arnau avait essayé de mettre de l'ordre dans ses nouvelles propriétés ; cependant, chaque fois qu'il se plongeait dans les livres de comptes de la baronnie, il finissait par les refermer en soupirant. Feuilles déchirées, chiffres biffés, écrits contradictoires pour ne pas dire suspects : tout était inintelligible, totalement indéchiffrable.

Après une semaine à Montbui, Arnau avait caressé l'idée de rentrer à Barcelone et de laisser toutes ses propriétés entre les mains d'un administrateur, mais il avait finalement décidé de visiter ses terres ; toutefois, au lieu de se présenter devant les nobles qui lui devaient soumission et qui, lors de leurs visites au château, le méprisaient et se prosternaient aux pieds d'Elionor, il préféra aller à la rencontre des petites gens, les paysans, les serfs de ses serfs.

Accompagné de Mar, il prit la route, curieux de découvrir la campagne. Qu'y avait-il de vrai dans ce qu'on entendait à Barcelone ? Eux, commerçants de la grande ville, fondaient souvent leurs décisions sur les nouvelles qui leur arrivaient des terres. D'après ce qu'on disait, l'épidémie de 1348 avait dépeuplé les campagnes et l'année précédente, en 1358, une invasion de sauterelles avait détruit les récoltes et encore aggravé la situation. La pénurie de matières premières commençait à se faire sentir dans le commerce et les marchands avaient été contraints de revoir leurs plans.

— Dieu ! murmura le nouveau baron dans le dos du premier paysan qui le fit entrer dans sa ferme pour le présenter à sa famille.

Comme lui, Mar ne pouvait détacher ses yeux du bâtiment délabré et de ses alentours, aussi sales que l'homme qui les avait reçus et qui revenait à présent flanqué d'une femme et de deux petits enfants.

Tous les quatre s'alignèrent devant eux et, maladroitement, tentèrent de faire une révérence. Arnau lut la peur dans leurs yeux. Leurs vêtements étaient usés. Quant aux enfants... ils ne tenaient même pas debout. Leurs jambes étaient maigres comme des allumettes.

— C'est ta famille ? demanda Arnau.

Le paysan acquiesça. Au même moment, venu de la ferme, on entendit un faible sanglot. Arnau fronça les sourcils et l'homme hocha la tête, lentement ; dans ses yeux, la peur fit place à la tristesse.

— Ma femme n'a pas de lait, seigneur.

Arnau regarda la femme. Comment aurait-elle pu en avoir ? Il aurait d'abord fallu qu'elle ait une poitrine !

— Et il n'y a personne ici qui pourrait... ?

Le paysan devina sa question.

— Nous sommes tous dans le même cas, seigneur. Nos enfants meurent.

Arnau sentit que Mar portait une main à sa bouche.

— Montre-moi ta ferme : le grenier, les étables, la maison, les champs.

— Nous ne pouvons pas payer plus, seigneur !

La femme était tombée à genoux. Elle commença à se traîner en direction de Mar et d'Arnau.

Arnau s'avança vers elle et la saisit par les bras. À son contact, la femme se raidit.

— Que... ?

Les enfants se mirent à pleurer.

— Ne la frappez pas, seigneur, je vous en supplie, intervint l'homme en s'approchant. C'est vrai, nous ne pouvons pas payer plus. C'est moi qu'il faut châtier.

Arnau relâcha la femme et recula de quelques pas, jusqu'à Mar qui observait la scène, les yeux exorbités.

— Je ne vais pas te frapper, dit-il en s'adressant à l'homme. Ni toi ni aucun des tiens. Je ne veux pas d'argent. Juste voir ta ferme. Dis à ta femme de se relever.

La stupeur succéda à la peur et à la tristesse ; mari et femme fixèrent Arnau de leurs yeux caverneux avec une expression de surprise. « Nous prennent-ils pour des dieux ? pensa Arnau. Qu'a-t-on fait à ces gens pour qu'ils réagissent de cette manière ? Un de leurs enfants est en train de mourir et ils pensent qu'on vient leur demander encore plus d'argent. »

Le grenier était vide. L'étable aussi. Les champs négligés, le matériel agricole abîmé et la maison... Si le bébé ne mourait pas de faim, il mourrait de maladie. Arnau n'osa pas le toucher ; il semblait... prêt à se casser.

Il sortit quelques pièces de la bourse accrochée à sa ceinture et les offrit à l'homme avant de se raviser et de lui en donner davantage.

— Je veux que ce petit vive, dit-il en laissant l'argent sur ce qui avait dû être, à une autre époque, une table. Je veux que toi, ta femme et tes deux autres enfants, vous mangiez. Cet argent est pour vous, compris ? Personne n'a de droit dessus et, en cas de problème, venez me voir au château.

Personne ne bougea ; tous avaient le regard fixé sur les pièces. À peine prirent-ils congé du baron quand ce dernier ressortit de la maison.

Arnau rentra au château sans piper mot, tête basse, pensif. À ses côtés, Mar demeura également silencieuse.

— Ils sont tous dans le même cas, Joan, dit Arnau à son frère, un soir qu'ils se promenaient, à la fraîche, aux alentours du château. Certains ont la chance d'occuper les fermes abandonnées de paysans qui sont morts ou qui ont purement et simplement fui. Comment pourraient-ils ne pas fuir ? Quand leurs terres ne produisent pas, ils s'en servent de bois ou de pâturage, ce qui leur permet de survivre. Mais les autres... leur situation est désastreuse. Leurs champs ne donnent rien et ils meurent de faim.

— Ce n'est pas tout, ajouta Joan, j'ai appris que les nobles, tes feudataires, obligent les paysans qui restent à signer des *capbreus*...

— Des *capbreus* ?

— Des documents par lesquels les paysans acceptent les droits féodaux tombés en désuétude lors des époques de prospérité. Comme il reste peu d'hommes, on les saigne pour obtenir les mêmes profits que lorsqu'ils étaient nombreux et que tout allait bien.

Arnau dormait mal depuis plusieurs nuits. Tous les visages émaciés qu'il avait vus le réveillaient en sursaut. Cette nuit-là, il ne parvint même pas à trouver le sommeil. Il avait parcouru ses terres et s'était montré généreux. Comment pouvait-il tolérer une telle situation ? Toutes ces familles dépendaient de lui ; en premier lieu de leurs seigneurs, mais ceux-ci étaient feudataires d'Arnau. Si lui, en tant que seigneur, leur réclamait le paiement de leurs rentes, les nobles feraient subir à ces malheureux les nouvelles obligations que le *carlan* avait traitées avec la plus grande négligence.

C'étaient des esclaves. Des esclaves de la terre. Des esclaves de leurs terres. Arnau se redressa sur son lit. Ses esclaves ! Une armée d'hommes, de femmes et d'enfants affamés qui ne comptaient pour personne, sauf quand il s'agissait de les saigner à mort. Arnau se souvint des nobles venus rendre visite à Elionor : en bonne santé, robustes, richement habillés, joyeux ! Comment se pouvait-il qu'ils ignorent à ce point le destin de leurs serfs ? Que pouvait-il faire, lui ?

Il était généreux. Il distribuait de l'argent. Ce n'était rien pour lui, mais les yeux des enfants s'illuminaient et Mar, toujours à ses côtés, souriait. Pourtant, cela ne pouvait pas durer éternellement ainsi. S'il continuait de distribuer de l'argent de la sorte, les nobles finiraient par en profiter. Ils ne le paieraient pas davantage, mais exploiteraient encore plus les malheureux. Que pouvait-il faire ?

Tandis qu'Arnau se réveillait chaque jour un peu plus sombre, l'état d'esprit d'Elionor était très différent.

— Elle a convoqué les nobles, les paysans et les villageois pour la Vierge d'Août, expliqua à son frère Joan qui, en tant que dominicain, était le seul à maintenir le contact avec la baronne.

— Pour quoi faire ?

— Pour qu'ils lui rendent... vous rendent hommage, rectifia-t-il.

Arnau l'invita à continuer.

— Selon la loi..., soupira Joan en ouvrant les bras, n'importe quel noble, à n'importe quel moment, peut exiger de ses vassaux qu'ils renouvellent leur serment de fidélité et rendent hommage à leur seigneur. Comme ils ne l'ont pas encore fait, il est logique qu'Elionor désire...

— Tu veux dire qu'ils viendront ?

— Dans la mesure où ils renouvellent leur vassalité en privé et se présentent devant leur nouveau seigneur dans un délai d'un an, un mois et un jour, les nobles et les gentilshommes ne sont pas obligés de répondre à une convocation publique, mais Elionor a parlé avec eux. Il semble qu'ils viendront. Il s'agit tout de même de la pupille du roi. Personne ne voudrait lui faire pareil affront.

— Et à l'époux de la pupille du roi ?

Joan ne répondit pas. Pourtant, dans ses yeux... Arnau connaissait ce regard.

— As-tu autre chose à me dire, Joan ?

Le frère secoua la tête.

Elionor fit construire une estrade dans le champ situé au pied du château. Elle rêvait de la Vierge d'Août. Combien de fois avait-elle vu des nobles et des villages entiers rendre hommage à son tuteur, le roi ? À présent, c'était à elle qu'on allait rendre hommage, comme à une reine, une souveraine sur ses terres. Qu'importait si Arnau était à ses côtés ? Tout le monde savait que c'était à elle, la pupille du roi, qu'ils se soumettaient.

Son anxiété était telle qu'à l'approche du grand jour, elle se permit même de sourire à Arnau, de loin et à peine, mais elle lui sourit.

Arnau hésita et ses lèvres esquissèrent à leur tour une grimace.

« Pourquoi lui ai-je souri ? » songea aussitôt

Elionor. Elle serra les poings. « Imbécile ! Comment peux-tu t'humilier devant un vulgaire cambiste, un serf fugitif ? » Ils étaient depuis un mois et demi à Montbui et Arnau ne l'avait pas touchée. C'était pourtant bien un homme ! À son insu, elle observait le corps d'Arnau, musclé, puissant, et la nuit, seule dans son alcôve, elle se surprenait à imaginer qu'il la possédait sauvagement. Depuis combien de temps ne s'était-elle pas sentie femme ? Et il l'humiliait de son dédain ! Comment osait-il ? Elionor se mordit la lèvre. « Il viendra », se dit-elle.

Le jour de la fête de la Vierge d'Août, la baronne se leva à l'aube. De la fenêtre de sa chambre solitaire, elle scruta le champ dominé par l'estrade qu'elle avait fait construire. Les paysans commençaient à se rassembler ; beaucoup n'avaient pas dormi pour se présenter à l'heure à la convocation de leurs seigneurs. Aucun noble, en revanche, n'était encore arrivé.

40.

La journée s'annonçait chaude et splendide. Le ciel limpide et sans nuages, semblable à celui qui, presque quarante ans auparavant, avait présidé au mariage d'un serf de la terre appelé Bernat Estanyol, paraissait une coupole azurée au-dessus des milliers de vassaux rassemblés sur la plaine. C'était bientôt l'heure et Elionor, parée de ses plus beaux atours, faisait nerveusement les cent pas dans l'immense salon du château de Montbui. Il ne manquait plus que les nobles et les gentilshommes. Dans son habit noir, Joan se reposait sur une chaise, tandis que Mar et Arnau, comme s'ils n'étaient pas concernés, échangeaient des regards complices et amusés dès qu'un soupir de désespoir s'échappait de la gorge d'Elionor.

Finalement, les nobles parurent. Aussi impatient que sa maîtresse, un serviteur d'Elionor fit irruption sans prévenir dans la pièce pour annoncer leur arrivée. La baronne jeta un œil par la fenêtre. Quand elle se retourna, son visage irradiait de bonheur. Nobles et gentilshommes déployaient dans le champ tout leur faste. Leurs tenues luxueuses, leurs épées et leurs pierreries se mêlaient au peuple, notes colorées et brillantes au milieu des vêtements gris, ternes et usés des paysans. Les palefreniers alignèrent les chevaux derrière l'estrade, et leurs hennissements rompirent le silence par lequel les pauvres avaient accueilli l'arrivée de leurs seigneurs. Les domestiques des nobles installèrent des fauteuils somptueux, tapissés de soie aux couleurs vives, au pied de l'estrade. C'est là que nobles et gentilshommes allaient rendre hommage à leurs nouveaux seigneurs. Instinctivement, les petites gens s'écartèrent de la dernière rangée de chaises afin de laisser un espace entre eux et les privilégiés.

Elionor regarda de nouveau par la fenêtre et sourit devant le luxe étalé par ses vassaux pour la recevoir. Quand finalement, flanquée de son escorte familiale, elle se retrouva devant eux, assise sur l'estrade, elle les observa de sa place et se sentit une véritable reine.

Désigné maître de cérémonies, le secrétaire d'Elionor commença par la lecture du décret de Pierre IV qui accordait comme dot à Elionor, pupille royale, la baronnie des honneurs royaux de Granollers, Sant Vicenç dels Horts y Caldes de Montbui, avec tous leurs vassaux, terres et rentes... Elionor buvait les paroles de son secrétaire ; elle se savait observée et enviée – haïe même, pourquoi pas – par tous ces vassaux du roi. Ils devraient toujours fidélité au prince, mais désormais, entre le monarque et eux, elle s'interposait. Arnau, lui, ne prêtait nullement attention aux paroles du secrétaire et se contentait de répondre aux sourires que lui adressaient les paysans à qui il avait rendu visite et qu'il avait aidés.

Parmi le peuple, indifférentes à ce qui se passait, se trouvaient deux femmes aux robes chatoyantes, comme le voulait leur condition de femmes publiques : l'une, déjà vieille ; l'autre, d'âge mûr mais encore belle, arborant avec orgueil ses attributs.

— Nobles et chevaliers, proclama le secrétaire, captant, cette fois, l'attention d'Arnau, acceptez-vous de rendre hommage à Arnau et Elionor, barons de Granollers, Sant Vicenç y Caldes de Montbui ?

— Non !

Le non de l'ancien *carlan* du château de Montbui sembla déchirer le ciel. L'homme s'était levé et avait répondu d'une voix de stentor à la question du secrétaire. De la foule rassemblée derrière les nobles, un murmure sourd s'éleva ; Joan secoua la tête comme s'il s'y attendait, Mar tituba, mal à l'aise devant tous ces gens, et Arnau hésita sur la marche à suivre. Quant à Elionor, elle pâlit à l'extrême. Son visage devint blanc comme neige.

Le secrétaire se tourna vers l'estrade et attendit les instructions de sa maîtresse. En vain. Alors il prit l'initiative.

— Vous refusez ?

— Nous refusons, hurla le *carlan*, sûr de lui. Même le roi ne peut nous obliger à prêter serment à quelqu'un de condition inférieure à la nôtre. C'est la loi !

Joan acquiesça avec tristesse. Il n'avait pas voulu le dire à Arnau. Les nobles avaient piégé Elionor.

— Arnau Estanyol, continua à tue-tête le *carlan* en s'adressant au secrétaire, est citoyen de Barcelone, fils d'un paysan de *remença* fugitif. Le roi a beau lui avoir octroyé les baronnies que tu dis, nous ne rendrons pas hommage au fils fugitif d'un serf de la terre !

Quand elle entendit de la bouche du *carlan* le nom d'Arnau, citoyen de Barcelone et fils de paysan, la plus jeune des deux prostituées se mit sur la pointe des pieds pour voir l'estrade. Le spectacle des nobles assis là-bas avait éveillé sa curiosité. À présent ses jambes tremblaient.

La foule murmurait. Le secrétaire regarda de nouveau Elionor. Arnau fit de même. La pupille du roi n'avait pas bougé d'un pouce. Elle était comme paralysée. Passé le choc, la surprise laissa place à la colère. Son visage reprit des couleurs : elle tremblait de rage, et ses mains semblaient vouloir broyer le bois des accoudoirs du fauteuil qu'elle agrippait.

— Pourquoi m'as-tu assuré qu'il était mort, Francesca ? murmura Aledis, la plus jeune des prostituées.

— C'est mon fils, Aledis.

— Arnau est ton fils ?

Francesca hocha la tête mais fit signe en même temps à Aledis de baisser la voix. Pour rien au monde elle ne désirait qu'on apprenne qu'Arnau était le fils d'une femme publique. Par bonheur, les gens autour d'elles étaient occupés par la querelle entre nobles.

La discussion s'envenimait. Devant le silence des autres, Joan décida d'intervenir.

— Vous avez peut-être raison, clama-t-il dans le dos de la baronne outragée, vous pouvez refuser de leur rendre hommage, mais cela ne vous délie pas de l'obligation qui est la vôtre de servir vos seigneurs par un engagement écrit. C'est la loi ! Êtes-vous prêts à signer ?

Tandis que le *carlan*, conscient que le dominicain avait raison, fixait ses compagnons, Arnau fit signe à Joan de venir vers lui.

— Que signifie ceci ? lui demanda-t-il à voix basse.

— Qu'ils sauvent leur honneur. Ils ne prêtent pas serment à...

— Une personne de condition inférieure, l'aida Arnau. Tu sais bien que cela n'a jamais eu d'importance pour moi.

— Ils ne te rendent pas hommage et ne se soumettent pas à toi comme vassaux, mais la loi les contraints à continuer à te servir et à s'y engager par écrit, en reconnaissant les terres et les honneurs qu'ils possèdent de toi.

— Un peu comme les *capbreus* qu'ils font signer aux paysans ?

— Oui.

— Nous signerons, déclara le *carlan*.

Arnau ne prêta aucune attention au noble, qu'il ne regardait même pas. Il réfléchissait ; c'était la solution toute trouvée à la misère des paysans ! Joan était toujours penché sur lui. Elionor n'était plus qu'un fantôme ; elle avait quitté la scène, ses illusions envolées.

— Cela veut dire, demanda Arnau à son frère, que même s'ils ne me reconnaissent pas comme leur baron, ils sont tenus de m'obéir ?

— Oui. Ils sauvent seulement les apparences.

— Très bien, conclut Arnau en se levant avec solennité.

Il fit signe au secrétaire d'approcher.

— Tu vois l'espace là-bas, entre les seigneurs et le peuple ? lui dit-il une fois que l'homme fut à ses côtés. Tu vas t'y placer et répéter le plus fort possible, mot pour mot, ce que je vais dire. Je veux que tout le monde entende !

Tandis que le secrétaire se dirigeait vers l'endroit désigné par Arnau, ce dernier adressa un sourire cynique au *carlan* qui attendait une réponse.

— Moi, Arnau, baron de Granollers, Sant Vicenç y Caldes de Montbui...

Arnau attendit que le secrétaire hurle ses paroles.

— Moi, Arnau, baron de Granollers, Sant Vicenç y Caldes de Montbui...

— ... déclare proscrites de mes terres toutes

les coutumes connues sous le nom de « mauvais usages »...

— ... déclare proscrites...

— Tu ne peux pas faire ça ! l'admonesta un noble, interrompant le secrétaire.

Arnau regarda Joan, qui lui confirma ses droits.

— Si, se contenta de répondre Arnau.

— Nous irons voir le roi ! menaça un autre.

Arnau haussa les épaules. Joan s'approcha de lui.

— As-tu pensé, chuchota-t-il, à ce qu'il adviendra de ces pauvres gens à qui tu donnes un espoir, si ensuite le monarque te désavoue ?

— Joan, répondit Arnau avec une assurance qu'il n'avait jamais eue jusqu'à ce jour, je ne sais probablement rien de l'honneur, de la noblesse ou de la chevalerie, mais je connais les chiffres consignés dans mes livres, relatifs aux prêts accordés à Sa Majesté, qui ont, de fait, ajouta-t-il en souriant, considérablement augmenté avec la campagne de Majorque, après mon mariage avec sa pupille. Ça, je le sais. Je te garantis que le roi ne remettra pas en cause mes paroles.

Arnau se tourna vers le secrétaire qu'il pria de continuer.

— ... déclare proscrites de mes terres toutes les coutumes connues sous le nom de mauvais usages..., répéta ce dernier.

— Je déclare abrogés le droit d'*intesta*, par lequel le seigneur a le droit d'hériter une partie des biens de ses vassaux...

Arnau parlait lentement et distinctement, pour laisser le temps au secrétaire de répéter ses paroles. Le peuple écoutait en silence, incrédule et plein d'espoir à la fois.

— ... celui de *cugutia*, par lequel les seigneurs s'approprient la moitié ou la totalité des biens d'une femme adultère, celui d'*exorquia*, par lequel ils s'octroient une partie des biens des paysans mariés qui meurent sans enfants, celui d'*ius maletractandi*, qui leur donne le droit de maltraiter à leur guise les paysans et de s'approprier leurs biens...

Le silence qui accompagnait le discours d'Arnau était tel que le secrétaire finit par baisser d'un ton quand il s'aperçut que la foule l'écoutait religieusement. Francesca s'accrocha au bras d'Aledis.

— ... celui d'*arsia*, par lequel le paysan a l'obligation d'indemniser son seigneur en cas d'incendie de ses terres, celui de *firma de espoli forzada*, par lequel le seigneur peut jouir d'une mariée lors de sa nuit de noces...

Arnau ne le vit pas, mais parmi cette foule qui commençait à s'agiter joyeusement à mesure qu'elle se rendait compte de la portée des paroles prononcées par le baron, une vieille femme, sa mère, lâcha Aledis et porta les mains à son visage. À l'instant même, Aledis comprit. Des larmes se mirent à couler le long de ses joues et elle étreignit Francesca. Pendant ce temps, nobles et gentilshommes, au pied de l'estrade d'où Arnau était en train de libérer leurs vassaux, débattaient du meilleur moyen d'aborder le problème avec le roi.

— Je déclare proscrits tous les autres services auxquels jusqu'alors ont été contraints les paysans et qui ne correspondent pas au paiement de la juste et légitime rétribution de leurs terres. Je vous déclare libres de cuire votre propre pain, de ferrer vos animaux et de réparer votre matériel agricole dans vos propres forges. Je déclare les femmes, les mères, libres de refuser d'allaiter gratuitement les enfants de vos seigneurs.

Perdue dans ses souvenirs, Francesca ne pouvait plus s'arrêter de pleurer.

— Ainsi que de servir gratuitement dans les maisons de vos seigneurs. Je vous libère de l'obligation d'offrir des cadeaux à vos seigneurs à Noël et de travailler leurs terres gratuitement.

Arnau se tut quelques instants et observa, bien au-delà des nobles préoccupés, la multitude qui espérait à présent entendre une phrase précise. Il en manquait juste une ! Les gens le savaient et attendaient, inquiets, devant le silence soudain d'Arnau. Il en manquait une !

— Je vous déclare libres ! cria-t-il finalement.

Le *carlan* hurla et leva le poing en direction d'Arnau. Les nobles à ses côtés gesticulèrent et protestèrent à leur tour.

— Libres ! sanglota Francesca au milieu des acclamations de la foule.

— À partir de ce jour où certains nobles ont refusé de rendre hommage à la pupille du roi, les paysans qui travaillent les terres qui composent les baronnies de Granollers, Sant Vicenç dels Horts y Caldes de Montbui seront égaux aux paysans de la jeune Catalogne, égaux à ceux des baronnies d'Entença, de la Conca del Barberà, de la campagne de Tarragone, du comté de Prades, de la Segarra ou de la Garriga, du marquisat d'Aytona, du territoire de Tortosa ou de la campagne d'Urgell... égaux aux paysans de n'importe laquelle des dix-neuf régions de cette Catalogne conquise grâce au courage et au sang de vos pères. Vous êtes libres ! Vous êtes des paysans, mais plus jamais, sur ces terres, vous ne serez des serfs de la terre, ni vos enfants, ni vos petits-enfants !

— Ni vos mères, murmura Francesca pour elle-même. Ni vos mères, répéta-t-elle avant d'éclater de nouveau en sanglots et d'agripper Aledis, tout aussi émue.

Arnau dut quitter l'estrade avant que le peuple se jette sur lui. Joan soutint Elionor, incapable de marcher seule. Derrière eux, Mar, les nerfs à fleur de peau, tentait de contenir ses sentiments.

Dès qu'Arnau et sa petite escorte rejoignirent le château, le champ commença à se vider. Après s'être mis d'accord sur la façon dont ils présenteraient l'affaire au roi, les nobles firent de même, à bride abattue, sans se soucier des gens sur les chemins obligés de sauter dans les fossés pour éviter d'être renversés par ces cavaliers en colère. Les paysans se dirigèrent vers leurs foyers, un sourire sur le visage.

Bientôt, il ne resta plus que les deux femmes.

— Pourquoi m'as-tu menti ? demanda Aledis à Francesca, qui se tourna vers elle.

— Parce que tu ne méritais pas Arnau... Tu n'étais pas destinée à être son épouse.

La vieille catin était sûre d'elle. Sa voix rauque était aussi dure et aussi froide que possible.

— Tu le penses vraiment ?

Francesca sécha ses larmes et retrouva l'énergie et la fermeté qui lui avaient permis de tenir bon pendant toutes ces années.

— Tu as vu ce qu'il est devenu ? Tu as entendu ce qu'il a fait ? Tu crois que sa vie aurait été la même à tes côtés ?

— Au sujet de mon mari et...

— Mensonge.

— Qu'il me recherchait...

— Mensonge.

Aledis fronça les sourcils et observa sa patronne.

— Toi aussi tu m'as menti, tu t'en souviens ? lui jeta-t-elle à la figure.

— J'avais mes raisons.

— Moi aussi.

— M'avoir pour ton commerce... Maintenant je comprends tout.

— Pas seulement, mais j'avoue que oui. Tu te plains ? Combien de jeunes filles ingénues as-tu trompées toi aussi, depuis ?

— Cela n'aurait pas été nécessaire si tu...

— Je te rappelle que tu as pris la décision toute seule.

Aledis hésita.

— D'autres, comme moi, n'ont pas eu le choix.

— Cela a été très dur, Francesca. Venir jusqu'à Figueras, me traîner, me soumettre, et pour quoi ?

— Tu vis bien, mieux que la plupart des nobles qui étaient là tout à l'heure. Tu ne manques de rien.

— Mon honneur...

Francesca se redressa autant que son corps défraîchi le lui permettait. Elle fit face, alors, à Aledis.

— Écoute, Aledis, l'honneur, je ne sais plus ce que c'est. Tu m'as vendu le tien. On m'a volé le mien quand j'étais gamine. Personne ne m'a permis de choisir. Aujourd'hui, j'ai pleuré, ce que je m'étais interdit toute ma vie, et ça suffit. Nous sommes ce que nous sommes et ça ne nous servira à rien, ni à toi ni à moi, de ressasser le passé. Laisse les autres se battre pour l'honneur. Tu les as vus aujourd'hui. Qui, de tous ceux qui étaient près de nous, peut parler d'honneur ?

— Peut-être que, désormais, sans les mauvais usages...

— Ne t'y trompe pas. Ce seront toujours des malheureux. Nous avons beaucoup lutté pour arriver où nous sommes. Ne pense pas à l'honneur : il n'est pas fait pour le peuple.

Aledis regarda autour d'elle. Arnau avait libéré le peuple des mauvais usages, mais il existerait toujours des hommes et des femmes sans espoir, des enfants faméliques, sans chaussures, à moitié nus. Elle hocha la tête et se jeta dans les bras de Francesca.

41.

— Vous ne comptez pas me laisser ici !

Elionor descendit l'escalier comme une furie. Arnau était assis à la table du salon. Il signait les documents qui bannissaient les mauvais usages de ses terres. « Dès que j'ai fini, je m'en vais », avait-il prévenu Joan qui, ainsi que Mar, observait la scène dans son dos.

Une fois qu'il eut terminé, Arnau regarda Elionor. C'était la première fois qu'ils se parlaient depuis leur mariage.

— Quel intérêt avez-vous à ce que je reste ici ? demanda-t-il sans se lever.

— Comment voulez-vous que je demeure dans un lieu où j'ai été humiliée ?

— Alors je poserai la question autrement : quel intérêt pouvez-vous avoir à me suivre ?

— Vous êtes mon époux ! cria Elionor d'une voix perçante.

Elle avait retourné le problème dans tous les sens : elle ne pouvait ni rester à Montbui, ni retourner à la cour. Arnau arbora une moue contrariée.

— Si vous partez, si vous me laissez, ajouta-t-elle, j'irai voir le roi.

Ses paroles retentirent aux oreilles d'Arnau.

« Nous irons voir le roi ! » avaient également menacé les nobles. En ce qui les concernait, il pensait pouvoir résoudre la question, mais... Il regarda les documents qu'il avait sous les yeux. Si Elionor, sa propre épouse, la pupille royale, allait elle aussi se plaindre à Pierre...

— Signez, lui enjoignit-il en lui tendant les papiers.

— Pourquoi le ferais-je ? Sans les mauvais usages, nous n'aurons plus de rentes.

— Signez, et vous vivrez dans un palais de la calle Montcada à Barcelone. Vous n'aurez nul besoin de ces rentes. Vous aurez tout l'argent que vous voudrez.

Elionor s'avança vers la table, prit la plume et se pencha sur les documents.

— Comment puis-je être sûre que vous tiendrez parole ? lança-t-elle soudain, en se tournant vers Arnau.

— Plus grande sera la maison, moins je vous verrai. Voilà tout. Mieux vous vivrez, moins vous m'ennuirez. Cette garantie vous suffit-elle ? Je n'ai pas l'intention de vous en fournir d'autre.

Elionor jeta un coup d'œil aux deux silhouettes debout derrière Arnau. La jeune fille, lui sembla-t-il, souriait.

— Et eux ? Ils vivront avec nous ? interrogea-t-elle en les pointant avec sa plume.

— Oui.

— Elle aussi ?

Mar et Elionor échangèrent un regard glacial.

— N'ai-je pas été assez clair, Elionor ? Vous signez, oui ou non ?

Elle signa.

Arnau n'attendit pas qu'Elionor soit prête. Le jour même, au coucher du soleil, afin d'éviter la chaleur d'août, il partit pour Barcelone.

Quand la voiture qu'il avait louée – comme à l'aller – franchit les portes du château, aucun de ses occupants ne se retourna.

— Pourquoi devons-nous vivre avec elle ? demanda Mar à Arnau.

— Je ne dois pas offenser le roi, Mar. On ne sait jamais quelle peut être la réaction d'un monarque.

Mar réfléchit quelques instants.

— C'est pour cela que tu lui offres un palais ?

— Non... En fait, c'est à cause des paysans. Je ne veux pas qu'elle aille se plaindre. En théorie, le roi nous a octroyé des rentes, même si, en réalité, elles sont quasiment inexistantes. Si Elionor raconte au roi que j'ai dilapidé les rentes en question, il désavouera peut-être les mesures que j'ai prises.

— Le roi Pierre ?

— Il n'y a pas si longtemps, Sa Majesté a dicté une pragmatique à l'encontre des serfs de la terre, remettant également en cause les privilèges que lui-même et ses prédécesseurs avaient accordés aux villes. L'Église et les nobles avaient exigé de lui qu'il prenne des mesures contre les paysans qui s'échappaient de leurs terres et les laissaient en friche.

— Je ne pensais qu'il aurait été capable de cela.

— C'est un noble lui aussi, Mar, le premier de tous.

Ils passèrent la nuit dans une ferme des environs de Montcada, chez des paysans qu'Arnau rétribua généreusement. Ils repartirent à l'aube et entrèrent dans Barcelone avant la canicule.

— La situation est dramatique, annonça Arnau à Guillem une fois qu'ils se retrouvèrent seuls. La principauté va bien plus mal que nous ne l'imaginions. Si tu savais dans quel état se trouvent les champs et les terres !... Nous ne tiendrons pas indéfiniment comme ça.

— Ça fait longtemps que je prends des mesures, répliqua, à sa grande surprise, Guillem qu'Arnau encouragea à poursuivre. La crise est grave et elle était prévisible. Nous en avions déjà parlé. Sur les marchés étrangers, notre monnaie est constamment dévaluée, mais le roi ne prend aucune décision, ici, en Catalogne, et nous devons supporter des parités insoutenables. La municipalité s'endette chaque fois plus pour financer les infrastructures de Barcelone. Les gens ne tirent plus profit du commerce et cherchent d'autres endroits, plus sûrs, pour leur argent.

— Et nous ?

— À l'étranger, Pise, Florence, même Gênes, les taux de change sont encore acceptables.

Tous deux gardèrent quelques instants le silence.

— Castelló a été déclaré *abatut*, finit par ajouter Guillem. C'est le début de la fin.

Le souvenir du cambiste, gros, toujours en sueur et jovial, passa devant les yeux d'Arnau.

— Que s'est-il passé ?

— Il a été imprudent. Les gens lui ont demandé de leur rendre leurs dépôts et il n'avait pas l'argent.

— Il pourra payer ?

— Je crains que non.

Le 29 août, le roi débarqua, victorieux, de sa campagne majorquine contre Pierre le Cruel qui, dès l'apparition de la flotte catalane, avait fui l'île d'Ibiza qu'il venait de conquérir et de dévaster.

Elionor revint fin septembre et les Estanyol, y compris Guillem malgré son opposition initiale, emménagèrent dans le palais de la calle Montcada.

Deux mois plus tard, le souverain reçut en

audience le *carlan* de Montbui. La veille, des envoyés du roi avaient de nouveau sollicité un prêt au bureau d'Arnau. Pierre IV renvoya le *carlan* et confirma les mesures prises par Arnau.

En janvier de l'année suivante, une fois passé le délai qui lui avait été accordé par la loi pour payer ses dettes, Castelló le cambiste fut décapité devant son bureau de change, plaza dels Canvis. Tous les cambistes de la ville durent assister, au premier rang, à son exécution. Arnau vit la tête de Castelló tomber sous le coup franc du bourreau. Il aurait aimé fermer les yeux, comme beaucoup d'autres, mais il en fut incapable. Il fallait qu'il regarde. « C'est un appel à la prudence que je ne devrai jamais oublier », se dit-il tandis que le sang dégoulinait sur l'échafaud.

42.

Arnau continuait de voir sa Vierge lui sourire. Tout, d'ailleurs, lui souriait. Il venait d'avoir quarante ans et, malgré la crise, ses affaires marchaient bien. Il en tirait de gros profits dont il destinait une partie aux nécessiteux ou à Santa Maria. Avec le temps, Guillem lui avait donné raison : les gens du peuple remboursaient leurs prêts, au centime près. Son église, le temple de la mer, s'élevait désormais jusqu'à sa troisième voûte centrale. Les clochers octogonaux encadraient sa façade principale. Santa Maria bourdonnait du travail des artisans : marbriers, sculpteurs, peintres, verriers, charpentiers et forgeurs. Il y avait même un organiste, dont Arnau suivait le travail avec attention. Quel son rendrait la musique à l'intérieur de ce temple majestueux ? se demandait-il souvent. Depuis la mort de l'archidiacre Bernat Llull et des deux chanoines qui lui avaient succédé, c'était Pere Salvete de Montirac, avec qui Arnau entretenait des relations suivies, qui était en charge de l'église. Le grand mestre Berenguer de Montagut, et son disciple, Ramon Despuig, étaient morts également. Le responsable de la direction des travaux était à présent Guillem Metge.

Mais Arnau ne traitait pas seulement avec les

prévôts de Santa Maria. Sa situation économique et son nouveau statut l'avaient amené à fraterniser avec les conseillers de la ville, les dirigeants et les membres du conseil des Cent. On tenait compte de son opinion à la Bourse, et ses recommandations étaient suivies par les commerçants et les marchands.

Pour cette raison, on venait de lui proposer un des deux postes de consul de la Mer de Barcelone, lesquels étaient à la fois les représentants suprêmes du commerce dans la ville, les juges des conflits marchands – avec une juridiction propre, indépendante de tout autre institution barcelonaise –, les arbitres des différends liés au port ou à ses travailleurs et les garants de l'application des lois et coutumes du commerce. Arnau hésitait.

— Tu dois accepter, l'encouragea Guillem.

— Je ne sais pas si je pourrai...

— Personne n'est mieux placé que toi, Arnau, fais-moi confiance. Tu peux le faire. J'en suis certain.

Arnau finit par céder. Il entrerait en fonction à la fin du mandat de son prédécesseur.

Santa Maria, ses affaires, ses futures obligations de consul de la Mer : tout concourait à créer autour d'Arnau une sorte de rempart derrière lequel le *bastaix* se sentait à son aise. Aussi, quand il rentrait chez lui, dans le palais de la calle Montcada, ne se rendait-il pas compte de ce qu'il s'y tramait.

Arnau avait respecté ses promesses à l'égard d'Elionor, et leur relation était distante et froide ; elle se réduisait au strict minimum nécessaire à leur cohabitation. De son côté, Mar avait eu vingt ans. Elle était splendide et refusait toujours de se marier. « Pourquoi le ferais-je puisque j'ai Arnau pour moi toute seule ? Que deviendrait-il sans moi ? Qui lui ôterait ses chaussures ? Qui s'occuperait de lui quand il rentre du travail ? Qui bavarderait avec lui et écouterait ses problèmes ? Elionor ? Joan, chaque jour davantage absorbé par ses études ? Les esclaves ? Ou Guillem, avec qui il passe déjà la plus grande partie de ses journées ? » songeait la jeune fille.

Chaque jour, Mar attendait avec impatience le retour d'Arnau. Dès qu'elle entendait ses violents coups de heurtoir à la porte, sa respiration s'accélérait et le sourire revenait sur ses lèvres. Elle courait l'accueillir en haut de l'escalier qui conduisait aux étages nobles. Le reste du temps, en l'absence d'Arnau, sa vie n'était qu'un supplice permanent.

— Pas de perdrix !

La voix de la baronne résonna dans les cuisines.

— Aujourd'hui, nous mangerons du veau.

Mar se retourna vers Elionor, qui se tenait debout devant la porte de la cuisine. Arnau aimait la perdrix. La jeune fille était allée en acheter exprès avec Donaha. Elle l'avait choisie elle-même, l'avait suspendue dans la cuisine et attendu des jours qu'elle fût à point. Ce matin-là, tôt, elle était descendue pour la préparer.

— Mais..., tenta de s'opposer Mar.

— Du veau, coupa Elionor en la transperçant du regard.

Mar regarda Donaha, qui haussa imperceptiblement les épaules.

— C'est moi qui décide de ce que l'on mange dans cette maison, continua la baronne en s'adressant, pour une fois, à tous les esclaves présents dans la cuisine. Dans cette maison, c'est moi qui commande ! cria-t-elle.

Puis elle fit demi-tour et disparut.

Ce jour-là, Elionor guetta les effets de son coup d'éclat. La jeune fille irait-elle tout raconter à Arnau ou garderait-elle cela pour elle ? Mar hésitait en effet : devait-elle rapporter l'incident à Arnau ? Qu'y gagnerait-elle ? Si Arnau prenait son parti, il se disputerait avec Elionor qui, de fait, était bien la maîtresse de maison. Et dans le cas contraire ? Elle en eut mal au ventre. S'il ne la défendait pas ? Arnau avait dit une fois qu'il ne fallait pas offenser le roi. Et si Elionor allait se plaindre au monarque ? Que dirait alors Arnau ?

À la fin de la journée, Elionor laissa échapper un sourire de mépris à l'endroit de Mar : Arnau, avait-elle constaté, l'avait traitée comme de coutume et ne lui avait pas adressé la parole. Peu à peu, la baronne décida de rendre la vie impossible à la jeune fille. Elle lui interdit, par exemple, d'accompagner les esclaves au marché et d'entrer dans les cuisines. Elle posta des domestiques aux portes des salons quand elle s'y trouvait. « La baronne désire ne pas être dérangée », disaient-ils à Mar en lui barrant l'accès.

Jour après jour, Elionor s'ingéniait à tourmenter la filleule d'Arnau.

Le roi. Ils ne devaient pas offenser le roi. Ces paroles étaient gravées dans l'esprit de Mar. Elle ne cessait de se les répéter. Elionor était toujours sa pupille et elle pouvait demander audience au monarque à tout moment. La jeune fille ne voulait pas être responsable d'un tel affront !

Elle se trompait lourdement. Ces querelles quotidiennes ne suffisaient pas à apaiser Elionor. Ses petites victoires s'évanouissaient sitôt qu'Arnau rentrait à la maison et que Mar lui sautait dans les bras. Elle les voyait rire, discuter, s'étreindre. Ensuite, assis dans un fauteuil, Arnau racontait à Mar sa journée, les histoires de la Bourse, les changes, les bateaux. La jeune fille, à ses pieds, était éblouie par ses récits. N'était-ce pas là la place de son épouse légitime ? Le soir, après le dîner, Mar pendue à son bras, Arnau s'attardait à une fenêtre, et ils contemplaient ensemble la nuit étoilée. Dans leur dos, Elionor serrait les poings à s'en meurtrir la paume des mains ; sous le coup de la douleur, elle se retirait brusquement dans ses appartements.

Une fois seule, elle songeait à sa situation. Depuis qu'ils étaient mariés, Arnau ne l'avait pas touchée. Elle se caressait le corps, les seins – encore si fermes ! –, les cuisses, l'entrejambe, et quand le plaisir commençait à monter, elle se heurtait toujours à la même réalité : cette fille... cette fille avait réussi à prendre sa place !

— Que se passera-t-il à la mort de mon époux ?

À peine assise devant le bureau couvert de livres, elle avait posé la question directement, sans préambule. La baronne toussa ; ce bureau, ces livres, ces dossiers, la poussière...

Reginald d'Area observa longuement la femme qui lui rendait visite. C'était le meilleur avocat de la ville, avait-on affirmé à Elionor, un expert des *usatges* de Catalogne.

— J'ai cru comprendre que vous n'avez pas d'enfant de votre époux, c'est exact ?

Elionor fronça les sourcils.

— Je dois le savoir, insista-t-il avec courtoisie.

Sa personne, corpulente et aimable, avec sa crinière et sa barbe blanches, inspirait confiance.

— Non. Je n'en ai pas.

— Vous faites, je suppose, référence aux questions patrimoniales.

Elionor s'agita sur sa chaise, inquiète.

— Oui, avoua-t-elle enfin.

— Votre dot vous sera rendue. Quant au patrimoine de votre époux, il peut en disposer par testament comme il le désire.

— Je n'ai droit à rien ?

— L'usufruit de ses biens pendant un an, l'année de deuil.

— Seulement ?

Le cri que poussa Elionor irrita Reginald d'Area. Que croyait donc cette femme ?

— Remerciez votre tuteur, le roi, répliqua-t-il sèchement.

— Que voulez-vous dire ?

— Jusqu'à l'accession de Pierre IV au trône, il existait en Catalogne une loi datant de Jacques Ier par laquelle la veuve, dans la mesure où elle le faisait honnêtement, pouvait jouir de l'usufruit de tout l'héritage de son mari. À vie. Mais les marchands de Barcelone et de Perpignan sont très soucieux de leur patrimoine, y compris quand il s'agit de leur épouse, et ils ont obtenu un privilège royal qui réduit cette jouissance à l'année de deuil. Votre tuteur a fait de ce privilège une loi générale dans toute la principauté...

Elionor ne l'écoutait plus. Elle se leva avant que l'avocat termine son exposé. Elle toussa une nouvelle fois et balaya le bureau du regard. Á quoi bon tous ces livres ? Reginald se leva également.

— Si vous avez besoin de plus de...

Elionor, qui lui avait déjà tourné le dos, se contenta de lever la main.

C'était clair : il fallait qu'elle ait un enfant de son mari pour assurer son avenir. Arnau avait tenu sa promesse, et Elionor avait désormais un tout autre train de vie : elle vivait dans le luxe, ce luxe qu'elle avait vu à la cour mais qui lui était défendu, en raison des innombrables contrôles des trésoriers royaux auxquels elle était soumise. À présent, elle dépensait sans compter, elle possédait tout ce qu'elle désirait. Mais si Arnau mourait... Et ce qui le maintenait éloigné d'elle, c'était cette sorcière voluptueuse. Sans elle... si elle disparaissait... Arnau serait à elle ! Comment ne parviendrait-elle pas à séduire un serf fugitif ?

Quelques jours plus tard, Elionor convoqua dans ses appartements Joan, le seul des Estanyol qu'elle fréquentât un peu.

— Je ne peux pas le croire ! s'exclama Joan.

— Et pourtant c'est vrai, frère Joan, dit Elionor, les mains au visage. Depuis que nous sommes mariés, il ne m'a pas touchée.

Joan savait qu'il n'y avait pas d'amour entre Arnau et Elionor, qu'ils faisaient chambre à part. Et alors ? Personne ne se mariait par amour et la plupart des nobles dormaient séparément. Mais si Arnau n'avait pas touché Elionor, ils n'étaient pas mariés.

— En avez-vous parlé avec lui ?

Elionor écarta les mains. Ses yeux rougis attirèrent immédiatement l'attention de Joan.

— Je n'ose pas. Je ne saurais le faire. De plus, je crois...

Elionor attendit quelques instants avant de continuer.

— Que croyez-vous ?

— Arnau est beaucoup plus attaché à Mar qu'à sa propre épouse.

— Vous savez bien qu'il adore cette enfant.

— Je ne fais pas référence à ce type d'amour, frère Joan, insista-t-elle en baissant la voix.

Joan se redressa d'un coup dans son fauteuil.

— Oui. Je sais que vous aurez du mal à le concevoir, mais je suis convaincue que cette enfant, comme vous dites, a des vues sur mon mari. C'est comme avoir le diable dans ma propre maison, frère Joan !

Elionor réussit à faire trembler sa voix.

— Mes armes, frère Joan, sont celles d'une simple femme qui souhaite accomplir le devoir qu'impose l'Église à toutes les épouses mais, chaque fois, je trouve mon mari plongé dans une volupté qui le détourne de moi. Je ne sais plus que faire !

Voilà pourquoi Mar ne voulait pas se marier ! C'était donc cela ! Des images se mirent à défiler dans la mémoire de Joan : Mar et Arnau étaient toujours ensemble ; comme elle se jetait dans ses bras ! Et ces regards, ces sourires. Comme il avait été stupide ! Le Maure, lui, savait ; il savait certainement ; c'est pourquoi il prenait sa défense.

— Je ne sais que vous dire, s'excusa-t-il.

— J'ai un plan... Mais j'ai besoin de votre aide et, surtout, de votre conseil.

43.

Joan écouta le plan d'Elionor en frémissant.

— Je dois réfléchir, bredouilla-t-il alors qu'elle insistait, évoquant sa situation matrimoniale dramatique.

Il alla aussitôt s'enfermer dans sa chambre et se fit excuser pour le dîner afin d'éviter Arnau et Mar, ainsi que le regard interrogateur d'Elionor. Frère Joan consulta ses livres de théologie, soigneusement rangés dans son armoire. La réponse à ses problèmes devait bien s'y trouver. Au cours de toutes les années qu'il avait passées loin de son frère, Joan n'avait cessé de penser à lui. Il aimait Arnau ; Bernat et lui représentaient la meilleure part de son enfance. Toutefois, sa tendresse pour lui n'était pas sans tache, comme son habit. Elle était mêlée d'admiration, une admiration qui pouvait aller jusqu'à frôler la jalousie. Arnau, au sourire franc, cet enfant vif qui affirmait parler avec la Vierge. En songeant aux nombreuses fois où il avait tenté lui aussi d'entendre la voix de la Madone, Joan eut un mouvement d'agacement. À présent, il savait que c'était presque impossible, que seuls quelques élus avaient droit à cet honneur. Il avait étudié et s'était discipliné dans l'espoir d'être l'un d'eux ; il avait jeûné au péril de sa santé. En vain.

Frère Joan se plongea dans les doctrines de l'évêque Hincmaro, dans celles de saint Léon Ier le Grand, dans celles du maître Gratien, dans les lettres de saint Paul et d'autres encore.

Seule la communion charnelle entre conjoints, la *coniunctio sexuum*, parvient à faire du mariage entre les hommes le reflet de l'union du Christ avec l'Église, objectif principal du sacrement : sans la *carnalis copula*, le mariage n'existe pas, disait le premier.

Seul le mariage consommé à travers l'union charnelle est validé par l'Église, affirmait saint Léon Ier le Grand.

Gratien, son maître à l'université de Bologne, abondait dans le même sens en unissant le symbolisme nuptial, le consentement échangé par les époux devant l'autel, et l'accouplement sexuel de l'homme et de la femme : la *una caro*. Et saint Paul, dans sa célèbre lettre aux Éphésiens, disait : « Celui qui aime sa femme s'aime lui-même ; parce que personne ne hait jamais sa propre chair ; au contraire, il la nourrit et veille sur elle, comme le Christ le fait avec l'Église. Pour cette raison, l'homme quittera son père et sa mère et s'attachera à sa femme, et tous deux ne seront plus qu'une seule chair. Ce mystère est grand ; je dis qu'il se rapporte au Christ et à l'Église. »

Frère Joan resta plongé dans les enseignements et les doctrines des sages jusque tard dans la nuit. Que cherchait-il ? Il ouvrit un autre traité. Combien de temps encore refuserait-il de voir la vérité ? Elionor avait raison : sans accouplement, sans union charnelle, le mariage était nul. « Pourquoi n'as-tu pas accompli ton devoir conjugal avec elle ? Tu vis dans le péché. L'Église ne reconnaît pas ton mariage. » À la lueur d'une bougie, il relut Gratien, lentement, en suivant les mots avec le doigt, tâchant de trouver ce qui, il le savait, ne s'y trouvait pas. « La pupille du roi ! Le souverain en personne t'a donné sa pupille et tu n'as pas accompli ton devoir conjugal avec elle ? Que dirait-il s'il l'apprenait ? Malgré toute ta fortune... C'est une offense faite au roi. Il t'a donné Elionor en mariage. Il l'a conduite lui-même à l'autel et tu as refusé la grâce qu'il t'a octroyée. Et l'évêque ? Que dirait l'évêque ? » Joan se rangea aux arguments de Gratien. Et tout cela pour une gamine arrogante qui n'avait pas voulu suivre son destin de femme.

Pendant des heures, Joan continua ses recherches, mais son esprit revenait toujours au plan d'Elionor. Quelle alternative existait-il ? Il fallait qu'il parle à Arnau ! Il s'imaginait devant lui, tous deux debout... « Tu devrais coucher avec Elionor. Tu vis dans le péché. » Et s'il se fâchait ? Il était baron de Catalogne, consul de la Mer. Qui était-il, lui, pour lui faire la leçon ? Il se replongea dans ses livres. S'il n'avait pas adopté cette gamine ! Elle était la cause de tous leurs problèmes. Si Elionor avait raison, Arnau prendrait le parti de Mar plutôt que celui de son frère. Mar était coupable, c'était la seule coupable. Elle avait repoussé tous les prétendants pour continuer à ensorceler Arnau de ses charmes. Quel homme aurait pu lui résister ? C'était le diable ! Le diable fait femme, la tentation, le péché. Pourquoi devait-il risquer de perdre l'amour de son frère ? Le diable, c'était elle. C'était elle. La coupable, c'était elle. Seul le Christ avait su résister à la tentation. Arnau n'était pas Dieu, c'était un homme. Pourquoi les hommes devaient-ils souffrir à cause du diable ?

Joan finit enfin par trouver ce qu'il cherchait.

« Vois comme elle imprime cette mauvaise inclination en nous. Car la nature humaine, par son
essence même et par sa corruption originelle, sans
autre motif étranger ou inspiration, se consacre à
cette bassesse, et si la bonté de notre Seigneur ne
réprimait pas cette inclination naturelle, chacun suc-
comberait pareillement et sans délai à cette bassesse.
Nous lisons qu'un petit enfant, pur, élevé par de
saints ermites dans le désert, qui n'avait jamais eu de
contact avec une femme, fut envoyé à la ville où se
trouvaient son père et sa mère. Et dès qu'il entra
dans la maison de ses parents, il interrogea ceux qui
l'avaient accompagné au sujet des choses nouvelles
qu'il avait vues : et comme il avait vu de belles
femmes, bien mises, il demanda ce que c'était, et les
saints ermites lui dirent que c'étaient des diablesses
fauteuses de troubles, et comme ils se trouvaient
dans la maison de son père et de sa mère, les saints
ermites demandèrent à l'enfant : "De toutes les
choses belles et nouvelles que tu as vues, quelle est
celle qui t'a le plus plu ?" Et l'enfant répondit : "Ce
sont les diablesses fauteuses de troubles. – Oh,
pervers ! s'exclamèrent les saints ermites. N'as-tu pas
lu et entendu dire bien des fois combien les diables
sont méchants et comme ils font le mal, et qu'ils
habitent en enfer ? Alors comment ont-ils pu te
séduire autant dès la première fois que tu les as
vus ?" On raconte que l'enfant répondit : "Ces diablesses ont beau être méchantes, et faire le mal, et
habiter en enfer, ça me serait égal, qu'elles me
fassent mal et me conduisent en enfer s'il s'agit d'être
avec elles. Maintenant je sais que les diablesses de
l'enfer ne sont pas aussi méchantes qu'on le prétend,
maintenant je sais que l'enfer ne doit pas être si mal
puisqu'il s'y trouve de telles diablesses. Puissé-je y
aller avec elles, si Dieu le veut." »

Le jour se levait quand frère Joan termina sa lecture et referma ses livres. Il n'allait pas prendre le risque. Il n'imiterait pas les saints ermites face à l'enfant qui préfère le diable. Il ne traiterait pas son frère de pervers. Ses livres le lui confirmaient, ceux-là mêmes qu'Arnau avait achetés pour lui. C'était la bonne décision. Il ne pouvait en être autrement. Il s'agenouilla sur le prie-Dieu de sa chambre, devant l'image du Christ crucifié, et pria.

Cette nuit-là, avant de trouver le sommeil, Joan crut sentir une odeur étrange, une odeur de mort qui envahissait sa chambre pratiquement à l'en étouffer.

Le jour de San Marcos, réunis en séance plénière, le conseil des Cent et les dirigeants de Barcelone élirent Arnau Estanyol, baron de Granollers, Sant Vicenç y Caldes de Montbui, consul de la Mer de la ville. Comme l'établissait le *Llibre de Consolat de Mar*, Arnau et le second consul, les conseillers et les dirigeants défilèrent en procession, acclamés par la population, jusqu'à la Bourse, siège du consulat de la Mer, dont le bâtiment était en reconstruction sur la plage même, à quelques mètres de l'église Santa Maria et du bureau de change d'Arnau.

Les *missatges*, ainsi qu'on appelait les soldats du consulat, leur rendirent hommage ; le cortège entra dans l'édifice et les conseillers de Barcelone en remirent symboliquement les clés aux nouveaux élus. À peine les conseillers avaient-ils quitté les lieux qu'Arnau commença d'exercer ses nouvelles fonctions : un marchand réclamait le remboursement d'une caisse de piments qu'un jeune batelier avait fait tomber à l'eau. Les piments furent apportés au tribunal pour qu'Arnau constate leur mauvais état.

Il écouta le marchand et le batelier, ainsi que leurs témoins respectifs. Il les connaissait tous deux personnellement. Le jeune batelier lui avait demandé un crédit, peu de temps auparavant, à son bureau. Il venait de se marier. Arnau l'avait félicité et lui avait souhaité tout le bonheur du monde.

— Je condamne le batelier, déclara-t-il d'une voix tremblante, à rembourser le prix des piments.

Arnau se mit à lire le livre que lui avançait le greffier.

— Conformément au chapitre soixante-deux des Coutumes de la Mer.

Il venait de lui demander un crédit. Il venait de se marier à Santa Maria, comme c'était l'usage chez les hommes de la mer. Sa femme était-elle enceinte ? Arnau se souvenait de l'éclat dans les yeux de la jeune épouse du batelier. Il se racla la gorge.

— As-tu... as-tu de quoi payer ?

Arnau baissa les yeux. Il venait de lui accorder un crédit. Était-ce pour la maison ? Le linge ? Les meubles, ou peut-être sa barque ? La réponse négative du jeune homme retentit désagréablement à ses oreilles.

— Je te condamne alors... (Le nœud qui se forma dans sa gorge faillit l'empêcher de continuer.) Je te condamne à la prison tant que ta dette n'aura pas été remboursée dans sa totalité.

Comment pourrait-il payer s'il ne pouvait plus travailler ? Sa femme était-elle enceinte ? Arnau en oublia de frapper avec le maillet sur le bureau. Les *missatges* lui firent les gros yeux. Il frappa. Le jeune batelier fut conduit aux geôles du consulat. Arnau baissa la tête.

— Vous n'avez fait que votre devoir, lui affirma le greffier une fois la séance levée.

Assis à sa droite, au centre de l'immense bureau qui surplombait la salle, Arnau ne bougeait pas.

— Regardez, insista le greffier en lui mettant sous les yeux un nouveau livre, le règlement du consulat.

Il est dit ici, en référence aux incarcérations : « Qu'il montre là son pouvoir, dans toute son étendue. » Vous êtes le consul de la Mer et vous devez agir comme tel. Notre prospérité, celle de notre ville, en dépend.

Ce jour-là, Arnau n'eut personne d'autre à envoyer en prison, mais ce ne fut que partie remise et, par la suite, il dut infliger cette condamnation bien souvent. La juridiction du consul de la Mer touchait toutes les affaires liées au commerce – prix, salaires des marins, sécurité des navires et des marchandises... – ou à la mer. Depuis qu'il était entré en fonction, Arnau était devenu une autorité indépendante du bailli ou du viguier, avec une armée à ses ordres ; il prononçait des jugements, décrétait l'embargo, faisait saisir les biens des débiteurs, emprisonnait.

Pendant qu'Arnau se voyait contraint d'écrouer de jeunes bateliers, Elionor avait fait convoquer Felip de Ponts, un gentilhomme qu'elle avait connu lors son premier mariage et qui, à plusieurs reprises, avait fait appel à elle pour qu'elle intercède en sa faveur auprès d'Arnau. Il devait à ce dernier une somme considérable qu'il ne pouvait pas rembourser.

— J'ai fait tout ce qui était en mon pouvoir, don Felip, mentit Elionor quand il parut devant elle, mais cette fois, j'ai échoué. Votre dette va vous être réclamée dans les plus brefs délais.

Felip de Ponts était un homme grand et fort, avec de petits yeux et une barbe blonde fournie. En entendant les paroles de la baronne, il pâlit. Si on lui réclamait sa dette, il perdrait ses quelques terres... tout, même son cheval de guerre. Un gentilhomme sans terre pour vivre et sans cheval pour se battre n'était plus digne de ce nom.

Felip de Ponts mit un genou en terre.

— Je vous en supplie, madame, implora-t-il. Je suis sûr que vous saurez convaincre votre mari d'ajourner sa décision. Dans le cas contraire, ma vie n'aura plus aucun sens. Faites-le pour moi ! En souvenir des temps meilleurs !

Debout devant le gentilhomme, Elionor se fit prier pendant de longues minutes. Elle feignait de réfléchir.

— Levez-vous, ordonna-t-elle. Il y a peut-être un moyen...

— Je vous en supplie ! répéta Felip de Ponts avant de se relever.

— C'est très risqué.

— Tout ce que vous voulez ! Je n'ai peur de rien. J'ai combattu au côté du roi...

— Il s'agirait d'enlever une jeune fille, lâcha Elionor.

— Je... je ne comprends pas, balbutia le gentilhomme après quelques instants de silence.

— Vous m'avez parfaitement comprise, répliqua Elionor. Il s'agirait d'enlever une jeune fille et... de la déflorer.

— Mais c'est condamné par la peine capitale !

— Pas toujours.

Elle l'avait entendu dire. Elle n'avait jamais osé poser la question, encore moins depuis qu'elle avait son plan en tête. C'est pourquoi elle avait attendu du dominicain qu'il balaie ses doutes.

— Cherchons quelqu'un qui l'enlève, avait-elle dit à Joan qui avait ouvert démesurément les yeux. Qui la viole.

Joan s'était porté les mains au visage.

— J'ai cru comprendre, avait-elle poursuivi, que

les *usatges* ne punissent pas le violeur si la jeune fille ou ses parents consentent au mariage.

Joan, ses mains toujours sur le visage, demeurait muet.

— Est-ce exact, frère Joan ? Est-ce exact ? avait-elle insisté devant le silence du frère.

— Oui, mais...

— Oui ou non ?

— Oui, avait confirmé Joan. Le stupre est puni de mort en cas de violence, et d'exil définitif dans le cas contraire. Mais si l'on consent au mariage ou si le violeur se trouve être de même condition que la jeune fille, le châtiment peut ne pas s'appliquer.

Elionor avait esquissé un sourire, qu'elle dissimula vite quand Joan s'adressa de nouveau à elle pour tâcher de la dissuader. La baronne joua alors la femme déshonorée.

— Je vous assure que je suis prête à employer tous les moyens, même les plus bas, pour récupérer mon époux. Cherchons quelqu'un qui l'enlève, répéta-t-elle, et qui la viole. Nous consentirons ensuite au mariage.

Joan fit non de la tête.

— Quelle différence cela fait-il ? insista Elionor. Si Arnau n'était pas si aveuglé, si obnubilé par cette gamine, nous pourrions la donner en mariage, même contre sa volonté. Vous-même lui avez trouvé des maris, mais Arnau s'y est chaque fois opposé. Tout ce que nous ferons, c'est contrecarrer son influence pernicieuse sur lui. C'est nous qui choisirons le futur époux de Mar, comme si nous la donnions en mariage, mais sans l'approbation d'Arnau. On ne peut pas compter sur lui, il est fou, il n'est plus lui-même à cause d'elle. Connaissez-vous un père qui agisse comme Arnau et laisse sa fille rester célibataire ? Aussi fortuné qu'il soit. Aussi noble. En connaissez-vous un ? Même le roi m'a mariée contre... sans me demander mon avis.

Joan avait fléchi peu à peu. Elionor en avait profité pour rappeler la précarité de sa situation et le péché dans lequel elle et Arnau vivaient... Joan avait promis de réfléchir et, à la fin, avait approuvé le choix de Felip de Ponts.

— Pas toujours, répéta Elionor sans vouloir s'étendre davantage.

Les gentilshommes étaient tenus de connaître les *usatges*.

— Vous affirmez que la jeune fille consentira au mariage ? Pourquoi ne se marie-t-elle pas, alors ?

— Ses tuteurs consentiront.

— Pourquoi ne se contentent-ils pas de la marier ?

— Cela n'est pas votre affaire, le coupa Elionor.

« C'est la mienne..., pensa-t-elle, et celle de frère Joan. »

— Vous me demandez d'enlever et de violer une jeune fille, et vous me dites que les raisons ne me regardent pas. Madame, vous faites erreur à mon sujet. Je suis peut-être débiteur, mais je suis gentilhomme...

— Il s'agit de ma pupille.

Felip de Ponts sursauta de surprise.

— Oui. Je vous parle de ma pupille, Mar Estanyol.

La jeune fille adoptée par Arnau ! Felip de Ponts se souvenait d'elle. Il l'avait vue une fois, dans le bureau de change de son père, et avait même eu avec elle une agréable conversation un jour où il avait rendu visite à Elionor.

— Vous voulez que j'enlève et que je viole votre propre pupille ?

— Il me semble, don Felip, que je me suis assez clairement exprimée. Je peux vous assurer que vous ne recevrez aucun châtiment.

— Quelle raison...

— Cela ne vous concerne pas ! Que décidez-vous ?

— Qu'y gagnerai-je ?

— La dot sera suffisamment importante pour éponger toutes vos dettes et, croyez-moi, mon mari se montrera très généreux avec sa pupille. Par ailleurs, vous aurez ma faveur, et vous n'ignorez pas que je suis proche du roi.

— Et le baron ?

— Je m'en occupe.

— Je ne comprends pas...

— Il n'y a rien à comprendre : la ruine, le discrédit, le déshonneur, ou ma faveur.

Felip de Ponts s'assit sur une chaise.

— La ruine ou la richesse, don Felip. Si vous refusez, dès demain le baron réclamera votre dette et adjugera vos terres, vos armes et vos bêtes. Cela, je peux vous le certifier.

44.

Dix jours passèrent, dans l'angoisse et l'incertitude. Dix jours pendant lesquels Arnau n'eut d'autre activité que celle liée à la disparition mystérieuse de Mar. À sa demande, le viguier et les conseillers de la ville mirent tout en œuvre pour découvrir ce qui s'était passé. Arnau offrit des récompenses considérables pour la moindre information sur le sort de Mar ou les endroits où on aurait pu la voir. Il pria comme il ne l'avait jamais fait au cours de sa vie. Finalement, Elionor, qui prétendit avoir reçu l'information d'un marchand de passage, confirma ses soupçons : la jeune fille avait été enlevée par un de ses débiteurs, un gentilhomme prénommé Felip de Ponts, qui la séquestrait dans une ferme fortifiée, proche de Mataró, à moins d'une journée à pied au nord de Barcelone.

Arnau y dépêcha les *missatges* du consulat. Puis il se rendit à Santa Maria pour prier encore une fois sa Vierge de la Mer.

Personne n'osait le déranger. Les ouvriers mirent même leur travail entre parenthèses. Prostré, à genoux devant cette petite figure de pierre qui avait tant compté pour lui tout au long de sa vie, Arnau tenta de repousser les visions d'horreur qui l'avaient assailli pendant ces dix jours et qui revenaient à présent hanter son esprit, le visage de Felip de Ponts s'y superposant.

Felip de Ponts avait attaqué Mar dans sa propre maison. Il l'avait bâillonnée et avait dû lutter jusqu'à ce qu'elle s'avoue vaincue, puis il l'avait transportée dans un sac, à l'arrière d'une voiture à harnais conduite par un de ses domestiques. Ainsi, à la manière de commerçants, ils franchirent les portes de la ville sans que personne remarque rien. Une fois chez lui, à l'abri de la tour fortifiée qui s'élevait à une extrémité de sa ferme, le gentilhomme viola la jeune fille à plusieurs reprises, avec plus de violence et de lascivité à mesure qu'il prenait conscience de la beauté de sa captive et de son obstination à protéger son corps, à défaut de sa virginité. Car si Felip de Ponts avait promis à Joan qu'il déflorerait Mar sans la déshabiller, ni lui montrer son propre corps, en usant juste de la force nécessaire, il ne respecta son engagement que lors du premier assaut – qui aurait dû être le seul. Ensuite, la luxure prit le pas sur la parole de gentilhomme.

Ce qu'Arnau avait redouté, en larmes, le cœur oppressé, dans l'église Santa Maria, n'était rien comparé à ce qu'avait subi la jeune fille.

L'arrivée des *missatges* interrompit net les travaux. Les paroles de l'officier résonnèrent comme dans la cour de justice du consulat.

— Très honorable consul, les informations étaient exactes. Votre fille a été séquestrée. Elle est détenue par le gentilhomme Felip de Ponts.

— Avez-vous parlé avec lui ?

— Non, très honorable consul. Il s'est enfermé dans sa tour et nie notre autorité sous prétexte qu'il ne s'agit pas d'une affaire marchande.

— Et la jeune fille ?

L'officier baissa les yeux.

Arnau enfonça ses ongles dans le prie-Dieu.

— De l'autorité ? S'il veut de l'autorité, marmonna-t-il entre ses dents, il va en avoir.

La nouvelle se répandit comme une traînée de poudre. Le lendemain, dès l'aube, toutes les cloches des églises de Barcelone se mirent à sonner avec insistance, et les citoyens crièrent à l'unisson le « *Via fora !* » : une Barcelonaise avait été enlevée ; il fallait aller la sauver.

Comme à l'habitude, la plaza del Blat servit de point de ralliement au *sometent*, l'armée de Barcelone ; y accoururent toutes les confréries de la ville. Pas une ne manqua à l'appel et, sous leurs bannières, les membres de chaque corps de métier se rangèrent, légèrement armés. Ce matin-là, Arnau troqua ses vêtements d'apparat contre ceux qu'il avait portés sous les ordres d'Eiximèn d'Esparça, puis contre Pierre le Cruel. Il tenait à la main la merveilleuse arbalète de son père, qu'il n'avait jamais voulu remplacer et qu'il caressa comme il ne l'avait jamais fait auparavant ; il portait au ceinturon le poignard avec lequel il avait tué ses ennemis quelques années plus tôt.

Quand Arnau arriva sur la place, plus de trois mille hommes l'acclamèrent. Les porte-drapeaux hissèrent les bannières. Épées, lances et arbalètes s'élevèrent au-dessus de la foule au cri d'un « *Via fora !* » assourdissant. Arnau resta de marbre. Derrière lui, Joan et Elionor pâlirent. Arnau cherchait quelque chose par-dessus les têtes, parmi cette mer d'armes et de bannières ; assurément pas les cambistes : ils n'avaient pas de confrérie.

— Cela entrait-il dans vos plans ? demanda le dominicain à Elionor, au milieu du tumulte.

Le regard de la baronne se perdit dans la foule. Barcelone entière était derrière Arnau. Ils étaient tous là, à brandir leurs armes et à hurler. Tout cela pour une gamine.

Arnau aperçut enfin la bannière qu'il cherchait. Les gens lui ouvrirent le passage, tandis qu'il se dirigeait vers l'endroit où s'étaient regroupés les *bastaixos*.

— Cela entrait-il dans vos plans ? interrogea de nouveau le frère.

Tous deux suivaient Arnau des yeux. Elionor ne répondit pas.

— Ils ne feront qu'une bouchée de votre gentilhomme. Ils raseront ses terres, détruiront sa ferme, et alors...

— Quoi ? Et alors quoi ? grogna Elionor, le regard droit devant elle.

« Je perdrai mon frère. Peut-être est-il encore temps de tout arranger ?... Cela va mal finir... »

— Parlez-lui...

— Êtes-vous fou, frère Joan ?

— Et s'il ne consent pas à ce mariage ? Et si Felip de Ponts lui raconte tout ? Parlez-lui avant que l'*host* se mette en marche. Faites-le. Pour l'amour de Dieu, Elionor !

— Pour l'amour de Dieu ?

Cette fois, la baronne se retourna vers Joan.

— Eh bien, faites donc, parlez à votre Dieu, frère Joan.

Ils arrivèrent sous la bannière des *bastaixos*, où ils retrouvèrent Guillem qui, en tant qu'esclave, ne portait pas d'armes.

Quand il s'aperçut de la présence d'Elionor, Arnau fronça les sourcils.

— C'est aussi ma pupille ! s'exclama la baronne.

Les conseillers donnèrent au peuple de Barcelone le signal du départ. Les bannières de Sant Jordi et de la ville ouvraient le cortège, suivies par les *bastaixos* et les autres confréries : trois mille hommes.

À mi-chemin, plus d'une centaine de paysans rejoignirent l'*host*, déterminés, avec leurs arbalètes, à défendre celui qui les avait si généreusement traités. Aucun noble ou gentilhomme, constata Arnau, ne vint grossir les rangs.

L'ancien *bastaix* marchait avec gravité sous la bannière de la confrérie, au milieu de ses anciens compagnons. Joan tentait de prier, mais ses pensées s'embrouillaient. Ni lui ni Elionor n'avaient envisagé qu'Arnau convoquerait l'*host* citadin. Le vacarme provoqué par ces trois mille hommes réclamant justice et réparation pour une citoyenne barcelonaise estomaquait Joan. Beaucoup d'entre eux avaient embrassé leurs filles avant de partir ; plus d'un, armé, avait dit au revoir à sa femme en déclarant : « Barcelone défend ses habitants... surtout ses femmes. »

« Ils raseront les terres du malheureux Felip de Ponts comme si la prisonnière était leur propre fille, pensa Joan. Ils le jugeront et l'exécuteront, mais auparavant ils le laisseront parler... » Joan jeta un œil à Arnau, qui marchait en silence, le visage sombre.

En fin de journée, l'*host* citadin arriva sur les terres de Felip de Ponts et s'arrêta au pied d'une petite colline, au sommet de laquelle s'élevait la ferme du gentilhomme. Ce n'était qu'une maison de paysan sans défense, à l'exception d'une tour de garde édifiée sur un des côtés. Joan scruta la ferme ; puis il balaya des yeux l'armée qui attendait les ordres des conseillers de la ville. Elionor évitait son regard. Trois mille hommes contre une simple ferme !

Tout à coup, Joan se mit à courir vers l'endroit où se trouvaient Arnau et Guillem, près des conseillers et des dirigeants de la ville, sous la bannière de Sant Jordi. Ils discutaient de la marche à suivre. Quand il s'aperçut que la grande majorité d'entre eux s'apprêtaient à donner l'assaut sans laisser à Ponts la possibilité de se rendre, le ventre de frère Joan se noua.

Les conseillers commencèrent à donner des ordres aux dirigeants des confréries. Joan jeta un œil à Elionor, qui demeurait hiératique, le regard rivé sur la ferme. Il s'approcha d'Arnau, tenta de lui parler, en vain. À ses côtés, Guillem le toisa. Les dirigeants des confréries transmirent les ordres à leurs soldats. La rumeur de l'affrontement grondait. On alluma des torches ; on entendit le fer des épées ; la corde des arbalètes se tendait. Joan se retourna pour observer la ferme puis, une nouvelle fois, l'armée. Elle se mettait en ordre de marche. Il n'y aurait pas de discussion. Barcelone ne ferait preuve d'aucune clémence. Arnau, soldat parmi les autres, commença à avancer, le couteau à la main. Joan lança un dernier regard à Elionor : elle restait impassible.

— Non... ! hurla Joan dans le dos de son frère.

Son cri, toutefois, fut étouffé par le tohu-bohu. Une silhouette à cheval était sortie de la ferme ; Felip de Ponts, au pas, se dirigeait vers eux.

— Arrêtez-le ! ordonna un conseiller.

— Non ! s'opposa violemment Joan.

Tous se tournèrent vers lui. Arnau fixa sur lui des yeux interrogateurs.

— On n'arrête pas un homme qui se rend.

— Que vous arrive-t-il, mon frère ? questionna un conseiller. Auriez-vous dans l'intention de commander l'*host* de Barcelone ?

Joan supplia Arnau du regard.

— On n'arrête pas un homme qui se rend, répéta-t-il pour son frère.

— Laissez-le se rendre, concéda Arnau.

Felip de Ponts jeta un rapide coup d'œil à ses complices. Puis il se présenta devant tous ceux qui se trouvaient sous la bannière de Sant Jordi, parmi lesquels Arnau et les conseillers de la ville.

— Citoyens de Barcelone, cria-t-il, assez fort pour être entendu par toute l'armée, je connais les raisons qui vous ont conduits ici. Je sais que vous demandez justice pour une de vos concitoyennes. J'avoue : je reconnais être coupable des délits que l'on m'impute. Mais avant que vous m'arrêtiez et détruisiez mes propriétés, je vous supplie de me laisser parler.

— Parle, accorda un conseiller.

— Il est exact que j'ai enlevé Mar Estanyol et couché avec elle contre sa volonté...

Un murmure parcourut les rangs de l'*host* barcelonais, interrompant le discours de Felip de Ponts. Arnau serra les poings sur son arbalète.

— Je l'ai fait, oui, au risque de ma vie, conscient du châtiment. Je l'ai fait et je le referai, car l'amour que je ressens pour cette jeune fille est si puissant, et si forte la peine de la voir gâcher sa jeunesse sans un mari à ses côtés pour jouir des dons que Dieu lui a accordés, que mes sentiments l'ont emporté sur ma raison et que j'ai davantage agi comme une bête folle de passion qu'en gentilhomme du roi Pierre.

Joan sentit que Felip de Ponts avait touché l'attention de l'armée et il tenta mentalement de lui dicter ses paroles.

— En tant que bête, je me rends à vous. En tant que gentilhomme, comme je l'étais et voudrais le redevenir, je m'engage à épouser Mar et à l'aimer toute ma vie. Jugez-moi ! Je ne suis pas disposé, comme le prévoient nos lois, à lui trouver un mari de sa valeur. Avant de la donner à un autre, je me tuerai.

Felip de Ponts avait terminé son discours. Dressé sur son cheval, il attendit fièrement, face à une armée de trois mille hommes silencieux, qui tâchaient de digérer les paroles qu'ils venaient d'entendre.

— Loué soit le Seigneur ! s'écria Joan.

Arnau et tous les autres, même Elionor, se tournèrent avec surprise vers le dominicain.

— Qu'est-ce que cela signifie ? interrogea Arnau.

— Arnau, dit Joan en lui attrapant le bras, et suffisamment fort pour que tous puissent l'entendre, tout cela n'est que la conséquence de nos propres faiblesses.

Arnau sursauta.

— Des années durant, nous avons cédé aux caprices de Mar et négligé nos devoirs envers une jeune fille saine et belle qui aurait déjà dû, comme il se doit, mettre au monde plusieurs enfants. Ainsi l'ordonnent les lois de Dieu, et nous n'avons pas à nous opposer à ses desseins.

Arnau voulut répliquer, mais Joan l'obligea à garder le silence d'un geste de la main.

— Je me sens coupable. Des années durant, j'ai été coupable de complaisance envers une femme capricieuse dont la vie n'avait pas de sens, selon les normes de la sainte Église catholique. Ce gentilhomme, ajouta-t-il en désignant Felip de Ponts, est la main de Dieu, un envoyé du Seigneur pour réaliser ce que nous n'avons pas su faire nous-mêmes. Oui, des années durant, je me suis senti coupable de voir se flétrir la beauté et la santé que Dieu avait données à une jeune fille qui a eu la chance d'être recueillie par un homme aussi généreux que toi. Je ne veux pas me sentir également responsable de la mort d'un gentilhomme qui, au prix de sa propre vie, qu'il nous offre aujourd'hui, est venu accomplir notre devoir à notre place. Consens à ce mariage. À ta place, si mon opinion a une quelconque valeur à tes yeux, c'est ce que je ferais.

Arnau réfléchit quelques instants. L'armée était suspendue à ses lèvres. Joan en profita pour se tourner vers Elionor. Il lui sembla distinguer un sourire orgueilleux sur ses lèvres.

— Tu veux dire que tout est de ma faute ? demanda Arnau à Joan.

— De la mienne, Arnau, de la mienne. J'aurais dû te rappeler les lois de l'Église, les desseins de Dieu, mais je ne l'ai pas fait... et j'en suis désolé.

Les yeux de Guillem lançaient des flammes.

— Quelle est la volonté de la jeune fille ? questionna Arnau en s'adressant à Felip de Ponts.

— Je suis gentilhomme du roi Pierre, répondit celui-ci, et ses lois, celles-là mêmes qui vous ont conduits ici, ne tiennent pas compte de la volonté d'une fille nubile.

Un murmure d'approbation courut dans les rangs de l'*host*.

— Je m'offre en mariage, moi, Felip de Ponts, gentilhomme catalan. Si toi, Arnau Estanyol, baron de Catalogne, consul de la Mer, tu t'opposes à ce mariage, arrêtez-moi et jugez-moi. Si tu y consens, peu importe ce que pense la jeune fille.

L'armée approuva ses paroles. C'était la loi. Tous la suivaient et donnaient leurs filles en mariage indépendamment de leur volonté.

— Il n'est pas question de ses désirs, Arnau, intervint Joan en baissant la voix, mais de ton devoir. Assume-le. Aucun homme ne demande son opinion à ses filles ou pupilles. La décision est toujours prise pour leur bien. Cet homme a couché avec Mar. Peu importe désormais ce qu'elle veut. Ou elle se marie avec lui, ou sa vie est gâchée pour toujours. C'est à toi de décider, Arnau : un mort de plus ou la solution divine à notre négligence.

Arnau consulta du regard ses partisans. Les yeux de Guillem étaient toujours cloués sur le gentilhomme, emplis de haine. Ceux d'Elionor, son épouse par volonté royale, le fixaient sans ciller. D'un mouvement, Arnau lui demanda son avis. La baronne acquiesça. Pour finir, il se tourna vers Joan.

— C'est la loi, lui confirma celui-ci.

Arnau regarda le gentilhomme. Puis l'armée. Les trois mille hommes avaient baissé leurs armes. Aucun d'eux ne semblait discuter les arguments du seigneur de Ponts ; aucun d'eux ne pensait plus à la guerre. Ils attendaient la décision d'Arnau. C'était la loi catalane, la loi de la femme. Que gagnerait-il à combattre, à tuer le chevalier et à libérer Mar ? Quel était l'avenir de la jeune fille désormais, séquestrée et violée comme elle l'avait été ? Le couvent.

— Je consens au mariage.

Il y eut un moment de silence. Puis la rumeur se propagea dans les rangs des soldats tandis qu'ils se transmettaient les uns aux autres la décision d'Arnau. Quelqu'un approuva son choix à haute voix. Un autre cria. Puis d'autres encore, et l'*host* éclata en vivats.

Joan et Elionor échangèrent un regard.

À une centaine de mètres à peine, enfermée dans la tour de garde de la ferme de Felip de Ponts, la femme dont l'avenir venait d'être décidé observait la foule rassemblée au pied de la petite colline. Pourquoi ne montaient-ils pas ? Pourquoi n'attaquaient-ils pas ? De quoi parlaient-ils avec ce misérable ? Que criaient-ils ?

— Arnau ! Que crient tes hommes ?

45.

Les cris de l'*host* confirmèrent à Guillem ce qu'il venait d'entendre : « Je consens au mariage. » C'était donc vrai. Il serra violemment les dents. Quelqu'un lui tapa dans le dos et se mit à crier avec les autres. « Je consens au mariage. » Guillem regarda tour à tour Arnau et le gentilhomme. Son visage s'était détendu. Que pouvait-il faire, lui, simple esclave ? À présent, Felip de Ponts souriait. « J'ai couché avec Mar Estanyol, avait-il dit, j'ai couché avec Mar Estanyol ! » Comment Arnau pouvait-il... ?

On lui tendit une outre de vin. Guillem l'écarta brusquement.

— Tu ne bois pas, chrétien ? entendit-il.

Son regard croisa celui d'Arnau. Les dirigeants de Barcelone félicitaient Felip de Ponts, toujours à cheval. Les gens buvaient et riaient.

— Tu ne bois pas, chrétien ? entendit-il à nouveau derrière lui.

Guillem repoussa l'homme qui tenait l'outre et chercha une nouvelle fois le regard d'Arnau qu'on félicitait également. Entouré de toutes parts, Arnau parvint à lever la tête vers lui.

La foule, parmi laquelle se trouvait Joan, poussa

Arnau, qui ne quittait pas Guillem des yeux, vers la ferme du gentilhomme.

Pendant ce temps, l'*host* entier s'était mis à célébrer le futur mariage. Les hommes avaient allumé des feux et chantaient tout autour.

— Pour notre consul et le bonheur de sa pupille, s'écria quelqu'un en proposant encore une fois à Guillem une outre de vin.

Arnau avait disparu.

Guillem écarta de nouveau l'outre qu'on lui tendait.

— Tu ne veux pas trinquer ?...

Guillem fit brusquement demi-tour et s'éloigna. Le tumulte de l'*host* s'éteignit doucement. Guillem se retrouva seul sur la route ; il traînait les pieds... Ses sentiments et le peu d'orgueil d'esclave qui lui restait lui pesaient ; il regagna Barcelone le cœur lourd.

Arnau refusa le fromage que lui offrit la vieille femme tremblante qui s'occupait de la ferme de Felip de Ponts. Dirigeants et conseillers s'entassaient au rez-de-chaussée, devant les étables, près du grand foyer en pierre de la ferme. Arnau chercha Guillem parmi la foule. Les gens parlaient, riaient et interpellaient la vieille pour avoir du vin et du fromage. Joan et Elionor se tenaient côte à côte près du foyer ; tous deux baissèrent le regard quand Arnau cloua le sien sur eux.

Un murmure l'obligea à détourner son attention vers l'autre bout de la salle.

Mar, que Felip de Ponts tenait par le bras, venait d'entrer. Arnau la vit se libérer avec violence de la poigne du gentilhomme et courir vers lui. Un sourire apparut sur ses lèvres. Elle ouvrit les bras, mais avant d'arriver jusqu'à lui, elle s'arrêta net et les laissa retomber lentement.

Arnau crut voir un bleu sur sa joue.

— Que se passe-t-il, Arnau ?

Arnau se tourna vers Joan, implorant son aide des yeux, mais ce dernier demeurait tête basse. Tous les gens présents dans la pièce attendaient qu'Arnau prenne la parole.

— Le gentilhomme Felip de Ponts a invoqué l'*usatge Si quis virginem*..., finit-il par dire.

Mar demeura immobile. Une larme roula sur sa joue. Arnau se retint d'avancer la main et laissa cette larme se perdre dans le cou de Mar.

— Ton père le consul de la Mer..., intervint Felip de Ponts, debout derrière la jeune fille, a consenti à notre mariage devant l'*host* de Barcelone, lâcha-t-il d'une traite avant qu'Arnau ne le fasse taire... ou ne se ravise.

— C'est vrai ?

« Tout ce que je voudrais, c'est te prendre dans mes bras... t'embrasser... te garder pour toujours à mes côtés. Est-ce là ce que ressent un père ? » pensa Arnau.

— Oui, Mar.

La jeune fille cessa de pleurer. Felip de Ponts s'avança vers elle et lui saisit à nouveau le bras. Cette fois, elle ne résista pas. Derrière Arnau, quelqu'un rompit le silence, bientôt imité par tous les hommes présents. Arnau et Mar continuaient de se regarder. Mais Arnau n'entendit pas le vivat crié en l'honneur des futurs mariés. À présent, c'était lui qui pleurait. Son frère avait peut-être raison, peut-être avait-il deviné ce qu'Arnau lui-même ne savait pas ? Devant la Vierge, il avait juré qu'il ne serait plus jamais infidèle à son épouse.

— Père ? murmura Mar en tendant sa main vers la joue d'Arnau.

Quand il sentit la main de Mar effleurer son visage, il se mit à trembler, fit demi-tour et s'enfuit.

Au même moment, sur la route de Barcelone, Guillem leva les yeux au ciel et entendit le cri de douleur que lançait la jeune femme qu'il avait élevée comme sa propre fille. Il était né esclave et avait vécu comme tel. Il avait appris à aimer en silence et à ne pas exprimer ses sentiments. Un esclave n'était pas considéré comme un homme, c'est pourquoi en son for intérieur, cet espace de liberté qui lui appartenait en propre, il avait appris à voir plus loin que bien des hommes dits libres. Il avait vu l'amour que Mar et Arnau ressentaient l'un pour l'autre et avait prié le dieu des chrétiens et celui des Maures pour que ces deux êtres qu'il aimait tant réussissent à se libérer de leurs chaînes, bien plus solides que celles d'un simple esclave.

Guillem se permit de pleurer, ce qui était interdit aux esclaves. Il ne franchit jamais les portes de Barcelone. Quand il arriva à la ville, il faisait nuit et la porte de San Daniel était fermée. On lui avait pris sa petite fille. Peut-être ne s'en rendait-il pas compte, mais Arnau l'avait vendue comme une esclave. Comment allait-il pouvoir vivre de nouveau à Barcelone ? S'asseoir là où Mar s'était assise ? Se promener là où il l'avait fait avec elle, où ils avaient discuté et ri ensemble ? Comment pourrait-il vivre à Barcelone sans penser à elle jour et nuit ? Et au côté de l'homme qui avait détruit leurs illusions ?

Guillem reprit le chemin de la côte et, deux jours plus tard, arriva à Port Salou, deuxième port de Catalogne. Là, il contempla la mer, l'horizon. La brise marine lui rappela son enfance à Gênes, en compagnie de sa mère et de ses frères dont il avait été cruellement séparé après avoir été vendu à un marchand. C'est avec ce dernier qu'il avait appris le commerce. Ensuite, au cours d'une traversée, maître et esclave avaient été capturés par les Catalans, en guerre contre Gênes. Guillem allait de maître en maître jusqu'au moment où Hasdai Crescas avait décelé en lui des qualités bien supérieures à celles d'un simple ouvrier manuel.

Il regarda la mer, les bateaux, les voyageurs... Gênes... Pourquoi pas ?

— Le prochain bateau pour la Lombardie, pour Pise ?

Le jeune homme à qui il avait posé la question fouilla nerveusement dans les papiers qui s'entassaient sur sa table. Il ne connaissait pas Guillem et l'avait d'abord traité avec mépris, comme il l'aurait fait avec n'importe quel esclave sale et malodorant, mais quand le Maure s'était présenté, les paroles que lui avait souvent répétées son père lui revinrent en mémoire : « Guillem est le bras droit d'Arnau Estanyol, consul de la Mer de Barcelone, de qui nous dépendons. »

— Il me faut de quoi écrire une lettre et un endroit tranquille, ajouta Guillem.

« J'accepte la liberté que tu m'as offerte, écrivit-il à Arnau. Je pars pour Gênes, en passant par Pise où je voyagerai pour ton compte, comme esclave, et où j'attendrai ta lettre d'affranchissement. » Que lui dire d'autre ? Qu'il ne pourrait pas vivre sans Mar ? Et lui, son maître et ami, Arnau, le pourrait-il ? À quoi bon rappeler tout cela ? « Je pars à la recherche de mes origines, de ma famille. Avec Hasdai, tu as été mon meilleur ami ; veille sur lui. Je te serai éternellement reconnaissant. Qu'Allah et la Vierge Marie te protègent. Je prierai pour toi. »

Le jeune homme qui avait reçu Guillem partit

pour Barcelone dès que la galère à bord de laquelle l'esclave avait embarqué se mit à manœuvrer pour quitter Port Salou.

Arnau parapha la lettre d'affranchissement de Guillem lentement, après avoir relu avec soin le document : la peste, la bagarre, le bureau de change, combien de jours de travail, de discussion, d'amitié, de joie ?... Arrivé au terme du dernier paraphe, sa main se mit à trembler. Sa plume manqua de plier quand il signa. Tous deux savaient quelles étaient les vraies raisons qui avaient poussé Guillem à partir.

Arnau se rendit à la Bourse et donna l'ordre que la lettre soit remise à son correspondant à Pise. Il y joignit un mandat contenant une véritable petite fortune.

— Nous n'attendons pas Arnau ? demanda Joan à Elionor en entrant dans la salle à manger où la baronne était déjà assise à table.

— Vous avez faim ?

Joan fit oui de la tête.

— Alors si vous voulez dîner, à quoi bon attendre ?

Le dominicain prit place en face d'Elionor, le long de l'immense table de la salle à manger d'Arnau. Deux domestiques leur servirent du pain blanc au froment, du vin, de la soupe et de l'oie rôtie au poivre et aux oignons.

— Ne disiez-vous pas que vous aviez faim ? interrogea Elionor quand elle vit que Joan touchait à peine à son assiette.

Joan leva la tête et jeta un regard à sa belle-sœur. Ils n'échangèrent plus un mot de toute la soirée.

Joan se retira dans sa chambre. Tard dans la soirée, il perçut qu'une certaine agitation s'emparait du palais. Les domestiques se pressaient pour accueillir Arnau. Ils allaient lui proposer à manger et il refuserait, comme il l'avait fait les trois fois où Joan avait voulu l'attendre : Arnau s'asseyait dans un des salons du palais et repoussait les plats d'un geste fatigué.

Joan entendit les domestiques se retirer. Puis Arnau passa devant sa porte, lentement, en direction de sa chambre. S'il sortait maintenant, que pourrait-il bien lui dire ? Les trois fois où il l'avait attendu, il avait tenté de lui parler, mais Arnau se repliait sur lui-même et répondait par monosyllabes aux questions de son frère :

— Ça va ?

— Oui.

— Tu as eu beaucoup de travail à la Bourse ?

— Non.

— Comment vont les affaires ?

Silence.

— Santa Maria ?

— Bien.

Dans l'obscurité de sa chambre, Joan prit son visage dans ses mains. Le bruit des pas d'Arnau s'était estompé. De quoi auraient-ils parlé ? D'elle ? Entendre de sa bouche qu'il l'aimait ? Impossible.

Joan avait vu Mar essuyer la larme qui coulait sur le visage d'Arnau. « Père ? » l'avait-il entendu dire. Il avait vu Arnau trembler. Quand il s'était retourné, Elionor souriait. Il avait fallu qu'il le voie souffrir pour comprendre... mais comment pourrait-il un jour lui avouer la vérité ? Comment lui dire que c'était lui qui... ? Cette larme revenait sans cesse à la mémoire de Joan. L'aimait-il tant que cela ? Parviendrait-il à l'oublier ? Cette nuit encore, Joan s'agenouilla et pria jusqu'à l'aube. Il n'avait personne pour le consoler.

— Je souhaiterais quitter Barcelone.

Le prieur des dominicains observa le frère ; il était amaigri, ses yeux étaient enfoncés dans leurs orbites et cernés de violet, son habit négligé.

— Vous sentez-vous capable, frère Joan, d'assumer la charge d'inquisiteur ?

— Oui, affirma Joan.

Le prieur le toisa de bas en haut.

— J'ai juste besoin de quitter Barcelone et tout ira bien.

— Très bien. Vous partirez pour le nord dès la semaine prochaine.

Sa destination était une zone de petits villages qui se consacraient à l'agriculture ou à l'élevage, perdus au creux de vallées ou dans des montagnes, dont la population vivait dans la crainte de l'arrivée de l'inquisiteur. Pour eux, sa présence n'était en rien une nouveauté. Depuis plus de cent ans, depuis que Ramon de Penyafort avait été chargé par le pape Innocent IV d'implanter l'Inquisition dans le royaume d'Aragon et dans la principauté de Narbonne, ces villages avaient souffert des ingérences des frères noirs. La plupart des doctrines considérées par l'Église comme hérétiques étaient venues de France : les cathares et les vaudois en premier lieu, les bégards ensuite, et enfin les Templiers, persécutés par le roi de France. Les zones frontalières avaient été les premières à subir les influences hérétiques ; de nombreux nobles avaient été condamnés et exécutés sur leurs terres, le vicomte Arnau et son épouse Ermessenda ; Ramon, seigneur du Cadí, ou Guillem de Niort, viguier du comte Nunó Sanç en Sardaigne et Coflent, terres sur lesquelles frère Joan devait exercer son ministère.

— Excellence.

Ce fut par ce mot qu'un petit cortège composé

des principaux dirigeants d'un village l'accueillit, en s'inclinant devant lui.

— Ne m'appelez pas ainsi, rétorqua Joan en leur faisant signe de se redresser. Appelez-moi simplement frère Joan.

Sa courte expérience lui avait déjà donné l'occasion de vivre cette scène. L'annonce de l'arrivée de l'inquisiteur, du secrétaire qui l'accompagnait et d'une demi-douzaine de soldats du Saint-Office les avait précédés. Ils se trouvaient sur la petite place du village. Joan observa les quatre hommes qui hésitaient à se relever : ils gardaient la tête penchée, découverte, nerveux. La place était quasi déserte, mais Joan sentait de nombreux yeux posés sur lui. Ils avaient donc tant à cacher ?

Après, le même rituel se répéterait : on lui offrirait le meilleur logement du village, où l'attendrait un repas copieux, bien trop copieux.

— Je veux juste un morceau de fromage, du pain et de l'eau. Débarrassez-moi du reste et veillez à ce qu'on s'occupe de mes hommes, réclama-t-il en s'asseyant à table.

Une maison comme les autres. Humble et simple, mais en pierre, à la différence des huttes d'argile ou de bois pourri habituelles dans ces villages. Une table et quelques chaises constituaient tout le mobilier de la pièce organisée autour du foyer.

— Son Excellence doit être fatiguée.

Joan regarda le fromage qu'il avait devant lui. Ils avaient voyagé pendant plusieurs heures par des sentiers rocailleux, supportant le froid de l'aube, les pieds crottés et trempés par la rosée. Sous la table, il frotta son mollet endolori et son pied droit. Il croisa les jambes.

— Je ne suis pas Votre Excellence, répéta-t-il d'un ton monocorde, et je ne suis pas fatigué. Dieu ne connaît pas de fatigue quand il s'agit de défendre son nom. Nous commencerons aussitôt que j'aurai mangé quelque chose. Rassemblez les gens sur la place.

Avant de quitter Barcelone, Joan avait demandé à Santa Caterina le traité écrit par le pape Grégoire IX en 1231, et étudié les méthodes des inquisiteurs itinérants.

D'abord le sermon à la population :

— Pécheurs ! Repentez-vous !

Les quelque soixante-dix personnes réunies sur la place baissèrent les yeux dès qu'elles entendirent ses premières paroles. Le regard du frère noir les paralysait.

— Les flammes éternelles vous attendent !

La première fois, il avait douté de sa capacité à s'adresser aux gens, mais les mots avaient jailli naturellement, et il avait pris confiance quand il avait réalisé le pouvoir qu'il exerçait sur ces paysans terrifiés.

— Aucun d'entre vous ne sera épargné ! Dieu ne tolère pas de mouton noir dans son troupeau.

Ils devaient se dénoncer ; l'hérésie devait être percée à jour. Telle était sa mission : traquer le péché commis dans l'intimité, celui que connaissait seulement le voisin, l'ami, l'épouse...

— Dieu sait tout. Il vous connaît. Il vous surveille. Celui qui contemple impassible le péché brûlera dans le feu éternel, parce que celui qui dissimule le péché est pire encore que le pécheur. Le pécheur peut être pardonné, mais celui qui cache le péché...

Alors il les scrutait : un simple mouvement de tête, un regard furtif. Il choisissait déjà ses premières victimes.

Celui qui cache le péché... (Joan se taisait de

nouveau, jusqu'au moment où il les voyait ployer sous la menace)... ne sera pas pardonné.

Peur. Feu, douleur, péché, châtiment... Le frère noir tonnait et poursuivait sa diatribe afin de s'emparer des esprits ; cette communion d'esprit, il l'avait ressentie dès son premier sermon.

— Un délai de grâce de trois jours vous est concédé, conclut-il. Tous ceux qui se présenteront volontairement pour confesser leurs fautes seront traités avec bienveillance. Passé ces trois jours... le châtiment sera exemplaire.

Il se tourna vers l'officier et lui désigna discrètement plusieurs personnes.

— Enquêtez sur cette femme blonde, sur cet homme nu-pieds et sur celui-là aussi, avec la ceinture noire. La fille avec le bébé... S'ils ne se présentent pas d'eux-mêmes, vous me les amènerez avec ceux choisis au hasard.

Pendant les trois jours de grâce, Joan demeura assis derrière son bureau de fortune, hiératique, à côté d'un scribe et de soldats qui se relayaient au fur et à mesure que passaient, lentement et silencieusement, les heures.

Seules quatre personnes vinrent rompre leur ennui : deux hommes qui n'avaient pas assisté à la messe, une femme qui avait désobéi à plusieurs reprises à son mari et un enfant aux yeux énormes qui se présenta en passant la tête par la porte.

Quelqu'un le poussa dans le dos, mais l'enfant refusa d'entrer et resta sur le seuil.

— Entre, mon garçon, l'invita Joan.

L'enfant voulut reculer mais, cette fois, la main le poussa plus fermement à l'intérieur et referma la porte.

— Quel âge as-tu ? demanda Joan.

L'enfant regarda à tour de rôle les soldats, le scribe, déjà concentré sur sa mission, et enfin Joan.

— Neuf ans, bredouilla-t-il.

— Comment t'appelles-tu ?

— Alfons.

— Approche-toi, Alfons. Que veux-tu nous dire ?

— Il y a... deux mois, j'ai pris des haricots dans le jardin du voisin.

— Pris ? demanda Joan.

Alfons baissa les yeux.

— Volé, entendit-on doucement.

Joan se leva de sa paillasse et moucha la bougie. Depuis plusieurs heures, le village était plongé dans le silence et, depuis plusieurs heures, il tentait de trouver le sommeil. Il fermait les yeux et somnolait, mais à chaque fois, cette larme qui coulait sur la joue d'Arnau le réveillait. Il lui fallait de la lumière. Il essaya encore, à plusieurs reprises, de dormir mais il finissait toujours par se redresser, parfois brutalement, parfois en sueur, ou las, sentant sur ses épaules le poids de chacun de ses souvenirs qui l'empêchait d'atteindre le repos.

Il lui fallait de la lumière. Il s'assura qu'il restait assez d'huile dans la lampe.

Le visage triste d'Arnau lui apparut dans l'obscurité.

Il s'allongea de nouveau sur la paillasse. Il faisait froid. Il faisait toujours froid. Pendant quelques secondes, il observa le scintillement de la flamme et les ombres qui bougeaient en rythme. L'unique fenêtre de la chambre n'avait pas de volets et l'air entrait.

S'enveloppant dans les couvertures, il s'obligea à fermer les yeux.

Pourquoi le jour ne se levait-il pas encore ? Encore une nuit et le délai de grâce serait passé.

Joan tomba dans un demi-sommeil et se réveilla au bout de quelques minutes, en sueur.

La lampe brûlait toujours. Les ombres dansaient toujours. Le village était toujours silencieux. Pourquoi le jour ne se levait-il pas ?

Il s'enveloppa dans les couvertures et s'approcha de la fenêtre.

Un village de plus. Une nuit de plus à attendre le jour.

Le jour suivant...

Le lendemain matin, une file de citoyens encadrée par des soldats faisait la queue devant la maison.

« Je m'appelle Peregrina », avait annoncé la femme blonde, quatrième villageoise à paraître devant Joan, qui feignit de ne pas lui prêter attention. Il n'avait rien tiré des trois premiers. Peregrina se tenait debout devant le bureau où étaient assis Joan et le scribe. Le feu crépitait dans le foyer. Il n'y avait personne d'autre. Les soldats étaient à l'extérieur. Brusquement, Joan leva les yeux. La femme se mit à trembler.

— Tu sais quelque chose, pas vrai, Peregrina ? Dieu voit tout, affirma-t-il.

Peregrina acquiesça, le regard rivé sur le sol en terre battue de la maison.

— Regarde-moi. Tu dois me regarder. Veux-tu brûler dans les flammes éternelles ? Regarde-moi. Tu as des enfants ?

La femme leva les yeux, lentement.

— Oui, mais..., balbutia-t-elle.

— Ce ne sont pas eux, les pêcheurs, coupa Joan. Qui alors, Peregrina ?

La femme hésita.

— Qui, Peregrina ?

— Elle blasphème.

— Qui blasphème, Peregrina ?

Le scribe se prépara à noter.

— Elle...

Joan attendait en silence. Elle n'avait plus le choix.

— Je l'ai entendue blasphémer quand elle est en colère...

Peregrina fixa de nouveau le sol.

— La sœur de mon mari, Marta. Elle dit des choses terribles quand elle se met en colère.

On entendait la plume du scribe.

— Autre chose, Peregrina ?

Cette fois, la femme leva tranquillement la tête.

— Non, rien d'autre.

— Sûre ?

— Je vous le jure. Vous devez me croire.

Il s'était juste trompé sur le compte de l'homme à la ceinture noire. L'homme nu-pieds avait dénoncé deux bergers qui ne respectaient pas les jours d'abstinence : il avait affirmé les avoir vus manger de la viande pendant le Carême. La fille avec le bébé, veuve précoce, dénonça quant à elle son voisin, un homme marié qui ne cessait de lui faire des propositions malhonnêtes... Il lui avait même caressé la poitrine.

— Et toi ? Tu t'es laissé faire ? lui demanda Joan. Tu as éprouvé du plaisir ?

La fille éclata en larmes.

— Ça t'a plu ? insista Joan.

— Nous avions faim, sanglota-t-elle en montrant son bébé.

Le scribe nota le nom de la fille. Joan cloua son regard sur elle. « Et que t'a-t-il donné ? pensait-il. Un quignon de pain sec ? C'est cela, le prix de ton honneur ? »

— Avoue !

Deux autres personnes dénoncèrent leurs voisins. Des hérétiques, affirmaient-elles.

— Certaines nuits, je suis réveillée par des bruits étranges. Il y a de la lumière chez eux, affirma l'une d'elles. Ce sont des adorateurs du démon.

« Que t'a donc fait ton voisin pour que tu le dénonces ? songeait Joan. Tu sais bien qu'il ne connaîtra jamais le nom de son délateur. Que gagneras-tu, toi, si je le condamne ? Un bout de terre ? »

— Comment s'appelle ton voisin ?

— Anton, le boulanger.

Le scribe nota le nom.

Quand Joan estima l'interrogatoire terminé, il faisait nuit ; il fit entrer l'officier et le scribe lui dicta le nom de ceux qui devaient comparaître devant l'Inquisition le lendemain, à l'aube, dès que le soleil paraîtrait.

De nouveau, le silence de la nuit, le froid, le scintillement de la flamme... et les souvenirs. Joan se releva.

Une blasphématrice, un libidineux et un adorateur du démon.

— Demain matin, ils seront à moi, marmonna-t-il.

S'agissait-il véritablement d'un adorateur du démon ? Tant de dénonciations de ce type n'aboutissaient jamais. Et cette fois ? Comment parviendrait-il à le prouver ?

Il se sentit fatigué et se retourna sur sa paillasse. Un adorateur du démon...

— Jures-tu sur les quatre évangiles ? demanda Joan alors que la lumière commençait à entrer par la fenêtre du rez-de-chaussée de la maison.

L'homme acquiesça.

— Je sais que tu as péché, affirma Joan.

Encadré par deux soldats au garde-à-vous, l'homme qui avait acheté un instant de plaisir à la jeune veuve pâlit. Des gouttes de sueur se mirent à perler de son front.

— Quel est ton nom ?

— Gaspar, murmura l'homme.

— Je sais que tu as péché, Gaspar, répéta Joan.

L'homme bégaya.

— Je... je...

— Avoue, lança Joan en haussant le ton.

— Je...

— Fouettez-le jusqu'à ce qu'il avoue !

Joan se leva et martela du poing la table.

Un des soldats mit la main à sa ceinture, où pendait un fouet en cuir. L'homme tomba à genoux devant le bureau de Joan et du scribe.

— Non. Je vous en prie. Ne me fouettez pas !

— Avoue !

Le soldat lui fouetta le dos.

— Avoue ! cria Joan.

— Je... je ne suis pas coupable. C'est cette femme. Elle m'a ensorcelé.

L'homme parlait avec précipitation.

— Son mari ne la contrôle plus.

Joan resta de marbre.

— Et elle me cherche, elle me poursuit. Nous l'avons fait seulement quelques fois mais... mais je ne le referai plus. Je ne la reverrai plus. Je vous le jure.

— Tu as forniqué avec elle ?

— Ou... oui.

— Combien de fois ?

— Je ne sais pas...

— Quatre ? Cinq ? Dix fois ?

— Quatre. Oui, c'est cela. Quatre fois.

— Comment s'appelle cette femme ?

Le scribe prit note à nouveau.

— Quel autre péché as-tu commis ?

— Aucun... Je vous le jure.

— Ne jure pas.

Joan fit traîner ses mots.

— Fouettez-le.

Après dix coups de fouet, l'homme confessa qu'il avait forniqué avec la femme en question et avec plusieurs prostituées quand il se rendait au marché de Puigcerdà ; de plus, il avait blasphémé, menti et commis d'innombrables autres péchés. Cinq coups de fouet supplémentaires lui firent se souvenir de la jeune veuve.

— A avoué, conclut Joan. Demain, sur la place, tu comparaîtras pour le *sermo generalis* où ton châtiment te sera communiqué.

L'homme n'eut pas le temps de protester. Il fut traîné à genoux à l'extérieur de la maison.

Marta, la belle-sœur de Peregrina, avoua rapidement et, après l'avoir convoquée elle aussi pour le jour suivant, Joan pressa le scribe du regard.

— Amenez Anton Sinom, ordonna-t-il à l'officier.

Dès qu'il vit entrer l'adorateur supposé du démon, Joan se redressa sur sa chaise en bois. La forme de son nez, son front dégagé, ses yeux sombres...

Il voulait entendre le son de sa voix.

— Jures-tu sur les quatre évangiles ?

— Oui.

— Comment t'appelles-tu ? lui demanda-t-il avant même que l'homme se trouve devant lui.

— Anton Sinom.

Pressé entre les soldats qui l'accompagnaient, le petit homme, un peu voûté, avait répondu à sa question avec un accent de résignation qui n'échappa pas à l'inquisiteur.

— T'es-tu toujours appelé ainsi ?

Anton Sinom hésita. Joan attendit la réponse.

— Ici, on m'a toujours connu sous ce nom, répondit-il finalement.

— Et en dehors d'ici ?

— J'avais un autre nom.

Joan et Anton se regardèrent. À aucun moment, le petit homme n'avait baissé les yeux.

— Un nom chrétien, peut-être ?

Anton fit non de la tête. Joan réprima un sourire. Par où commencer ? En lui disant qu'il savait qu'il avait péché ? Non. Ce juif converti n'entrerait pas dans son jeu. Personne au village ne l'avait découvert ; sinon plus d'un l'aurait dénoncé, comme c'était habituellement le cas avec les convertis. Il devait être intelligent, ce Sinom. Joan l'observa quelques instants, tandis qu'il se demandait ce qu'il pouvait bien avoir à cacher. Pourquoi sa maison était-elle éclairée la nuit ?

L'inquisiteur se leva et sortit de la pièce ; ni le scribe ni les soldats ne bougèrent. Quand il referma la porte derrière lui, les curieux qui s'attardaient près de la maison se figèrent. Joan ne fit pas attention à eux et s'adressa à l'officier.

— La famille de l'homme qui est à l'intérieur est-elle ici ?

L'officier lui désigna une femme et deux enfants.

— Quelle activité exerce cet homme ? À quoi ressemble sa maison ? Comment a-t-il réagi quand vous l'avez convoqué devant ce tribunal ?

— Il est boulanger, répondit l'officier. Son pétrin se trouve au rez-de-chaussée de sa maison. Sa maison... ? Normale, propre. Nous n'avons pas parlé avec lui, mais avec son épouse.

— Il n'était pas près de son pétrin ?

— Non.

— Vous y êtes allés à l'aube, comme je vous l'avais ordonné ?

— Oui, frère Joan.

« Certaines nuits, je suis réveillé par... » Le voisin avait dit qu'il était réveillé par quelque chose. Un boulanger... un boulanger se lève bien avant le jour. « Tu ne dors donc jamais, Sinom ? Tu dois pourtant te lever si tôt... » Joan observa la famille du converti, un peu à l'écart du reste des curieux. Il tourna en rond pendant quelques instants puis rentra brusquement dans la maison ; le scribe, les soldats et le converti n'avaient pas bougé.

Joan s'approcha de l'homme jusqu'à ce que leurs visages se touchent presque, puis se rassit à sa place.

— Déshabillez-le, ordonna-t-il aux soldats.

— Je suis circoncis. Je l'ai déjà reconnu...

— Déshabillez-le !

Les soldats se jetèrent sur Sinom qui, auparavant, lança à Joan un regard éloquent. L'inquisiteur fut alors convaincu d'avoir raison.

— Et maintenant, dit-il une fois que l'autre fut totalement nu, qu'as-tu à me dire ?

Le converti fit de son mieux pour garder une certaine contenance.

— Je ne vois pas à quoi vous faites référence, répondit-il.

— Je fais référence...

Joan baissa la voix et martela chacune de ses paroles.

— Je fais référence au fait que ton visage et ton cou sont sales, alors que ta poitrine est propre. Je fais référence au fait que tes mains et tes poignets sont sales, de même que tes pieds et tes chevilles, mais pas tes avant-bras ni tes jambes.

— Saleté à l'endroit où je ne porte pas de vêtements, propreté où j'en porte, allégua Sinom.

— Et la farine, boulanger ? Prétends-tu que les vêtements d'un boulanger le protègent de la farine ? Voudrais-tu me faire croire que tu travailles avec les mêmes habits que ceux que tu portes pour braver l'hiver ? Où est la farine qui devrait se trouver sur tes bras ? Aujourd'hui, c'est lundi, Sinom. As-tu communié ?

— Oui.

Joan frappa du poing sur la table en même temps qu'il se levait.

— Mais tu t'es également purifié conformément à tes rites hérétiques, cria-t-il en le pointant du doigt.

— Non, gémit Sinom.

— C'est ce que nous verrons, Sinom, c'est ce que nous verrons. Enfermez-le et amenez-moi sa femme et ses enfants.

— Non ! supplia Sinom que les soldats entraînaient déjà vers le sous-sol, ils n'y sont pour rien !...

— Halte ! ordonna Joan.

Les soldats s'arrêtèrent et tournèrent le converti vers l'inquisiteur.

— Ils n'y sont pour rien ? Que veux-tu dire, Sinom ? Que veux-tu dire ?

Sinom avoua tout afin de disculper sa famille. Quand il eut fini, Joan le fit arrêter... ainsi que sa famille. Puis il fit comparaître les autres accusés.

Le jour n'était pas encore levé quand Joan descendit sur la place.

— Il ne dort jamais ? demanda un des soldats entre deux bâillements.

— Non, répondit l'autre. Souvent, on l'entend faire les cent pas pendant la nuit.

Les deux soldats observèrent Joan qui terminait les préparatifs du dernier sermon. Son habit noir, sale et râpé, parcheminé, semblait refuser de suivre ses mouvements.

— Mais s'il ne dort pas et ne mange pas non plus...

— Il vit de la haine, intervint l'officier, qui avait entendu la conversation des soldats.

Le village commençait à comparaître quand surgit la première lueur du jour. Les accusés se trouvaient en première ligne, à l'écart des autres villageois et encadrés par les soldats ; parmi eux, Alfons, l'enfant de neuf ans.

Joan commença l'autodafé et les autorités du village s'avancèrent pour faire allégeance à l'Inquisition et jurer l'application des châtiments imposés. Le frère se mit à lire les actes d'accusations et les condamnations. Ceux qui s'étaient présentés durant le délai de grâce furent soumis à de moindres peines, comme marcher jusqu'à la cathédrale de Gérone. Alfons fut condamné à aider gratuitement, un jour par semaine pendant un mois, le voisin qu'il avait volé. Quand Joan lut l'acte d'accusation de Gaspar, un cri s'éleva, interrompant son discours.

— Putain !

Un homme se jeta sur la femme qui avait couché avec Gaspar. Les soldats s'interposèrent.

— C'était donc cela le péché que tu ne voulais pas m'avouer ? continua-t-il de vociférer derrière les soldats.

Une fois l'époux offensé calmé, Joan dicta la sentence.

— Tous les dimanches pendant trois ans, vêtu d'une casaque, tu resteras à genoux devant l'église, du lever au coucher du soleil. Quant à toi..., s'adressa-t-il à la femme.

— Je réclame le droit de la punir ! hurla son époux.

Joan regarda la femme. « As-tu des enfants ? » faillit-il lui demander. Quel mal avaient commis ses enfants pour être obligés de parler à leur mère, juchés sur une caisse, à travers une petite fenêtre, avec l'unique consolation d'une caresse de sa main dans leurs cheveux ? Mais cet homme avait le droit...

— Quant à toi, répéta-t-il, je te livre aux autorités séculières, qui veilleront à ce que la loi catalane soit appliquée conformément à la requête de ton époux.

Joan poursuivit.

— Anton Sinom, toi et ta famille serez mis à la disposition de l'inquisiteur général.

— En marche, ordonna Joan une fois ses maigres affaires entreposées sur une mule.

Le dominicain prit congé du village d'un regard. Il entendait encore ses propres paroles qui résonnaient sur la petite place ; aujourd'hui même, ils entreraient dans un autre village, puis dans un autre, et encore un autre. « Et partout, pensa-t-il, les gens me regarderont et m'écouteront avec crainte. Puis ils se dénonceront les uns les autres et tous leurs péchés éclateront au grand jour. Il me faudra les questionner, interpréter leurs gestes, leurs expressions, leurs silences, leurs sentiments, pour débusquer le péché. »

— Hâtez-vous, officier. Je souhaite être arrivé avant midi.

Quatrième partie

SERFS DU DESTIN

46.

Tandis que les prêtres célébraient l'office de Pâques, Arnau restait agenouillé devant sa Vierge de la Mer. Il était entré dans Santa Maria au côté d'Elionor ; l'église était pleine à craquer, mais les gens s'étaient écartés pour qu'il puisse accéder au premier rang. Il les reconnaissait à leur sourire : cet homme lui avait demandé un prêt pour son nouveau bateau ; celui-ci lui avait confié ses économies ; à celui-là il avait accordé un crédit pour la dot de sa fille ; quant à ce dernier, qui baissait les yeux, il ne lui avait toujours pas remboursé ce qu'il lui devait. Arnau s'était arrêté près de lui et, au grand agacement d'Elionor, lui avait tendu la main. « Que la paix soit avec toi », lui avait-il dit. Les yeux de l'homme s'étaient illuminés et Arnau avait poursuivi son chemin en direction du maître-autel. C'était tout ce qui lui restait, disait-il à sa Vierge : des petites gens qui l'appréciaient pour l'aide qu'il leur apportait. Joan était parti pourchasser le péché et il n'avait aucune nouvelle de Guillem. Quant à Mar...

Elionor lui adressa un coup de pied et lui fit signe de se lever. « A-t-on déjà vu un noble se mettre aussi longtemps à genoux ? » lui avait-elle reproché à plusieurs reprises. Comme Arnau ne réagissait pas, Elionor renouvela l'opération.

« Voilà tout ce que je possède, mère. Une femme qui se soucie seulement des apparences et exige que je lui fasse un enfant. Que dois-je faire ? Tout ce qu'elle veut, c'est un héritier, un fils qui lui assure son avenir. » Elionor lui adressa à nouveau un coup de pied et lui signala du regard les autres nobles qui se trouvaient dans Santa Maria. Certains se tenaient debout, mais la plupart demeuraient assis ; seul Arnau se prosternait.

— Sacrilège !

Le cri retentit dans toute l'église. Les prêtres se turent. Arnau se leva et toute l'assistance se tourna vers l'entrée principale de Santa Maria.

— Sacrilège ! entendit-on à nouveau.

Plusieurs hommes se frayèrent un passage jusqu'à l'autel.

— Sacrilège ! Hérésie ! Démons ! Juifs ! hurlaient-ils.

Les prêtres s'apprêtaient à leur parler, mais l'un d'eux s'adressa directement aux paroissiens.

— Les juifs ont profané une hostie sacrée ! s'écria-t-il.

Une rumeur s'éleva parmi les fidèles.

— Cela ne leur suffit pas d'avoir tué Jésus-Christ, s'exclama un autre depuis l'autel, il faut en plus qu'ils profanent son corps !

La rumeur enfla. Arnau se retourna et rencontra le regard d'Elionor.

— Vos amis juifs, siffla-t-elle.

Arnau savait à quoi son épouse faisait allusion. Depuis le mariage de Mar, rester à la maison lui était devenu tellement insupportable qu'il allait très souvent, l'après-midi, rendre visite à son vieil ami Hasdai Crescas et demeurait avec lui jusque tard dans la soirée. Avant qu'il puisse lui répondre, les nobles et les dirigeants qui se trouvaient là se lancèrent dans une vive discussion.

— Ils veulent continuer de faire souffrir le Christ, même après sa mort.

— La loi les oblige à rester chez eux pendant les fêtes de Pâques, portes et fenêtres fermées. Comment ont-ils pu ?

— Ils ont dû s'échapper.

— Et les enfants ? N'auraient-ils pas enlevé un de nos enfants pour le crucifier et manger son cœur ?...

— Et boire son sang ?...

Arnau n'arrivait pas à quitter des yeux ce groupe de nobles en colère. Comment osaient-ils ?... Son regard croisa une nouvelle fois celui d'Elionor. Elle souriait.

— Vos amis, répéta-t-elle d'un ton moqueur.

Au même moment, tout Santa Maria se mit à réclamer vengeance.

— Au *barrio* juif ! s'emportèrent les plus excités. Hérétiques ! Sacrilèges !

Arnau les vit s'élancer vers la sortie. Les nobles demeuraient en retrait.

— Hâtez-vous, dit Elionor à son époux, sinon vous ne pourrez plus accéder au *barrio* juif.

Arnau considéra longuement sa femme, puis se tourna vers la Vierge. Les cris s'éloignaient déjà vers la calle del Mar.

— Pourquoi tant de haine, Elionor ? N'avez-vous pas tout ce que vous désirez ?

— Non, Arnau. Vous savez parfaitement que je n'ai pas tout ce que je désire... D'ailleurs, peut-être le réservez-vous à vos amis juifs ?...

— De quoi parlez-vous ?

— De vous, Arnau, de vous. Vous savez très bien que vous n'avez pas rempli votre devoir conjugal.

L'espace d'un instant, Arnau se souvint des nombreuses fois où il avait repoussé les avances d'Elionor, d'abord avec délicatesse pour ne pas la blesser, puis brutalement, sans égards.

— Le roi m'a contraint à vous épouser, pas à satisfaire vos envies.

— Le roi ne vous y contraint pas, mais l'Église, oui.

— Dieu ne peut pas m'obliger à coucher avec vous !

Elionor encaissa les mots de son mari le regard rivé sur lui ; puis, très lentement, elle se tourna vers le maître-autel. Ils étaient seuls dans Santa Maria... à l'exception de trois prêtres qui avaient écouté leur conversation en silence. Arnau observa également les trois ecclésiastiques. Quand les conjoints se regardèrent de nouveau, Elionor plissa les yeux et ne dit plus rien.

Arnau lui tourna le dos et se dirigea vers la sortie.

— Allez rejoindre votre maîtresse juive ! cria Elionor dans son dos.

Un frisson lui parcourut l'échine.

Arnau, qui avait à nouveau été élu consul de la Mer, se dirigea vers le *barrio* juif ; calle del Mar, plaza del Blat, la Presó, puis l'église Sant Jaume : les cris de la foule ne cessaient de s'amplifier. Amassée devant une des portes défendues par les soldats du roi, la population appelait à la vengeance. Malgré le tumulte, Arnau parvint à se frayer un chemin. Mais, arrivé à la porte, l'officier de garde lui barra la route.

— Il est impossible d'entrer dans le *barrio* juif, honorable consul, lui expliqua-t-il. Nous attendons les ordres du lieutenant royal, l'infant Jean, fils de Pierre IV.

Le lendemain matin, l'infant décida que tous les juifs de Barcelone seraient enfermés dans la grande

618

synagogue, sans eau ni nourriture, en attendant que les coupables de la profanation se dénoncent.

— Cinq mille personnes, pesta Arnau quand la nouvelle lui parvint dans son bureau de la Bourse. Cinq mille personnes entassées dans la synagogue sans boire ni manger ! Et les enfants, les nourrissons ? Qu'espère l'infant ? Quel imbécile peut croire qu'un juif va se déclarer coupable de la profanation d'une hostie sous peine d'être condamné à mort ?

Arnau frappa du poing sur son bureau et se leva. L'appariteur qui lui avait communiqué la nouvelle sursauta.

— Prévenez la garde, ordonna Arnau.

Flanqué d'une demi-douzaine de *missatges* armés, le très honorable consul de la Mer se hâta par les rues de la ville. Les portes du *barrio* juif, toujours gardées par des soldats du roi, étaient grandes ouvertes ; la foule qui se pressait la veille devant elles avait disparu, mais une centaine de curieux tentaient encore de pénétrer dans le *barrio* malgré les gardes qui en défendaient l'accès.

— Qui commande ici ? demanda Arnau à l'officier qui se trouvait à la porte.

— Le viguier, à l'intérieur.

— Allez le chercher.

Le viguier ne tarda pas à apparaître et tendit la main à Arnau.

— Que veux-tu, Arnau ?

— Je veux parler aux juifs.

— L'infant a formellement...

— Je sais, coupa Arnau. C'est précisément pour cette raison que je dois parler avec eux. J'ai beaucoup de procédures en cours liées à des juifs. Il faut que je leur parle.

— Mais l'infant..., commença à dire le viguier.

— L'infant vit des *barrios* juifs ! Les juifs lui paient douze mille soldes annuels, par décision royale.

Le viguier acquiesça.

— L'infant souhaite trouver les coupables de la profanation, mais son intérêt, n'aie aucun doute là-dessus, est aussi que les affaires commerciales des juifs ne soient pas mises à mal ; dans le cas contraire... N'oublie pas que la contribution du *barrio* juif de Barcelone est la plus importante de toutes.

Sans hésiter plus longtemps, le viguier laissa passer Arnau et son escorte.

— Ils sont dans la grande synagogue.

— Je sais, je sais.

Les juifs avaient beau être tous reclus, le *barrio* était en ébullition, et les frères noirs grouillaient autour des maisons juives qu'ils fouillaient une par une en quête de l'hostie profanée.

Aux portes de la synagogue, Arnau se heurta à d'autres gardes du roi.

— Je viens parler à Hasdai Crescas.

L'officier en poste voulut s'opposer, mais celui qui accompagnait Arnau lui fit signe d'accéder à sa demande.

En attendant Hasdai, Arnau considéra les lieux alentour. Les maisons, avec leurs portes grandes ouvertes, offraient un spectacle de désolation. Les inquisiteurs entraient et sortaient, souvent avec des objets qu'ils montraient à d'autres frères, lesquels les examinaient en faisant non de la tête avant de les jeter. Le sol était jonché de biens appartenant aux juifs. « Qui sont les vrais profanateurs ? » songea Arnau.

— Honorable consul, entendit-il dans son dos.

Arnau se retourna et se trouva face à Hasdai. Pendant quelques secondes, il plongea ses yeux dans ceux de son ami. Celui-ci, découvrant le *barrio*

620

saccagé, s'était mis à pleurer. Arnau demanda à tous les soldats de s'écarter. Les *missatges* obéirent, mais les gardes du roi demeurèrent à leurs côtés.

— Les affaires du consulat de la Mer vous intéressent, peut-être ? leur lança Arnau. Retirez-vous avec mes hommes. Ce que j'ai à dire ne vous concerne pas.

Les soldats obtempérèrent de mauvaise grâce. Arnau et Hasdai se regardèrent.

— J'aimerais t'embrasser, dit Arnau à son ami alors qu'on ne pouvait plus les entendre.

— Surtout pas.

— Et là-dedans ? Comment ça se passe ?

— Mal, Arnau, mal. Nous, les vieux, ce n'est pas grave, et les jeunes tiendront le coup, mais les enfants... sans boire ni manger depuis des heures. Il y a plusieurs nouveau-nés, et certaines mères n'ont plus de lait... Nous sommes là depuis plusieurs heures...

— Comment pourrais-je vous aider ?

— Nous avons essayé de négocier, mais le viguier ne veut pas nous recevoir. Tu sais bien qu'il n'y a qu'un moyen : l'argent.

— Combien faudrait-il pour que... ?

Le regard de Hasdai le dissuada de poursuivre. Combien valait la vie de cinq mille juifs ?

— Je te fais confiance, Arnau. Ma communauté est en danger.

Arnau lui tendit la main.

— Nous te faisons confiance, Arnau, répéta Hasdai avant de rentrer dans la synagogue.

Arnau traversa de nouveau le *barrio*. Les frères noirs étaient partout. Avaient-ils trouvé l'hostie ? Des objets, ainsi que des meubles, s'amoncelaient dans les rues. À la sortie, il salua le viguier. L'après-midi même, il lui demanderait audience. Mais combien devait-il lui proposer pour la vie d'un homme ? Et pour toute une communauté ? Arnau avait négocié tout type de marchandises – tissus, épices, céréales, animaux, bateaux, or et argent –, il connaissait le prix d'un esclave. Mais pas celui d'un ami.

Arnau sortit du *barrio* juif, tourna à gauche et remonta la calle Banys Nous ; il traversa la plaza del Blat mais, arrivé calle Calders, non loin de Montcada, où était située sa maison, il s'arrêta net. À quoi bon ? Pour se retrouver avec Elionor ? Il fit marche arrière et retourna calle del Mar à son bureau de change. Depuis qu'il avait consenti au mariage de Mar... Elionor le poursuivait sans relâche. Elle avait d'abord essayé la ruse, s'était mise à l'appeler « chéri », à s'intéresser à ses affaires, à ce qu'il mangeait, à comment il allait. Mais devant l'échec de cette tactique, Elionor avait décidé d'attaquer de front.

— Je suis une femme, lui avait-elle déclaré un jour.

Il y a fort à parier que le regard qu'Arnau lui jeta alors ne lui plut pas. Ce fut pourtant sa seule réponse.

— Nous devons consommer notre mariage, lui lança-t-elle tout de go quelques jours plus tard. Nous vivons dans le péché.

— Et depuis quand vous préoccupez-vous autant de mon salut ? avait rétorqué Arnau.

En dépit des affronts répétés que lui faisait subir son époux, Elionor ne s'était pas avouée vaincue. Elle avait finalement décidé de se confier au père Juli Andreu, un des prêtres de Santa Maria. Pour lui, le salut de ses fidèles, au premier rang desquels Arnau, était primordial. Devant le curé, Arnau ne pouvait pas se trouver des excuses comme devant Elionor.

— Je ne peux pas, mon père, avoua-t-il à l'ecclésiastique.

C'était vrai. Depuis qu'il avait donné Mar à Felipe de Ponts, Arnau avait tenté d'oublier la jeune fille et même songé à créer sa propre famille. Il était seul. Tous les êtres qu'il avait aimés avaient disparu de sa vie. Il aurait pu avoir des enfants, jouer avec eux, leur donner tout ce qu'il avait et trouver en eux ce qui lui manquait : sur ce point, il rejoignait Elionor. Mais quand il la voyait s'agripper à lui, le poursuivre à travers le palais, ou quand il entendait sa voix, fausse, forcée, toutes ses bonnes résolutions s'effondraient.

— Que veux-tu me dire, mon fils ? questionna le prêtre.

— Le roi m'a obligé à épouser Elionor, mon père, mais il ne m'a jamais demandé si sa pupille me plaisait.

— La baronne...

— La baronne ne m'attire pas, mon père. Mon corps refuse.

— Je peux vous recommander à un bon médecin...

Arnau sourit.

— Non, mon père, non. Ce n'est pas la question. Je n'ai pas de problèmes physiques. C'est simplement...

— Alors, vous devez vous forcer pour accomplir votre devoir conjugal. Notre Seigneur attend...

Arnau avait supporté le discours du curé avant de réaliser qu'Elionor avait dû lui confier bien des choses. Qu'allait-il imaginer ?

— Écoutez, mon père, coupa-t-il, je ne peux pas obliger mon corps à s'unir à une femme qu'il ne désire pas.

Le prêtre voulut intervenir mais Arnau l'en empêcha d'un geste.

— J'ai juré que je serais fidèle à mon épouse, et je le suis : personne ne peut m'accuser du contraire. Je viens prier ici très fréquemment et je donne de l'argent pour Santa Maria. J'ai la conviction que mes contributions financières pour élever ce temple compensent quelque peu mes faiblesses.

Le curé arrêta de se frotter les mains.

— Mon fils...

— Qu'en pensez-vous, mon père ?

Le prêtre se remémora en vain ses quelques enseignements théologiques destinés à réfuter de tels arguments. Finalement, il se retira à la hâte et se fondit parmi les ouvriers de Santa Maria. Une fois seul, Arnau alla s'agenouiller devant sa Vierge.

— Je ne pense qu'à elle, Mère. Pourquoi m'as-tu laissé la donner au seigneur de Ponts ?

Il n'avait pas revu Mar depuis son mariage. À la mort de son mari, Felip de Ponts, quelques mois seulement après la cérémonie, Arnau était allé lui rendre visite, mais Mar n'avait pas voulu le recevoir. « C'est peut-être mieux ainsi », s'était-il dit. Son serment à la Vierge le liait désormais plus que jamais : il était condamné à rester fidèle à une femme qui ne l'aimait pas et qu'il ne pouvait aimer. Et à renoncer à la seule personne avec qui il était heureux...

— A-t-on retrouvé l'hostie ? demanda Arnau au viguier.

Ils étaient assis l'un en face de l'autre dans le palais donnant sur la plaza del Blat.

— Pas encore, répondit ce dernier.

— J'ai parlé avec les conseillers de la ville, dit

Arnau, et ils sont d'accord avec moi. L'emprisonnement de toute la communauté juive peut très sérieusement affecter les intérêts commerciaux de Barcelone. La saison maritime vient à peine de commencer. Il y a, dans le port, plusieurs bateaux prêts à partir ; ils transportent des commandes de juifs : soit ils les déchargent, soit ils doivent attendre les commerçants qui les accompagnent. Le problème, c'est que toute la cargaison n'est pas juive ; une partie est chrétienne.

— Alors pourquoi ne la décharge-t-on pas ?

— Cela renchérirait le transport des marchandises chrétiennes.

Le viguier ouvrit les mains en signe d'impuissance.

— Rassemblez celles des juifs dans des bateaux et celles des chrétiens dans d'autres, proposa-t-il finalement en guise de solution.

Arnau hocha négativement la tête.

— Impossible. Les navires n'ont pas tous la même destination. Vous n'ignorez pas que la saison maritime est courte. Si les bateaux ne lèvent pas l'ancre, tout le commerce sera retardé et ils ne pourront revenir à temps. Ils sacrifieront un voyage, ce qui augmentera la valeur des marchandises. Nous perdrons tous de l'argent.

« Y compris toi », songea Arnau.

— Par ailleurs, rester dans le port de Barcelone est dangereux. En cas de tempête...

— Que proposez-vous ?

« Qu'on les relâche tous. Qu'on cesse de fouiller leurs maisons. Qu'on leur rende leurs biens... »

— Que le *barrio* juif soit condamné à verser une amende.

— La population exige des coupables et l'infant a promis de les trouver. La profanation d'une hostie...

— La profanation d'une hostie, l'interrompit

625

Arnau, va nous coûter plus cher que n'importe quel autre délit.

À quoi servait-il de discuter ? Les juifs avaient déjà été jugés et condamnés, avec ou sans l'hostie. Le doute fit froncer les sourcils du viguier.

— Pourquoi ne pas essayer ? Si nous réussissons, ce seront les juifs, et seulement eux, qui supporteront les frais. Sinon, ce sera une mauvaise année pour le commerce et nous en pâtirons tous.

Au milieu des ouvriers et du bruit, couvert de poussière, Arnau leva les yeux vers la clé qui parachevait la deuxième des quatre voûtes de la nef centrale de Santa Maria, la dernière à avoir été construite. Sur la pierre était représentée la scène de l'Annonciation. La Vierge y était représentée agenouillée, à l'instant où elle apprenait qu'elle allait être mère, vêtue d'une cape rouge brodée d'or. Les couleurs vives, le rouge et le bleu, mais surtout l'or, attirèrent le regard d'Arnau. Une belle image. Devant les arguments d'Arnau, le viguier avait hésité et finalement cédé.

Vingt-cinq mille livres et quinze condamnés ! Telle fut sa proposition, le lendemain, après qu'il eut consulté la cour de l'infant Jean.

— Quinze condamnés ? Vous voulez sacrifier quinze personnes pour une histoire inventée de toutes pièces par quatre fous ?

Le viguier avait tapé du poing sur la table.

— Il s'agit de la sainte Église catholique !

— Vous savez bien que non, avait insisté Arnau.

Les deux hommes s'étaient toisés.

— Pas de condamnés, avait exigé Arnau.

— Impossible. L'infant...

— Pas de condamnés ! Vingt-cinq mille livres, c'est déjà une fortune.

Arnau avait quitté le palais du viguier et erré dans les rues de la ville. Qu'allait-il dire à Hasdai ? Que quinze d'entre eux devaient se sacrifier ? La vision de ces cinq mille personnes entassées dans cette synagogue sans eau ni nourriture le hantait...

— Quand aurai-je la réponse ? avait-il demandé au viguier.

— L'infant est à la chasse.

À la chasse ! Il avait ordonné que cinq mille personnes soient enfermées, et il était parti chasser ! Pour se rendre de Barcelone à Gérone, sur les terres de l'infant, duc de Gérone et de Cerbère, il ne fallait pas plus de trois heures à cheval, mais Arnau dut attendre le jour suivant, assez tard dans l'après-midi, avant d'être une nouvelle fois convoqué par le viguier.

— Trente-cinq mille livres et cinq condamnés.

« Mille livres par juif. Serait-ce là le prix d'un homme ? » se demanda Arnau.

— Quarante mille, sans condamnés.

— Non.

— J'irai voir le roi.

— Le roi a suffisamment de soucis avec la guerre de Castille pour qu'on ne le dérange pas au sujet de son fils et lieutenant. Il l'a nommé pour cela.

— Quarante-cinq mille, mais pas de condamnés.

— Non, Arnau, non...

— Demandez-lui !... s'écria Arnau. Je vous en conjure, ajouta-t-il.

La puanteur qui émanait de la synagogue saisit Arnau avant même qu'il y soit rendu. L'état des rues du *barrio* juif avait empiré ; meubles et objets s'entassaient dans un désordre indescriptible. À l'intérieur des maisons, on entendait résonner les coups des frères noirs, qui abattaient les murs et creusaient les sols en quête du corps du Christ. Arnau dut prendre sur lui pour feindre la sérénité quand il se retrouva face à Hasdai, flanqué cette fois de deux rabbins et d'autres chefs de la communauté. Les yeux lui brûlaient. Était-ce à cause des effluves d'urine en provenance de la synagogue, ou bien des nouvelles qu'il lui apportait ?

Pendant quelques instants, avec en fond sonore la litanie incessante des gémissements, Arnau observa ces hommes qui s'efforçaient de respirer un peu d'air pur. Il s'imagina ce que cela devait être à l'intérieur. Tous jetèrent un œil effaré au spectacle qu'offraient les rues du *barrio*.

— Ils exigent des coupables, annonça Arnau une fois que tous les cinq se furent quelque peu ressaisis. Ils en exigeaient d'abord quinze. Nous en sommes à présent à cinq, et j'espère...

— Nous ne pouvons plus attendre, Arnau Estanyol, coupa un des rabbins. Un ancien est mort aujourd'hui. Il était certes malade, mais nos médecins n'ont rien pu faire pour lui, pas même lui humecter les lèvres. On nous interdit de l'enterrer. Vous comprenez ce que cela signifie ?

Arnau acquiesça.

— Demain, l'odeur de son corps en décomposition...

— À l'intérieur, ajouta Hasdai, nous ne pouvons pas bouger. Les gens... ne peuvent même pas se lever pour aller faire leurs besoins. Les mères n'ont plus de lait. Elles ont donné le sein à leurs nouveau-nés et aussi aux autres bébés, pour apaiser leur soif. Si nous attendons encore, cinq coupables, ce sera une bagatelle.

— Et aussi quarante-cinq mille livres, ajouta Arnau.

— Qu'importe l'argent si nous mourons tous.

— Donc ? demanda Arnau.

— Insiste, Arnau, supplia Hasdai.

Dix mille livres supplémentaires firent accélérer le courrier destiné à l'infant... ou peut-être n'eut-il même pas besoin de partir. Arnau fut convoqué dès le lendemain.

Trois condamnés.

— Ce sont des hommes ! lâcha Arnau au viguier pendant la discussion.

— Des juifs, Arnau. Seulement des juifs. Des hérétiques qui appartiennent à la Couronne. Sans la faveur royale, ils seraient tous morts. Le monarque a décidé que trois d'entre eux devaient payer pour la profanation de l'hostie. Le peuple l'exige.

« Depuis quand le roi se soucie-t-il autant de son peuple ? » songea Arnau.

— De cette manière, insista le viguier, nous résoudrons également les problèmes du consulat.

Le cadavre de l'ancien, la poitrine sèche des mères, les pleurs des enfants, les plaintes et l'odeur : tout poussa Arnau à céder. Le viguier se rencogna dans son fauteuil.

— Deux conditions, finit par convenir Arnau en l'obligeant à lui prêter de nouveau attention. Ils désigneront eux-mêmes les condamnés.

Le viguier y consentit.

— Et l'accord doit être approuvé par l'évêque et calmer les paroissiens.

— Ça, je m'en suis déjà occupé, Arnau. Croyez-vous que je souhaite un nouveau massacre dans le *barrio* juif ?

La procession partit du centre du *barrio* juif. Les portes et les fenêtres des maisons étaient fermées et les rues désertes, jonchées de meubles. Le silence du quartier semblait accuser la clameur qu'on entendait s'élever de la foule réunie dehors, qui se pressait autour de l'évêque, resplendissant d'or au soleil de la Méditerranée, et des innombrables prêtres et frères noirs qui attendaient le long de la calle de la Boquería, séparés de la population par deux rangées de soldats du roi.

Quand les trois silhouettes apparurent aux portes du *barrio*, un cri déchira le ciel. Les gens tendirent leurs poings serrés, et leurs insultes se mêlèrent au bruit métallique des épées que les gardes dégainaient pour protéger le petit cortège. Les trois martyrs, pieds et poings liés, furent conduits entre deux rangées de frères noirs et ainsi, emmenée par l'évêque de Barcelone, la procession se mit en marche. La présence des soldats et des dominicains n'empêcha pas la population de jeter des pierres aux trois hommes qui cheminaient péniblement, ni de leur cracher dessus.

Arnau priait à Santa Maria. Il avait porté lui-même la nouvelle au *barrio* juif, où il avait été une nouvelle fois reçu aux portes de la synagogue par Hasdai, les rabbins et les chefs de la communauté. « Trois coupables, avait-il annoncé en tâchant de soutenir leurs regards. Vous pouvez... les choisir vous-mêmes. »

Aucun d'entre eux n'avait prononcé un mot ; ils s'étaient contentés d'observer les rues de leur *barrio*, tandis que les plaintes et les lamentations en provenance de la synagogue enveloppaient leurs pensées. Arnau n'avait pas eu le courage de jouer plus longtemps les intercesseurs et s'était excusé auprès du viguier au moment de quitter le quartier. « Trois innocents... car toi et moi savons parfaitement que cette prétendue profanation du corps du Christ est une machination. »

Arnau entendit les cris de la foule le long de la

calle del Mar. La rumeur emplit Santa Maria ; elle s'infiltra à travers les portes inachevées et monta le long des échafaudages en bois qui supportaient les structures en construction, comme aurait pu le faire un maçon, jusqu'aux voûtes. Trois innocents ! Comment les avait-on désignés ? Les rabbins les avaient-ils choisis ou s'étaient-ils portés volontaires ? Arnau revit alors les yeux de Hasdai quand il avait découvert les rues dévastées de son *barrio*. Qu'avait-il lu en eux ? De la résignation ? Un... adieu ? Arnau trembla ; ses genoux se dérobèrent et il dut se tenir au prie-Dieu. La procession approchait. Les cris s'amplifiaient. Arnau se leva et regarda en direction de la rue qui débouchait sur la plaza de Santa Maria. Le cortège ne tarderait pas à arriver. Il demeura dans le temple, observant de loin la place, jusqu'au moment où les insultes de la foule se mirent à redoubler d'intensité.

Alors, il courut jusqu'à la porte. Personne ne l'entendit hurler. Personne ne le vit pleurer. Personne ne le vit tomber à genoux quand il découvrit Hasdai enchaîné, traînant les pieds sous une pluie d'injures, de pierres et de crachats. Hasdai Crescas passa devant Santa Maria, le regard posé sur son ami qui, à genoux, frappait le sol de ses poings. Arnau, lui, ne le regardait plus. Il frappa le sol encore et encore jusqu'à ce que la procession disparaisse et que la terre finisse par changer de couleur. C'est alors que quelqu'un s'agenouilla devant lui et lui prit doucement les mains.

— Mon père ne voudrait pas que tu te lamentes sur son sort, confia Raquel à Arnau.

— Mais ils vont... le tuer.

— Oui.

Arnau scruta le visage de cette enfant devenue femme. À cet endroit même, sous cette église, il l'avait cachée de nombreuses années auparavant. Raquel ne pleurait pas et, au mépris du danger, portait ses vêtements juifs et le cercle jaune, signe distinctif de sa condition.

— Nous devons être forts, reprit celle qu'il avait connue fillette.

— Pourquoi, Raquel ? Pourquoi lui ?

— Pour moi. Pour Jucef. Pour mes enfants et ceux de Jucef, ses petits-enfants. Pour ses amis. Pour tous les juifs de Barcelone. Il a dit qu'il était vieux et qu'il avait assez vécu.

Avec l'aide de Raquel, Arnau se releva et, soutenu par la jeune femme, ils suivirent tous deux le défilé.

Les condamnés furent brûlés vifs. On les attacha à des poteaux, au-dessus d'un bûcher, sans qu'à aucun moment s'apaisent les cris de vengeance des chrétiens. Quand les flammes atteignirent son corps, Hasdai leva les yeux au ciel. Alors, ce fut Raquel qui éclata en larmes et se réfugia dans les bras d'Arnau, un peu à l'écart de la foule.

Serrant contre lui la fille de Hasdai, Arnau ne pouvait détacher les yeux du corps en flammes de son ami. Il lui sembla un instant qu'il saignait, mais le feu se propagea rapidement. Soudain, il n'entendit plus les cris de la foule, seuls des poings menaçants s'agitaient... Il détourna le regard vers la droite. À cinquante mètres d'eux environ se tenaient l'évêque et l'inquisiteur général ; près d'eux, le bras pointé dans sa direction, Elionor, son épouse. À côté d'elle se trouvait une autre dame, élégamment vêtue, qu'Arnau ne reconnut d'abord pas. Son regard croisa celui du grand inquisiteur, tandis qu'Elionor gesticulait et criait sans cesse de le pointer du doigt.

— Cette juive est sa maîtresse. Regardez-les. Regardez comme ils s'étreignent.

À ce moment précis, Arnau serra plus fortement

Raquel, qui pleurait contre son épaule. Les flammes, rythmées par le rugissement de la foule, montaient vers le ciel. Se détournant de l'horrible spectacle, les yeux d'Arnau croisèrent ceux d'Elionor. Quand il vit leur expression, cette haine profonde qui les animait, la hideur de la vengeance assouvie au fond d'eux, il frissonna. Il entendit alors le rire de la femme qui accompagnait son épouse, un gloussement caractéristique, ironique, qu'Arnau avait gravé dans sa mémoire depuis l'enfance : le rire de Margarida Puig.

47.

La vengeance se tramait depuis longtemps, et elle ne concernait pas seulement Elionor. L'accusation contre Arnau et la juive Raquel n'était qu'un début.

Les décisions prises par Arnau Estanyol en tant que baron de Granollers, Sant Vicenç dels Horts y Caldes de Montbui avaient prodigieusement agacé les autres nobles, qui voyaient souffler, depuis lors, le vent de la rébellion parmi leurs paysans... Et plus d'un avait été contraint d'étouffer avec une fermeté sans précédent des révoltes au nom de l'abolition de ces privilèges auxquels Arnau, baron né serf, avait renoncé. Parmi ces nobles offensés se trouvait Jaume de Bellera, fils du seigneur de Navarcles, que Francesca avait allaité bébé, ainsi qu'un homme qu'Arnau avait privé de sa maison et de sa fortune : Genís Puig. Depuis l'expulsion de la calle Montcada, il avait dû s'installer dans la vieille maison de Navarcles qui avait appartenu à son grand-père, le père de Grau, bien différente du palais où il avait passé la majeure partie de son existence. Tous deux avaient pleuré pendant des jours sur leurs malheurs et fomenté leur vengeance. Si les lettres que Margarida envoyait à son frère ne mentaient pas, celle-ci était sur le point d'éclater.

Arnau dut interrompre le témoignage d'un marin pour se tourner vers l'*alguazil* du tribunal du consulat de la Mer qui venait de surgir au beau milieu du procès.

— Un officier et plusieurs soldats de l'Inquisition désirent vous voir, murmura-t-il en se penchant à son oreille.

— Que veulent-ils ? demanda Arnau.

L'homme fit signe qu'il l'ignorait.

— Qu'ils attendent la fin du jugement, ordonna-t-il avant de demander au marin de reprendre.

Un de ses compères était mort pendant la traversée, et le propriétaire du bateau refusait de payer à ses héritiers plus de deux mois de salaire, alors que la veuve affirmait que son mari avait été engagé pour une durée bien plus longue. En principe, vu qu'il était mort en mer, il aurait dû lui revenir la moitié de la somme convenue au départ.

— Continuez, l'encouragea Arnau, le regard posé sur la veuve et les trois enfants du défunt.

— Aucun marin ne s'engage seulement pour quelques mois...

Soudain, les portes du tribunal s'ouvrirent brusquement. Un officier et six soldats de l'Inquisition, armés, firent irruption dans la salle après avoir bousculé sans ménagement l'*alguazil* du tribunal.

— Arnau Estanyol ? tonna l'officier en s'adressant directement à lui.

— Que signifie ceci ? s'indigna Arnau. Comment osez-vous... ?

L'officier se planta devant lui.

— Êtes-vous Arnau Estanyol, consul de la Mer, baron de Granollers... ?

— Vous le savez bien, officier, coupa Arnau, mais...

— Par ordre du tribunal de la sainte Inquisition, je vous arrête. Suivez-moi.

Les *missatges* du tribunal s'apprêtaient à défendre leur consul, mais Arnau les arrêta d'un geste.

— Faites-moi la faveur de vous écarter, demanda Arnau à l'officier de l'Inquisition.

L'homme hésita un instant. Très calmement, le consul de la Mer insista avec la main en lui faisant signe de se placer plus près de la porte. Sans cesser de surveiller son détenu, l'officier recula assez pour permettre à Arnau de voir à nouveau la famille du marin mort.

— Je me prononce en faveur de la veuve et des orphelins, conclut-il tranquillement. Ils recevront la moitié du salaire total de la traversée et non les deux mois que prétend leur donner le propriétaire du bateau. Ainsi l'ordonne ce tribunal.

Arnau frappa du poing, se leva et fit face à l'officier de l'Inquisition.

— Allons-y, dit-il.

L'annonce de la détention d'Arnau Estanyol se propagea dans tout Barcelone et, par l'intermédiaire des nobles, des marchands ou de simples paysans, dans une grande partie de la Catalogne.

Quelques jours plus tard, dans une petite ville du nord de la principauté, Joan, qui était en train de harceler un groupe de citoyens, apprit la nouvelle par un officier de l'Inquisition.

— Il semble que ce soit vrai, insista l'officier devant l'air sceptique du frère noir.

Joan se tourna vers son auditoire. Qu'était-il en train de leur dire ? Arnau arrêté ?

Il regarda de nouveau l'officier qui hocha la tête. Arnau ?

Les gens commençaient à s'agiter, inquiets. Joan tenta de poursuivre, mais il ne put prononcer un mot.

Une fois de plus, il se tourna vers l'officier et devina un sourire sur ses lèvres.

— Vous ne continuez pas, frère Joan ? lui dit ce dernier. Les pécheurs vous attendent.

— Nous partons pour Barcelone.

Sur le chemin du retour, Joan passa près des terres du baron de Granollers. S'il avait un peu dévié de sa route, il aurait pu voir comment le *carlan* de Montbui et d'autres gentilshommes soumis à Arnau infligeaient de nouveau aux paysans les mauvais usages qu'Arnau avait naguère supprimés. « On dit que c'est la baronne en personne qui l'a dénoncé », affirma quelqu'un.

Mais Joan ne passa pas par les terres d'Arnau. Il n'adressa la parole ni à l'officier ni à aucun des hommes qui formaient son escorte, pas même à son scribe. Toutefois, il ne pouvait s'empêcher d'entendre ce qui se disait.

— Il semblerait qu'il ait été arrêté pour hérésie, murmura un des soldats.

— Le frère d'un inquisiteur ?

— Nicolau Eimeric parviendra à tirer de lui les aveux les plus complets, intervint alors l'officier.

Joan se souvenait de Nicolau Eimeric. Combien de fois l'avait-il félicité pour son travail d'inquisiteur ?

« Il faut combattre l'hérésie, frère Joan... Il faut traquer le péché sous l'apparente bonté des gens, dans leur alcôve, chez leurs enfants, auprès de leurs conjoints. » C'est ce qu'il avait fait. « Il ne faut pas hésiter à recourir à la torture pour les faire avouer. » C'est aussi ce qu'il avait fait, sans relâche. Quelle torture avait-on fait subir à Arnau pour qu'il s'avoue hérétique ?

Joan hâta le pas. Son habit noir, sale et abîmé, lui pesait lourdement.

— C'est à cause de lui que je suis dans cette situation, commenta Genís Puig qui faisait les cent pas d'un bout à l'autre de la pièce. Moi qui ai eu...

— De l'argent, des femmes, du pouvoir, coupa le baron.

Mais l'autre ne releva pas sa remarque.

— Mes parents et mon frère sont morts comme de simples paysans, affamés, atteints de maladies qui n'affectent que les pauvres, et moi...

— Un simple gentilhomme sans troupe, ajouta le baron d'un air las, répétant à sa place la phrase entendue plus de mille fois.

Genís s'arrêta devant Jaume, fils de Llhorenç de Bellera.

— Vous trouvez ça drôle ?

Le seigneur de Bellera ne bougea pas du fauteuil d'où il avait suivi les va-et-vient de Genís, dans le donjon du château de Navarcles.

— Oui, répondit-il au bout de quelques instants, plus que drôle. Comparées aux miennes, vos raisons de haïr Arnau Estanyol me semblent risibles.

Jaume de Bellera leva les yeux vers le haut de la tour.

— Vous voulez bien arrêter de gesticuler ainsi ?

— Quand arrivera donc votre officier ? demanda Genís sans cesser de déambuler dans le donjon.

Tous deux attendaient la confirmation des nouvelles que Margarida Puig avait sous-entendues dans une précédente missive. Depuis Navarcles, Genís Puig avait convaincu sa sœur de gagner la confiance de la baronne, au cours des après-midi de solitude qu'Elionor passait dans leur ancienne demeure familiale. Elle n'avait pas eu grand mal : Elionor avait besoin d'une confidente qui détestât son époux autant qu'elle. Ce fut donc Margarida qui, de manière insidieuse, renseigna Elionor sur l'endroit

638

où se rendait le baron l'après-midi. Elle encore qui inventa l'adultère entre Arnau et Raquel. Dès qu'Arnau Estanyol serait incarcéré à cause de sa liaison avec une juive, Jaume de Bellera et Genís Puig mettraient à exécution le plan qu'ils avaient concocté.

— L'Inquisition a arrêté Arnau Estanyol, confirma l'officier en pénétrant dans le donjon.

— Alors Margarida avait rais..., commença Genís.

— Taisez-vous, coupa le seigneur de Bellera de son fauteuil. Continuez, dit-il à l'officier.

— Il a été arrêté il y a trois jours, alors qu'il présidait le tribunal du consulat.

— De quoi l'accuse-t-on ? interrogea le baron.

— Ce n'est pas très clair. Hérésie d'après les uns, juiverie d'après les autres. Certains prétendent qu'il aurait une liaison avec une juive. Il n'a pas encore été jugé. Il est détenu dans les geôles du palais épiscopal. La moitié de la ville le soutient, l'autre le honnit, mais les gens font la queue devant son bureau de change et vont jusqu'à se battre pour récupérer leur argent. Je les ai vus.

— Il peut payer ? intervint Genís.

— Pour le moment, oui, mais nul n'ignore qu'Arnau Estanyol a prêté beaucoup d'argent à des gens sans ressources qui ne pourront peut-être pas le rembourser... C'est pourquoi on se bat : on craint que le cambiste ne demeure solvable très longtemps. C'est la panique.

Jaume de Bellera et Genís Puig échangèrent un regard.

— C'est le début de la fin, commenta le gentilhomme.

— Trouve la putain qui m'a allaité, ordonna le baron à l'officier, et fais-la enfermer dans les geôles du château !

Genís Puig approuva le seigneur de Bellera et fit signe à son tour à l'officier de se hâter.

« C'est son fils, Arnau Estanyol, qui aurait dû boire son lait démoniaque, pas moi, l'avait-il entendu dire à plusieurs reprises. Et pendant que lui jouissait de sa fortune et de la faveur du roi, j'ai dû subir les conséquences du mal que m'a transmis sa mère. »

Jaume de Bellera avait été obligé d'aller voir l'évêque pour que l'épilepsie dont il souffrait ne soit pas considérée comme un mal du démon. L'Inquisition, elle, ne douterait pas un instant de la nature diabolique de Francesca.

— Je voudrais voir mon frère, lança sans préambule Joan à Nicolau Eimeric dès son arrivée au palais épiscopal.

L'inquisiteur général plissa ses petits yeux.

— Vous devez le faire avouer son crime et obtenir son repentir.

— De quoi l'accuse-t-on ?

Derrière le bureau où il le recevait, Nicolau Eimeric tressaillit.

— Prétendez-vous que je vous le dise ? Vous êtes un grand inquisiteur mais... n'essayerez-vous pas d'aider votre frère ?

Joan baissa le regard.

— Je peux juste vous assurer qu'il s'agit d'une affaire très sérieuse. Je vous autoriserai à rendre visite à Arnau tant que votre objectif sera de gagner sa confession.

Dix coups de fouet ! Quinze, vingt-cinq... Combien de fois avait-il donné cet ordre au cours des dernières années ? « Jusqu'aux aveux ! » commandait-il à l'officier qui l'accompagnait. Et maintenant... on lui demandait d'obtenir la confession de son propre frère. Comment le pourrait-il ? Joan voulut répondre, en vain. Seules ses mains remuèrent.

— C'est votre devoir, rappela Eimeric.

— C'est mon frère. Il est tout ce que je possède...

— Vous avez l'Église. Vous nous avez, nous, vos frères dans la foi chrétienne.

L'inquisiteur général fit une pause de quelques secondes.

— Frère Joan, j'ai attendu parce que je savais que vous viendriez. Si vous n'assumez pas cette responsabilité, je m'en chargerai personnellement.

La puanteur des geôles du palais le heurta de plein fouet. Il ne put réprimer une moue de dégoût. Tandis qu'il avançait dans le couloir qui le conduisait vers Arnau, Joan entendit les gouttes d'eau qui filtraient des murs et les rats courir sur son passage. Il sentit l'un d'eux lui frôler la cheville. Il frissonna, comme il l'avait fait devant la menace de Nicolau Eimeric : « ... je m'en chargerai personnellement. » Quel crime avait commis Arnau ? Comment allait-il lui dire que lui, son propre frère, s'était engagé à... ?

L'*alguazil* ouvrit la porte du cachot et Joan entra dans une grande pièce obscure et malodorante. Quelques ombres bougèrent et le tintement des chaînes qui les reliaient au mur grinça aux oreilles du dominicain. Il sentit son estomac se révolter contre cette misère et la bile monta jusqu'à sa gorge. « Là », dit l'*alguazil* en lui désignant une silhouette recroquevillée dans un coin. Puis, sans attendre, il sortit de la geôle. Le bruit de la porte dans son dos fit sursauter Joan, qui resta debout, à l'entrée de la pièce, dans la pénombre ; une seule fenêtre à barreaux, en haut du mur, laissait entrer un mince filet de lumière. Une fois l'*alguazil* parti, les chaînes résonnèrent de nouveau ; une douzaine d'ombres

641

s'agitèrent. « Sont-ils rassurés parce qu'on ne vient pas pour eux ou, au contraire, inquiets ? » pensa Joan, qui commençait à se sentir harcelé par les plaintes et les gémissements. Il s'approcha de la forme que, croyait-il, lui avait désignée l'*alguazil*, mais quand il se retrouva à genoux devant elle, le visage édenté et couvert de plaies d'une vieille femme se tourna vers lui.

Il tomba à la renverse ; la vieille le regarda quelques secondes, puis dissimula de nouveau son malheur dans l'obscurité.

— Arnau ? murmura Joan.

Il répéta le nom de son frère à voix haute, rompant le silence qu'il avait obtenu pour toute réponse.

— Joan ?

Il s'avança vers la voix qui lui avait répondu, s'agenouilla une nouvelle fois devant une ombre. C'était bien son frère. Il lui prit la tête entre les mains et l'attira contre lui.

— Sainte Vierge ! Que... ? Que t'ont-ils fait ? Dans quel état es-tu ?

Joan se mit à tâter Arnau ; il avait les cheveux rêches, les pommettes saillantes.

— On ne te donne pas à manger ?

— Si, répondit Arnau, un quignon de pain et de l'eau.

Joan toucha les chevilles maigres d'Arnau et retira rapidement ses mains.

— Peux-tu faire quelque chose pour moi ? demanda Arnau à son frère, qui demeurait muet. Tu es l'un d'eux. Tu m'as toujours dit combien le grand inquisiteur t'estimait. Tout cela est insupportable, Joan. J'ignore depuis combien de jours je suis ici. Je t'attendais...

— Je suis venu aussi vite que j'ai pu.

— Tu as parlé avec l'inquisiteur ?

— Oui.

Malgré l'obscurité, Joan baissa tout de même le regard. Les deux frères gardèrent le silence un moment.

— Et ? finit par demander Arnau.

— Qu'as-tu fait, Arnau ?

La main d'Arnau se crispa sur le bras de Joan.

— Comment peux-tu penser... ?

— Il faut que je le sache, Arnau. Il faut que je sache de quoi on t'accuse pour pouvoir t'aider. Tu sais bien que la dénonciation est secrète. Nicolau n'a rien voulu me dire.

— Alors de quoi avez-vous parlé ?

— De rien, répondit Joan. Je n'ai pas voulu parler de quoi que ce soit avec lui avant de te voir. J'ai besoin de connaître les éléments de l'accusation pour convaincre Nicolau.

— Interroge Elionor.

Arnau revit l'image de sa femme au moment où elle l'avait désigné du doigt à travers les flammes qui brûlaient le corps d'un innocent.

— Hasdai est mort, ajouta-t-il.

— Elionor ?

— Ça t'étonne ?

Joan vacilla et dut s'appuyer sur Arnau.

— Que t'arrive-t-il, Joan ?

Il fit un effort pour rester debout.

— Cet endroit... Te voir ici... Je crois que je ne me sens pas bien.

— Va-t'en. Tu me seras plus utile à l'extérieur qu'à essayer de me consoler.

Joan se leva. Ses jambes tremblaient.

— Oui. Je crois que oui.

Il appela l'*alguazil* et quitta le cachot. Dans le couloir, l'énorme gardien le précédait. Il avait quelques pièces sur lui.

— Tiens, lui dit-il.

L'homme prit l'argent sans rien dire.

— Demain, tu en auras davantage si tu traites bien mon frère.

Pour seule réponse, Joan entendit courir les rats autour de lui.

— Tu m'as compris ? insista-t-il.

L'autre se contenta de grogner, un grognement dont l'écho alla mourir dans le tunnel des cachots, au milieu des rats.

Il lui fallait de l'argent. À peine sorti du palais épiscopal, Joan se dirigea vers le bureau de change d'Arnau. Il tomba sur la foule amassée au coin de Canvis Vells et de Canvis Nous, devant le petit bâtiment où Arnau dirigeait ses affaires. Joan fit marche arrière.

— C'est son frère ! cria quelqu'un.

Aussitôt, plusieurs personnes s'élancèrent dans sa direction. Joan faillit s'enfuir mais, quand il vit les gens s'arrêter à quelques pas de lui, il changea d'attitude. Comment s'en seraient-ils pris à un dominicain ? Il se redressa et poursuivit son chemin.

— Hé, le frère ! Qu'arrive-t-il à Arnau ? lui demanda un homme qui le dépassait d'une bonne tête.

— Mon nom est frère Joan, inquisiteur du Saint-Office, répondit-il en haussant le ton. Quand tu t'adresses à moi, tu dis « monsieur l'inquisiteur », compris ?

Pour plonger ses yeux dans ceux de l'homme, Joan dut lever la tête. « Et toi, quels péchés as-tu commis ? » le questionna-t-il en silence. L'homme recula d'un pas. Joan reprit sa route vers le bureau de change, au milieu de la foule qui s'écartait sur son passage.

— Je suis frère Joan, inquisiteur du Saint-Office ! s'écria-t-il devant les portes closes de l'établissement. Trois employés d'Arnau le firent entrer. L'intérieur était sens dessus dessous ; le tapis rouge qui recouvrait le grand bureau de son frère, froissé, était encombré de livres. Si Arnau avait vu...

— J'ai besoin d'argent, leur annonça-t-il.

Tous trois le regardèrent, incrédules.

— Nous aussi, finit par rétorquer Remigi, qui avait remplacé Guillem.

— Comment ?

— Il n'y a plus un sou ici, frère Joan.

Remigi montra les coffres vides.

— Plus rien, frère Joan.

— Mon frère n'a plus d'argent !

— En espèces, non. Que font, à votre avis, tous ces gens, là, dehors ? Ils veulent leur argent. Ils nous assiègent depuis plusieurs jours. Arnau est toujours riche, ajouta l'employé pour tranquilliser Joan, mais son argent est investi en prêts, commandes, affaires en cours...

— Et vous ne pouvez pas exiger le remboursement des prêts ?

— Le principal débiteur, c'est le roi, et vous savez bien que les coffres de Sa Majesté...

— Personne d'autre ne doit de l'argent à Arnau ?

— Si. Beaucoup de gens. Mais il s'agit de prêts qui ne sont pas arrivés à échéance, et pour les autres... Vous n'ignorez pas qu'Arnau prête beaucoup d'argent à des pauvres. Ils ne peuvent pas rembourser. Pourtant, quand ils ont appris la situation d'Arnau, beaucoup d'entre eux sont venus payer une partie de leurs dettes avec le peu qu'ils possédaient, mais ça ne suffit pas. Nous ne pouvons pas assurer le remboursement de tous les dépôts.

Joan montra la porte d'entrée.

— Et eux ? Pourquoi peuvent-ils exiger leur argent ?

— En théorie, ils n'ont pas le droit. Ils ont tous déposé leur argent pour qu'Arnau le fasse fructifier, mais l'argent va à l'argent, et l'Inquisition...

D'un geste, Joan l'encouragea à oublier son habit noir. Le grognement de l'*alguazil* revint sonner à ses oreilles.

— J'ai besoin d'argent, pensa-t-il à voix haute.

— Je vous ai dit qu'il n'y en avait plus, répéta Remigi.

— J'en ai besoin, insista Joan, Arnau en a besoin.

« Arnau en a besoin et surtout, pensa Joan en se tournant vers la porte, il lui faut la paix. Tout ce scandale ne peut que lui nuire. Les gens vont croire qu'il est ruiné, et plus personne ne voudra entendre parler de lui... Il nous faudra des appuis. »

— On ne peut rien faire pour calmer cette foule ? Vendre quelque chose ?

— Nous pourrions céder certaines commandes. Regrouper les dépositaires pour les commandes dans lesquelles Arnau n'est pas impliqué, répondit Remigi. Mais sans son autorisation...

— Et la mienne ?

L'employé regarda Joan.

— Il le faut, Remigi.

— Je suppose que oui, finit par admettre ce dernier. En réalité, nous ne perdrons pas d'argent. Nous réviserons juste les contrats. Nous calmerons les créanciers... mais il faudra une autorisation écrite.

Joan signa les documents que lui prépara Remigi.

— Obtiens du liquide pour demain à la première heure, lui dit-il tout en paraphant les papiers. Il nous faut du liquide, insista-t-il devant le regard perplexe de l'employé. Brade quelque chose si nécessaire, mais il nous faut cet argent.

Dès que Joan eut quitté le bureau de change, faisant de nouveau taire au passage les créanciers, Remigi se mit à regrouper les commandes. Le jour même, le dernier bateau qui leva l'ancre dans le port de Barcelone portait des instructions pour les agents d'Arnau tout autour de la Méditerranée. Remigi agit promptement ; dès le lendemain, les créanciers, satisfaits, se mirent à colporter de nouvelles informations au sujet de la situation des affaires d'Arnau.

48.

Pour la première fois en une semaine, Arnau but de l'eau fraîche et mangea autre chose qu'un croûton de pain rassis. L'*alguazil* le poussa du pied pour l'obliger à se mettre debout et lava à grande eau l'endroit. « C'est toujours mieux que les excréments », songea Arnau. Pendant quelques secondes, on n'entendit plus dans la pièce qu'un bruit d'eau sur le sol et la respiration rauque du gardien obèse ; même la vieille à moitié morte, dont le visage était en permanence enfoui dans ses haillons, releva la tête vers la silhouette d'Arnau.

— Laissez le seau, ordonna l'ancien *bastaix* à l'*alguazil* qui s'apprêtait à sortir.

Arnau avait vu des prisonniers se faire frapper simplement parce qu'ils n'avaient pas baissé les yeux. L'*alguazil* se retourna, le bras tendu, prêt à cogner, mais retint son geste *in extremis*. Finalement, il cracha et laissa tomber le seau par terre. Avant de quitter la pièce, il donna un coup de pied à une forme, au passage, qui les observait. Arnau n'avait pas cillé.

Une fois que la terre eut absorbé toute l'eau, Arnau s'assit de nouveau. Dans le lointain, une

648

cloche sonnait. Le mince rayon de soleil qui parvenait à filtrer par la fenêtre, au ras du sol, et le son des cloches constituaient son seul lien avec le monde. Arnau leva les yeux vers la fenêtre et tendit l'oreille. Santa Maria était inondée de lumière mais ne possédait pas encore de cloches ; toutefois, on pouvait entendre le bruit des ciseaux contre la pierre, du marteau sur le bois et les cris des ouvriers, même à une certaine distance de l'église. Quand l'un de ces échos pénétrait dans le cachot, Dieu ! la lumière et le bruit enveloppaient Arnau et l'emportaient en esprit vers les travailleurs dévoués à la Vierge de la Mer. Arnau se rappelait le poids de la première pierre qu'il avait portée à Santa Maria. Combien de temps avait passé depuis ? Comme les choses avaient changé ! Il n'était alors qu'un enfant, un enfant qui avait trouvé en la Vierge la mère qu'il n'avait jamais connue...

Au moins, se dit Arnau, il avait pu sauver Raquel du terrible destin auquel elle semblait condamnée. Car dès qu'il avait vu Elionor et Margarida Puig les désigner tous deux, Arnau avait fait en sorte que Raquel et sa famille quittent au plus vite le *barrio*. Même lui ne savait pour où...

— Je veux que tu partes à la recherche de Mar, dit-il à Joan quand celui-ci revint lui rendre visite.

Le dominicain, encore à quelques pas de son frère, s'arrêta brusquement.

— Tu m'as entendu, Joan ?

Arnau voulut avancer, mais les chaînes l'en empêchaient. Joan n'avait pas bougé.

— Joan, tu m'as entendu ?

— Oui... oui... je t'ai entendu.

Joan fit un pas vers Arnau pour l'embrasser.

— Mais..., commença-t-il à lui dire.

— J'ai besoin de la voir, Joan.

Arnau saisit son frère aux épaules, l'empêchant de l'étreindre, et le secoua doucement.

— Je ne veux pas mourir sans l'avoir revue ni sans avoir parlé avec elle...

— Par Dieu ! Ne me dis pas que...

— Si, Joan. Je risque de mourir ici même, seul, avec une douzaine de condamnés pour témoins. Et je ne voudrais pas partir sans avoir revu Mar. C'est quelque chose...

— Mais que veux-tu lui dire ? Qu'est-ce qui peut être si important ?

— Son pardon, Joan. J'ai besoin de son pardon... et je dois lui dire que je l'aime.

Joan tenta en vain d'échapper à l'emprise de son frère.

— Tu me connais, tu es un homme de Dieu. Tu sais que je n'ai jamais fait de mal à personne, sauf à cette... enfant.

Joan parvint à se libérer. Il tomba à genoux devant son frère.

— Ce n'était pas toi..., commença-t-il à dire.

— Je n'ai que toi, Joan, l'interrompit Arnau en s'agenouillant à son tour. Tu dois m'aider. Tu ne m'as jamais abandonné. Tu ne peux pas le faire maintenant. Tu es tout ce que je possède, Joan !

Joan demeura silencieux.

— Et son mari ? finit-il par demander. Il est possible qu'il refuse de...

— Il est mort. Je l'ai su quand il a cessé de payer les intérêts d'un prêt que je lui avais consenti. Il a été tué en défendant Calatayud, sous les ordres du roi.

— Mais...

— Joan... je suis lié à mon épouse, lié par un serment que j'ai prêté et qui m'interdira, elle vivante, de m'unir à Mar... Mais j'ai besoin de la voir. J'ai

650

besoin de lui faire part de mes sentiments, même si nous ne pouvons être ensemble...

Arnau retrouva peu à peu sa sérénité. Il y avait autre chose qu'il voulait demander à son frère.

— Pourrais-tu passer au bureau de change ? J'aimerais savoir comment ça va.

Joan soupira. Le matin même, il s'y était rendu. Remigi lui avait remis une bourse d'argent. « Ça n'a pas été une bonne affaire », lui avait confié l'employé.

Il n'y avait plus de bonnes affaires. Après avoir promis à Arnau qu'il irait chercher la jeune fille, Joan paya l'*alguazil*, à la porte même du cachot.

— Il a voulu un seau.

Si Arnau avait demandé un seau... Joan ajouta quelques pièces.

— Je veux qu'il ait en permanence un seau propre.

L'*alguazil* prit l'argent et, tournant le dos à Joan, s'éloigna dans le couloir.

— Il y a un prisonnier mort là-dedans !

L'obèse gardien se contenta de hausser les épaules.

Joan se mit en quête de Nicolau Eimeric. Il connaissait les couloirs du palais épiscopal. Combien de fois les avait-il arpentés dans sa jeunesse, fier de ses responsabilités ? À présent, d'autres jeunes gens les fréquentaient, des prêtres propres sur eux qui ne se cachaient pas pour l'observer d'un air étrange.

— Il a avoué ?

Joan avait promis d'aller chercher Mar.

— Il a avoué ? répéta le grand inquisiteur.

Joan avait passé la nuit à préparer cette rencontre, mais il ne trouvait rien à répondre.

— S'il le faisait, quelle sentence... ?

— Je vous ai déjà dit qu'il s'agissait d'une affaire très grave.

— Mon frère est très riche.

Joan soutint le regard de Nicolau Eimeric.

— Prétendez-vous acheter le Saint-Office, vous, un inquisiteur ?

— Les amendes sont des condamnations couramment prononcées. Je suis sûr que si vous donnez une amende à Arnau...

— Vous savez bien que cela dépend de la gravité du délit. L'accusation qui a été portée contre lui...

— Elionor ne peut l'accuser de rien, interrompit Joan.

L'inquisiteur général bondit de sa chaise et se dressa face à Joan, les mains appuyées sur la table.

— Alors, dit-il en élevant la voix, vous savez tous deux que c'est la pupille du roi qui est à l'origine de l'accusation. Sa propre épouse, la pupille du roi ! Comment pourriez-vous être au courant si votre frère n'avait rien à se reprocher ? Quel homme se méfie de sa propre épouse ? plutôt que d'un commerçant rival, d'un employé ou d'un voisin ? Combien de gens Arnau a-t-il condamnés en tant que consul de la Mer ? Pourquoi pas l'un d'eux ? Avouez, frère Joan, pourquoi la baronne ? Quel péché cache donc votre frère pour être sûr que c'est elle ?

Joan se sentit rapetisser sur sa chaise. Combien de fois avait-il utilisé le même procédé ? Combien de fois s'était-il emparé des mots de l'autre pour... ? Pourquoi Arnau savait-il que c'était Elionor ? Se pouvait-il réellement que... ?

— Ce n'est pas Arnau qui a désigné son épouse, mentit Joan. C'est moi. Je le sais.

Nicolau Eimeric leva les mains au ciel.

— Vous le savez ? Et comment le savez-vous, frère Joan ?

— Elle le hait... Non... ! voulut-il rectifier, mais il était trop tard.

— Et pour quelle raison ? s'écria Nicolau, trop content de l'aubaine. Pourquoi la pupille du roi hait-elle son époux ? Quel mal a-t-il bien pu lui faire pour susciter sa haine ? Les femmes sont nées pour servir leurs maris, c'est la loi, terrestre et divine. Les hommes battent leurs femmes et elles ne les haïssent pas pour autant. Les hommes enferment leurs femmes. Les femmes travaillent pour leurs époux, s'offrent à eux quand ils le désirent, veillent sur eux et se soumettent à eux. Rien de tout cela n'engendre de la haine. Que savez-vous, frère Joan ?

Joan serra les dents. Il ne devait plus parler, sans quoi il serait vaincu.

— Vous êtes un inquisiteur. J'exige que vous me disiez ce que vous savez ! hurla Nicolau.

Joan demeura silencieux.

— Vous ne pouvez pas protéger le péché. Celui qui tait le péché est plus coupable que celui qui le commet.

D'innombrables places de petits villages, des populations terrorisées par ses diatribes se mirent à défiler dans la mémoire de Joan.

— Frère Joan. (Nicolau cracha ses mots lentement, en pointant son doigt sur lui par-dessus la table.) Je veux cette confession demain. Et priez pour que je ne décide pas de vous juger vous aussi. Ah, frère Joan ! ajouta-t-il alors que ce dernier se retirait, arrangez-vous aussi pour changer d'habit. J'ai reçu une plainte à ce sujet...

Nicolau fit un geste de la main vers l'habit du dominicain. Joan quitta le bureau de l'inquisiteur général, le regard rivé sur le bas crotté et déchiré de son habit, et il se heurta à deux cavaliers qui attendaient dans l'antichambre. Près d'eux, trois hommes armés surveillaient deux femmes enchaînées, l'une âgée, l'autre plus jeune, dont le visage...

— Encore là, frère Joan ?

Nicolau Eimeric se tenait sur le seuil de la porte pour accueillir les cavaliers.

Joan ne perdit pas davantage de temps et accéléra le pas.

Jaume de Bellera et Genís Puig entrèrent dans le bureau de Nicolau Eimeric ; Francesca et Aledis, à qui l'inquisiteur avait jeté un rapide coup d'œil, restèrent dans l'antichambre.

— Nous avons appris, commença le seigneur de Bellera après s'être présenté, que vous avez arrêté Arnau Estanyol.

Les deux gentilshommes s'étaient assis sur les chaises réservées aux visiteurs. Genís Puig ne cessait de jouer avec ses mains.

— En effet, répondit sèchement Nicolau, et la nouvelle s'est diffusée.

— De quoi est-il accusé ? questionna brusquement Genís Puig.

Le noble lui lança aussitôt un regard plein de désapprobation. « Ne parlez pas, surtout ne parlez pas tant que l'inquisiteur ne vous invite pas à le faire », lui avait-il conseillé à plusieurs reprises.

Nicolau se tourna vers Genís.

— Peut-être ignorez-vous que c'est secret ?

— Je vous prie d'excuser le chevalier de Puig, intervint Jaume de Bellera, mais vous comprendrez bientôt combien notre curiosité est fondée. Nous souhaitons nous joindre à l'accusation contre Arnau Estanyol.

L'inquisiteur général se redressa dans son fauteuil.

Une pupille du roi, trois prêtres de Santa Maria qui avaient entendu le prévenu blasphémer dans l'église même, à haute voix, alors qu'il discutait avec sa femme, et à présent un noble et un gentilhomme : peu de témoins bénéficiaient de tant de crédit. Du regard, il les encouragea à poursuivre.

Jaume de Bellera plissa les yeux en direction de Genís Puig ; puis il commença l'exposé qu'ils avaient si minutieusement préparé.

— Nous croyons qu'Arnau Estanyol est l'incarnation du diable.

Nicolau resta de marbre.

— Cet homme est le fils d'un assassin et d'une sorcière. Son père, Bernat Estanyol, a tué un jeune garçon dans le château de Bellera et s'est enfui avec son fils que mon père avait jugé préférable d'enfermer pour qu'il ne nuise à personne. C'est Bernat Estanyol qui a provoqué la révolte de la plaza del Blat, l'année où tout a commencé à dégénérer, vous vous souvenez ? Là même où il a ensuite été exécuté.

— Et son fils a brûlé son cadavre, révéla alors Genís Puig.

Nicolau sursauta. Jaume de Bellera transperça à nouveau du regard son complice indélicat.

— Il a brûlé son cadavre ? répéta Nicolau.

— Oui. Je l'ai vu de mes propres yeux, mentit Genís qui se rappelait les mots de sa belle-mère.

— L'avez-vous dénoncé ?

— Je...

Le seigneur de Bellera fit mine d'intervenir, mais Nicolau l'en empêcha d'un geste.

— Je... n'étais qu'un enfant. J'ai eu peur qu'il me fasse la même chose.

Nicolau porta la main à son menton afin de cacher de ses doigts un imperceptible sourire. Puis il fit signe au seigneur de Bellera de continuer.

— Sa mère, la vieille qui est là dehors, est une sorcière. Désormais, c'est une prostituée, mais c'est elle qui m'a allaité et m'a transmis son mal, à travers le lait diabolique destiné à son fils.

En entendant la confession du noble, Nicolau ouvrit grand les yeux. Jaume de Bellera s'en aperçut.

— Rassurez-vous, s'empressa-t-il d'ajouter, dès que le mal s'est manifesté, mon père m'a conduit devant l'évêque. Je descends de Llhorenç et Caterina de Bellera, poursuivit-il, seigneurs de Navarcles. Personne dans ma famille n'a jamais eu le mal du diable, vous pouvez vérifier. Cela n'a pu provenir que du lait diabolique !

— Vous dites qu'elle est prostituée ?

— Oui, comme vous le verrez. Elle se fait appeler Francesca.

— Et l'autre femme ?

— Elle a voulu venir avec elle.

— Sorcière, elle aussi ?

— Votre juste jugement en décidera.

Nicolau réfléchit quelques instants.

— Autre chose ? demanda-t-il enfin.

— Oui, intervint à nouveau Genís Puig. Arnau a tué mon frère Guiamon qui ne voulait pas participer à ses rites démoniaques. Il a essayé de le noyer une nuit à la plage... Il est mort des suites de cet événement.

Nicolau fixa de nouveau son attention sur le cavalier.

— Ma sœur Margarida peut en témoigner. Elle était là. Elle a eu peur et a tenté de fuir quand Arnau s'est mis à invoquer le diable. Elle vous le confirmera elle-même.

— Vous ne l'avez pas non plus dénoncé alors ?

— Je l'ai appris il y a peu, quand j'ai informé ma sœur de ce que je comptais faire. Elle a toujours eu peur qu'Arnau lui fasse du mal. Elle vit avec cette crainte depuis des années.

— Ce sont des accusations graves.

— Elles sont fondées, affirma le seigneur de Bellera. Vous savez que cet homme a tout fait pour détruire l'autorité. Sur ses terres, à l'encontre de l'opinion de son épouse, il a supprimé les mauvais usages. Ici, à Barcelone, il prête de l'argent aux plus humbles et sa tendance à trancher en faveur du peuple, en tant que consul de la Mer, est bien connue.

Nicolau Eimeric écoutait attentivement.

— Toute sa vie, il s'est employé à saper les principes qui doivent régir notre cohabitation. Dieu a créé les paysans pour qu'ils travaillent la terre, soumis à leurs seigneurs féodaux. Même l'Église a interdit à ses paysans, afin de ne pas les perdre, de prendre l'habit...

— Dans la Catalunya Nova, les mauvais usages n'existent pas, coupa Nicolau.

Le regard de Genís Puig allait de l'un à l'autre.

— C'est précisément ce que je veux vous dire.

Le seigneur de Bellera agita les mains avec nervosité.

— Dans la Catalunya Nova, il n'y a pas de mauvais usages... par la grâce du prince, par la grâce de Dieu. Il fallait peupler ces terres conquises aux infidèles, et la seule façon était d'attirer les gens. Le prince en a décidé ainsi. Mais Arnau n'est que le prince... du diable.

Genís Puig sourit en voyant le grand inquisiteur hocher légèrement la tête.

— Il prête de l'argent aux pauvres, poursuivit le noble, un argent qui ne lui sera jamais remboursé, il le sait. Dieu a créé les riches... et les pauvres. Que se passerait-il si les pauvres avaient de l'argent et mariaient leurs filles à la façon des riches ? C'est contraire aux desseins de Notre Seigneur. Que penseraient ces pauvres, de vous, les ecclésiastiques, ou de nous, les nobles ? Ne respectons-nous pas les préceptes de l'Église en traitant les pauvres comme ils sont ? Arnau est un démon, fils de démons, et il prépare la venue du diable en attisant le mécontentement du peuple. Songez-y.

Nicolau Eimeric réfléchit. Il appela le scribe pour consigner par écrit les plaintes du noble de Bellera et de Genís Puig, fit convoquer Margarida Puig et ordonna l'incarcération de Francesca.

— Et l'autre ? demanda l'inquisiteur au seigneur de Bellera. On l'accuse de quelque chose ?

Les deux hommes hésitèrent.

— Alors, elle restera en liberté.

Francesca fut enchaînée loin d'Arnau, à l'autre bout de l'immense cachot, et Aledis jetée à la rue.

Après avoir pris ces différentes dispositions, Nicolau se laissa tomber dans le fauteuil de son bureau. Blasphémer dans le temple du Seigneur, entretenir des relations charnelles avec une juive, être ami des juifs, assassin, avoir des pratiques diaboliques, agir à l'encontre des préceptes de l'Église... Et tout cela attesté par des prêtres, des nobles, des gentilshommes... et par la pupille du roi ! L'inquisiteur général s'enfonça dans son fauteuil et sourit.

« Votre frère est-il si riche, frère Joan ? Imbécile ! De quelle amende peut-il être question, puisque tout cet argent passera aux mains de l'Inquisition à l'instant même où Arnau Estanyol sera condamné ? »

Quand les soldats l'expulsèrent du palais épiscopal, Aledis manqua à plusieurs reprises de tomber. Après avoir retrouvé l'équilibre, elle s'aperçut que

les gens la regardaient. Qu'avaient crié les soldats ?
Sorcière ? Elle se trouvait au beau milieu de la rue
et les passants l'observaient. Ses vêtements étaient
sales, ses cheveux rêches et ébouriffés. Un homme
bien habillé passa près d'elle et la regarda avec
effronterie. Aledis frappa du pied par terre et se jeta
dans sa direction en grognant, montrant les dents
comme un chien qui attaque. L'homme fit un bond
en arrière et s'éloigna en courant avant de constater
qu'Aledis n'avait pas bougé. Alors, c'est elle qui se
mit à fixer les personnes présentes. L'une après
l'autre, elles baissèrent les yeux et reprirent leur
chemin. Deux d'entre elles se retournèrent pour jeter
un coup d'œil à la sorcière.

Que s'était-il passé ? Les hommes du seigneur de
Bellera avaient surgi chez elles et arrêté Francesca
alors qu'elle se reposait, assise sur une chaise. Sans
aucune explication. Ils avaient violemment repoussé
les filles qui avaient tenté de s'opposer ; toutes
cherchaient le soutien d'Aledis, paralysée par la
surprise. Un client s'était enfui en courant, à moitié
nu. Aledis avait affronté celui qui semblait être l'officier.

— Que signifie ceci ? Pourquoi arrêtez-vous
cette femme ?

— Ordre du seigneur de Bellera.

Le seigneur de Bellera ! Aledis avait tourné la tête
vers Francesca, que deux soldats empoignaient. La
vieille se mit à trembler. Bellera ! Depuis le jour où
Arnau avait abrogé les mauvais usages au château de
Montbui et que Francesca avait révélé son secret à
Aledis, les deux femmes avaient abattu la dernière
barrière qui demeurait entre elles. Combien de fois
avait-elle entendu de la bouche de Francesca l'histoire de Llhorenç de Bellera ? Combien de fois

l'avait-elle vue pleurer à l'évocation de ces souvenirs ? Et maintenant... encore Bellera ! Et on venait la chercher pour la mener de force au château, comme quand...

Entre les deux soldats, Francesca tremblait de la tête aux pieds.

— Lâchez-la, avait crié Aledis, vous ne voyez pas que vous lui faites mal ?

Les deux hommes s'étaient retournés vers leur officier.

— Nous vous suivrons de notre propre gré, avait-elle ajouté.

L'officier avait haussé les épaules et les soldats avaient laissé la vieille entre les mains d'Aledis.

Les deux femmes avaient été conduites au château de Navarcles et enfermées dans les geôles. Mais elles n'avaient pas été maltraitées. Au contraire, on leur avait fourni à manger, à boire, et même quelques bottes de paille pour dormir. À présent, Aledis comprenait pourquoi : le seigneur de Bellera voulait que Francesca arrive en bonne santé à Barcelone, où elles avaient été emmenées au bout de deux jours, en voiture, dans le silence le plus absolu. Pourquoi ? Quelle était la signification de tout cela ?

La clameur alentour la ramena à la réalité. Plongée dans ses pensées, Aledis avait descendu la calle del Bisbe et tourné calle Sederes pour arriver plaza del Blat. La journée, claire et ensoleillée, avait rassemblé là plus de gens que de coutume et, au côté des vendeurs de céréales, des dizaines de curieux déambulaient. Elle se trouvait sous l'ancienne porte de la ville. Quand elle sentit l'odeur du pain en provenance d'une échoppe sur sa gauche, elle se retourna. Le boulanger la regarda avec méfiance. Aledis prit soudain conscience de l'effet que sa tenue provoquait sur les gens. Elle n'avait pas un sou. Elle avala sa salive et se remit en marche en évitant de croiser à nouveau le regard du boulanger.

Vingt-cinq ans, cela faisait vingt-cinq ans qu'elle n'avait pas marché dans ces rues, au milieu de cette foule et des odeurs de Barcelone. La Pia Almoina existait-elle toujours ? On ne leur avait pas donné à manger ce matin et son estomac criait famine. Elle refit le chemin en sens inverse, en direction de la cathédrale et du palais de l'évêque. Quand elle s'approcha de la file de nécessiteux qui se pressaient devant les portes de la Pia Almoina, elle se mit à saliver. Combien de fois, dans sa jeunesse, était-elle passée là en éprouvant de la pitié pour tous ces morts de faim condamnés à la charité publique ?

Aledis se joignit à eux et baissa la tête afin de dissimuler son visage. Elle suivit la file d'attente qui avançait en traînant des pieds ; quand elle arriva devant le novice, le visage masqué derrière ses cheveux, elle tendit la main. Pourquoi devait-elle demander l'aumône ? Elle possédait un toit et avait passé son existence à économiser pour vivre confortablement. Les hommes la désiraient toujours et... du pain dur à la farine de fèves, un peu de vin et une écuelle de soupe. Elle mangea. Avec la même délectation que les misérables autour d'elle.

Elle attendit d'avoir fini pour relever la tête. Elle était entourée de mendiants, d'impotents et de vieux qui mangeaient sans quitter des yeux leurs compagnons d'infortune, agrippés avec force à leur quignon de pain et à leur écuelle. Qu'est-ce qui l'avait conduite ici ? Pourquoi avait-on incarcéré Francesca dans le palais de l'évêque ? Aledis se remit debout. Une femme blonde dans une robe rouge écarlate, qui se dirigeait vers la cathédrale, attira son attention. Une noble... seule ? Mais avec cette tenue, il ne pouvait s'agir que d'une... Teresa ! Aledis courut vers elle.

— Nous nous sommes relayées devant le château pour savoir ce qui vous était arrivé, lui apprit Teresa. Nous n'avons eu aucun mal à faire parler les soldats.

La jeune femme fit un clin d'œil entendu à Aledis.

— Quand ils nous ont dit qu'on vous avait conduites à Barcelone, il a nous a fallu trouver un moyen pour venir. C'est pourquoi nous avons tant tardé... Et Francesca ?

— Emprisonnée dans le palais de l'évêque.

— Pourquoi ?

Aledis haussa les épaules. Quand on les avait séparées et qu'on lui avait donné l'ordre de s'en aller, elle avait essayé d'en savoir plus auprès des soldats et des prêtres. « Au cachot, la vieille » : c'était tout ce qu'elle avait obtenu comme réponse. Personne ne lui avait adressé la parole et on l'avait repoussée violemment. Son insistance lui avait valu qu'un jeune prêtre, dont elle avait agrippé l'habit, appelle les gardes, qui l'avaient jetée à la rue en la traitant de sorcière.

— Qui est venu avec toi ?

— Eulàlia.

Une robe vert brillant courait vers elles.

— Vous avez apporté de l'argent ?

— Oui, bien sûr...

— Et Francesca ? interrogea Eulàlia en arrivant auprès des deux autres.

— Détenue.

Aledis anticipa sa question.

— J'ignore pourquoi.

Elle considéra les deux jeunes filles... Que ne pourraient-elles obtenir ?

— J'ignore pourquoi elle a été arrêtée, répéta-t-elle, mais nous réussirons à le savoir, n'est-ce pas, les filles ?

Toutes deux lui répondirent par un sourire malicieux.

Joan traîna dans tout Barcelone, la boue collée au bas de son habit noir. Son frère lui avait demandé d'aller quérir Mar. Comment allait-il oser se présenter devant elle ? Il avait tenté de pactiser avec Eimeric et, comme un de ces vulgaires vilains qu'il condamnait, il était tombé dans ses filets, lui fournissant davantage de preuves encore de la culpabilité d'Arnau. De quoi avait pu l'accuser Elionor ? Un instant, il songea à rendre visite à sa belle-sœur, mais le seul souvenir du sourire qu'elle lui avait adressé dans la demeure de Felip de Ponts le fit renoncer. Si elle avait dénoncé son propre époux, que lui avouerait-elle ?

Il descendit la calle del Mar jusqu'à Santa Maria. Le temple d'Arnau. Joan s'arrêta pour le contempler. Cernée d'échafaudages en bois sur lesquels les maçons allaient et venaient sans relâche, l'église exhibait déjà la majeure partie de son orgueilleuse construction. Tous les murs extérieurs, avec leurs contreforts, étaient achevés, de même que l'abside et deux des quatre voûtes de la nef centrale ; les nervures de la troisième voûte, dont la clé avait été payée par le roi afin qu'y soit ciselée la silhouette équestre de son père, le roi Alphonse, commençaient à s'élever en un arc parfait, supportées par des échafaudages complexes, en attendant que la clé de voûte équilibre le tout et que l'arc tienne tout seul. Seules manquaient les deux dernières voûtes principales pour que Santa Maria soit entièrement recouverte.

Comment ne pas aimer cette église ? Joan se souvint du père Albert et de la première fois où

Arnau et lui avaient franchi le seuil de Santa Maria. Il ne savait même pas prier à cette époque ! Des années plus tard, alors qu'il avait appris à prier, à lire et à écrire, son frère s'était mis à porter des pierres. Joan se rappela les blessures sanglantes dont avait souffert Arnau les premiers jours, et pourtant... il souriait. Il observa les maîtres d'œuvre des différents corps de métiers regroupés près des jambages et des archivoltes de la façade principale, la statuaire, les portes rivetées, le tracé géométrique différent sur chacune des portes, les grilles en fer forgé, et les gargouilles représentant toutes les figures allégoriques, les chapiteaux des colonnes et les vitraux, surtout les vitraux, ces œuvres d'art destinées à filtrer la lumière magique de la Méditerranée pour jouer, à chaque heure, presque à chaque minute, avec les formes et les couleurs à l'intérieur du temple.

On pouvait déjà distinguer la composition future de l'imposante rosace de la façade principale : en son centre, une petite rosace aux multiples lobes d'où partaient, comme des flèches capricieuses, comme un soleil de pierre méticuleusement taillé, les meneaux qui diviseraient la rosace principale ; derrière, le tracé géométrique faisait place à une rangée de trois lobes de forme ogivale et, encore derrière, à une autre rangée de quatre lobes, arrondis ceux-là, qui fermaient la grande rosace. Tous ces dessins, comme ceux qui décoraient les fines vitres de la façade, seraient incrustés de vitraux plombés ; pour l'heure, cependant, la rosace apparaissait comme une immense toile d'araignée, en pierre finement taillée, dans l'attente que les maîtres verriers viennent remplir les trous.

« Il leur reste beaucoup à faire », pensa Joan en voyant la centaine d'hommes qui se dévouaient corps et âme au nom de tout un peuple. Au même moment apparut un *bastaix*, une énorme pierre sur le dos. La sueur ruisselait de son front à ses mollets et tous ses muscles saillaient, tendus, vibrant au rythme des pas qui le rapprochaient de l'église. Mais il souriait ; il souriait comme l'avait fait son frère. Joan ne pouvait le quitter des yeux. Du haut des échafaudages, les maçons cessèrent toute activité et se penchèrent pour regarder arriver les pierres qu'ils devraient travailler plus tard. Après le premier *bastaix* en apparut un autre, puis un autre, et ainsi de suite, tous courbés sous le poids qu'ils portaient. Le bruit du ciseau contre la pierre se tut devant les humbles travailleurs de la rive barcelonaise et, pendant un instant, Santa Maria tout entière demeura comme ensorcelée. Du haut du temple, un maçon rompit le silence. Son cri d'encouragement fendit les airs, se répercuta sur les pierres et pénétra au plus profond des cœurs de chaque personne présente.

— Courage, murmura Joan en faisant chorus à la clameur qui avait éclaté.

Les *bastaixos* souriaient, et chaque fois que l'un d'eux déchargeait une pierre, les cris reprenaient de plus belle. Quelqu'un leur offrait alors de l'eau, et les hommes laissaient les gargoulettes glisser sur leurs visages avant de boire. Joan se revit sur la plage, quand il poursuivait les *bastaixos* avec l'outre de Bernat. Il leva les yeux au ciel. Il devait aller la chercher : si telle était la pénitence que lui imposait le Seigneur, il irait chercher Mar et lui dirait la vérité. Il contourna Santa Maria jusqu'à la plaza del Born, le Pla d'en Llull et le couvent de Santa Clara avant de quitter Barcelone par la porte de San Daniel.

Aledis n'eut aucune difficulté à retrouver le seigneur de Bellera et Genís Puig. En dehors de la halle au blé, destinée aux commerçants qui arrivaient à

Barcelone, la ville comptait seulement cinq hôtels. Elle ordonna à Teresa et Eulàlia de se cacher sur la route qui conduisait à Montjuïc et d'attendre là qu'elle vienne les chercher. Quand elle les vit s'éloigner dans leurs robes brillantes, Aledis demeura silencieuse, envahie par les souvenirs qui affleuraient à son esprit.

Une fois les filles parties, elle commença ses recherches. D'abord l'hôtel du Bou, tout près du palais épiscopal, à côté de la plaza Nova. Quand elle se présenta à l'office et demanda après le seigneur de Bellera, le marmiton l'envoya promener. À l'hôtel de la Massa, à Portaferrissa, également proche du palais, une femme qui pétrissait du pain en cuisine lui dit que les deux seigneurs ne logeaient pas là ; Aledis se dirigea donc vers l'hôtel de l'Estanyer, près de la plaza de la Llana. Là, un jeune garçon très effronté l'observa de haut en bas.

— Qui s'intéresse au seigneur de Bellera ? demanda-t-il.

— Ma maîtresse, répondit Aledis, elle l'a suivi depuis Navarcles.

Le garçon, grand et maigre, posa son regard sur les seins de la prostituée. Puis il avança sa main vers la belle poitrine.

— Et qu'est-ce qu'elle lui veut, ta maîtresse, à ce noble ?

Aledis se laissa faire, s'efforçant de dissimuler un sourire.

— Ça ne me regarde pas.

Le garçon se mit à la peloter avec plus de vigueur. Aledis s'approcha de lui et lui caressa l'entrejambe. À ce contact, le garçon se troubla.

— Toutefois, ajouta-t-elle en ralentissant le débit de ses paroles, s'ils étaient là, il me faudrait peut-être

666

dormir cette nuit dans le jardin pendant que ma maîtresse...

Sa main s'enfonça entre les cuisses du garçon.

— Ce matin, bafouilla-t-il, deux cavaliers sont
arrivés.

Cette fois, elle sourit. Un instant, elle songea à
repousser le garçon mais... pourquoi pas ? Cela
faisait un moment qu'elle n'avait pas senti sur elle
un corps jeune, inexpérimenté, mû seulement par le
désir...

Aledis l'entraîna jusqu'à une petite remise. Le
garçon n'eut même pas le temps de baisser ses
chausses mais, la seconde fois, la prostituée sut cana-
liser sa fougue.

Quand elle se leva pour se rhabiller, le garçon
resta étendu par terre, haletant, le regard perdu vers
le plafond de la remise.

— Si tu es amené à me revoir, lui dit-elle, quoi
qu'il arrive, tu ne me connais pas, compris ?

Il fallut qu'elle réitère par deux fois sa demande
avant que le garçon finisse par promettre.

— Vous serez mes filles, expliqua Aledis à Teresa
et à Eulàlia en leur tendant les vêtements qu'elle
venait d'acheter. Je suis veuve depuis peu et nous
sommes en route pour Gérone, où nous espérons
retrouver un de mes frères. Nous sommes sans ressources. Votre père était un simple ouvrier... tanneur
de Tarragone.

— Eh bien, pour une femme qui vient juste de se
retrouver veuve et sans ressources, tu es sacrément
souriante, lança Eulàlia avec une mimique complice
à l'attention de Teresa.

Elle ôta sa robe verte.

— C'est vrai, confirma Teresa, tu devrais éviter

d'avoir l'air si satisfait. On dirait au contraire que tu viens de rencontrer l'amour...

— Ne vous en faites pas, coupa Aledis. Quand il le faudra, je saurai feindre la douleur qui sied à une jeune veuve.

— Alors auparavant, insista Teresa, si tu oubliais la veuve et nous racontais ce qui te rend si joyeuse ?

Les deux filles éclatèrent de rire. Cachées dans les fourrés de la montagne de Montjuïc, Aledis ne put s'empêcher d'observer leurs corps nus, parfaits, sensuels... jeunes. Un instant, elle se revit, à cet endroit même, quelques années plus tôt...

— Ah ! s'exclama Eulàlia. Ça... gratte.

Aledis revint à la réalité. Eulàlia avait revêtu une longue chemise décolorée qui lui descendait jusqu'aux chevilles.

— Les orphelines d'un ouvrier tanneur ne portent pas de soie.

— Mais... ça ? se plaignit Eulàlia en tirant sur sa chemise.

— C'est normal, insista Aledis. Vous avez toutes les deux oublié ceci.

Aledis leur tendit deux bandes d'un tissu aussi grossier que les chemises. Les deux filles s'approchèrent pour les prendre.

— Qu'est-ce que c'est ?... demanda Teresa.

— Tu ne voudrais pas que nous...

— Les femmes décentes se couvrent la poitrine.

Toutes deux tentèrent de protester.

— La poitrine d'abord, ordonna Aledis, puis les chemises et, par-dessus, les tuniques. Remerciez-moi de vous avoir acheté des chemises plutôt que des cilices. Un peu de pénitence ne vous ferait peut-être pas de mal.

Les trois femmes durent s'aider mutuellement pour ajuster les bandes de tissu sur leur poitrine.

— Je croyais que le plan était de séduire deux nobles, dit Eulàlia à Aledis qui tentait de comprimer ses seins opulents. Je ne vois pas comment avec ça...

— Faites-moi confiance, répondit Aledis. Les tuniques sont... presque blanches, symbole de virginité. Ces deux canailles ne laisseront pas passer l'opportunité de coucher avec deux vierges. Vous ne connaissez rien aux hommes, insista-t-elle tandis qu'elles finissaient de s'habiller, ne vous montrez ni coquettes ni audacieuses. Refusez-vous sans cesse. Repoussez-les autant de fois qu'il le faudra.

— Et si nous les repoussons tant et si bien qu'ils renoncent ?

Aledis ouvrit de grands yeux.

— Ingénue, lança-t-elle à Teresa en souriant. Tout ce que vous avez à faire, c'est les faire boire. Le vin fera le reste. Tant que vous resterez avec eux, ils ne renonceront pas. Je vous le promets. Et n'oubliez pas que c'est l'Église qui a donné l'ordre d'arrêter Francesca, pas le viguier ou le bailli. Orientez la conversation vers des thèmes religieux...

Toutes deux la regardèrent avec surprise.

— Religieux ? s'exclamèrent-elles à l'unisson.

— Je sais bien que vous n'y connaissez pas grand-chose. Faites travailler votre imagination. Je crois qu'il y a un rapport avec la sorcellerie... Quand on m'a jetée du palais, on m'a traitée de sorcière.

Quelques heures plus tard, les soldats qui gardaient la porte de Trentaclaus laissèrent entrer dans la ville une femme avec un chignon, toute de noir vêtue, accompagnée de ses deux filles aux tenues presque blanches, les cheveux pudiquement attachés, chaussées de simples espadrilles, sans fard ni parfum, et qui marchaient derrière elle, tête basse, le regard fixé sur ses talons, comme Aledis leur avait dit de faire.

49.

La porte du cachot s'ouvrit soudain. L'heure était inhabituelle ; le soleil était encore haut et la lumière, en dépit de la misère qui régnait en ce lieu, s'efforçait d'éclairer la petite fenêtre à barreaux ; quelques faibles rayons se mêlaient à la poussière et aux effluves des prisonniers. L'heure était inhabituelle, et toutes les ombres s'agitèrent. Mais le bruit des chaînes se tut dès que l'*alguazil* entra avec un nouveau prisonnier ; on ne venait pas chercher l'un d'eux. Un autre... une autre, corrigea Arnau en distinguant le profil d'une vieille femme sur le seuil de la porte. Quel péché avait bien pu commettre cette malheureuse ?

L'*alguazil* la poussa à l'intérieur de la geôle. La femme tomba à terre.

— Debout, sorcière !

La forme ne bougea pas. L'*alguazil* lui donna deux coups de pied dont l'écho résonna pendant quelques secondes.

— J'ai dit debout !

Arnau remarqua les silhouettes qui tentaient de se confondre avec les murs. Toujours les mêmes cris, le même ton impératif. La même voix. Depuis qu'il était incarcéré là, il l'avait entendue à plusieurs reprises, foudroyante, derrière la porte du cachot, quand on venait chercher un prisonnier. Il avait vu alors comme les autres ombres se recroquevillaient et ravalaient leur peur d'être soumises à la torture. D'abord la voix, puis le cri et, quelques instants plus tard, le hurlement déchirant d'un corps mutilé.

— Lève-toi, vieille putain !

L'*alguazil* lui redonna un coup de pied, mais la vieille ne bougea pas davantage. Finalement, il s'accroupit en soufflant, la saisit par un bras et la traîna vers l'endroit où on lui avait donné l'ordre de l'enchaîner : loin du cambiste. Puis on entendit le bruit des clés et des fers. Avant de ressortir, l'*alguazil* traversa le cachot et se dirigea droit sur Arnau.

« Pourquoi ? » avait-il demandé quand on l'avait sommé d'attacher la vieille loin de l'ancien *bastaix*. « C'est sa mère, paraît-il », lui avait répondu l'officier de l'Inquisition, répétant ce que lui avait raconté un employé du seigneur de Bellera.

— Ne crois pas que pour le même prix ta mère va manger mieux, lâcha l'*alguazil* à Arnau quand il fut auprès de lui. Même si c'est ta mère, une sorcière, ça coûte de l'argent, Arnau Estanyol.

Rien n'avait changé : la ferme, avec sa tour de garde annexe, dominait toujours la petite colline. Joan en contempla le sommet. Il se souvint alors du bruit de l'*host*, des hommes nerveux, des épées et des cris de joie quand lui-même, exactement à cet endroit, avait réussi à convaincre Arnau de consentir au mariage de Mar. Il ne s'était jamais très bien entendu avec la jeune fille. Qu'allait-il lui dire, à présent ?

Joan leva les yeux au ciel, puis, voûté, tête basse, dans son habit poussiéreux, entreprit l'ascension du doux coteau.

Les environs de la ferme semblaient déserts. Seul le piaffement des animaux de l'étable rompait le silence.

— Il y a quelqu'un ? risqua Joan.

Il allait renouveler son appel quand un mouvement attira son attention. Dans un coin de la ferme, un enfant le regardait, les yeux grands ouverts.

— Viens ici, petit, lui intima Joan.

L'enfant hésita.

— Viens ici.

— Que se passe-t-il ?

Joan se retourna vers l'escalier extérieur qui menait à l'étage. En haut, Mar le questionnait du regard.

Tous deux restèrent un long moment sans bouger ni parler. Joan essayait de retrouver dans la femme qui se dressait à présent devant lui l'image de la jeune fille dont il avait offert la vie au chevalier de Ponts, mais sa silhouette sévère n'avait plus rien à voir avec celle qu'il avait vue pour la dernière fois, dans cette même ferme, cinq ans plus tôt. Le temps avait passé, et Joan se sentait à chaque seconde plus intimidé. Mar le transperçait du regard, sereine, sans sourciller.

— Que veux-tu, frère ? finit-elle par demander.

— Je suis venu te parler, annonça Joan en élevant la voix.

— Ce que tu as à me dire ne m'intéresse pas.

Mar fit mine de faire demi-tour. Joan s'empressa d'intervenir.

— J'ai promis à Arnau que je te parlerais.

Contrairement à ce que Joan espérait, l'évocation d'Arnau n'eut pas l'effet escompté sur Mar ; toutefois, elle s'immobilisa.

— Écoute-moi, ce n'est pas moi qui veux te parler.

Joan laissa passer quelques instants.

— Je peux monter ?

Mar lui tourna le dos et entra dans la ferme. Joan se dirigea vers l'escalier et, avant de monter, regarda de nouveau le ciel. Méritait-il vraiment ce châtiment ?

Il se racla la gorge pour attirer son attention. Mar s'affairait à ses fourneaux, autour d'une marmite qui pendait d'une crémaillère accrochée au plafond.

— Parle, se contenta-t-elle de lui dire.

Joan l'observa, penchée sur le feu. Sa longue chevelure tombait jusqu'à ses hanches, fermes, parfaitement dessinées sous sa chemise. Elle était devenue une femme... très séduisante.

— Parleras-tu ou non ? insista Mar en détournant la tête un instant.

Comment lui annoncer... ?

— Arnau a été fait prisonnier par l'Inquisition, lâcha-t-il d'une traite.

Mar se figea.

Joan garda le silence.

Puis la voix de la jeune femme parut surgir des flammes, tremblante, hésitante :

— D'autres sont prisonnières depuis bien longtemps.

Elle tournait toujours le dos à Joan, bien droite, les bras le long du corps et le regard rivé sur le foyer.

— Arnau n'y est pour rien.

Mar se retourna brusquement.

— Ce n'est pas lui qui m'a livrée au seigneur de Ponts ? s'écria-t-elle. Qui a consenti à mon mariage ? Qui a décidé de ne pas venger mon honneur ? Il m'avait violée ! Il m'avait enlevée et violée !

Elle avait craché ces mots un par un. Elle tremblait. Tout en elle tremblait, de la lèvre supérieure aux mains, qui tentaient à présent de se raccrocher

673

à quelque chose. Joan ne put soutenir son regard injecté de sang.

— Non. Ce n'est pas Arnau, confia-t-il d'une voix brisée. C'est... c'est moi ! lança-t-il. Tu m'entends ? C'est moi. C'est moi qui l'ai persuadé de te donner en mariage. Quel aurait pu être l'avenir d'une jeune fille violée ? Que serait-il advenu de toi quand tout Barcelone aurait appris ton déshonneur ? C'est moi, conseillé par Elionor, qui ai préparé ton enlèvement et consenti à ton viol pour convaincre Arnau d'accepter ton mariage. Je suis seul responsable. Arnau ne t'aurait jamais abandonnée.

Tous deux se regardèrent. Joan sentit que son habit lui pesait moins. Mar ne tremblait plus. Elle pleurait.

— Il t'aimait, ajouta Joan. Il t'aimait alors, et il t'aime toujours. Il a besoin de toi...

Mar porta les mains à son visage. Ses genoux fléchirent doucement et elle se retrouva prostrée devant l'inquisiteur.

Voilà. C'était fait. Maintenant, Mar pouvait se rendre à Barcelone, elle raconterait tout à Arnau et... Mû par ces pensées, Joan se baissa pour aider la jeune femme à se relever...

— Ne me touche pas !

Joan bondit en arrière.

— Il y a un problème, maîtresse ?

Le dominicain se tourna vers la porte. Sur le seuil, un homme robuste, armé d'une faux, le regardait d'un air menaçant ; derrière lui se tenait l'enfant. Joan était à présent tout proche du nouveau venu, qui le dépassait quasiment de deux têtes.

— Il n'y a pas de problème, assura Joan.

Mais l'homme l'ignora et avança vers Mar.

— Je t'ai dit qu'il n'y avait pas de problème, insista Joan. Retourne à tes occupations.

L'enfant avait trouvé refuge derrière la porte, seule sa tête en dépassait. Le regard de Joan l'abandonna pour se retourner vers la pièce : l'homme à la faux était agenouillé devant Mar. Il ne la touchait pas.

— Ne m'as-tu pas compris ? questionna Joan en vain. Obéis et retourne à tes occupations.

Cette fois, l'homme lui répondit :

— J'obéis seulement à ma maîtresse.

Combien de types comme lui, grands, forts et fiers, s'étaient prosternés devant lui ? Combien en avait-il vu pleurer et supplier au moment où il dictait sa sentence ? Joan plissa les yeux, serra les poings et fit deux pas en direction du domestique.

— Prétends-tu t'opposer à l'Inquisition ? s'écria-t-il.

Il avait à peine fini sa phrase que Mar s'était redressée. Elle tremblait à nouveau. L'homme à la faux se redressa également, plus lentement.

— Comment oses-tu, toi, venir chez moi et menacer mon domestique ? Inquisiteur ? Tu n'es que le diable déguisé. Tu m'as fait violer !

Joan vit l'homme serrer les poings sur le manche de la faux.

— Tu l'as avoué !

— Je..., bredouilla Joan.

Le domestique s'avança vers lui et planta le bord émoussé de sa faux dans l'estomac du dominicain.

— Personne ne le saura, maîtresse. Il est venu seul.

Joan regarda Mar. Dans ses yeux, aucune crainte, pas même de la compassion... Il se retourna d'un bond pour atteindre la porte, mais l'enfant la referma violemment et lui fit face.

Le domestique étendit la faux et emprisonna son cou. Cette fois, il appuya le bord aiguisé de l'outil sur la pomme d'Adam de l'inquisiteur. Joan demeura immobile. L'enfant ne semblait plus le craindre lui non plus. Son visage reflétait les sentiments qui animaient ceux qui se trouvaient derrière lui.

— Que... que comptes-tu faire, Mar ?

La faux lui écorcha le cou.

Mar resta un moment silencieuse. Joan pouvait entendre sa respiration.

— Enferme-le dans la tour, ordonna-t-elle enfin.

Elle n'y était pas retournée depuis le jour où elle avait vu l'*host* de Barcelone se préparer à l'assaillir, puis éclater en vivats. Quand son époux était tombé à Calatayud, elle l'avait condamnée.

50.

La veuve et ses deux filles traversèrent la plaza de la Llana jusqu'à l'hôtel de l'Estanyer, un bâtiment en pierre avec foyer et salle à manger des hôtes au rez-de-chaussée, et chambres à l'étage. Elles furent reçues par l'hôtelier, accompagné d'un jeune domestique. Quand elle vit le garçon la dévisager bouche bée, Aledis lui fit un clin d'œil.

— Que regardes-tu comme ça ? s'écria l'hôtelier à son employé avant de lui donner une calotte.

L'autre sortit en courant par la porte arrière du local. Teresa et Eulàlia, à qui le clin d'œil d'Aledis n'avait pas échappé, échangèrent un sourire.

— C'est moi qui vais vous donner une correction, leur glissa Aledis, profitant que l'hôtelier leur avait tourné le dos un moment. Voulez-vous bien vous tenir correctement et cesser de vous gratter ? La prochaine qui se gratte...

— Ce tissu...

— Silence, ordonna Aledis quand l'hôtelier leur prêta de nouveau attention.

Il disposait d'une chambre où elles pourraient dormir toutes trois, mais il n'y avait que deux matelas.

— Ne vous en faites pas, brave homme, le rassura Aledis. Mes filles ont l'habitude de partager leur lit.

— Vous avez remarqué comme le patron nous a regardées quand tu as dit que nous dormions ensemble ? fit observer Teresa une fois qu'elles eurent regagné la chambre.

Deux paillasses et un petit coffre sur lequel reposait une lampe à huile tenaient lieu de mobilier.

— Il s'imaginait entre nous deux, gloussa Eulàlia.

— Et sans que vous ayez eu à exhiber vos charmes. Je vous avais prévenues, intervint Aledis.

— On pourrait aussi bien travailler comme ça. Vu le résultat...

— Ça ne marche qu'au début, affirma Aledis. Ils aiment l'innocence, la virginité. Mais dès qu'ils l'obtiennent... Nous serions obligées de changer d'endroit sans arrêt, de mentir, et en plus, nous ne pourrions pas nous faire payer.

— La Catalogne ne possède pas assez d'or pour m'obliger à porter ces espadrilles et ces...

Teresa se gratta des cuisses à la poitrine.

— Ne te gratte pas !

— Mais personne ne nous voit plus maintenant, se défendit la jeune fille.

— Plus tu te grattes et plus ça pique.

— Et le clin d'œil au garçon ? demanda Eulàlia.

Aledis les défia du regard.

— Ce n'est pas votre affaire.

— Tu l'as fait payer, lui ?

Aledis se souvint de l'expression du jeune domestique, qui n'avait même pas eu le temps d'enlever sa culotte, puis de la violence maladroite avec laquelle il l'avait prise. Ils aimaient l'innocence, la virginité...

— J'ai touché quelque chose, répondit-elle en souriant.

Elles attendirent dans la chambre jusqu'à l'heure du souper. Alors, elles descendirent et prirent place autour d'une grossière table en bois. Peu après apparurent Jaume de Bellera et Genís Puig. Dès qu'ils s'assirent à leur tour à la table, à l'autre extrémité de la pièce, les deux hommes ne quittèrent plus les filles des yeux. Il n'y avait personne d'autre dans la salle à manger de l'hôtel. Aledis attira l'attention de ses comparses et toutes deux se signèrent avant d'attaquer les écuelles de soupe que leur avait servies l'hôtelier.

— Du vin ?

— Seulement pour moi, répondit Aledis. Mes filles ne boivent pas. Une autre cruche, s'il vous plaît.

— Depuis que notre père est mort..., l'excusa Teresa en s'adressant à l'hôtelier.

— À cause de la douleur..., ajouta Eulàlia.

— Écoutez, les filles, murmura Aledis. Je suis censée avoir bu assez de vin pour qu'il produise son effet. Dans un petit moment, je m'affalerai sur la table et me mettrai à ronfler. Vous savez ce qu'il vous restera à faire. Il faut apprendre pourquoi Francesca a été arrêtée et ce qu'on entend faire d'elle.

Une fois qu'elle se fut écroulée, la tête entre les mains, Aledis se contenta d'écouter.

— Venez ici, entendit-on dans la salle à manger. Nous ne vous ferons aucun mal. Nous sommes dans un hôtel de Barcelone !

Aledis songea à l'hôtelier. Il suffirait qu'ils lui promettent une petite récompense...

— Ne vous inquiétez pas... Nous sommes des gentilshommes...

Finalement, les filles cédèrent à leurs avances, et Aledis les entendit se lever de table.

— On ne t'entend pas ronfler, lui chuchota Teresa.

Aledis s'autorisa un sourire.

— Nous possédons un château.

Aledis imagina Teresa, dont les immenses yeux verts devaient fixer le seigneur de Bellera, qui appréciait probablement leur beauté.

— Tu as entendu, Eulàlia ? Un château ! C'est un véritable noble. Nous n'avions jamais eu la chance de parler avec un noble...

— Racontez-nous vos batailles, les encouragea Eulàlia. Connaissez-vous le roi Pierre ? Lui avez-vous déjà parlé ?

— Qui d'autre connaissez-vous ? renchérit Teresa.

Toutes deux firent mine d'être envoûtées par le seigneur de Bellera. Aledis était tentée d'ouvrir les yeux, un peu, juste pour observer... Mais il ne fallait pas. Ses filles sauraient très bien se débrouiller.

Le château, le roi... Avaient-ils participé aux états généraux ? La guerre... Quelques petits cris de terreur résonnèrent quand Genís Puig, sans château, ni roi, ni états généraux, réclama sa part de gloire en exagérant ses exploits... Et du vin, beaucoup de vin.

— Que fait un noble comme vous à Barcelone, dans cet hôtel ? Peut-être attendez-vous quelqu'un d'important ? interrogea Teresa.

— Nous avons escorté une sorcière, lâcha Genís Puig.

Les filles n'en avaient que pour le seigneur de Bellera. Teresa vit le noble réprimander du regard son compagnon. C'était le moment.

— Une sorcière ! s'exclama Teresa en se jetant sur Jaume de Bellera dont elle saisit les mains. À Tarragone, nous en avons vu brûler une. Elle est morte en hurlant tandis que le feu grimpait sur ses jambes et gagnait sa poitrine...

Teresa regarda le plafond comme si elle y avait

suivi le chemin des flammes ; puis elle porta les mains à sa poitrine, mais revint bientôt à la réalité, et feignit d'être troublée par le visage du noble, empli désormais de désir.

Sans lâcher les mains de la jeune fille, Jaume de Bellera se leva.

— Viens avec moi.

Il s'agissait bien plus d'un ordre que d'une prière, et Teresa se laissa entraîner.

Genís Puig les regarda partir.

— Et nous ? demanda-t-il à Eulàlia en posant brusquement la main sur son mollet.

Eulàlia ne lui demanda pas de la retirer.

— D'abord, je veux tout savoir sur la sorcière. Ça m'excite...

Le gentilhomme fit glisser sa main entre les cuisses de la jeune fille et commença son récit. Aledis était sur le point de lever la tête et de tout compromettre quand elle entendit prononcer le nom d'Arnau. « La sorcière, c'est sa mère. » Vengeance, vengeance, vengeance...

— On y va maintenant ? demanda Genís Puig, une fois son explication terminée.

Aledis remarqua le silence d'Eulàlia.

— Je ne sais pas...

Genís Puig se leva violemment et gifla la jeune fille.

— Assez de manières ! Viens !

— D'accord, céda-t-elle.

Une fois seule dans la pièce, Aledis se redressa péniblement. Elle se frotta la nuque. Ils allaient confronter Arnau et Francesca, le démon et la sorcière, comme les avait nommés Genís Puig.

« Avant qu'Arnau sache que je suis sa mère, je me tuerais, lui avait confié Francesca lors des quelques conversations qu'elles avaient eues après le discours d'Arnau dans la plaine de Montbui. C'est un homme respectable, et moi une vulgaire prostituée, avait-elle ajouté avant qu'Aledis ait pu répliquer quoi que ce soit. Et... il y a trop de choses que je ne pourrai jamais lui expliquer, pourquoi je ne les ai pas suivis, son père et lui, pourquoi je l'ai abandonné... » Aledis avait baissé le regard. « Je ne sais pas ce que son père lui a raconté sur moi, avait poursuivi Francesca, mais quoi qu'il en soit, je n'ai pas d'autre choix. Le temps apporte l'oubli, même celui de l'amour maternel. Quand je pense à Arnau, j'aime me souvenir de lui sur cette estrade, défiant les nobles. Je ne veux pas qu'il soit obligé d'en redescendre à cause de moi. Il vaut mieux qu'il en aille ainsi, Aledis, et tu es la seule personne au monde à tout savoir. Je te fais confiance pour ne jamais révéler mon secret, même après ma mort. Promets-le-moi, Aledis. »

Mais aujourd'hui, comment pourrait-elle respecter ce serment ?

Quand Esteve remonta dans la tour, il n'avait plus sa faux.

— La maîtresse a dit que tu devais mettre ça sur les yeux, annonça-t-il à Joan en lui jetant un bout de tissu.

— Tu crois ça ? s'exclama Joan, qui repoussa le tissu du pied.

La tour de garde était exiguë, pas plus de trois mètres carrés ; en une enjambée, Esteve fut sur lui et lui administra deux gifles, une sur chaque joue.

— La maîtresse a dit que tu devais avoir les yeux bandés.

— Je suis inquisiteur !

Cette fois, la gifle d'Esteve le projeta contre le mur. Joan tomba aux pieds du domestique.

— Mets ça.

Esteve le releva d'une seule main.

— Mets ça ! répéta-t-il une fois que Joan fut debout.

— Crois-tu que tu feras plier un inquisiteur par la violence ? Tu n'imagines pas...

Esteve ne le laissa pas terminer et lui asséna un coup de poing en pleine figure. Joan fut de nouveau projeté au sol. Le domestique se mit alors à le rouer de coups, dans l'aine, l'estomac, la poitrine, le visage...

Sous l'effet de la douleur, Joan se roula en boule. Esteve le releva encore une fois d'une seule main.

— La maîtresse dit que tu dois mettre ça.

Sa bouche saignait. Ses jambes tremblaient. Quand le domestique le lâcha, Joan tenta de rester debout mais son genou lui faisait si mal qu'il ploya et tenta de se retenir au domestique, qui le repoussa à terre.

— Mets ça.

Le bout de tissu était près de lui. Joan sentit qu'il s'était uriné dessus et que son habit lui collait aux cuisses.

Il prit le tissu et le noua sur ses yeux.

Puis il entendit le domestique fermer la porte et redescendre l'escalier. Silence. Une éternité. Soudain, plusieurs personnes montèrent. Joan se leva à tâtons. La porte s'ouvrit. On apportait des meubles. Des chaises, peut-être ?

— Je sais que tu as péché.

Mar était assise sur un tabouret. Sa voix résonna dans la tour ; à ses côtés, l'enfant observait le dominicain.

Joan resta d'abord silencieux.

— L'Inquisition ne bande jamais les yeux de ses... détenus, dit-il finalement. Peut-être que face à elle...

— C'est exact, entendit-il Mar lui répondre. Vous

étouffez seulement leur âme, leur honnêteté, leurs scrupules, leur honneur. Je sais que tu as péché, répéta-t-elle.

— Je n'accepte pas cette mise en scène.

Mar fit signe à Esteve. Le domestique flanqua à Joan un formidable coup de poing dans l'estomac. L'inquisiteur s'écroula, la bouche ouverte. Quand il parvint à se redresser, le silence régnait à nouveau. Son propre halètement l'empêchait d'entendre la respiration des personnes présentes. Ses jambes et sa poitrine le faisaient souffrir. Son visage brûlait. Personne ne disait rien. Un coup de genou dans la cuisse le renvoya à terre.

La douleur s'apaisa peu à peu, et Joan resta recroquevillé en position fœtale.

Silence, encore.

Un coup de pied dans les reins l'obligea à changer de position.

— Que veux-tu ? s'écria Joan entre deux élancements.

Personne ne lui répondit. La douleur se calma. Alors, le domestique souleva le frère et le plaça face à Mar.

Joan dut faire un effort pour rester debout.

— Que veux... ?

— Je sais que tu as péché.

Jusqu'où serait-elle capable d'aller ? Jusqu'à le tuer à coups de bâton ? Irait-elle jusqu'à le tuer ? Il avait péché, mais quelle autorité avait Mar pour le juger ? Un tremblement parcourut tout son corps, il faillit retomber au sol.

— Tu m'as déjà condamné, réussit à articuler Joan. Pourquoi veux-tu me juger ?

Silence. Obscurité.

— Dis-moi ! Pourquoi veux-tu me juger ?

— Tu as raison, entendit finalement Joan. Je t'ai

déjà condamné, mais souviens-toi : c'est toi qui as avoué ta faute. Juste à l'endroit où tu te trouves, on m'a volé ma virginité. Ici même, j'ai été violée à plusieurs reprises. Pends-le et débarrasse-toi de son cadavre, ajouta Mar à l'attention d'Esteve.

Les pas de Mar s'éloignèrent dans l'escalier. Joan sentit Esteve lui attacher les mains dans le dos. Il ne pouvait plus bouger, aucun des muscles de son corps ne répondait. Le domestique le souleva pour le mettre debout sur le tabouret où Mar était assise quelques instants plus tôt. Il entendit le bruit d'une corde lancée maladroitement à l'assaut des poutres de la tour. La corde claqua en retombant. Quand il sentit la corde autour de son cou, Joan urina de nouveau et fit sur lui.

— J'ai péché ! hurla-t-il avec le peu de forces qui lui restait.

Mar entendit son cri au pied de l'escalier.

Enfin.

Elle remonta, suivie par le garçonnet.

— Je t'écoute, dit-elle à Joan.

À l'aube, Mar était prête à partir pour Barcelone. Les cheveux brillants et lâchés, elle avait revêtu ses plus beaux atours et portait les quelques bijoux qu'elle possédait. Esteve l'aida à s'installer sur une mule et asticota l'animal.

— Veille sur la maison, lança-t-elle au domestique avant que la bête se mette en route. Et toi, aide ton père.

Esteve poussa Joan vers la mule.

— Remplis ton devoir, frère.

Tête basse, Joan se mit à se traîner derrière Mar. Et maintenant ? Qu'allait-il se passer ? Pendant la nuit, quand on lui avait enlevé le tissu qui lui bandait les yeux, Joan s'était retrouvé face à Mar, éclairée par la lumière tremblante des torches qui brûlaient derrière elle, le long du mur circulaire de la tour.

Elle lui avait alors craché au visage. « Tu ne mérites pas le pardon... mais Arnau peut avoir besoin de toi, avait-elle ajouté. C'est la seule chose qui me retient de te tuer ici même, de mes propres mains. »

Les petits sabots pointus de la mule claquaient doucement sur le sol. Joan suivait leur cadence, les yeux rivés sur ses propres pieds. Il avait tout avoué : de ses conversations avec Elionor à la haine avec laquelle il s'était voué tout entier à l'Inquisition. C'est à ce moment-là de sa confession que Mar lui avait enlevé le bandeau et lui avait craché au visage.

La mule marchait, docile, en direction de Barcelone. Joan sentit l'air de la mer, qui, sur sa gauche, était venue s'inviter à son pèlerinage.

51.

Le soleil commençait à chauffer. Aledis quitta l'hôtel de l'Estanyer et se fondit dans la foule qui traversait la plaza de la Llana. Barcelone était déjà bien animée. Munies de seaux, de marmites et de cruches, des femmes faisaient la queue devant la margelle du puits de la Cadena, près de l'hôtel, pendant que d'autres s'agglutinaient devant la boucherie, de l'autre côté de la place. Toutes parlaient fort et riaient. Aledis aurait voulu sortir plus tôt, mais elle avait perdu beaucoup de temps à passer son accoutrement de veuve, avec l'aide peu efficace des deux filles qui ne cessaient de lui demander ce qui allait arriver désormais et si on allait brûler Francesca sur le bûcher, comme le prétendaient les deux gentilshommes. Au moins, tandis qu'elle déambulait calle de la Bòria, en direction de la plaza del Blat, personne ne faisait attention à elle. C'était un sentiment étrange pour elle, qui avait toujours attiré le regard des hommes et provoqué la jalousie des femmes. À présent, revêtue de ses vêtements noirs et chauds, elle avait beau observer autour d'elle, elle ne surprenait aucun regard équivoque.

La rumeur qui s'élevait de la plaza del Blat toute

proche annonçait plus de monde, de soleil et de chaleur. Aledis transpirait. Sa poitrine commençait à se révolter contre les bandes de tissu qui l'opprimaient. Aledis bifurqua à droite, juste avant d'arriver au grand marché de Barcelone, cherchant l'ombre de la calle de los Semolers qu'elle emprunta pour monter jusqu'à la plaza del Oli, où une foule de gens se bousculaient devant une boutique réputée pour son huile et son pain. Aledis arriva ensuite à la fontaine de Sant Joan. Les femmes qui faisaient la queue là ne firent pas davantage attention à la veuve en nage qui passa à côté d'elles.

Elle prit alors à gauche de Sant Joan et déboucha devant la cathédrale et le palais épiscopal. La veille, on l'en avait expulsée en la traitant de sorcière. La reconnaîtrait-on aujourd'hui ? Le garçon de l'hôtel... Aledis sourit ; le garçon l'avait inspectée de plus près que les soldats de l'Inquisition.

— Je cherche l'*alguazil* des cachots. J'ai un message pour lui, annonça-t-elle au soldat de faction.

Ce dernier lui indiqua le chemin et la laissa passer.

À mesure qu'elle descendait l'escalier, lumière et couleurs disparurent. Arrivée en bas, Aledis se retrouva dans une antichambre rectangulaire et vide, au sol en terre battue, éclairée par des torches ; dans un coin, l'*alguazil* reposait sa chair bouffie sur un tabouret, le dos appuyé contre le mur ; de l'autre côté s'ouvrait un couloir sombre.

L'homme l'observa en silence pendant qu'elle avançait vers lui.

Aledis respira profondément.

— Je voudrais voir la vieille femme qu'on a amenée hier, déclara Aledis en faisant sonner les pièces de sa bourse.

Sans bouger, l'*alguazil* cracha tout près de ses

pieds, avec un geste méprisant de la main. Aledis recula.

— Non, finit par déclarer l'obèse gardien.

Aledis ouvrit sa bourse. Les yeux de l'homme ne quittaient pas les pièces éclatantes qu'Aledis faisait tomber une à une dans sa main. Les ordres étaient stricts : personne ne pouvait entrer dans les geôles sans l'autorisation expresse de Nicolau Eimeric, et il préférait ne pas avoir à faire à l'inquisiteur général. Il connaissait ses accès de colère... et ses mesures à l'encontre de ceux qui lui désobéissaient. Mais l'argent que lui offrait cette femme... Et puis, l'officier n'avait-il pas précisé que l'interdiction de recevoir des visites concernait surtout le cambiste ? Cette femme ne voulait pas voir le cambiste, mais parler à la sorcière.

— D'accord, conclut-il.

Nicolau frappa violemment du poing sur la table.

— Mais pour qui se prend-il, cet effronté ?

Le jeune dominicain, qui venait de lui apporter la nouvelle, fit un pas en arrière. Son frère, marchand de vin, lui avait tout raconté la veille au soir, alors qu'ils soupaient chez lui, dans la bonne humeur et au milieu du vacarme de ses cinq enfants. « La meilleure affaire que j'aie réalisée depuis de nombreuses années, lui avait-il confié. Apparemment le frère d'Arnau, l'inquisiteur, a donné l'ordre de mévendre des commandes pour obtenir du liquide et, ma foi, comme c'est parti, il va en obtenir : l'employé d'Arnau est en train de tout vendre à moitié prix. » Puis il avait levé son verre et trinqué, avec un grand sourire, à la santé d'Arnau.

Dans un premier temps, Nicolau s'était tu, puis il avait rougi et fini par éclater. Le jeune dominicain l'entendit hurler les ordres suivants à son officier :

— Dites à la garde de me ramener frère Joan !

Tandis que le frère du marchand de vin quittait son bureau, Nicolau hocha la tête. Que croyait donc ce petit inquisiteur ? Qu'il pouvait tromper le Saint-Office en vidant les coffres de son frère ? Toute cette fortune devait revenir à l'Inquisition... intégralement ! Eimeric serra les poings à s'en faire blanchir les jointures.

— Même si je dois le conduire au bûcher, mâchonna-t-il.

— Francesca.

Aledis s'agenouilla près de la vieille femme, qui fit une moue en guise de sourire.

— Qu'est-ce qu'on t'a fait ? Comment te sens-tu ?

La vieille prostituée ne répondit pas. Les plaintes des autres prisonniers ponctuèrent son silence.

— Francesca, ils détiennent Arnau. C'est pour cela qu'on t'a amenée ici.

— Je sais.

Aledis remua la tête, mais avant qu'elle ouvre la bouche, Francesca déclara :

— Il est là.

Aledis tourna la tête vers l'autre côté du cachot ; une silhouette, debout, les regardait.

— Comment est-ce... ?

— Écoutez-moi, entendirent-elles, vous qui venez voir cette vieille femme. Je veux vous parler. Je suis Arnau Estanyol.

— Que se passe-t-il, Francesca ?

— Depuis que je suis là, il ne cesse de me demander pourquoi l'*alguazil* lui a dit que j'étais sa mère, et il répète qu'il s'appelle Arnau Estanyol et qu'il a été arrêté par l'Inquisition... Je vis un véritable calvaire.

— Et que lui as-tu répondu ?

— Rien.

— Écoutez-moi !

Cette fois, Aledis ne se retourna pas.

— L'Inquisition veut prouver qu'Arnau est le fils d'une sorcière, expliqua-t-elle à Francesca.

— Écoutez-moi, s'il vous plaît.

Aledis sentit les mains de Francesca serrer ses avant-bras. La pression de la vieillarde s'ajouta à la supplique d'Arnau.

— Tu ne vas... ?

Aledis se racla la gorge.

— Tu ne vas rien lui dire ?

— Personne ne doit apprendre qu'Arnau est mon fils. Tu m'entends, Aledis ? Si je ne l'ai jamais dit jusqu'à aujourd'hui, ce n'est pas devant l'Inquisition que... Tu es la seule à savoir, ma fille.

La voix de Francesca se fit soudain plus claire.

— Jaume de Bellera...

— S'il vous plaît ! entendirent-elles à nouveau.

Aledis se retourna ; les larmes l'empêchaient de voir Arnau, mais elle ne fit rien pour les essuyer.

— Tu es la seule, Aledis, insista Francesca. Jure-moi que tu ne le diras jamais, à personne.

— Mais le seigneur de Bellera...

— Personne ne peut le prouver. Jure-le-moi, Aledis.

— Ils vont te torturer.

— Plus que ne l'a fait la vie ? Plus que ce silence que je suis obligée de garder face aux prières d'Arnau ? Jure-le.

Les yeux de Francesca brillèrent dans la pénombre.

— Je le jure.

Aledis passa les bras autour de son cou. Pour la toute première fois, elle ressentit la fragilité de la vieille prostituée.

— Je... ne veux pas te laisser ici, pleura-t-elle. Que vas-tu devenir ?

— Ne t'en fais pas pour moi, chuchota Francesca à son oreille. Je tiendrai bon jusqu'à ce qu'ils soient convaincus qu'Arnau n'est pas mon fils.

Elle fit une pause avant de poursuivre.

— Un Bellera a brisé ma vie. Son fils ne brisera pas celle d'Arnau.

Aledis embrassa Francesca et resta quelques instants ainsi, les lèvres collées à sa joue. Puis elle se leva.

— Écoutez-moi !

Aledis regarda la silhouette.

— N'y va pas, l'implora Francesca.

— Approchez-vous ! Je vous en prie.

— Tu ne le supporteras pas, Aledis. Tu as juré.

Arnau et Aledis se regardèrent dans le noir. Ils n'étaient que deux silhouettes. Les larmes d'Aledis glissèrent, brillantes, sur son visage.

Quand il vit l'inconnue se diriger vers la porte du cachot, Arnau se laissa retomber à terre.

Au même moment, juchée sur sa mule, Mar entrait dans Barcelone par la porte de San Daniel. Derrière elle, Joan marchait en traînant des pieds ; il ne leva même pas les yeux vers les soldats. Ils traversèrent la ville jusqu'au palais de l'évêque sans dire un mot.

— Frère Joan ? demanda un des gardes.

Le dominicain leva son visage violacé vers lui.

— Frère Joan ? interrogea à nouveau le soldat.

Joan acquiesça.

— Le grand inquisiteur nous a donné l'ordre de vous conduire devant lui.

Le soldat appela la garde.

Mar demeura stoïque sur sa mule.

52.

Sahat fit irruption dans la boutique du vieux Filippo à Pise, près du port, sur les rives de l'Arno. Ouvriers et apprentis le saluèrent, mais le Maure ne leur prêta aucune attention. « Où est votre maître ? » demanda-t-il à chacun en déambulant au milieu des marchandises entassées. Il finit par le trouver à l'autre bout de l'établissement, penché sur des pièces de tissu.

— Que se passe-t-il, Filippo ?

Le vieux marchand se redressa péniblement et se tourna vers lui.

— Un bateau lèvera l'ancre demain, à destination de Marseille.

— Je sais. Que se passe-t-il ?

Filippo considéra Sahat. Quel âge pouvait-il avoir ? Pour sûr, il n'était plus tout jeune. Comme toujours, il était bien habillé, mais sans l'ostentation de tant d'autres, pourtant moins riches que lui. Que s'était-il donc passé entre Arnau et lui ? Il n'avait jamais voulu le lui raconter. Filippo se souvenait du jour où il était arrivé, encore esclave, avec sa lettre d'affranchissement et l'ordre de paiement signé par Arnau...

— Filippo !

693

Le cri de Sahat le ramena un instant à la réalité, puis il se perdit de nouveau dans ses pensées... Il avait toujours l'énergie d'un jeune homme plein d'illusions. La décision qu'il devait prendre était capitale...

— Filippo, je t'en prie !

— Oui, oui. Tu as raison. Excuse-moi.

Le vieil homme s'appuya à son bras.

— Tu as raison, tu as raison. Aide-moi, allons dans mon bureau.

Dans le monde pisan des affaires, les personnes sur lesquelles Filippo Tescio s'appuyait, au sens propre du terme, étaient comptées. Cette marque publique de confiance, de la part du vieillard, pouvait ouvrir plus de portes qu'un milliard de florins en or. Aujourd'hui pourtant, Sahat lui refusait son aide. Il pressa le riche commerçant de hâter le pas.

— Filippo, s'il te plaît.

Le vieil homme l'attira de nouveau doucement à lui pour reprendre sa lente progression.

— Mauvaises nouvelles, annonça-t-il. Arnau a été arrêté par l'Inquisition.

Sahat garda le silence.

— Les circonstances sont assez confuses, reprit Filippo. Ses employés ont commencé à vendre des commandes et apparemment sa situation est... Mais il s'agit seulement d'une rumeur, sans doute malintentionnée. Assieds-toi, lui proposa-t-il une fois arrivés dans ce que le vieux appelait son bureau, une pièce avec, pour tout mobilier, une simple planche posée sur des tréteaux, d'où il contrôlait les trois employés qui, à des tables semblables, notaient les opérations sur d'énormes livres de commerce, tout en surveillant le va-et-vient permanent du magasin.

Filippo s'assit en soupirant.

— Ce n'est pas tout, ajouta-t-il.

Face à lui, Sahat demeura immobile.

— À Pâques, les Barcelonais se sont soulevés contre le *barrio* juif. Ils ont accusé les juifs d'avoir profané une hostie. L'affaire s'est soldée par une amende très importante et trois exécutions...

Filippo vit que la lèvre inférieure de Sahat se mettait à trembler.

— Hasdai...

Le vieux détourna pudiquement la tête. Quand il le regarda de nouveau, il vit que Sahat avait les mâchoires crispées. Il renifla et se frotta les yeux.

— Tiens, dit Filippo en lui remettant une lettre. Elle est de Jucef. Une coque en provenance de Barcelone et à destination d'Alexandrie l'a laissée à mon agent à Naples. Le capitaine du bateau qui retourne à Marseille me l'a apportée. Jucef a repris les affaires de son père et il détaille dans cette lettre tout ce qui s'est passé, même s'il parle peu d'Arnau.

Sahat prit la lettre sans l'ouvrir.

— Hasdai exécuté et Arnau arrêté, murmura-t-il, et moi ici...

— Je t'ai réservé un billet pour Marseille, coupa Filippo. Tu pars demain à l'aube. De là, il ne te sera pas difficile de gagner Barcelone.

— Merci.

Après quelques instants de silence, Sahat prit la parole.

— Je suis venu ici à la recherche de mes origines, commença-t-il à expliquer, à la recherche de ma famille. Et tu sais ce que j'ai trouvé ?

Filippo se contenta de le regarder sans rien dire.

— Quand on m'a vendu, enfant, j'avais encore une mère et cinq frères. J'en ai seulement retrouvé un... sans être d'ailleurs complètement sûr de son identité. L'esclave d'un portefaix de Gênes. Quand nous avons été présentés, il m'a été impossible de reconnaître en lui mon frère... Il ne se rappelait même pas son nom. Il traînait la jambe et on lui avait coupé le petit doigt de la main droite, ainsi que les deux oreilles. J'ai alors pensé que son maître avait dû être bien cruel envers lui pour le châtier de cette façon, mais ensuite...

Sahat marqua une pause et regarda le vieux marchand, qui demeurait muet.

— J'ai acheté secrètement sa liberté et fait en sorte qu'on lui remette une coquette somme d'argent. Il l'a dépensée en six jours. Six jours au cours desquels il n'a pas dessoûlé et a dilapidé au jeu et en compagnie de femmes une véritable fortune. Après cela, contre un lit et de la nourriture, il s'est revendu comme esclave à son ancien maître.

Sahat ponctua son récit d'un geste de mépris de la main.

— C'est tout ce que j'ai trouvé ici, un frère ivrogne et bagarreur...

— Et aussi un ami..., rectifia Filippo.

— C'est vrai. Pardonne-moi. Je faisais référence...

— Je sais.

Les deux hommes restèrent un long moment plongés dans leurs pensées, à contempler les documents qui se trouvaient sur le bureau. Le remue-ménage, dans le magasin, les tira de leur torpeur.

— Sahat, reprit finalement Filippo, des années durant, j'ai été l'agent de Hasdai et, tant que je serai en vie, je serai celui de son fils. Parce que c'était la volonté de Hasdai et tes instructions, je suis également devenu, par la suite, l'agent d'Arnau. Durant tout ce temps, de la bouche des commerçants, des marins ou des capitaines, je n'ai entendu que des louanges à son sujet. La nouvelle de ce qu'il avait accordé aux serfs de sa terre est même parvenue jusqu'ici ! Que s'est-il passé entre vous ? Si vous vous

696

étiez disputés, il ne t'aurait jamais donné la liberté et encore moins cette somme d'argent qu'il m'a ordonné de te remettre. Qu'est-il donc arrivé pour que tu l'abandonnes et qu'il te récompense de cette manière ?

Sahat laissa ses souvenirs voyager jusqu'au pied d'une colline, près de Mataró, parmi le bruit des épées et des arbalètes...

— Une jeune fille... Une jeune fille extraordinaire.

— Ah !

— Non. Ce n'est pas ce que tu penses.

Et, pour la première fois, Sahat raconta tout ce qu'il avait tu pendant ces cinq années.

— Comment avez-vous osé !

Le cri de Nicolau Eimeric résonna dans les couloirs du palais. L'inquisiteur n'avait même pas attendu que les soldats sortent de son bureau pour prendre Joan à partie. Il ne cessait d'aller et venir en agitant les bras.

— Vous rendez-vous compte que vous avez mis en danger le patrimoine du Saint-Office ?

Nicolau se tourna brusquement vers Joan, resté debout au centre de la pièce.

— Comment avez-vous pu décider de liquider ainsi des commandes ?

Joan ne répondit pas. Il avait passé la nuit sans dormir, maltraité et humilié. Il venait de parcourir plusieurs milles derrière une mule et tout son corps lui faisait mal. Il sentait mauvais. Son habit, sale et racorni, lui écorchait la peau. Il n'avait pas mangé depuis la veille et il avait soif. Il n'avait pas l'intention de répondre.

Nicolau s'approcha derrière lui.

— Que prétendez-vous faire, frère Joan ?

murmura-t-il à son oreille. Disperser le patrimoine de votre frère pour le soustraire à l'Inquisition ?

Nicolau resta quelques instants au côté de Joan.

— Vous puez ! s'écria-t-il en s'écartant de lui.

Il se remit à gesticuler.

— Vous puez comme un vulgaire paysan.

Il continua à marmonner ainsi en marchant de long en large avant de finir par s'asseoir.

— L'Inquisition s'est emparée des livres de commerce de votre frère. Il n'y aura plus d'autres ventes.

Joan demeura immobile.

— J'ai interdit les visites, donc inutile de chercher à le voir. Dans quelques jours, son procès débutera.

Joan ne réagissait toujours pas.

— Vous ne m'avez pas entendu ? D'ici peu, j'instruirai le procès de votre frère.

Nicolau frappa du poing sur la table.

— Ça suffit comme ça ! Sortez d'ici !

Joan se retira, son habit crotté traînant sur le carrelage brillant du bureau du grand inquisiteur.

Joan s'arrêta sous le linteau de la porte afin de laisser ses yeux se réhabituer au soleil. Mar l'attendait, pied à terre, le licou de la mule à la main. Il l'avait fait venir depuis sa ferme, et maintenant... comment lui annoncer que l'inquisiteur avait interdit les visites à Arnau ? Qu'il était en partie responsable de cette décision ?

— Puis-je passer, mon frère ? entendit-il dans son dos.

Joan se retourna et se retrouva nez à nez avec une veuve qui pleurait à chaudes larmes. Tous deux se dévisagèrent.

— Joan ? interrogea la femme.

Ces grands yeux sombres. Ce visage...

— Joan ? insista-t-elle. Joan, c'est moi, Aledis. Tu te souviens de moi ?

— La fille du tanneur..., murmura Joan.

— Que se passe-t-il, frère Joan ?

Mar s'était avancée. Aledis vit Joan se tourner vers elle. Puis il les regarda tour à tour.

— Une amie d'enfance, dit-il. Aledis, je te présente Mar. Mar, voici Aledis.

Les deux femmes se saluèrent d'un signe de tête.

— Ce n'est pas un endroit pour bavarder, ici.

L'ordre du soldat les obligea tous trois à se retourner.

— Dégagez le passage.

— Nous sommes venus voir Arnau Estanyol, lança Mar d'une voix forte, le licou de la mule toujours à la main.

Le soldat l'observa des pieds à la tête. Un sourire moqueur apparut sur ses lèvres.

— Le cambiste ?

— Oui.

— Le grand inquisiteur a interdit toute visite pour lui.

Le soldat fit mine de pousser Aledis et Joan.

— Pourquoi ? interrogea Mar, tandis que les deux autres sortaient du palais.

— Demandez donc à frère Joan.

Tous trois commencèrent à s'éloigner.

— J'aurais dû te tuer hier, cingla Mar.

Aledis vit Joan baisser les yeux. Il ne répondit même pas. Alors, elle observa la femme à la mule ; elle se tenait droite, et jugulait avec autorité l'animal. Qu'avait-il pu se passer la veille ? Joan ne cherchait pas à cacher son visage violacé, et la femme qui l'accompagnait voulait voir Arnau. Qui était-elle ? Arnau était marié à une baronne, cette femme qui était à ses côtés sur l'estrade du château de Montbui le jour où il avait abrogé les mauvais usages...

— Dans quelques jours, le procès d'Arnau débutera.

Mar et Aledis s'immobilisèrent d'un coup. Joan continua d'avancer avant de se rendre compte que les deux femmes ne le suivaient plus. Quand il se retourna, il vit qu'elles se dévisageaient en silence. « Qui es-tu ? » semblaient-elles se demander.

— Je doute que ce frère ait eu une enfance... et encore moins une amie, lança finalement Mar.

Aledis nota qu'elle ne cillait pas. Elle se tenait droite, fière ; ses yeux de jeune femme paraissaient vouloir la transpercer. Derrière elle, la mule allait tranquille, les oreilles dressées.

— Tu es quelqu'un de direct, observa Aledis.

— La vie m'a appris à l'être.

— Si mon père y avait consenti, il y a vingt-cinq ans, j'aurais épousé Arnau.

— Si, il y a cinq ans, on m'avait traitée comme une personne et non comme une bête, répliqua Mar en jetant un œil mauvais à Joan, je serais toujours au côté d'Arnau.

Les deux femmes se jaugèrent à nouveau du regard, en silence.

— Cela fait vingt-cinq ans que je n'ai pas revu Arnau, finit par confesser Aledis.

« Je n'ai nullement l'intention de rivaliser avec toi », déclarait-elle *in petto* dans une langue que seules les deux femmes pouvaient comprendre.

Mar se sentit soudain plus légère, et elle relâcha la pression sur le licou de la mule. Elle cessa de transpercer Aledis du regard.

— Je ne vis pas à Barcelone, pourrais-tu m'héberger ? finit par demander Mar.

— Moi non plus, je ne vis pas ici. Je loge... avec

700

mes filles, à l'hôtel de l'Estanyer. Mais nous pourrons nous arranger, s'empressa-t-elle d'assurer quand elle se rendit compte que Mar chancelait. Et... ?

Aledis désigna Joan d'un geste de la tête.

Toutes deux l'observèrent. Il n'avait pas bougé de l'endroit où il s'était arrêté, avec son visage tuméfié et son habit, sale et déchiré, accroché à ses épaules affaissées.

— Il en sait beaucoup, expliqua Mar, et nous pouvons avoir besoin de lui. Il dormira avec la mule.

Joan attendit qu'elles se remettent en chemin puis les suivit, tête basse.

« Et toi, que faisais-tu là ? finirait-elle par lui demander. Que faisais-tu dans le palais de l'évêque ? » Aledis jeta un œil à sa nouvelle compagne ; elle marchait de nouveau la tête bien droite, en tirant sur sa mule, sans s'écarter quand quelqu'un paraissait sur sa route. Qu'avait-il pu se passer entre elle et Joan ? Le dominicain lui semblait complètement soumis... Comment un inquisiteur pouvait-il tolérer qu'une femme l'envoie dormir avec une mule ? Ils traversèrent la plaza del Blat. Elle avait avoué qu'elle connaissait Arnau, mais elle ne leur avait pas dit qu'elle venait de le voir dans le cachot et qu'il lui avait supplié d'approcher. « Et Francesca ? Que dois-je leur dire au sujet de Francesca ? Que c'est ma mère ? Non. Joan a connu ma mère, et il sait qu'elle ne s'appelait pas Francesca. La mère de mon défunt époux ? Et quand elle sera impliquée dans le procès contre Arnau ? Il faudrait que je trouve quelque chose. Et quand ils sauront que c'est une femme publique ? Comment une prostituée pourrait-elle être ma belle-mère ? Mieux vaut ne pas parler, mais alors, que répondre quand on me demandera ce que je suis venue faire dans le palais de l'évêque ? »

— Eh bien, répondit Aledis à la question de Mar, j'avais une affaire de mon défunt mari, le maître tanneur, à régler. Comme je savais que nous allions passer par Barcelone...

Eulàlia et Teresa la regardèrent du coin de l'œil, sans pour autant lâcher leurs écuelles. Aledis avait réussi à convaincre l'hôtelier d'ajouter un quatrième matelas dans la chambre qu'elle partageait déjà avec ses filles. Joan avait consenti sans protester à dormir dans l'étable, avec la mule.

— Quoi que vous entendiez, avait ordonné Aledis aux filles, vous ne dites rien. Débrouillez-vous pour ne répondre à aucune question et, surtout, nous ne connaissons aucune Francesca.

À présent, tout le monde était à table.

— Frère Joan, dit Mar en revenant à la charge, pourquoi l'inquisiteur a-t-il interdit les visites à Arnau ?

Joan n'avait rien mangé.

— J'avais besoin d'argent pour payer l'*alguazil*, répondit-il d'une voix lasse, et comme au bureau d'Arnau ils n'avaient plus de liquide, je leur ai donné l'ordre de vendre quelques commandes. Eimeric a cru que j'essayais de vider les coffres d'Arnau...

Au même moment, le seigneur de Bellera et Genís Puig firent leur apparition. Quand ils aperçurent les jeunes filles, un large sourire se dessina sur leurs visages.

— Frère Joan, témoigna Aledis, ces deux nobles ont ennuyé mes filles hier, me donnant l'impression que leurs intentions n'étaient pas très... Pourriez-vous faire en sorte que cela ne se reproduise plus ?

Joan se tourna vers les deux hommes qui, en souvenir de la veille, regardaient avec un plaisir non dissimulé Teresa et Eulàlia.

Devant l'habit noir de Joan, leurs sourires s'effacèrent instantanément. Sous le regard de l'inquisiteur, les deux gentilshommes s'assirent en silence, les yeux fixés sur les écuelles que venait de leur servir l'hôtelier.

— Pourquoi va-t-on juger Arnau ? demanda Aledis une fois que Joan leur accorda de nouveau toute son attention.

Tandis que l'équipage s'attelait aux derniers préparatifs avant l'embarquement, Sahat examina le navire marseillais : c'était une solide galère à un mât, avec un gouvernail à la poupe et deux sur les côtés, cent vingt rameurs à bord et environ trois cents canots.

— Il est rapide et très sûr, commenta Filippo. Il a croisé des pirates à plusieurs reprises et leur a toujours échappé. D'ici trois à quatre jours, tu seras à Marseille.

Sahat acquiesça.

— De là, tu pourras embarquer sans problème sur un bateau de cabotage jusqu'à Barcelone.

Filippo se tenait d'une main au bras de Sahat et de l'autre pointait le navire de sa canne. Dès qu'il passait auprès d'eux, fonctionnaires, marchands et travailleurs du port le saluaient avec respect et faisaient ensuite de même avec Sahat, ce Maure sur lequel le riche commerçant s'appuyait.

— Le temps est de la partie, ajouta Filippo en dirigeant sa canne vers le ciel. La traversée sera bonne.

Le capitaine du bateau s'avança sur le pont et fit

un signe en direction de Filippo. Sahat sentit que le vieil homme lui serrait le bras.

— Je crois que je ne te reverrai plus, dit-il.

Sahat tourna son visage vers lui, mais Filippo le serra plus fort encore.

— Je suis vieux, Sahat.

Les deux hommes s'étreignirent au pied du navire.

— Veille sur mes affaires, le pria Sahat en desserrant l'étreinte.

— Je le ferai, et quand je ne le pourrai plus, ajouta-t-il d'une voix tremblante, mes enfants s'en chargeront. Alors, où que tu sois, il faudra que tu leur viennes en aide à ton tour.

— Je le ferai, promit Sahat.

Filippo attira Sahat contre lui et l'embrassa sous les yeux de la foule qui guettait l'appareillage de la galère et l'embarquement de son dernier passager ; devant la marque d'affection témoignée par Filippo Tescio, un murmure s'éleva.

— Va, ordonna le vieux marchand.

Sahat donna l'ordre aux deux esclaves qui portaient ses bagages de le précéder et monta à bord. Quand il atteignit le pont, Filippo avait disparu.

La mer était calme. Le vent ne soufflait pas et la galère avançait au rythme de ses cent vingt rameurs.

« Je n'ai pas eu le courage, écrivait Jucef dans sa lettre, après avoir expliqué la situation provoquée par la profanation de l'hostie, de sortir du *barrio* juif pour accompagner mon père dans ses derniers instants. J'espère qu'il l'aura compris, où qu'il soit à présent. »

À la proue de la galère, Sahat scruta l'horizon. « Vous aviez bien du courage pourtant, toi et les tiens, de vivre dans une ville de chrétiens. » Il avait lu et relu la lettre. « Raquel ne voulait pas fuir, mais nous l'avons convaincue. » Et la fin, surtout : « Hier, l'Inquisition a arrêté Arnau et j'ai réussi à savoir aujourd'hui, grâce à un juif qui travaille à la cour de l'évêque, que c'est son épouse, Elionor, qui a porté plainte contre lui pour sympathies juives. Comme il faut à l'Inquisition deux témoins pour confirmer la plainte, Elionor a fait appeler devant le Saint-Office des prêtres de Santa Maria del Mar qui, apparemment, ont assisté à une discussion entre les époux ; les mots qu'aurait, semble-t-il, prononcés Arnau pourraient être considérés comme sacrilèges et suffiraient à cautionner les dires d'Elionor. »

L'affaire, continuait Jucef, était assez complexe. D'une part, Arnau était très riche et son patrimoine intéressait l'Inquisition ; de l'autre, il se trouvait entre les mains de Nicolau Eimeric. Sahat se rappelait très bien le grand inquisiteur arrogant, qui avait accédé à cette fonction six ans avant son départ de la principauté et qu'il avait eu l'occasion de voir lors d'une cérémonie religieuse à laquelle il avait été obligé d'accompagner Arnau.

« Depuis que tu es parti, le pouvoir d'Eimeric n'a cessé de croître, au point qu'il ne redoute même pas d'affronter publiquement le roi lui-même. Depuis des années, en effet, le monarque ne s'acquitte pas de ses rentes envers le pape. Aussi Urbain IV a-t-il donné la Sardaigne en fief au seigneur d'Arborea, meneur du soulèvement contre les Catalans. Après la longue guerre contre la Castille, les nobles corses se rebellent eux aussi à nouveau. Eimeric, qui dépend directement du pape, a profité de cette situation pour s'opposer sans ambage au roi. Il soutient – Dieu nous en garde ! – que l'Inquisition devrait étendre son domaine sur les juifs et les autres confessions non chrétiennes, ce que refuse radicalement le souverain, qui est propriétaire des *barrios* juifs de Catalogne. Mais Eimeric continue de plaider sa cause auprès du pape, qui n'est pas très enclin à défendre les intérêts de notre monarque.

De plus, Eimeric a osé accuser d'hérésie les œuvres du théologue catalan Ramon Llull. Depuis plus d'un demi-siècle, les doctrines de Llull sont respectées par l'Église catalane ; le roi a donc engagé juristes et penseurs pour les défendre et considère l'affaire comme une offense personnelle de la part de l'inquisiteur.

Au train où vont les choses, je suis certain que le procès d'Arnau, baron catalan et consul de la Mer, servira de prétexte, pour Eimeric, à un nouvel affrontement avec le roi afin d'assurer sa position et de permettre à l'Inquisition de s'enrichir. Je crois savoir qu'Eimeric a déjà écrit au pape Urbain pour lui dire qu'il déduira la part du souverain des biens d'Arnau en compensation des rentes que lui doit Pierre ; de cette façon, l'inquisiteur se venge du roi à travers un noble catalan et assoit sa position auprès du pape.

« Par ailleurs, je pense que la situation personnelle d'Arnau est assez délicate, pour ne pas dire désespérée ; son frère Joan est inquisiteur, et on le dit plutôt cruel ; son épouse a porté plainte contre lui ; mon père est mort et nous, compte tenu de l'accusation de sympathies juives à son encontre et pour son propre bien, nous ne devons pas montrer l'amitié que nous lui portons. Il ne lui reste que toi. »

C'est ainsi que s'achevait la lettre de Jucef : « Il ne lui reste que toi. » Sahat la déposa dans le petit coffre où il conservait la correspondance qu'il avait entretenue pendant cinq ans avec Hasdai. « Il ne lui reste que toi. » Debout à la proue, son petit coffre entre les mains, il scruta à nouveau l'horizon. « Ramez, Marseillais... il ne lui reste que moi. »

Aledis fit signe à Eulàlia et à Teresa de se retirer. Joan avait déjà pris congé depuis un moment sans que Mar lui adresse la parole.

— Pourquoi le traites-tu ainsi ? demanda Aledis à cette dernière, une fois qu'elles se retrouvèrent seules dans la salle à manger de l'hôtel, avec pour seule compagnie le crépitement du bois pratiquement consumé.

Mar garda le silence.

— C'est tout de même son frère...

— Il n'a que ce qu'il mérite, répondit Mar, les yeux fixés sur la table d'où elle tentait d'extraire une écharde.

« Comme elle est belle », songea Aledis. Sa chevelure, brillante et ondulée, tombait sur ses épaules. Ses traits étaient harmonieux : lèvres bien dessinées, pommettes hautes, menton marqué et nez aquilin. Aledis avait remarqué ses dents blanches et parfaites, et pendant le trajet du palais à l'hôtel, elle n'avait pu s'empêcher de constater combien son corps était ferme et bien proportionné. Toutefois, ses mains étaient celles de quelqu'un qui avait travaillé la terre : rugueuses et calleuses.

Mar abandonna l'écharde pour reporter son attention sur Aledis, qui soutint son regard en silence.

— C'est une longue histoire, avoua-t-elle.

— Si tu veux me la raconter, j'ai tout mon temps.

Mar fit une grimace et laissa s'écouler quelques secondes. Pourquoi pas ? Cela faisait des années qu'elle n'avait pas parlé avec une femme, qu'elle vivait repliée sur elle-même et consacrait ses journées à tenter de faire pousser des épis sur une terre ingrate. Pourquoi pas ? Aledis semblait être quelqu'un de bien.

— Mes parents sont morts pendant la Grande Peste, alors que j'étais encore une petite fille...

Elle ne lui épargna aucun détail. Quand Mar évoqua l'amour qu'elle avait ressenti sur l'estrade du château de Montbui, Aledis trembla. « Comme je te comprends, faillit-elle lui dire, moi aussi... » Arnau, Arnau, Arnau : son nom revenait sans arrêt. Aledis se souvenait de la brise marine caressant son jeune corps, trahissant son innocence, échauffant son désir. Mar lui raconta l'histoire de son enlèvement et de son mariage ; la confession la fit éclater en sanglots. Aledis lui prit la main.

— Merci, dit-elle quand elle put parler de nouveau.

— Tu as des enfants ? demanda Aledis.

— J'en ai eu un.

Aledis lui serra la main.

— Il est mort il y a quatre ans, encore nourrisson, lors de l'épidémie de peste qui s'est acharnée sur les petits. Son père ne l'a pas connu. Il n'a même jamais su que j'étais enceinte. Il est mort à Calatayud en défendant un roi qui, au lieu d'être à la tête de ses troupes, avait levé l'ancre de Valence, à destination du Roussillon, pour mettre à l'abri sa famille de la peste.

Mar esquissa un sourire empreint de mépris.

— Et Joan ? Qu'a-t-il à voir dans tout cela ?

— Il savait que j'aimais Arnau... et que cet amour était réciproque.

À la fin du récit, Aledis frappa du poing sur la table. La nuit les enveloppait, et le coup de poing de la fausse veuve résonna dans tout l'hôtel.

— Tu vas le dénoncer ?

— Arnau l'a toujours protégé. C'est son frère et il l'aime.

Aledis revit les deux garçons qui dormaient au rez-de-chaussée de la maison de Pere et de Mariona : Arnau transportait des pierres ; Joan étudiait.

— Je ne voudrais surtout pas nuire à Arnau. À présent, on m'apprend qu'il m'est interdit de le voir. Comment l'informer que je suis ici et que je l'aime toujours ?... Il va être jugé. Peut-être sera-t-il condamné à...

Mar éclata de nouveau en sanglots.

— Ne crois pas que je vais rompre le serment que je t'ai fait, mais je dois lui parler, dit Aledis à Francesca alors qu'elle prenait congé d'elle.

La vieille maquerelle tenta de scruter son visage dans la pénombre.

— Aie confiance en moi.

Au moment où Aledis était entrée dans le cachot, Arnau s'était levé. Mais il ne l'avait pas appelée. Il s'était contenté d'observer en silence les deux femmes chuchoter. Où était Joan ? Cela faisait deux jours qu'il ne lui avait pas rendu visite, et il avait tant de choses à lui demander. Il voulait qu'il se renseigne au sujet de cette vieillarde. Que faisait-elle ici ? Pourquoi l'*alguazil* lui avait-il dit qu'elle était sa mère ? Qu'en était-il de son procès ? Et de ses affaires ? Et Mar ? Qu'avait-il appris au sujet de Mar ? Les choses tournaient mal. Depuis la dernière visite de Joan, l'*alguazil* le traitait de nouveau comme les autres ; il ne lui donnait plus qu'un croûton de pain rassis à manger et de l'eau croupie à boire ; quant au seau, il avait disparu.

Arnau vit la visiteuse se séparer de la vieille prisonnière. Le dos contre le mur, il commença à se laisser glisser, mais... elle se dirigeait vers lui !

Dans le noir, Arnau la vit s'approcher. Il se redressa. La femme s'arrêta à quelques pas de lui, sans que les faibles rayons de lumière qui tombaient dans la geôle la découvrent.

Arnau plissa les yeux pour essayer de la distinguer un peu mieux.

— Ils ont interdit les visites pour toi, chuchota la femme.

— Qui es-tu ? Comment le sais-tu ?

— Nous n'avons pas le temps, Arn... Arnau.

Elle l'avait appelé Arnau !

— Si l'*alguazil* arrive...

— Qui es-tu ?

Pourquoi ne pas lui dire ? Pourquoi ne pas le prendre dans ses bras et le consoler ? Ce serait insupportable. Les paroles de Francesca résonnèrent à ses oreilles. Aledis se tourna vers elle, puis regarda Arnau. La brise de la mer, la plage, sa jeunesse, son long périple jusqu'à Figueras...

— Qui es-tu ?

— Peu importe. Je veux seulement te dire que Mar est à Barcelone. Elle t'attend. Elle t'aime. Elle t'aime toujours.

Aledis vit qu'Arnau s'appuyait contre le mur. Elle attendit quelques secondes. Du bruit s'éleva dans le couloir. L'*alguazil* lui avait juste accordé quelques instants. Le bruit se rapprochait. La clé dans la serrure. Arnau se tourna vers la porte.

— Veux-tu que je lui transmette un message ?

La porte s'ouvrit et la lumière des torches du couloir éclaira Aledis.

— Dis-lui que moi aussi...

L'*alguazil* entra dans le cachot.

— ... je l'aime. Même si je n'en ai pas le droit...

Aledis lui tourna le dos et se dirigea vers la porte.

— Que faisais-tu avec le cambiste ? demanda l'obèse gardien après avoir refermé la porte.

— Il m'a appelée au moment où j'allais sortir.

710

— Il est interdit de lui parler.

— Je ne le savais pas. Je ne savais pas non plus que c'était le cambiste. Je ne lui ai pas répondu. Je ne me suis même pas approchée.

— L'inquisiteur a interdit...

Aledis sortit sa bourse et fit tinter ses pièces.

— Je ne veux plus te revoir près de lui, la réprimanda l'*alguazil* en encaissant l'argent. Sinon, tu ne sortiras pas de ce cachot.

Au même instant, dans le noir, Arnau se répétait les mots qu'avait prononcés cette femme : « Elle t'aime. Elle t'aime toujours. » Mais le souvenir de Mar était troublé par ces grands yeux sombres éclairés furtivement par les torches. Il connaissait ces yeux. Où les avait-il déjà vus ?

Aledis avait promis à Mar qu'elle transmettrait à Arnau son message.

— Ne t'inquiète pas, avait-elle insisté. Arnau saura que tu es là, que tu l'attends.

— Dis-lui aussi que je l'aime, avait lancé la jeune femme à la fausse veuve qui traversait déjà la plaza de la Llana.

Depuis la porte de l'hôtel, Mar vit Aledis tourner la tête dans sa direction et lui sourire. Une fois Aledis partie, Mar quitta l'hôtel. Elle y avait songé tout au long du trajet depuis Mataró, puis quand on les avait empêchés de voir Arnau, et enfin tout au long de la nuit dernière. De la plaza de la Llana, elle prit la calle de la Bòria, passa devant la Capilla d'en Marcus et tourna à droite. Elle s'arrêta à l'orée de la calle Montcada et, pendant quelques instants, observa les nobles palais qui la bordaient.

— Madame ! s'exclama Pere, le vieux domestique d'Elionor, en ouvrant l'un des grands portails du palais d'Arnau. Quelle joie de vous revoir. Depuis tout ce temps...

Pere se tut et, d'un geste nerveux, l'invita à pénétrer dans la cour pavée de l'entrée.

— Quel bon vent vous amène par ici ?

— Je suis venue voir doña Elionor.

Pere acquiesça et disparut.

Mar se laissa envahir par les souvenirs. Rien n'avait changé ; le patio, frais et propre, avec ses pavés reluisants ; les écuries, en face, et, à droite, l'impressionnant escalier qui menait à la partie noble, où venait de monter Pere.

Le domestique revint bientôt, visiblement affligé.

— La baronne ne souhaite pas vous recevoir.

Mar leva les yeux vers les étages nobles. Derrière une des fenêtres, une ombre disparut. Quand avait-elle déjà vécu une pareille situation ? Quand... Elle regarda encore en direction des fenêtres.

— J'ai déjà vécu une scène semblable, murmurat-elle à Pere, qui n'osait pas la consoler de l'affront qu'elle subissait. Arnau en est sorti vainqueur, Elionor. Je te préviens : sa dette a été réglée... entièrement.

53.

Les armes et l'équipement des soldats qui l'accompagnaient résonnèrent le long des hauts et interminables couloirs du palais épiscopal. Le cortège avait une allure martiale ; un officier ouvrait la marche, suivi de deux soldats, du prisonnier, puis de deux autres soldats en serre-file. Quand ils arrivèrent en haut de l'escalier qui remontait des geôles, Arnau s'immobilisa pour s'habituer à la lumière ; un coup puissant dans le dos l'obligea à reprendre sa marche en avant.

Arnau passa devant des dominicains, des prêtres et des scribes, collés le dos au mur pour laisser passer l'escorte. « Où me conduit-on ? » Personne n'avait daigné lui répondre. L'alguazil était entré dans le cachot et l'avait détaché. Un dominicain en noir se signa à son passage, un autre leva son crucifix. Impassibles, les soldats continuaient de marcher, et leur seule présence suffisait à faire s'écarter les gens. Depuis plusieurs jours, il n'avait plus aucune nouvelle de Joan, ni de la femme aux grands yeux sombres qu'il était sûr d'avoir déjà vue quelque part. Il avait posé la question à la vieille détenue, en vain. « Qui est-elle ? » avait-il crié à quatre reprises. Parmi les ombres confondues aux murs, certaines avaient grogné, d'autres étaient restées muettes, comme la vieille femme, qui n'avait même pas bougé. Cependant, quand le gardien l'avait extrait à coups de poing de la geôle, il lui avait semblé la voir s'agiter avec inquiétude.

Arnau se heurta à l'un des gardes qui le précédaient. Ils s'étaient arrêtés devant d'imposantes portes en bois à double battant. Le soldat le repoussa violemment. L'officier frappa, ouvrit les portes, et le cortège accéda à une immense salle dont les murs étaient ornés de riches tapis. Les soldats accompagnèrent Arnau jusqu'au centre de la pièce, puis se postèrent près de la porte.

Derrière un grand bureau en bois ouvragé, sept hommes le regardaient. Dans des tenues brodées d'or, Nicolau Eimeric, le grand inquisiteur, et Berenguer d'Erill, évêque de Barcelone, occupaient les places centrales. Arnau les connaissait tous deux. À gauche de l'inquisiteur, le notaire du Saint-Office ; Arnau l'avait déjà rencontré une fois, mais ne lui avait pas parlé. À gauche du notaire et à la droite de l'évêque, deux dominicains inconnus et en noir, de chaque côté, complétaient le tribunal.

Arnau soutint leur regard en silence, jusqu'à ce qu'un des frères arbore une moue dégoûtée. Arnau palpa la barbe graisseuse apparue sur son visage au cours des derniers jours ; ses vêtements, déchirés, avaient perdu leur éclat ; ses pieds, nus et noirs, ainsi que les longs ongles de ses mains, étaient d'une saleté repoussante. Il sentait si mauvais qu'il en éprouva lui-même un haut-le-cœur.

En voyant la grimace d'Arnau, Eimeric sourit.

— D'abord, ils vont lui faire prêter serment sur les quatre Évangiles, expliqua Joan à Mar et à Aledis, assises à la table de l'hôtel. Le procès peut durer des jours, voire des mois, leur apprit-il quand elles lui dirent qu'elles voulaient se rendre aux portes du palais de l'évêque. Mieux vaut attendre ici.

— Y aura-t-il quelqu'un pour le défendre ? interrogea Mar.

Joan hocha douloureusement la tête.

— On va lui assigner un avocat... qui n'aura pas le droit de le défendre.

— Comment est-ce possible ? s'exclamèrent les deux femmes à l'unisson.

— Les avocats et les notaires qui aident les hérétiques, les conseillent ou les soutiennent, comme ceux qui croient à leur bonne foi ou les défendent, sont interdits, récita Joan.

Mar et Aledis questionnèrent Joan du regard.

— C'est écrit en toutes lettres dans une bulle du pape Innocent III.

— Ce qui signifie ?

— La tâche de l'avocat est d'obtenir les aveux volontaires de l'hérétique. S'il le défendait, il défendrait l'hérésie.

— Je n'ai rien à confesser, répondit Arnau au jeune prêtre qu'on lui avait assigné comme avocat.

— Il est expert en droit civil et canonique, plaisanta Nicolau Eimeric, et c'est un zélateur de la foi, ajouta-t-il en souriant.

Le prêtre ouvrit les bras en signe d'impuissance, comme devant l'*alguazil*, dans le cachot, quand il avait encouragé Arnau à reconnaître l'hérésie. « Vous devez avouer, s'était-il contenté de lui conseiller. Ayez confiance en la bienveillance du tribunal. » Il avait répété exactement le même geste. Combien de fois l'avait-il exécuté, en tant qu'avocat d'hérétiques ? Et, sur un signe d'Eimeric, il se retira de la salle.

715

— Ensuite, continua Joan à la demande d'Aledis, ils vont l'enjoindre de nommer ses ennemis.

— Pourquoi ?

— S'il désignait un des témoins qui ont porté plainte contre lui, le tribunal pourrait considérer que l'accusation est calomnieuse.

— Mais Arnau ignore qui l'a dénoncé, intervint Mar.

— En effet. Pour le moment, en tout cas. Après, il pourrait l'apprendre... si Eimeric lui accorde ce droit. En réalité, il devrait avoir le droit de le savoir, ainsi que l'a ordonné Boniface VIII, ajouta-t-il face à l'expression incrédule de ses deux interlocutrices, mais le pape est bien loin et, en définitive, chaque inquisiteur mène ses procès à sa guise.

— Je crois que mon épouse me déteste, répondit Arnau à la question d'Eimeric.

— Et quelle raison doña Elionor aurait-elle de te détester ?

— Nous n'avons pas eu d'enfant.

— Avez-vous essayé ? As-tu couché avec elle ?

Il avait prêté serment sur les quatre Évangiles.

— As-tu couché avec elle ? répéta Eimeric.

— Non.

Le notaire fit courir sa plume sur les dossiers qui reposaient devant lui. Nicolau Eimeric se tourna vers l'évêque.

— Un autre ennemi ? demanda cette fois Berenguer d'Erill.

— Les nobles de mes baronnies, en particulier le *carlan* de Montbui.

Le notaire écrivait toujours.

— J'ai également prononcé des sentences lors de nombreuses audiences, en tant que consul de la Mer, mais je crois avoir œuvré avec justice.

— Un ennemi parmi les membres du clergé ?

Pourquoi cette question ? Il avait toujours entretenu de bonnes relations avec l'Église.

— À l'exception de ceux ici présents...

— Les membres de ce tribunal sont impartiaux, coupa Eimeric.

— Je leur fais confiance.

Arnau affronta le regard de l'inquisiteur.

— Qui d'autre ?

— Comme vous le savez, je suis cambiste depuis longtemps. Peut-être...

— Il ne s'agit pas de se perdre en conjectures, interrompit une nouvelle fois Eimeric, mais de donner un nom, si tu en as un. Alors, as-tu oui ou non un ennemi ? rugit Eimeric.

— Je ne crois pas.

— Et après ? questionna Aledis.

— Après débute le véritable procès inquisitorial.

Joan revit défiler dans sa mémoire les places des villages, les maisons, les nuits de veille... Un coup de poing asséné sur la table le ramena au présent.

— Ce qui veut dire ? demanda Mar.

Joan soupira et la regarda droit dans les yeux.

— « Inquisition » signifie « recherche ». L'inquisiteur doit traquer l'hérésie, le péché. Même en cas de dénonciations, le procès ne se fonde pas exclusivement sur elles. Si le présumé coupable n'avoue pas, il faut lui arracher la vérité qu'il cache.

— De quelle manière ?

Joan ferma les yeux avant de répondre.

— Si tu fais allusion à la torture, en effet, c'est une des méthodes employées.

— De quelle manière ?

— Il est possible qu'ils en arrivent à le torturer.

— De quelle manière ? insista Mar.

— À quoi bon le savoir ? intervint Aledis en lui prenant la main. Cela ne fera qu'accroître ton tourment.

— La loi interdit que la torture soit cause de la mort ou de l'amputation d'un membre, clarifia Joan, et on ne peut y avoir recours qu'une fois.

Joan observa comment les deux femmes, les larmes aux yeux, tentaient de se rassurer mutuellement. Cependant, il n'ignorait pas qu'Eimeric avait trouvé le moyen de contourner cette disposition légale. « *Non ad modum iterationis sed continuationis* », disait-il généralement, avec un étrange éclat dans le regard. « Pas de reconduite, mais une prolongation », traduisait-il aux novices qui ne maîtrisaient pas encore le latin.

— Et si on le torture et qu'il n'avoue toujours pas ?

— Son attitude sera prise en compte à l'heure du verdict.

— C'est Eimeric qui le prononcera ?

— Oui, sauf s'il est condamné à la prison à vie ou au bûcher. Dans ce cas, il faut l'accord de l'évêque. Néanmoins, poursuivit Joan avant que les deux femmes posent une nouvelle question, si le tribunal estime que l'affaire est complexe, il peut faire appel aux *boni viri*, trente à quatre-vingts personnes, laïques, qui donnent leur opinion sur la culpabilité de l'accusé et prononcent la peine en rapport. Le procès peut alors s'étaler sur des mois.

— Pendant lesquels Arnau resterait en prison ? questionna Aledis.

Joan acquiesça et tous trois demeurèrent silencieux ; les femmes essayaient de digérer ce que Joan leur avait appris, tandis que lui se souvenait d'un autre précepte d'Eimeric : « La prison doit être lugubre, un souterrain où ne pénétrera aucune lumière, en particulier celle du soleil ou de la lune ; elle doit permettre d'abréger la vie du prisonnier. »

Arnau était toujours au centre de la pièce, debout, sale et déguenillé. L'inquisiteur et l'évêque se rapprochèrent l'un de l'autre et se mirent à chuchoter. Le notaire en profita pour mettre en ordre ses dossiers. Les quatre dominicains clouèrent leur regard sur Arnau.

— Comment comptez-vous mener l'interrogatoire ? murmura Berenguer d'Erill à Eimeric.

— Nous procéderons comme à l'habitude et, à mesure que nous obtiendrons quelques résultats, nous lui communiquerons les charges retenues contre lui.

— Vous allez les lui révéler ?

— Oui. Je crois qu'avec un homme comme lui, le recours à la dialectique sera d'un plus grand secours que la contrainte physique, sauf s'il n'y a pas d'autre solution...

De son côté, Arnau tâchait de soutenir l'un après l'autre le regard des frères noirs. Un, deux, trois, quatre... Il observa ensuite de nouveau l'inquisiteur et l'évêque, qui chuchotaient toujours. Les dominicains ne le quittaient pas des yeux. La salle était plongée dans le silence le plus absolu, exception faite de l'inintelligible conciliabule des deux prévôts.

— Il devient nerveux, fit remarquer l'évêque après avoir jeté un coup d'œil à Arnau.

— C'est quelqu'un qui a l'habitude de commander et d'être obéi, répondit Eimeric. Il faut qu'il comprenne dans quelle situation il se trouve, qu'il accepte ce tribunal, son autorité, et s'y soumette. Seulement alors, il sera prêt à être interrogé. L'humiliation est un préalable indispensable.

L'évêque et l'inquisiteur prolongèrent ainsi leur

discussion un long moment, pendant lequel Arnau resta dans la ligne de mire des dominicains. Chaque fois que l'ancien *bastaix* s'efforçait de songer à Mar ou à Joan pour se changer les idées, le regard d'un frère noir le transperçait comme s'il avait deviné ses pensées. Il changea de position un nombre incalculable de fois ; il se toucha la barbe et les cheveux, constata à quel point il était sale. Confortablement installés, retranchés derrière le bureau du tribunal, Berenguer d'Erill et Nicolau Eimeric, dont les habits étincelaient d'or, le scrutaient du coin de l'œil avant de se remettre à chuchoter.

Finalement, Nicolau Eimeric s'adressa à lui d'une voix puissante.

— Arnau Estanyol, je sais que tu as péché.

Le procès commençait. Arnau inspira profondément.

— J'ignore à quoi vous faites allusion. Je crois avoir toujours été un bon chrétien. J'ai essayé de...

— Tu as toi-même reconnu devant ce tribunal n'avoir jamais entretenu de relations charnelles avec ton épouse. Est-ce là l'attitude d'un bon chrétien ?

— Je ne peux pas avoir de relations charnelles. Vous savez sans doute que j'ai déjà été marié par le passé et que je n'ai pas, non plus, eu d'enfant.

— Veux-tu dire que tu as un problème physique ? intervint l'évêque.

— Oui.

Eimeric observa Arnau quelques instants ; appuyant les coudes sur le bureau, il croisa les mains qu'il posa sur sa bouche. Puis, se tournant vers le notaire, il lui donna un ordre à voix basse.

— Déclaration de Juli Andreu, prêtre de Santa Maria del Mar, lut le notaire, plongé dans un dossier. « Moi, Juli Andreu, prêtre de Santa Maria de la Mar, à la requête de l'inquisiteur général de Catalogne, déclare qu'en mars 1364, j'ai eu avec Arnau Estanyol, baron de Catalogne, une conversation à la demande de son épouse, doña Elionor, baronne et pupille du roi, laquelle avait manifesté auprès de moi son inquiétude au sujet du non-accomplissement par son époux du devoir conjugal. Je déclare qu'Arnau Estanyol m'a avoué que son épouse ne l'attirait pas et que son corps refusait d'avoir des rapports avec doña Elionor ; qu'il n'avait aucun problème physique et qu'il ne pouvait contraindre son corps à s'unir à une femme qu'il ne désirait pas ; qu'il savait que c'était un péché (Nicolau Eimeric plissa les yeux en direction d'Arnau), et que c'était pour cette raison qu'il priait autant à Santa Maria et faisait des dons si importants pour la construction de l'église. »

Le silence envahit de nouveau la salle. Nicolau ne quittait pas Arnau des yeux.

— Prétends-tu toujours avoir un problème physique ? finit par demander l'inquisiteur.

Arnau se souvenait de cette conversation, mais pas exactement d'avoir prononcé ces paroles...

— Je ne me rappelle pas avoir dit cela.

— Reconnais-tu avoir parlé avec le père Juli Andreu ?

— Oui.

Arnau entendit le crissement de la plume du notaire.

— Pourtant, tu mets en doute la déclaration d'un homme de Dieu. Quel intérêt aurait-il à mentir ?

— Il pourrait se tromper. Ne pas se souvenir très bien de...

— Veux-tu dire qu'un prêtre qui douterait de la conversation qu'il a eue avec un détenu n'hésiterait pas, néanmoins, à faire une déclaration comme celle dont nous venons de te donner lecture ?

— Je dis seulement qu'il a pu se tromper.

— Le père Juli Andreu n'est pas un de tes ennemis, n'est-ce pas ? intervint l'évêque.

— Je ne le comptais pas parmi eux.

Nicolau s'adressa une nouvelle fois au notaire.

— Déclaration de Pere Salvete, chanoine de Santa Maria del Mar : « Moi, Pere Salvete, chanoine de Santa Maria del Mar, à la requête de l'inquisiteur général de Catalogne, déclare qu'en 1367, à Pâques, alors que nous célébrions la sainte messe, des citoyens ont fait irruption dans l'église pour nous prévenir qu'une hostie avait été volée par des hérétiques. La messe a été interrompue et les fidèles ont quitté l'église, à l'exception d'Arnau Estanyol, consul de la Mer, et de son épouse, doña Elionor. »

« Va rejoindre ta maîtresse juive ! » Les paroles d'Elionor lui revinrent en mémoire. Arnau fut pris du même frisson qu'il avait éprouvé ce jour-là. Il leva le regard. Nicolau le fixait... en souriant. L'avait-il remarqué ? Le scribe continuait de lire :

— ... et le consul lui a répondu que Dieu ne pouvait pas l'obliger à coucher avec elle...

Nicolau fit taire le notaire et cessa de sourire.

— Le chanoine ment, lui aussi ?

« Va rejoindre ta maîtresse juive ! » Pourquoi ne l'avait-il pas laissé achever sa lecture ? Que prétendait Nicolau ? Ta maîtresse juive, ta maîtresse juive... Les flammes embrasant le corps de Hasdai, le silence, le peuple excité qui réclamait justice, crachant des paroles qui ne parvenaient pas à surgir de sa bouche à lui, Elionor qui le désignait du doigt à Nicolau et l'évêque... Raquel accrochée à son bras.

— Le chanoine ment, lui aussi ? répéta Nicolau.

— Je n'ai accusé personne de mentir, se défendit Arnau.

Il avait besoin de réfléchir.

— Renies-tu les préceptes de Dieu ? T'opposes-tu aux obligations qui, en tant qu'époux chrétien, te reviennent ?

— Non... non, hésita Arnau.

— Alors ?

— Alors, quoi ?

— Renies-tu les préceptes de Dieu ? répéta Nicolau en élevant la voix.

Les paroles de l'inquisiteur résonnèrent le long des murs en pierre de l'immense salle. Arnau sentit qu'il avait les jambes engourdies, après tant de jours passés dans cette geôle...

— Le tribunal peut considérer ton silence comme un aveu, ajouta l'évêque.

— Je ne les renie pas.

Il commençait à avoir vraiment mal aux jambes.

— Mes rapports avec doña Elionor sont-ils vraiment si importants pour le Saint-Office ? Est-ce un péché de... ?

— N'inverse pas les rôles, Arnau Estanyol, coupa l'inquisiteur. Les questions, c'est le tribunal qui les pose.

— Posez-les, alors.

Nicolau nota qu'Arnau s'agitait, inquiet, et ne cessait de changer de position.

— Il commence à fatiguer, murmura-t-il à l'oreille de Berenguer d'Erill.

— Laissons-le y penser, répondit l'évêque.

Ils se remirent à chuchoter, et Arnau sentit de nouveau sur lui le regard des quatre dominicains. Il avait mal aux jambes, mais il devait résister. Il ne fallait pas qu'il fléchisse devant Nicolau Eimeric. Qu'arriverait-il s'il tombait à terre ? Il lui aurait fallu... une pierre ! Une pierre sur le dos, un long chemin à parcourir en portant une pierre pour sa Vierge. « Mère, où es-tu à présent ? Ces hommes sont-ils vraiment tes représentants ? » Il n'était alors qu'un enfant, et pourtant... Pourquoi ne le supporterait-il pas aujourd'hui ? Il avait sillonné tout Barcelone en portant une pierre plus lourde que lui, suant, saignant, sous les cris d'encouragement de la foule. Ne lui restait-il rien de cette force-là ? Se laisserait-il terrasser par un inquisiteur fanatique ? Lui ? L'enfant *bastaix* qu'avaient admiré tous les gamins de la ville ? Pas après pas, gravissant le chemin jusqu'à Santa Maria avant de rentrer chez lui reprendre des forces pour le lendemain. Chez lui... où l'attendaient de grands yeux sombres... C'est à ce moment-là, tandis qu'un frisson l'envahissait, manquant de lui faire perdre l'équilibre, qu'il comprit que la visiteuse de l'obscur cachot n'était autre qu'Aledis.

Arnau se redressa. Nicolau Eimeric et Berenguer d'Erill échangèrent un regard. Pour la première fois, un des dominicains présents risqua un œil vers les deux hommes.

— Il résiste, chuchota nerveusement l'évêque.

— Où te rends-tu pour satisfaire tes instincts ? demanda soudain Nicolau en élevant la voix.

C'est pour cela qu'elle l'avait appelé par son prénom. Sa voix... Oui. C'était la voix que tant de fois il avait entendue sur le flanc de la montagne de Montjuïc.

— Arnau Estanyol !

L'exclamation de l'inquisiteur le ramena devant le tribunal.

— Je t'ai demandé où tu te rendais pour satisfaire tes instincts.

— Je ne comprends pas la question.

— Tu es un homme. Tu n'as eu aucune relation avec ton épouse pendant des années. La question est très simple : où te rends-tu quand tu ressens la nécessité de combler tes besoins d'homme ?

— Pendant toutes les années dont vous parlez, je n'ai eu aucun contact avec une femme.

Il avait répondu sans réfléchir. Le geôlier avait dit qu'il s'agissait de sa mère.

— Tu mens !

Arnau sursauta.

— Ce même tribunal t'a vu enlacer une hérétique. Ce n'est pas avoir un contact avec une femme, peut-être ?

— Pas au sens où vous l'entendez.

— Qu'est-ce qui peut pousser un homme et une femme à s'étreindre en public à part (Nicolau fit de grands gestes avec les mains) la lubricité ?

— La douleur.

— Quelle douleur ? bondit l'évêque.

— Quelle douleur ? répéta Nicolau devant le silence d'Arnau.

Les flammes du bûcher illuminèrent la pièce.

— Pour l'exécution d'un hérétique qui avait profané une hostie sacrée ? interrogea de nouveau l'inquisiteur en pointant sur lui un doigt bagué. C'est cette douleur qu'éprouve un bon chrétien quand il est fait justice d'un scélérat, un profanateur, un misérable, un voleur ?...

— Il n'était pas ce que vous dites ! s'écria Arnau.

Tous les membres du tribunal, y compris le notaire, s'agitèrent sur leurs sièges.

— Les trois coupables ont avoué. Pourquoi défends-tu les hérétiques ? Les juifs...

— Les juifs ! Les juifs ! s'emporta Arnau. Qu'est-ce que vous avez tous contre les juifs ?

— L'ignorerais-tu peut-être ? tonna l'inquisiteur d'une voix plus forte. Ils ont crucifié Jésus-Christ !

— Ne l'ont-ils pas assez payé de leur propre vie ?

Arnau croisa le regard des membres du tribunal. Tous s'étaient dressés.

725

— Plaides-tu pour le pardon ? questionna Berenguer d'Erill.

— N'est-ce pas ce que nous enseigne Notre Seigneur ?

— La seule voie est la conversion ! On ne peut pardonner à qui ne se repend pas ! s'emporta Nicolau.

— Vous parlez de quelque chose qui a eu lieu il y a plus de mille trois cents ans. De quoi doivent se repentir les juifs d'aujourd'hui ? Ils ne sont pas coupables de ce qui s'est passé à l'époque.

— Tout être qui embrasse la doctrine juive est responsable de ce qu'ont fait ses ancêtres. Il assume leur faute.

— Ils embrassent seulement des idées, des croyances, comme nous...

Nicolau et Berenguer eurent un haut-le-cœur. N'était-ce pas exact ? Son ami Hasdai, cet homme méprisé qui avait offert sa vie pour sa communauté, ne méritait-il pas le pardon ?

— Comme nous, répéta Arnau avec fermeté.

— Oserais-tu comparer la foi catholique à l'hérésie ?

— Ce n'est pas de ma compétence. C'est de la vôtre, à vous, hommes de Dieu. J'ai seulement dit...

— Nous savons parfaitement ce que tu as dit ! l'interrompit Nicolau Eimeric d'une voix tonitruante. Tu as placé au même niveau l'authentique foi chrétienne, l'unique, la véritable, et les doctrines hérétiques des juifs !

Arnau était face au tribunal. Le notaire ne cessait d'écrire dans ses dossiers. Même les soldats, dans son dos, qui se tenaient hiératiques près des portes, semblaient écouter le crissement de sa plume. Nicolau sourit et le bruit que produisait le scribe s'empara d'Arnau jusqu'au plus profond de lui-même. Un frisson parcourut tout son corps. L'inquisiteur s'en aperçut et sourit plus largement. « Oui, lui disait son regard, ce sont tes déclarations qu'il consigne. »

— Ils sont comme nous, persista Arnau.

Nicolau lui ordonna de se taire d'un geste de la main.

Le notaire écrivit encore pendant quelques instants. « Voici tes paroles, enregistrées », lui redit du regard l'inquisiteur. Quand il eut terminé, Nicolau sourit de nouveau.

— La séance est levée jusqu'à demain, proclama-t-il en se levant.

Mar était lasse d'écouter Joan.

— Où vas-tu ? lui demanda Aledis.

Mar la regarda sans répondre.

— Encore ? Tu y es allée tous les jours et tu n'as jamais réussi à...

— J'ai réussi à lui faire savoir que je suis ici et que je n'oublierai jamais ce qu'elle m'a fait.

Joan se cacha le visage.

— J'ai réussi à la voir par la fenêtre et à lui faire comprendre qu'Arnau était à moi. Je l'ai lu dans ses yeux, et j'ai l'intention de le lui rappeler tous les jours de sa vie. J'ai l'intention de faire en sorte qu'à chaque instant elle se souvienne que j'ai gagné.

Aledis la regarda quitter l'hôtel. Mar s'élança sur le chemin que depuis son arrivée à Barcelone elle avait emprunté tous les jours, jusqu'aux portes du palais de la calle Montcada. Saisissant le heurtoir de la porte, elle frappa de toutes ses forces. Elionor refuserait de la recevoir, mais elle devait savoir qu'elle était là, en bas.

Une fois de plus, le vieux domestique ouvrit le judas.

— Madame, s'excusa-t-il, vous savez bien que doña Elionor...

— Ouvre la porte. Je veux juste la voir, même si c'est à travers la fenêtre derrière laquelle elle se cache.

— Mais elle ne veut pas, madame.

— Sait-elle qui je suis ?

Mar vit que Pere se tournait vers les fenêtres du palais.

— Oui.

Elle attrapa de nouveau le heurtoir et cogna avec force.

— Arrêtez, madame, lui conseilla le vieil homme, sinon doña Elionor fera appeler les soldats.

— Ouvre, Pere.

— Elle ne veut pas vous voir, madame.

Mar sentit une main se poser sur son épaule et l'écarter doucement de la porte.

— Peut-être voudra-t-elle me voir, moi.

— Guillem ! s'écria Mar en se jetant dans ses bras.

— Te souviens-tu de moi, Pere ? demanda le Maure, tandis que Mar s'agrippait à son cou.

— Comment pourrais-je avoir oublié ?

— Alors va dire à ta maîtresse que je veux la voir.

Une fois le judas refermé, Guillem prit Mar par la taille et la souleva en l'air. Heureuse, la jeune femme se laissa faire. Puis Guillem la reposa et la considéra sans lui lâcher les mains.

— Ma petite fille, avoua-t-il d'une voix émue, combien de fois j'ai rêvé de cet instant. Mais à présent, tu pèses bien plus lourd qu'avant. Tu es devenue une vraie...

Mar se réfugia dans ses bras.

— Pourquoi m'as-tu abandonnée ? demanda-t-elle en pleurant.

728

— Je n'étais qu'un esclave, mon enfant. Que pouvait faire un simple esclave ?

— Tu étais comme mon père.

— Je ne le suis plus ?

— Tu le seras toujours.

Mar serra fortement Guillem. « Tu le seras toujours. »

« Combien de temps ai-je perdu loin d'ici ? » songea le Maure. Il se tourna vers le judas.

— Doña Elionor ne veut pas vous voir non plus, entendit-il, de l'autre côté.

— Dis-lui qu'elle aura de mes nouvelles.

Les soldats le raccompagnèrent dans son cachot. Pendant que le geôlier le rattachait, Arnau ne quittait pas des yeux l'ombre qui se pelotonnait à l'autre bout de la sinistre pièce. Il resta debout, même après le départ de l'obèse gardien.

— Quel est ton lien avec Aledis ? demanda-t-il d'une voix forte à la vieille détenue, une fois que les bruits de pas eurent disparu dans le couloir.

Arnau eut l'impression que l'ombre sursautait mais, l'instant d'après, la silhouette retrouva son immobilité.

— Quel est ton lien avec Aledis ? répéta-t-il. Que faisait-elle ici ? Pourquoi te rend-elle visite ?

Le silence qu'il obtint pour toute réponse lui ramena en mémoire le reflet des grands yeux sombres.

— Comment Mar et Aledis se connaissent-elles ? supplia-t-il.

Les râles et les gémissements étaient tels qu'ils empêchèrent Arnau d'entendre la respiration de la vieille femme. Il balaya du regard les murs du cachot ; personne ne lui prêtait la moindre attention.

Aussitôt qu'il vit surgir Mar en compagnie d'un Maure luxueusement paré, l'hôtelier cessa de remuer le potage qui mijotait dans la grande marmite du foyer. Sa nervosité augmenta quand, à leur suite, parurent les deux esclaves qui portaient les affaires de Guillem. « Pourquoi ne va-t-il pas à la halle au blé, comme tous les marchands ? » songea-t-il en se précipitant pour l'accueillir.

— C'est un honneur pour cette maison, prétendit-il en s'inclinant avec exagération.

Guillem attendit que l'hôtelier en ait fini avec ses flagorneries.

— As-tu de quoi nous loger ?

— Oui. Les esclaves peuvent dormir dans...

— De quoi loger trois personnes, reprit Guillem. Deux chambres, une pour moi et une autre pour eux.

L'hôtelier jeta un œil aux deux garçons aux yeux noirs et aux cheveux bouclés qui attendaient en silence derrière leur maître.

— Oui, répondit-il, si tel est votre désir. Suivez-moi.

— Ils s'occuperont de tout. Apporte-nous un peu d'eau.

Guillem et Mar s'assirent à une table. Ils étaient seuls dans la salle à manger.

— Le procès a commencé aujourd'hui, dis-tu ?

— Oui, même si je ne peux te l'assurer. En vérité, je ne sais rien. Je n'ai même pas pu le voir.

La voix de Mar se brisa. Guillem tendit la main pour la consoler mais, finalement, il ne la toucha pas. Ce n'était plus une enfant et lui... au bout du compte, il n'était rien d'autre qu'un Maure. Personne ne devait penser que... Ils en avaient déjà assez fait devant le palais d'Elionor. La main de Mar parcourut l'espace que n'avait pas franchi celle de Guillem.

— Je suis la même. Pour toi, toujours.

Guillem sourit.

— Et ton mari ?

— Mort.

Le visage de Mar demeura impénétrable. Guillem changea de sujet.

— Qu'avez-vous fait pour Arnau ?

Mar plissa les yeux et fronça les sourcils.

— Que veux-tu dire ? Nous ne pouvons rien...

— Et Joan ? Joan est inquisiteur. As-tu de ses nouvelles ? N'a-t-il pas intercédé en faveur d'Arnau ?

— Lui ?

Mar esquissa un sourire plein de mépris et se tut. À quoi bon lui raconter ? Il y avait déjà bien assez à faire avec Arnau, et Guillem était venu pour lui.

— Non, il n'a rien fait. Pire, il a retourné le grand inquisiteur contre lui. Il est ici, avec Aledis et moi...

— Aledis ?

— Une veuve que j'ai rencontrée et qui loge ici avec ses deux filles, une amie d'enfance d'Arnau. De passage à Barcelone, elle a appris sa détention. Je partage leur chambre. C'est une femme bien. Tu verras tout le monde au moment du souper.

Guillem serra la main de Mar.

— Et toi ? Que t'est-il arrivé ? demanda-t-elle.

Mar et Guillem passèrent des heures à se raconter leurs cinq années de séparation. Pas une fois la jeune femme ne mentionna Joan. En début de soirée, Teresa et Eulàlia apparurent, excitées, souriantes. Mais la bonne humeur s'effaça de leurs beaux visages dès qu'elles aperçurent Mar, dont la présence leur rappelait l'incarcération de Francesca.

Grâce à leur nouvelle identité d'orphelines... et de vierges, elles s'étaient promenées à travers la ville. La loi les obligeait à se vêtir de soie colorée pour qu'on puisse les reconnaître, jamais auparavant elles n'avaient joui d'une telle liberté. « On entre ? » avait proposé Teresa en montrant discrètement les portes de l'église Sant Jaume. Elle avait murmuré, comme si elle avait redouté que cette proposition ne déclenche l'ire de tout Barcelone. Mais il ne s'était rien passé. À l'intérieur, les fidèles ne leur avaient pas prêté la moindre attention, pas plus que le prêtre devant qui les deux jeunes filles avaient baissé le regard, serrées l'une contre l'autre.

Elles avaient ensuite descendu en bavardant et en riant la calle de la Boquería vers la mer ; si elles étaient remontées par la calle del Bisbe jusqu'à la plaza Nova, elles auraient rencontré, devant le palais épiscopal, Aledis, les yeux rivés aux fenêtres, tâchant d'identifier Arnau ou Francesca dans chaque silhouette qui se dessinait derrière les vitraux. De toute façon, elle ignorait dans quelle salle était jugé Arnau. Francesca avait-elle été interrogée ? Joan ne savait rien à son sujet. Aledis scrutait chaque vitrail. À quoi bon lui raconter quoi que ce soit, puisqu'il ne pouvait rien faire. Arnau était fort et Francesca... il ne connaissait pas Francesca.

— Hé toi ! Que fais-tu à rester là ?

Un soldat de l'Inquisition était posté à côté d'elle. Aledis ne l'avait pas vu arriver.

— Que regardes-tu avec autant d'intérêt ?

Elle s'était caché le visage et enfuie sans rien répondre. « Vous ne connaissez pas Francesca. Aucune torture ne pourra lui faire avouer le secret qu'elle a tu toute sa vie. »

Joan était arrivé à l'hôtel avant elle, dans un habit propre que lui avait fourni le monastère de Sant Pere de les Puelles. Quand il vit Guillem en compagnie de Mar et des deux filles d'Aledis, il s'arrêta net, au beau milieu de la salle à manger.

Guillem l'observa. Était-ce un sourire ou une grimace de dégoût ?

Joan lui-même aurait été incapable de lui répondre. Mar lui avait-elle tout raconté pour l'enlèvement et le viol ?

En un éclair, Guillem se souvint de la façon dont le dominicain l'avait traité quand il était au côté d'Arnau. Cependant, l'heure n'était pas au ressentiment. Il se leva. Il fallait qu'ils soient unis pour le bien d'Arnau.

— Comment allez-vous, Joan ? dit-il en lui saisissant les épaules. Que vous est-il arrivé ? demanda-t-il en découvrant son visage tuméfié.

Joan regarda Mar ; elle avait toujours envers lui le même air dur et inexpressif. Guillem n'était pas cynique au point de se moquer de lui...

— Une mauvaise rencontre, répondit-il. Il nous arrive aussi à nous, les frères, d'en faire.

— Je suppose que vous les avez déjà excommuniés, plaisanta Guillem en accompagnant Joan à la table. N'est-ce pas ce que prônent les constitutions de Paz y Tregua ?

Joan et Mar se toisèrent.

— Non ? Quiconque attaque des clercs désarmés sera excommunié... Vous n'étiez pas armé au moins, Joan ?

Guillem n'eut pas le temps de remarquer la tension entre Mar et le frère d'Arnau car, à l'instant même, Aledis fit irruption. Les présentations furent brèves, Guillem voulait parler avec Joan.

— Vous êtes inquisiteur. Que pensez-vous de la situation d'Arnau ?

— Je crois que Nicolau souhaite le condamner mais, à mon avis, il n'a pas grand-chose contre lui. Je suppose que cela finira par un *san-benito* et une grosse amende. C'est ce qui intéresse Eimeric. Je connais Arnau. Il n'a jamais fait de mal à personne. Malgré la plainte d'Elionor, ils ne pourront pas trouver...

— Et si l'accusation d'Elionor est appuyée par le témoignage de plusieurs prêtres ?

Joan sursauta. Des prêtres seraient-ils capables de... ?

— À quoi fais-tu référence ?

— Peu importe, éluda Guillem en songeant à la lettre de Jucef. Réponds-moi. Que se passerait-il si des prêtres confirmaient la plainte d'Elionor ?

Aledis n'entendit pas la réponse de Joan. Devait-elle raconter ce qu'elle savait ? Ce Maure pourrait-il faire quelque chose ? Il semblait riche... Eulàlia et Teresa la regardèrent. Elles avaient gardé le silence comme elle leur en avait donné l'ordre, mais elles semblaient à présent désirer qu'elle parle. Elle n'eut pas besoin de leur demander que déjà toutes deux acquiescèrent. Quelqu'un devait agir et ce Maure paraissait la personne indiquée.

— Il y a autre chose, coupa-t-elle.

Les deux hommes et Mar reportèrent leur attention sur elle.

— Je n'ai pas l'intention de vous dire comment je l'ai appris, et je ne veux plus en reparler une fois que je vous l'aurai raconté. D'accord ?

— Que veux-tu dire ? questionna Joan.

— C'est pourtant assez clair, trancha Mar.

Guillem la regarda avec surprise. Que signifiait ce ton ? Il se tourna vers Joan, mais celui-ci avait baissé la tête.

— Continuez, Aledis. Nous sommes d'accord.

— Vous vous souvenez des deux nobles qui logent à l'hôtel ?

Au nom de Genís Puig, Guillem sursauta.

734

— Il a une sœur qui s'appelle Margarida, reprit Aledis.

Guillem se porta les mains au visage.

— Ils sont toujours ici ? demanda-t-il.

Aledis leur raconta ce que ses filles avaient découvert ; les faveurs qu'Eulàlia avaient accordées à Genís Puig n'avaient pas été inutiles. Après lui avoir témoigné une passion avinée, le gentilhomme s'était étendu sur les accusations qu'ils avaient formulées à l'encontre d'Arnau devant le grand inquisiteur.

— Ils prétendent qu'Arnau aurait brûlé le cadavre de son père, poursuivit Aledis. Je ne peux pas croire que...

Joan eut un haut-le-cœur. Tous se tournèrent vers lui. Le dominicain, une main sur la bouche, semblait bouleversé. La nuit, le corps de Bernat pendu sur ce gibet improvisé, les flammes...

— Avez-vous autre chose à dire à présent, Joan ? lui demanda Guillem.

— Ils vont l'exécuter, parvint-il à articuler avant de sortir en courant de l'hôtel pour aller vomir.

La phrase demeura comme suspendue dans la pièce après sa sortie. Tous avaient la tête baissée.

— Que se passe-t-il entre Joan et toi ? demanda Guillem à Mar au bout d'un moment.

L'inquisiteur n'avait toujours pas réapparu.

Il n'était qu'un esclave... Que pouvait faire un simple esclave ? La question de Guillem tournait en boucle dans l'esprit de Mar. Si elle lui racontait... Il fallait qu'ils soient unis ! Arnau avait besoin qu'ils luttent tous ensemble pour lui... même Joan.

— Rien, répondit-elle finalement en évitant son regard. Tu sais que nous ne nous sommes jamais bien entendus.

— Tu me le diras un jour ? insista Guillem.

Mar baissa davantage les yeux.

54.

Le tribunal était déjà installé : les quatre dominicains et le notaire assis derrière le bureau, les soldats en poste près de la porte et Arnau, aussi sale que la veille, debout au centre de la pièce, objet de tous les regards.

Nicolau Eimeric et Berenguer d'Erill ne tardèrent pas à entrer en faisant étalage de luxe et de morgue. Les soldats les saluèrent et les autres membres du tribunal se levèrent. Les deux prélats prirent place.

— La séance est ouverte, annonça Nicolau. Je te rappelle, ajouta-t-il en s'adressant à Arnau, que tu as juré sur les Évangiles.

« Cet homme, s'il parle, le fera plutôt à cause du serment prêté que par peur de la torture », avait-il parié à l'évêque sur le chemin qui les menait à la salle du tribunal.

— Procédez à la lecture des dernières paroles du prisonnier, ordonna Nicolau au notaire.

« Ils embrassent seulement des idées, des croyances, comme nous. » Arnau fut frappé par sa propre déclaration. Il avait passé la nuit entière à penser à Mar et à Aledis, tout en réfléchissant à ses propos. Nicolau ne lui avait pas permis de s'expliquer, mais qu'y avait-il à expliquer ? Que dire à

736

ces chasseurs d'hérétiques sur ses liens avec Raquel et sa famille ? Le notaire lisait toujours. Il n'avait pas le droit de diriger les recherches inquisitoriales du côté de Raquel ; elle avait assez souffert de la mort de Hasdai...

— Estimes-tu que la foi chrétienne se réduit à des idées ou des croyances qui peuvent être volontairement choisies par les hommes ? questionna Berenguer d'Erill. Un simple mortel peut-il juger les préceptes divins ?

« Pourquoi pas ? » Arnau regarda Nicolau dans les yeux. « N'êtes-vous pas de simples mortels ? » Ils allaient le brûler. Ils le brûleraient comme Hasdai et tant d'autres. Un frisson parcourut son corps.

— Je ne me suis pas bien exprimé, finit-il par répondre.

— Comment t'exprimerais-tu maintenant ? intervint Nicolau.

— Je ne sais pas. Je ne possède pas vos connaissances. Je peux seulement dire que je crois en Dieu, que je suis un bon chrétien et que j'ai toujours agi conformément à Ses préceptes.

— Parce que tu considères que brûler le cadavre de son père, c'est agir conformément aux préceptes de Dieu ? tempêta l'inquisiteur, qui se leva en frappant des deux mains sur le bureau.

Tapie dans l'ombre, Raquel arriva chez son frère, ainsi qu'ils en étaient tous deux convenus.

— Sahat, appela-t-elle, figée devant l'entrée.

Guillem se leva de la table où il se trouvait avec Jucef.

— Je suis désolé, Raquel.

La jeune femme fit la grimace. En un clin d'œil, Guillem s'était retrouvé auprès d'elle et l'avait serrée dans ses bras. Il aurait voulu la consoler, mais il ne parvenait pas à parler. « Laisse couler tes larmes, Raquel, pensa-t-il, laisse-les éteindre peu à peu ces flammes qui habitent encore tes yeux. »

Raquel s'écarta bientôt et sécha ses larmes.

— Tu es venu pour Arnau, n'est-ce pas ? demanda-t-elle d'une voix assurée. Tu dois l'aider. Nous autres ne pouvons pas intervenir sans risquer de compliquer les choses.

— Je viens de dire à ton frère que j'avais besoin d'une lettre d'introduction à la cour.

Raquel interrogea du regard son frère, toujours assis à la table.

— Nous l'obtiendrons, affirma-t-il. L'infant Jean et sa cour, ainsi que la cour du roi et les autorités du royaume sont réunis en assemblée au Parlement de Barcelone au sujet de la Sardaigne. Le moment est tout trouvé.

— Que penses-tu faire, Sahat ? demanda Raquel.

— Je l'ignore encore. Tu m'as écrit, dit-il à Jucef, que le roi s'oppose à l'inquisiteur.

Jucef acquiesça.

— Et son fils ?

— Plus encore. L'infant est un mécène des arts et de la culture. Il aime la musique et la poésie et a l'habitude de rassembler, à sa cour de Gérone, philosophes et écrivains. Aucun d'eux n'accepte les attaques d'Eimeric à l'encontre de Ramon Llull. L'Inquisition est mal vue des penseurs catalans. Au début du siècle, quatorze ouvrages du médecin Arnau de Vilanova ont été condamnés pour hérésie ; Eimeric a aussi déclaré hérétique l'œuvre de Nicolas de Calabria, et maintenant c'est au tour de Ramon Llull. On dirait que tout ce qui est catalan le répugne. Aujourd'hui, peu nombreux sont ceux qui prennent le risque d'écrire, par peur de l'interprétation qu'Eimeric pourrait faire de leurs textes.

Nicolas de Calabria a fini sur le bûcher. Si quelqu'un peut contrecarrer le projet de l'inquisiteur d'exercer sa juridiction sur les *barrios* juifs catalans, c'est bien l'infant. N'oublie pas qu'il vit des impôts que nous lui payons. Il te prêtera attention, certifia Jucef, mais n'oublie pas qu'il lui est quasiment impossible d'affronter directement l'Inquisition.

Guillem acquiesça en silence.

Brûler le cadavre de son propre père...

Nicolau Eimeric était resté debout, les mains appuyées sur le grand bureau. Il fixait Arnau, le visage en feu.

— Ton père, maugréa-t-il, était un démon qui avait incité la population à la rébellion. C'est pour cela qu'il a été exécuté et que tu l'as brûlé !

L'inquisiteur acheva sa phrase en tendant un doigt accusateur sur Arnau.

Comment pouvait-il savoir ? Une seule personne connaissait la vérité... La plume crissante du scribe consignait tout. Impossible. Pas Joan... Arnau sentit ses jambes fléchir.

— Nies-tu avoir brûlé le cadavre de ton père ? demanda Berenguer d'Erill.

Joan ne pouvait l'avoir dénoncé !

— Le nies-tu ? répéta Nicolau en élevant la voix.

Les visages des membres du tribunal se déformèrent et Arnau sentit monter en lui une violente nausée.

— Nous avions faim ! s'écria-t-il. Avez-vous déjà eu faim une fois dans votre vie ?

La figure violette de son père, langue pendue, se superposa à celle de ses interlocuteurs. Joan ? Pourquoi n'était-il plus venu lui rendre visite ?

— Nous avions faim !

Les paroles de son père lui revenaient en mémoire : « À ta place, je ne me soumettrais pas. »

— Avez-vous déjà eu faim ?

Arnau voulut se ruer sur Nicolau, qui continuait de l'interroger du regard, debout, arrogant, mais avant qu'il l'atteigne, les soldats l'immobilisèrent et le reconduisirent jusqu'au centre de la pièce.

— As-tu brûlé ton père comme un démon ? réitéra Nicolau à tue-tête.

— Mon père n'était pas un démon ! répondit Arnau en hurlant à son tour, au corps à corps avec les soldats qui le maintenaient fermement.

— Mais tu as brûlé son cadavre !

« Pourquoi, Joan ? Tu es mon frère, et Bernat... Bernat t'a toujours aimé comme son fils. » Arnau baissa la tête et s'agrippa aux soldats. Pourquoi ?...

— C'est ta mère qui te l'avait ordonné ?

Arnau parvint seulement à lever la tête.

— Ta mère est une sorcière qui transmet le mal du diable, ajouta l'évêque.

Que racontaient-ils ?

— Ton père a assassiné un jeune garçon pour te libérer. Le reconnais-tu ? interrogea Nicolau.

— Quoi ?...

— Toi aussi (Nicolau le désigna), tu as tué un garçon chrétien. Que voulais-tu faire de lui ?

— Était-ce la volonté de tes parents ? demanda l'évêque.

— Voulais-tu voler son cœur ? poursuivit Nicolau.

— Combien d'autres garçons as-tu assassinés ?

— Quels rapports entretiens-tu avec les hérétiques ?

Une avalanche de questions s'abattirent sur lui. Père, mère, jeunes garçons, meurtres, cœurs, hérétiques, juifs... Joan ! Arnau laissa retomber sa tête. Il tremblait.

— Tu avoues ? conclut Nicolau.

Arnau ne bougeait plus. Un long moment s'écoula. Il demeurait suspendu aux bras des soldats. Finalement, Nicolau leur fit signe de quitter la salle. Arnau sentit qu'ils l'entraînaient.

— Attendez ! tonna l'inquisiteur au moment où ils allaient ouvrir les portes.

Les soldats se retournèrent.

— Arnau Estanyol ! cria-t-il. Arnau Estanyol !

Le prisonnier releva lentement la tête et regarda Nicolau.

— Vous pouvez l'emmener. Notaire, écrivez, entendit Arnau tandis qu'ils quittaient la pièce, le prisonnier n'a récusé aucune des accusations formulées à son encontre par ce tribunal et a refusé d'avouer en feignant un évanouissement, mensonge qui a été éventé quand, au moment de quitter la pièce, il a répondu à la requête de ce même tribunal.

Le crissement de la plume poursuivit Arnau jusqu'au cachot.

Guillem donna l'ordre à ses esclaves de transporter ses affaires à la halle au blé, toute proche de l'hôtel del Estanyer, dont le propriétaire accueillit la nouvelle avec contrariété. Mar resterait sur place, mais lui ne pouvait prendre le risque d'être reconnu par Genís Puig. Les deux esclaves opposèrent un refus silencieux aux tentatives de l'hôtelier pour empêcher le riche marchand de quitter son établissement.

— Au diable les nobles ! marmonna-t-il en comptant l'argent qu'ils lui remirent.

Du *barrio* juif, Guillem se rendit directement à la halle au blé ; aucun des marchands, de passage en ville, qui logeaient là ne connaissait les liens qui l'unissaient à Arnau.

— J'ai un commerce à Pise, répondit-il à l'un d'eux, sicilien, qui prit place à sa table et lui posa des questions.

— Et qu'est-ce qui t'amène à Barcelone ?

« Un ami qui a des problèmes », faillit-il répondre. Le Sicilien était un petit homme chauve aux traits marqués ; il s'appelait Jacopo Lercardo. Guillem avait longuement parlé avec Jucef, mais recueillir un autre avis pourrait toujours s'avérer intéressant.

— Il y a quelques années, j'ai eu de bons contacts en Catalogne, et je profite d'un voyage à Valence pour sonder un peu le marché.

— Il n'y a pas grand-chose à sonder, rétorqua aussitôt le Sicilien.

Guillem attendit qu'il poursuive, mais l'autre était plongé dans son écuelle de viande. Il ne parlerait sans doute qu'à un homme connaissant les affaires aussi bien que lui.

— J'ai constaté que la situation avait beaucoup changé depuis la dernière fois que je suis venu. Sur les marchés, il n'y a plus de paysans. Leurs étals sont vides. Je me souviens qu'autrefois les marchands et les paysans se livraient une rude concurrence.

— Il n'y a plus de travail, confirma le Sicilien. Les paysans ne produisent plus et, par conséquent, ne viennent plus vendre sur les marchés. Les épidémies ont décimé la population, les terres ne rendent plus et leurs propres seigneurs les laissent en friche, à l'abandon. Les gens émigrent vers la terre d'où tu viens : Valence.

— J'ai rendu visite à de vieilles connaissances.

Le Sicilien le regarda par-dessus sa cuiller.

— Ils ne risquent plus leur argent dans des opérations commerciales. Ils se contentent de financer la ville. Ce sont devenus des rentiers. D'après ce que je me suis laissé dire, il y a neuf ans, la dette municipale était d'environ cent soixante-neuf mille livres. Aujourd'hui, elle atteindrait les deux cent mille livres et ne cesserait de grimper. La municipalité ne peut plus se permettre de payer les taxes particulières qu'elle a établies comme garantie de la dette. Elle se ruinerait.

Guillem repensa à l'éternel débat sur le paiement des intérêts interdits par les chrétiens. L'interdiction légale avait été à nouveau contournée grâce à la création des taxes particulières. Les riches remettaient ainsi de l'argent à la municipalité, qui s'engageait en retour à leur payer un forfait annuel incluant les intérêts prohibés. Ceux-ci pouvaient atteindre jusqu'à un tiers du total prêté. En s'endettant, on ne courait toutefois pas les mêmes risques qu'en pratiquant le commerce... tant que Barcelone pourrait payer.

— Mais dans l'attente de la banqueroute de la principauté, précisa le Sicilien en ramenant le Maure à la réalité, la situation actuelle est exceptionnelle... pour gagner de l'argent.

— En vendant ?

— Essentiellement.

Guillem sentit son interlocuteur mis en confiance.

— On peut aussi acheter, à condition de bien choisir sa monnaie. La parité entre le florin d'or et le croat d'argent est totalement fictive et très éloignée des parités établies sur les marchés étrangers. L'argent sort de Catalogne de façon massive, et le roi s'acharne à soutenir la valeur de son florin d'or. Cette attitude finira par lui coûter très cher.

— À ton avis, pourquoi n'infléchit-il pas sa position ? demanda Guillem avec intérêt. Le roi Pierre s'est toujours comporté comme quelqu'un de sensé...

743

— Par simple calcul politique. Le florin est la monnaie royale. Sa frappe, à l'hôtel de la Monnaie de Montpellier, dépend directement du roi. À l'inverse, le croat est frappé dans des villes comme Barcelone et Valence, par concession royale. Le monarque veut continuer à soutenir la valeur de sa monnaie, même au mépris du bon sens. Et nous n'allons pas nous en plaindre. Le roi a fixé la parité de l'or par rapport à l'argent à treize fois sa valeur sur les autres marchés !

— Et les coffres royaux ?

C'était là où Guillem voulait en venir.

— Treize fois ! railla le Sicilien. Le roi est toujours en guerre contre la Castille, même si la fin est proche. Pierre le Cruel a des problèmes avec ses nobles. Seules les villes sont fidèles à Pierre le Cérémonieux ainsi que, semble-t-il, les juifs. La guerre contre la Castille a ruiné le roi. Il y a quatre ans, les cours de Monzón lui ont accordé une aide de deux cent soixante-dix livres en contrepartie de nouvelles concessions aux nobles et aux villes. Le roi investit cet argent dans la guerre mais il hypothèque l'avenir. À présent, il doit en plus faire face à une nouvelle révolte en Corse... Si tu es en affaires avec la maison royale, oublie.

Guillem avait cessé d'écouter le Sicilien. Il se contentait d'acquiescer et de sourire quand il le fallait. Le roi était ruiné, et Arnau était un de ses principaux créanciers. Quand Guillem avait quitté Barcelone, les prêts à la maison royale dépassaient les dix mille livres. Quel montant représentaient-ils aujourd'hui ? Le roi n'avait même pas dû payer les intérêts des plus petits prêts. « Ils vont l'exécuter. » La sentence de Joan lui revint en mémoire. « Nicolau se servira d'Arnau pour renforcer son pouvoir, lui avait prédit Jucef, le roi ne paie pas le pape, et

Eimeric lui a promis une partie de la fortune d'Arnau. » Le roi Pierre serait-il disposé à devenir le débiteur d'un pape qui venait de favoriser une révolte en Corse au sujet des droits de la Couronne d'Aragon ? Mais comment obtenir que le roi s'oppose à l'Inquisition ?

— Votre proposition nous intéresse.

La voix de l'infant se perdit dans l'immensité du salon de Tinell. Il n'avait que dix-sept ans mais venait de présider, au nom de son père, le Parlement qui devait traiter de la révolution sarde. Guillem observa discrètement l'héritier, assis sur le trône et flanqué de ses conseillers, Juan Fernández de Heredia et Francesc de Perellós, tous deux debout. On le disait faible. Pourtant, deux ans auparavant, il lui avait fallu juger, condamner et faire exécuter celui qui avait été son tuteur depuis sa naissance : Bernat de Cabrera. Après avoir ordonné sa décapitation sur la place du marché de Saragosse, l'infant avait fait envoyer la tête du vicomte à son père, le roi Pierre.

L'après-midi même, Guillem avait pu parler à Francesc de Perellós. Le conseiller l'avait écouté avec attention ; il lui avait ensuite demandé d'attendre derrière une petite porte. Quand, après une longue attente, on l'avait fait entrer, Guillem s'était retrouvé dans le plus imposant salon qu'il eût jamais vu : une pièce aux teintes pâles de plus de trente mètres de long, organisée autour de six longs arcs en diaphragme qui arrivaient presque au sol, des murs dépouillés éclairés par des torches. L'infant et ses conseillers l'attendaient dans le fond du salon de Tinell.

À bonne distance du trône, il avait mis un genou en terre.

— Toutefois, reprit l'infant, n'oubliez pas que nous ne pouvons affronter directement l'Inquisition.

Guillem attendit que Francesc de Perellós, d'un regard complice, lui fasse signe de prendre la parole.

— Vous n'aurez pas à le faire, mon seigneur.

— Qu'il en soit ainsi, conclut alors l'infant, qui se leva et quitta le salon en compagnie de Juan Fernández de Heredia.

— Relevez-vous, dit alors Francesc de Perellós à Guillem. C'est pour quand ?

— Demain, si possible. Au plus tard, après-demain.

— Je préviendrai le viguier.

Guillem quitta le palais entre chien et loup. Il contempla un instant le ciel limpide et expira profondément. Il lui restait encore beaucoup à faire.

L'après-midi même, alors qu'il discutait avec Jacopo le Sicilien, il avait reçu un message de Jucef : « Le conseiller Francesc de Perellós te recevra tout à l'heure au palais, à la fin de la séance du Parlement. » Il savait comment intéresser l'infant ; c'était simple : confier les prêts considérables qui se trouvaient dans les livres d'Arnau à la Couronne pour qu'ils n'échouent pas entre les mains du pape. Mais comment libérer Arnau sans que le duc de Gérone n'ait à affronter l'Inquisition ?

Avant de se rendre au palais, Guillem sortit se promener. Ses pas le menèrent au bureau d'Arnau. Il était fermé ; les employés d'Arnau étaient absents et, probablement pour éviter des ventes frauduleuses, Nicolau Eimeric avait fait emporter les livres. Il contempla Santa Maria, toujours couverte d'échafaudages. Comment était-il possible qu'un homme qui avait tout donné pour cette église soit... ?

Bientôt, il se retrouva sur la plage, devant le consulat de la Mer.

— Comment va ton maître ? entendit-il derrière lui.

Guillem se retourna. Un *bastaix* avec un énorme sac sur le dos lui faisait face. Arnau lui avait autrefois prêté de l'argent, que l'homme avait remboursé petit à petit. Guillem haussa les épaules et fit la grimace. Aussitôt, tous les *bastaixos* qui étaient en train de décharger à la queue leu leu un bateau l'entourèrent.

— Qu'arrive-t-il à Arnau ? Comment peut-il être accusé d'hérésie ?

À celui-là aussi, il avait prêté de l'argent pour la dot d'une de ses filles. Combien d'entre eux avaient fait appel à Arnau ?

— Quand tu le verras, dis-lui bien qu'il y a un cierge allumé pour lui aux pieds de Santa Maria et que nous veillons à ce qu'il ne s'éteigne jamais.

Guillem feignit de ne pas leur prêter attention, mais les *bastaixos* ne le lâchèrent pas de sitôt. Ils lui dirent tout le mal qu'ils pensaient de l'Inquisition avant de retourner à leurs occupations.

Encore sous le coup de sa rencontre avec les *bastaixos*, Guillem se dirigea d'un pas résolu vers le palais.

À présent, il faisait nuit et l'ombre de Santa Maria se découpait derrière lui. Le Maure était à nouveau devant le bureau de change d'Arnau. Il avait besoin de la quittance qu'avait un jour signée le juif Abraham Leví et qu'il avait lui-même cachée derrière une pierre du mur. Bien que la porte fût condamnée, il savait qu'une fenêtre du rez-de-chaussée fermait mal. Guillem scruta les alentours ; apparemment, personne. Arnau n'avait jamais eu connaissance de l'existence de ce document qui, sous l'apparence d'un dépôt effectué par un juif de passage à Barcelone, maquillait les bénéfices acquis par la vente d'esclaves que Guillem et Hasdai lui avaient toujours dissimulée. La fenêtre claqua, rompant le silence nocturne, et Guillem se figea. Il n'était qu'un Maure, un infidèle qui tentait d'entrer, de nuit, dans la maison d'un prisonnier de l'Inquisition. S'il était pris, son statut de converti ne lui serait d'aucune utilité. Mais l'univers tout entier n'était pas suspendu à ses faits et gestes : la mer, le craquement des échafaudages de Santa Maria, des pleurs d'enfants, des cris d'hommes après leur femme... La vie continuait de s'écouler autour de lui.

Il ouvrit la fenêtre et pénétra à l'intérieur de la maison. Arnau avait fait fructifier le dépôt fictif d'Abraham Leví et en avait tiré profit, mais, à chaque opération, il en avait transféré le quart en faveur du juif. Guillem attendit que ses yeux s'habituent à la pénombre et que la lune commence à se montrer. Avant qu'Abraham Leví quitte Barcelone, Hasdai l'avait conduit chez un scribe pour qu'il signe la quittance de la somme déposée ; l'argent devenait donc propriété d'Arnau, même si, dans les livres du cambiste, figurait toujours le nom du juif, dont l'avoir avait grossi au fil des ans.

Guillem s'agenouilla devant le mur, près de la deuxième pierre, dans l'angle. Il se mit à la forcer. Il n'avait jamais trouvé le bon moment pour avouer à Arnau cette affaire qu'il avait réalisée à son insu mais en son nom, et le dépôt d'Abraham Leví avait continué de générer de l'argent. La pierre résistait. « Ne te soucie pas de cela, se souvenait-il avoir entendu une fois Hasdai tranquilliser Arnau, alors que ce dernier évoquait le juif, j'ai des assurances pour que nous poursuivions ainsi. Ne t'inquiète pas. » Hasdai avait regardé Guillem. Le Maure avait haussé les épaules et poussé un soupir pour seule réponse. La pierre commençait à céder. Arnau n'aurait jamais admis de travailler avec de l'argent provenant de la vente d'esclaves. La pierre céda enfin et Guillem retrouva le document, soigneusement enveloppé dans un tissu. Il n'avait pas besoin de le lire ; il savait ce qu'il disait. Il replaça la pierre et se posta près de la fenêtre. Tout paraissait paisible ; il quitta le bureau de change d'Arnau.

55.

Les soldats de l'Inquisition entrèrent dans le cachot pour venir le chercher ; deux d'entre eux le saisirent sous les bras et entreprirent de le soulever. Arnau trébucha et tomba à terre. Les marches qui menaient au rez-de-chaussée lui meurtrirent les chevilles, et il se laissa traîner le long des couloirs du palais épiscopal. Il n'avait pas dormi. Il ne prêta même pas attention aux moines et aux prêtres qui regardaient l'escorte le ramener devant Nicolau Eimeric. Comment Joan avait-il pu le dénoncer ?

Dans sa geôle, Arnau n'avait cessé de pleurer, de crier, de se frapper violemment la tête contre les murs. Pourquoi, Joan ? Et si Joan l'avait dénoncé, que venait faire Aledis dans tout cela ? Et la vieille prisonnière ? Aledis avait des raisons de le haïr : il l'avait abandonnée et l'avait fuie. Était-elle de mèche avec Joan ? Était-il vraiment allé chercher Mar ? Et, si c'était le cas, pourquoi n'était-il pas revenu le voir ? Était-il si difficile d'acheter un simple geôlier ?

Francesca l'avait entendu sangloter et gémir. Devant les cris de son fils, son corps s'était recroquevillé davantage. Elle aurait tant voulu le regarder et le consoler, lui mentir au besoin, mais le consoler.

« Tu ne le supporterais pas », avait-elle prévenu Aledis. Mais elle ? Pourrait-elle supporter encore longtemps cette situation ? Arnau souffrait et Francesca s'était blottie contre le mur glacial.

Les portes s'ouvrirent ; Arnau fut introduit dans la salle. Les membres du tribunal étaient déjà là. Les soldats traînèrent le prisonnier jusqu'au centre de la pièce, où ils le lâchèrent ; Arnau tomba à genoux, tête basse. Il entendit Nicolau rompre le silence, mais fut incapable de comprendre ses paroles. Que lui importait ce que pouvait lui faire l'inquisiteur, alors que son propre frère l'avait condamné ? Il n'avait plus personne. Il n'avait plus rien.

« Ne te fais pas d'illusions, lui avait dit le gardien quand il lui avait promis une petite fortune, tu n'as plus d'argent. » L'argent ! L'argent avait été la raison pour laquelle le roi l'avait marié avec Elionor ; l'argent avait dicté la démarche de son épouse, qui avait provoqué sa détention. L'argent avait-il pu aussi motiver Joan ?...

— Allez chercher sa mère !

En entendant cet ordre, Arnau se ressaisit.

Au même moment, Aledis et Joan, ce dernier un peu à l'écart des deux femmes, se trouvaient sur la plaza Nova, devant le palais de l'évêque. « La cour de l'infant Jean recevra mon maître cet après-midi », s'était contenté de leur apprendre, la veille, un des esclaves de Guillem. Le matin même, à l'aube, l'esclave s'était de nouveau présenté devant eux pour leur dire que son maître souhaitait qu'ils se rendent plaza Nova.

Ils étaient donc là, tous les trois, à s'interroger sur l'étrange demande de Guillem.

Arnau entendit les portes de la salle s'ouvrir derrière lui. Les soldats entrèrent et vinrent jusqu'à sa hauteur, puis retournèrent se poster à l'entrée.

Il sentit sa présence. Il remarqua ses pieds nus, vieux, sales et couverts de plaies, en sang. Nicolau et l'évêque sourirent en voyant Arnau fixer les pieds de sa mère. Il tourna la tête vers elle. Bien qu'il fût encore à genoux, la vieille femme n'était pas plus grande que lui ; tout en elle semblait flétri. L'emprisonnement avait profondément marqué Francesca : ses rares cheveux gris se dressaient sur sa tête ; son visage n'était plus que chair flasque. Son regard était rivé sur le tribunal. Arnau ne parvenait pas à distinguer ses yeux, enfoncés dans des orbites violacées.

— Francesca Esteve, dit Nicolau, prêtes-tu serment sur les quatre Évangiles ?

La voix de la prisonnière, dure et ferme, surprit l'auditoire.

— Oui, répondit-elle, mais vous faites erreur. Je ne m'appelle pas Francesca Esteve.

— Comment, alors ?

— Mon nom est bien Francesca, mais Ribes, pas Esteve. Francesca Ribes, affirma-t-elle d'une voix forte.

— Devons-nous te rappeler que tu viens de prêter serment ? intervint l'évêque.

— Je dis la vérité. Je m'appelle Francesca Ribes.

— N'es-tu pas la fille de Pere et de Francesca Esteve ? reprit Nicolau.

— Je n'ai pas connu mes parents.

— N'as-tu pas épousé Bernat Estanyol sur le domaine de Navarcles ?

Arnau se redressa. Bernat Estanyol ?

— Je ne suis jamais allée à cet endroit et ne me suis jamais mariée.

— N'as-tu pas eu un fils nommé Arnau Estanyol ?

752

— Je ne connais aucun Arnau Estanyol.

Arnau se tourna vers elle.

Nicolau Eimeric et Berenguer d'Erill chuchotèrent entre eux. Puis l'inquisiteur s'adressa au notaire.

— Écoute, ordonna-t-il à Francesca.

— Déclaration de Jaume de Bellera, seigneur de Navarcles..., commença à lire le notaire.

Au nom de Bellera, Arnau pinça les lèvres. Son père lui avait parlé de lui. Il écouta avec curiosité l'histoire supposée de sa vie, que son père, mort trop tôt, ne lui avait jamais racontée. La convocation de sa mère au château pour nourrir le nouveau-né de Llhorenç de Bellera. Une sorcière ? Le notaire lisait la version de Jaume de Bellera qui prétendait que Francesca avait fui quand son enfant avait commencé à subir les premières attaques du mal du diable.

— Ensuite, poursuivit le notaire, le père d'Arnau Estanyol, Bernat, profitant d'un moment d'inattention de la garde, le délivra après avoir assassiné un garçon innocent. Tous deux abandonnèrent leurs terres et s'enfuirent pour Barcelone, où ils furent recueillis par la famille du commerçant Grau Puig. Le dénonciateur a la preuve que la sorcière est devenue une femme publique. Arnau Estanyol est le fils d'une sorcière et d'un meurtrier, conclut-il.

— Qu'as-tu à dire à cela ? demanda Nicolau à Francesca.

— Vous vous êtes trompés de prostituée, répondit froidement la vieille femme.

— Toi, s'écria l'évêque en pointant le doigt sur elle, femme publique ! Tu oses mettre en doute une affirmation de l'Inquisition ?

— Je ne devrais pas me trouver ici en tant que prostituée, ni pouvoir être jugée comme telle. Seul Dieu jugera les prostituées, a écrit saint Augustin.

L'évêque rougit.

— Comment as-tu l'audace de citer saint Augustin ? Comment... ?

Berenguer d'Erill s'époumonait toujours, mais Arnau ne l'entendait plus. Saint Augustin avait écrit que c'était Dieu qui jugerait les prostituées. Saint Augustin... Des années plus tôt... dans une auberge de Figueras, il avait entendu une femme publique prononcer ces mêmes paroles... Ne s'appelait-elle pas Francesca ? Comment était-ce possible ?

Arnau tourna la tête vers Francesca : il l'avait croisée deux fois dans sa vie, à deux moments cruciaux. Tous les membres du tribunal remarquèrent son attitude.

— Regarde ton fils ! hurla Eimeric. Nies-tu encore être sa mère ?

Arnau et Francesca entendirent la phrase résonner contre les murs de la salle ; lui, prostré, le regard tourné vers la vieille détenue ; elle, les yeux droit devant elle, fixés sur l'inquisiteur.

— Regarde-le ! hurla une nouvelle fois Nicolau en désignant Arnau.

Face à ce doigt accusateur et haineux, un léger frisson parcourut le corps de Francesca. Seul Arnau, à ses côtés, s'aperçut que la vieille peau de son cou tremblait imperceptiblement. Francesca ne quittait pas l'inquisiteur des yeux.

— Tu avoueras, affirma Nicolau. Je te promets que tu avoueras.

— *Via fora !*

Le cri troubla la tranquillité de la plaza Nova. Un garçon la traversa à grandes enjambées en répétant l'appel aux armes :

— *Via fora ! Via fora !* Aledis et Mar se regardèrent, puis interrogèrent Joan.

— Les cloches ne sonnent pas, répondit-il en haussant les épaules.

Santa Maria n'était pas encore pourvue de cloches.

Pourtant, le « *Via fora !* » avait déjà fait le tour de la ville et la foule, étonnée, se rassemblait plaza del Blat dans l'attente d'y voir l'étendard de Sant Jordi, près de la pierre centrale. Au lieu de quoi deux *bastaixos* armés d'arbalètes dirigeaient les gens vers Santa Maria.

La Vierge de la Mer les attendait sur la plaza de Santa Maria, sous dais, portée par les *bastaixos*. Sous l'étendard de la Vierge, les dirigeants de la confrérie accueillaient la multitude qui arrivait par la calle del Mar. L'un d'eux portait la clé de la Sagrada Urna autour du cou. La foule, de plus en plus nombreuse, se massait autour de la Vierge. À l'écart, devant la porte du bureau de change d'Arnau, Guillem observait et écoutait avec attention.

— L'Inquisition a enlevé un citoyen, le consul de la Mer de Barcelone, expliquaient les dirigeants de la confrérie.

— Mais l'Inquisition...

— L'Inquisition ne dépend pas de notre ville, pas même du roi. Elle n'obéit pas aux ordres du conseil des Cent, ni au viguier, ni au bailli. Elle ne nomme pas ses membres. C'est le pape qui les désigne, un pape étranger intéressé seulement par l'argent de nos citoyens. Comment peuvent-ils accuser d'hérésie un homme qui s'est dépensé sans compter pour la Vierge de la Mer ?

— Tout ce qu'ils veulent, c'est l'argent de notre consul ! lança quelqu'un dans l'assistance.

— Ils mentent pour nous prendre notre argent !

— Ils détestent le peuple catalan, affirma un autre dirigeant.

La foule se transmettait les informations. Les cris commençaient à gagner la calle del Mar.

Guillem vit les dirigeants des *bastaixos* donner des explications à ceux des autres confréries. Qui ne craignait pas pour son argent ? Même si l'Inquisition était redoutée de tous. L'accusation à l'encontre d'Arnau était tellement absurde...

— Nous devons défendre nos privilèges, déclara un homme qui venait de parlementer avec les *bastaixos*.

Le peuple s'échauffait. Par-dessus les têtes, on agitait épées, poignards et arbalètes au cri du « *Via fora !* ».

Le bruit devint assourdissant. Guillem vit arriver des conseillers de la ville, et il s'approcha immédiatement du groupe qui discutait devant le char de la Vierge.

— Et les soldats du roi ? interrogeait un homme.

Le dirigeant répéta mot pour mot ce que Guillem lui avait dit :

— Allons plaza del Blat et voyons ce que fait le viguier.

Guillem s'éloigna. Pendant un court instant, il fixa la petite statue en pierre qui reposait sur les épaules des *bastaixos*. « Aide-le », pria-t-il en silence.

Le cortège se mit en marche.

— Tous plaza del Blat ! clamait la foule.

Guillem se joignit au flot, qui envahit la calle del Mar et se retrouva rapidement sur la place, devant le palais du viguier. Le véritable objectif de l'*host* barcelonais était en réalité de tester l'attitude du viguier, mais peu de gens le savaient. C'est pourquoi, tandis que sous les acclamations de la population la Vierge était conduite jusqu'à la place des étendards de Sant Jordi et de la ville, l'*host* n'eut aucun mal à progresser en direction du palais.

Au centre de la place, près de la Vierge et de l'étendard des *bastaixos*, dirigeants et conseillers avaient tourné leurs regards vers le palais. Les gens commençaient à comprendre. Le silence se fit. Tous firent de même. Guillem sentit la tension monter d'un cran. L'infant tiendrait-il sa promesse ? Les soldats s'étaient interposés entre la foule et le palais, leurs épées dégainées. Le viguier se montra à une fenêtre, observa la marée humaine réunie à ses pieds et disparut. Quelques minutes plus tard, un officier du roi se présenta sur la place ; des milliers de regards, dont celui de Guillem, convergèrent vers lui.

— Le roi ne peut pas intervenir dans les affaires de Barcelone, s'écria-t-il. La convocation de l'*host* est du ressort de la ville.

Immédiatement, il donna l'ordre aux soldats de se retirer.

Les gardes défilèrent devant le palais et s'éclipsèrent par l'ancienne porte de la ville. Avant qu'ils aient tout à fait disparu, un « *Via fora !* » rompit le silence et fit trembler Guillem.

Nicolau Eimeric était sur le point d'ordonner aux gardes de conduire Francesca à la torture quand les cloches se mirent à retentir. D'abord Sant Jaume, l'appel à l'*host*, puis toutes les églises de la ville. La plupart des prêtres de Barcelone étaient, en effet, de fervents adeptes des doctrines de Ramon Llull, objet de l'aversion d'Eimeric, et ils ne voyaient pas d'un mauvais œil la leçon que la ville entendait donner à l'Inquisition.

— L'*host* ? demanda l'inquisiteur à Berenguer d'Erill.

L'évêque fit signe qu'il ne comprenait pas ce qu'il se passait.

La Vierge de la Mer trônait toujours au centre de

la plaza del Blat, dans l'attente que les étendards des autres confréries viennent rejoindre celui des *bastaixos*. Cependant, la foule commençait à se diriger vers le palais de l'évêque.

Aledis, Mar et Joan l'entendirent approcher avant que le « *Via fora !* » retentisse sur la plaza Nova.

Nicolau Eimeric et Berenguer d'Erill ouvrirent une des fenêtres de la salle du tribunal et découvrirent alors la foule qui hurlait et pointait ses armes en direction du palais. Le grondement s'amplifia quand quelqu'un reconnut les deux prévôts.

— Que se passe-t-il ? demanda Nicolau à l'officier en effectuant un pas de retrait.

— Barcelone vient libérer son consul de la Mer ! répondit, exalté, un garçon à Joan, qui venait de poser la même question.

Aledis et Mar fermèrent les yeux et pincèrent les lèvres. Puis elles se prirent la main et clouèrent leur regard embué de larmes sur la fenêtre restée entrebâillée.

— Cours chercher le viguier ! ordonna Nicolau à l'officier.

Alors que plus personne ne faisait attention à lui, Arnau se releva et saisit le bras de Francesca.

— Pourquoi as-tu tremblé ? chuchota-t-il.

La vieille prostituée parvint à contenir ses larmes, mais elle ne put empêcher ses lèvres de se contracter en une grimace douloureuse.

— Oublie-moi, murmura-t-elle d'une voix émue.

La clameur coupa court à toutes les conversations et spéculations. L'*host* tout entier se rapprochait de la plaza Nova. Il franchit l'ancienne porte de la ville, passa près du palais du viguier, qui ne manqua pas d'observer le spectacle depuis ses fenêtres, remonta la calle de los Seders jusqu'à la calle de la Boquería et, de là, face à l'église Sant Jaume, dont les cloches carillonnaient toujours, il prit la calle del Bisbe jusqu'au palais.

Mar et Aledis, qui se serraient la main à s'en faire mal, s'avancèrent jusqu'à l'orée de la rue. Les gens se plaquaient contre les murs pour laisser passer l'*host* ; d'abord l'étendard des *bastaixos* et ses dirigeants, puis la Vierge, sous dais, et derrière, dans une profusion de couleurs, les étendards de toutes les confréries de la ville.

Le viguier refusa de recevoir l'officier de l'Inquisition.

— Le roi ne peut intervenir dans les affaires de l'*host* de Barcelone.

— Ils vont prendre d'assaut le palais de l'évêque ! gémit l'émissaire de Nicolau Eimeric, haletant.

L'autre haussa les épaules. « Et cette épée, tu t'en sers pour torturer ? » faillit-il lui répondre. L'officier de l'Inquisition saisit l'allusion et les deux hommes se toisèrent en silence.

— J'aimerais bien la voir se mesurer à une épée castillane ou à un cimeterre maure, déclara finalement le soldat du viguier en désignant l'arme, avant de cracher aux pieds de l'officier de l'Inquisition.

Au même moment, la Vierge arrivait devant le palais de l'évêque et elle dansait au rythme des cris de l'*host*, sur les épaules des *bastaixos*, au diapason de la population enflammée de Barcelone.

Une pierre fut lancée contre les vitres épaisses du palais.

Bientôt suivie d'une autre, puis d'une autre encore.

Nicolau Eimeric et Berenguer d'Erill s'écartèrent des fenêtres. Arnau attendait toujours une réponse de Francesca. Tous deux demeuraient immobiles.

Plusieurs personnes frappèrent aux portes du

palais. Un garçon se lança à l'assaut de l'un des murs, son arbalète à l'épaule. La foule l'acclama. D'autres lui emboîtèrent le pas.

— Arrêtez ! s'écria un des conseillers en essayant de contenir le tumulte. Arrêtez ! Personne n'agit sans le consentement de la ville !

La foule se calma.

— Personne n'agit sans le consentement des conseillers et des dirigeants de Barcelone ! répéta-t-il.

Le message se mit à courir à travers la place. La Vierge cessa de danser, le silence s'installa peu à peu et tout le monde observa les six hommes qui avaient escaladé la façade du palais ; le premier avait déjà atteint le carreau brisé de la salle du tribunal.

— Descendez !

Les cinq conseillers de la ville et le dirigeant des *bastaixos*, qui portait la clé de la Sagrada Urna autour du cou, frappèrent à la porte du palais.

— Ouvrez à l'*host* de Barcelone !

— Ouvrez !

De son côté, l'officier de l'Inquisition tambourinait aux portes du *barrio* juif, fermées au passage de l'*host*.

— Ouvrez à l'Inquisition !

Toutes les rues qui menaient au palais de l'évêque étaient noires de monde. Le seul moyen d'y accéder demeurait le *barrio* juif voisin. En l'empruntant, il pourrait au moins parvenir à transmettre le message suivant : le viguier n'interviendrait pas.

Nicolau et Berenguer apprirent la nouvelle dans la salle même du tribunal : les troupes du roi ne viendraient pas les défendre et les conseillers menaçaient de donner l'assaut si on ne les laissait pas entrer.

— Que veulent-ils ?

L'officier regarda Arnau.

— Délivrer le consul de la Mer.

Nicolau s'approcha si près d'Arnau que leurs visages faillirent se toucher.

— Comment osent-ils ? cracha l'inquisiteur avant de faire demi-tour et de revenir s'asseoir à la table du tribunal, Berenguer sur ses talons. Laissez-les entrer, ordonna-t-il finalement.

Délivrer le consul de la Mer... Arnau se redressa autant que ses maigres forces le lui permettaient. Depuis que son fils lui avait parlé, Francesca était perdue. « Le consul de la Mer, c'est moi », défia-t-il du regard Nicolau.

Les cinq conseillers et le dirigeant des *bastaixos* firent irruption dans la pièce. À leur suite, Guillem, qui avait obtenu la permission de les accompagner, s'efforçait de passer inaperçu.

Tandis que les six autres, armés, se plantaient devant Nicolau, Guillem resta près de la porte. Un conseiller fit un pas en avant.

— Qu'est-ce que cela... ? commença le grand inquisiteur.

— L'*host* de Barcelone vous ordonne de lui remettre Arnau Estanyol, consul de la Mer, intervint celui qui s'était avancé, d'une voix tranchante.

— Vous osez donner des ordres à l'Inquisition ?

Le conseiller soutint son regard.

— Pour la deuxième fois, l'*host* vous ordonne de lui remettre le consul de la Mer de Barcelone.

Nicolau hésita et chercha le soutien de l'évêque.

— Ils vont donner l'assaut, chuchota ce dernier.

— Ils n'oseront pas, murmura Nicolau. C'est un hérétique ! rugit-il.

— Ne devriez-vous pas d'abord le juger ? entendit-on s'interroger parmi le groupe des conseillers.

Nicolau les regarda de ses yeux perçants.

— C'est un hérétique, insista-t-il.

— Pour la troisième et dernière fois, remettez-nous le consul de la Mer.

— Que voulez-vous dire par « dernière fois » ? intervint Berenguer d'Erill.

— Regardez dehors si vous voulez le savoir.

— Arrêtez-les ! hurla l'inquisiteur avec de grands gestes à l'attention des soldats postés à la porte.

Guillem s'écarta de l'endroit où il se trouvait. Aucun des conseillers ne bougea. Certains soldats firent mine de saisir leur arme, mais l'officier qui les commandait les arrêta d'un geste.

— Arrêtez-les ! répéta Nicolau.

— Ils sont venus négocier, s'opposa l'officier.

— Comment oses-tu… ? commença à vociférer Nicolau, qui s'était levé.

L'officier le coupa.

— Dites-moi comment vous voulez que je défende ce palais et, après, je les arrêterai. Le roi ne viendra pas nous aider.

L'officier fit un geste en direction de la place, d'où l'on entendait monter la rumeur de la foule. Puis il chercha du regard le soutien de l'évêque.

— Vous pouvez emmener votre consul de la Mer, déclara Berenguer. Il est libre.

Nicolau s'empourpra.

— Quoi ? s'exclama-t-il en attrapant le bras du prélat.

Berenguer d'Erill se dégagea violemment.

— Vous n'avez pas l'autorité nécessaire pour nous remettre Arnau Estanyol, expliqua le conseiller en s'adressant à l'évêque. Nicolau Eimeric, reprit-il, l'*host* de Barcelone vous a laissé trois chances. Remettez-nous le consul de la Mer ou vous en subirez les conséquences.

En écho aux paroles du conseiller, une pierre vola à travers la pièce et vint s'écraser au pied de la grande table où siégeaient les membres du tribunal ; les dominicains bondirent de leurs chaises. Les clameurs s'élevaient de la plaza Nova. Une autre pierre fut lancée ; le notaire se leva, réunit ses dossiers et se réfugia à l'autre bout de la pièce. Les frères noirs voulurent faire de même, mais un geste de l'inquisiteur les en empêcha.

— Êtes-vous fou ? chuchota l'évêque.

Le regard de Nicolau scruta une à une chacune des personnes présentes dans la salle avant de s'arrêter sur Arnau ; il souriait.

— Hérétique ! hurla-t-il.

— Cela suffit, déclara le conseiller en faisant demi-tour.

— Emmenez-le ! insista l'évêque.

— Nous sommes seulement venus négocier, allégua le conseiller en haussant le ton pour couvrir le brouhaha venu de la place. Si l'Inquisition ne se plie pas aux exigences de la ville et ne libère pas le prisonnier, ce sera à l'*host* de le faire. C'est la loi.

Seul contre tous, debout, les yeux exorbités, injectés de sang, Nicolau tremblait. Deux nouvelles pierres volèrent contre les murs du tribunal.

— Ils vont donner l'assaut, assura l'évêque à l'inquisiteur, sans se soucier cette fois que ses paroles soient entendues. Que vous importe ! Vous avez sa déposition et ses biens. Déclarez-le hérétique, il sera condamné à fuir toute sa vie.

Les conseillers et le dirigeant des *bastaixos* avaient atteint les portes de la salle. Les soldats s'écartèrent pour les laisser passer. La peur se lisait sur leurs visages. Seul Guillem prêtait attention à la conversation entre les deux prélats. Arnau, toujours au centre de la pièce au côté de Francesca, défiait Nicolau, qui refusait de le regarder.

— Emmenez-le ! céda finalement le grand inquisiteur.

Quand les conseillers apparurent avec Arnau à la porte du palais, la foule entière, depuis la place jusqu'aux rues adjacentes, laissa éclater sa joie. Derrière eux, Francesca chancelait ; Arnau l'avait saisie par le bras et entraînée hors du tribunal : personne n'avait fait attention à elle. Toutefois, arrivé à la porte de la salle, il l'avait lâchée et s'était immobilisé. Les conseillers avaient exhorté Arnau à avancer. Debout derrière le grand bureau, Nicolau l'observait, insensible à la pluie de pierres qui entrait par la fenêtre. L'une d'elles l'avait atteint au bras, mais l'inquisiteur n'avait pas bougé. Les autres membres du tribunal s'étaient réfugiés loin du mur où se concentrait la colère de l'*host*.

Malgré les protestations des conseillers qui le pressaient, Arnau s'était arrêté près des soldats.

— Guillem...

Le Maure s'était avancé vers lui, l'avait empoigné aux épaules et embrassé.

— Va, Arnau, suis-les. Dehors, Mar et ton frère t'attendent. J'ai encore des choses à faire ici. Je vous rejoindrai ensuite.

Les conseillers eurent beau tout faire pour protéger le consul de la Mer, la foule se jeta sur lui dès qu'il apparut sur la place ; on voulait l'embrasser, le toucher, le remercier. Des visages souriants tournoyaient interminablement devant lui. Personne ne voulait laisser passer les conseillers. Tout le monde exultait.

Les assauts répétés de la foule obligeaient le

groupe des cinq conseillers de la ville et du dirigeant des *bastaixos*, au centre duquel se trouvait Arnau, à tanguer d'un côté et de l'autre. Les clameurs pénétraient au plus profond du cœur du consul de la Mer. Les visages succédaient aux visages. Il sentit ses jambes fléchir et tenta de regarder par-dessus les têtes qui le cernaient, mais il ne vit qu'une infinité d'arbalètes, d'épées et de poignards brandis en direction du ciel, qui montaient et descendaient au rythme de l'*host*, encore et encore... Il chercha appui sur les conseillers et, au moment où il se sentait tomber, une petite statue en pierre apparut à son regard au milieu de toutes ces armes, dansant comme elles.

Guillem était revenu et sa Vierge lui souriait de nouveau. Arnau ferma les yeux et se laissa porter.

Même en jouant des coudes, ni Mar, ni Aledis, ni Joan ne réussirent à s'approcher d'Arnau. Ils le virent s'éloigner, soutenu par les conseillers, tandis que la Vierge de la Mer et les étendards regagnaient lentement la plaza del Blat. Au milieu de la foule, Jaume de Bellera et Genís Puig assistaient également à la scène. Ils avaient uni malgré eux leurs épées au millier d'armes pointées vers le palais épiscopal et s'étaient vus contraints de se joindre aux cris même si, en leur for intérieur, ils priaient pour que Nicolau résiste et que le roi, revoyant sa position, vienne au secours du Saint-Office. Comment était-il possible que ce roi, pour qui ils avaient tant de fois risqué leur vie, n'intervienne pas ?...

Quand il vit Arnau libre, Genís Puig se mit à agiter son épée en l'air et à hurler comme un possédé. Le seigneur de Navarcles connaissait ce cri. C'était celui que poussait le gentilhomme chaque fois qu'il se lançait à l'attaque, au galop, l'épée tournoyant au-dessus de la tête. L'arme de Genís heurta les arbalètes et les fers des hommes qui les entouraient. Les gens s'écartèrent, et Genís Puig avança jusqu'au petit cortège qui était sur le point de quitter la plaza Nova par la calle del Bisbe. Prétendait-il affronter à lui tout seul l'*host* de Barcelone ? Il serait tué. Lui d'abord, ensuite...

Jaume de Bellera se jeta sur son ami et l'obligea à baisser son arme. On les regarda avec étonnement, mais la foule se dirigeait déjà vers la calle del Bisbe. L'espace qui s'était formé autour d'eux se referma dès que Genís arrêta de hurler et d'agiter son épée. Le seigneur de Bellera l'entraîna rapidement à l'écart.

— Êtes-vous devenu fou ?

— Ils l'ont délivré... Il est libre !

Genís ne pouvait détacher les yeux des étendards qui descendaient à présent la calle del Bisbe. Jaume de Bellera le força à le regarder.

— Que prétendez-vous faire ?

Genís Puig se tourna de nouveau vers les étendards et tenta de se dégager.

— Vengeance !

— Pas de cette façon, s'opposa le seigneur de Bellera, pas de cette façon.

Et il le secoua de toutes ses forces.

— Nous trouverons un autre moyen...

Genís le regarda dans les yeux. Ses lèvres tremblaient.

— Vous me le jurez ?

— Sur l'honneur.

À mesure que l'*host* quittait la plaza Nova, le silence envahit la salle du tribunal. Quand les cris de victoire du dernier citoyen s'évanouirent dans la calle del Bisbe, on n'entendit plus que la respiration saccadée de l'inquisiteur. Personne n'avait bougé. Les soldats demeuraient au garde-à-vous, attentifs à ce que leurs armes et équipements ne se touchent pas. Nicolau dévisagea une à une toutes les personnes présentes. Inutile de parler. « Traître », accusait-il du regard Berenguer d'Erill, « lâches », reprochait-il aux autres. C'est en dirigeant son attention vers les gardes qu'il découvrit la présence de Guillem.

— Que fait ici cet infidèle ? tonna-t-il. Un tel affront est-il tolérable ?

L'officier ne sut que répondre ; Guillem était entré avec les conseillers et, suspendu qu'il était à la décision de l'inquisiteur, il n'avait pas, alors, remarqué sa présence. De son côté, Guillem fut sur le point de contester son statut d'infidèle et de clamer son nom chrétien de baptême, mais il n'en était nullement besoin : en dépit des efforts du grand inquisiteur, le Saint-Office n'avait aucune compétence sur les juifs et sur les Maures. Nicolau ne pouvait pas l'arrêter.

— Je m'appelle Sahat de Pise, déclara Guillem d'une voix forte, et je voudrais vous parler.

— Je n'ai rien à apprendre d'un infidèle. Expulsez-moi ce...

— Ce que j'ai à vous dire vous intéressera, je crois.

— Peu m'importe ce que tu crois.

Nicolau fit un geste en direction de l'officier, qui dégaina son épée.

— Cela vous intéressera peut-être d'apprendre qu'Arnau Estanyol est *abatut*, insista Guillem qui avait commencé à reculer devant la menace. Vous n'obtiendrez pas un sou de sa fortune.

Nicolau soupira et leva les yeux au plafond. Sans

qu'on lui en ait donné l'ordre, l'officier rengaina son épée.

— Explique-toi, infidèle, céda finalement l'inquisiteur.

— Vous avez en votre possession les livres de comptes d'Arnau Estanyol. Examinez-les.

— Crois-tu que nous ne l'avons pas déjà fait ?

— Les dettes du roi, vous l'ignorez peut-être, ont été effacées.

Guillem en personne avait pu signer la quittance qu'il avait remise à Francesc de Perellós. Arnau n'avait jamais révoqué ses pouvoirs, comme le Maure s'en était rendu compte en consultant les livres de la magistrature municipale des changes.

Nicolau s'était figé. Dans la salle, tout le monde pensait la même chose : voilà pourquoi le viguier n'est pas intervenu.

Quelques instants s'écoulèrent, durant lesquels Guillem et Nicolau s'affrontèrent du regard. Guillem savait très bien ce à quoi songeait à ce moment précis l'inquisiteur : « Que diras-tu à ton pape ? Comment vas-tu lui payer ce que tu lui as promis ? Le courrier est déjà parti et il n'y a aucun moyen de l'arrêter. Que lui diras-tu ? Son appui t'est indispensable face à ce roi à qui tu t'es toujours opposé. »

— Et qu'as-tu à voir là-dedans, toi ? demanda finalement Nicolau.

— Je peux vous l'expliquer... en privé, exigea Guillem.

— La ville se soulève contre l'Inquisition, et maintenant un vulgaire infidèle souhaite une audience privée !

« Que diras-tu à ton pape ? l'interrogea du regard Guillem. Désires-tu vraiment que tout Barcelone soit mis au courant de tes manigances ? »

— Fouillez-le, ordonna l'inquisiteur à l'officier,

vérifiez qu'il ne porte pas d'arme et accompagnez-le dans l'antichambre de mon bureau. Attendez-moi là-bas.

Surveillé par l'officier et deux soldats, Guillem attendit debout dans l'antichambre de l'inquisiteur. Il n'avait jamais osé avouer à Arnau l'origine de sa fortune. À présent que les dettes du roi étaient épongées, en réquisitionnant la fortune d'Arnau, l'Inquisition s'appropriait aussi ses dettes. Seul Guillem savait que les mises en faveur d'Abraham Leví étaient fausses ; sans la quittance signée à l'époque par le juif, le patrimoine d'Arnau n'existait pas.

56.

Dès qu'elle se retrouva sur la plaza Nova, Francesca s'écarta de la porte du palais et se plaqua contre le mur. De là, elle vit la foule s'élancer vers Arnau et les conseillers tenter en vain de maintenir le cordon protecteur qu'ils avaient établi autour de lui. « Regarde ton fils ! » Le souvenir de la phrase de Nicolau assourdit les cris de l'*host*. « Ne voulais-tu pas que je le regarde, inquisiteur ? Et après ? Il t'a vaincu. » Quand Arnau s'éloigna, Francesca se redressa pour l'apercevoir encore, mais bientôt il disparut pour de bon de son champ de vision, qui se réduisit à un océan de têtes, d'armes, d'étendards sur lequel tanguait de tous côtés la petite Vierge violemment secouée.

Peu à peu, sans cesser de crier et de brandir ses armes, l'*host* s'écoula par la calle del Bisbe. Francesca demeura où elle était. Elle avait besoin d'un endroit contre lequel s'adosser ; ses jambes ne la portaient plus. La place commença à se vider. C'est alors qu'elles s'aperçurent, toutes deux. Aledis n'avait pas voulu suivre Mar et Joan : il était impossible que Francesca soit avec les conseillers. Une femme de son âge... Et elle était là, contre ce mur, le seul point d'appui qu'elle avait réussi à trouver, petite, recroquevillée, sans défense ! Aledis sentit sa gorge se serrer.

Elle se mit à courir à sa rencontre au moment même où les soldats de l'Inquisition, à présent que l'*host* s'éloignait, osaient ressortir du palais. Francesca se trouvait tout près de l'entrée.

— Sorcière ! cracha le premier soldat.

Aledis s'arrêta net, à deux pas de Francesca et des gardes.

— Laissez-la ! cria-t-elle.

Plusieurs soldats étaient sortis à présent.

— Laissez-la ou je les appelle, menaça-t-elle en pointant du doigt les dernières épées qui s'éloignaient dans la calle del Bisbe.

Les soldats se tournèrent dans la direction qu'elle indiquait ; l'un d'eux, pourtant, dégaina son épée.

— Le grand inquisiteur approuvera la mort d'une sorcière, dit-il.

Francesca n'eut même pas un regard pour les gardes. Elle fixait Aledis. Combien d'années avaient-elles passées ensemble ? Combien de souffrances avaient-elles endurées ?

— Laissez-la, bande de chiens ! hurla Aledis, qui reculait pourtant, le doigt toujours pointé vers l'*host*.

Elle aurait voulu courir jusqu'à eux, mais le soldat avait levé son arme sur Francesca. La lame de son épée était aussi grande qu'elle.

— Laissez-la, supplia-t-elle.

Francesca vit Aledis porter les mains à son visage et tomber à genoux. Elle l'avait recueillie à Figueras et depuis... Mourrait-elle sans l'embrasser ?

Au moment où le soldat se dressait sur la pointe des pieds pour accomplir son geste, les yeux de Francesca le transpercèrent.

— Les sorcières ne meurent pas par l'épée, affirma-t-elle d'une voix sereine.

L'arme trembla entre les mains du garde. Que disait cette femme ?

— Seulement par le feu.

Était-ce vrai ? Le soldat chercha du regard une confirmation de la part de ses compagnons, mais ceux-ci avaient commencé à faire marche arrière.

— Si tu me tues avec ton épée, je vous persécuterai toute votre vie, tous !

Aucun d'eux n'aurait pu imaginer que de ce corps détruit puisse surgir encore le moindre son. Aledis releva la tête.

— Je vous persécuterai, vous, murmura Francesca, vos femmes, vos enfants, les enfants de vos enfants, ainsi que leurs femmes. Je vous maudis !

Pour la première fois depuis qu'elle avait quitté le palais, Francesca ne ressentait plus le besoin de se soutenir au mur. Les autres soldats s'étaient réfugiés à l'intérieur ; seul l'homme à l'épée restait encore là.

— Je te maudis, siffla-t-elle en pointant son doigt sur lui. Tue-moi, et ton cadavre ne trouvera jamais le repos. Je me changerai en ver et je dévorerai tes organes. Je m'emparerai de tes yeux pour l'éternité.

Tandis que Francesca continuait de menacer le soldat, Aledis s'était levée et avancée vers elle. Elle passa son bras autour de ses épaules et commença à l'entraîner.

— Tes enfants auront la lèpre...

Toutes deux passèrent sous l'épée du garde.

— Ta femme deviendra la catin du diable...

Elles lui tournèrent le dos. Le soldat demeura un moment l'épée en l'air avant de la reposer et d'observer, tétanisé, les deux silhouettes qui traversaient lentement la place.

— Allons-nous-en d'ici, ma fille, demanda Francesca dès qu'elles eurent atteint la calle del Bisbe, à présent déserte.

Aledis trembla.

— Je dois passer à l'hôtel...

— Non, non. Allons-nous-en. Tout de suite. Sans perdre un instant.

— Et Teresa et Eulàlia ? ...

— Nous leur enverrons un message, proposa Francesca en la serrant fort contre elle.

Arrivées plaza de Sant Jaume, elles contournèrent le *barrio* juif en direction de la porte de la Boquería, toute proche. Elles marchaient à présent bras dessus bras dessous, en silence.

— Et Arnau ? demanda Aledis.

Francesca ne lui répondit pas.

La première partie du plan s'était déroulée comme prévu. À l'heure qu'il était, Arnau devait être en compagnie des *bastaixos*, sur le petit bateau de cabotage qu'avait affrété Guillem. Le pacte conclu avec l'infant Jean était clair, Guillem s'en souvenait mot pour mot : « La seule chose qu'exige le prince, lui avait dit Francesc de Perellós, c'est de ne pas avoir à traiter directement avec l'*host* de Barcelone. En aucun cas il ne défiera l'Inquisition, ni ne tentera d'influer sur elle. Si ton plan réussit et qu'Estanyol est libéré, l'infant ne pourra le défendre au cas où l'Inquisition l'arrêterait de nouveau ou le condamnerait ; c'est compris ? » Guillem avait acquiescé et lui avait remis les quittances des prêts accordés au roi. À présent, il restait à exécuter la deuxième partie du plan : convaincre Nicolau qu'Arnau était ruiné et qu'il n'obtiendrait rien à le persécuter ou à le condamner. Ils auraient pu tous s'enfuir à Pise et laisser les biens d'Arnau aux mains de l'Inquisition ;

de fait, elle s'en était déjà emparée, et la condamnation d'Arnau, même par contumace, justifierait leur réquisition. C'est pourquoi Guillem voulait essayer de tromper Eimeric ; il n'avait rien à perdre et beaucoup, au contraire, à gagner : la tranquillité d'Arnau, que l'Inquisition ne le persécute pas toute sa vie durant.

Nicolau le fit attendre pendant des heures. Il finit par apparaître en compagnie d'un petit juif vêtu de la tenue noire de rigueur sur laquelle se détachait le cercle jaune. Le juif portait plusieurs livres sous le bras et suivait l'inquisiteur à petits pas rapides. Quand Nicolau leur donna à tous deux l'ordre d'entrer dans son bureau, il évita de croiser le regard de Guillem.

Il ne les invita pas à s'asseoir, tandis que lui-même s'installa dans son fauteuil.

— Si ce que tu prétends est vrai, commença-t-il en s'adressant à Guillem, Estanyol est *abatut*.

— Vous savez que c'est vrai, répondit Guillem. Le roi n'a acquitté aucune de ses dettes envers Arnau Estanyol.

— Dans ce cas, je pourrais faire appel à la magistrature municipale de la monnaie, rétorqua l'inquisiteur. Ce serait amusant que la ville qui l'a délivré du Saint-Office l'exécute pour *abatut*.

« Cela n'arrivera jamais, eut envie de répondre Guillem. La quittance d'Abraham Leví que je détiens suffit à offrir à Arnau la liberté... » Mais Nicolau ne le recevait pas pour dénoncer Arnau à la magistrature municipale. Il voulait son argent, qu'il avait promis à son pape et dont ce petit juif, assurément ami de Jucef, lui avait affirmé qu'il pourrait disposer.

Guillem demeura silencieux.

— Je pourrais faire cela, insista Nicolau.

Guillem ouvrit les mains. L'inquisiteur le considéra sans détour.

— Qui es-tu ? demanda-t-il finalement.

— Je m'appelle...

— Oui, oui, l'arrêta Eimeric d'un geste de la main. Tu t'appelles Sahat de Pise. Ce que je voudrais savoir, c'est pourquoi un Pisan vient jusqu'à Barcelone défendre un hérétique.

— Arnau Estanyol a beaucoup d'amis, même à Pise.

— Des infidèles et des hérétiques !

Guillem ouvrit de nouveau les mains. Combien de temps mettrait-il avant de succomber à l'appât du gain ? Nicolau parut l'entendre. Il garda le silence quelques instants.

— Qu'ont à proposer les amis d'Arnau Estanyol à l'Inquisition ? finit-il par lâcher au bout d'un moment.

— Dans ces livres, expliqua Guillem en montrant le petit juif qui n'avait pas quitté du regard le bureau de l'inquisiteur, se trouvent des mises en faveur d'un créancier d'Arnau Estanyol, une véritable fortune.

Pour la première fois, Eimeric s'adressa au juif.

— C'est vrai ?

— Oui. Depuis les débuts de son activité de cambiste, on trouve trace de mises en faveur d'Abraham Leví...

— Un autre hérétique ! coupa Nicolau.

Tous trois se turent.

— Continue, ordonna l'inquisiteur.

— Ces mises se sont multipliées au cours des années. Aujourd'hui, elles doivent s'élever à plus de quinze mille livres.

Une lueur, qui n'échappa ni à Guillem ni au petit juif, brilla dans les yeux mi-clos de l'inquisiteur.

— Et donc ? interrogea-t-il directement Guillem.

— Les amis d'Arnau Estanyol pourraient faire en sorte que le juif renonce à son crédit.

Nicolau se cala dans son fauteuil.

— Votre ami, dit-il, est libre. On ne fait pas ainsi cadeau d'autant d'argent. Pourquoi quelqu'un, tout ami qu'il soit, irait jusqu'à céder quinze mille livres ?

— Arnau Estanyol a *seulement* été libéré par l'*host*.

Arnau était, en effet, toujours à la merci du Saint-Office. Le moment était venu. Il y avait réfléchi pendant ses heures d'attente dans l'antichambre, tandis qu'il contemplait les épées des officiers de l'Inquisition. Il ne fallait pas sous-estimer l'intelligence de Nicolau. La juridiction de l'Inquisition ne s'étendait pas aux Maures... sauf si Eimeric pouvait prouver que c'était lui qui l'avait provoqué. En aucun cas il ne devait proposer un pacte à l'inquisiteur. Il devait attendre qu'Eimeric fasse le premier pas. Un infidèle n'essayait pas d'acheter le Saint-Office.

Du regard, Nicolau le pressa de poursuivre. « Tu ne m'auras pas », songea Guillem.

— Vous avez sans doute raison, soupira-t-il. C'est vrai qu'il n'y a aucune raison pour qu'Arnau délivré, quelqu'un aille se comporter de la sorte.

Les yeux de l'inquisiteur se plissèrent davantage.

— Je ne comprends pas pourquoi on m'a envoyé ici, ajouta Guillem. On m'a dit que vous comprendriez, mais je me rallie à votre sage opinion. Je suis désolé de vous avoir fait perdre votre temps.

Guillem attendit que Nicolau se décide. Quand l'inquisiteur se redressa dans son fauteuil et rouvrit grand les yeux, le Maure sut qu'il avait gagné.

— Sortez, dit-il au juif.

L'homme avait à peine refermé la porte que Nicolau reprit la parole.

— Votre ami est libre, c'est vrai, mais le procès à

son encontre n'est pas terminé. J'ai sa confession. Même libre, je peux le condamner comme relaps. L'Inquisition, poursuivit-il comme s'il se parlait à lui-même, ne peut exécuter les sentences de mort. C'est de la compétence du bras séculier, le roi. Vos amis, ajouta-t-il à l'attention de Guillem, doivent savoir que le monarque est versatile. Peut-être un jour...

— Je suis certain que vous, comme Sa Majesté, ferez ce que vous devez faire, affirma Guillem.

— Le roi sait très bien ce qu'il doit faire : combattre les infidèles et apporter la chrétienté dans tous les coins du royaume, mais l'Église... Il est souvent difficile de faire au mieux des intérêts d'un peuple sans frontières. Votre ami, Arnau Estanyol, a avoué sa culpabilité, et sa confession ne peut demeurer sans conséquences.

Nicolau s'arrêta de parler et scruta Guillem. « C'est de toi que doit venir la proposition », semblait lui dire ce dernier du regard.

— Néanmoins, poursuivit Eimeric face au silence de son interlocuteur, l'Église et l'Inquisition doivent être bienveillantes. Si elles parviennent ainsi à acquérir des biens pour la communauté... Tes amis, ceux qui t'envoient, accepteraient une petite condamnation ?

« Je ne négocierai pas avec toi, Eimeric, pensa Guillem. Seul Allah, loué soit son nom, sait ce qui pourrait advenir si tu m'arrêtais, seul lui sait si derrière ces murs des yeux nous observent et des oreilles nous entendent. C'est de toi que doit venir la proposition. »

— Personne ne remettra jamais en cause les décisions de l'Inquisition, répondit-il.

Nicolau s'agita dans son fauteuil.

— Tu as sollicité une audience privée sous prétexte que tu avais quelque chose qui m'intéressait.

Tu as dit que certains amis d'Arnau Estanyol pourraient faire en sorte que son plus gros créancier
renonce à son crédit d'une valeur de quinze mille
livres. En échange, que veux-tu, toi, infidèle ?

— Je sais ce que je ne veux pas, se contenta de
répondre Guillem.

— C'est d'accord, conclut Nicolau en se levant.
Une condamnation minimum : *san-benito* tous les
dimanches pendant un an dans la cathédrale, et nous
sommes quittes.

— À Santa Maria, se surprit à dire Guillem.

C'était sorti du plus profond de son être. Où, à
part Santa Maria, Arnau aurait-il pu accomplir sa
condamnation ?

57

Mar essaya de suivre le groupe qui soutenait Arnau, mais la foule massée autour de lui l'en empêchait. Elle se souvint des dernières paroles d'Aledis : « Prends soin de lui ! » lui avait-elle crié en couvrant la clameur de l'*host*. Elle souriait.

Mar s'était retournée, chancelante, au milieu de la marée humaine qui l'entraînait.

« Prends le plus grand soin de lui ! avait répété Aledis, tandis que Mar s'efforçait de traverser la foule à contre-courant. J'aurais tant voulu le faire autrefois... » Soudain, elle avait disparu.

Mar manqua de trébucher et d'être piétinée.

— L'*host*, ce n'est pas pour les femmes, lui reprocha un homme qui l'écarta sans ménagement de son chemin.

Elle réussit pourtant à se retourner et chercha du regard les étendards qui arrivaient à présent plaza de Sant Jaume, au bout de la calle del Bisbe. Soudain, pour la première fois de la matinée, Mar cessa de pleurer et poussa un cri qui figea toutes les personnes autour d'elle. Elle n'eut pas une pensée pour Joan. Elle invectiva, poussa, joua des coudes et se dégagea un chemin vers Arnau.

L'*host* s'était regroupé plaza del Blat. Mar était à

présent à proximité de la Vierge qui, au centre de la place, dansait sur les épaules des *bastaixos*. Quant à Arnau... Mar capta des bribes de conversation entre des hommes et les conseillers de la ville. Oui, il devait être à côté d'eux. Elle n'était plus qu'à quelques pas de lui, mais la foule était si dense qu'il lui était impossible de continuer à avancer. Elle griffa le bras d'un homme qui refusait de la laisser passer. L'homme brandit son poignard... mais finit par éclater de rire et par s'écarter. Arnau aurait dû se trouver juste derrière lui ; pourtant, elle ne vit que les conseillers et le dirigeant des *bastaixos*.

— Où est Arnau ? demanda-t-elle à ce dernier, en sueur et haletant.

L'imposant *bastaix*, qui portait toujours autour du cou la clé de la Sagrada Urna, baissa les yeux pour la regarder. C'était un secret. L'Inquisition ne devait pas savoir...

— Je suis Mar Estanyol, déclara-t-elle, tout à trac. La fille de Ramon le *bastaix*. Vous avez dû le connaître.

Il ne l'avait pas connu, mais il en avait entendu parler – de lui et de Mar qu'Arnau avait adoptée.

— Cours à la plage, se contenta-t-il de lui conseiller.

Mar traversa la place et se précipita dans la calle del Mar, à présent déserte. Elle rattrapa l'*host* à la hauteur du consulat. Un groupe de six *bastaixos* portaient Arnau, évanoui.

Au moment où la jeune femme s'élançait vers eux, un des *bastaixos* lui barra la route ; les instructions de Guillem avaient été claires : personne ne devait connaître la destination d'Arnau.

— Lâchez-moi ! vociféra Mar en lançant des coups de pied dans le vide.

Le *bastaix* qui l'avait ceinturée s'efforçait de ne pas

lui faire de mal. Elle pesait bien moins que ces pierres ou ces charges qu'il transportait chaque jour.

— Arnau ! Arnau !

Combien de fois avait-il rêvé d'entendre cet appel ? Quand il ouvrait les yeux, il se découvrait porté à bout de bras par des hommes dont il ne parvenait pas à distinguer le visage. On l'emmenait quelque part à pas pressés, en silence. Que se passait-il ? Où était-il ? Arnau ! il s'agissait bien du même appel qu'avaient un jour lancé les yeux de la jeune fille qu'il avait trahie, dans la ferme de Felip de Ponts.

Arnau ! La plage. Ses souvenirs se mêlaient à la rumeur des vagues et à l'odeur saumâtre de la brise. Que faisait-il sur la plage ?

— Arnau !

Le son de la voix s'éloignait.

Les *bastaixos* pénétrèrent dans l'eau et commencèrent à progresser vers la barque qui devait conduire Arnau jusqu'à la felouque affrétée par Guillem, au milieu du port. L'eau de mer éclaboussa Arnau.

— Arnau !

— Attendez, bredouilla-t-il en tentant de se redresser. Cette voix... Qui... ?

— Une femme. Quelqu'un s'en occupe. Nous devons...

Soutenu par les *bastaixos,* Arnau parvint à se redresser. Il regarda vers la plage. « Mar t'attend. » Les mots de Guillem se réverbérèrent à l'infini sur l'onde. Guillem, Nicolau, l'Inquisition, les geôles : tout se mit à tourbillonner dans sa tête.

— Dieu ! s'exclama-t-il. Amenez-la. Je vous en prie.

Un des *bastaixos* se précipita vers l'endroit où Mar était retenue.

Arnau la vit courir vers lui.

Il se dégagea de l'emprise des *bastaixos*, qui baissèrent les yeux ; il semblait si fragile que la moindre vague aurait pu l'emporter.

Mar s'immobilisa devant Arnau ; elle vit qu'une larme coulait sur sa joue. Alors, elle s'avança et la recueillit sur ses lèvres.

Ils ne se dirent pas un mot. Elle aida les *bastaixos* à le faire grimper dans l'embarcation.

Il était inutile de s'opposer frontalement au roi.

Depuis que Guillem était parti, Nicolau faisait les cent pas dans son bureau. Si Arnau n'avait plus un sou, il ne servait à rien de le condamner. Le pape ne reviendrait jamais sur la promesse qu'il lui avait faite. Le Pisan l'avait convaincu...

De légers coups à la porte détournèrent un instant son attention. Pourtant, après y avoir jeté un regard distrait, Nicolau reprit ses déambulations.

Une condamnation, même minime, sauverait sa réputation d'inquisiteur, lui éviterait une confrontation avec le roi et lui fournirait assez d'argent pour...

Les coups se répétèrent.

Nicolau regarda une nouvelle fois vers la porte.

Il aurait tant aimé conduire au bûcher cet Estanyol. Et sa mère ? Où était passée la vieille sorcière ? Elle avait sûrement profité de la confusion...

Les coups retentirent à travers la pièce. Nicolau ouvrit violemment la porte.

— Que... ?

Le poing fermé, Jaume de Bellera s'apprêtait à frapper à nouveau.

— Que voulez-vous ? tonna l'inquisiteur en

découvrant l'officier de garde de l'antichambre tenu en respect par l'épée de Genís Puig. Comment osez-vous menacer un soldat du Saint-Office ? hurla-t-il.

Genís abaissa son arme et regarda son compagnon.

— Cela fait longtemps que nous attendons, s'excusa le seigneur de Navarcles.

— Je ne souhaite recevoir personne, lança Nicolau à l'officier, redevenu libre de ses mouvements. Je vous l'ai dit.

Le grand inquisiteur fit mine de refermer la porte, mais Jaume de Bellera l'en empêcha.

— Je suis baron de Catalogne, affirma-t-il avec afféterie, et un certain respect m'est dû.

Genís approuva les paroles de son ami et leva de nouveau l'épée sur l'officier qui tentait de venir en aide à l'inquisiteur.

Nicolau considéra le seigneur de Bellera. Il aurait pu appeler à l'aide, le reste de la garde n'aurait pas tardé à intervenir, mais ces yeux décidés... Qui savait de quoi étaient capables deux hommes habitués à imposer leurs volontés ? Il soupira. Décidément, ce n'était vraiment pas son jour.

— Très bien, baron. Que voulez-vous ?

— Vous avez promis de condamner Arnau Estanyol. Au lieu de cela, vous l'avez laissé filer.

— Je ne me rappelle pas vous avoir promis quoi que ce soit. Et celui qui l'a laissé filer... c'est votre roi, dont vous vous réclamez et qui n'est pas venu au secours de l'Église. Vous n'avez qu'à aller lui demander des explications.

Jaume de Bellera bafouilla quelques mots incompréhensibles et agita les mains.

— Vous pouvez encore le condamner, finit-il par lâcher.

— Mais vous voyez bien qu'il n'est plus là.

— Nous vous le ramènerons ! assura Genís Puig, qui menaçait toujours l'officier de son arme.

Nicolau jeta un œil au gentilhomme. Pourquoi fallait-il qu'il se justifie auprès d'eux ?

— Nous vous avons fourni suffisamment de preuves de sa culpabilité, ajouta Jaume de Bellera. L'Inquisition ne peut...

— Quelles preuves ? aboya Eimeric.

Ces deux pédants lui donnaient l'occasion de mettre une fois pour toutes les choses au point.

— Quelles preuves ? répéta-t-il. La plainte du possédé que vous êtes, baron ?

Jaume de Bellera voulut protester, mais Nicolau l'en dissuada d'un impérieux geste de la main.

— Ces fameux documents que l'évêque, prétendez-vous, aurait fournis à votre naissance, je les ai cherchés (tous deux s'affrontèrent du regard), et je ne les ai pas trouvés, savez-vous ?

Genís Puig laissa retomber son épée.

— Ils doivent se trouver dans les archives de l'évêché, se défendit le seigneur de Bellera.

Nicolau se contenta d'un non de la tête.

— Et vous, gentilhomme ? s'écria Nicolau à l'attention de Genís. Quels sont vos griefs contre Arnau Estanyol ?

L'inquisiteur sentit monter en Puig la peur de l'homme qui dissimule la vérité ; c'était son travail.

— Savez-vous que mentir à l'Inquisition est un délit ?

Genís chercha le soutien de Jaume de Bellera, mais le noble avait les yeux hagards. Il devait faire face seul.

— Que m'avez-vous dit, gentilhomme ?

Genís paniqua, chercha un endroit où fixer son regard.

— Que vous a fait le cambiste ? s'acharna Nicolau. Il vous a ruiné, peut-être ?

Genís jeta furtivement un œil à l'inquisiteur. Juste une seconde. Il avait vu juste. Que pouvait faire un cambiste à un gentilhomme, à part précipiter sa ruine ?

— Pas moi, murmura-t-il ingénument.

— Pas vous ? Votre père, alors ?

Genís baissa la tête.

— Vous avez tenté d'utiliser le Saint-Office et lui avez menti ! Vous avez fait de fausses dénonciations en vue de votre vengeance personnelle !

Troublé par les cris de l'inquisiteur, Jaume de Bellera revint à la réalité.

— Il a brûlé son père, insista Genís d'une voix quasiment inaudible.

Nicolau brassa l'air de ses bras. Que convenait-il de faire à présent ? Les arrêter et les juger à leur tour impliquait de remuer encore cette affaire qu'il était préférable d'enterrer au plus vite.

— Vous retirerez vos plaintes devant notaire. Dans le cas contraire... Compris ? cria-t-il aux deux hommes, muets, qui acquiescèrent. L'Inquisition ne peut juger un homme sur de fausses déclarations. Allez-vous-en maintenant ! conclut-il en faisant un signe à l'officier.

— Tu as juré sur ton honneur que tu te vengerais, rappela Genís Puig à Jaume de Bellera une fois qu'ils furent dans le couloir.

De l'autre côté de la porte, Nicolau l'entendit.

— Aucun seigneur de Navarcles n'a jamais manqué à sa parole, affirma Jaume de Bellera.

Le grand inquisiteur plissa les yeux. Il en avait assez. Il avait remis en liberté un accusé. Il venait d'ordonner à deux témoins de retirer leurs plaintes. Il menait des négociations commerciales avec... un

Pisan ? Il ne connaissait même pas sa véritable identité ! Et si le seigneur de Bellera mettait sa menace à exécution avant qu'il ait accès à la fortune qui restait à Arnau ? Le Pisan respecterait-il leur accord ? Il fallait clore cette affaire au plus vite.

— Eh bien, pour une fois, railla-t-il dans le dos des deux hommes, le seigneur de Navarcles manquera à sa parole !

Tous deux se retournèrent.

— Que dites-vous ? s'exclama Jaume de Bellera.

— Le Saint-Office ne peut permettre que deux (il fit un geste dédaigneux de la main) laïcs s'opposent à la sentence que j'ai dictée. Il s'agit de la justice divine. Il n'y aura pas d'autre vengeance ! Vous entendez, Bellera ?

Le noble hésita.

— Si vous tenez parole, je vous jugerai comme possédé. Vous m'avez compris maintenant ?

— Mais une parole...

— Au nom de la sainte Inquisition, je vous en libère.

Jaume de Bellera approuva.

— Et vous, ajouta-t-il en s'adressant à Genís Puig, vous veillerez à ne pas venger ce que l'Inquisition a déjà jugé. Ai-je été clair ?

Genís Puig hocha la tête.

La petite embarcation à voile latine, de dix mètres de long, avait trouvé refuge dans une crique des côtes de Garraf, à l'écart de la voie de passage des autres navires. On ne pouvait y accéder que par la mer.

Une masure de fortune, construite par des pêcheurs avec tout ce que la Méditerranée déversait dans la crique, brisait la monotonie du paysage de pierres et de galets gris qui réfléchissaient la lumière du soleil.

En plus d'une belle somme d'argent, le capitaine de la felouque avait reçu des ordres très précis de Guillem. « Vous le déposerez là, en compagnie d'un marin de confiance, avec de l'eau et des vivres, puis vous ferez du cabotage dans les ports les plus proches et vous reviendrez à Barcelone tous les deux jours pour recevoir mes instructions. Vous recevrez le solde à la fin de l'opération », lui avait-il promis pour acheter sa loyauté. Cela n'était, de toute façon, pas nécessaire : Arnau était très aimé par le peuple de la mer, qui le considérait comme un bon consul. Toutefois, l'homme n'avait pas refusé la coquette bourse. Le problème était que Mar n'était pas prévue au programme et qu'elle refusait de partager avec un marin la convalescence d'Arnau.

— C'est moi qui m'occuperai de lui, assura-t-elle dès qu'ils débarquèrent dans la crique et installèrent Arnau dans la petite cabane.

— Mais le Pisan..., tenta d'intervenir le capitaine.

— Dites au Pisan que Mar veille sur lui. Et, s'il n'est pas d'accord, revenez avec votre marin.

Elle avait parlé avec une autorité peu féminine. Le capitaine tenta de s'opposer à nouveau.

— Allez, se contenta-t-elle de lui ordonner.

Quand l'embarcation disparut derrière les rochers qui protégeaient la crique, Mar respira profondément et leva les yeux au ciel. Combien de fois s'était-elle interdit ce fantasme ? Combien de fois avait-elle repoussé le souvenir d'Arnau et tenté de se convaincre que son destin était autre ? Et à présent... Elle regarda en direction de la masure. Il dormait toujours. Pendant la traversée, Mar s'était assurée qu'il n'avait pas de fièvre et n'était pas blessé. Elle s'était assise auprès de lui et Arnau avait posé sa tête sur ses jambes croisées.

Il avait ouvert les yeux plusieurs fois et l'avait regardée avant de les refermer, un sourire aux lèvres. Elle avait pris une de ses mains dans les siennes et, chaque fois qu'Arnau la fixait, elle la serrait jusqu'à ce qu'il se rendorme, apaisé. La scène s'était répétée plusieurs fois, comme si Arnau avait voulu vérifier la réalité de sa présence. Et maintenant... Mar retourna dans la cabane et s'assit à ses pieds.

Guillem passa deux jours à sillonner Barcelone, à revoir les lieux qui avaient si longtemps fait partie de sa vie. La ville avait peu changé pendant les cinq années qu'il avait passées à Pise. Malgré la crise, la fourmilière demeurait très active. Barcelone était toujours ouverte sur la mer, protégée seulement par les *tasques*, où Arnau avait fait échouer son baleinier quand Pierre le Cruel et sa flotte avaient menacé les côtes ; les remparts occidentaux que Pierre IV avait ordonné d'élever n'étaient toujours pas achevés, pas plus que les arsenaux royaux. Les bateaux mouillaient et étaient réparés ou construits dans les vieux arsenaux, près de la plage et de la tour de Regomir. C'est là que ses pas portèrent Guillem, attiré par la forte odeur de goudron avec lequel les calfats, une fois mélangé à de l'étoupe, imperméabilisaient les navires. Il observa le travail des charpentiers, des avironniers, des forgerons et des cordiers. Naguère, il accompagnait Arnau, quand celui-ci venait inspecter le travail de ces derniers et vérifier que, dans les bouts destinés aux cordages et aux agrès, on n'avait pas mélangé du nouveau chanvre avec de l'ancien. Ils déambulaient entre les embarcations, solennellement escortés par les charpentiers. Après son inspection, Arnau se dirigeait immanquablement vers les calfats. Il prenait alors congé de sa suite et ne gardait que Guillem à ses côtés. Observé de loin par les autres, il parlait en privé avec eux.

« Leur tâche est essentielle. La loi leur interdit de travailler à la pièce », avait-il expliqué à Guillem la première fois. C'est pourquoi le consul discutait avec les calfats, pour savoir si, poussés par le besoin, certains ne dérogeaient pas aux normes visant à garantir la sécurité des bateaux.

Guillem observa un homme qui, à genoux, examinait minutieusement la jointure qu'il venait de calfater et ferma un instant les yeux. Il serra les lèvres et hocha la tête. Ils avaient tant lutté côte à côte, et maintenant Arnau devait se cacher dans une crique en attendant la sentence de l'inquisiteur. Ces chrétiens ! Au moins, Mar était près de lui... Mar, sa petite fille. Quand le capitaine du bateau s'était présenté à la halle au blé en lui expliquant ce qui s'était passé, Guillem n'avait pas été étonné. C'était elle tout craché !

— Bonne chance, ma belle, avait-il murmuré.

— Que dites-vous ?

— Rien, rien. Vous avez bien fait. Regagnez la mer et revenez d'ici deux jours.

Le premier jour, Guillem ne reçut aucune nouvelle d'Eimeric. Le deuxième, il décida de s'aventurer dans Barcelone. Il ne pouvait pas continuer à attendre ainsi à la halle au blé ; il y laissa donc ses domestiques, avec l'ordre de le chercher dans toute la ville au cas où quelqu'un se présenterait pour lui.

Les quartiers marchands n'avaient pas du tout changé. On pouvait parcourir Barcelone les yeux fermés avec, pour seul guide, les odeurs caractéristiques de chacun d'eux. La cathédrale, ainsi que Santa Maria ou l'église del Pi étaient toujours en construction, même si celle du temple de la Mer était beaucoup plus avancée que les deux autres. Santa Clara était en travaux, comme Santa Anna. Guillem s'y arrêta pour observer le travail des charpentiers et des maçons. Et les remparts de la mer ? Et le port ? Surprenants, ces chrétiens.

— On vous demande à la halle au blé, vint lui annoncer, le troisième jour, un de ses esclaves, haletant.

« T'es-tu décidé, Nicolau ? » se demanda Guillem en hâtant le pas.

Nicolau Eimeric signa la condamnation en présence de Guillem, debout devant son bureau. Puis il l'estampilla et la lui remit en silence.

Guillem prit le document et commença à le lire.

— Pressons, pressons, le tança l'inquisiteur.

Il avait obligé le scribe à travailler toute la nuit ; il n'allait pas à présent passer la journée à attendre que cet infidèle relise son travail.

Par-dessus le document, Guillem jeta un œil à Nicolau et continua de prendre connaissance du texte. Jaume de Bellera et Genís Puig avaient donc retiré leur plainte ; comment Nicolau avait-il pu obtenir cela ? Quant au témoignage de Margarida Puig, il était remis en question depuis que le tribunal avait découvert que sa famille avait été ruinée par Arnau ; et pour ce qui était d'Elionor... elle n'avait pas fait preuve du dévouement et de la soumission que toute femme doit témoigner à son époux !

Elionor soutenait par ailleurs que l'accusé avait étreint publiquement une femme juive avec qui il entretenait, supposait-elle, des relations charnelles ; elle citait comme témoins de la scène Nicolau en personne et l'évêque Berenguer d'Erill. Guillem dévisagea de nouveau l'inquisiteur, qui soutint son regard. « L'accusé, écrivait Nicolau, n'étreignait aucune femme juive au moment évoqué par doña Elionor. » Ni lui ni Berenguer d'Erill, qui avait cosigné la sentence, ne corroboraient cette accusation ; elle était fausse. Guillem alla vérifier à la dernière page la signature et le cachet de l'évêque. « La fumée, le feu, le tumulte occasionné par les événements, la passion, n'importe laquelle de ces circonstances, continuait Nicolau, pouvait avoir provoqué chez une femme, faible par nature, une telle hallucination. Et puisqu'il est avéré que l'accusation formulée par doña Elionor au sujet d'une relation entre Arnau et une femme juive est fausse, il est difficile de porter un quelconque crédit au reste de sa plainte. »

Guillem sourit.

Les seuls faits punissables étaient ceux qu'avaient dénoncés les prêtres de Santa Maria del Mar. L'accusé avait reconnu avoir prononcé ces paroles, bien qu'il s'en fût repenti devant le tribunal de l'Inquisition. C'est pourquoi, Arnau Estanyol était condamné à une amende sous la forme d'une réquisition de tous ses biens, ainsi qu'à un acte de pénitence, tous les dimanches pendant un an, devant Santa Maria del Mar, couvert du *san-benito* de l'Inquisition.

Guillem acheva de lire les formules légales et examina les signatures, ainsi que les cachets de l'inquisiteur et de l'évêque. Il avait réussi !

Il roula le document et fouilla ses vêtements à la recherche de la quittance signée par Abraham Leví, qu'il remit à Nicolau. Puis il regarda en silence l'inquisiteur lire le papier qui signifiait la ruine d'Arnau, mais aussi sa liberté ; de toute façon, il n'aurait jamais su expliquer à Arnau d'où provenait cet argent et pourquoi il le lui avait caché pendant tant d'années.

58.

Arnau dormit toute la journée. Au crépuscule, Mar alluma un feu avec les feuilles mortes et le bois que les pêcheurs avaient entassés dans la cabane. La mer était calme. Mar contempla le ciel étoilé, puis le décor escarpé qui entourait la crique ; la lune jouait avec les arêtes des rochers qu'elle éclairait par endroits.

Elle s'imprégna du silence et savoura le calme. Le monde n'existait plus. Barcelone n'existait plus, ni l'Inquisition, ni Elionor, ni Joan – seulement elle... et Arnau.

À minuit, elle entendit bouger à l'intérieur de la masure. Elle se leva pour aller voir. Au même moment, Arnau sortit, sous la lumière de la lune. Tous deux restèrent immobiles, face à face, à quelques pas l'un de l'autre.

Mar se trouvait à mi-distance d'Arnau et du feu. L'éclat des flammes dessinait sa silhouette et dissimulait à moitié ses traits. « Je suis peut-être déjà au ciel », pensa Arnau. À mesure que ses yeux s'habituaient à la pénombre, le visage qui avait hanté ses rêves prenait forme. D'abord, des yeux brillants – combien de nuits avait-il pleuré à cause de ces yeux-là ? Ensuite, le nez, les pommettes, le menton...

et la bouche, ces lèvres... La silhouette ouvrit les bras dans sa direction et les flammes caressèrent son corps et ses vêtements légers, complices du jeu d'ombres et de lumière. Elle l'appelait.

Arnau se précipita vers elle. Que se passait-il ? Où était-il ? S'agissait-il vraiment de Mar ? Quand il saisit ses mains, quand il vit son grand sourire et sentit sur ses lèvres un baiser brûlant, il sut que la réponse était oui.

Mar étreignit Arnau avec force.

— Embrasse-moi, l'entendit-il lui demander.

Arnau l'entoura de ses bras et serra son corps contre le sien. Elle pleurait. Il sentit sa poitrine se soulever et lui caressa la tête en la berçant doucement. Combien d'années avait-il fallu pour qu'ils puissent vivre un tel instant ? Combien d'erreurs avait-il commises ?

Lentement, Arnau obligea la jeune femme à le regarder dans les yeux.

— Pardonne-moi,   dit-il,   pardonne-moi   de t'avoir...

— Tais-toi, coupa-t-elle. Le passé n'existe plus. Il n'y a rien à pardonner. La vie commence aujourd'hui. Regarde.

Elle s'écarta de lui et prit une main dans la sienne.

— La mer. La mer ne sait rien du passé. Elle est là. Elle ne nous demandera jamais d'explications. Les étoiles, la lune... elles nous éclairent et brillent pour nous. Que leur importe ce qui a pu arriver ? Elles nous accompagnent et sont heureuses. Tu vois comme elles brillent ? Elles scintillent dans le ciel ; le feraient-elles sinon ? Si Dieu voulait nous punir, il déclencherait une tempête, non ? Nous sommes seuls, toi et moi, sans passé, sans mémoire, sans culpabilité, sans rien qui puisse désormais s'opposer à notre... amour.

Le regard d'Arnau plongea dans le ciel, puis dans la mer, contemplant les petites vagues qui ondulaient doucement jusqu'à la crique sans même se briser. La paroi de rochers les protégeait. Dans le silence, Arnau tituba.

Sans lâcher sa main, il se tourna vers Mar. Il fallait qu'il lui fasse part de quelque chose, quelque chose de douloureux qu'il avait juré devant la Vierge après la mort de sa première femme et à quoi il ne pouvait renoncer. Il la regarda dans les yeux et, en murmurant, lui raconta tout.

Quand il eut terminé, Mar soupira.

— Tout ce que je sais, c'est que je ne te quitterai pas une nouvelle fois, Arnau. Je veux être avec toi, près de toi... quelles que soient tes conditions.

À l'aube du cinquième jour, une felouque apparut, d'où débarqua Guillem. Tous trois se retrouvèrent sur le rivage. Mar laissa un instant les deux hommes pour leur permettre de se retrouver.

— Dieu ! sanglota Arnau.

— Quel Dieu ? interrogea Guillem avec un large sourire.

— Le Dieu de tous, répondit Arnau en lui rendant son sourire.

— Viens ici, ma petite fille, demanda Guillem, une main tendue en direction de Mar.

Mar s'avança près des deux hommes et leur entoura la taille.

— Je ne suis plus ta petite fille, déclara-t-elle avec un sourire malicieux.

— Tu le seras toujours, protesta Guillem.

— Tu le seras toujours, renchérit Arnau.

Bras dessus bras dessous, ils allèrent tous trois s'asseoir non loin du feu éteint de la veille.

— Tu es libre, Arnau, annonça Guillem à peine installé.

Il lui tendit la sentence.

— Dis-moi ce qui est écrit, demanda Arnau en refusant de prendre le document. Je n'ai jamais rien lu qui vienne de toi.

— Il est écrit que tes biens sont réquisitionnés... (Arnau n'eut aucune réaction) et que tu es condamné à une peine de *san-benito* tous les dimanches pendant un an devant Santa Maria. Pour le reste, l'Inquisition te rend ta liberté.

Arnau s'imagina un instant pieds nus, revêtu de la seule tunique de pénitent, avec ses deux croix peintes, devant les portes de son église.

— J'aurais dû deviner quand je t'ai vu dans le tribunal, mais je n'étais pas en état de...

— Arnau, coupa Guillem, as-tu bien entendu ce que je viens de dire ? L'Inquisition réquisitionne tous tes biens.

Arnau garda le silence quelques instants.

— J'étais mort, Guillem, reprit-il. Eimeric voulait ma peau. Et de toute façon, j'aurais donné tout ce que je possède... possédais, corrigea-t-il en prenant la main de Mar, pour vivre ces derniers jours.

Guillem vit le visage de Mar s'éclairer d'un large sourire et ses deux yeux s'illuminer. Sa petite... Il sourit à son tour.

Arnau caressa affectueusement la main de la jeune femme.

— Cela a dû coûter beaucoup d'argent pour que le roi ne s'oppose pas à l'*host*.

Guillem acquiesça.

— Merci, dit Arnau.

Les deux hommes se regardèrent.

— Bon, reprit Arnau pour rompre la gêne entre eux, et toi ? Qu'as-tu fait pendant toutes ces années ?

Le soleil était déjà haut quand ils s'avancèrent tous trois vers la felouque. Arnau et Guillem montèrent à bord.

— Juste un moment, implora Mar.

La jeune femme se retourna et contempla une dernière fois la masure. Ce qui les attendait à présent ? Le *san-benito*, Elionor...

Elle baissa la tête.

— Ne t'inquiète pas, la consola Arnau en lui caressant les cheveux. Elionor ne nous importunera plus. Le palais de la calle Montcada fait partie de mon patrimoine, qui appartient donc désormais à l'Inquisition. Il ne lui reste que Montbui. Elle sera obligée d'aller vivre là-bas.

— Le château, murmura Mar, l'Inquisition ne va pas le prendre ?

— Non. Le château et les terres qui l'entourent nous ont été donnés en dot par le roi. L'Inquisition ne peut les réquisitionner.

— Je suis triste pour les paysans, murmura Mar en se rappelant le jour où Arnau avait abrogé les mauvais usages.

Aucune allusion ne fut faite à Matarò, la ferme de Felip de Ponts.

— Nous nous en sortirons..., commença à dire Arnau.

— De quoi parles-tu ? s'écria Guillem. Vous aurez tout l'argent qu'il vous faut. Si vous voulez, vous pourrez même racheter le palais de la calle Montcada.

— C'est ton argent ! protesta Arnau.

— C'est notre argent ! Je n'ai personne à part vous. Que ferais-je de toute cette fortune acquise grâce à ta générosité ? Elle est à vous.

— Non, non, insista Arnau.

— Vous êtes ma famille. Ma petite fille... et

l'homme qui m'a apporté richesse et liberté. Vous ne voulez pas de moi dans votre famille ?

Mar tendit le bras vers Guillem. Arnau bredouilla.

— Ce n'est pas ce que je voulais dire... Bien sûr que...

— Alors je viens avec mon argent, intervint à nouveau Guillem. Ou préfères-tu que je l'offre à l'Inquisition ?

La question arracha un sourire à Arnau.

— Et puis, j'ai de grands projets, ajouta Guillem.

Mar ne parvenait pas détacher ses yeux de la crique. Une larme coula sur sa joue. Elle demeura immobile. Ils rentraient à Barcelone. Accomplir une condamnation injuste, retrouver l'Inquisition, Joan, le frère qui l'avait trahi... Et une épouse qu'Arnau détestait mais dont il ne pouvait se libérer.

59.

Guillem avait loué, dans le barrio de la Ribera, une maison assez vaste bien que modeste pour tous les trois ; il avait également prévu une chambre pour Joan et donné des instructions dans ce sens. Quand il débarqua dans le port de Barcelone, Arnau fut accueilli avec chaleur par les travailleurs de la mer. À l'inverse, certains commerçants, qui veillaient au transport de leurs marchandises ou vaquaient aux abords de la Bourse, le saluèrent d'un simple mouvement de tête.

— Je ne suis plus riche, on dirait, fit-il remarquer à Guillem tout en rendant aux marins leurs saluts.

— Les nouvelles vont vite !

La première chose qu'Arnau tenait à faire, c'était se rendre à Santa Maria remercier la Vierge de sa libération. Dans ses rêves, d'abord confus, la vision de la petite statue qui dansait par-dessus les têtes, tandis qu'il était porté par les conseillers de la ville, était apparue de plus en plus nettement. Mais arrivé au coin de Canvis Vells et de Canvis Nous, il s'arrêta. Les portes et fenêtres de sa maison, de son bureau de change, étaient grandes ouvertes. Devant elles, des curieux, qui s'écartèrent en reconnaissant l'ancien *bastaix*, s'étaient attroupés. Arnau, Mar et

Guillem regardèrent les soldats de l'Inquisition entasser sur une charrette, près de la porte, les meubles et biens du cambiste : l'immense bureau, qui dépassait du convoi, attaché avec des cordes, le tapis rouge, les cisoires pour couper la fausse monnaie, le boulier, les coffres...

L'apparition d'une silhouette tout de noir vêtue, qui consignait les effets réquisitionnés, attira l'attention d'Arnau. Le dominicain s'arrêta un instant et riva ses yeux sur lui. Le silence se fit autour d'eux. Arnau le reconnut : ce regard était celui qui l'avait scruté pendant les interrogatoires, derrière le bureau, à côté de l'évêque.

— Charognards, murmura-t-il.

C'étaient ses affaires, son passé, ses joies et ses déboires que tout cela. Jamais il n'aurait imaginé qu'il assisterait un jour à sa propre spoliation... Il avait eu beau n'avoir jamais accordé beaucoup d'importance à ses biens, c'était toute sa vie qu'on emportait là.

Mar sentit la main d'Arnau transpirer.

Derrière lui, quelqu'un insulta le frère noir ; immédiatement, les soldats dégainèrent leurs épées. Trois autres soldats sortirent de la maison, les armes à la main.

— Ils ne permettront pas d'être humiliés une nouvelle fois par le peuple, annonça Guillem à ses deux compagnons.

Les soldats foncèrent sur le groupe de curieux, qui se dispersa aussitôt. Arnau se laissa entraîner par Guillem, mais ne put s'empêcher de se retourner plusieurs fois.

Poursuivis par les gardes, certains badauds trouvèrent refuge à Santa Maria. Quant à Arnau, Guillem et Mar, ils contournèrent rapidement l'église pour arriver, *via* la plaza del Born, à leur nouvelle maison.

La nouvelle du retour d'Arnau fit le tour de la ville. Les premiers à lui rendre visite furent les *missatges* du consulat.

— Très honorable consul..., commença l'officier, sans oser regarder Arnau dans les yeux.

Il lui remit la lettre du conseil des Cent qui le destituait de sa fonction. Arnau la lut et tendit la main à l'officier, qui leva alors enfin le regard.

— Ce fut un honneur de travailler avec vous, lui déclara ce dernier.

— Tout l'honneur fut pour moi, répondit Arnau. Ils ne veulent pas d'un pauvre pour consul, fit-il remarquer à Guillem et à Mar une fois l'officier et les soldats partis.

— Il faut que nous parlions de cela, intervint le Maure.

Arnau fit non de la tête. « Pas encore », semblait-il implorer.

De nombreuses autres personnes rendirent visite à Arnau dans sa nouvelle demeure. Il en reçut certaines, comme le dirigeant de la confrérie des *bastaixos* ; d'autres, de condition plus modeste, se contentèrent de lui adresser tous leurs vœux de bonheur par l'entremise des domestiques.

Joan vint le voir le deuxième jour. Depuis qu'il avait appris le retour d'Arnau, il n'avait cessé de se demander ce que Mar lui avait raconté. Son embarras était devenu à ce point insupportable qu'il avait décidé d'affronter ses peurs et d'aller voir son frère.

Quand il pénétra dans la salle à manger, Arnau et Guillem se levèrent. Mar resta assise à la table.

« Tu as brûlé le cadavre de ton père ! » Dès qu'il le

vit apparaître, l'accusation de Nicolau Eimeric revint aussitôt à la mémoire d'Arnau. Jusqu'alors, il s'était efforcé de ne pas y repenser.

Depuis la porte, Joan bredouilla quelques mots ; puis il avança, tête basse, vers Arnau, qui plissa les yeux. Il venait s'excuser. Comment avait-il pu... ?

— Comment as-tu pu faire cela ? lâcha Arnau quand Joan fut auprès de lui.

Le regard de Joan se détourna d'Arnau vers Mar. Ne l'avait-elle pas assez puni ? Il avait fallu qu'elle aille dire à Arnau... La jeune femme, pourtant, avait l'air surpris.

— Que viens-tu faire ici ? demanda froidement Arnau.

Joan chercha désespérément une raison valable.

— Je dois payer les frais d'hôtel, bafouilla-t-il.

Arnau fit un geste de la main et lui tourna le dos.

Guillem appela un des serviteurs, à qui il remit une bourse d'argent.

— Accompagne frère Joan régler la note de l'hôtel, ordonna-t-il.

Joan implora le Maure du regard, mais ce dernier resta de marbre. Il fit marche arrière et disparut. À peine eut-il quitté la pièce que Mar interrogea Arnau :

— Que s'est-il passé entre vous ?

Arnau garda le silence. Devaient-ils savoir ? Comment leur expliquer qu'il avait brûlé le cadavre de son propre père et que son frère l'avait dénoncé à l'Inquisition ? Personne d'autre que lui n'était au courant.

— Oublions le passé, répondit-il finalement, autant que faire se peut.

Mar demeura interdite quelques instants avant d'acquiescer.

Joan quitta la maison d'Arnau à la suite de l'esclave de Guillem. Durant le trajet qui les menait à l'hôtel, le jeune serviteur fut à plusieurs reprises obligé de se retourner pour attendre le dominicain, planté au beau milieu de la rue, le regard perdu.

Arrivés calle Montcada, l'esclave dut se résigner. Le dominicain se tenait immobile devant les grandes portes du palais d'Arnau.

— Va payer sans moi, le repoussa-t-il. Je dois m'acquitter d'une autre dette, murmura-t-il pour lui-même.

Pere, le vieux domestique, le conduisit auprès d'Elionor. Tandis que Joan entrait dans le palais, une phrase se forma sur ses lèvres, bourdonnement qui grossit au fur et à mesure qu'il montait l'escalier en pierre derrière Pere, tout effrayé, et explosa en un cri devant la baronne, avant même que celle-ci ait eu le temps de dire quoi que ce fût :

— Je sais que tu as péché !

Debout dans le salon, altière, Elionor le dévisagea.

— Que signifie cette idiotie ?

— Je sais que tu as péché ! répéta Joan.

Elionor éclata de rire avant de lui tourner le dos.

Joan observa le riche brocart de sa robe. Mar avait souffert. Il avait souffert. Arnau... Arnau avait dû souffrir autant qu'eux.

Elionor ricanait toujours.

— Pour qui te prends-tu, frère Joan ?

— Je suis un inquisiteur du Saint-Office. Et en ce qui te concerne, je n'ai besoin d'aucune confession.

Surprise par le ton glacial des paroles de Joan, Elionor se retourna en silence. Elle vit qu'il tenait une lampe à huile entre les mains.

— Qu'est-ce que... ?

Joan ne lui laissa pas le temps d'achever sa phrase et lança la lampe sur elle. Imprégnant les luxueux vêtements de la baronne, l'huile s'enflamma instantanément.

Elionor poussa un hurlement.

Quand le vieux Pere voulut venir en aide à sa maîtresse et appela à la rescousse les autres domestiques, la baronne s'était déjà transformée en torche géante. Joan les vit décrocher un tapis pour étouffer le feu. Il écarta le vieil homme d'une main mais, à la porte du salon, d'autres domestiques accouraient, les yeux exorbités.

Quelqu'un demanda qu'on aille chercher de l'eau.

Elionor était tombée à genoux, dévorée par les flammes.

— Pardonne-moi, Seigneur, balbutia-t-il.

Il saisit alors une autre lampe et s'avança vers Elionor. Le bas de son habit prit feu.

— Repens-toi ! cria-t-il au moment où les flammes l'enveloppèrent à son tour.

Il laissa tomber la lampe sur Elionor et s'agenouilla à côté d'elle.

Le tapis sur lequel ils se trouvaient prit feu instantanément, ainsi que plusieurs meubles.

Quand les esclaves accoururent avec l'eau, ils ne purent rien faire d'autre qu'en asperger les portes du salon. Puis, se protégeant le visage, ils durent bien vite renoncer pour fuir l'immense brasier.

60.

Dix-sept années avaient passé.

Plaza de Santa Maria, Arnau leva les yeux au ciel. Le carillon des cloches retentissait dans toute la ville. Il avait la chair de poule, et un frisson parcourut son corps en entendant sonner les quatre cloches. Il était là quand on les avait hissées toutes les quatre, brûlant du désir de tirer sur les cordes avec les plus jeunes : la Assumpta, la plus grosse, pesait huit cent soixante-quinze kilos, la Conventual six cent cinquante, la Andrea deux cents et la Velada, la plus petite, placée en haut de la tour, cent kilos.

C'était l'inauguration, ce jour, de Santa Maria, son église, et les cloches semblaient sonner de façon différente... Ou bien était-ce lui qui les entendait autrement ? Il regarda les tours octogonales qui fermaient la façade principale des deux côtés : grandes, élancées, légères, qui s'étrécissaient à mesure qu'elles s'élevaient vers le ciel ; ouvertes aux quatre vents grâce aux fenêtres en ogive ; ceintes de balustrades à chaque niveau et achevées par une terrasse. Pendant leur construction, on avait annoncé à Arnau qu'elles seraient des plus simples, dépouillées, sans aiguille ni chapiteau, naturelles comme la mer

804

dont elles protégeaient la patronne, mais imposantes et fabuleuses, songea Arnau en les contemplant. Comme l'était la mer.

Vêtue de ses plus beaux atours, la foule se rassemblait ; certains entraient dans l'église, d'autres, comme Arnau, restaient dehors à l'admirer et à écouter la musique de ses cloches. Arnau serra contre lui Mar, que son bras droit entourait ; à leur gauche, droit et fier, ravi, à l'image de son père, se tenait un garçon de treize ans avec un grain de beauté près de l'œil droit.

Tandis que les cloches continuaient de carillonner, Arnau entra dans Santa Maria avec sa famille. La foule s'écarta pour les laisser passer. C'était l'église d'Arnau Estanyol : comme *bastaix*, il en avait porté sur son dos les premières pierres ; comme cambiste et consul de la Mer, il avait effectué d'importantes donations qu'il avait poursuivies une fois devenu commerçant en assurances maritimes. Car Santa Maria n'avait pas été épargnée par les catastrophes. Le 28 février 1373, le tremblement de terre qui avait dévasté Barcelone avait fait s'écrouler le clocher de l'église. Arnau avait été le premier à contribuer à sa reconstruction.

— J'ai besoin d'argent, avait-il alors averti Guillem.

— C'est le tien, avait répondu le Maure, conscient du désastre.

Le matin même, Arnau avait reçu la visite d'un membre de la Junta de Obra de Santa Maria.

La fortune leur avait à nouveau souri. Sur les conseils de Guillem, Arnau avait choisi de se consacrer aux assurances maritimes. La Catalogne, orpheline en la matière, contrairement à Gênes, Venise ou Pise, était un paradis pour ceux qui se lançaient dans ce commerce. Mais seuls les commerçants avisés, comme Arnau et Guillem, avaient réussi à survivre. Le système financier de la principauté sombrait et, avec lui, tous ceux qui prétendaient obtenir des bénéfices rapides – ceux qui assuraient au-dessus de sa valeur une cargaison et n'en avaient plus de nouvelles ; ceux qui assuraient navires et marchandises alors qu'il se disait que des corsaires s'en étaient emparés, en espérant qu'il s'agisse d'une fausse rumeur. Arnau et Guillem avaient, quant à eux, choisi leurs bateaux avec soin, mesurant chaque fois les risques encourus. Ils avaient très vite ressuscité, dans le cadre de ce nouveau négoce, le vaste réseau d'agents avec lesquels ils avaient travaillé comme cambistes.

Le 26 décembre 1379, un terrible incendie avait dévasté Santa Maria. Cette fois, Arnau n'avait pas eu à demander à Guillem son autorisation pour contribuer à la reconstruction de l'église : l'ancien esclave était mort brutalement un an auparavant. Arnau l'avait trouvé assis dans le jardin, sur sa chaise de prière orientée vers La Mecque – un secret de Polichinelle. Arnau avait alors pris contact avec les membres de la communauté maure qui, nuitamment, étaient venus chercher le cadavre de Guillem.

Le feu avait réduit en cendres la sacristie, le chœur, les orgues, les autels et tout ce qui n'était pas en pierre. La pierre aussi avait souffert de l'incendie, ne fût-ce que dans sa ciselure. La clé de voûte, sur laquelle était représenté le roi Alphonse IV le Débonnaire, père du Cérémonieux, qui avait payé cette partie de l'ouvrage, avait été entièrement détruite.

Le roi, furieux, avait exigé que l'on rebâtisse intégralement l'œuvre, sans oublier l'hommage à son ancêtre royal. Mais la construction d'une nouvelle clé de voûte coûtait déjà bien assez cher aux habitants du barrio de la Ribera pour qu'ils aillent, de surcroît, satisfaire les désirs du monarque. Tous les efforts et l'argent du peuple avaient été dédiés à la sacristie, au chœur, aux orgues et aux autels ; la figure équestre du roi Alphonse avait été reconstruite en plâtre, habilement collée à la clé de voûte et peinte en rouge et or.

Le 3 novembre 1383 avait été placée la dernière clé de la nef centrale, la plus proche de la porte principale, portant le blason de la Junta de Obra en l'honneur de tous les citoyens anonymes qui avaient permis l'érection de l'église.

Arnau leva les yeux vers elle. Mar et le jeune Bernat l'imitèrent, puis tous trois se dirigèrent vers le maître-autel en souriant.

Depuis que la clé avait été montée sur l'échafaudage, dans l'attente que les nervures des arcs parviennent jusqu'à elle, Arnau n'avait cessé de répéter à son fils Bernat :

— Ça, c'est notre enseigne.

— Père, ça, c'est le blason du peuple. Les gens comme toi doivent posséder leur propre écusson gravé sur les arcs ou sur les pierres, dans les chapelles et les...

Arnau avait levé la main pour interrompre son fils, mais celui-ci ne s'en était pas laissé compter.

— Tu n'as même pas un fauteuil de cérémonie dans le chœur !

— Cette église, c'est celle du peuple, mon fils. Beaucoup d'hommes ont donné leur vie pour elle, et leur nom n'est inscrit nulle part.

Alors, Arnau se souvenait du jeune garçon qu'il avait été et qui portait des pierres de la carrière royale jusqu'à Santa Maria.

— Ton père, était intervenue Mar, a signé de son

sang un grand nombre de ces pierres. Il n'y a pas de plus bel hommage.

Bernat s'était retourné vers son père, les yeux grands ouverts.

— Comme tant d'autres, mon fils. Comme tant d'autres.

Août sur la Méditerranée, août à Barcelone. Le soleil brillait d'un éclat unique au monde ; avant qu'il traverse les vitraux de Santa Maria pour jouer avec la couleur et la pierre, la mer le nourrissait des reflets de sa propre lumière, et ses rayons frappaient la ville avec une intensité inimitable. À l'intérieur du temple, le reflet des rayons solaires, tamisés par les vitraux, se confondait avec le scintillement des milliers de cierges allumés et répartis entre le maître-autel et les chapelles latérales. L'odeur d'encens imprégnait l'atmosphère et la musique des orgues résonnait, portée par une acoustique parfaite.

Arnau, Mar et Bernat avancèrent vers le maître-autel. Sous la magnifique abside, entourée par huit fines colonnes et devant un retable, reposait la petite statue de la Vierge de la Mer. Derrière l'autel, paré de précieux tissus français que le roi Pierre avait prêtés pour l'occasion, non sans s'être assuré au préalable, dans une lettre envoyée de Vilafranca del Penedès, qu'ils lui seraient rendus immédiatement après la cérémonie, l'évêque Pere de Planella s'apprêtait à célébrer la messe de sacre du temple.

Santa Maria était bondée et tous trois furent obligés de s'arrêter. Certaines personnes reconnurent Arnau et s'écartèrent pour le laisser passer jusqu'au maître-autel, mais il les remercia et resta là, debout, au milieu des gens du peuple, les siens, avec sa famille. Il ne manquait que Guillem... et Joan, son frère, dont il préférait garder le souvenir de l'enfant avec qui il avait découvert le monde, plutôt que celui du moine amer qui s'était sacrifié dans les flammes.

L'évêque Pere de Planella commença l'office.

Arnau sentit l'anxiété l'envahir. Guillem, Joan, Maria, son père... et la vieille femme. Pourquoi, chaque fois qu'il songeait aux absents, finissait-il toujours par avoir une pensée pour elle ? Il avait demandé à Guillem de les rechercher, elle et Aledis.

— Elles ont disparu, l'avait informé un jour le Maure.

— On m'a laissé entendre que c'était ma mère, s'était souvenu Arnau à voix haute. Cherche encore.

— Je n'ai pas pu les retrouver, avait fini par annoncer Guillem.

— Mais...

— Oublie-les, avait conseillé le vieux Maure avec une certaine autorité.

La célébration se poursuivait.

Arnau avait soixante-trois ans. Il était fatigué et s'appuya contre son fils.

Bernat serra tendrement le bras de son père, qui lui murmura à l'oreille, en désignant la Vierge :

— La vois-tu sourire, mon fils ?

Notes de l'auteur

Ce roman entend suivre, dans son développement, la *Crónica* de Pierre IV, avec les adaptations nécessaires à une œuvre de fiction.

Le choix de Navarcles, comme enclave du château et terres du seigneur du même nom, est totalement fictif, à l'inverse des baronnies de Granollers, Sant Vicenç dels Horts y Caldes de Montbui que le roi Pierre accorde en dot à Arnau lors de son mariage avec sa pupille Elionor – cette dernière étant une création de l'auteur. Les baronnies en question furent cédées en 1380 par l'infant Martin, fils de Pierre le Cérémonieux, à Guillem Ramon de Montcada, de la branche sicilienne des Montcada, pour ses bons et loyaux services en vue du mariage de la reine Maria et d'un des fils de Martin, qui régnerait par la suite sous le surnom de « l'Humain ». Guillem Ramon de Montcada conserva toutefois moins longtemps ces domaines que le protagoniste de ce roman. À peine les eut-il reçus qu'il les vendit au comte d'Urgell afin d'armer une flotte et de se vouer à la piraterie.

Le droit de coucher avec la mariée lors de sa nuit de noces était un des droits des seigneurs sur leurs serfs qu'autorisaient les *usatges*. L'existence des mauvais usages en *Catalunya Vella*, et non en *Cata-lunya Nova*, poussa les serfs à se soulever à plusieurs reprises contre leurs seigneurs, jusqu'aux jugements arbitraux de Guadalupe, en 1486, qui les abolit en contrepartie d'une indemnité considérable versée aux seigneurs privés de leurs droits.

La sentence royale subie par la mère de Joan, qui la condamnait à vivre dans une pièce jusqu'à sa mort, nourrie au pain et à l'eau, fut effectivement pro-noncée en 1330 par Alphonse III à l'encontre d'une femme prénommée Eulàlia, compagne d'un certain Juan Dosca.

L'auteur précise qu'il ne partage pas les considéra-tions qui sont émises, tout au long du roman, sur les femmes ou les paysans ; pour leur grande majorité, elles sont toutes textuellement tirées du livre *Lo crestià* écrit par le moine Francesc Eiximenis, aux alentours de l'année 1381.

Dans la Catalogne médiévale, à l'inverse de ce qui se passait pour le reste de l'Espagne, soumise à la tradition légale gothique concrétisée dans le Fuero Juzgo qui l'interdisait, ceux qui s'adonnaient au stupre pouvaient en effet épouser leur partenaire, même en cas de séquestration violente, par appli-cation de l'*usatge Siquis virginem*, comme c'est le cas pour Mar avec le seigneur de Ponts.

L'obligation du violeur était de doter la femme afin de lui permettre de trouver un mari, ou bien de l'épouser. Si la femme était mariée, les peines encourues pour adultère étaient appliquées.

On ne sait pas avec certitude si la tentative d'enlè-vement de Pierre IV par son beau-frère, le roi Jacques de Majorque, tentative déjouée parce qu'un moine de l'entourage de celui-ci l'en aurait averti après avoir entendu parler du complot en confession – dans le roman, aidé par Joan –, a vraiment eu lieu ou s'il s'agit d'une invention de Pierre IV, ayant servi de prétexte au procès intenté au roi de Majorque et conclu par la réquisition de ses royaumes. En revanche, il semble aujourd'hui établi que le roi Jacques exigea un pont couvert pour relier ses galères, ancrées dans le port de Barcelone, au couvent de Framenors, événement relaté avec peut-être quelque exagération par le roi Pierre dans ses chroniques.

L'attaque de Barcelone par Pierre le Cruel, roi de Castille, est minutieusement détaillée dans la *Crónica* de Pierre IV. Le port de la ville, du fait de sa configuration, se trouvait, en effet, sans défense face aux phénomènes naturels comme aux attaques ennemies ; ce fut seulement en 1340, sous le règne d'Alphonse le Magnanime, que débuta la construction d'un nouveau port, plus conforme aux besoins de Barcelone.

La bataille se déroula cependant telle que la raconte Pierre IV, et l'armée castillane ne put atteindre la ville car un navire – un baleinier, selon Capmany – s'échoua sur les *tasques* (bancs de sable), empêchant le roi de Castille de pousser plus loin l'avantage. Lors de ce combat, on trouve une des premières références à l'usage de l'artillerie – un canon monté à la proue de la galère royale – pendant les batailles navales. Peu de temps plus tard, on devait passer du simple transport de troupes à des navires grands et lourds, armés de canons, ce qui modifia en profondeur l'approche du combat naval. Dans sa *Crónica*, le roi Pierre IV évoque les moqueries et les insultes de l'*host* catalan, venues de la plage ou des nombreuses embarcations sorties pour défendre la ville, à l'encontre des troupes de Pierre le Cruel, qu'il considère, avec l'emploi du canon, comme une des raisons de l'échec du roi de Castille.

Au cours de la révolte de la plaza del Blat, à une époque où les mauvaises récoltes privèrent les Barcelonais de blé, les instigateurs de la rébellion furent effectivement soumis à un jugement sommaire et pendus, exécution que, pour des raisons évidentes, j'ai située sur la même plaza del Blat. Les autorités municipales avaient visiblement espéré qu'un simple serment suffirait à conjurer la famine.

En 1360, le cambiste F. Castelló, déclaré *abatut*, ou en faillite, fut décapité devant son bureau de change, ainsi que l'établissait la loi, près de l'actuelle plaza Palacio.

En 1367, suite à la profanation d'une hostie, et après avoir été enfermés dans une synagogue sans eau ni nourriture, trois juifs furent exécutés par ordre de l'infant Jean, lieutenant du roi Pierre.

Pendant la Pâque chrétienne, il était formellement interdit aux juifs de sortir de leurs maisons ; mieux encore, tout au long des journées de célébration, ils devaient garder en permanence portes et fenêtres de leurs foyers closes pour ne pas voir les nombreuses processions chrétiennes ni interférer dans leur bon déroulement. Malgré ces mesures, la Pâque attisait les obsessions des fanatiques, et les accusations de rituels hérétiques connaissaient un pic à cette période de l'année que les juifs redoutaient non sans raison.

Les deux principales accusations formulées à l'encontre de la communauté juive au moment de la Pâque chrétienne étaient les suivantes : l'assassinat rituel de chrétiens, notamment d'enfants (on racontait que les juifs les crucifiaient, les torturaient, qu'ils buvaient leur sang et mangeaient leur cœur), et la profanation de l'hostie. Deux crimes qui, selon le peuple, étaient destinés à faire revivre la souffrance de la Passion du Christ des catholiques.

La première accusation connue de crucifixion d'un enfant chrétien est mentionnée en Allemagne, à Würzburg, en 1147, et, comme souvent envers les juifs, le délire morbide de la population s'étendit rapidement dans toute l'Europe. À peine un an plus tard, en 1148, on accusa les juifs anglais de Norwich d'avoir crucifié un autre enfant chrétien. Les accusations de meurtres rituels par crucifixion, principalement à Pâques, se généralisèrent alors : Gloucester en 1168, Fulda en 1235, Lincoln en 1255, Munich en 1286... La haine des juifs et la naïveté populaire étaient telles qu'au XVe siècle, un franciscain italien du nom de Bernatino da Feltre annonça à l'avance la crucifixion d'un enfant à Trento, prophétie dont il fut dit qu'elle s'était accomplie. L'Église béatifia Simon, mais le franciscain n'en resta pas là et continua d'« annoncer » des crucifixions : à Reggio, Bassano ou Mantoue. L'Église s'amenda seulement au XXe siècle et annula la béatification de Simon, martyr du fanatisme et non de la foi.

En 1369, postérieurement à ce qui est relaté dans le livre, la *host* de Barcelone se souleva contre le peuple de Creixell qui avait empêché la libre circulation et le pâturage du bétail destiné, vivant, à la ville ; cette attitude poussa la *host* citadine à sortir défendre ses privilèges face aux villages et seigneurs féodaux.

Santa Maria de la Mar est sans aucun doute un des plus beaux temples existants ; elle n'a pas le gigantisme d'autres églises contemporaines ou postérieures, mais est imprégnée de l'esprit insufflé par Berenguer de Montagut : l'église du peuple, édifiée par le peuple et pour le peuple, conçue comme une grande ferme catalane, austère, protégée et protectrice avec, en point d'orgue, la lumière méditerranéenne.

La particularité de Santa Maria est qu'elle a été construite sur une période continue de cinquante-cinq années et que peu d'éléments ont été ajoutés par la suite, ce qui fait d'elle le plus fameux exemple du gothique catalan ou *gótico ancho*. Comme il était l'usage à l'époque, afin de ne pas interrompre les offices religieux, Santa Maria fut bâtie sur une ancienne église. L'architecte Bassegoda Amigo a d'abord situé le temple primitif au coin de la calle Espaseria, précisant que l'actuelle église avait été construite devant l'ancienne, plus au nord, et qu'elles étaient séparées toutes deux par ce qui est aujourd'hui la calle de Santa Maria. Cependant, la découverte en 1966, suite aux travaux de construction d'un nouveau presbytère et d'une crypte dans le temple, d'une nécropole romaine sous Santa Maria a amené à reconsidérer la théorie de Bassegoda, et son petit-fils, architecte et spécialiste du temple, soutient aujourd'hui que les églises successives se sont toujours trouvées sur le même lieu et que les édifices se sont superposés. C'est dans son cimetière, suppose-t-on, qu'aurait été enterré le corps de Santa Eulàlia, patronne de Barcelone, dont les restes furent transférés par le roi Pierre de Santa Maria à la cathédrale.

La Vierge de la Mer décrite dans le roman est celle qui se trouve actuellement sur le maître-autel. Elle était auparavant située sur le tympan du porche de la calle del Born.

Il n'est jamais fait mention des cloches de Santa Maria avant 1714, date à laquelle Philippe V vainquit les Catalans. Le roi castillan greva alors d'un impôt spécial les cloches de Catalogne, pour n'avoir cessé d'appeler les patriotes catalans à *sometent*, autrement dit à prendre les armes pour défendre leur terre. Les Castillans ne furent pas les seuls à maudire les cloches qui appelaient les citoyens à la guerre. Quand il réussit à écraser l'opposition valencienne qui s'était révoltée, les armes à la main, contre lui, Pierre le Cérémonieux ordonna l'exécution de certains rebelles qu'il obligea à boire le métal fondu de la cloche de l'Union qui avait appelé les Valenciens à *sometent*.

Ce que représentait Santa Maria pour les Barcelonais incita sûrement le roi Pierre à choisir sa place pour haranguer et rassembler les citoyens lors de la guerre contre la Sardaigne, écartant d'autres endroits de la ville comme la plaza del Blat, près du palais du viguier.

Les humbles *bastaixos*, qui transportaient gratuitement des pierres jusqu'à Santa Maria, sont le plus bel exemple de la ferveur populaire qui présida à l'érection de l'église. La paroisse leur accorda des privilèges et la trace de leur dévotion mariale est encore visible aujourd'hui dans les figures en bronze du porche principal, sur les reliefs du presbytère ou sur les chapiteaux de marbre, où sont partout représentés ces simples portefaix.

Le juif Hasdai Crescas a bel et bien existé – tout comme un certain Bernat Estanyol, capitaine des mercenaires –, mais si le premier a été délibérément choisi par l'auteur, le deuxième n'est que le pur produit d'une coïncidence. Le métier de cambiste et l'existence qui lui est attribuée sont l'invention de l'auteur. Sept ans après l'inauguration officielle de Santa Maria, en 1391 – plus d'un siècle après que les Rois Catholiques eurent ordonné l'expulsion des juifs de leurs royaumes –, le *barrio* juif de Barcelone fut saccagé par la population, ses habitants massacrés et les plus chanceux, comme ceux qui parvinrent à se réfugier dans des couvents, furent contraints de se convertir. Une fois le *barrio* juif détruit, ses maisons abattues et des églises élevées à leur place, le roi Jean, préoccupé par le préjudice économique qu'impliquait pour les coffres royaux la disparition des juifs, essaya de les faire revenir à Barcelone ; il leur promit des exonérations fiscales tant que la communauté ne dépasserait pas les deux cents personnes et abrogea certaines obligations, comme celle de laisser lits et meubles à disposition de la cour quand celle-ci se trouvait à Barcelone ou encore celle de nourrir les lions et autres fauves royaux. Mais les juifs ne revinrent pas et, en 1397, le roi concéda à Barcelone le privilège de ne pas avoir de *barrio* juif.

Nicolau Eimeric, l'inquisiteur général, finit par se réfugier en Avignon auprès du pape, mais à la mort du roi Pierre, il revint en Catalogne où il continua de s'acharner sur les œuvres de Ramon Llull. Le roi Jean le bannit en 1393 et il trouva de nouveau refuge auprès du pape ; toutefois, cette même année, il réapparut à la Seu d'Urgell et le roi Jean dut exiger de l'évêque de la ville son expulsion immédiate. Nicolau s'enfuit une nouvelle fois en Avignon et, à la mort du monarque, obtint l'autorisation du roi Martin l'Humain de passer les dernières années de sa vie à Gérone, sa ville natale, où il mourut à l'âge de quatre-vingts ans. Les références qui sont faites dans le roman aux préceptes d'Eimeric sur la possibilité de torturer plus d'une fois au nom de la « prolongation » d'une première torture, ainsi que les effroyables conditions d'incarcération pouvant aller jusqu'à la mort du prisonnier, sont avérées.

Dès 1249, alors qu'en Castille l'Inquisition ne fut instituée qu'en 1487 – même si le souvenir des terribles procès qu'elle a engendrés a perduré durant des siècles –, la Catalogne a souffert de tribunaux d'Inquisition indépendants de la juridiction ecclésiastique traditionnelle, exercée par les tribunaux épiscopaux. L'origine de l'institution officielle des tribunaux d'Inquisition en Catalogne trouve sa raison d'être dans l'objectif qu'ils poursuivaient : le combat contre l'hérésie, symbolisée à cette époque par les cathares du sud de la France et les vaudois de Pierre Valdo, à Lyon. Ces deux doctrines, considérées comme hérétiques par l'Église, firent des adeptes au sein de la population de Catalunya Vella du fait de sa proximité géographique ; on compta même, parmi les partisans des cathares, des nobles pyrénéens comme le vicomte Arnau et son épouse Ermessenda, Ramon, seigneur del Cadí, et Guillem de Niort, viguier du comte Nunó Sanç en Sardaigne et Conflent.

C'est pourquoi l'Inquisition commença précisément en Catalogne son triste parcours sur les terres ibériques. En 1286, néanmoins, une fois le mouvement cathare mis en sommeil, l'Inquisition catalane reçut la consigne du pape Clément V de concentrer ses efforts sur l'ordre des chevaliers du Temple, comme c'était déjà le cas dans le royaume de France voisin. En Catalogne toutefois, les Templiers ne firent pas l'objet de la même haine que celle que leur vouait le monarque français – principalement fondée sur des raisons économiques – et, lors d'un concile provincial convoqué par la ville de Tarragone pour traiter de l'affaire des Templiers, les évêques présents adoptèrent à l'unanimité une résolution qui les déclarait exempts de toute faute et les lavait de l'accusation d'hérésie.

Après les Templiers, l'Inquisition catalane s'en prit aux bégards, qui avaient également réussi à s'introduire en Catalogne, et prononça quelques peines de mort exécutées, comme c'était la règle, par le bras séculier après relaxe du condamné. Cependant, au milieu du XIVe siècle, en 1348, suite aux soulèvements populaires contre les *barrios* juifs de toute l'Europe consécutifs à l'épidémie de peste et aux accusations généralisées à l'encontre les juifs, l'Inquisition catalane, faute d'hérétiques et autres sectes ou mouvements spirituels à combattre, commença à diriger ses feux vers les judaïsants.

Je remercie mon épouse, Carmen, sans qui ce roman n'aurait pas vu le jour, Pau Pérez, qui l'a vécu avec la même passion que moi, l'Escola d'Escriptura de l'Ateneu Barcelonès pour son magnifique travail didactique dans le domaine des lettres, ainsi que Sandra Bruna, mon agent, et Ana Liarás, mon éditrice.

Barcelone, novembre 2005

POCKET N° 15102

Par l'auteur de
La Cathédrale de la mer

ILDEFONSO FALCONES

LES RÉVOLTÉS DE CORDOUE

POCKET

Roman

« *Une fresque historique fascinante, que l'on compare déjà au* Nom de la rose *d'Umberto Eco.* »

Pierre Vavasseur
Le Parisien

ILDEFONSO FALCONES
LES RÉVOLTÉS DE CORDOUE

1568. Si l'Espagne vit son âge d'or, ce n'est guère le cas de ses Maures – les musulmans sont expropriés, battus, humiliés par l'impitoyable Inquisition. La révolte gronde. À Juviles, royaume de Grenade, un jeune muletier est entraîné dans la tourmente des affrontements à venir. Fils d'une musulmane violée et d'un prêtre aux yeux bleus, rejeté par les deux camps, Hernando le nazaréen vivra la misère et la gloire, la guerre et les fastes de Cordoue, sans jamais perdre l'espoir de réconcilier les fois et les peuples...

Faites de nouvelles rencontres sur pocket.fr

- Toute l'actualité des auteurs : rencontres, dédicaces, conférences...
- Les dernières parutions
- Des 1ers chapitres à télécharger
- Des jeux-concours sur les différentes collections du catalogue pour gagner des livres et des places de cinéma

Découvrez
des milliers de
livres numériques chez

 www.12-21editions.fr

12-21 est l'éditeur numérique de Pocket

*Cet ouvrage a été composé et mis en pages
par ÉTIANNE COMPOSITION
à Montrouge.*

Imprimé en Espagne par:
BLACK PRINT
en mai 2020

Dépôt légal : juin 2009
Suite du premier tirage: mai 2020
S18657/13